10년 동안의 죽음

10년 동안의 죽음

초판 1쇄 발행   2015년 4월 10일

지은이   곽 기 성
펴낸이   손 형 국
펴낸곳   (주)북랩
편집인   선일영   편집   서대종, 이소현, 이탄석, 김아름
디자인   이현수, 김루리, 윤미리내   제작   박기성, 황동현, 구성우
마케팅   김회란, 박진관, 이희정
출판등록 2004. 12. 1(제2012-000051호)
주소   서울시 금천구 가산디지털 1로 168, 우림라이온스밸리 B동 B113, 114호
홈페이지   www.book.co.kr
전화번호   (02)2026-5777   팩스   (02)2026-5747

ISBN   979-11-5585-549-2 03810(종이책) 979-11-5585-550-8 05810(전자책)

이 도서의 국립중앙도서관 출판예정도서목록(CIP)은 서지정보유통지원시스템 홈페이지(http://seoji.nl.go.kr)와
국가자료공동목록시스템(http://www.nl.go.kr/kolisnet)에서 이용하실 수 있습니다.
(CIP제어번호 : CIP2015010366)

우리 사회의 깊은 상처로 남은 대구 지하철 화재 참사

10년 동안의 죽음

곽기성 장편소설

"아빠, 너무 뜨거워…. 어딨는 거야, 아빠.
이리로 와줘. 왜 날 놔두고 간 거야."
그날 이후, 그는 그렇게 살고 있었다.
하지만 그렇게 죽어 있었다.

북랩 book Lab

작가 서문

수백 명의 사상자가 발생한 2003년 대구 지하철 화재 참사 뉴스를 처음 접한 것은 부산에서였다. 나는 그 즉시 대구의 가족과 친지들에게 전화를 걸어 안부를 물었고 모두들 무사함을 확인했었다. 그리고 한동안 희생자들을 안타까워하고 그들의 어처구니없는 죽음에 분노를 토해내곤 하다가 곧 잊어버렸다. 나만이 아니라 대개가 그랬다. 삼풍백화점과 성수대교 붕괴 사고, 대구 지하철 가스 폭발 사고, 씨랜드 청소년 수련원 화재 사고 등등 수십 수백의 인명을 앗아간 대형 참사들이 끊이지 않았기에 어느덧 익숙해져 버린 탓이었는지도 모른다. 아니면 스스로의 방어기제가 작용했기 때문일 수도 있었다. 나에게도 그런 일이 일어날지도 모른다는 두려움으로부터 달아나기 위해 의식의 먼 구석으로 그 참사의 기억을 밀어버렸을 수도 있었다.

무엇이건 나는 잊고 있었다. 그런데 이 아둔해진 감성의 지층을 흔들면서 회피적 정신의 어두운 구석마저 휘저어버린 일이 일어났다. 대구 지하철 화재 참사를 다룬 모 시사주간지의 특집기사가 그것이었다. 꽤나 지난 과월호를 우연히 넘기다 8인의 참사 생존자들의 증언을 읽게 되었고, 그들에게 그 참사는 잊힌 과거가 아님을 알게 되었다. 그 참사는 현재에 현존하는 것으로, 그것을 절대 잊지 못하고 그 기억에 사로잡혀 사는 사람들이 있음을 알게 되었던 거였다.

그 생존자들을 사로잡은 이 기억들을 두고 흔히 '외상 후 스트레스장애'(PTSD: Post Traumatic Stress Disorder)라고 부른다. 이는 하나의 질환으로 전쟁·자연재해·물리적 폭행·교통사고 등의 심각한 사건을 경험한 뒤 그 사건에 공포감을 느끼고 그 사건 후에도 사고 당시의 기억이 반복적으로 떠올라 고통을 느끼며 불안·불면·두통·우울증·적대감 표출·악몽 등의 증세를 보이는 불안장애의 일종으로 정의된다. 그 시사주간지에 증언한 8인의 생존자들도 한결같이 이런 증세를 보였다.

어떤 이는 일주일에 두세 차례 불이 나는 꿈을 꾸기도 하고, 어떤 이는 그때 사고로 죽은 자가 나타나 혼자 잘 살라며 저주를 퍼붓는 악몽을 꾸기도 하고, 또 어떤 이는 매년 참사가 발생한 그날만 가까워 오면 몸이 알아서 반응하여 피부는 부어오르고 목은 잠기고 비염이 재발하기도 한다고 했다. 그밖에도 폐쇄된 공간인 엘리베이터나 지하 노래방은 두려움이 앞서서 피하게 되고, 불을 끈 어둠 속에서는 잠들지 못하며, 영화관에라도 가게 되면 비상구부터 먼저 찾고 어떻게 탈출할 것인지 계획부터 세운다고 했다. 심지어는 정신병원 폐쇄병동에 몇 달간 입원하기도 했다는 것이다.

말하자면 그들은 그렇게 살고 있었다. 하지만 정확한 진실을 말하자면 그들은 그렇게 죽어있었다. 그것은 무엇보다도 그들이 우리들에게서 잊힌 때문이었다. 우선은 내가 그랬듯 그 사건을 모두가 잊고 있었고, 설사 사건은 기억하더라도 그 사건의 생존자들은 잊고 있었다.

대형사고가 발생하면 세상은 희생자를 기리고 사고의 원인을 찾고 책임자를 가려 처벌하느라 바쁘다. 또는 정치적 쟁점으로까지 비화되어 특별검사가 임명되거나 국회청문회가 열리기도 하며, 다른 한편으로는 음모론이 횡횡하면서 우리들 삶의 조건의 기초부터 의심하기도 한다. 그러나 생존자들에겐 그다지 주의를 두지 않는다. 그리고 그 사고가 잊히기도 전에 생존자들부터 먼저 잊어버린다. 살아남은, 축복받은 존재라는 이유로 그들의 상처와 고통은 누구도 기억하지 않는다. 황폐해져 버린 그들의 삶에 아무도 관심을 기울이지 않는다.

되돌아보면 지금껏 압축된 경제 발전 과정에서 노정될 수밖에 없는 대형사고를 수차례 겪어왔으나, 그들 사고에서 살아남은 이들의 아픔을 논의의 중심에 두었던 적은 없었다. 가십 수준으로 언론에서 가끔 다루는 정도를 벗어나지 못했다. 덕분에 당사자들은 드러나지 않는 상처를 끌어안고 무관심 속에서 굴곡된 삶을 영위해야 했다.

이들의 아픔을 쓰다듬어 주는 일은 우리 사회의 어느 영역에서든 필요하다. 그것은 생활수준이 향상되고 삶의 질이 중시되면서 관심사로 떠오를 수밖에 없다. 특히나 세월호 참사라는 전대미문의 사고를 겪은 뒤라 더욱 중요하게 부각될 수도 있다. 생존자들의 상당수가 어린 학생들이라는 점에서 더욱 그렇다. 하지만 그럼에도 그들이 품은 깊은 상처가 여전히 세인들의 관심을 환기시키지 못한다면 이런 부족한 글로서나마 불러일으킬 필요가 있지 않을까 한다. 사고 생존자들이 세상의 조명을 받음과 더불어 따스한 배려도 받는 일에 이 글이 조금의 기여라도 할 수 있었으면 한다. 나아가 그들이 자신들의 상처를 스스로 드러내고 치유하는 작은 계기, 죽음과도 같은 그들의 삶에 생명의 온기가 흐르게 하는 작은 계기라도 될 수 있다면 더 바랄 나위가 없겠다.

목 차

프롤로그

그놈은 죽어야 한다. 그 이유는 그놈도 갖고 있고 나도 갖고 있다.

놈은 지금 술에 곯아떨어져 있다. 마누라를 개 잡듯 팬 뒤 제풀에 지쳐. 불쌍한 여자, 맞고 사는 게 일이다. 그나마 딸은 지난 가을 놈의 주먹으로부터 멀리 달아났다. 올해로 12살이라지. 지금쯤 어디 길거리를 헤매고 다니고 있겠지. 가엾은 것.

비탈길을 오른다. 궁핍과 절망과 풀 길 없는 분노가 시멘트 포장길을 따라 피어오른다. 그것들을 따라간다. 곧 놈의 집 앞이다. 대문이랄 것도 없다. 더럽고 뒤틀린 갈색 알루미늄 섀시 문이 출입문이다. 그 안은 현관이자 욕실이면서 또한 보일러실이기도 한 부엌이다. 문을 당겨보니 역시 잠겨있지 않다. 컴컴한 부엌으로 몸을 밀어 넣은 뒤, 비니를 벗고 스키 복면을 뒤집어쓴다. 손을 더듬어 스위치를 올리자 타일도 깔리지 않은 더러운 시멘트 바닥의 궁색한 부엌이 눈에 들어온다. 놈은 그 너머 단칸방에 혼자 자빠져있다. 놈의 마누라는 이 시간 24시간 감자탕 집에서 찬모로 일하고 있다. 방 안으로 들어서서 또 불을 켠다. 수명을 다한 형광등이 껌뻑이다 칙칙한 빛을 뿌린다. 준비해 간 노끈으로 놈의 발을 묶고 손은 뒤로 돌려 결박한다. 쉰내 나는 머리통 옆에는 넝마도 한 뭉치 내려놓는다. 소리라도 지르면 놈의 아가리에다 쑤셔 박기 위함이다.

옆구리를 걷어차니 놈이 눈을 뜬다. 찌푸린 눈으로 올려다보며 묶인 몸을 비튼다. 입술도 비틀린다. 상스러운 욕설이나 뽑아낼 게 뻔한 그 주둥이를 발로 찍어 누른다. 묵직한 충격음과 더불어 이빨이 부러져 간 것도 같다. 찢어진 입술 사이로는 타액이 섞인 피도 뭉클뭉클 새어 나온다. 그 피가 입 끝에서 시작해 턱을 지나 목 뒤로 굵고 빨간 선을 그었다.

"찍소리 마라."

품에서 과도를 뽑아든다. 쥐새끼처럼 놈은 어깨와 허리를 움츠린다. 딱 3초간 놈을 노려보다 놈의 딸이 사용했을 앉은뱅이책상으로 다가간다. 책장을 넘겨본 흔적도 없는 몇 권의 교과서들과 빈 오렌지 주스 병, 뽀로로 머그잔, 라면 봉지가 책상 아래와 위에서 뒹굴고 있다. 책상 위의 것들은 손으로 쓸어서 아래의 것들은 발로 차서 책상과 그 주변을 정리한다.

"왜, 왜 이래?"

바람 새는 소리다. 부러진 이빨 탓이다. 놈에게로 다가가 놈을 걷어찬다. 발가락 끝은 한 치의 오차 없이 명치에 내리꽂혔다. 소리도 지르지 못한다. 숨넘어가는 신음만이 뭉개지고 부풀어 터진 입술 사이를 비집고 나온다. 신음이 가라앉길 기다려 대답해준다.

"넌 쓰레기야. 난 쓰레기를 치우러 왔어."

놈이 눈알을 굴려 나를 살핀다. 내 속내를 파악해 보겠다는 건가. 어리석어 아직도 임박한 죽음을 알아차리지 못했단 말인가. 한쪽 무릎을 꿇고 과도를 놈의 목에다 들이밀었다.

"너처럼 마누라와 자식을 패대는 놈들을 이 세상에서 저세상으로 치우는 거지. 넌 너 같은 놈에게 학대당한 자들을 위한 제단에 바쳐질 희생 제물이 되는 거야. 불쌍한 영혼들을 위로하기 위한."

칼끝을 놈의 목젖에다 대고 지그시 누른다. 탁한 놈의 두 눈알이 두려움으로 번들댄다. 드디어 죽음의 냄새를 맡아낸 모양이다.

"마누라하고 자식을 좀 팼다고 죽어야 하는 게 억울해?"

최대한 부드럽고 자상하게 묻는다. 놈은 대답을 못 한다. 억울한 모양이다.

"가까운 이들을, 생명과도 같은 이들을 소중히 여길 줄 모르는 인간은 죽어야 하는 거야."

과도 끝으로 놈의 이마를 톡톡 친다. 놈이 몸을 떤다. 때가 됐다. 놈의 머리통 옆에 던져둔 넝마를 집어 든다. 넝마에서 풍기는 매캐한 기름내가 코끝을 자극한다.

"난 니가 누군지 알아."

놈이 웅얼댔다. 쥐어짜 낸 목소리다. 입을 틀어막으려다 기다려준다. 죽음을 앞두고 그 정도 아량은 베풀 수 있다.

"너도 나 같은 쓰레기잖아!"

이번엔 냅다 소리를 질렀다. 부러진 이빨과 부어터진 입술 탓에 새는 발음이긴 해도 나를 노려보는 눈에는 깊은 경멸을 담고 있다. 순간 당황했으나 바로 다잡는다.

"내–가 쓰레기라?"

"그래! 넌 쓰레기야!"

이제 거의 발악 수준이다. 덜 깬 술기운 탓인가, 아니면 오래전에 모든 것을 체념해버린 더 이상 잃을 것도 없는 자의 막무가내식 독기 같은 것인가. 주제에 용기가 가상해 들어준다.

"니가 무슨 영웅인 줄 알아? 너, 지난달부터 내 뒤 캐고 다녔지. 이 동네 어슬렁대면서. 나도 너 뒤 캤어. 니가 어떤 놈인지 다 알아. 넌 나보다 더한 놈이야. 나보다 더 형편없는 쓰레기라구. 그런 니가 날 세상에서 치우겠다고? 나한테 세상의 정의가 어쩌니 꼴값을 떨겠다고? 이 병신 같은 새끼야! 나는 솔직하기나 하지, 덜떨어진 핑계나 나불대는 너 같은 쓰레기가 더 구려. 날 치우기 전에 너부터 치워. 너부터 그놈의 제단인지 뭐에다 갖다 바쳐. 너나 그 불쌍한 연놈들의 제단에 바쳐버려. 너나 뒈져버리라고. 왜, 용기가 없어? 응, 그런 거야? 그래서 나 같은 놈이나 죽여 알량한 양심이나 만족시켜 보겠다고? 병신새끼, 잘 들어, 넌 날 죽이고 싶은 게 아니야. 넌 널 죽이고 싶은 거라고. 그럴 용기가 없어 나 같은 놈이나 건드리는 거라고. 이 병신새끼야!"

놈이 미친 듯이 웃어댄다. 부어터진 입술 사이로 피거품을 밀어 올리며 숨넘어가게 웃고 있다. 하얗게 눈앞이 폭발했다. 넝미를 놈의 입에다 쑤셔 박고 칼을 쥔 손을 내지른다. 깊숙한 가격에 웃음이 비명으로 바뀐다. 입을 틀어막아 놓았으니 코로 터져 나온다. 피도 터져 나온다. 나는 멈추지 않는다. 칼을 내지르고 다시 내지른다. 그 뒤로는 기억이 없다. 정신이 들고 보니 놈의 몸뚱이가 피 웅덩이 한가운데에 나자빠져 있다. 화가 치민다. 겨우 이 버러지 같은 놈이 지껄인 말에 이성을 잃어버리다니.

원래 이럴 작정이 아니었다. 계획대로라면 촛불을 밝힌 뒤 저놈을 죽여야 했다. 장중한 의식을 치르듯 절차와 격식을 갖추어 살아있는 제물을 불쌍한 영혼들에게 바쳐야 했다. 하지만 어쩔 수 없다. 놈은 이미 죽었다. 이 조건에서 할 수 있는 걸 해야 한다. 외투 안주머니에서 양초 두 자루를 꺼내 앉은뱅이책상 위에 세우고 라이터로 불을 붙인다. 저놈은 산 제물은 아니어도 부족하나마 제물이 되고, 두 자루의 양초가 세워진 책상은 성스러운 제단이 되며, 그을음을 말아 올리는 양초의 불꽃

은 제단을 밝히는 두 줄기 빛이 되리라. 전등 스위치를 내리자 촛불 빛
이 놈의 낯짝 위에서 노랗게 일렁인다. 흩뿌려진 붉은 핏방울이 선명하
다. 부디 이 제물을 받아주소서….

　이번으로 두 번째다. 첫 번째는 의사였다. 혼수가 적다고 임신한 마
누랄 때려대던 놈이다. 그놈도 내 칼이 응징했다. 나서기 전에 방 안을
둘러본다. 죽은 놈을 섬처럼 에워싼 피의 웅덩이 바다에 눈이 머문다.
아직도 그 영역을 넓혀가는 검붉은 피 웅덩이는 방의 거의 삼 분의 일
을 차지하고 있다. 엄청난 피다. 꼴에 인간이랍시고 저 쓰레기 같은 놈
의 몸에 저렇게 많은 피가 있을 줄이야.

10년 동안의 죽음

2월 18일

오른쪽 어깨를 파고드는 격통에 선택은 잠이 깼다. 또 오전 9시 53분이다. 벌써 일주일째다. 끔찍한 악몽, 용서받지 못할 죄악을 저지른 것만 같은 악몽, 그러나 깨어나면 기억나지 않는 악몽을 꾸다가 오른쪽 어깨를 찢는 격통에 언제나 같은 시각에 깨어난다. 악몽도 두렵고 같은 시각에 깨어나는 것도 두렵다. 아예 잠들지 않으려 밤을 새워보기도 했다. 그러나 깜빡 잠이 들면 어김없이 악몽을 꾸고 또 어깨를 찔리고 꼭 같은 시각에 잠을 깬다. 그 뒤로는 더는 잠들 수 없다. 물먹은 솜처럼 몸은 무거워도 어쩔 수 없다. 낮잠도 불가능하다. 어쩌다 설핏설핏 조는 게 전부다. 사소한 일에도 집중할 수 없을 만큼 온몸이 내려앉지만 잠만은 오지 않는다. 수면제를 털어 넣어도 마찬가지다. 핏발 선 신경만이 전신을 옭아댄다.

몸이 떨려왔다. 뼛속 깊이 스며든 한기 탓이다. 2월인데도 창문이 열려 있다. 방 안이라지만 기온은 바깥이나 마찬가지다. 눈알도 쓰라렸다. 형광등이 밤새 켜져 있었다. 일주일 전부터 창문을 열어놓고 불을 켜두지 않고는 잠들 수가 없다. 이게 다가 아니다. 일주일 전부터 피부는 까닭 없이 부어올라 따끔거렸고 목은 독가스라도 흡입한 듯 잠겨왔다. 이맘때면 겪어오는 연례행사 비슷했지만 올해는 그 정도가 심했다.

두꺼운 누비 솜이불을 밀치고 선택은 침대에서 빠져나왔다. 전등 스위치는 내리지만 열린 창문은 그냥 둔다. 방문 손잡이로 손을 뻗다가 그대로 멈추어 섰다. 발끝에 검정 비닐봉지가 차였다. 라면과 삶은 옥수수로 가득한 비닐봉지다. 지난밤 술에 취해 또 사 들고 온 모양이다. 그는 술만 마시면 라면과 옥수수를 사 들고 왔었고 거의 매일 술에 절어 살았다. 그 결과 부엌 찬장은 그 종류도 다양한 라면으로 미어터졌고 냉장고는 옥수수로 넘쳐났다.

선택은 비닐봉지를 넘어 거실로 나섰다. 설거지 중이던 아내 혜리와 눈이 마주쳤다. 혜리의 눈 끝이 꿈틀했다. 혜리는 그를 살피고 있다. 늘 그랬다. 주위를 맴돌면서 그를 살핀다. 모른 척 거실 한 벽면을 다 차지한 대형 어항으로 다가갔다. 가장 먼저 눈을 끈 것은 검은 매직으로 또박또박 써내려간 어항 유리벽 위의 낙서다. 오래전 딸 하주의 작품이라는 이것은 그 내용이 신경을 건드리지만 자석처럼 눈을 끌어당기고 언제나 또 그것을 읽게 만든다.

　　울 꼰대는 화가. 가난뱅이 예술가.
　　그림 한 점 못 팔고, 땡전 한 푼도 못 벌지.
　　당근이지 않겠어. 그림은 안 그리고 술만 마시는데?
　　예술은 안 하고 愛술만 하거든.
　　그러니 언제 예술 하겠어. 이젠 몸도 못 버티는데?
　　어쩌다 그린다는 그림도 그래, 그게 그림이야.
　　울 꼰대지만 참 걱정된다. 걱정돼.
　　내가 그려도 그렇게는 그리겠다.

어항 바닥까지 낙서가 이르자, 물이끼 긴 파란 플라스틱 물레방아가 배경으로 비치는 옆면으로 건너뛰어 그것은 이어졌다.

아빠 그림이 굉장하다고, 훌륭하다고
말하는 사람은 아무도 없다는 거 알아?
난 누구에게든 말할 수 있어.
순 엉터리에 또 엉터리라고.
왜냐고? 나는 그림은 모르지만
오직 술 마시는 일만
아빠가 언제나 최고라는 걸 알거든.
그것뿐이야. 술. 술. 술. 또 술.

언제나처럼 부아가 치밀어 오르지만 애써 눌렀다. 뒤로 돌아서려던 선택은 주방의 아내를 의식해 어항 안의 것에다 일부러 집중했다. 그 큰 어항의 유일한 서식자인 늙은 잉어는 수초 사이에 맥없이 옆으로 드러누워 있었다. 느릿느릿 열었다 닫기를 반복하는 아가미의 움직임도 힘들어 보였다. 등지느러미 좌우로 대칭하여 찍혀있는 동그랗고 푸르던 점 두 개도 어쩐지 흐릿했다. 죽을 때가 다 됐음을 고지하듯 왠지 흉했다.

"저놈도 이젠 다 된 거 같아."

아내 헤리의 목소리가 등 뒤를 파고들었다. 불안을 담고서 흔들리는 목소리다. 본래의 헤리다운 거침없고 씩씩한 모습이 아니다. 며칠 전부터 이따금씩 이랬다. 선택은 돌아서지도 않았고 대꾸도 않았다.

"10년이 넘었지 아마?"

헤리의 목소리는 등 뒤에서 이어졌다.

"당신이 낚시로 잡아 올리자마자 불로장생 잉어라며 매운탕 솥에다 던져 넣으려 했잖아. 그때 우리 하주가 저 동그란 점 두 개에 반해가지고 키우자고 고집부렸고. 기억 안 나?"

하주? 우리 딸? 기—억? 불로장생의 보약이라며 이 잉어를 잡아먹으려 했던 기억은 있지만 그때의 딸 하주의 기억은 없다. 그때 하주가 아예 존재하지도 않았던 것처럼. 아니, 그 이상이다. 죽은 딸의 기억은 잉어를 잡던 그때만이 아니라 그 이전도 그 이후도 홀러덩 사라지고 없다. 하주가 그의 딸이라는 건 알지만 그 딸의 기억은 그에게 없다. 얼굴조차 기억나지 않는다. 물론 딸의 기억을 되살리려 애써보지 않았던 건 아니다. 문제는 그럴 때마다 어김없이 바위에라도 눌린 듯 가슴이 답답해지고 현기증과 더불어 두통이 밀려와 바로 그만두어야 했다는 것이다.

"그—땐 당신이 잉어 아가미에다 막 칼을 찔러 넣던 참이었지…."

선택의 눈이 잉어의 아가미로 이끌렸다. 사실이지 당시 그의 칼이 만든 상처는 그 흉터가 아직도 왼쪽 아가미 뒤쪽에 남아있을 정도로 깊었다. 피도 꽤나 흘렀고 비늘도 하나 떨어져 나갔다.

"그래도 하주가 고집을 피워대니 당신도 어쩔 도리가 없었지. 기억 안 나?"

기억 안 나? 혜리는 또 '기억 안 나?'라고 묻고 있다. 두 번이라면 의도를 품고서 작정하고 한 말이다. 그 의도가 뭔지는 모르겠지만. 선택이 귀를 세우고 등 뒤의 기척에 예의 주시했다. 긴장하여 가늘게 떨리는 혜리의 얕은 숨소리가 들리는 것도 같았다. 선택의 뒷목이 팽팽해왔다.

"오늘 밤에 어쩔 건데?"

다행히 혜리는 하주를 또 입에 올리지는 않았다. 더구나 혜리의 목소리에는 체념이랄 것이 담겨있었다. 선택이 마침내 돌아섰다. 혜리는 설거지를 마치고 식탁 의자에다 걸쳐놓은 수건으로 손을 닦고 있었다. 얼굴이 아니라 그 수건에 눈을 맞추었다.

"오—늘 밤?"

혜리가 수건을 다시 의자 등받이에 걸쳐놓았다. 혜리는 선택을 똑바로 보았다.

"오늘, 우리 엄마 제사잖아."

그렇지, 2월 18일 오늘이 장모의 기일이다. 몇 년을 화병 비슷한 속병으로 시름시름 앓다가 작심한 듯 사 년 전 오늘 돌아가셨다. 그런데도 지금껏 선택은 한 번도 장모의 제사에 얼굴을 내민 적이 없다. 이유는 없었다. 그냥 갈 수가 없었다.

"못 가. 끝내야 할 게 있어."

가늘면서도 떨리는 한숨이 혜리의 입으로부터 토해져 나왔다. 그가 잘못했다. 더 에둘러서 말할 수도 있었다. 더 그럴듯한 핑계를 꾸며낼 수도 있었다.

"하주가 죽은 게 우리 엄마 잘못만은 아니잖아. 그리고 하주는 당신 딸만이 아니야. 내 딸이기도 해."

혜리가 쌓인 감정을 쏟아내듯 쏘아붙였다. 그것도 하주의 죽음까지 들먹여가면서. 하지만 하주의 죽음이라니. 그는 딸을 기억해내지 못하는 만큼 딸의 죽음 또한 기억해낼 수 없지 않은가. 사실은 더 심했다. 딸과 결부된 다른 기억들은 그래도 모호한 흔적이나마 감지할 수 있었다면 딸의 죽음은 그의 머릿속에서 완전히 비어있었다. 그 무엇도 생각할 수도 없고 떠오르지도 않는 완벽한 공백이었다. 어찌 보면 딸의 죽음과 관계된 것들의 근처에는 그의 접근을 거부하는 견고하고 완고한 막이 처져 있고 그 막 안은 죽음과도 같은 진공이 형성되어있는 것만 같았다. 그것에 접근하려는 헛된 노력은 그를 안달하게 만들었고 결국은 분노로 이끌었다. 그 분노의 원인은 알 수 없었지만 그것은 자신을 향해있었으며 자신을 용서하지 못할 것만 같은 분노였다. 지금도 그 분노가 꾸역꾸역 그를 채워가고 있었다. 혜리는 이걸 뻔히 알면서도 하주의 죽음을 입에 올린 거였다.

그 분노가 혜리에게로 돌려지기 직전, 혜리의 스마트폰이 울림으로써 둘은 충돌을 모면했다. 혜리는 전화기를 들고 자신의 방으로 달아나버렸다. 10년 전부터 혼자서 사용하는 방이다. 선택에겐 들려주고 싶지 않은 통화인 모양이다. 그래도 방문을 완전히 닫지는 않았다. 낮춘 목소리가 한 뼘가량 열린 틈으로 새어 나온다. 대화 내용은 짐작건대 지난주의 교통사고 건이다. 에쿠스 승용차가 아내의 10년이 넘은 낡은 아반떼 뒤를 받았다는. 상대방은 그 에쿠스 차주인 듯한데 띄엄띄엄 짧은 웃음소리도 흘러나온다.

선택은 소파에 주저앉았다. 한쪽이 짜부라지고 군데군데 닳아 실밥을 드러낸 인조 가죽 소파는 비명을 내지르며 푹석 꺼졌다. 일주일 전부터 시작된 비염이 이놈의 소파처럼 푹석 터진다. 콧등이 찡해오고 머리도 지끈거렸다. 예정된 순서로 콧물이 주르르 콧구멍을 흘러내려오다가 코끝에서 겨우 멈춘다. 티슈를 뽑아들고 팽팽 풀어대지만 그것도 잠깐뿐이다. 터진 봇물이 되어 콧물은 끝도 없이 흘러나온다. 선택은 자신이 알고 있는 욕이란 욕은 있는 대로 모두 뱉어댄다.

"그래, 생각해 봤어?"

언제 통화를 끝냈고 또 언제 방에서 나왔는지 혜리가 선택을 내려다보고 있었다. 코를 풀다 말고 티슈를 코에 댄 채로 올려다보았다.

"뭘?"

"이사."

"이―사?"

"말했잖아. 이 집 팔고 다른 데로 옮기자고."

혜리의 말투는 뾰쪽하니 각이 져 있었다. 방금 전 일촉즉발의 위기 따윈 안중에도 없다는 투의 뻔뻔스러움도 있었다.

"그럴 필요 뭐가 있겠어."

"당장 돈이 필요하니까 집이라도 낮춰야지 않겠어? 지난주에 하나 알아봤어. 좀 변두리긴 해도 교통도 나름 편하고 괜찮아. 열여덟 평이라 여기보단 좁겠지만 그만하면 둘이 사는 데는 충분해. 이제는 버릴 것도 버리면 되니까."

혜리의 눈이 선택을 떠나 욕실과 마주한 죽은 딸의 방문을 쏘아보았다. 선택은 용수철처럼 소파에서 튀어 올랐다.

"안 돼!"

혜리는 꿈쩍도 하지 않았다. 혜리는 한동안 딸의 방문에서 눈을 떼지 않고 있다가 여유롭다고 여겨질 정도로 천천히 선택에게로 고개를 돌렸다. 혜리의 얼굴은 단단히 작심한 그것이었다.

"언제까지 이럴 거야? 하주가 죽은 지 벌써 9년이야, 9년. 그런데도 아직 저 방을 치우지 못하는 거야?"

할 말이 없었다. 스스로도 알 수 없어서였다. 오래전에 죽은 기억에도 없는 딸의 방을 왜 치우지 못하게 하는지. 설명 불가능한 본능 비슷한 것이 그렇게 시킨다는 설득력 없는 변명 밖에는. 혜리의 힐난은 이어졌다.

"어디 그뿐이야? 요 몇 년 사이엔 저 방에서 당신 도대체 뭘 하는 거야? 뭐하기에 저 방을 꼭꼭 열쇠 채우고 다니는 거야? 저 방에 대단한 뭐라도 들어있는 거야? 내가 모르는?"

저 방에서 뭔가를 하고 있다고? 그건 확실히 아니었다.

"저 방엔 아무것도 없고 아무것도 하지 않아. 당신이 더 잘 알잖아.

난 저 방에 들어가지 않아. 그때 잠가놓은 그대로라구."

"그걸 내가 믿을 것 같아? 내가 없는 사이에 당신은 뭔가를 하고 있어. 그게 아니라면 뭐하러 그놈의 방 열쇠를 애지중지 목에다 걸고 다니기까지 하는 거야?"

찌를 기세로 혜리의 손가락이 가슴을 가리켰다. 반사적으로 가슴을 더듬었다. 열쇠는 거기 매달려 있었다. 그가 익히 알고 있는 바와 같이.

"응? 왜 그래야 하는데?"

혜리가 바짝 다가들었다. 선택은 한 걸음 뒤로 물러났다. 그로서도 딸의 방 열쇠만을 끈에다 묶어 굳이 목에 걸고 다녀야만 하는 이유를 모르고 있었다. 정확히 기억나지 않는 언젠가부터 열쇠가 목에 걸려있었고 단지 그는 그 열쇠를 잠깐이라도 벗어버릴 수가 없었다. 이 또한 본능 비슷하다고나 할까. 그의 어둡고 깊숙한 어딘가에서 그리하라고 명령 내리고 있다고나 할까. 다만 그는 그 명령에 순종하지 않으면 안 된다고나 할까. 자신 안에 있지만 이질적인 거대한 힘, 그 힘이 그렇게 시킨다고 할까.

선택으로서도 그것이 두려웠다. 스스로가 자신이 아닌 듯한 이상한 기분, 그에게서 무언가 일어나고 있지만 자신의 손이 닿지도 않고 그로서는 어찌할 수도 없다는 무기력한 느낌, 그 존재를 파악할 수 없는 무엇에 끌려다니다 큰일이라도 저지를 것만 같은 불길한 예감, 그것이 두려웠다. 그리고 그에겐 도무지 이해할 수 없는 단절들이 있었다. 비어버린 시간과 공간이라는 단절들과 그에 따르는 기억의 단절들이. 요 몇 년 전부터, 대략 이 열쇠를 목에 걸고 다니기 시작했던 그즈음부터 그랬다.

"아침 거르지 말고 먹고 나가."

혜리의 목소리가 의식을 파고들었다. 그 목소리 톤이 지친 기색과 안타까움으로 바뀌어 있었다. 혜리는 어항 아래에다 놓아둔 피난 보따리라고 불러도 될 만큼 큼지막한 캔버스 백을 집어 들었다. 혜리는 백을 들고도 할 말이 더 있는 것처럼 머뭇거렸으나 가정을 책임지는 직장 여성으로서의 자신을 자각한 듯 곧 씩씩하고 거침없는 본래의 모습을 되찾았다. 혜리는 그 큰 캔버스 백을 번쩍 들어 어깨에다 둘러멘 뒤 성큼성큼 현관으로 걸어갔다. 나이에 걸맞지 않게 제법 굽 높은 빨간 구두를 뒤뚱이며 꿰어 찬 혜리는 막 현관문 손잡이에 팔을 뻗으려다 선택을 돌아다보았다.

"아참, 당신 휴대폰으로 아침에 전화 왔었어. 당신 작업실 세든 주인이라고 이름도 뜨고, 꼭두새벽에 전화라 급한 용문가 싶어 받아봤어. 별건 아닌데, 당신, 거기 월세 몇 달 치 밀렸다며? 요즘 지갑에 한 푼도 없어?"

사실 한 푼도 없었다. 그렇다고 그 말을 할 수는 없었다. 혜리가 그를 잠깐 살폈다가 말했다.

"지갑 빈 건 나도 그래. 과외시장 포화된 지 벌써 오래야. 서울의 명문대 출신들도 치고 들어오고 있거든. 나도 버티기 힘들어. 나이도 먹었고. 요즘 젊은 애들이 여간 빠릿빠릿해? 더군다나 엎친 데 덮치기로 요즘은 왜 그런지 몸이 계속 피곤해. 병원에 가서 검사라도 받아봐야겠어. 상황이 이래. 유일하게 돈 나올 데라고는 이 집 팔고 다른 데로 이사 가는 수밖에 없어. 몇천 정도는 여유가 생길 거야. 그러면 당신 몇 년은 더 버틸 수 있겠지. 그동안 당신 운이 트일 수도 있고. 잘 생각해 봐. 그리고 그 전화기 좀 바꿔. 그게 언제 거야? 10년은 됐잖아. 전화길 10년씩이나 안 바꾸는 사람이 세상에 어디 있어. 내가 바꿔줘? 아무리 어려워도 그 정도는 해 줄 수 있어. 생각 있으면 얘기해."

혜리가 문 손잡이로 다시 손을 뻗으려다가 멈추었다. 망설임이랄 것이 혜리에게서 나타났다. 좀 전의 그 안타까움도 되살아나고 있었다.

"당신, 요 며칠 심한 거 알아? 완전 딴사람 같아. 신줏단지 모시듯 몸에 붙이고 다니던 전화기를 아무 데나 던져두질 않나, 꼭 넋 나간 사람 같아. 무슨 일이라도 벌어질 것 같기도 하고…. 이맘때면 힘들어한다는 건 알지만 올핸 왠지 겁이 나. 내가 모르는 일이라도 있는 거야? 그런 거야?"

혜리의 말은 사실이었다. 스스로도 올해는 너무 힘들었다. 더는 견딜 수 없다고 생각될 정도로. 작심한 듯 죽은 딸을 연거푸 입에 올리고 한동안 말이 없던 이사 문제를 들고나와 다그치는 이유도 사실은 이런 그 때문이었다. 이렇게 엉망이 되어가는 그를 더는 두고 볼 수 없었으리라. 딸의 죽음 이후로 이렇게 그가 무너지고 있다고 혜리는 믿고 있으니 죽은 딸의 방에 있는 것들을 치워버리고 나아가 아예 저 방으로부터도 멀찍이 떨어져버리길 바라는 거였다. 그러다 보면 혹시라도 그에게서 변화가 생길 수도 있고, 더 이상 추락할 수 없는 처지에서의 변화란 무엇이든 긍정적인 방향으로 작용하리라고 믿었으리라….

"나 갈게."

혜리가 현관문을 열어젖혔다. 혜리는 선택에게 짧지만 깊숙한 눈길을 던진 뒤 그 열린 문으로 나갔다. 문이 닫히고 그 뒤로 또각또각 하이힐 소리가 멀어져갔다. 그 소리가 완전히 사라지고 나서야 마비라도 풀린 듯 선택은 테이블 위의 자신의 전화기를 집어 들었다. 모서리마다 칠이 벗겨지고 틈바구니에는 때가 까맣게 긴 2세대 폴더형 피처폰이었다.

휴대폰을 움켜쥐고서 선택은 소파에 주저앉았다. 도무지 어젯밤 언제 이 전화기를 거실 테이블에다 내려놓았는지 기억이 없었다. 늘 입에 댔다 하면 귀로가 기억에서 사라질 정도로 마셔대긴 했어도 이 전화기를 떼어놓은 적은 없었다. 10년이 넘는 동안 신체의 일부나 마찬가지로 몸 가까이에 붙여두었었다. 잘 때는 잠옷 주머니에, 일부러 지퍼가 달린 잠옷까지 구해서 거기에 넣어두고 잤었고, 심지어 샤워 중에도 비닐봉지에 담아 욕실 선반 위에 놓아두기까지 했었다. A/S 센터에도 수차례 갔었고 성능 좋은 신제품으로 교체하라는 말도 수없이 들었지만 오직 이 전화기만을 고집했었다. 마땅한 이유는 없었다. 굳이 찾자면 이 또한 본능 비슷했다. 딸의 방을 치우지 못하는 것처럼.

그랬었는데 어젯밤 이 전화기를 처음으로 떼어놓았다. 어쩌면 그래야 할 때가 됐는지도 몰랐다. 의식하지는 못하지만 그 스스로가 이제 이것을 떼어놓으라고 소리 없이 외치고 있는지도 몰랐다. 혜리도 무슨 일이라도 일어날 것만 같다고 하지 않았나. 그렇지만 어떻게 이걸 떼어놓는단 말인가? 어제처럼 술의 힘을 빌려서? 그건 취중에 이루어진 일회성 사건에 불과하지 않은가. 영원히 떨쳐버려야 했다. 자신의 행위에 대한 뚜렷한 자각의 한가운데에 오롯이 서서.

하–지만 도대–체 어떻–게?

권총자살

아파트를 나서니 황사가 거리를 뒤덮었다. 행인들은 하나같이 옷깃을 세우고 한껏 몸을 웅크려 종종걸음을 치고 있다. 버스 정류장 맞은편에 서는 행사 도우미 아가씨 둘이 이런 놈의 날씨 따윈 아랑곳하지 않고 핫팬츠를 걸친 길쭉한 몸뚱이를 죽자고 흔들어댄다. 누런 먼지는 그렇다 치고 핫팬츠라니. 아직 2월인데 춥지도 않나. 무슨 상관이람. 추워 죽든, 폐에 먼지가 꾹꾹 눌러 차서 죽든….

"어딜 가세요?"

깔깔한 여인네의 목소리가 인사를 걸어왔다. 비쩍 마른 몸매에 뒤로 똘똘 뭉쳐 땡땡하니 머리를 묶은 여자다. 작년 말 이사 온 아래층 807호 아줌씨다. 있는 대로 이맛살을 찌푸려 거부의 신호를 쏘아 보내지만 여자는 그런 건 싹 무시한다. 꽤나 까탈스럽고 신경질적인 눈매를 더 빛내며 다가선다.

"그림 그리신다는 그 작업실 가시나 보죠? 근데, 지하철 타지 않으시고? 영대병원 근처 아닌가요?"

'지하철'이란 단어에 선택의 안면근육이 굳어졌다. 이 여자는 할 말 안 할 말 가리지 않고 뱉어대고 있다. 뻔히 알면서 '지하철'이란 단어에 그 얇은 입술을 비틀며 유독 힘을 주고 있다.

"거긴 지하철이 훨씬 빠르지 않나요?"

선택의 반응이야 싹 무시하고 비웃음에 가까운 눈웃음을 여자는 날렸다.

"아~ 그렇구나~ 가시는 동안 바깥 풍경 보시면서 뭐냐…, 그 작품 구상이라는 거, 그런 거 하시나 봐?"

여자가 더 바짝 다가들었다. 이젠 위협적인 태도마저 엿보인다. 선택이 한 걸음 물러서 보지만 여자는 눈썹 하나 꿈쩍하지 않는다. 뱀 같은 실눈을 하고서 선택을 훑었다.

"폐쇄-공포증인가 그런 거 있다던데, 증세가 심각하신 모양이에요? 9층에 살면서 엘리베이터도 안 타고 계단으로만 다니시고? 그런 사람들은 대개 과거에 지하 같은 데서 안 좋은 일을…."

"실례합니다."

선택이 무례하다 싶게 여자를 밀치고 앞으로 나아갔다. 때마침 버스가 정류소로 들어섰다. 뒤도 돌아보지 않고 버스에 오른 선택은 제일 뒷자리를 찾아 몸을 던졌다. 지긋지긋했다. 쓸데없이 남의 일에 코를 들이밀고 쿵쿵대는 저런 여자들. 외면하듯 눈을 감았다. 맥박이 꽤나 빠르게 펄떡이고 있었다. 저도 모르게 흥분했었나 보았다. 긴 한숨이 절로 새어 나왔다. 선택은 눈을 뜨고 창밖의 풍경에 의식적으로 집중했다. 황사에 점령당한 도시는 황량했다.

버스가 교차로를 지나고 금호강 아양교를 막 건넜을 즈음, 또 그 부녀가 보였다. 손을 꼭 잡고 길을 걷고 있는 40대 중반의 아버지와 10대 초반의 딸이다. 수년 전부터 길거리와 할인매장, 공원 등지에서 가끔씩 마주치는 언제나 손을 꼭 잡고 다니는 부녀 커플이다. 어제와 그저께는 아양교를 건너기 전, 역시 버스 안에서 보았다. 그러고 보니 요 며칠 사이 연이어 눈에 띈다. 선택의 시선을 의식했는지 딸의 아버지가 선택이 탄 버스로 고개를 돌리고 손을 흔들었다. 물놀이 갔다가 딸이 급류에 휩쓸리자 술에 취해 몸도 가누지 못하면서도 뛰어들어 딸을 구했다는 아버지다. 훌륭하고 용감한 아버지다. 자신 또한 급류에 휩쓸려 죽음의 직전에 이른 순간에도 딸의 손을 놓지 않았다는 만인의 귀감이 되는 아버지다. 그래서 언제나 손을 꼭 잡고 다닌다. 선택의 얼굴 위로 일그러진 미소가 새겨졌다. 버스는 그 부녀를 지나쳤다.

버스가 동부 정류장에 이르렀을 무렵부터 피로가 밀려들었다. 지난밤 깊이 잠들지 못한 탓이다. 병든 닭처럼 머리를 끄덕이다 '툭' 잠과 꿈의 세계로 떨어졌다. 잠은 원했으나 꿈은 바라지 않았다. 그에게 꿈이란 단어는 다가올 미래의 밝은 앞날이라든가 부푼 희망 따위와 결부되어 있지 않았다. 그에게 꿈이란 피해야 할, 도망쳐야 할, 망각해 버려야 할 그런 것이었다. 이번에도 마찬가지였다.

그는 어둠 속에 서 있었다. 비명이, 절규가 그를 둘러싼 어둠으로부터 쏟아져 나와 덮쳐들었다. 그것들은 그의 정신을 찢어발겨 뜯어내고 있었다. 더구나 그것만이 아니었다. 알 길 없는 어디부턴가 연기가 꾸역꾸역 밀려들었다. 화학물질이 연소되면서 내뿜는 숨통을 틀어막는 그을음으로 범벅된 연기였다. 한 모금만으로도 목이 타들어 갔다. 발작처럼 기침도 터져 나왔다. 선택은 무릎을 낮추고 바닥에 납작 몸을 엎드렸다. 군대 화생방 훈련에서 배운 바가 있었다. 열기와 연기는 위로 올라가니 무조건 몸을 낮추라는. 선택은 무릎과 팔꿈치로 기어갔다. 이런 그의 오른손에는 큼지막한 배낭이 쥐어져 있었다. 쇠붙이가 부딪치는 금속음이 그 배낭을 뚫고 철컹철컹 울려 나왔지만 선택에게는 들리지 않았다. 비명이, 절규가 그의 정신을 찢어놓고 있었다.

모서리 진 딱딱한 것이 앞을 가로막았다. 허둥지둥 한 손으로 더듬어 본 결과 계단으로 판명되었다. 앞뒤 가리지 않고 기어올랐다. 각진 모서리에 무릎이 깨지고 팔꿈치는 피부가 벗겨져 쓰라렸다. 열 계단이나 올랐을까, 손바닥이 질퍽했다. 물이었다. 오목한 모서리에 코를 들이박고 그 물을 빨아댔다. 더럽다는 생각도 없었다. 똥물이라도 좋았다. 갈라져 타는 목에 바늘구멍만 한 숨통이라도 틔울 수만 있다면 DDT 살충제라도 꿀꺽꿀꺽 들이켰을 것이다.

조금이나마 기운이 솟았다. 그 기운을 타고 나아갔다. 마침내 계단의 끝에 올라섰다. 저 멀리에 깜박이는 붉은 빛도 확인할 수 있었다. 희망이 가슴에서 일었다. 이제는 저 불빛만 보고 뛰어가리라! 그동안 숨은 쉬지 않아도 되리라! 있는 힘을 다 짜내 몸을 일으켰다. 있는 힘껏 삶을 향한 첫발을 내디뎠다. 그러나 그는 배낭을 계산에 넣지 못했다. 그 큼직한 배낭이 발목을 걸었다. 배낭이 그를 잡아당겼는지도 모르겠다. 무엇이든 몸을 던지듯 등짝부터 배낭 위로 꼬꾸라졌다. 예리한 금속성이 어깨를 뚫고 가슴으로 튀어나왔다. 불빛 없는 암흑 가운데서도 눈앞에 어른거리는 그것의 정체는 확인 가능했다. 그것은 그의 오른쪽 어깨 뒷부분을 관통해 가슴으로 그 끝을 내민 시퍼런 칼날이었다. 그리고 그는 비로소 오른손에 움켜쥔 것이 다른 무엇도 아닌 배낭이라는 사실을 알아차렸다. 살을 찢는 아픔이 불러일으킨 비명이 아니라 슬픔과 자책과 후회가 쥐어짜낸 절규의 통곡이 터져 나왔다.

선택은 몸부림쳤다. 어깨에 칼을 꽂은 채로 몸부림쳤다. 할 수 있는 유일한 것으로 그게 다였다. 그러다 잠이 깼다. 그는 버스 뒷좌석에 웅크리고 앉아 소리 죽여 흐느끼고 있었다. 감은 두 눈에서 새어 나온 두 줄기 눈물은 얼굴을 타고 턱을 지나 가슴 위로 스며들며 번져갔다. 남들이 볼세라 몸을 말고 얼굴을 가렸다. 소맷자락으로 눈물도 닦아냈다. 소용없었다. 눈물은 눈꺼풀을 비집고 꾸역꾸역 밀려 나왔다. 울음을 그칠 수가 없었다. 가늘게 떨리는 한숨도 기도를 지나 이빨 틈새와 입술을 비집고 서럽게 새어 나왔다. 세 정거장이나 지나서야 숨죽인 흐느낌도 눈물도 떨리는 한숨도 마침내 그쳤다.

그리고 그는 깨달았다. 이 꿈은 지난 일주일 동안 밤마다 꾸어왔으나 잠에서 깨어나는 그 즉시 기억에서 사라졌던 그 꿈이었다. 또한, 3년 전부터 이맘때면 언제나 꾸어왔었지만 역시나 깨어나면 생각나지 않던 그 꿈이기도 했다. 그랬던 것이 처음으로 잠을 깬 뒤에도 기억이 났다. 뚜렷하고도 생생히. 특히나 꿈에서 그를 덮쳤던 슬픔과 자책과 후회는 더욱더. 그 사실이 두려움을 몰고 왔다. 이것은 변화를 의미했다. 무슨 일인가 그에게서 일어나려 하고 있었다. 불길할 수도 있는 일이. 선택은 도망치듯 창밖으로 시선을 돌렸다.

번잡한 도심이 시야를 채웠다. 황사의 습격을 받고 있기는 해도 도심의 변화가는 벌써 봄기운으로 일렁였다. 성미 급한 젊은 축들은 칙칙한 겨울옷을 벗어 던지고 화려한 빛깔을 뽐내며 거리를 활보했다. 저들이 부러웠다. 그에게 봄은 손에 닿지 않는 곳에 있었다. 그것은 너무 멀리 있었다.

버스에서 내려서도 작업실까지는 한참을 걸어야 했다. 산동네라고까지 할 수는 없지만 비탈길을 헐떡여 올라야만 하는 가난한 동네의 외진 구석, 그곳에 그를 아직껏 버티게 해주는 근거지가 자리 잡고 있었다. 유일한 희망, 그에게 살아야 할 이유를 제공해 주고 잃어버린 것들을 보상해줄 세계였다. 삶이 던진 오물의 구덩이에서 그를 건져 올려줄 유일한 가능성의 세계였다.

이면도로로 접어드는 초입에 한 무리의 인파가 눈에 들어왔다. 근래

이 동네에서 유명세를 타는 예의 그 길거리 예언녀를 둘러싼 이들이었다. 엄청난 체격에 키 또한 멀대 같다는 그 예언녀는 '시빌라'라는 이름도 괴상한 항아리를 늘 들고 다닌다는데, 길에서 주운 나뭇잎을 그 항아리에서 태워 거기서 올라오는 연기로 점도 치고 예언도 한다는 것이다. 선택이 막 그 무리를 지나치는데 군중들의 머리 너머로 고함에 가까운 예언녀의 목소리가 울려왔다.

"돌아가라, 돌아가!"

칼날 같은 것이 가슴 한구석을 파고들었다. 그를 내쫓는 거칠고 드센 기운도 그 고함에는 있었다. 달아나듯 비탈진 골목길을 허겁지겁 올랐다.

작업실로 꺾어드는 골목을 눈앞에 두고서 선택은 걸음을 멈추었다. 또 그를 만났다. 재개발을 추진하다 중단되면서 흉물지대로 변한 일대를 부직포로 가림막을 쳐서 막아놓은 길모퉁이에서였다. 붉은 스프레이로 회색 부직포 위에다 휘갈겨 놓은 '출입금지'란 큼지막한 경고문을 머리에 이고 그는 서 있었다. 선택을 기다리고 있었는지도 모르겠다. 이름은 이광태. 대학 동기로 함께 수업을 들었던 친구다. 그와는 학교 실기실에서 밤샘 작업도 자주 같이했었고, 막걸리나 소주를 사 들고 와 단무지만을 안주 삼아 실기실 시멘트 바닥에서 술추렴을 벌이면서 나름은 진지한 토론으로 날을 새기도 했었다. 한때는 잘나가는 인기 작가로 소더비와 크리스티 같은 외국 유명 경매회사의 카탈로그에 그의 작품이 실렸던 적도 있었다. 그랬던 그가 몰락할 대로 몰락한 지금의 꼴로 몇 달 전에 불쑥 나타났었다. 내다 버린 군용 모포를 뒤집어쓴 것 같은 때에 절고 거의 발목까지 내려온 헐렁하고 가장자리가 해어진 검은 외투에다, 앞코가 닳아 벗겨져 보호 철판이 하얗게 드러난 작업자용 안전화,

깊숙이 눌러쓴 올이 풀린 어울리지 않게도 새빨간 비니, 그 모습은 노숙자라고 불러도 무방했다. 붉은 비니 아래의 두 눈만이 예외로 반들반들 살아 빛나고 있었다.

그 눈이 파리 잡는 끈끈이처럼 진득하니 선택에게 들러붙었다. 또 그 얘길 하자는 건가. 그림으로 지은 죄를 용서받아야 한다느니 어쩌느니 하는. 몇 달 전, 거의 10년 만에 바로 이 자리에서 처음 마주친 날, 근처 포장마차에서 광태는 그런 얘기를 했었다. 자리에 앉자마자 소주를 연거푸 서너 잔 들이켜더니.

"우리는 죄인이야. 죄인은 어떤 수단이든 가리지 않고 죄를 털어내야 하는 거라구. 우리 같은 그림쟁이는 무엇보다 그림으로 우선 속죄해야 하고. 더 나아가 필요하다면 그림을 넘어설 수도 있고. 솔직히 말하자면 속죄를 위해서라면 살인도 할 수 있어."

살인이란 말에 선택이 그의 눈을 피했다.

"속—죄? 교회 다니나? 교회에서 다들 그러잖아. 우리 모두는 죄인이라고."

선택의 대꾸에 광태는 허옇게 빛이 바랜 플라스틱 탁자를 주먹으로 탕탕 내려쳤다.

"아니, 아니야. 난 우리라고 했지, 우리 모두라고 하지는 않았어. 우·리, 너와 나 말이야. 너와 내가 죄인이라는 거야. 잘 들어봐. 내가 10년 만에 널 어떻게 찾은 줄 알아. 친구들을 찾아가 수소문했을 거 같아? 이 꼴로 내가? 아니면 비싼 돈 내고 심부름센터에 부탁했을 거 같아? 아니라고. 같은 죄인인 니가 날 끌어당긴 거야. 그것도 냄새로. 너에게 냄새가 나거든. 죄악과 속죄의 냄새가. 그 냄새가 날 당겼고, 그래서 내가 널 찾은 거라고. 비슷한 부류끼리 작용하는 인력 같은 거라고나 할까.

그냥 그것이 당기는 대로 이끌려 와 보니 니가 있었던 거지."

한마디로 황당했다. 비슷한 부류니 인력이니 어쩌니 하는 것들. 그래서 선택은 화제를 돌려버렸다. 자신의 머리를 꽉 채운 예술이란 것으로.

"그림으로 속죄한다고 그랬는데 그건 예술을 도구로 삼는 거잖아. 하지만 예술은 도구가 아니지 않나. 그 자체로 존재하는 거지. 당연히 잡스러운 건 끼어들어서는 안 되는 거고. 지극한 순간의 예술의 완성, 그것만이 중요한 거잖아. 난 말이야, 예술의 완성을 위해서라면 살인이라도 할 수 있다고 생각해. 속죄를 위해서가 아니라."

광태가 가소롭다는 표정을 지었다.

"예술의 완성? 허, 너도 도깨비를 불러야겠어."

도깨비? 선택은 또 황당해했고, 광태는 비웃듯 비스듬히 내리깐 눈으로 선택을 쳐다보며 설명을 주었다.

"내가 한때 잘나가지 않았나. 그것도 어느 날 갑자기. 물감값도 없어 절절매던 내가 하루아침에 일약 화단의 스타가 되었지. 내가 용꿈이라도 꿨다고 생각하나? 아니거든. 도깨비가 그렇게 요술을 부린 거야. 그렇게도 예술을 원한다면 도깨비를 불러봐. 널 예술계에서 성공가도를 달리게 해줄 거야. 한데, 그다지 권하고 싶지는 않아. 왜냐면 그 대가를 치러야 하거든. 성공의 대가라는 걸."

광태는 비틀린 웃음을 흘렸고 선택은 이놈이 약간 미쳤나 하는 생각을 했었다. '이런 대명천지에 도깨비라니. 허무맹랑하고 얼토당토않게도. 그래, 백번 양보해서 있다 쳐. 그 도깨비란 게 뭘 어쩐다는 거야? 예술계에서 성공가도를 달리게 해준다고? 예술을 알기나 하겠어. 어림없는 소리지. 저 자식 약간 미쳐버린 거야. 한때 잘나가다 저 꼴이 돼버렸으니 그럴 만도 하겠지.'라고.

그랬음에도 광태와 마주칠 때마다 그놈의 도깨비가 머릿속 한구석에서 삐쭉삐쭉 고개를 내밀었다. 아무리 무명 생활 20년이라지만 그렇게도 절실하단 말인가. 터무니없이 도깨비라는 이상한 무엇이라도 불러내지 않으면 안 될 정도로? 문제는 또 있었다. 어처구니없게도 저놈과의 사이에 맹렬한 인력 비슷한 것이 작용하고 있음 또한 몸속 어딘가에서 감지하곤 했다. 이 근처를 지나치다 보면 저도 모르게 저 친구를 찾아 두리번거리는 자신을 발견하곤 했던 것이다. 그걸 두고 호기심 탓만으로 치부해버릴 수는 없었다. 저 친구의 말대로 같은 부류끼리의 끌어당김이라는 건가. 같은 죄인으로서. 한데 내가 무슨 죄를 지었다고. 더구나 저놈은 또 무슨 죄를 지었다고. 허, 죄인이라니….

광태에게 손인사만 던진 선택은 괜히 허둥대며 길모퉁이를 돌아 오르막을 올랐다. 셋방 전단지들이 덕지덕지 나붙은 전봇대를 지나면 그의 작업실이 나온다. 작업실은 가게로 세를 받기 위한 것이라지만 아무도 가게로는 세를 들지 않는 오직 선택 같은 가난뱅이 화가나 찾을 만한 그런 곳이다. 덕분에 거의 폐가 수준으로 방치된 곳이다. 앞면을 전부 차지한 유리문들만 봐도 그건 알 수 있다. 뒤틀리고 흠집투성이 알루미늄 섀시 문틀에 끼워진 유리의 반은 금이 가거나 깨져있다. 임시방편으로 금 간 유리를 테이프로 붙여놓거나 아니면 유리를 아예 들어낸 뒤 합판을 갖다 대고 나사못으로 고정해 얼기설기 막아놓았다. 더욱이 문제는 이런 외관만이 아니다. 이가 맞지 않는 문은 한번 드나들려면 삼손을 능가하는 근육의 힘과 보석 세공사에게나 요구되는 손끝의 섬세함을 필요로 한다. 그런데도 주인 영감탱이는 턱없이 월세는 많이도 받는다. 그놈의 욕심이 하늘을 찌른다.

텔레파시라도 통했나? 욕하는 소리라도 들었나? 온갖 재주를 부려 유리문을 열고 막 들어서는데, 작업실 옆으로 나란히 붙은 대문의 녹슨 경첩이 비명을 질렀다. 그놈의 영감이다. 날쌔게 문을 닫았지만 2초도 지나지 않아 영감의 주먹이 문을 두드렸다.

"왔는갑네. 나 좀 보세."

대답하지 않았다. 알아서 들어오겠지. 하루에 한 번이나 두 번, 요 근래 매일 영감은 알아서 들어왔다. 볼 때마다 실감하는 바이지만 박만복 씨, 역시 집주인은 집주인이다. 그 대단한 삐걱삐걱 유리문을 쉽게 열고 쉽게도 닫는다. 들어와서는 목을 빼고 작업실 안을 쭉 훑는다. 그러다 이젤 위의 작업 중인 미완성 작품을 유심히 살핀다. 몇 달 치 밀린 월세는 아침에 아내와 얘기를 마쳤다니 오늘은 더는 말을 않을 것이고, 뭘 또 트집 잡으려고 이러시나? 밀린 월세만 아니라면 당장 내쫓아 버릴 텐데…. 이 영감이 고개를 돌리더니 배시시 입가에 미소를 흘린다. 비웃는 건가? 본 척도 않고 리모컨을 들어 TV를 켠다. 10년이 넘은 곡면 브라운관 TV에서는 요즘 인기 상종가를 달리는 다큐 '병원 24시'가 화면을 타고 있다. 카메라가 병원 복도를 훑고 지나 2인 병실 안으로 밀고 들어가며 내레이션이 흐른다.

"오늘은 사별한 아내를 사무치게 그리워하시다 못내 그 그리움을 이기지 못해 지난해 오늘 음독을 시도하셨지만 아직도 이승의 경계를 넘어서지 못하고 혼수상태에 빠져 계신 오주섭 할아버지의 병실을 찾아왔습니다. 지금 그 보호자이신 둘째 아드님과…."

선택은 뻣뻣이 서서 눈을 TV 화면에 고정시켰다. 허나 TV를 시청하는 건 아니다. 귀는 오히려 영감에게로 열려있다.

"그림은 잘 되어가나? 난 좋아 보이는데?"

미쳤나 보다, 이 영감탱이가! 고물 장사 경력 45년을 밑바탕 삼아 이젠 예술계까지 넘보겠다는 거야 뭐야? 왈칵 화가 치민다. 누가 감히 내 그림을 두고 좋으니 나쁘니 평가를 내린단 말인가. 화를 터뜨리는 대신 침묵을 지킨다. 그만 나가줬으면 좋겠는데 그럴 기미는 보이지 않는다.

"그래, 아침은 먹었는가?"

여전히 침묵. 눈을 의미 없이 TV에 고정하고서 길거리에서 주워온 싸구려 일인용 비닐 소파에 깊숙이 몸을 묻는다. 볼륨을 높이고 TV 채널도 마구 돌려버린다. 무엇이든 성가시다는 마음뿐이다. 화를 내는 것조차도 이젠 다 귀찮다.

만복 영감은 꼭 할 말이라도 있는 사람처럼 선택 주변을 서성대다가 포기한 듯 말없이 작업실을 빠져나갔다. 그러나 그 대단한 알루미늄 새시 문을 닫기 전에 뒤돌아서서 작업실 안으로 한마디 툭 던져 넣었다.

"먹어두게, 많이. 힘들 때는 잘 먹어야 하네."

사실 벌써 거의 일주일을 입에다 곡기를 넣어보지 못했다. 소주만을 내리퍼부어 댔다. 안주도 거의 손대지 않았다. 배가 고프지도 않았다. 속이 쓰리지도 않았다. 다만 가끔씩 온몸이 불덩이처럼 달아오를 뿐이었다. 바로 그것을 원했었다. 그 불이 자신을 재도 남지 않게 태워버렸으면 했다. 그러나 그는 여전히 살아있고 이렇게 주워온 소파에 앉아 또 하루를 시작하려 하고 있었다. 그를 유일하게 살아있게 해주는 작업실에서.

새삼스럽게 선택은 자신의 작업실을 하나하나 살피듯 둘러보았다. 출입문 왼쪽으로는 싱크대와 냉장고가 자리 잡고 있다. 그 일대가 참으로 대단하다. 하나짜리 싱크대 안에는 음식 찌꺼기가 말라붙은 냄비와 씻지 않은 컵과 수저와 그릇들로 그득하다. 고약한 악취도 풍긴다. 그 옆으로는 가스레인지 대신에 전기레인지가 놓여있는데, 그 위는 말할 것도 없고 그 주변으로 종류도 다양한 라면들과 어지러이 나뒹구는 옥수수들이 무더기로 위태위태 쌓여있다. 옥수수들 또한 그 종류도 다양하다. 껍질도 벗기지 않은 생옥수수, 구운 옥수수, 삶은 옥수수, 더 세분하면 아직 먹을 만한 것들, 말라비틀어진 것들, 썩어가거나 곰팡이 핀 것들. 한마디로 아수라장이다. 이게 전부가 아니다. 그 아래로는 더 가관이다. 모서리가 깨져나간 싱크대와 시끄럽게 돌아가는 냉장고 주변 바닥에는 라면 봉지와 소주병, 먹다 남긴 치킨과 말라비틀어진 닭 뼈들이 섞여있는 종이 박스, 입 닦은 냅킨, 담배꽁초 따위가 한 치의 빈 공간도 남기지 않고 자리다툼하고 있다. 쓰레기장이라 불러도 뭐라 변명할 말이 없다.

옆으로 건너뛰어 창이 없는 두 벽면도 어지럽기는 마찬가지지만 그나마 화가의 작업실답다. 거기는 그림이 완성된 캔버스들로 꽉꽉 채워져 있다. 그것들은 하나같이 팔리지 않은 그림들이다. 언제 팔린 적이 있었느냐만. 사실 팔리지 않은 그림은 그것들만이 아니다. 이젤 뒤로 포장을 풀지 않는 작품이 여덟 점 쌓여있다. 어제 배송업체가 부려놓은 것들이다. 아트 페어에서 한 점도 팔리지 않은 덕분이다. 그 옆으로는 드라마를 내보내는 곡면 브라운관 TV가 흉물스런 분위기를 자아내며 떡하니 자리 잡고 있다.

나머지 남은 부분이 작업 공간이다. 가운데에 이젤이 서 있고 그 왼쪽에는 사용한 유화 붓을 씻기 위한 석유를 부어놓은 둥그런 유통이 하나 놓여있다. 그 옆 바닥엔 유통에다 씻은 붓을 닦는 데 사용하는 넝마가, 원래는 얼굴 닦는 수건이었지만 지금은 기름내 쩌는 얼룩덜룩한 걸레 같은 넝마가 하나 뒹굴고 있다. 이젤의 오른쪽에는 팔레트, 물감, 붓 따위를 올려두는 화탁이 삐딱하니 자리를 차지했다.

빼먹은 게 있다. 일부러 빼먹었는지도 모르겠다. 이젤에 얹혀있는 것이다. 80호짜리 캔버스다. 거의 한 달째 주물럭대고 있지만 그 끝이 보이지 않는 미완성작이다. 방향을 잃어버린 탓이다. 처음 캔버스를 펼쳐놓고 시작했을 그때의 의도와 계획은 사라지고 한 달째 헤매고만 있다. 출구를 찾지를 못하고 있다. 그 와중에 물감이 두껍게 덧칠되어 버렸다. 유화 나이프로 긁어내든지 해야겠지만 생각뿐이다. 그림에는 손도 못 대고 붓을 안 든 지가 벌써 일주일째다. 멍청히 넋 놓고 소파에 앉아 시간을 죽이고 보낸 지가 벌써 일주일째다.

더 보고 있을 수 없어 몸을 일으키는데 종이봉투가 발에 차였다. 롯데백화점 로고가 자신만만하게 찍힌 쇼핑백이다. 안에는 생옥수수가 한가득 들어있다. 이건 내가 사 들고 온 게 아니다. 그 자식, 돈지랄 떨기 좋아하는 김가진이란 이름도 요상한 그 컬렉터 놈이 어제 벤츠 S600 승용차를 이 찢어지게 가난한 빈민가 골목에 주차한 뒤 트렁크를 열고 꺼내서 들고 온 것이다.

뭐, 이 옥수수를 그려달라나? 왜 하필 옥수수냐니까, 그 꽉 들어찬 노란 알갱이가 너무 좋다나? 그 가지런한 배열이 가슴을 뛰게 한다나? 쳐다보기만 해도 기쁨이 샘솟는다나? 미친놈, 나는 추상화가지 구상화가가 아니라니까, 이제는 그림을 바꿔보라나. 그림을 바꿀 때도 되지 않았냐며. 그리 잘 알면 니가 그려라! 지난번 후배 개인전 뒤풀이 자리에서도 그랬었다. 그 작자, 아예 예술가에 미술 평론가였다. 화가들을 앉혀놓고 혼자만의 품평회를 가졌었다. 이건 좋고 저건 나쁘다느니. 붉은색을 그렇게 사용해선 안 된다느니. 붓 터치는 좀 죽이고 대상의 질감을 끌어내 보라느니. 전체적으로 부옇게 뜨니 지나친 화이트의 사용을 자제하라느니, 너무 평면적으로 묘사하지 말고 공기 원근법을 이용해 입체감을 살려보라느니. '스푸마토'라는 미술사 용어까지 들먹여 가면서.

그 작자, 어제는 옥수수 하나를 집어 들고 잽싸게 껍질을 벗기더니 그 것을 내 코앞에 들이밀기까지 했다. 그 반질반질 빛나는 노란 알갱이들을 그려달라고. 내 대답은 명료했다. 그것을 빼앗아 집어 던져버렸다. 그런데 그 작자 반응이 참으로 물건이었다. 화도 내지 않고 먹는 음식을 함부로 대해선 안 된다며 겹겹이 기대놓은 먼지투성이 캔버스들 사이를 뒤져 기어이 옥수수를 찾아내 쇼핑백에다 넣어두는 거였다. 분명 놀리는 거였다. 난 이렇게 검소하게 산다고. 그래도 그냥 갔더라면 그것으로 끝났을 것이다. 작업실을 두리두리 살피더니 싱크대 위의 옥수수들을 가리키며 나더러 당신도 옥수수 좋아하지 않느냐며, 술만 마시면 옥수수를 사 간다는 얘길 들었다며, 자고로 훌륭한 작품을 위해서는 작가가 마음으로 좋아하는 것들을 그려야 한다며 한바탕 연설을 늘어놓았다. 당장 꺼지라고 욕설을 섞어 소리치고는 쫓아버렸다.

생각만 해도 화가 치민다. 그런 작자까지 이젠 내 그림을 두고 이래라저래라 입을 댄다. 누구도 아닌 그 여편네 때문이다. 코스모스 화랑 주인 여자. 김가진과 함께한 자리에서 내게 그림을 바꿔보라고 했었다. 이런 그림으로는 어떤 컬렉터도 관심을 가지지 않는다고. 아니꼽고 더럽다. 하지만 사실이다. 이번 아트 페어에 출품했던 여덟 점의 그림이 한점도 팔리지 않고 모두 되돌아왔다. 그것들은 포장도 풀리지 않은 채로 떡하니 눈앞에서 작업실 공간을 잡아먹고 있다. 내 눈앞에서….

한참을 그 여덟 점을 노려보기만 하던 선택은 이젤과 화탁과 유통을 출입구 쪽으로 밀어내고 그 여덟 점의 그림 포장을 벗기기 시작했다. 왜 이러는지 그 이유는 갖고 있지 않았다. 그저 확인해 보고 싶었다. 그러나 무엇을 확인하려 하는지는 모르고 있었다. 어쩌면 알고 있는지도 몰랐다. 다만 그것을 의식의 경계 위로 떠올리기가 두려워 애써 모른 척 뭉개고 있는지도 몰랐다. 그 확인이란 것이 자기기만이나 위선 따위들을, 그나마 여태껏 그를 지탱해왔던 그런 거짓들을 홀러덩 다 까발리고 그를 완전히 발가벗겨 비바람 몰아치고 번개가 내리찍는 황무지 들판에 홀로 세워버릴 수 있는 것일지도 모르기에.

손이 떨려왔다. 포장지를 풀면서도, 포장을 벗겨낸 그림들을 여기저기 기대 세우면서도 손이 떨려왔다. 자신이 그렸던 그림이지만 그것들에서 무엇을 보게 될지 두려웠다. 감추고 싶었던 치부를 드러낼까. 아니면 누구에게도 보여주어서는 안 될 내밀하고 어두운 욕망을. 혹은 비밀스러운 죄악이라도.

포장이 벗겨진 선택의 그림은 현실의 어떤 사물의 모습도 담고 있지 않았다. 순수한 추상이었다. 선과 면과 점들이 색채들로 섞여들며 오직 그들만의 목소리로 노래를 부르고 있었다. 문제는 그 노래들이 즐겁지 않다는 거였다. 어두운 색조들, 거칠고 공격적인 선들, 서로 충돌하며 짓이겨지는 색면들. 우울하고 지친, 고통과 회한과 절규의 노래였다. 더군다나 지독한 불협화음의. 웃음이 저절로 나왔다. 이런 노래를 좋아할 사람은 아무도 없다. 이따위 노래를 거실에다 걸어두고 감상할 이가 어디 있겠나. 누가 돈을 주고 집 안에다 이 같은 어둡고 불쾌한 감정을 불러들이겠는가. 비틀린 자기만족만 추구하는 이런 그림을. 언론에 자주 오르내리면서 유명세라도 탔더라면 몰라도.

선택은 충분히 이해했다. 화랑 여주인도, 옥수수를 그려달라던 김가진도. 나아가 그들이 그림을 바꿔보라고 했던 이유도. 그도 예전에는 이런 그림을 그리지 않았다. 그의 그림에는 언제나 그가 보고 있거나 보아온 그가 알고 있는 세상의 모습이 담겨있었다. 눈으로 볼 수 있고 손으로 만질 수 있고 코로 냄새 맡을 수 있는 것들. 그가 관계를 맺고 그 관계를 서로 주고받으며 호응하는 것들. 그런 것들이 아닌 관념과 추상의 세계는 그에게 아무런 감흥도 불러일으키지 않았었다. 그랬던 것이 언제부턴가 세상의 사물 그 어떤 것도 그림에 집어넣을 수 없게 되었다. 어떤 현실도 그림에 담아낼 수 없었다. 그는 자신의 그림에서 세상을 등져버렸고 내팽개쳐버렸다. 그에게 현실의 삶이 그러하듯이 그런 것들은 아무런 가치도 없는 오직 고통만을 안겨주는 것들이었다. 아마도 하주가 죽은 이후로.

세상에서 도망쳐버린 그는 그림에서 자기만족적 위안만을 갈구했다. 술을 퍼마시듯 그렇게 그려냈다. 그 당연한 결과로 자신의 그림에서 지금껏 추구하고자 했던 어떤 것도 성취하지 못했음을 오늘 이 시간, 한 점도 팔리지 않은 자신의 그림들을 펼쳐놓고 노려보는 오늘 이 시간에야 뚜렷이 자각할 수 있었다. 한마디로 그의 그림은 쓰레기였다. 눈앞에 펼쳐진 자신의 그림들이 역겨웠다. 고통스럽고 무가치한 삶과 먼지 나는 현실의 구질구질함을 초월하여 인간 영혼을 치유할 숭고한 예술을 창조하겠다는 여태까지의 노력의 결과가 겨우 이런 쓰레기였다. 눈앞의 캔버스 위에 펼쳐진 예술의 세계란 것이 기껏해야 어설픈 자기만족적 충동을 똥 싸듯 퍼질러놓은 것들에 불과했다. 그는 자신의 예술에 있어서의 완전한 실패를 인정할 수밖에 없었다. 그의 삶이 완벽한 실패의 연속이었듯이.

'나의 삶이 완벽한 실패의 연속이었듯이…'

낮은 읊조림이 새어 나왔다. 그러자 그 내뱉어진 말은 불변의 진실이 되어 현실적 실체로서 그의 앞에 존재했다. 그 실체는 다름 아닌 눈앞에 펼쳐진 여덟 점의 그림들과 이젤에 얹혀있는 한 달째 미완성의 그림, 두 벽을 따라 빽빽이 세워져 있는 오래전에 완성되었지만 팔리지 않은 그림들 모두였다.

선택은 비척비척 싱크대로 다가갔다. 그렇지, 맨 아래 칸 서랍이다. 거의 사용하지 않는 싱크대 서랍은 부서져라 잡아당겨서야 겨우 열렸다. 제일 안쪽에 처박혀있는 무언가를 둘둘 말아놓은 불룩한 신문지 뭉치를 꺼내 들었다. 묵직한 그것을 손에 들고 신문지를 풀었다. 권총이 나왔다. 3년 전 부산에서 손에 넣은 러시아제 리볼버 권총. 공이를 뒤로 잡아당길 필요 없이 방아쇠만 당기면 공이도 당겨지고 탄창 실린더도 돌아가면서 총알도 발사된다며 비싸게도 값을 불렀던 권총이다.

선택은 권총을 들고 소파로 돌아가 깊숙이 몸을 묻었다. 3년 전이었다. 그때도 자신의 그림이 역겨워지면서 죽음을 꿈꾸었었다. 강물에 뛰어들 생각도, 목을 맬 계획도, 손목을 그을 작정도, 극약을 마셔버릴 독한 마음도 먹었었다. 그러나 그 어느 방법도 그를 만족시켜주지 못했다. 그런 싱거운 방법으로는. 그는 자신의 피와 뇌수를 사방에 뿌리고 싶었다. 처참하고도 흉하게 죽고 싶었다. 그는 인터넷을 뒤진 뒤 부산으로 달려가 영도 남항동의 뒷골목을 한참을 헤집어서야 손님도 없는 눅눅한 지하 노래방에서 이 총을 손에 넣었다.

3년 전 그때도 이 소파였다. 여기에 앉아 총구를 관자놀이에 갖다 댔었다. 그러나 그 이후로는 기억이 끊어지고 없었다. 다음 날 작업실이 아니라 아파트 자신의 방에서 깨어났다. 권총은 신문지에 싸인 채로 싱크대 맨 아래 서랍에서 발견되었다. 재작년과 작년의 2월 18일 오늘도 똑같은 일이 반복되었다. 자신과 자신의 그림을 향한 혐오가 극도에 이르렀고 더는 견디지 못한 그는 관자놀이에 총구를 갖다 댔었다. 그러나 관자놀이에 닿는 총구의 싸늘한 금속성 냉기는 기억나지만 그 뒤로는 역시 마찬가지였고, 다음 날 그는 또 아파트 자신의 방에서 깨어났다.

이번으로 네 번째다. 이번은 지난 세 번과는 어딘지 다르다. 더 막다른 절벽 끝에 선 것만 같다. 퇴로도 없다. 총을 쥔 오른손을 오른쪽 관자놀이로 가져갔다. 방아쇠에 힘을 준다. 뻑뻑하다. 좀 더 힘을 준다. 공이가 뒤로 당겨지고 회전탄창이 돌아가면서 마찰음이 귀에 전해지고 미세한 마찰 진동도 권총을 거머쥔 손바닥으로 전달되어온다. 선택은 방아쇠를 당긴다기보다 권총을 움켜쥐었다. 고막을 울리는 폭발음과 함께 그의 머리가 휘청했다. 그는 자신이 죽었다고 생각했다.

화가 이광태

불은 선택을 둘러싸고 일렁일렁 율동에 실려 타올랐다. 두렵지도 뜨겁지도 않았다. 손을 뻗자 불꽃들이 팔을 간질이며 거슬러 올라왔다. 그것들은 가만가만 얼굴을 어루만지기 시작했다. 조용조용 속삭여대기도 했다. 도무지 알아먹을 수 없었으나 이윽고 그렇지 않은 한마디가 청각을 파고들었다.

"이제 그만 깨어나."

눈을 떴다. 작업실 바닥에 그는 얼굴을 박고 엎어져 있었다. 러시아제 리볼버 권총은 손에 쥐어진 그대로였다. 총을 쥔 손으로 바닥을 짚고 몸을 일으켰다. 몸이 굳어있고 한기가 몰려들었다. 싱크대 맞은편 벽의 벽시계를 올려다보았다. 바늘은 열한 시 오십 분을 이제 막 넘어서고 있었다. 유리문 밖은 깜깜했다. 열두 시간 넘게 바닥에 엎어져 있었다.

팽개치듯 소파에 몸을 던진 선택은 총을 화탁에다 내려놓고 오른쪽 관자놀이를 더듬었다. 덕지덕지 말라붙은 피딱지가 만져졌다. 머리카락도 일부 타들어 갔다. 타서 바스러진 가루가 손끝에 묻어나왔다. 결론은 총은 오발되고 그는 죽지 않았다는 것. 권총에 문제가 있었건 아니면 격발 순간 자신도 모르게 총구를 틀어버렸건 총알은 그의 머리에 충격만을 주고 약간의 피를 흘리게 했을 뿐 그를 죽이지는 못했다.

이를 행운이라 해야 하나, 아니면 불행이라 해야 하나. 그럼 이젠 절대 실패할 가능성이 없는 방법을 선택해야만 하는가. 입안 깊숙이 총구를 밀어 넣고 방아쇠를 당긴다면 가능하겠지. 손을 뻗어 권총을 집어 들었다. 묵직한 무게감과 싸늘한 금속성이 손바닥으로 전해져왔다. 그것을 눈앞에다 들어 올려 처음 보는 물건인 양 살폈다. 천천히 총구를 입으로 가져갔다.

'연쇄살인'이란 단어가 들려온 건 총구가 입천장에 막 닿았을 때였다. 그것은 아트 페어에서 팔리지 않은 그림들 중 하나를 기대놓는 바람에 화면이 가려진 TV에서 들려왔다. 그것에는 어딘지 친숙하면서도 심연 깊은 곳을 건드리는 무엇이 있었다. 선택은 입으로부터 총구를 뽑아냈다. 스스로도 이해할 수 없는 강렬한 힘에 이끌려 권총을 쥔 채로 TV로 다가가 그림을 옆으로 치웠다. YTN 뉴스였다. 말쑥한 정장 차림의 기자가 사건 현장으로 짐작되는 빈민가의 한 허름한 집을 배경으로 마이크를 쥐고 서 있었다.

"……지난 14일 살인사건이 일어난 지 꼭 나흘 만인 오늘, 비슷한 사건이 또 대구에서 발생하여 시민들을 불안과 공포에 떨게 하고 있습니다. 경찰은 범행 유형과 살해 방식으로 미루어 동일범의 소행으로 확신하고 있으며, 또 사건의 여러 정황으로 판단하건대 범인은 범행 현장 주변을 잘 아는 자일 것으로 추정하고 있습니다. 따라서 경찰은 범행 현장 일대에 대한 대대적 탐문수사에 나서는 한편, 지난 14일 집 안에서 피살된 피해자의 아파트 인근 CCTV에 잡힌 롱코트를 걸치고 니트 모자를 눌러쓴 중키에 체격이 마른 남자를 유력한 용의자로 지목하여 찾고 있습니다. 경찰에 의하면 증오범죄의 한 유형으로 추정되는 이 연쇄살인사건은……."

묘한 전율이 선택을 사로잡았다. 화면 속 기자의 목소리는 더 이상 들리지 않았다. 자신을 완전히 망각해버린 몰아의 세계로 그는 빠져들었다. 그 세계에는 권총자살 같은 건 없었다. 삶의 충일한 기쁨이란 것과는 거리가 멀었지만 강한 욕망과 드센 충동이 거기에 있었고, 어딘지 기만과 위선의 냄새가 풍기기는 하나 충족감 같은 것이 또한 거기에 있었다. 정의 내리기 힘든 그것이 무엇이든 아무튼 그를 살게 만드는 세계였다. 선택은 권총을 화탁 위에다 내려놓았다. 지금으로선 더는 필요치 않을 것이다. 다행인지 불행인지는 모르나 총알이 빗나감으로써 자신을 살린 운명을 받아들이기로 했다. 그러나 왜 이 연쇄살인사건이 그토록 그의 관심을 끌었고 나아가 삶을 지지해 준 몰아의 세계로까지 그를 이끌었으며, 마침내는 자살을 포기하도록 만들었는지 그 까닭은 알 수 없었다.

선택은 소파로 돌아가 몸을 묻었다. 그와 더불어 총구를 관자놀이로 이끄는 데 결정적이었던 그 그림들이 그의 시야를 장악했다. 다시 보아도 그것들은 여전히 허접쓰레기였다. 거기에는 그가 그렇게도 기도했던 초월도 치유도 없었다. 그의 삶이 완전한 실패였음을 증명해주는 증거들만이 가득했다. 자신의 전부나 마찬가지인 그 그림들은 뱃속에서 엉긴 거대한 이물질 덩어리처럼 금세 아랫배를 옥죄어왔고, 방금 그를 살게 했던 그 전율을 놀랍도록 순식간에 가라앉혀 버렸다. 전원 스위치를 켰다가 끄는 것과도 비슷했다. 그리고 스위치가 꺼진 이 순간 망각이나 몰아 따위 그것들이 더는 의미가 없었다. 총체적 실패가 던지는 무의미성만이 그를 지배했다. 눈이 화탁 위의 권총을 쫓았다. 지금이라도 가능하다. 총구를 입속 깊숙이 밀어 넣기만 한다면….

2월 18일에서 2월 19일로 넘어가는 12시 종이 울린 것은 그때였다. 다시 스위치가 켜지면서 영감이나 계시처럼 하나의 가능성이 떠올랐다.

제법 정도에서 벗어났다고 여겨질 수도 있겠지만 그의 문제를 해결할 만한 가능성. 선택은 화탁 위의 권총으로부터 시선을 거두었다. 밑져야 본전 아닌가. 더 이상 내려갈 아래도 없지 않은가. 선택은 대학 동기였던 이광태를 찾아가기로 했다. 도깨비를 불러내리라. 그 도깨비에게서 예술의 완성을 요구하리라. 그것으로 삶도 완성하리라. 어떠한 대가를, 비록 죽음이라는 대가를 치르는 한이 있더라도.

바깥은 추웠다. 두 손을 코트 주머니에 찌르고 선택은 밤길을 걸었다. 오래 찾을 필요는 없었다. 광태는 낮의 그 자리에, 지금은 가로등이 켜진 거기에 그대로 서 있었다. 혹시, 지금까지 줄곧 그를 기다리고 있었다는 건가? 그렇다는 듯 광태가 한 발 성큼 앞으로 내딛으며 선택을 맞았다.

"날 찾아올 줄 알았지."

선택이 이마를 찌푸리는 것으로 어찌 알았냐는 물음을 대신했다.

"자릴 옮기지."

대답 대신 광태는 뒤로 서너 걸음 물러서더니 가림막으로 쳐놓은 부직포 한편을 걷어 올렸다. 철골 지주에 제대로 결속되지 않았는지 부직포는 쉽게 들어 올려졌다. 그 자리에 사람 하나 충분히 드나들만 한 개구멍이 시커먼 입을 벌렸다.

"이리로."

광태는 익숙한 동작으로 개구멍으로 몸을 밀어 넣었다. 선택도 그 뒤를 따랐다. 부직포 가림막 뒤쪽은 방치된 폐가들의 폐허 지대였다. 달빛만 비출 뿐 가로등 하나 없는 어둑한 무인지경 그것이었다. 대신 설치류들은 많아 보였다. 아마도 고양이들도. 무너진 담장과 뒹구는 벽돌 조각

들, 깨진 유리 파편들, 버려진 가구와 옷가지와 신발 따위와 망가진 잡
다한 가재도구들, 아직 겨울인데도 썩는 악취를 풍기는 온갖 쓰레기들
이 사방에 펼쳐져 있으니 그놈들의 훌륭한 터전이 되고도 남았다. 눈앞
의 이 광경을 광태는 발길을 가로막은 부서진 의자를 피해 옆으로 걸음
을 떼어놓은 뒤 설명했다.

"그놈의 재개발 시공사가 미적대는 바람에 이 꼴이 된 거야. 건축 경기
가 말이 아니니. 덕분에 내가 살기에는 딱 좋은 장소를 제공해주고 있
지. 공짜로 널찍한 작업실도 얻을 수 있고. 무슨 짓을 하든 누가 간섭하
기를 하나. 불편한 건 전기도 수도도 없다는 정도지. 그 정도야 뭐….."

"여기서 살면서, 여기서 그림을 그린다는 거야?"

선택이 껌껌한 폐가들과 널린 쓰레기들을 쭈뼛쭈뼛 둘러보았다. 설마
하니 정말 그럴까 싶었다. 광태는 뒤도 돌아보지 않고 대답했다.

"말했잖아. 난 여기 살아. 작업도 여기서 하고. 제대로 된 작품은 제
대로 된 환경에서 나오는 거야. 이 버려진 폐허, 이 더러운 쓰레기, 절망
과 공포를 뿌리는 이 어둠, 영혼을 쥐어짜는 이 악취, 이것들이 나의 작
품을 잉태하고 탄생시키는 거지."

"그 말—은 그림을 다시 시작하긴 했—다는 거네?"

선택은 신중하게 단어들을 뱉어냈다. 광태의 말투에 꽤 비정상적인 분
위기가 풍겼을 뿐 아니라 약간의 미안함 때문이었다. 여기서 미안함은
한때 꽤나 유명한 화가였던 그가 갑자기 그림을 그만두면서 화단에서만
이 아니라 지인들 사이에서도 종적을 감추어버렸던, 어쩌면 어두울 수
도 있는 숨은 과거를 들추어내야 할지도 모른다는 미안함이었다.

"이 잡노무 새끼들이!"

고함을 쏟아내며 광태가 앞으로 달려갔다. 언제 주워들었는지 벽돌 조

각 하나도 집어 던졌다. 벽돌이 떨어진 저쪽으로 어둑한 사람의 형상 몇이 어른거렸다.

"저 또라이 새끼!"

그 형상들 중 하나가 빽 소리를 질렀다. 목소리로 보아 어린 십 대였다. 그 십 대 아이는 있는 욕 없는 욕을 연이어 퍼부어댔다.

"꺼져버려!"

광태가 벽돌 조각 하나를 더 집어 던지자 그들은 우르르 더 멀리 어둠 속으로 달아났다. 비록 욕을 해대긴 했으나 그들은 광태를 두려워하고 있었다. 어슬렁어슬렁 사냥감을 찾는 하이에나 같은 걸음걸이로 광태가 돌아왔다. 손에 쥐고 있던 벽돌을 선택의 발치에 툭 던진 그는 시비라도 걸 기세로 선택의 질문에 대답을 했다.

"말하지 않았나. 속죄를 위해 그림을 그릴 거라고. 너도 그런 거잖아. 너에게 그 냄새가 난다는 말이다. 죄악과 속죄의 냄새가."

광태가 건들건들 머리를 흔들며 코를 선택에게로 쑥쑥 내밀었다.

"그 냄새가 날 여기까지 너에게로 이끌었지. 그 냄새가 어떤 냄샌 줄 아나? 제법 찐해. 피 냄새도 나고 살 냄새도 나. 어둡고 거친 욕망과 충동의 냄새이기도 하고, 더러운 시궁창과 여름날 썩어가는 저습지의 냄새이기도 해. 쇠파리 끓는 죽은 돼지 내장이 흘리는 냄새이기도 하고, 거짓과 기만의 냄새이기도 하고…."

또 그놈의 죄악과 냄새 타령이었으나 광태는 선택이 입 벙긋할 틈도 주지 않고 말을 쏟아냈다.

"그건 너에게서도 나고 나에게서도 나. 우린 같은 종족이야. 그래서 서로를 끌어당기는 거야. 너는 몰라도 난 온몸으로 그 냄새를 맡을 수 있어. 난 멀리서부터 네 냄새를 잡아냈고 한발 한발 그 냄새를 따라와 너를 만나게 되었지. 그 덕분에 난 내가 품은 것을 더 잘 알게 되었고, 내가 무엇을 해야 할지를, 내가 어떤 그림을 그려야 할지 또한 알게 되었어. 넌 내가 품고 있던 것에 대한 확신을 주었던 거지. 내가 미심쩍어하던 나의 욕망과 충동에 대한 확신을. 왜냐면 너도 그걸 품고 있고 그걸 내게 드러내 보여주었으니까. 그래서 내가 가진 그 욕망과 충동을 행동으로 실행하고 그림으로도 그릴 수 있게 된 것이고. 내가 10년 만에 다시 붓을 잡을 수 있었던 건 순전히 네 덕분이다 이거지."

선택은 광태를 빤히 쳐다보기만 했다. 꽤나 횡설수설한 그의 말을 도무지 접수할 수 없어서였다. 대체 내가 무엇을 품고 있다고? 더욱이 그것이 무엇이기에 이 괴물 같은 녀석이 10년 만에 그림을 다시 시작하게 만들었다는 건가?

"너도 나처럼 그런 그림을 그리길 원하지 않나. 그래서 오늘 나를 찾아오지 않았나?"

다 안다는 듯 광태는 가슴을 벌컥 뒤로 젖혀 보인 뒤 쓰레기로 반쯤은 막히다시피 한 컴컴한 골목길을 저벅저벅 걸어갔다.

"쉿."

광태가 조용하라는 손짓을 던졌다. 그들은 제법 번듯했을 나름 정원도 갖춘 이층집 대문 앞에 서 있었다. 물론 대문은 뜯겨나가고 없었다. 주변을 두리번거리던 광태는 어른 팔 길이만 한 각목을 하나 주워들었다. 그는 선택에게 따라오라는 턱짓을 하고는 현관으로 이르는 계단을 올라 스프레이로 큼지막하게 X표가 그려진 현관문을 소리 없이 열었다. 그 뒤로는 어둠을 흔드는 고함과 비명과 부서지고 깨지고 뒤엎어지는 소음이 전부였다.

갑자기 그 많던 소리들이 뚝 끊어지고 잠깐 침묵이 흐르다가 찰칵찰칵 라이터 소리에 뒤이어 불이 밝혀졌다. 촛불이었다. 광태가 걸음을 옮겨 가며 몇 개의 촛불을 더 밝히자 선택이 방금 들어선 곳이 그 모습을 온전히 드러냈다.

한마디로 고물상이었다. 가구라곤 하나 없는 널찍한 거실의 한쪽엔 소주병, 맥주병, 콜라병, 사이다병 할 것 없이 병이란 병은 모조리 모아 놓고 있었고, 다른 한쪽엔 신문, 잡지, 종이박스, 정보지, 헌책 따위 폐지가 쌓여있었으며, 그 옆으로는 낡은 프라이팬, 철근 토막, 철사 뭉치, 못 쓰게 된 주전자, 우그러진 양은 냄비 등 잡다한 고철들이 쟁여져 있었다. 마지막으로 그것들의 가운데에, 깨진 병 조각이 널린 바닥에는 광태보다 더 남루하고 더 때가 낀 옷을 걸치고 더 더러운 얼굴의 남자가 거실을 채운 고물들과 거의 구별이 되지 않는 고물 같은 모습으로 엎어져 있었다. 그 남자의 무릎 근처에는 배가 터지도록 폐지를 쑤셔 넣은 마대 자루 하나가 뒹굴었다.

"도둑놈 새끼!"

광태가 남자의 가슴께를 걷어찼다. 남자는 '헉' 하는 둔한 비명과 함께 벌러덩 네 활개를 치며 돌아누웠다. 코피가 터졌는지 피로 범벅이 된 얼굴이 촛불 아래 번들번들 빛났다. 그런데 혼자만의 착각인지는 몰라도 그 피범벅 얼굴이 빙그레 웃음을 품고 있었다. 비웃음 같기도 하고 재미있다는 표정 같기도 했다. 그 드러누운 남자가 말했다.

"너무 그러지 마슈. 댁이 주워온 걸 나도 주워가려는 것뿐이오. 말하자면 리사이클링인 셈이지."

"이런 주둥이를!"

광태가 발길질을 연거푸 날렸다. 그래도 성에 안 차는지 방금의 난리통에 깨져나간 병 조각들을 뒤지기 시작했다. 병목이 붙어있는 놈을 하나 집어 든 광태는 그것을 남자의 목에다 들이밀었다. 남자는 소리를 지르지는 않았지만 상체를 꿈틀했다. 광태의 그림자에 가려 어두운데도 남자의 목에서 흘러나오는 피는 알아볼 수 있었다. 목 뒤로 돌아가며 한줄기 빨간 선을 그어나갔다.

"그만해둬! 사람 죽일 일 있어!"

선택이 뛰어들어 광태의 뒷덜미를 잡아당겼다. 광태는 한 손을 짚은 채 엉거주춤 뒤로 물러나면서도 휙 고개를 돌렸다. 이때 선택을 올려다보는 그의 눈빛은 참으로 묘했다. 약간의 어이없음이나 실망감 비슷하면서도 안도감이랄까. 분노하면서도 그것과 뒤섞인 상반된 감정으로서의 신뢰하는 마음이라 해야 할까. 아무튼 복잡했다.

"고맙소 형씨. 이거 참말로 고맙수다!"

드러누워 있던 남자가 손을 툭툭 털며 일어났다. 찡긋 윙크도 선택에게 날렸다.

"복 받을 거유. 사람 목숨 하나 구해주었으니 댁은 그걸 저축해 놓은 거요. 필요할 때 인출해 쓰시구려. 저축해 놓은 걸 잊지 않는다면 말이우. 중요한 건 첫 출발 아니겠소. 그 출발이 그 끝도 만드는 거지."

남자의 눈이 선택을 떠나 광태를 아래위로 한 번 쓰윽 훑었다가 선택에게로 다시 돌아왔다.

"당신은 저 친구와 다르오. 그러니 그 끝나는 길도 다를 거요. 당신의 길은 당신 자신이 만드는 거지."

남자는 또 선택에게 윙크를 던졌다. 기지개를 켜며 몸을 뒤틀기도 했다. 남자에게서 방금 생명의 위협을 받았다든가 바닥에 쓰러질 정도로 두들겨 맞았다든가 하는 흔적은 어디에도 찾아볼 수 없었다.

"잘 있으슈. 이건 예의상 여기 두고 가지."

남자는 폐지를 쑤셔 넣은 마대자루를 발로 툭 차보이고는 성큼성큼 밖으로 걸어 나갔다. 선택의 어리둥절한 눈이 종잡기 힘든 그 남자의 뒤를 쫓았다.

"누구지?"

"보면 몰라? 도둑놈이지."

광태가 깨진 병 조각들을 발로 쓱쓱 쓸어 한곳으로 밀쳐내며 대답했다.

"도둑? 겨우 폐지나 훔치는?"

"겨우 폐지가 아니야. 내 물감값이 어디서 나오겠어. 이것들이 다 내 돈줄이야. 하루의 반은 이것들 모으는 짓에 허비해. 내 그림이 팔려 돈이 되기까지는 이 짓을 해야 하는 거야. 자, 그만 시작하자구. 여기 앉아봐. 앉을 데라곤 이것밖에 없어."

광태는 거꾸로 엎어놓은 양철통 같은 것을 발로 툭툭 차서 선택에게로 밀었다. 자신은 고철 더미에 되는 대로 걸터앉았다.

"그래, 넌 어떻게 속죄할 셈인지 생각해본 거라도 있나?"

"속죄?"

또 시작이었다. 미적대지 말고 자신의 입장을 밝힐 필요가 있었다. 그놈의 횡설수설을 또 듣기 전에.

"난 그딴 거 몰라. 내 죄가 뭔지도 모르겠고. 난 도깨비 때문에 왔어."

광태의 입이 약간 벌어졌다.

"도깨비? 속죄의 방법을 구하러 날 찾아온 게 아니고? 아까 낮에 완전 죽을상이었잖아. 그 죽을상이 오늘 그 일로 날 찾아올 거라고 말하고 있었는데. 근데 도깨비?"

"그래 도깨비, 도깨비를 불러야겠어. 난 제대로 된 그림 한번 그려보고 싶다고."

"예술을 위해 도깨비를 부르고 싶다…."

광태에게서 실망의 표정이 숨김없이 떠올랐다.

"넌 너를 잘 모르고 있어. 너의 몸속 깊은 곳을 알지 못하고 있다는 거지. 내가 본 게 틀리지 않아."

"내 몸속 깊은 곳? 그런 건 모르겠어. 난 도깨비만 필요할 뿐이야."

선택의 단호함에 광태가 등을 꼿꼿이 세웠다. 실망의 표정 위로 조소도 곁들여졌다. 그 조소가 지금 도깨비의 도움을 청하는 선택을 향한 건지 아니면 이미 도깨비의 도움을 받은 적이 있는 자신을 향한 것인지는 모호했다.

"후회할 텐데?"

"아니 후회 안 해. 난 더는 내려갈 바닥도 없어."

광태는 모호한 그 조소를 그대로 빼물고 선택을 바라보기만 했다. 선택의 의지와 욕구를 확인하고 있었다. 바람 한 줄기가 주방 뒤 골목 사이를 빠져나갔다.

"뭐, 정 네가 원한다면…."

광태가 폐가의 어둑한 천장을 올려다보았다. 그러나 곧 허리를 낮추고 목소리도 낮게 깔았다.

"지난번에 얘기했지만 다시 말할 테니 잘 들어. 세상에 공짜는 없어. 얻는 만큼 주는 것도 있어야 하는 거야. 네가 바라는 걸 들어주는 대가로 도깨비는 네가 갖고 있는 것 중에서 자신이 가장 원하는 것을 요구할 거야. 그 요구를 받아들여야만 너와 도깨비 사이에 계약이 성립돼."

"뭘 말하는 거지? 도깨비가 가장 원하는 거라면?"

"나도 몰라. 불려 나오는 도깨비마다 원하는 게 있겠지."

"그럼, 넌? 넌 뭘 주었는데?"

"내 목숨."

"목—숨?"

"왜, 안 될 일 있어? 내가 가장 원하는 걸 얻으려는데 목숨이라도 내놓으라면 줘야 하는 거지. 너도 그 정도는 작정한 거 아니었어?"

사실이었다. 충분히 그럴 수 있었다. 광태는 잠깐 선택을 살펴 선택의 생각을 확인한 뒤 말을 이었다.

"나와 계약을 맺은 도깨비는 내가 원하는 것을 들어준 다음에, 아니면 그것과 거의 동시에 내 목숨을 거두어 갈 거야. 뒤집어서 말하면 내가 살아있다는 건 아직 내가 원하는 걸 얻지 못했다는 그런 말이 되지. 다르게는 내가 원하는 걸 얻지 않으려 도망 다닌다는 말이 될 수도 있고. 솔직히 난 죽기 싫어서 내가 원했던 걸 얻기 직전에 도망쳐버린 적이 있어."

"도망을 쳐? 그거 계약 위반 아니야? 그게 가능해?"

"당연히 안 가능하지."

"뭐야, 넌 방금 도망쳤다고…"

"말이 도망쳤다는 거지, 사실은 도망친 게 아냐. 문제는 텐 피겨야."

"테~엔 피—겨?"

"그래 텐 피겨, 열 자리 수."

"열 자리 수, 뭔 소리야?"

"말 그대로 열 자리 수. 10억이 열 자리 수잖아. 그러니까 10억."

도무지 뭔 뚱딴지같은 소리를 해대는지 모를 일이었다. 뜬금없이 10억이라니.

"내 그림을 아직 10억에 팔아본 적이 없다는 거지. 그러니 사실은 도망친 것도 아니라는 거지."

광태가 약간 짜증을 담아 설명을 덧붙였지만 여전히 이해 불가였다. 광태도 자신의 말이 접수되지 않았음을 잘 알고 있었다.

"알았어, 친구로서 처음부터 다 얘기해 주지. 그간에 내가 어찌 살아왔는지까지 전부 포함해서. 네가 도깨비와의 계약이란 것을 제대로 이해하려면 필요할 거야."

광태는 고철 더미에서 꿈틀꿈틀 몸을 일으켰다. 그 움직임이 꼭 산이라도 하나 어깨에다 메고 들어 올리는 것만 같았다. 발을 끌면서 폐지를 쌓아놓은 데까지 갔다가 역시 발을 끌면서 고철 더미로 돌아와서 선택을 마주 보고 섰다.

"난 말이야, 사실 오래전에 도깨비와 계약을 맺었어. 대학을 졸업하고 몇 년 지나지 않아서였지. 결혼을 하고 딸이 막 태어났을 때였어. 그때 그림은 팔리지 않고 먹고 살 길은 막막하고, 그래서 내 그림을 땡처리한 직후에 말이야. 너, 땡처리 알아?"

선택은 어깨만 으쓱했다. 들어본 적이 있었지만 자세히는 몰랐다. 광태가 계속했다.

"누가 와서 그러더라. 정 무엇하면 내 그림에서 내 이름을 지우고 다른 이름으로 서명한 다음 헐값에 전부를 넘기라고. 작업실에는 팔리지 않은 그림들이 쌓여있었거든. 그러면 저네들이 알아서 팔 수 있다는 거지. 왜, 역전이나 번개시장 같은 데서 길바닥에 깔아놓고 파는 그림들 있잖아. 그래서 그렇게 했어. 땡처리. 몰밀어서 150만 원 받았지. 그건 그 그림들을 그리는 데 들어간 물감값도 캔버스값도 안 되는 금액이었지. 그런데 그 돈으로 내가 무얼 한 줄 알아? 허, 난 술을 다 퍼마셔 버렸어. 우리 딸아이 기저귓값도 분윳값도 없었고, 아내는 신고 나

갈 외출용 구두 하나 없었는데…. 난 죽어버리려고 했어. 한겨울에 중동교 아래 신천 물속으로 엉금엉금 기어들어갔지. 술이 떡이 돼서. 거긴 물이 얕잖아. 목까지나 찰까 말까. 그래서 뒤로 벌러덩 드러누워 버렸지…."

광태는 말도 움직임도 멈추었다. 선택은 그 침묵과 부동을 방해하지 않았다. 광태는 도깨비와의 계약을 이해시키려면 설명이 필요하다는 핑계를 댔지만, 사실은 이 이야기를 누구에게든 털어놓고 싶었을 것이다. 그 대상으로 선택을 잡았으리라. 충분히 공감해 줄 거라 믿었겠지. 상당 정도 그건 사실이었다. 대학 시절에도 선택은 광태의 말벗이었다. 울릉도에서 대도시로 유학 온 생선 비린내 절어있는 까무잡잡한 가난뱅이에게 친구가 있을 리 만무했다. 거의 유일한 친구가 선택이었다. 친구는 닮는다던가. 덕분에 둘은 서로 닮았다는 말도 자주 들었었다. 광태가 계속했다.

"저승사자가 날 데려가기 직전이었을 거야. 누가 날 물에서 끌어내더군. 그는 날 끌고는 움막 같은 데로 데리고 갔지. 다리 아래 노숙자 움막이었어. 그자가 그러더라. 도깨비를 불러내 보라고. 죽을 용기가 있으면 가능하고 죽는 것보다는 낫다고. 한 번 정도는 인생에서 꽃을 활짝 피워볼 수도 있다면서. 그리곤 도깨비를 불러내는 방법을 내게 가르쳐주었지. 난 바로 다음 날 도깨비를 불러냈어. 계약을 맺었지. 계약 내용도 아주 구체적이었어. 돈이 절실했으니까 돈을 전면에 내걸었지. 내가 점점 유명해져 마침내 내 그림 한 점 가격이 열 자릿수인 10억을 넘어서면 그땐 내 목숨을 내놓기로. 그 이후로 너도 알다시피 나는 잘나갔어. 누구 부럽지 않았어. 승승장구였지. 부와 명예와 예술이 모두 내 손안에 있었어.

내 그림이 9억5천에 한 점 거래되었을 때에야 난 그 계약을 기억해냈어. 까맣게 잊고 있었던 계약이었지. 나는 두려웠어. 돈이고 명성이고 그림이고 뭐든 오직 살아야겠다는 생각뿐이었어. 그래서 살기 위해서 그림을 버리고 도망쳤어. 붓을 꺾어버린 거지. 잘나가던 내가 화단에서 사라진 거지, 뿅 하고. 덕분에 난 목숨을 부지했어. 하지만 말이야, 그런 내가, 그림을 그리지 않는 내가 할 수 있는 게 없었어. 술과 도박 말고는. 1년도 지나지 않아 그간에 번 돈 다 날리고 빚쟁이가 돼 도망 다녀야 했지. 당연히 가정생활도 무너져 내렸어. 경제적으로 궁핍해진 것도 한 이유지만 내가 견디지 못하고 미쳐 날뛰었던 거지. 그러다가… 그러─다가…"

광태가 말 잇기를 주저했다. 입술을 실룩이다가 눈을 질끈 감았고 몸을 부르르 떨었다. 한동안 그 상태가 지속된 뒤에야 겨우 다시 입을 열었다.

"그러다 그림으로 다시 돌아온 거지. 말했듯이 네 도움을 받아서. 그러니 어쨌든 도깨비와의 계약은 아직 유효한 셈이야. 그리고 내가 아직 살아있는 유일한 이유는 난 아직 한 점에 10억짜리 작품을 그려서 팔아보지를 않았기 때문이고. 그게 계약 내용이니까. 언젠가 이 집 2층에서 작업하는 그림들 중 하나가 10억에 팔리게 되면 나는 계약대로 죽어야 하는 거지. 재미있지 않나. 좋은 그림을 그리면 그릴수록 그래서 그림값이 오르면 오를수록 죽음이 점점 가까워진다는 게. 바로 그것을 위해 도깨비는 나의 예술적 성취를 돕고 있지. 붓을 쥐고 있을 때마다 그걸 느낄 수 있어. 내 옆의 도깨비 말이야. 도깨비의 도움을 받아 예술적 성취라는 목표를 향해 한발 한발 다가가고 있는 것이지. 사실은 죽음을 향해서겠지만."

광태가 낄낄거렸다. 웃는지, 우는지, 화를 내는지, 알 수 없는 낄낄거림이었다. 처한 상황에 있어서 광태만큼이나 절박한 선택이지만 그는 그림쟁이다운 관심으로 그 웃음을 무시하고 물었다.

"그 그림 좀 볼 수 있을까?"

"안 돼. 보여줄 수 없어."

광태의 거절은 단호했다. 너에게는 보여줄 수 없다고 말하는 듯도 했다. 선택도 더는 부탁하지 않았다. 그러면 그런 것이다. 이제 들을 만큼 들었다. 선택이 광태와 시선을 맞추었다. 그 이유를 아는 광태가 가까이 다가왔다. 광태는 선택의 귀에다 도깨비를 불러내는 방법을 속삭여주었다. 반복해서 두 번이나.

푸두리

먼저 뒤로 몇 걸음 걷는다. 그 뒤 오른발을 들고 왼발 안쪽 모서리로 힘을 주고 서서 마음을 비우는 명상을 하면서 마음속으로는 '도~썰고'라는 주문을 반복해서 외운다. 명상이 끝나면 오른발을 뒤로 내밀어 발끝으로 바닥을 디디면서 세 바퀴를 반시계방향으로 연속해서 돈 다음, 이번에는 오른발 바깥 모서리로 서서 역시 '도~썰고'라는 주문을 외우면서 도깨비를 마음속으로 부른다. 도깨비가 불려 나오지 않으면 똑같은 방법으로 다시 시도한다.

이것이 광태에게서 전해 들은 도깨비를 불러내는 방법이었다. 조금은 괴상했다. 이젤 따위 화구들과 소파를 한쪽으로 밀쳐 겨우 만들어낸 좁은 공간에 자리 잡고 서서 선택은 긴 숨을 들이마셨다.

첫 번째 시도는 실패였다. 두 번째도 마찬가지. 세 번째, 정신을 집중해 마음을 가다듬었다. 왼발 안쪽 모서리로 서서 잡생각들을 머리에서 몰아냈다. '도~썰고' 주문을 읊조렸다. 몸이 미지근한 물 속 깊숙이 가라앉는 느낌이 밀려왔다. 오른발을 뒤로 찍으면서 몸을 돌렸다. 세 바퀴를 돌고는 오른발 바깥 모서리로 서서 주문을 외면서 마음속으로 도깨비를 불렀다. 일고여덟 번 주문을 우물댔을까. 몸뚱이가 붕 떠오른다 싶더니 이어 가슴이 뻥 뚫리는 것 같다고 생각된 순간 몸이 휘청했다. 시야가 먹물처럼 깜깜해졌다가 다시 밝아왔다.

선택의 앞에 울퉁불퉁한 나무 방망이를 든 작은 키에 깡마른 노인네가 서 있었다. 정확히는 아랫도리를 꼬고 엉거주춤 반은 앉은 자세였다. 눈부신 백발을 꽤나 모양을 내 뒤로 묶은 당나귀 꽁지머리에다가 흰색 한복 저고리는 제대로 걸치고 있었지만 바지는 우스꽝스러운 모양새로 무릎께에 걸려있었다. 한편 덩치에 어울리지 않게 꽤 험상궂어 보이는 얼굴은 똥 싼 얼굴 바로 그것이었다. 노인네가 방망이를 들지 않은 다른 손으로 재빨리 바지를 끌어올렸다. 동시에 고함을 질렀다.

"뭐야!"

"네?"

"왜 이리 갑자기 날 불러냈냐고. 여유도 없이."

"아– 그게 무슨 말…."

"명상을 얼마나 했어!"

"네? 명상이라면?"

"몸을 돌리기 전에 말이야. 그 전에 얼마 동안 명상을 했느냐고 내가 묻고 있는 거야."

"그–게 한 일 분 정도."

"그러니까 그렇지! 내게도 준비할 시간을 줘야 할 거 아냐. 똥 싸다 불려 나오면 기분 좋겠어!"

선택은 대꾸를 못 했다. 웃음을 참아야 했다. 화가 단단히 난 노인네는 들고 있던 방망이로 작업실 바닥을 쿵 소리가 나게 찍었다.

"내게 방법을 일러준 그 친구에게서 그런 말은 듣지 못했습니다."

선택이 얼른 변명을 둘러댔다. 그렇다고 거짓말은 아니었다. 광태는 이런 얘기를 해주지 않았다. 노인네가 또 방망이로 바닥을 쿵 찍었다.

"그 친구가 불러낸 도깨비, 화가 나도 제대로 났을걸. 우리 도깨비도 사생활이라는 게 있고 남들에게 보여주고 싶지 않은 모습도 있어. 한데,

준비할 시간도 주지 않고 이렇게 갑자기 불려 나오면 민망하겠어? 하지 않겠어?"

"민망하시겠습니다."

선택이 깊숙이 머리를 조아렸다. 실은 웃음을 참느라 일그러진 얼굴을 감추기 위함이었다. 그러면서도 기분이 묘했다. 자신이 웃고 있다니. 현재의 엉뚱한 상황 탓도 있겠지만 도깨비에게는 어떤 상황에서도 웃게 만드는 힘이 있는 듯했다.

"됐네."

노인네가 성마르게 손을 내저었다. 목소리가 한층 누그러져 있었다.

"난 푸두리라고 하네."

"저는 양선택이라고…."

"양선택? 그래 내게서 뭘 원하나?"

말과는 달리 짐작하는 바가 있다는 듯 푸두리라는 도깨비의 눈이 작업실을 한 바퀴 휘익 돈 뒤, 마른 피딱지가 아직도 붙어있는 선택의 옆머리를 슬슬 더듬었다. 선택은 퍼뜩 정신을 차렸다. 그는 기껏해야 하루 전에 목숨을 끊으려 했었다. 삶의 총체적 실패를 한눈에 드러내 보여주는 증거로서의 저 그림들을 눈앞에 두고서. 선택이 대답했다.

"내 그림에 있어서 예술적 완성을 원합니다."

"예술적 완성? 거참 대단히 거창하군."

푸두리가 어깨에 비스듬히 걸쳐놓은 방망이를 좌우로 끄떡끄떡 흔들며 선택을 쳐다보았다. 그래서? 그래 계속해봐? 그것이었다. 선택이 얼른 덧붙였다.

"그것을 위해서라면 무엇이든 하겠습니다."

푸두리가 방망이를 들지 않은 다른 손으로 자신의 당나귀 꼬리 머리를 툭툭 두드렸다.

"흠! 무엇이든 하겠다? 말이야 다들 그렇게 하지. 문제는 똥간에 갈 때하고 나왔을 때가 마음이 다르다는 거지."

"약속은 반드시 지키겠습니다."

"지켜야지. 암 지켜야 하고말고."

"계약서를 쓰라면 쓰겠습니다."

"아니, 계약서 따윈 필요 없어. 난 인간의 입에서 뱉어진 말과 그 말이 가진 힘을 믿으니까. 멀리 저쪽 동네의 어떤 작자들이야 말을 믿지 못하고 문서 상으로 서명해야 한다느니 뚜렷한 징표를 남기라느니 그렇게 쩨쩨하게 굴지만 난 아니야. 이 세상에서 말만큼이나 신성한 게 어딨겠어. 말이란 인간 영혼 바로 그 자체이지. 그렇지 않나."

푸두리가 고개를 좌우로 깐닥깐닥했다. 착각일까? 푸두리의 방망이가 못마땅한 듯 몸뚱이를 비비 트는 것만 같았다. 푸두리 또한 안 보는 척 방망이에 눈길을 던졌다가 방망이를 쥔 손에 힘을 준 다음 말을 이었다.

"나는 말로써 계약을 맺고, 그 계약을 풀어줄 때도 말로써 풀어줘. 단, 계약상에 명시된 것을 반드시 얻어내고 난 다음에 계약에서 놓아주지. 그렇다면 자네와의 계약에서 내가 원하는 것은 무엇이냐? 난 자네의 생명을 원한다 이거지. 네가 원하는 바를 이루어주고 나면 난 자네의 생명 에너지, 즉 자네의 영혼을 취할 거라는 말이지. 무슨 말인지 알겠는가?"

당연히 알아들었다. 죽이겠다는, 혹은 죽을 거라는 말이다. 이 정도는 이미 각오하던 바였다. 광태에게 들은 바도 있었고, 어제까지만 해도 스스로 죽으려고도 하지 않았나. 그래도 주저하지 않을 수는 없었다.

"어때 딜?"

푸두리가 재촉했다.

"디-일?"

"영어야. d-e-a-l. 이 조건으로 나와 거래할 거냐는 의미."

무명 한복 바지저고리를 걸친 도깨비가 영어를 다 입에 올리고 별일이었다. 그래도 내색은 하지 않았다. 대신 질문을 했다.

"도중에 계약을 해지할 수는 없소?"

"없어. 한번 계약을 맺으면 그걸로 끝이야. 계약 해지는 오직 나만이할 수 있어. 계약을 맺는 순간부터 난 너의 소망을 이루기 위해 무엇이든 해야 하는 하인이면서도 너의 전능한 신이 되는 셈이지. 너의 생명의한 귀퉁이를 움켜쥔. 그러니 혹시나 해서 하는 말인데, 나에게 영혼을넘기는 것이 두려워 예술의 완성 직전에 도망쳐버리거나 최악의 경우내 허락도 없이 몰래, 그러니까 너의 영혼을 취하려면 내 나름의 준비를갖추어야 하는데, 그런 것도 없이 죽어버린다든가 해서 내 계약에서 달아나겠다는, 뭐 그런 건 꿈도 꾸지 마. 나의 계약은 그리 만만치가 않아.나의 계약은 독이야. 도깨비의 독이라고나 할까. 이 독은 죽은 뒤에도저주처럼 널 따라다니면서 극악의 고통으로 널 몰아넣을 테니까."

독이라…. 선택은 몰락할 대로 몰락한 광태를 생각했다. 그 모습이 계약에서 달아난 탓에 독을 쐬었기 때문인지도 몰랐다. 허나 무슨 상관이랴. 어차피 목숨을 담보로 하는 계약인데.

"좋소! 어쨌든 내가 바라는 건 들어줄 수 있긴 있다는 거요? 내 예술의 완성 말이오."

"얼마든지. 다만 예술의 완성, 그건 좀 모호하지 않나? 기준이 없으니.대신 미술계의 어떤 큰 상을 받게 해주겠다든가, 아니면 그림 한 점에 얼마에 팔리도록 해주겠다든가, 이런 식은 어때?"

"싫소. 나는 내가 만족해야만 하지 다른 사람의 평가 따위는 관심 없소."

"흠~!"

푸두리가 선택을 슬쩍 외면하면서도 곁눈질로 흘끔댔다.

"한–데 말이지, 자네가 예술의 완성은 아직 멀었다고 계속 우겨대면 내가 방법이 없지를 않나. 객관적으로 평가하거나 점수를 매길 기준이 란 게 없으니까."

"말을 믿지 계약서 따윈 필요 없다고 하지 않았소. 그런 것처럼 나를 믿으시오. 나는 내 그림이 완성되었다고 생각된 순간, 이게 진짜 예술이 구나, 이게 내가 그토록 바라던 것이구나, 라고 말할 것이오. 그러면 그 때 당신의 계약을 이행하시오. 아니, 그럴 필요도 없을 거요. 그땐 아마 도 내 스스로 내 목숨을 갖다 바칠 거요. 더 이상 이 세상에 있을 이유 가 없을 테니까."

푸두리가 가당치도 않다는 투로 설레설레 머리를 흔들었다.

"내가 그런 말에 감동이라도 받을 거라고 생각했나? 어림없지. 난 확 실한 걸 원해. 난 말은 믿어도 마음은 믿지 않아. 예술의 완성, 그것을 판단하는 건 자네가 만족하는 마음이야. 문제는 말이 거짓말을 하는 게 아니고 마음이 거짓말을 하는 거거든."

선택이 뭐든 반박을 하려다 입을 다물었다. 푸두리의 의지는 확고했 다. 잠깐 생각했고 바로 떠오르는 것이 있었다.

"10억."

"뭔 소리야?"

"내 그림 한 점이 10억에 팔리는 그 시점을 계약이 이행되는 그때로 하겠소."

"상당한 금액인데? 한국 미술시장에서 한 점에 10억은 아무리 나라도 쉽지가 않아. 근데 왜 하필 10억이야?"

선택도 몰랐다. 그냥 떠올랐다. 광태의 경우가 암시로 작용했을 수도 있었다. 그런데 놀라운 것은 자신의 입으로 10억을 내뱉은 뒤로는 그 금액이 반드시 손에 쥐어야 할 절대적 가치를 지닌 그 무엇으로 절실하게 다가왔다는 것이다. 그것도 뚜렷한 이유도 없이. 설명이 마땅찮았던 선택이 어깃장을 놓았다.

"할 거요? 말 거요?"

푸두리는 아주 잠깐 찌르듯 선택을 쏘아보았다가 방망이를 든 채로 뒷짐을 지고 작업실을 왔다 갔다 했다. 숙고는 오래 걸리지 않았다. 딱 세 번 왕복하고 멈추어 섰다.

"좋아, 딜!"

푸두리가 방망이를 왼손으로 옮겨 쥐고 오른손을 내밀었다. 푸두리의 왼손으로 옮겨간 방망이가 불만이라는 투로 부르르 몸을 떨었다. 푸두리는 방망이의 반응을 무시했다. 선택도 무시하고 푸두리의 내민 손을 잡았다.

"좋습니다. 딜!"

이로써 둘 사이의 계약은 성립되었다. 푸두리는 활짝 웃고, 선택은 억지로 미소를 짜내며 손을 흔들었다. 그러던 그 흔들리던 손이 우뚝 멈추었다. 푸두리가 조금은 어울리지 않게 정색을 했다.

"넌 누구야?"

"무ㅡ슨? 아까 내 이름을…."

"알아, 안다구!"

푸두리가 선택의 손을 더 힘주어 움켜쥐었다. 두 눈이 뱅그르르 돈다 싶을 정도로 빠르게 선택을 구석구석 훑었다. 그것이 끝나자 코를 선택에게로 들이밀며 개처럼 여기저기 킁킁 냄새를 맡았다.

"뭐하는 거요?"

선택이 푸두리가 움켜쥔 손을 비틀어 풀고 뒤로 물러섰다.

"냄새가 나!"

"냄새는 무슨 샤워한 지 얼마 됐다고."

"그게 아냐, 그런 냄새 말고."

푸두리가 주춤주춤 뒤로 물러섰다. 놀라움과 의혹과 호기심이 뒤섞인 기묘한 표정의 얼굴이 한 대 얻어맞은 것처럼 일그러져갔다. 소파에 이르자 푸두리는 소파 팔걸이에 비쩍 마른 엉덩이를 걸쳤다. 그리고 생각에 잠겼다. 그 태도가 제법이나 심각했다. 반면 선택으로선 은근히 짜증이 일었다. 광태 녀석도 냄새가 어쩌니 하더니만 이젠 도깨비까지. 심각하던 도깨비의 표정이 변해갔다. 영악한 빛이 슬금슬금 떠올랐다. 머리 회전 속도를 높여 거의 빛의 속도로 셈을 하고 있었다. 그러던 것이게 눈 감추듯 그 영악함마저 사라졌다. 푸두리가 소파 팔걸이에서 엉덩이를 번쩍 들었다.

"뉴스 봤지? 촛불 살인사건 뉴스. 연쇄살인사건이라더라. 그걸 그려봐. 뭐냐면, 그림으로 살인자를 옹호하는 거야. 살인의 정당성을 당당히 밝히는 거지. 세상이 살인자에게 손가락질하고 욕을 퍼부어댈 때 자넨 살인자의 편에 서서 세상과 한판 맞장을 뜨는 거야."

선택은 대꾸를 하지 않았다. 실은 못 했다. 푸두리의 말을 접수하는 데 시간이 필요했다. 앞뒤 없이 살인사건을 그려보라니? 그것 말고도 이놈의 도깨비가 무언가를 감추고 있다는 미심쩍음도 있었다. 이런 선택의 내심이야 아랑곳하지 않고 푸두리는 떠벌려댔다.

"창의적이지 않나? 살인을 정당화하고 살인자를 옹호한다? 그건 아무도 생각지 못했을걸. 오줌이나 코끼리 똥으로 작업을 하는 자도 있었고, 자기 몸뚱이에 총질을 해대고는 예술이 어쩌니 하는 작자도 있었지만, 연쇄살인범의 입장에서 그 살인자를 위해 그림을 그린다? 센세이셔널하잖아. 당장 기자들이 득달같이 달려들 테고, 언론의 메인에 자네 이름하고 자네 그림이 오르내리게 되겠지. 물론 온갖 악평을 퍼부어댈 거야. 허나 그 덕분에 자넨 하루아침에 유명해지게 되는 거야. 당연히 자네 그림의 가격은 치솟을 테고, 그러면 그 그림값 때문에 자넨 더욱 유명해지고, 그 결과 자넨 뛰어난 작가가 되면서 부자가 되는 거지."

선택은 이번에도 대꾸를 못 했다. 이번엔 다른 이유였다. 어떤 충동이, 묵직하고 깊은 울림을 타는 충동이 그를 사로잡았다. 그것은 푸두리가 말하는 그런 그림을 당장 그려보고 싶다는, 그런 그림을 그림으로써 살인자의 영혼 깊숙이 자신을 던져 그자의 영혼과 자신을 섞어버리고 싶다는 충동이며 욕망이었다. 그러나 푸두리가 내뱉은 말의 뒷부분이 신경을 거슬렀다. 한마디 해야 할 것 같았다.

"유명해지고 그림이 비싼 값에 팔리기 때문에 뛰어난 작가가 되는 건 아니지요. 그건 훌륭한 작품의 결과에 불과하지요."

"뭔 소리? 그건 결과가 아니야. 작품이 훌륭하기 때문에 유명하고 비싼 것이 아니라, 유명하고 비싸기 때문에 훌륭한 작품이 되는 거야. 그게 요즘의 대세야. 아직껏 그것도 몰랐어? 마케팅! 예술도 마케팅이야. 자네의 경우엔 굳이 이름 붙이자면 충격 마케팅? 아님 스캔들 마케팅, 아님 욕먹기 마케팅? 아무튼 뭔 짓을 하든 관심을 끌고 봐야 되는 거야. 죽자고 혼자 작업실에 처박혀 그림만 그려봐. 누가 알아주나? 아무도 안 알아줘. 자기만족만 하는 거지. 혼자 만족하는 거, 그게 무슨 의미 있겠어?"

"그런 식으로 유명작가로 성공할 수도 있겠지만 나는 내 그림에 표현된 예술성으로 평가받고 싶습니다. 세인의 입에 얼마나 오르내리느냐로 평가받는 것이 아니라요. 내게 중요한 건 사회적 성공이 아니라 스스로 만족할 수 있는 예술적 완성이라는 겁니다."

선택이 허리를 꼿꼿이 폈다. 눈은 똑바로 푸두리를 응시했다. 한 번도 세상으로부터 인정받지 못한 예술가의 고집이나 오기와도 비슷했다. 반면 푸두리는 이것 참 재미있다는, 삐딱하니 쳐든 턱과 비스듬히 내리깐 눈으로 선택을 마주 보았다. 약간의 조소가 담긴 미소도 잊지 않고 입가에 빼물었다. 푸두리가 그 조소를 지우지 않고 물었다.

"사회적 성공보다 예술의 완성이니 어쩌니 하는 것에 자네가 유독 그렇게도 집착하는 이유라도 있나?"

"나는 예술갑니다. 예술가는 속물적이고 세속적인 것에는 관심 없습니다."

선택의 말투는 교과서라도 읽듯 무뚝뚝했다. 푸두리는 여전히 조소를 입에 물고 있었다. 선택의 말을 믿지 않고 있었다.

"그럴까? 내 생각엔 아닌 것 같은데? 자넨 삶의 실패를 예술로 보상받으려는 것 아닌가? 인생이 줄 수 없는 걸 예술이 줄 수 있다고 믿으면서? 이곳이 아닌 그곳을 추구하면서? 대개 세상에 두들겨 맞고 삶에서 쫓겨난 자들이 잘들 그러지. 자네도 그런 거 아닌가?"

"저한테는 예술이 삶입니다. 그 외에 나머지는 아무 의미도 없습니다."

선택은 무뚝뚝함을 넘어 불퉁스러웠고, 푸두리는 아이를 다루듯 지그시 선택을 쳐다보았다.

"알았네. 유명해지느니 부자가 되느니, 그런 말은 말기로 하지. 허나 자네도 그런 걸 그리고 싶지는 않나? 짙은 피 냄새 같은 거. 어두운 본능이나 거친 광기 같은 거. 그런 것들로 캔버스를 숨 막힐 정도로 가득 채우고 싶지는 않나? 내 말은 그림으로 누군가를 죽여버리고 싶지 않냐는 거지. 그것도 아주 나쁜 놈을. 그러니까 연쇄살인사건 말이야? 이 지역에서 일어난."

사실이었다. 자신의 그림으로 누군가를, 아마도 아주 나쁜 놈을 죽여버리고 싶었다. 그것은 좀 전에 그를 사로잡았던 살인자의 영혼과 자신을 섞어버리고 싶다는 그 충동과 욕망의 연장선상에 있는 것으로서 자신의 일부로 받아들이기에 당황스러운 것들이었다. 그럼에도 낯설지 않았다. 오히려 뿌리 깊고 오래된 냄새를 풍겼다. 아주 친숙하고 익숙한….

이런 그를 푸두리는 살랑살랑 유혹했다. 선택의 코앞에서 방망이와 고개를 까딱까딱 흔들면서. 푸두리는 선택의 깊은 곳에 똬리를 튼 어둡고 거친 욕망을 헤아리고 있었다. 승리를 예감한 푸두리가 말했다.

"자네가 원하는 그 예술의 완성이란 걸 위해서는 내가 다른 이를 연결해주지. 나도 예술성이니 어쩌니 하는 건 조금은 알지만 그 분야에선 나보다 훨씬 뛰어난 자야. 이 작자, 진짜 제대로 된 예술가지. 평생 자신의 이름으로 서명된 그림 한 점 팔지 않고 오직 예술, 예술만 추구했었어. 그런 까닭에 예술계의 누구도 그 이름을 모르고 아는 이들만 이 양반을 인정해주고 있지. 이름이 '배분돌'이라고, 한 5년 전에 죽었는데, 붓을 쥐고 그림을 그리다 죽었어. 대단하지 않나. 붓을 쥐고서 죽다니."

"죽어요?"

선택이 정신을 차리고 집중했다.

"그 말-은?"

"말인즉, 귀신이란 뜻이지. 그림 귀신, 아니면 환생이 귀신?"

"귀신이 뭘 어쩐다고요. 설마하니 나한테 빙의한다는?"

"그럴 수도 있고…."

푸두리가 슬쩍 곁눈질을 던졌다.

"그건 좀 불편하겠지, 그지? 자네한테 귀신이 들러붙어서 자넬 조종한다는 거. 그래서 말인데…, 자네가 우리 세계로 들어오면 어떨까 하네. 우리 도깨비들의 세계, 자네의 욕망이 이루어지는 세계로. 그 세계를 허미타찰이라고 부르는데…."

불만에 가득 차 화가 났다고나 할까, 푸두리의 방망이가 또 푸르르 몸을 떨었다. 이에 대한 푸두리의 반응은 빨랐다. 헤드록을 걸듯 방망이를 겨드랑이에 끼고 눌러버렸다. 잠깐 버둥대다가 방망이는 잠잠해졌다. 의아해하는 선택에게 푸두리는 자신의 꽁지머리를 슬슬 쓰다듬었다.

"뭐, 별거 아냐. 가끔 말썽을 부려 이놈의 방망이가."

"왜요? 왜 말썽을 피워요?"

선택이 대뜸 물었다.

"어- 그게, 이게 여자라서 그래."

"여-자요? 이 방망이가?"

"그래, 여자야." 푸두리가 괜하다 싶게 힘주어 대답했다. "자네 여자 도깨비 들어본 적 있어? 없잖아. 그래서 인간들은 여자 도깨비는 없다고 생각하지. 아니야, 있어. 이 방망이가 여자야. 도깨비의 힘은 남자로서의 도깨비와 여자로서의 이 방망이가 합쳐져서 생겨나는 거거든."

여-자라…. 선택이 방망이에서 여성성을 찾아보겠다고 방망이를 살펴보았으나 방망이는 방망이일 뿐이었다. 그래도 어쨌든 푸두리가 그렇다니까 그렇다 치고.

"그게 말썽을 피우는 거하고는 뭔 상관이 있다고."

푸두리가 혀를 쯧! 하고 찼다. 귀찮다는 의미였다.

"뭐냐면 이게 좀 까탈스럽다는 거지. 여자들이 원래 그렇잖아. 헌데 이건 좀 심해. 말썽을 부리는 수준으로. 내가 사정이 있어 다른 도깨비들한테 한동안 맡겨둔 적이 있었는데 그 후로 더 그래. 방망이가 바뀐 것 같단 말이야. 다른 걸 집어넣었거나. 남자를 들들 볶기 좋아하는 여자 혼령을 집어넣었을 수도 있는데, 하여튼 어떻게든 손을 댄 거 같거든. 그 이후로 아주 까탈스러운 여자가 됐어. 말썽만 부리는."

까탈스러운 여자로서의 방망이라. 그런가 보다 하고 받아들일 수밖에.

"암튼, 어디까지 했지?" 푸두리가 재빠른 곁눈질로 선택을 살폈다. "그래 허미타찰. 허미타찰이라는 그곳은 말이지, 나 같은 도깨비나, 죽어 혼령이 된 자들, 이무기, 용, 구미호 등등 인간들이 상상하는 것들, 꿈꾸는 것들이 실제로 존재하는 세계야. 이 허미타찰에서는 빙의되지 않고도 내가 말한 배분돌이라는 대단한 예술가의 영혼과 대화하고 서로 교감하면서 그림을 그리면 되는 거지."

허미타찰이라…. 또 꿈틀대기 시작하는 푸두리의 방망이에서 눈을 맞추며 선택은 생각에 잠겼다. 슬그머니 호기심이 발동했다. 선택을 주시하는 푸두리의 눈이 영악한 빛을 발했다.

"자네가 우리 세계로 들어왔으면 하는 다른 이유가 또 있네. 나 때문일세. 이제 나이를 먹어서 그런지 집 나서면 힘들어. 왜냐면 내 세계를 벗어나 인간세계로 나가면 나도 모양을 갖추어야 하거든. 자네 같은 인간의 눈에 보이도록. 그게 여간 내 에너지를 소비하는 게 아니야. 대신 자네가 허미타찰로 들어오면 난 내 세계에서 편안히 더 잘 자넬 도울 수 있지 않겠나."

그럴 듯도 했다. 동시에 의문도 고개를 들었다.

"하지만 그 허미타찰로 들어간다는 것, 그건 이 세계를 떠나야 한다는 건데."

"아니야. 떠나지 않아. 그대로 있어. 다만 눈이 뜨이고 개입할 수 있게 되는 거지. 지금까지 자네의 곁에 늘 있어왔지만 알아차리지 못했던 것들을 보게 되고 알게 됨과 동시에 그 세계를 접촉할 수 있고 그 세계에 작용을 가해 바꿀 수 있게 된다는 거야."

일단 푸두리의 설명만으로는 그다지 문제 될 건 없어보였다. 하지만 어떻게 그 허미타찰이란 세계로 들어간단 말인가?

"약을 먹어야 돼. 그 세계로 밀어 넣어주도록 특별히 제조된 약이 있어. 그것만 먹으면 돼. 그래, 그 허미타찰의 세계로 발을 디뎌볼 텐가?"

찜찜한 기분이, 살인사건을 그려보라고 권유할 때처럼 무엇을 감추고 있다는 미심쩍음이 없지 않아 있었지만 선택은 고개를 끄덕였다.

"그럼 날 따라오게."

푸두리가 선택을 데려간 곳은 동성로 약전골목이었다. 그들은 택시를 타고 갔다. 도깨비 방망이로 둘을 뚝딱 옮길 수 없느냐는 선택의 물음에 푸두리는 한껏 찌푸린 얼굴로 도깨비 방망이라고 해서 무엇이든 다 할 수 있는 건 아니라며 주섬주섬 신문지들을 주워 모아 방망이를 둘둘 감쌌다. 그동안에도 방망이는 몸을 비틀어댔다. 틀림없는 불만 가득한 거부의 몸짓이었다. 어찌 됐든 너저분하니 신문지에 말린 방망이를 옆구리에 눌러 끼고서 푸두리는 봉성당이라는 한약방으로 선택을 데려갔다. 주변을 에워싼 현대식 건물들에 대들기라도 할 태세로 낮게 웅크린 그 약방은 낡고 오래된 목조 건물로 그 왼편으로는 보도블록이 깔린 좁은 골목이 나 있었다. 선택을 이끌고 침침한 그 골목으로 걸어 들어간 푸두리는 그 끝자락에 있는 듯 없는 듯 자리 잡은 녹슨 푸른 철문을 밀었다.

푸두리를 따라 들어선 그 철문 안쪽은 뭐랄까, 쉽게 말해 쓰레기장이었다. 녹슨 짐자전거, 크기만 뭐만 한 뒤엎어놓은 역시 녹슨 가마솥, 반쯤 자연으로 되돌아간 어지러이 쌓여있는 나무토막들, 버려진 다양한 종류의 그릇들, 이 또한 버려진 역시 다양한 종류의 가전제품들, 무엇이 들어있는지 알 수 없는 시커먼 비닐봉지들, 최종적으로는 이 모든 것들을 반쯤은 가린 누렇게 마른 잡초들. 푸두리는 사람 사는 냄새를 풍기지 않는 이 쓰레기의 낙원에다 방망이를 쌌던 신문지를 하나 더 보태고는 축대 계단을 올라 낡은 유리문을 옆으로 밀었다. 유리문은 보기와는 달리 소리 없이 열렸다. 푸두리가 거실이지만 원래의 용도로 전혀 사용되지 않는 어둑한 공간으로 발을 디디며 소리쳤다.

"어이, 오주섭이. 나 왔어!"

"뭐하러 왔어."

불퉁한 목소리가 정체불명의 마대 포대와 종이박스를 쌓아놓은 곳 너머의, 아마도 주방으로 짐작되는 데로부터 들려왔다.

"전화 좀 놓지그래?" 푸두리가 엉뚱한 소리를 했다. "미리 연락이라도 하게. 요즘 세상에 전화도 없는 집이 어딨어?"

"쓸데없는 소리! 뭔 짓 하러 온 거야."

제법 격한 반응이 되돌아왔다. 푸두리는 전혀 개의치 않고 뚜벅뚜벅 안쪽으로 걸어 들어갔다. 뒤따라 가보니 역시 주방이었다. 창고 같은 거실과는 달리 어느 주방과 다르지 않았다. 그다지 자리를 차지하지 않는 작은 싱크대에 양문형 냉장고 하나, 연두색 잎들로 무성한 화분이 놓인 작은 원형 식탁과 등받이 없는 두 개의 의자. 그 의자들 중의 하나에 조그만 체구지만 살집은 제법 통통한 노인네가 앉아있었다. 노인네는 방문객은 거들떠보지도 않고 바닥이 검게 그을고 허옇게 빛바랜 양은 냄비에 코를 박고 있었다. 찌개 같은 것에다 만 밥을 냄비째로 먹고 있는 듯했다.

"약이 필요해."

푸두리의 말에 노인네가 숟가락질을 멈추었다. 굵은 목만을 틀어 푸두리와 선택을 비스듬히 올려다보았다. 전혀 반기지 않는 기색이었다. 물론 푸두리는 전혀 상관하지 않았다.

"이봐 주섭이, 이 친구, 양선택이라는 친군데, 허미타찰로 보낼 거야."

주섭이 겉보기와는 달리 재빠른 움직임으로 선택을 아래위로 훑었다. 못마땅해하고 있었다. 그 못마땅함이 선택을 향한 것인지 푸두리를 향한 것인지는 애매했다. 이빨 사이에 낀 고춧가루라도 빼내려는지 입 한쪽을 꿈지럭거리는 모양새가 그랬다.

"거긴 한 번 가면 다시 돌아올 수 없어."

이건 생각 못 했다. 돌아올 수 없다니. 그렇다고 발을 뺄 수도 없었다.

"상관없습니다."

"상관없다?" 주섭이 숟가락을 냄비 안에다 내려놓았다. "용감한 거야? 겁 없이 무모한 거야?"

"둘 다야."

푸두리가 턱짓으로 선택의 오른쪽 관자놀이를 가리켰다. 주섭이 앉은 채로 몸을 뒤로 빼 푸두리가 가리킨 곳을 살폈다. 주섭의 눈이 가늘어졌다.

"허미타찰로 가려 할 만도 한데, 허나 말이야. 그런 일을 저지르는 자들 중에는 도리어 애착이 더 강한 이들도 있어. 삶에의 애착 말이지."

"아따, 뭔 말이 그리 많아. 약이나 만들어줘."

푸두리가 우악스레 의자를 잡아당겨 앉았다. 의외다 싶게 주섭이 발끈했다.

"못 만들어주겠다면?"

"못 만들겠다고?"

푸두리가 방망이로 바닥을 내려찍으며 일어섰다. '이것 봐라'는 투였다.

"벌써 잊었나? 자네 안사람 일을?"

주섭이 푸두리를 한동안 똑바로 쳐다만 보다가 고개를 돌려버렸다. 푸두리도 의자에다 몸을 던졌다. 푸두리는 손을 어깨 뒤로 넘겨 저고리 안을 쑤석대더니 무엇을 쑤욱 뽑아냈다. 두 자는 될 성싶은 길쭉한 곰방대였다. 요란스레 탕탕 곰방대로 식탁을 두드린 푸두리는 앞섶을 뒤져 때에 전 빨간 담배쌈지를 꺼내더니 그것의 주둥이를 벌려 담배를 한 줌 집어 곰방대에 쟁여 넣었다. 위험 신호가 머릿속을 소용돌이쳤다. 미처 피하거나 어찌해볼 사이도 없이 푸두리는 방망이로 곰방대 끝을 툭 쳤고, 팔랑 불꽃이 일었다 싶은 순간 선택의 코앞에서 한 뭉치의 흰 연기가 뭉클 솟았다.

연기와 불이었다. 맥박이 날뛰고 호흡이 가빠졌다. 몸은 땅속으로 꺼지듯 짜부라드는 것만 같았다. 등 뒤로는 식은땀도 흘렀다. 연기나 불만 보면 이랬다. 이유는 몰랐다. 있을 테지만 기억에는 없었다. 후들거리는 다리로 비척비척 뒤로 물러서서 한 손을 뻗어 벽을 짚었다. 다른 한 손으로는 가슴을 움켜쥐었다.

"왜 그래?"

푸두리가 뭔 소란이냐는 투로 물었다. 그러면서 입으로는 연기를 훅 뿜었다.

"연기, 부—울."

"연기? 불? 내 담배? 이게 뭐 어때서…."

푸두리는 말을 끝맺지 못했다. 주섭이 곰방대를 낚아채서 싱크대로 가져가 물에다 담가버렸다.

"보면 몰라? 불하고 연기를 겁내는 거야."

"그—런 거야?"

멀뚱히 던지는 푸두리의 물음에 선택은 머리만 끄덕였다. 푸두리가 눈을 끔벅이다가 두 손으로 담배 연기를 휘휘 저어 날렸다.

"그래서 겨울인데도 작업실에 난로 하나 없었고 가스레인지도 없었던 거야?"

"그—게…."

"심하게 안 좋은 일이라도 있었나?"

선택이 대답하기도 전에 주섭이 나섰다. 주섭은 곰방대의 물기를 흔들어 털고 있었다. 선택은 고개만 저었다. 그래도 주섭은 다 알아차린 모양이었다.

"기억에는 없는 모양이지. 그럴 수도 있겠지. 잊고 싶은 일이라면."

주섭의 눈이 선택의 오른쪽 관자놀이 근처를 맴돌았다. 주섭의 두 눈 끝이 살짝 처졌다.

"좋아. 푸두리가 아니라 자넬 위해 약을 만들어주지. 자네 같은 이들에게는 허의 세계가 실의 세계보다 더 편할 수도 있으니. 실의 세계야 자넬 괴롭히기만 했겠지."

물에 젖은 곰방대를 푸두리에게 돌려준 주섭은 부루퉁해진 푸두리는 무시하고 주섬주섬 양은 냄비와 냄비 뚜껑을 챙겨 들었다. 그는 뒤뚱뒤뚱 싱크대로 가더니 설거지부터 했다. 제대로 씻겼는지 냄비 바닥에다 코를 박고 확인한 뒤 냉장고를 열어 맨 아래 칸에서 1.5리터들이 칠성사이다 페트병을 꺼내 들었다. 시커멓고 뻑뻑해 보이는 왠지 구역질 날 것 같은 액체가 그 안에 2/3가량 차 있었다. 그는 방금 씻은 양은 냄비 바닥에 찰랑찰랑할 정도로 그것을 붓고, 냄비를 가스레인지 위에다 올렸다. 선택이 멀찍이 거실 저쪽에 떨어져 있음을 확인하고서 가스레인지를 켰다. 그런 다음 생각에 잠긴 둥그스름한 얼굴을 약간 기울이더니 검지와 중지로 자신의 둥근 머리를 톡톡 두드렸다.

"그ー래, 독우산광대버섯을 넣어야 하고…, 화경버섯…, 각ー시투구꽃 말린 것도 넣고…, 또 뭐가 있더라. 옳거니! 협죽도 잎도 당근 필요하고."

주섭의 둥그런 두 눈이 거실로 향하더니 선택을 가만가만 더듬었다.

"흠, 마지막 남은 것이긴 하나 그것도 넣어 두는 게 좋겠어. 지금은 저래도 필요할지도 모르지."

주섭은 냉장고를 뒤진다, 거실을 지나 건넛방으로 뛰어다닌다, 혼자 부산을 떨면서 선택으로선 눈여겨보더라도 그 이름을 알 수 없을 약재들을 식탁 위에다 주르르 널어놓았다. 그것이 끝나자 그 약재들을 하나씩 손바닥에 올려놓고 그 크기와 무게를 신중히 가늠해본 뒤 손으로 그 일부를 떼어내거나 가위로 잘라내어 벌써 끓고 있는 양은 냄비에다 던져 넣었다. 기다란 대나무 젓가락으로 냄비 안의 내용물들을 서너 번 휘저은 뒤 그는 거실로 나왔다.

"제일 중요한 게 남았지."

선택에게 찡긋 윙크를 날린 주섭은 거실의 유일한 인테리어라 할 수 있는 욕실 옆 자투리 공간에 자리 잡은 3단 장식장으로 다가갔다. 2단과 3단에는 오래된 신문이나 잡지, 낡은 손가방 따위가 어지럽게 쌓여 있었지만 1단에는 오지단지 하나만이 오롯이 놓여있었다. 주섭은 무릎을 꿇고 단지 뚜껑을 열어 안에 든 것을 끄집어냈다. 옻칠이 반들반들 살아있는 담뱃갑 크기의 나무상자였다. 떠받들듯 두 손으로 그것을 받쳐 들고 일어선 그는 선택에게로 돌아왔다. 몸을 낮추고 곁눈질로 주방의 푸두리를 살핀 뒤 목소리 역시 낮추어 그가 말했다.

"이 안에 든 게 황금가지라는 거야. 수천 년 전, 먼 옛날 저쪽 먼 나라의 한 영웅이 죽은 아버지 만나러 저승으로 갈 때 가져갔던 거야. 이승으로 되돌아오는 통행세의 일종으로 저승의 여왕에게 바치기 위한 선물이었지. 그것의 몇 조각이 먼 길을 돌아 내게까지도 왔어. 부처님 진신 사리가 우리나라에 있는 것과도 비슷하다면 비슷한데, 이게 마지막 남은 조각이야. 내 특별히 자네 약에 넣어줌세. 언제 필요할지도 모르니까. 솔직히 필요했으면 좋겠네."

주섭이 상자 뚜껑을 열고 안에 든 것을 보여주었다. 타원형의 잎이 두 개 달린 5센티가량의 노란 황금빛 나뭇가지였다. 놀라운 것은 수천 년 전의 것이라면서도 그 시간들이 전혀 거짓말 같게 시든 흔적이 없었다. 살아있는 원가지에서 방금 꺾어낸 것만 같았다.

"어째서…."

"쉿!"

얼른 상자 뚜껑을 닫은 주섭은 주방으로 재바르게 가버렸다. 주방에 이르러서는 푸두리에게 등을 보인 채로 황금가지라는 그것을 냄비에다 넣고는 나무 상자는 윗도리 주머니에 감추었다. 그는 두어 번 젓가락으로 저은 뒤 불을 껐다. 그가 두 손을 탁탁 마주쳐 털었다.

"기다리기만 하면 돼."

선택은 거실에서 주방으로 옮겨가서 기다렸다. 양은 냄비에서 번져 나온 달콤하면서도 씁쓸하고, 향긋하면서도 맵싸한 향기는 주방을 가득 채웠다. 달리 할 일이 없었던 선택은 식탁 위의 화분에 관심을 가졌다. 재미있게도 화분을 풍성히 채운 그 연두색 잎들은 상치였다. 반찬거리로 가끔씩 뜯어먹는지 뜯겨 나간 자국도 몇 군데 눈에 띄었다. 그런 데다 잎끝이 모두 살짝 시들어 있었다. 처음 주방에 들어섰을 때는 분명 이렇지 않았다.

"제대로 된 것 같군."

주섭이 말했다. 그도 화분의 상치를 살피고 있었다.

"좀 더 가까이 가져가 봐야겠어."

주섭은 화분을 들어 올려 두 손으로 쥐고 가스레인지 앞으로 걸어갔다. 그는 화분을 아직도 김이 오르는 냄비 위로 가져가 느릿느릿 흔들었다. 그러자 놀라운 일이 일어났다. 끝이 시들긴 했지만 연두색이 분명하던 그 상치 잎들이 모두 갈변하더니 축 늘어져 버렸다.

"됐군."

주섭은 화분을 주방 바닥에다 내려놓았다. 찬장을 뒤져 밥그릇을 하나 꺼내 든 그는 양은 냄비의 시커먼 액체를 한 방울 남기지 않고 거기에다 따랐다. 그것이 끝나자 얼굴만큼이나 둥그런 눈을 선택의 눈과 맞대며 그 그릇을 내밀었다.

"마시게. 허미타찰행 티켓이네."

돌아가라 돌아가!

떨어지고 있었다. 바닥을 모를 암흑의 구덩이였다. 공포가 엄습했다. 무엇이든 거머쥐고자 두 팔을 뻗었다. 잡히는 것은 없었다. 만져지기만 했다. 손을 빠져나가는 끈적이면서 물컹한 것들. 비명이라도 지르려는 찰나 발이 바닥에 닿았다. 바닥은 꿈틀거리는 것들로 가득했다. 긴 몸뚱이에 느리게 움직이는 것들. 그것들 중 하나가 허벅지를 타고 배 위로 기어올랐다. 여기를 벗어나야 했다. 저 멀리 바늘구멍만 한 흰빛의 터널이 가물댔다. 발을 떼기도 전에 움찔움찔 그것이 가슴 위로 밀고 올라왔다. 미끈거리는 그것의 둥근 몸통을 두 손으로 움켜쥐었다. 그것은 눈도 없고 코도 귀도 없었다. 다만 입이 있었다. 동굴처럼 뻥 뚫린 입. 그 입이 깊은 저음으로 속삭였다.

'여기는 허미타촬, 당신을 환영합니다.'

바늘구멍만 한 흰빛의 터널이 와락 달려들었다. 시야가 트였다. 의식도 돌아왔다. 선택은 오주섭의 주방에 서 있었다. 한 손엔 주섭이 건네준 밥그릇을 그대로 쥔 채로. 물론 그릇은 비어있었다.

"정신이 돌아왔어. 그래 맛이 어때?"

푸두리의 목소리가 들려왔다. 선택은 대답하지 않았다. 푸두리도 대답을 챙겨 들을 여유는 없어보였다. 주방 의자에 엉덩이를 반만 걸친 채로 방망이를 제압하느라 바빴다. 방망이는 푸두리의 겨드랑이에 끼어 화가 난 것처럼 풀썩였다. 한편 푸두리의 머리 너머 저쪽에 오주섭이 싱크대에 기대어 서 있고, 푸두리와 오주섭 사이에…, 낯선 이가 있었다. 쪽진 머리에 연녹색 카디건을 곱게 차려입은 초로의 단정한 여인. 주섭이 그 여인을 소개했다.

"우리 마누랄세. 10년 전에 죽었지. 어제가 바로 제삿날이야. 인사하지."

선택이 엉거주춤 묵례를 하자, 주섭의 죽은 아내는 미소로 화답하며 같이 고개를 숙여 보였다.

"우리 마누라 보려고 그 약 제조법을 개발했어. 제법 고생도 했지만 그 약 덕분에 이렇게 둘이서 함께 지낼 수 있는 거거든."

"죽은 이들 중에 사무치게 그리운 사람이 있으면 그 약을 먹으면 되지요." 주섭의 아내가 말했다. "선택 씨는 죽은 이들 중에 누가 그리 보고 싶은가요? 어머니? 아버지? 혹시 아내분? 아니면 누구라도 사랑하던 사람?"

죽은 이들 중에 누가 그리워서 그 약을 먹은 건 아니었다. 도깨비와의 계약 이행에 필요했기 때문이었다. 그럼에도 다른 이유 때문이라고 선뜻 입 밖에 내기가 힘들었다. 마음 한구석이 편치가 않았다. 정체를 파악하기 힘든 애타는 갈망 비슷한 것이 그 구석에 뭉쳐져 있었다.

"그만 가지."

푸두리가 말했다. 방망이는 여전히 풀썩대고 있었다.

"아, 주섭이 자네가 우릴 좀 태워줘야겠어. 이놈의 방망이, 우릴 이동시켜 주기는 고사하고 택시 안에서 엉뚱한 짓이라도 저지를 것 같단 말이야."

"어딜 가는데?"

주섭이 그다지 내키지 않아하며 물었다. 푸두리가 의자에서 기운차게 일어섰다.

"배분돌. 진짜 예술가를 만나러!"

굴러간다는 게 신기한 주섭의 고물차는 반월당을 빠져나와 수성교 방향으로 나아갔다. 거리는 기묘하게 어두웠다. 기분 나쁘게 컴컴하고 눅눅하기도 했다. 가로등 빛도 네온사인도 자동차의 전조등도 왠지 무겁고 우중충했다. 수성교를 건너자마자 차들이 길 양쪽으로 들쑥날쑥 주차된 좁은 골목길로 우회전했다. 상가 건물들 사이로 이어진 그 길 끝에는 페인트냄새가 아직도 묻어나는 신축 고층 아파트 몇 동이 번듯이 자리 잡고 있었다. 그러나 더 나아가자 그 너머에 다른 세계가 펼쳐졌다. 땅에다 박아놓은 건축용 비계파이프, 녹슨 철제 펜스, 구멍 난 부직포와 그물망, 무더기로 쌓여있는 건축 철거 폐기물, 창들이 뜯겨 나가 시커먼 사각 구멍을 음흉하게 드러낸 집들, 길가에까지 밀려 나온 불법 투기된 쓰레기들. 여러 말 필요 없이 여기 또한 광태가 작업실로 눌러앉은 데와 마찬가지로 재건축이 중단되면서 흉물스레 남겨진 폐가 지대였다. 차이가 있다면 아직도 사람이 살고 있다는 것, 그래서 불빛이 새어 나오는 창들을 가진 집들이 간간이 눈에 띈다는 정도였다. 주섭이 그런 집들 중 하나의 앞에 차를 세웠다.

"이 근처 어디쯤이지, 아마?"

"그런 것 같기는 한데…." 푸두리가 목을 빼고 어둠 속을 두리번댔다. "그새 없던 펜스를 제멋대로 꾹꾹 박아놓았으니 원."

"제멋대로 박아놓은 건 아니고. 다 이유가 있고, 다 필요하니까…."

"내리지."

푸두리가 차 문을 필요 이상으로 힘주어 열어젖혔다. 골목길은 어두침침했다. 가로등이 서 있지만 반 이상은 등이 깨져 나갔고 그나마 살아남은 것들이 철제 펜스 사이로 난 길을 애써 밝히고 있었으나 있는 둥 없는 둥 했다. 펜스 너머의 광대한 어둠이 그 빛들을 다 빨아먹어 버린 것만 같았다.

"더럽게 어둡네." 푸두리가 툴툴댔다.

"방망이는 뒀다 뭐하나? 이럴 때 써야지." 주섭이 말했다. 놀리듯 나긋 나긋 살갑게.

"방망이는 이럴 때 쓰라고 있는 게 아냐. 그냥 가."

푸두리가 방망이를 허공에다 대고 한 번 휘두르고는 걸음을 뗐다. 그 러나 그는 엉거주춤 멈추어 서 있어야 했다. 방망이가 따라주지 않았 다. 방망이는 고집부리는 노새처럼 오히려 푸두리를 뒤로 잡아끌었다.

"이거, 왜 이래!"

푸두리가 소리치자 기다렸다는 듯이 방망이는 자신의 뭉뚝한 끝을 우뚝 위로 치켜세웠다. 마치 압제에 저항하는 자유의 투사처럼.

"내려가!"

푸두리가 방망이를 쥐지 않은 손으로 그 뭉뚝한 끝을 내리눌렀다. 방 망이는 꿈쩍도 않았다. 다시 용을 써 봐도 마찬가지. 도리어 놀리듯 그 끝을 까딱까딱 까불어댔고, 곧 재미있는 일이 벌어졌다. 방망이 끝이 달 아오르는 쇠처럼 벌겋게 변해간다 싶더니 '뻥' 하는 경쾌한 효과음과 더 불어 작은 불꽃 두 개가 튀어나왔다. 주변을 살피듯 주춤주춤하던 그것 들은 몇 미터 앞으로 흔들흔들 나아가 그 주위를 밝혔다. 그다지 더 밝 아진 것 같지는 않았지만 없는 것보다는 나았다.

"그만 가시지."

주섭이 푸두리의 등을 툭 쳤다. 푸두리는 말 안 듣는 방망이를 내려 다보았다. 방망이는 언제 그랬냐는 듯 얌전히 그 끝을 아래로 내리고 있었다. 화를 삭이지 못한 한숨이 푸두리에게서 새어 나왔다.

두 불꽃은 길 안내자처럼 팔랑팔랑 그들을 이끌었다. 철거되지 않은 집들 중 세 집 건너 하나꼴로 사람이 살고 있었지만 꽤 긴 거리를 걸어가는 동안 인적은 없었다. 깊은 물 속을 걷는 듯 괴괴한 고요와 정적이 그 일대를 지배했다. 그 인적 없는 고요는 낙엽 진 담쟁이가 그물처럼 뒤덮인 어느 폐가 모퉁이를 꺾어 들었을 때 깨졌다.

적벽돌로 벽체를 올린 2층짜리 그 폐가와 역시 폐가이지만 담장 너머로 상록수 몇 그루가 아직도 서 있는 단층 주택 사이의 좁은 골목에 그들이 있었다. 모두 여섯이었다. 남자 다섯과 그들을 시종처럼 거느린 거구의 여자 하나. 골목 어귀를 가로질러 드러누운 폐기된 냉장고를 바람막이 삼아 그들은 모닥불을 피우고 있었다. 불이었다. 선택이 우뚝 멈추어 섰다. 슬금슬금 뒷걸음질도 쳤다. 뭉실 피어오르는 연기를 배경으로 그들은 동작을 멈추고 선택의 일행을 노려보았다. 정확히는 선택을 노려보았다.

"돌아가라! 돌아가!"

여자가 고함을 질렀다. 부지깽이로 짐작되는 들고 있던 쇠꼬챙이로는 냉장고도 퍽퍽 두들겼다. 냉장고를 둘러싼 철판의 이음매가 터져 벌어지면서 그 안의 단열용 우레탄이 가루가 되어 허공으로 튀어 올랐다. 한눈에도 힘이 세 보이는 여자는 정말이지 거구였다. 머리 하나만큼은 남자들보다 더 컸다. 우람한 허리통과 거대한 젖가슴과 떡 벌어진 어깨, 그 몸뚱이 위로 인도 여인들이 두르는 사리나 고대 로마인들의 토가처럼 희끄무레한 천을 칭칭 감고 있었다.

"신경 끄시지." 푸두리가 시큰둥하니 대꾸했다.

"산 인간을 이 세계에 끌어들이지 마라! 더는 이 세계를 흩트리지 마라!"

거구의 여인이 호통을 쳤다. 푸두리는 못 들은 척했지만 주섭이 선택에게 잠깐 눈길을 보냈다가 느릿하니 점잔 뺀 목소리로 나섰다.

"아니지, 아니지요. 살아있는 인간은 아니지요. 정확히는 반은 살아있고 반은 죽은 자, 다르게는 한 명의 산 자와 한 명의 죽은 자를 끌어들였다고나 할까."

반은 살아있고 반은 죽은 자? 선택 그를 두고 이르는 말이 틀림없었다. 선택이 입을 떼기도 전에 거구의 여인이 발을 쿵 굴렀다. 말 그대로 땅이 흔들렸다. 여인을 추종하는 다섯 명의 남자들이 그녀 옆으로 나란히 도열했다. 여인이 성큼 한발 앞으로 나섰다. 여인의 불꽃이 이는 눈은 똑바로 주섭을 향했다.

"이봐, 양다리. 분명히 해. 갈지 아니면 남아있을지. 경계를 딛고 서서 두 세계를 다 넘보려고 하지 마. 그건 욕심이자 자연의 질서를 흔드는 해악 행위야!"

여인이 발을 또 굴렀다. 또 땅이 흔들렸고 그 형형한 눈이 이번에는 선택을 향했다.

"너 애송이, 조심해. 여긴 죽은 자들의 세계야. 세상의 아래에 존재하는 세상이야. 여기서 살아나가고 싶다면 정신 똑바로 차려. 선의로 너 같은 경계에 서 있는 자에게 경고하는데, 더 깊이 아래로 내려가지 마라. 저 바닥 깊은 곳에 있는 것, 암흑과 혼돈의 세계에 갇혀있는 것들을 건들지 마라. 그것들을 깨워서 불러일으키지 마라. 너는 그것들을 잘몰라. 그것들은 네가 감당할 수 있는 것들이 아냐. 그것들은 너를 물어뜯을 테고, 너를 찢어 까마귀밥으로 들판에다 내던져 버릴 테고, 재가되어 날릴 때까지 너를 불길로 태워버릴 것이야."

도무지 뭔 말인지, 선택이 설명을 구해 푸두리를 돌아보았지만 푸두리는 대뜸 여인에게 넙죽 허리를 숙여 보였다.

"대단히 훌륭한 충고 감사드립니다. 말씀을 다 끝내셨으면 저희들은 그만 물러가겠나이다. 혹시 하실 말씀이 아직 더 남으신 건가요?"

"없어. 다 했어."

여인은 발을 한 번 더 쿵 굴리고는 그 거대한 몸을 돌려 모닥불을 마주했다. 성질 사납게 부지깽이로 모닥불도 들쑤셨다. 불티가 연기에 섞여 밤하늘로 날아올랐다. 선택이 몇 걸음 더 뒤로 물러섰다. 푸두리는 턱을 삐딱하니 치켜들고 게슴츠레한 눈으로 여인을 살피다가 가던 길을 가기 위해 몸을 돌렸다. 말이 들리지 않을 정도의 거리에 이르렀을 때 선택이 물었다.

"누구지요?"

"미친년." 푸두리가 대답했다.

"자신을 이 세상과 인류의 어머니라고 믿고 있지." 주섭이 덧붙였다. "자기 자궁으로 이 세상과 전 인류를 낳았다는 거야. 믿거나 말거나 그건 각자의 마음이고. 하여간 '어머니'교라고 이름도 괴상한 종교를 떠들고 다니고 있어. 말하자면 교주인 셈인데, 혹시 저 여자를 보게 되거든 꼭 어머니 아니면 교주님이라고 불러야 돼. 안 그랬다간 불호령이 떨어지고 제법 시끄럽고 피곤해질 거야."

"우리끼린 그냥 미친년이라 부르면 돼." 푸두리가 말했다. "그게 저 껑다리 뚱땡이 여편네 이름이야. 미친년! 딱 어울리잖아?"

선택의 생각으로도 어울리는 이름이었다. 묻고 싶은 게 더 있었던 선택이 주섭에게 질문을 이어갔다.

"좀 전에 저를 두고 반은 살아있고 반은…."

"다 왔어. 저기야."

주섭은 못 들은 척 성큼 앞으로 가버렸다. 대답을 구해 푸두리와 눈을 맞추려 했지만 푸두리도 주섭과 보조를 맞추어버렸다. 그들이 그다지 대답하고 싶지 않은 질문임에 분명했다. 선택으로서도 꼭 대답을 들어야겠다는 생각은 없었다. 선택도 그들 뒤를 따랐다. 그들은 곧 4층짜리 제법 번듯한 상가 건물 앞에 멈추어 섰다. 도깨비불에 드러난 그것의 창과 문들은 뜯겨나갔고 대신 그 자리를 합판이나 방수포 따위로 막아놓았는데 그중 하나에는 스프레이로 '출입금지 철거'라고 큼지막이 휘갈겨져 있었다. 한편 출입구 현관은 굵은 쇠파이프를 박아놓고 철제 펜스로 나름 딴딴히 봉해놓았지만 사람 하나 비집고 들어갈 개구멍은 역시 있었다.

"잠깐 있어 봐. 먼저 분돌과 확인할 게 있어."

푸두리가 기다리라는 손짓을 해 보였다. 불만인 듯 주섭이 한 소리하려다 그만두고 갔다가 오라는 턱짓을 했다. 냉큼 개구멍으로 뛰어든 푸두리는 5분쯤 지나 머리를 내밀고는 올라오라는 고갯짓을 했다. 선택은 도깨비불의 인도하에 주섭을 뒤따라 그 구멍으로 몸을 들이밀었다.

허리를 숙이고 들어선 개구멍 안은 생각도 못 한 별천지의 세계였다. 한마디로 미술관이었다. 계단의 벽과 천장뿐 아니라 문이 뜯겨나가 뻥 뚫린 문틀 너머로 들여다보이는 실내의 벽들에 그림이 있었다. 정확히는 그림이 그려져 있었다. 대개가 미술사에 길이 남을 유명한 작품들로, 뛰어난 솜씨의 모작들이었다. 실내는 어두워 제대로 관찰할 수 없었지만 계단을 따라가며 그려진 것들은 충분히 그 솜씨를 확인 가능했다.

처음 선택의 눈을 잡아끈 것은 미켈란젤로의 작품으로 시스티나 성당 천장화의 '천지창조' 중 아담의 창조였다. 지품천사들에 둘러싸인 하느님이 생명 없이 축 늘어진 아담에게 생명의 불꽃을 불어넣는 장면을 묘사한 것으로 미켈란젤로가 환생했다고 해도 믿을 만큼 완벽했다. 제어할 수 없는 에너지를 감춘 불끈불끈 솟은 근육들, 광적이라 칭해도 될 격한 몸짓의 격렬한 뒤틀림의 순간포착, 그것은 바로 미켈란젤로였다. 다음으로 렘브란트의 '야간순찰'이 앞을 가로막았다. 네덜란드 암스테르담 민병대의 출동 순간을 묘사한 렘브란트의 대표작이다. 중앙의 두 장교와 왼쪽 배경의 작은 소녀의 얼굴에서 자체 발광하여 환하게 번져나가는 그 빛은 그것 그대로가 렘브란트를 말해주고 있었다. 2층으로 오르자 에곤 실레도 보였다. 제목은 잊었지만 화집에서 자주 접했던 벌거벗은 남녀가 끌어안고 있는 그림이었다. 죽음에 대한 두려움과 풀리지 않는 성적 욕구로 꼬이고 뒤틀린 선들. 에곤 실레의 쥐어짜내는 듯한 공포와 욕망에 가슴은 졸아들고 숨결은 거칠어졌다. 도망치듯 고개를 돌리자 박수근이 서민적 푸근함으로 선택을 맞았다. 투실투실한 화강암 질감이 시골의 고향 냄새를 풍겼다. 그 유명한 '빨래터'였다.

"뭐해? 얼른 따라오지 않고?"

푸두리의 재촉에 정신을 차렸다. 푸두리는 벌써 3층에 올라서 있었다. 두 개의 도깨비불 중 하나는 길을 밝히느라 푸두리 앞에서, 나머지 하나는 박수근의 '빨래터' 위에서 그림을 비추며 흔들리고 있었다.

"그것들 다 배분돌이 그린 거야. 저 안 실내에 그려놓은 것도 다 그래. 연습 삼아 손 풀기로 그렸다나. 일생일대의 작품을 남기기 위해서는 그래야 한다나. 하여튼, 가자구. 앞으로도 그것들 볼 시간이야 충분할 테니."

푸두리를 뒤쫓아 가느라 3층과 4층 계단의 그림들은 충분히 살필 수 없었다. 3층 계단은 소 그림부터 시작해서 '은지화'까지 거의가 이중섭으로 채워진 것 같았고, 4층 계단에서는 김기창과 이우환의 작품들을 확인했다. 하지만 푸두리와 주섭의 뒤를 따라 들어간, 배분돌의 작업실이라는 4층의 실내에는 아무 그림도 없었다. 희멀거니 비어있는 벽들이 전부였다. 그 벽들 중 가장 안쪽의 제일 넓은 벽 앞에 한 노인이 의자에 웅크려 앉아있었다. 깡마른 체구의 노인은 선택과 푸두리와 주섭이 다가가자 몸을 일으켰다. 노인이 선택을 턱짓으로 가리켰다.

"이 친군가?"

"그렇다네." 푸두리가 대답했다.

"듣기로 예술의 완성을 원한다고?"

노인이 선택에게 눈을 맞추면서 다짜고짜 본론부터 끄집어냈다.

"예. 그걸 위해서 도깨비를…"

"그래, 뭘 그리고 싶나?"

"어…"

실은 딱히 그리고 싶은 게 없었다. 아트 페어에서 한 점도 팔리지 않은 순수 추상은 이제 관심 밖이었다.

"그-게…"

순간 선택은 그림에 무엇이든 이야기를 담아내고 싶다는 생각을 했다. 하지만 어떤 이야기를 담아내야 할지, 그것은 전혀 떠오르는 바가 없었다. 막연히 자신과 관계된 것, 자신의 이야기를 풀어내고 싶다는 느낌이나 욕구 정도였다.

"무엇을 그리고 싶은지도 모르면서 예술의 완성을 이루겠다고?" 노인이 말했다. 나무라듯 깐깐한 말투였다. "그렇다면 그림 말고 해보고 싶은 건 뭔가? 그저 먹고 노는 것이든, 하고 싶은 일이든, 무엇이든."

그림 말고 해보고 싶은 것? 없었다. 사실이었다. 무엇에든 의욕이나 갈망 따위 없다고 하는 편이 옳았다.

"없습니다."

"없다? 그 말은 살고 싶은 마음이 그다지 없다고 이해하면 되겠군."

노인의 말투에 빈정거림은 담겨있지 않았다. 노인의 작지만 빛나는 눈은 머리카락이 그을어있고 피딱지가 아직도 붙어있는 선택의 옆머리를 응시했다.

"살고 싶은 마음이 없다면 죽이거나 부술 수밖에 없지. 마음껏 죽이고 부수다 보면 그 일에도 지쳐서 뭐라도 하고 싶은 일이 생길지도 모르지. 가지지 않은 것에 대한 갈망이라고나 할까. 무엇이든 그러다 보면 창조의 욕구, 살고 싶은 욕구가 솟구칠지도 모르지. 그러니 우선 자네의 예술은 죽이고 부수는 것에서부터 시작하도록 하지."

"쉽게 말하지그래." 푸두리가 짐짓 진지하게 거들고 나섰다.

"난 다 알아먹겠구만."

주섭도 나섰다. 주섭은 어슬렁어슬렁 작업실을 탐험하고 있었다.

"사는 데 재미를 못 붙이니 죽은 걸 그려보라는 얘기 아닌가. 아니면 죽이는 걸 그리던가."

"죽은 걸 그려? 아니면 죽이는 걸? 뭔 말인지 더 모르겠구만."

"능청 떨기는!"

"이 사람 능청이라니."

푸두리가 어깨를 들썩였지만 주섭은 못 들은 척했다. 주섭은 합판으로 막아놓지 않은 작은 창이 자리 잡은 한쪽 구석으로 느릿느릿 이동해 갔다. 창틀에는 죽은 선인장 화분이 하나 놓여있었다. 노인이 둘의 대거리를 지켜만 보다가 입을 뗐다.

"들었네, 푸두리에게서. 먼저 올라와서 부탁을 하더군. 자네가 살인사건을 소재 삼아 그리도록 말 잘해달라고."

발끈하는 푸두리를 노인이 손을 들어 막았다. 푸두리는 노골적으로 배신감을 드러내 보였지만 노인은 상관하지 않았다. 노인이 말했다.

"살인사건을 그리게. 푸두리가 부탁을 해서도, 푸두리가 생각하는 세인의 관심을 끌면서 성공한 유명 예술가가 되기 위함도 아니네. 자넬 위해서네. 자네 머리에 피를 흘리게 만든 자네가 품은 그 어둡고 뒤엉킨 것들을 그림에다 뱉어내 보라는 거네. 왜냐면 그게 예술이거든. 몸속에 웅크려 꿈틀대는 것들을 끌어내는 것. 그러니 살인사건이라는, 자네가 품은 그것과 잘 어울릴 것 같은 인간의 죽음을 그려보라는 거네. 피 냄새 흐르는 죽음 말일세. 그림으로 누군가를 죽여버리는 거지."

절굿공이 같은 것이 가슴을 쳤다. 그것은 노인의 말대로 해보고 싶다는, 그림으로 누군가를 죽여버리고 싶다는 충동이었다. 그 충동이 당혹스러울 정도로 느닷없고 거칠게 선택을 흔들며 치밀어 올라왔다. 사실 이 충동은 처음이 아니었다. 푸두리가 살인사건을 그려보라고 했을 그때도 그랬었다. 다만 곧바로 일시적인 것이라고 치부했었고 그땐 그럴 수도 있었다. 하지만 이번엔 아니었다. 충동은 완강하고 격렬했으며 지금도 이 이후로도 그것을 거부할 수 없을 것만 같았다.

"자네가 욕망하는 걸 그리게. 그래야만이 자네의 예술도 완성할 수가 있어."

노인의 말투는 선택의 마음을 다 읽고 있다는 그것이었다. 선택은 대답을 하지 않음으로써 그 충동에 저항했다. 그럼에도 자신이 지고 말 거라는 사실을 잘 알고 있었다. 단지 시간의 문제였다.

"나는 배분돌이네." 노인이 말했다.

"저ㅡ는 양선택입니다." 선택이 겨우 대꾸했다.

"선택, 좋은 이름이군." 분돌이 말했다.

살인 명령

"홍하주라 하네."

아침부터 분돌이 찾아와 불그스름한 액체가 한가득 출렁이는 소주병을 내밀었다. 선택은 얼떨결에 받아들었다.

"붉을 홍, 노을 하, 술 주, 일명 붉은 노을의 술. 작업하며 한 모금씩 마셔보게. 술맛이 나고 많이 마시면 취하네. 허나 술은 아니고. 나의 예술에너지를 뽑아서 만든 거네. 나의 예술혼인 셈이지."

선택이 일명 '붉은 노을의 술'을 보았다가 분돌을 보았다. 예술혼이 뭔지는 모르겠지만 그것을 뽑아낼 수 있다는 것, 나아가 그것을 병이라는 용기에다 담을 수 있다는 사실이 놀라웠고, 여하튼 어떻게든 뽑아낸 예술혼을 어디도 아닌 소주병에다 담는다는 발상이 가히 신선했다. 소주병과 예술혼이라?

"돌아서게."

"네?"

"뒤로 돌아서라고."

분돌이 손가락을 뱅뱅 돌려가며 돌아서라는 시늉을 했다.

"네…"

선택이 엉거주춤 돌아섰다.

"허리를 앞으로 약간만 숙여보게."

"네?"

"자네는 '네'라는 말밖에 할 줄을 모르나?"

"아! 네."

선택이 얼른 하라는 대로 했다.

"내가 가진 예술의 기운을 불어넣어 줄 거네. 나의 손바닥을 경유해서 자네 몸 안으로 내 예술의 기운이 흘러들어 가게 되지."

분돌의 손바닥이 선택의 어깨 약간 아래에 닿았다. 기운을 밀어 넣으려 그러는지 움켜쥐듯 손에다 힘을 주는 것 같았지만 별다른 특이점은 없었다. 예술의 기운이라는 그것이 무엇인지는 모르겠지만 장소를 옮겨 이동하는 그 흐름을 인간의 감각이 감지할 수 있는 것이 아닌 것만은 분명했다. 분돌의 손은 한동안 그 자리에 머물러 있다가 그냥 떨어졌다.

"작업이 잘 안 풀리면 언제든 말하게. 다시 불어넣어 줄 테니까."

이 말을 던지고 분돌은 바람처럼 횡하니 가버렸다. 선택이 돌아섰을 때는 벌써 사라진 뒤였다. 분돌이 빠져나간 현관을 맹하니 응시하다가 자신이 붉은 노을의 술이라는 그 이름도 거창한 분돌의 예술혼이 담긴 소주병을 들고 있다는 사실을 깨달았다. 바로 한 모금 맛보니 소주 맛이 났다. 또한 달착지근했다. 그 밖에 시큼한 맛도 있었는데 오렌지 비슷했다. 어쨌든 그런대로 먹을 만은 했다. 분돌은 이것을 그의 예술 에너지로서 예술혼이라고 했었다. 더구나 예술의 기운이란 것을 손바닥으로 불어넣어 준다고 했었다. 도대체 예술 에너지는 무엇이고, 예술혼은 무엇이며, 예술의 기운은 또 무엇이란 말인가. 그게 그거 아닌가?

선택은 의자를 끌어다 앉았다. 그의 앞으로는 붉은색으로 바탕칠을 해둔 100호 크기의 캔버스 두 개가 주워온 나무 궤짝 위에 이젤도 없이 세워져 있었다. 그 옆으로는 역시 주워온 화장대 위에 붓이랑 팔레트,

유화 물감이 널려있고, 그 곁에 자리를 잡은 역시 주워온 앉은뱅이 탁자 위에는 신문 기사 스크랩한 것, 프린트 출력물 따위가 쌓여있었다. 말하자면 여기는 선택의 원래 작업실이 아니었다. 자신의 작업실로부터 멀리 벗어나기 싫다는 분돌의 요구에 임시로 작업실을 옮겨왔다. 분돌의 작업실에서 50여 미터 남짓 떨어진 단층주택이었다. 하지만 사실 옮겨왔다고는 하나 붓과 팔레트와 물감만 달랑 챙겨 들고 온 게 다였다. 필요한 건 전부 주워 모았고 캔버스는 전화로 주문하고 여기서 배송받았다.

선택은 몸을 일으켜 앉은뱅이 탁자 위에 널린 것들을 쓸어 모았다. 지난 신문을 찾아 필요한 기사를 오려내고 인터넷을 뒤져 프린트로 출력한 것들로 대구에서 발생한 두 건의 촛불 살인사건 관련 자료들이었다. 처음 살해된 자는 부유한 의사였고 두 번째는 가난뱅이 놈팡이였다. 전혀 다른 둘이지만 공통점은 둘 다 가족을 못살게 굴었다는 점이었다. 실은 못살게 군 정도가 아니라 마구잡이로 폭행하고 학대하면서 인간 이하로 행동했던 놈들이었다. 경찰에서도 그 때문에 살해됐을 가능성을 염두에 두고 수사를 진행 중이라고 했다. 선택도 그 가능성을 높이 샀다. 예비 작업으로 두 사건을 조사하면서 그 스스로도 이런 놈들은 눈에 띄기만 하면 당장 죽여버리고 싶다는 충동에 사로잡히곤 했었다.

'그래! 그 충동, 그 욕망을 그려보는 거야!'

푸두리는 이렇게 외쳤었다. 분돌도 고개를 끄덕여주었다. 그들 둘에 의하면 그런 강렬하고 치명적인 욕구들은 행동으로 옮기지 않는다뿐이지 누구나 품고 있는 것이며, 그러기에 더 잘 공감대를 형성할 수 있다는 거였다. 선택도 그것에 동의를 했다. 그래서 그 욕구들을 그려보기로 했다. 그 두 놈들을 살해한 범인이 되어 그 범인의 눈으로 그림을 그릴 것이다. 다만 문제는 작업에 필요한 준비를 마쳤으면서도 막상 시작이 쉽지가 않다는 거였다. 언제나 그랬다. 처음의 출발이 어려웠다. 첫 붓질이 가장 어려웠다. 막힌 곳을 뚫어서 첫 흐름을 틔워주어야 했다.

선택은 기다렸다. 형상이 떠오르기를. 그 형상이 그를 가득 채우기를. 그러면 그때 붓을 들 것이다. 그때는 쥐어짜내지 않아도 흘러나올 것이다. 그 흘러나오는 것들을 캔버스 위에다 부려놓기만 하면 되는 것이다.

선택은 사건 자료들을 뒤적였다. 살해당한 의사 놈은 비열한 이중인격자였다. 아내에게 폭행을 휘두르면서도 얼굴이나 팔과 다리 같은 바깥으로 드러나는 신체 부위에는 어떤 흔적도 남기지 않았다. 대신 등과 배와 가슴은 멍으로 도배되다시피 끔찍했다고 대구 여성의 전화 상담사는 신문 인터뷰에서 말하고 있었다. 더 이상 견디지 못한 그놈의 아내가 마침내 상담 신청을 했던 모양이었다. 결국엔 언론에까지 알려지게 되었고 이혼 절차를 밟던 중 놈은 살해되었다. 반면에 두 번째 피살자는 폭행에 있어서는 참으로 솔직했다. 아내와 아이를 무차별로 두들겨 패댔고 그 시각적인 자취와 증거를 무수히 남겨놓아 인근의 모두에게 자신의 짓거리를 광고해댔었다. 나 이런 놈이라고. 그 대가로 그놈은 죽었다.

선택은 학대받은 두 여자의 사진들을 맨 위로 올렸다. 멍투성이의 등과 다리를 촬영한 것들로 인터넷에 떠돌던 사진들이었다. 살인사건이 터진 직후 그놈들은 죽어 마땅했다는 증거로 누군가가 인터넷에 흘린 것들이었다. 사진들은 언제 보아도 흉하고 끔찍했다. 다양한 모양, 다양한 크기, 다양한 색깔의 멍들이 등과 허리와 다리를 가로질러 얼룩덜룩 화려한 수를 놓았다.

욕지기가 일었다. 이어 분노가 고개를 들었다. 여기까지는 이 사진들을 뒤적이거나 사건 자료를 읽을 때마다 일어나는 반응들이었다. 문제는 그것이 전부였지 더 이상은 없었다는 데 있었다. 하지만 오늘은 달랐다. 한 모금 털어넣은 홍하주 탓인지 아니면 분돌 노인이 불어넣어 준 그 예술의 기운 때문인지는 몰라도 이 고개 든 분노가 다른 것을 끌고 나왔다. 깊숙하고 어두운 곳에서 끌려 나온 것으로, 그것은 정해진 형체를 갖고 있지 않았다. 그럼에도 그것은 자기 목소리를 갖기를 원하고 있었다. 독립된 개체로 존재함을 증명하고자 하는 깊고 오래된 욕구를 그것은 갖고 있었다.

선택의 손이 무심결에 붓을 쥐었다가 놓았다. 아직은 아니다. 좀 더 기다려야 했다. 그것이 더 커지고 더 구석구석 그를 채워야 했다. 더는 채울 자리가 없어 터져 나올 정도로. 붓을 쥐었다가 놓았던 손이 홍하주가 든 소주병을 잡았다. 멍투성이 여자의 사진에 눈을 고정한 채로 한 모금 들이켰다. 그것이 꿈틀했고 더 커져갔다. 한 모금 더 들이켰다. 그것은 꿈틀거림을 넘어 요동을 쳤고 또한 더 커져가면서 팽팽한 압박감이 그를 채웠다. 또 한 모금 더. 역시! 마침내 터졌다. 어딘지는 몰랐다. 가슴일 수도, 머리일 수도, 손끝이나 발끝일 수도 있었다. 어디건 그의 깊숙하고 어두운 곳에서 끌려 나와 그의 안에서 몸집을 키워가던 그것이 그 뚫린 데로부터 쏟아져 나왔다. 땡큐 홍하주, 땡큐 배분돌, 선택은 붓을 들었다.

먼저 피살자의 아내들을 그렸다. 두 캔버스에 각기 한 명씩 피멍 든 여인들이 자리 잡았다. 그러나 그녀들은 더 이상 학대받는 여인들이 아니었다. 비록 얼굴과 팔과 다리는 검붉은 피멍으로 얼룩졌지만 그녀들은 승리자였고 지배자였다. 그녀들의 손에는 승리자요 지배자의 상징으로서 검이 들려있었다. 그 검으로 그녀들은 남자들을 찌르고 베어 피를 흘리게 만들었으며 그 결과가 그녀들의 발치에 쓰러져있었다. 비열하게 목숨을 빌다 죽임을 당했는지 무릎을 꿇고 머리를 조아려 엎드린 자세 그대로 그들은 엎어져 죽어있었다. 더욱 재미나는 것은 죽은 자들은 모두 알몸으로 발가벗겨져 있고 그 알몸의 엉성하니 들려진 엉덩이 사이로 축 늘어진 음경이 맥없이 흔들리고 있다는 거였다. 항복의 초라한 백기처럼.

거의 10여 분만에 연필도 아닌 붓으로 물감을 찍어가며 선택은 스케치를 끝냈다. 캔버스 위에 그려진 형상들은 자신의 형태와 더불어 자신들의 이름을 갖게 되었다. 남자, 여자, 죽은 자, 산 자, 피 묻은 검, 승리자, 패배자 따위로. 이제부터는 색이었다. 막 이름들을 갖게 된 그 형상들에 풍부한 정체성을 부여할 색깔이 필요했다. 오만하다 싶을 정도로 거칠고 강한 붓의 터치가 색깔들을 캔버스 위로 던져나갔다. 피는 검붉게, 피멍은 검푸르게, 배경으로서의 밤은 암흑으로, 여인들의 손에 들린 피 묻은 검은 빛나는 은빛으로. 그렇게 던져진 그 색깔들은 하나하나가 그대로 생명을 갖고 있었고, 그 하나하나의 색깔들이 아우성을 질렀다. 자신들을 보아달라고. 자신들이 여기에 있다고, 자신들이 새로이 태어나고 있다고. 물론 선택은 보았고 들었다. 시간도 잊고서 보았고 들었다. 그 색깔들이 형상들과 하나로 뭉쳐져 가는 것을, 그것들이 형상들에 감정과 의미와 인격을 부여하는 전 과정을.

그러던 몇 시간이 지났는지 알 수 없는 어느 순간이었다. 선택이 붓으로 내던졌던 그 색깔들이 선택에게로 되날아왔다. 혼자가 아니라 형상들과 한 덩어리가 되어, 새롭지만 익숙한 형상들이 되어 날아들었다. 그리고 그 새롭고도 익숙한 형상들 중에 학대받았지만 이제 승리자가 된 두 여인들이 집요한 물음을 선택에게 던졌다. 너는 누구냐? 나는 누구냐?

'너는 누구냐? 나는 누구냐?'

이것은 질문이 아니었다. 이것은 답이었다. 더구나 그 답은 선택의 앞에 버티고 선 두 점의 캔버스 위에 있었다. 검을 든 두 여인들은 선택을 닮았다. 선택은 그 여인들이었고 그 여인들은 선택이었다. 선택은 여인들이 아니라 자신을 그려내고 있었다. 죽어 마땅한 그 두 놈을 살해한 자로서의 선택 자신이었다. 그는 그림으로 그 두 놈을 살해하고 있었다. 홍하주를 마신 뒤 깊숙하고 어두운 곳에서 끌려 나온 정해진 형체를 갖고 있지 않았던 그것의 정체가 이것이었다. 정의의 구현자이자 죄악의 응징자로서의 선택 그 자신. 그것이 캔버스 위에서 비로소 제 모습을 찾은 셈이었다.

선택은 붓을 내려놓았다. 전기가 끊겨 등을 켤 수 없는 실내는 색을 구분하기 힘들 정도로 어두웠다. 사실 어둡지 않더라도 더는 작업을 이어갈 수 없었다. 탈진에 이를 정도로 지쳐있었고 무엇보다 배가 고팠다. 아침을 라면 하나로 때운 이래 아무것도 뱃속에 집어넣지 못했다. 먹는 것을 잊고 있었다. 주워온 옷장에다 던져둔 식빵을 꺼내 뜯어먹었다. 허기가 진정되자 졸음이 밀려들었다. 가재도구 중 유일하게 돈을 주고 재활용센터에서 구입한 접이식 침대에 선택은 몸을 던졌다.

그때 또 마른기침 소리가 들려왔다. 요 며칠 전부터 해만 지면 그랬다. 가만히 귀를 기울여보면 발걸음 소리도 섞여 있었다. 작업실 주변을 돌고 있는 건가. 혹시 그를 감시하면서? 푸두리에게 알아본 바로는 이 작업실로 옮겨오고 사흘인가 뒤에 작업실 맞은편 폐가에 웬 노파가 들어와 살기 시작했다는 거였다. 그런데도 아직껏 노파는 그 모습을 누구에게든 보인 적이 없고, 가까이 다가가 보면 마른기침 소리와 숨죽여 흐느끼는 울음소리만 들려온다고 했다. 그 노파가 지금 선택의 작업실 주변을 배회하는 것이다. 꼭 밤만 되면.

담요로 머리를 둘둘 말았다. 어차피 여긴 허미타찰이라는 이름만큼이나 괴상한 동네가 아닌가. 선택은 노파를 털어버렸다. 막 잠으로 빠져들기 직전 마지막으로 자신의 그림을 보았다. 착각인지 몰라도 윤곽과 색을 거의 구분할 수 없는 어둠 속에서 그림은 더욱 그 존재감을 드러냈다. 참으로 오랜만에 가져보는 작업에의 만족감이 가슴을 채웠다. 물감이 빨리 말라주기만 한다면 두 점의 대작을 금방 끝낼 수 있을 것이다. 이를 위해서는 이동식 소형발전기라도 하나 구입해야 할 것 같았다. 전기 히터를 돌리는 거지. 밤에도 불을 밝혀두고 작업을 계속 이어가는 거지….

"이것 봐, 일어나!"

"안 일어나고 뭐해!"

숙면을 깨운 것은 접이식 침대를 걷어차는 발길질과 성난 목소리들이었다. 떠오르는 대로 욕설을 우물대며 몸을 일으켜 앉았다가 3초 뒤 눈을 떴다. 선택이 앉은 침대를 중심으로 2~3미터 가량 떨어져 반원형으로 정렬해있는 남자들이 눈에 들어왔다. 그들의 발치에는 20리터들이 페인트 통으로 짐작되는 네모난 깡통 두 개가 놓여있었고, 그리고…, 그 깡통에는 불티를 날리며 모닥불이 타오르고 있었다.

"불!"

용수철처럼 뛰어 오른 선택은 싱크대가 뜯겨나간 주방의 구석 자리로 달아났다. 욕실로 튀었더라면 그 불들로부터 더 멀어질 수 있었겠지만 그것까지 계산할 여유는 없었다. 숨을 몰아쉬며 몸을 돌리자 침대 앞에 정렬해있던 남자들이 흐트러짐 하나 없이 그에게로 다가오고 있었다. 그들은 곧 방금 전처럼 선택을 반원형으로 에워쌌다. 모두 다섯이었다. 선택이 불빛을 피해 시선을 모로 돌리고 그들을 살피는데, 도열한 남자들의 가운데를 밀치고 예의 그 거구의 여인이 앞으로 나섰다. 그녀는 그 대단한 가슴을 위압적으로 내밀며 선택의 앞에 떡 버티고 섰다.

"당신은 미—친년…."

말이 끝나기도 전에 두 명의 남자가 달려들어 선택을 바닥에다 메다꽂아버렸다. 그게 다가 아니었다. 그 둘 중 하나가 선택의 왼팔을 뒤로 꺾어 꼼짝 못 하게 한 다음, 더 꼼짝 못 하도록 한쪽 무릎으로 선택의 허리를 찍어 눌렀다. 그 남자가 선택의 뒤통수에다 대고 소리쳤다.

"우리 어머님께 경의와 존경을 보여라!"

"미, 미안하오. 모욕할 마음은 없었소."

선택의 사과에도 남자는 뒤로 꺾은 선택의 팔을 더 위로 꺾어 올렸다. 뿐만이 아니었다. 선택의 허리를 찍어 누른 무릎에 전 체중을 싣더니 거기에 더해 반동까지 넣어 굴렀다. 저녁을 많이 먹지 않은 게 천만다행이었다. 위로든 아래로든 무엇이든 흉한 걸 뽑아낼 뻔했다. 대신 헛바람 같은 신음만 터져 나왔다.

"그만 놔줘라."

여인의 명령에 남자는 재깍 선택을 풀어주고 여인의 뒤에 도열했다.

"일어나라. 네 녀석의 그림을 보러 왔다."

선택이 몸을 일으키기도 전에 남자들은 모닥불이 든 두 개의 깡통을 그림들 앞으로 하나씩 가져다 놓았다. 그 사이 거구의 여인은 그림들을 마주하고 섰다. 물론 그 즉시 남자들은 거구의 여인 뒤에 도열했다. 엉거주춤 일어선 선택은 그들을 멀찍이서 살폈다. 꼼짝 않고 서 있던 여인의 입에서 나직한 탄식이 흘러나왔다.

"말해버렸어. 말해버리고 말았어."

"뭘 말이오?"

선택이 나름 단단히 마음을 먹고 여인의 뒤통수에다 물음을 던졌다. 하지만 여인은 들은 척도 않고 그림들 가까이로 성큼 다가갔다. 여인은 또 꼼짝 않고 그림들만을 응시했다. 일렁이는 모닥불 빛에 비친 그림은 살아있는 생명체처럼 불빛을 따라 꿈틀거렸다. 인물들은 그려진 형태와 색으로서의 물질이 아니라 영혼을 가진 존재로서 사고하고 숨 쉬고 있었다. 이윽고 거구의 여인이 고개를 돌렸다. 선택을 향한 여인의 눈빛이 형형했다.

"재앙이 닥칠 게다. 무서운 일이 벌어질 거다. 다 네 책임이고, 전부 네가 감당해야 한다. 왜냐면 네가 재앙을 불러냈으니까. 내가 돌아가라고 했을 때 돌아갔어야 했어. 넌 내 말을 듣지 않았지. 후회해도 늦어버렸다. 주저하고 망설이던 마음은 그놈에게서 사라졌어. 허락을 받은 거야. 네가 그놈에게 허가장이란 걸 주었어. 무엇이든 마음대로 저질러도 된다고 넌 저 그림들로 서명날인 해버린 거야."

"뭔 소린지 모르겠소."

"입 닥치고 들어. 네가 여기서 저 두 놈을 죽였지. 너의 물감으로, 너의 붓으로, 너의 그림으로 저 두 놈을 죽였지. 그놈도 너처럼 죽일 거야. 네가 죽여도 괜찮다고, 나도 죽였으니 너도 죽여도 된다고 저놈의 그림들로 말해버렸으니. 허허! 그놈이 언젠가는 너를 죽이러 올 거야. 피 맛을 본 뒤에. 그래 피도 보이고 불도 보이는군. 죽이고 죽고 태우고 사라지고. 쯧! 쯧! 불알 달린 수컷이란 족속들이 할 줄 아는 거라곤 그런 것밖에 없으니."

여인이 두 손을 자신의 두툼한 허리에 척 걸치고는 찌푸린 인상으로 선택을 보았다가 그림을 살펴보고 다시 선택을 보았다가 그림을 본 뒤에 쓰다 달다 말 한마디 없이 횡하니 나가버렸다. 졸개 다섯도 바람처럼 불 깡통을 집어 들고 그녀의 뒤를 따랐다.

　안도의 한숨이 새어 나왔다. 그 거구의 여자는 미친 게 확실했다. 왜 미친년이라 불리는지도 알 만했다. 밑도 끝도 없이 쏟아내던 반 협박조의 횡설수설만으로도 충분했다. 선택은 주방에서 나와 침대에 걸터앉았다. 시커먼 사각 덩어리로서의 두 점의 캔버스가 그와 마주했다. 기분 탓인가? 방금 황당한 일을 겪은 뒤라서 그런가? 누군가가 낄낄대며 조롱을 섞어 웃고 있는 것만 같았다. 캄캄한 작업실을 둘러보아도 당연히 그 말고는 아무도 없었다. 굳이 찾자면 그림 속의 인물들 밖에는. 설─마 그림들 속의 그 인물들이…. 그렇다면 그들 중에 누가? 여자들이? 아니면 남자들이? 아─마도 남자들이…. 하지만 살해당한 그 두 남자들이 누구를 비웃는다는 건가. 여긴 나밖에 없으니 나를? 왜, 뭣 때문에. 허, 내가 그들 자신들이라고? 내가 그림으로 죽인 그 남자들이 바로 나라고? 말인즉 내가 나를 죽이고 있었다고? 그럴 리가. 선택은 두개골 안의 뇌가 흔들릴 정도로 머리를 흔들어 말도 안 되는 억측과 상상을 털어버렸다.

　작업은 묘한 열기와 흥분에 휩싸인 채로 계속됐다. 붓질이 한 번씩 가해질 때마다 그의 몸은 민감한 반응들을 보였다. 자신이 그려낸 것과 자신이 하나로 동조되고 있었다. 심지어는 물감을 캔버스 위에다 칠하는 것이 아니라 자신의 몸에다 바르고 있다는 환상에 빠져들기도 했다. 그 환상에서는 캔버스가 그이고 그가 캔버스였다. 그놈의 홍하주 탓인지도 몰랐다. 배분돌이 틈틈이 가져다준 홍하주를 선택은 아예 입에 달고 살았다. 분돌은 홍하주만이 아니라 그놈의 예술의 기운이란 것도 들를 때마다 불어넣어 주었는데, 어쩌다 마음이 내키면 그림을 두고 촌평을 한두 마디 던져주기도 했다. 한편 푸두리는 삼사일에 한 번꼴로 들러서는 흡족한 얼굴로 그림들을 둘러보고 갔다.

그 외에 아주 가끔씩이긴 하나 다른 방문자들도 있었다. 이 일대를 배회하는 죽은 자, 즉 혼령 둘과 어찌 알고 찾아왔는지 예의 그 우울한 부녀로, 적잖이 방해가 되지만 못 오게 막을 수는 없었다. 기발한 핑계를 꾸며대 밀고 들어와 죽치고 앉아버리면 그만이었다. 오늘도 그 작자들이 왔다. 무슨 날이랍시고 넷이서 뭉쳐서 한꺼번에. 이러긴 처음이었는데 그 넷의 수에 맞춘 듯 버려진 농짝에서 뜯어낸 합판 한 장을 한 귀퉁이씩 잡고 왔다. 문이 뜯겨나가 뻥 뚫린 현관에 문짝으로 적당한 것이랍시고 요란을 떨면서. 그렇다고 문답게 만들어 달아준 것도 아니었다. 두 손으로 들어서 막아놓았다가 드나들 땐 또 두 손으로 잡고 들어내면 된다는 논리였다. 귀찮고 성가신 놈들, 캐릭터 구성도 하는 짓만큼이나 유별났다. 딸 바보 세상에 어울리지 않게 언제나 우울모드의 두 부녀에다 말 느린 뚱보 놈 하나에 성깔 사납고 말 많은 말라깽이 녀석 하나. 그들이 지금 선택의 뒤에 뭉쳐 서서 그의 작업을 지켜보고 있었다. 이따금 훈수도 두어가면서. 심심타 싶으면 저네들끼리 꽤 신랄한 잡담도 나누면서.

"불살귀야 불살귀!" 말 느린 뚱보가 갑자기 목소리를 높였다.

"아니래두!" 성깔 사납고 말 많은 말라깽이가 발칵 되받았다.

"맞다니까. 불살귀가 둘 다 죽인 거라구!"

"어디서 그런 거지 똥싸개 같은 헛소문을 주워들어서는. 첫 번째 건 몰라도 두 번째 건 완벽한 알리바이가 있거든! 내가 들었어. 그날 불살귀는 그 지하철역에 있었어. 그런고로 알리바이, 즉 현장부재증명이 되는 거야. 말인즉슨 불살귀가 저 두 놈을 죽이지 않았다는 거야!"

작업에 집중하기 어려울 정도로 시끄럽기도 했지만, '저 두 놈들'이란 말에 호기심이 동한 선택이 붓을 든 채로 돌아서서 그들 넷과 마주했다.

"불살귀는 뭐고, 불살귀가 누구를 죽였다는 건 또 뭐야?"

말라깽이가 가슴을 쭉 폈다. 뚱보와의 논쟁에서 이겼다는 자부심에 더해 마침내 선택을 대화로 끌어들였다는 우쭐함이었다. 말라깽이가 말했다.

"아닐 불, 죽일 살, 귀신 귀. 불살귀는 아무도 죽일 수 없는 불멸의 귀신이다 그런 말씀이지. 허지만 이건 본명이 아니야. 딱 들어봐도 그렇잖아. 다른 사람들이 갖다 붙인 거야. 본명은 아무도 몰라. 암튼 그 불살귀가 이 뚱땡이의 주장에 의하면 댁네 그림에 있는 저 의사 놈과 놈팡이 놈 둘 다를 죽였다는 건데, 그 주장이 엉터리라는 건 나의 근거 있고 설득력 있는 주장으로 방금 격파되었지. 화가 선생께서도 잘 들으셨다시피 나의 주장은…."

"근데 불살귀는 왜 못 죽여?" 선택이 거두절미하고 질문을 던졌다.

"어–흠! 흐흠!"

주춤하던 말라깽이가 헛기침으로 목을 가다듬었다.

"피를 뒤집어썼지. 아주, 아주 강력한 보호의 힘을 가진 피야. 누구의 피냐 하면…."

"리벨룽."

우울한 아버지가 말라깽이의 뒷말을 썩둑 잘라먹었다. 말라깽이가 죽일 듯이 노려보았지만 우울한 아버지는 본 척도 않고 먼산바라기를 해버렸다. 선택이 말라깽이와 우울한 아버지를 눈으로 오가다가 말라깽이를 선택했다.

"리벨룽? 리벨룽이 누구야?"

선택의 물음에 말라깽이는 겨우 자신을 자제했다.

"그게 말이지…."

"잉어야."

이번에는 우울한 딸이 말라깽이의 대답을 낚아챘다. 그리고는 아버지를 따라 나란히 먼산바라기를 했다. 치민 울화통에 목이라도 막혀버렸는지 말라깽이가 입을 더 못 떼고 있는 사이 뚱보가 나섰다.

"잉어도 보통 잉어가 아니야. 구백구십구 년 하고 여섯 달 나이 먹은 잉어라구. 더도 덜도 말고 딱 여섯 달만 더 수도 정진해서 천 년을 채웠더라면 용이 되어 승천했을 대단히 귀하신 몸이셨지. 그런 리벨룽을 불살귀가 찔러버린 거야. 나이프로 푸~욱 아가미에다. 어~ 아니, 죽으라고 그런 건 아니고 피 받자고 그랬지. 그 피가 예사 피가 아니걸랑. 그걸 뒤집어쓰면 불멸 어, 불-후, 불사의 존재가 된다는 소문이 허미타찰에 파다했었어. 몽둥이로 두들겨 패도 멍 하나 안 들고, 칼로 찌르고 총으로 쏴도 끄떡없다고, 뭐 믿거나 말거나 그런 얘기들. 근데 재밌는 건 말이지, 이거 떠도는 소문이긴 한데 리벨룽도 복수를 했다는 거야. 쪼끔 소심하긴 해도 불살귀의 약점을 잡아놓았다고 해. 불살귀를 죽이길 원하는 자에게는 누구에게든 가르쳐준다고도 그래. 단, 조건으로 리벨룽이 내는 수수께끼를 풀어야 한다는 건데 이게 또 재미있어. 만약 못 풀면 작두로 처음에는 손목 다음에는 발목 그 다음에는 목을 자른다는 거야. 재밌잖아? 암튼 그 약점 말고는 불살귀는 죽일 수 없다는 거야."

"그런 거야? 정말 안 죽어?" 선택이 바짝 다가들며 물었다.

"1 대 27." 기회를 엿보던 말라깽이가 성마르게 낚아챘다.

"1 대 무어?"

"이십칠, 스물일곱 말이야! 뭔 말이냐 하면, 혼자서 스물일곱 놈들하고 한판 붙어서 싸그리 조져버렸다 그 말씀이지. 대단하지 않수? 그거이 허미타찰의 전설이야, 전설. 한데 어떻게 불살귀가 그놈들을 조졌는지 아시우? 선빵이오. 선빵으로 기선을 단박에 제압했다는 거 아니겠소? 그때 불살귀 참 대~단했지."

말라깽이가 회상에 잠긴 듯 눈을 지그시 반쯤 감았다.

"커터날 말이오. 왜? 따르륵 하면서 밀어 올리는 칼, 거기에 갈아 끼우는 칼날, 그 열 개 들이 커터날을 한꺼번에 입에 털어 넣고 와작와작 씹어 칼날 마디마디를 이빨로 똑똑 분질러서는 피범벅이 된 걸 놈들에게 훅 뱉어냈지. 이걸로 끝난 거야. 그 뒤로 싸움이 안 됐지. 놈들, 스물일곱이나 되지만 주눅이 들어서는…."

"아-니라던데?" 뚱보가 슬쩍 간섭했다.

"뭔 소리여?" 말라깽이가 험악한 인상을 썼다.

"어- 불살귀가 칼로 자기 배를 갈-라서 내장을 보여줬다던데?"

"배를 갈라? 내장을 보여줘? 이런 미친…."

"칼이 아니고 바위래. 바위로 머리를 찧었대."

우울한 아버지도 겁 없이 끼어들었다. 우울한 딸은 고개를 끄덕여 아버지를 지지했다. 말라깽이의 험악해진 인상이 더 험상궂어졌다.

"뭐, 칼? 뭐, 바위? 어디서 귀신 씨나락 까먹는 소릴 하고 그래?"

"정말이야!" 뚱보가 기죽지 않고 소리쳤다.

"누워있는 불살귀 머리에다 바위를 떨어뜨렸대. 머리가 수박처럼 다 으깨졌는데도 죽지 않았다는 거야."

우울한 아버지도 소신을 굽히지 않았다. 덕분에 작업실은 시비 붙은 난전의 싸움판 비슷하게 변했다. 선택으로선 불살귀의 불사성을 증명하는 이런 허황한 이야기들이 이미 들은 적이 있는 듯 친숙했지만 동시에 그의 이성은 셋의 주장 모두 어디서 주워들은 카더라 소문 이상은 아니라고 말하고 있었다. 선택은 자신의 이성을 따랐다. 더구나 그의 관심은 재밋거리 입방아 소문이 아니라 딴 데 있었다.

"잠깐! 잠깐!"

선택이 붓을 든 손을 휘둘러 모두를 조용히 시켰다.

"다 좋은 데 그 불살귀라는 자가 뭐하려고 그 리벨룽이라는 이름도 괴상한 잉어의 피를 뒤집어쓴 거요?"

말라깽이가 뚱하니 선택을 아래위로 훑었다.

"뚱땡이가 다 말해주지 않았소. 불사의 존재가 된다고."

"알아요. 내가 묻고 싶은 건, 불사의 존재가 되어서 뭘 하겠다는 건지 모르겠다는 겁니다. 이 허미타찰의 정복자, 지배자라도 되겠다는 건가. 그래서 뭐 어쩌겠다고?"

갑자기 누구로부터도 대꾸가 없었다. 대화를 주도하겠다는 욕심으로 똘똘 뭉친 말라깽이도 슬그머니 눈길을 아래로 깔았다. 어딘지 처연한 슬픔을 품은 애잔함이 작업실 공기를 지배했다. 선택은 이들의 아픈 데를 찌른 셈이었다. '그래서 뭐 어쩌겠다고?' '이따위 허미타찰, 지배해서 뭐 어쩌겠다고?' 미안함에 선택은 대답을 재촉하지 않고 기다렸다. 처음으로 입을 연 것은 우울한 아버지였다. 나직한 목소리로 그가 말했다.

"사실이에요. 이 허미타찰의 지배자, 정복자가 되는 건 아무 의미도 없어요. 공허하고 거짓인 허의 세계를 전부 움켜쥐어봤자 뭐하겠어요. 문제는 그게 아니에요. 문제는 리벨룽의 피를 뒤집어쓰면 이 허미타찰을 넘어선 존재가 된다는 거지요. 그게 더 중요해요. 불멸·불후·불사의 힘보다는. 난 그런 허황된 힘은 믿지도 않아요. 그렇지만 그 피는 상상을 현실로, 생각을 실재로 만드는 힘을 갖고 있다는 거지요. 그 힘을 이용해서 불살귀는 관념의 존재가 아니게 되면서 실체를 가진 존재가 되는 거지요. 우리 허미타찰의 존재들이 최고로 갈망하는 그런 존재, 세상에 존재하는 존재 말이지요."

미안함 때문인가, 이들의 실체를 향한 갈망과 동경이 가슴 묵직하게 선택에게로 다가왔다.

"무슨 말인지는 알겠습니다. 하지만 그렇게 리벨룽을 헤쳐가면서까지 실체를 꼭 가져야 하는 건가요? 쉽지 않은 위험한 일이었을 텐데. 제 말은 그렇게까지 해서 굳이 실체라는 걸 가지려 할 필요가 있냐는 거죠."

우울한 아버지로부터는 바로 대꾸가 없었다. 눈을 내리깔고 얼마간 생각에 잠겼다가 입을 열었다.

"불살귀는 현실의 살아있는 사람을 죽이고 싶은 거예요. 허미타찰의 존재는 허미타찰의 존재가 아닌 자를, 즉 살아있는 사람은 해칠 수가 없지만 실체를 가지게 되면 그게 가능하거든요. 아, 무슨 말씀 하시려는지 알아요. 실은 우리도 불살귀가 왜 살아있는 인간을 죽이려 하는지 그 이유를 정확히는 몰라요. 듣기로 아주 나쁜 놈들 몇을 응징해야 한다는 거예요. 그게 피할 수 없는 그의 운명이라는 거지요. 그래서 화가 선생의 그림에 등장하는 저 남자들을 죽인 범인이 불살귀일지도 모른다는 소문이 도는 거예요. 저 남자들은 응징을 당해 죽은 거니까요. 그리고 불살귀는 이제 저런 일이 가능하니까요."

우울한 아버지는 무표정한 시선을 작업 중인 그림에다 던졌다. 뚱보도 말라깽이도 우울한 딸도 그를 따라 했다. 선택도 따랐다. 그림은 음흉하면서도 위협적인 눈길을 모두에게 되쏘아 보냈다. 선택은 눈을 감고 회피했다. 그 근원을 알 수 없는 뭉근히 피어오르는 두려움 때문이었다.

폐가 지대에도 봄은 찾아왔다. 4월이 되자 무너진 담장들 뒤로 흔적만 남은 정원에서 황매화, 죽단화, 개나리가 옹골차게 노란 꽃들을 피워 올렸다. 이에 질세라 이름 모를 야생화들도 녹슨 철제 펜스 아래와 철거가 완료된 공터 가운데와 구석진 골목 어귀에서 악착스레 저네들의 터전을 잡았고, 잘려나간 나무 그루터기들도 사라진 윗부분을 보상이라도 받으려는 것처럼 연둣빛 잎과 줄기들을 위로 또 위로 밀어 올렸다. 선택의 작업실 옆 공터의 양지바른 한쪽 구석에서도 쪼그맣고 앙증맞은 흰 꽃들을 소담스레 단 야생화 한 무리가 피어났다. 우울한 딸이 선택에게 설명해준 바에 의하면 이름이 봄맞이꽃이라고 했다. 선택의 그림은 그 봄맞이꽃들이 하얗게 만개한 4월 말에 마무리되었다.

"그래, 화가 선생. 제목은 정했어?"

배분돌과 함께 막 완성된 100호짜리 캔버스 두 점을 마주하고 섰을 때 푸두리가 물었다. 팔꿈치로는 선택의 팔꿈치를 장난스럽게 툭툭 치면서. 선택은 가타부타 대답을 하지 않았다. 이번 5월 초에 개최되는 서울오픈아트페어에 출품하기로 갤러리 측과 논의를 마쳤지만 아직 그림의 제목은 정하지 못했다. 푸두리가 알음알이로 연결시켜 준 서왕모 갤러리의 서정희 대표는 언론의 이목을 집중시킬만한 도발적인 제목을 원했다. 일반적인 법 관념을 뒤집는 반사회적이고 체제 부정적인 선택의 그림들에는 조금은 쇼킹한 제목이 걸맞다는 것이 그 이유였다. 선택으로선 자신의 그림이 반사회적이라는 점은 인정하면서도 체제 부정적이라는 거창한 표현에는 거부감이 일었지만 그렇다고 사람들에게 충격을 줄 만한 제목이 필요하다는 데는 굳이 거부 의사를 드러내지 않았다.

"내가 하나 말해줘?" 푸두리가 말했다. "이거 어때? '이놈은 죽었고요, 저놈은 뒈졌어요.' 괜찮지 않아? 살해당한 놈들을 향한 적개심과 분노와 증오가 제목에서부터 확 풍겨 나오는 것 같지 않나?"

배분돌이 먼저 고개를 설레설레 저었다. 아침부터 마셔댄 술로 불콰해진 얼굴 때문인지는 모르겠지만, 그에게서 불쾌해하고 있음이 묻어나왔다.

"아냐, 아냐. 너무 노골적이고 지나치게 거칠어. 예술 작품이잖아. 예술 작품은 예술 작품으로서의 품위와 세련됨과 격조가 필요한 거야. 좀 더 고결하고 우아할 필요가 있다는 그런 말씀이지."

푸두리가 아주 잠깐 생각에 잠겼다.

"좋-아, 그러-면 말이지! '이분은 이승을 뜨셨고요, 저분은 세상을 하직하셨어요.' 이건 어때?"

배분돌이 그다지 마음에 들지는 않지만 어쩌겠느냐는 듯 느릿느릿 머리를 끄덕였다. 더불어 그의 발이 비틀했다. 아무래도 술이 과했던 모양이었다. 그래도 할 말은 했다. 빈정거림을 담아서.

"괜찮은 것 같은데? 훨씬 업그레이드됐어. 척 들어봐도 한눈에 수준이 좀 있어 보이잖아. 중요한 건 매우 비싼 값이 나가 보이게 해주는 고상한 품격이야, 고상한 품격. 예술에서 사람들이 요구하는 것이 바로 그런 것이지 않나?"

"OK, 알았어. 한데, 선택 자네 생각은 어떤가?"

선택으로선 아무래도 좋았다. 제목이 무슨 상관인가. 죽었건, 뒈졌건,

돌아가셨건, 사망했건, 살해당했건. 어떤 이름을 그림에 붙이든 그림은 바뀌지 않는다는 것이 그의 소신이자 신념이었다. 허나 세상 사람들은 생각이 다른 모양이었다. 이름에 따라 그림도 달라진다고 믿고 있는 게 분명했다. 이렇게도 제목에 관심을 쏟는 걸 보면. 선택은 고개만을 딱 한 번 끄덕여주었다.

그놈의 요상한 제목 때문인지, 자극적이고 기괴한 그림의 주제와 그것의 표현 방식 때문인지, 아니면 둘 다 때문인지 선택의 작품은 서울오픈 아트페어에서 최고의 관심 대상이 되었다. 거의 마술적이다 싶게 모든 미디어들이 앞다투어 선택의 두 작품을 다루었다. 물론 예상했던 바대로 거의가 악평과 혹평 일색이었다. 살인을 옹호하여 사회질서의 근간을 흔들어놓고 있다느니, 법의 힘을 빌리지 않고 개인적 응징을 주장함으로써 법체계의 파괴자가 되었다느니, 보복을 미화시킴으로써 살인 행위를 정당화하고 있다느니, 이건 예술이 아니라 제목부터 시작해서 원색적 자극 일색일 뿐 쓰레기에 불과하며 따라서 작품이라고 이름 붙이기도 아깝다느니, 갈 데까지 가버린 극단적이고 호전적인 페미니즘의 망령이 미술계에 출몰했다느니. 언론들은 물 만난 고기떼들처럼 호들갑을 떨어댔다.

서왕모 갤러리에서는 알뜰하게도 이 모든 기사들을 일일이 챙겨서 보내주었다. 선택이 그것들 중 하나를 집어 들었다. 아트 페어 리뷰 기사를 스캔해서 A4용지에 프린터로 출력한 것으로, 그 많은 기사들 중 그를 지지하는 그것도 반쯤 정도만 지지하는 몇 안 되는 기사들 중의 하나였다. 그것은 '세상의 부정의와 부도덕에의 응징?' 이라는 물음표를 단 제목도 대단했지만 그 아래에 뽑아낸 긴 부제도 만만치 않았다.

'일명 폐가작가, 재개발이 중단되면서 방치된 폐가에서 작업하는 기인 작가 양선택, 그는 단 두 점의 작품으로 어느 날 홀연히 우리들 앞에 선 문답처럼 풀쩍 다가왔다.'

헛웃음이 흘러나왔다. 선문답이라니. 살인을 묘사한 그림에서 선문답을 읽어낸다? 참으로 대단한 발군의 상상력이었다. 그 아래를 더 읽어 내려갔다.

'지난 서울오픈아트페어의 최대 관심사는 당연 양선택의 두 점의 유화작품이다. 대구에서 발생한 일명 촛불 연쇄살인사건을 소재로 다룬 이 그림들은 살인자의 입장에서 살인 행위를 묘사하고 있으며 이를 통해 살인의 개인적, 사회적 정당성을 피력하고 있다. 일단은 그 전복된 가치를 전면에 내세운 도전적이고 날 선 주장이 관객들의 눈길을 잡아끈다. 그는 말하자면 기존의 고정화된 보편적 가치체계를 살인 행위의 정당화라는 충격요법으로 해체하고 있는 셈이다. 쇠사슬 끝에 달린 수 톤에 달하는 쇠공을 휘둘러 낡은 건물을 한 방에 허물어버리듯이 그렇게 그는 기성의 가치체계를 부수어 해체하고 있다.

나아가 그는 살인 행위의 정당화 방식으로 피살자들에게 학대당한 여성들을 그들을 죽인 살인자로 내세움으로써 용납 못 할 악인이라면 희생자에 의한 개인적 응징이 가능한가를 묻고 있으며, 이로써 개인적 보복을 통해 정의를 실현하는 행위와 사회적 법질서에 그 처벌을 위임함으로써 정의를 실현하는 행위 사이의 갈등의 문제 또한 드러내 보여주고 있다. 이 갈등은 개인과 국가 간의 또는 야만과 문명 간의 갈등의 알레고리로 읽히고 있으며, 이는 인간이 개인적이고 본능적 존재이면서도 사회적이고 이성적 존재인 까닭에 영원히 풀지 못할 인류의 숙제일지도 모른다. 그 일례가 그리스 비극에서의 오레스테스의 모친 살해가 아닌가. 아버지를 죽인 살인자인 자신의 어머니를 개인적으로 응징해 살해한 오레스테스의 행위는 과연 정당화될 수 있는 것인가? 아테네의 재판관들도 결론을 내리지 못하고 3:3이라는 애매한 판결로 그 답을 회피해버리지 않았는가. 이런 의미에서 양선택 그는 해체된 가치의 파편 더미들 위에서 우리들에게 해답 없는 선문답을 던지고 있다.

그의 선문답은 이것 하나로 끝나지 않았다. 그는 살해자와 피살자의 관계를 우리들에게 묻고 있다. 과연 살해자는 죽인 자이고 피살자는 죽은 자인가? 혹시 그게 아니라면 살해자가 가정폭력에 의해 이미 죽어버린 자이고 따라서 피살자가 도리어 살해자인 것은 아닌가? 라고. 이런 의문은 단지 가정폭력이라는 문제의 틀을 넘어서 사회 전반에 걸쳐 산재한 무수한 종류의 가해자와 피해자의 관계가 과연 용어의 개념 그대로의 가해자와 피해자의 관계인가를 되짚어보게 만들어주고 있으며, 이는 또 다른 해체의 길로 우리를 이끈다. 바로 사회적으로 정의되고 인정된 개념이라는 것들의 해체로 이르는 길이다. 그 해체의 한가운데에서 우리는 또 다른 풀 길 없는 선문답을 마주한다.'

슬금슬금 웃음이 흘러나왔다. 기쁘거나 즐거워서라기보다 재미있어서였다. 그리고 무엇보다도 어처구니없어서였다. 벌써 몇 번째 읽어보고 있지만 자신의 그림을 설명한 리뷰 기사인데도 자신도 알아먹을 수가 없다니? 도대체 전복된 가치는 무어고 가치의 해체는 또 뭐란 말인가? 개인과 국가, 야만과 문명 간의 갈등의 알레고리? 사실 알레고리의 낱말 뜻도 정확히 몰랐다. 사전을 찾아보았더니 '비유'라고 설명되어있었다. 개인과 국가, 야만과 문명 간의 갈등의 비유? 글쎄, 그런 거창한 건 생각해 본 적도 없었다. 하물며 사회적으로 정의되고 인정된 개념들의 해체? 이건 또 뭐야? 개념을 내가 해체했다고? 어떻게? 무슨 재주로? 읽을 때마다 그랬지만 또 헛웃음이 풀풀 새어 나왔다. 웃음을 머금은 채로 페이지를 넘겨 읽어 내려갔다.

'더불어 그는 이러한 해체된 개념들의 파편 더미 위에서 삶과 죽음의 문제를 병치시키고 있으며, 그럼으로써 그는 그 둘 간의 경계를 허물어버렸다. 그에게 있어 삶은 죽음이고 죽음은 삶이다. 그는 삶에서 죽음의 냄새를 맡으며, 죽음에서는 삶의 흔적을 찾고 있다. 그는 아마도 여성들을 학대한 저 남자들을 죽이길 원했을 것이다. 그러면서도 그는 스스로 저 그림들 속의 남자들이 되어 자신이 여성들에 의해 죽임을 당하고 싶었을 수도 있으며, 이런 자신의 죽음 속에서 삶을 희구하고 싶었는지도 모른다. 왜냐면 삶과 죽음의 경계가 허물어진 그에게 죽음은 삶일 수가 있기 때문이다. 이 같은 나의 주장이 억지와 궤변에 불과할까? 그럴 수도 있겠지만, 그 무엇이든 자고로 죽이든 죽임을 당하든 죽음을 묘사의 대상으로 다루는 화가는 거의가 자신의 죽음 위에서 하버링(hovering) 하는 삶을 영위해가는 자들임에는 틀림이 없다.'

이 뒷부분은 조금 마음에 걸렸다. 우선은 '그 스스로 저 그림들 속의 남자들이 되어 자신이 여성들에 의해 죽임을 당하고 싶었을 수도 있다'는 대목에서였다. 이게 왜 마음에 걸리는지 그 이유는 찾을 수 없었다. 그냥 걸렸다. 다음으로 '자신의 죽음 위에서 하버링하는 삶'이란 표현이 그랬다. 그래서 사전을 뒤져 '하버링'이란 단어를 찾아보았다. 원형은 'hover'로 상공에 떠있다, 곁을 맴돌다, 망설이다, 따위의 의미가 있었다. 어떤 것을 적용해보아도 대동소이했다. 늘 죽음을 의식하며 살아가고 있다는 그런 뜻이었다. 틀리다고 할 수 없는 사실이었다. 미수에 그쳤지만 자살 시도까지 있었지 않았나.

짧은 한숨을 토해낸 뒤, 출력한 프린터물을 악평과 혹평 일색인 다른 프린터물들 위에다 내려놓았다. 악평과 혹평? 곧바로 쓴웃음이 나왔다. 어쨌든 이놈의 기사들 덕분에 양선택이라는 이름을 세상에 알릴 수 있었다. 이 기사들 덕분에 그의 이름은 네이버 검색창에서 가볍게 상위권을 꿰찼고, 그는 하루아침에 유명인사가 되었으며, 그의 그림은 최고의 가격으로 팔려나갔다. 꿈과도 같고 마술과도 같은 성공이었으며, 이 모든 것들의 배후에 푸두리의 힘을 느낄 수 있었다. 푸두리는 자기 할 일을 하고 있었다. 그래도 어쨌든 좋았다. 선택은 평생 처음으로 제대로 된 작가로서 대접을 받게 된 셈이다. 그것도 꽤 지명도 높은 유명작가로.

이런 선택의 기분을 단번에 깨트려버린 건 그림이 완성된 이후로 거의 보름 동안 얼굴을 비치지 않던 배분돌이었다. 저녁 무렵 분돌은 몸도 가누지 못하는 비틀대는 걸음걸이로 현관문 대용의 합판을 밀치고 들어섰다. 더 들어서지 않고 문간에 선 채로 분돌은 말했다.

"아무도 그림은 말하지 않고 그림이 말하는 것만 말하고 있어. 그렇다고 자네 그림이 형편없다는 건 아냐. 다만 아직 멀었다는 거지."

선택은 분돌의 말을 바로 알아들었다. 예술 외적인 성공에 도취되어 우쭐해했었다. 푸두리에게 요구한 것은 이것이 아니었다. 선택은 자신이 부끄러워졌다. 이 부끄러움 탓인가. 이 부끄러움이 그의 정신을 가리고 있던 현실적 성공이라는 허울의 장막을 걷어버렸기 때문인가. 묵직한 불안이 뭉실 피어올랐다. 무언가 큰일을 저지를 것만 같은 불안이었다.

살인 – 맞아 죽은 자

주저하고 망설이던 마음은 사라졌다. 이제 허락을 받았다. 오로지 계획 위에서만 머물고 배회하던 것들이 행동으로의 그 실행을 눈앞에 두었다.

한갑태, 43세, 일식집 요리사. 딸을 습관적으로 때려왔다. 짐승 같은 놈, 이혼당한 분풀이를 딸에게 쏟아내는 못난 놈이다. 보다 못한 이웃과 학교 선생들까지 나섰지만 딸은 꾸준히 여전히 맞고 있다. 누구도 어디서도 이 폭력의 고리를 끊지 못한다. 대단한 대한민국이다. 경찰 청소년계도 수수방관이다. 친권이란 이름 아래, 교육과 훈육이란 미명 아래 폭력이 용인되고 어린 인격의 붕괴가 방치되었다.

나는 그 딸을 대신하여 나아가 이 대한민국을 대신하여 그놈을 벌하러 왔다. 죽이겠다는 거다. 그것이 가장 쉬우면서도 완벽한 해결책이다. 이를 위해 그놈과 관계된 사항은 거의 다 조사했다. 가족이나 친족관계로부터 동료나 친구들, 취미, 습관, 사는 곳과 그 주변 동네와 관련된 세세한 정보 따위, 심지어는 술버릇과 잠버릇까지도. 이제 놈은 내 손아귀에 있다. 마음만 먹으면 언제라도 그놈을 쥐어 터뜨려버릴 수 있다. 놈을 움켜쥔 손에 힘을 주기만 하면 된다. 나는 오늘 그러기로 했다.

지금 이 시각 새벽 한 시를 조금 넘어섰다. 놈이 사는 곳은 빌라 4층이다. 저기다. 직선으로 50미터 남짓. 그렇다고 곧장 가서는 안 된다. CCTV를 피해야 한다. 오른쪽에 보이는 골목으로 꺾어 들어가 한쪽 구석을 텃밭으로 꾸며놓은 공터를 가로질러 다시 길로 들어선 뒤, 거기서 부터 담벼락에 붙어 놈이 사는 빌라로 접근해야 한다. 힘든 일은 아니다만 성가시다.

CCTV만 피하면 그다음부터는 간단하다. 건물 입구에는 그 흔한 디지털 도어락 하나 설치되어 있지 않다. 놈의 집 현관문 열쇠도 쉽게 해결했다. 옥상으로 오르는 계단참 화분 아래에 숨겨둔 열쇠를 복사해 두었다. 4층으로 걸어 올라가 그 열쇠를 꽂고 돌렸다. 현관문은 소리 없이 열렸다. 들어서면서 불을 켠다. 어디에서나 볼 수 있는 익숙한 거실 풍경이 눈에 들어온다.

딸의 방으로 짐작되는 방문을 열어본다. 짐작이 맞았다. 놈의 딸은 웅크려 곤히 잠들어있다. 열린 문으로 흘러든 불빛이 아이를 비춘다. 아이의 얼굴이 비록 초췌해도 그 잠든 모습이 천사가 따로 없다. 한참을 바라보다 방을 둘러본다. 벽이나 창에는 장식 하나 없다. 아이가 누워있는 침대에 책상 하나, 그 위의 책꽂이 하나, 그 옆으로 작은 옷장 하나가 방 안의 전부다. 가엾게도 인형 하나 눈에 띄지 않는다. 피난민 수용소도 이보단 낫겠다. 화가 슬슬 치밀어 오른다.

문을 닫고 거실을 지나 화를 쏟아낼 대상으로 향한다. 놈도 웅크려 잠들어있다. 딸이 웅크려 잠든 건 폭행에 대한 두려움 때문이라면 이놈이 웅크린 건 또 뭔가? 한갓 죄의식의 한 조각이라도 남아있다는 건가 이놈에게? 그럴 리가. 이놈을 이해하려는 노력이나 동정심은 금물이다. 이놈은 오늘 죽어야 할 놈이다.

우선 아무거나 옷가지를 집어 놈의 입을 틀어막는다. 눈을 뜨는 놈을 바로 제압한다. 턱을 주먹으로 가격하고 명치를 발끝으로 내지른다. 비명인지 울음인지 모를 괴성을 콧구멍으로 토해낸다.

"쉬! 쉬! 쉿!"

희번덕거리는 눈이 나를 올려다본다. 혼란과 두려움으로 가득한 눈이다. 이 상황을 이해할 수도 없고 겁도 나겠지. 나는 놈의 두 팔을 뒤로 꺾어 준비해간 테이프로 두 손목을 묶는다. 다음으로 양초 두 자루를 윗도리 주머니에서 꺼낸다. 제단에 세워놓기 위함이다. 촛불제단이라는 이런 훌륭한 아이디어를 제공해 준 이에게 감사한다. 덕분에 내 행위의 의미가 한층 깊어졌다. 허나 제단으로 쓸 마땅한 게 눈에 띄지 않는다. 화장대가 안성맞춤이지만 이 방에는 그딴 건 없다. 그럼 만들어야 한다. 장롱을 열어 크고 넓적한 서랍을 두 개 뽑아낸다. 서랍 안의 구질한 내용물들을 침대에다 쏟아 붓고 빈 서랍 두 개를 겹쳐 쌓아 제단을 만들었다. 라이터를 꺼내 양초에다 불을 붙이고 임시 제단 위에다 세워놓는다. 이로써 제단의 모양새는 아쉬우나마 갖추어졌다. 제물만 준비되면 된다. 제물은 제단 아래에 있다. 살고자 하는 욕망으로 희번덕이는 두 눈알을 뒤룩뒤룩 굴리고 있다.

이놈을 죽여 이 제단에 그 피를 뿌려야 한다. 나는 이놈을 두들겨 패서 죽일 것이다. 놈이 제 딸에게 한 짓 그대로 패는 것이다. 나는 발길질을 한다. 먼저 놈의 다리를 구둣발 발끝으로 걸어찼다. 양쪽 다리를 연거푸 찼다. 놈의 콧소리 비명은 못 들은 척한다. 신경 쓰이지 않는 건 아니나 이웃이나 딸을 깨울 정도는 아니다. 마침내 놈의 두 다리가 경련을 일으키며 퍼들거린다.

다음은 팔이다. 손님에게 나갈 음식을 제 입에다 먼저 넣었는지 제법 걸어찰 만한 구석이 있다. 아무리 그래도 매에는 장사가 없다. 놈의 묶인 팔들에도 곧 경련이 인다. 그다음은 산만큼이나 크면서 펑퍼짐하고 두리뭉실한 놈의 배다. 이건 솜이불을 걸어차는 느낌이다. 퍽퍽한 게 물

컹거리기만 한다. 그 감촉이 거슬린다. 가슴으로 옮겨간다. 발끝과 발뒤
꿈치에서 뚝뚝 부러져나가는 놈의 갈비뼈가 감지된다. 이제 놈은 거의
숨도 못 쉰다.

마지막으로 놈의 얼굴이다. 여기는 완전히 새롭다. 피 때문이다. 찢어
진 두피와 부어터지고 뭉개진 코에서 흘러나온 피는 너무 붉다. 눈이 시
리도록 붉고 가슴이 터지도록 붉다. 그 짙은 붉음이 나의 발을 이끈다.
미친 듯이 잡아끈다. 이윽고 그 선명한 붉음이 방바닥을 붉게 물들일
무렵 정말로 터졌다. 뻥 하고 터졌다. 가슴이 아니라 머리 쪽인 것 같기
도 했고 배꼽 뒤의 깊숙한 안쪽인 것 같기도 했다. 그 어디이든 그 터짐
은 너무 강렬했다. 그 탓인지는 모르겠다. 나는 여기에 있지 않다. 어디
다른 곳에 있다. 환각인가? 그곳에서도 나는 누군가를 때리고 있다. 한
갑태가 아닌 다른 놈이다. 굉장히 친숙하면서도 내가 모르는 낯선 놈을
나는 미친 듯이 때리고 있다.

환각이 사라지고 보니 한갑태는 죽어 바닥에 널브러져 있다. 결국
애초의 계획대로 내가 죽인 모양이다. 다 좋다, 이놈이야 어차피 죽어
야 할 놈이니 그렇다 치고 나에게는 무슨 일이 일어났던 건가. 환각을
다 보다니. 그것 말고도 또 있다. 내가 달라져 있다. 무엇보다 커져 있
다. 키도 커지고 덩치도 커졌다. 뿐만이 아니다. 문제는 정신이다. 아무
것도 두렵지 않다. 거칠 게 없다. 누구도 내 앞을 가로막지 못한다. 알
겠다. 과거의 나는 죽었다. 또 다른 죽음이 오늘 있었다. 두 건의 살인
이 이 방에서 행해졌다. 하나의 살인 그것은 쓸모없는 한 인간을 처리
한 것이라면, 다른 하나의 살인 그것은 한 영혼의 위대한 일보 내딛음
이다. 계획 위에서만 망설이다 마침내 실행으로 나아간 위대한 첫걸음
이다.

성큼성큼 방을 나선다. 딸의 방 앞에서 멈춰 방문을 열고 들여다본다. 딸은 세상모르고 잠들어있다. 그 어떤 삶의 추악함도 저 나이 또래의 영혼을 오염시키지는 못하리라. 아이는 지금의 나에게도 여전히 천사다. 저 천사에게는 인형이 필요하리라는 생각이 든다.

빌라를 나서 벽에 붙지도 우회하지도 않고 곧바로 걸어간다. CCTV 따위 상관하지 않는다. 금방 왕복 6차선 대로로 나섰다. 밤새 잠들지 않는 곳이다. 인형을 살 수 있을 만한 데를 찾아본다. 24시간 편의점이라면 가능할지도 모르겠다. 저기 환히 불이 밝혀진 파란 세븐일레븐 간판이 눈에 들어온다.

"이봐, 인형 있나?"

편의점 유리문을 밀치고 들어서며 말을 건넸지만 아르바이트생은 가타부타 대꾸가 없다. 어린놈이 얼어버렸다. 내가 코앞에 다가서서야 겨우 내 손을 보았다가 내 얼굴을 보았다가 고개만 내젓는다. 잊고 있었다. 내 손에 한갑태 그놈의 피가 칠갑되어 있다. 얼굴에도 옷에도 튀었을 테지.

"어디 인형 파는 데 없어? 꼭 필요해서 그래."

나는 최대한 목소리를 낮추고 부드러운 톤으로 묻는다. 아르바이트생은 허둥지둥 머리를 짜낸 뒤 길 건너를 가리킨다.

"저기, 저기에 인형 뽑기 기계가 있어요."

살펴보니 그런 것도 같다. 편의점을 나서서 무단횡단을 한다. 달리는 차들의 경적 따위는 무시한다. 역시 인형뽑기 기계가 있다. 반짝반짝 빨갛고 파란 등이 점멸하는 유리판 아래에 인형들도 그득하다. 종류도 제각각이다. 곰돌이 푸, 뽀로로, 뿡뿡이, 헬로키티, 아기 공룡 둘리, 짱구, 뿌까…. 문제는 노란 버튼과 빨간 조작 레버 옆으로 한껏 모양을 내고

서 보란 듯이 적혀있는 큼지막한 글자들이다. 천 원에 1회, 오천 원에 6회, 만 원에 12회. 제기랄 난 돈이 없다. 화가 치민다. 홧김에 기계를 끌어안고 흔들어댔다. 그 즉시 기계 주인 남자가 욕설을 퍼부으며 달려든다. 바람막이 점퍼를 삐딱하니 걸친 이놈 꼴이 영 마음에 차지 않는다. 몇 주먹 두들겨 패니 늘씬하게 뻗어버린다. 지나다니는 행인들은 멀찌감치 물러서있다. 슬금슬금 길바닥에 뻗은 놈과 나를 살핀다. 괜히 또 화가 치민다. 분노를 실어 쓰러진 놈에게 발길질을 하려다 멈추었다. 놈의 허리 옆으로 보도블록들이 삐죽이 땅 위로 솟아있다. 가로수 뿌리가 해를 넘겨 성장을 거듭하면서 밀어올린 모양이다. 그중 하나를 발로 툭 차니 쉽게 떨어져나간다. 그것을 집어 들고 기계 유리판에다 내리쳤다. 이제 인형들이 손에 닿는다. 주인 놈의 바람막이 점퍼를 벗겨 인형들을 꾹꾹 눌러 쌌다. 딸이 깨어났을 때 이 인형들을 보고 무척이나 기뻐하고 행복해하리라. 기대에 들뜨고 흥분하여 나는 한갑태의 집으로 돌아간다.

  인형들을 딸의 방에다 하나하나 내려놓고서야 알았다. 그 인형들은 그 방의 침대 위에 가지런히 놓여 있던 것들과 똑같은 인형들이다. 그 방은 내가 수년 동안 살인 계획을 세웠던 방이다. 이런 우연의 일치가 있나. 충격적이라고 해야 하나. 그래서인가. 그래서 환청을 들었나? 인형들이 속삭여왔다. '너는 누구냐'라고. 그 속삭임이 나를 파고든다. 살을 가르는 칼날과도 같다. 그 날카로움이 몸을 찢어 틈을 벌려놓는다. 그 틈으로부터 무엇이 새어 나온다. 검은색 붕대를 똘똘 뒤엉키게 뭉쳐놓은 덩어리 비슷한 것이다. 그것을 확인하자마자 그것의 정체 또한 파악되었다. 그것은 내가 풀어볼 수 없는 나에게는 닫힌 나의 기억 덩어리다. 그 덩어리가 내 가슴을 누른다. 그 때문인가, 내 본명조차 모르는 나는 내가 누군지 모른다는 사실을 새삼 자각한다. 내가 모르는 것은 또 있다. 살인의 이유다. 물론 이놈은 마땅히 죽어야 할 놈은 맞다. 그러나 다른 누구도 아닌 하필 왜 내가 이놈을 죽여야 하는지는 모르겠다.

아이는 꽃으로도 때리지 마라

불안했다. 잠자리도 뒤숭숭했다. 악몽을 꾼 것도 아니었다. 그런데도 잠에서 깨어 일어나는 순간부터 불안했다. 해서는 안 될 일이라도 저지른 것만 같았다. 혹시나 싶어 어제의 일을 곰곰 되짚어보아도 특별히 큰 실수라든가 잘못이라 할 만한 건 없었다. 다만 자정을 넘긴 시각부터는 기억이 사라지고 없었다. 초저녁부터 마셔댄 술이 그 무렵에는 의식을 앗아가 버린 모양이다. 설마, 인사불성에 빠져 사고라도 저지른 건가. 그래서 무의식이 그것을 기억하고 있다가 이제 와서 의식에 신호를 보내는 걸까. 너 정말이지 큰일 났다고. 그럴-리가….

"일어났나?"

현관 너머에서 들려온 건 들뜬 푸두리의 목소리였다. 뒤이어 만면에 미소를 품은 푸두리가 한 손에는 두툼한 황갈색 종이봉투를 쥐고 다른 한 손으로는 방망이를 까딱까딱 흔들며 들어왔다. 선택 앞에서 멈추어 선 그는 두 건의 살인사건 자료들이 아직도 쌓여있는 앉은뱅이 탁자를 방망이로 톡 쳤다.

"터졌어. 또!"

접이식 침대에서 부스스 몸을 일으킨 선택의 눈이 뭐요? 하고 물었다.

"촛불 살인사건. 이번엔 일식집 요리사 한 놈을 골로 보냈어. 아주 아작을 내났어. 슬쩍 들어가 확인해보고 왔지. 온 방이 피칠갑이야. 화끈해. 그런 넘치는 에너지는 다시 보기 힘들걸. 그 광기 그 폭력의 기운, 그것들이 방 안에서 뻗치다 못해 그 집 전부를 꽉꽉 채우고 있어. 대단해…."

푸두리가 살인을 자신이 저질렀으며, 그게 자랑거리라도 되는 양 의기 양양 떠들어댔지만 선택은 듣고 있지 않았다. '촛불 살인사건'이란 말을 듣는 순간부터 그는 다른 것을 보고 있고 그 다른 것의 냄새를 맡고 있었다. 피가 뒤엉긴 흐릿한 덩어리, 훅 끼치는 피 냄새, 그것은 저기 어디쯤 멀리에 있지 않았다. 선택의 눈앞에서 코앞에서 자신의 존재를 드러내고 있었다. 몽환 속인 듯 안개처럼 그것은 선택의 앞에서, 아니 어쩌면 선택의 몸 안에서인지도 모르겠다, 그렇게 가까이에서 흐느적거렸다. 여기 있다고, 나를 보아달라고.

"자, 이거 받아!"

푸두리가 선택의 팔을 툭툭 쳤다. 감각이 급선회 돌아왔다. 푸두리는 황갈색 종이봉투를 선택의 눈앞에 살랑살랑 흔들고 있었다.

"지난번엔 자네에게 맡겼었지만 이번에는 내가 수고 좀 했지. 잽싸게 돌아다녀 사건 자료들을 좀 긁어모았어. 죽은 놈의 인적사항이랑 사건 개요도 들어있지만 대개 현장 사진이야. 담당 경찰서로 잠입해서 프린터로 슬쩍 출력해왔지. 자네, 이 사건도 그려볼 거지? 안 그런가?"

빼앗다시피 봉투를 받아들고 내용물을 살폈다. 피살자의 인적사항을 먼저 읽어 내렸다. 성명, 나이, 주소, 직업, 가족사항과 주변인 관계 따위. 그 가운데 딸을 상습적으로 때려왔다는 사실이 관심을 끌었다. 나쁜 새끼, 어떻게 아이를 팬단 말인가. 죽어 마땅한 놈이었고 죽어버려야 할 놈이었다. 이어 사건 개요는 대충 건너뛰며 읽었다. 그럼에도 살인사건이 진행된 전 과정이 범인을 실시간으로 따라다니며 지켜본 듯 머릿속에서 일목요연해졌다. 조금은 신비한 경험이었다.

다음으로 사건 현장의 채증 사진들을 꺼내들었다. 무엇보다 우선으로 피살자를 담은 사진들을 확인했다. 그중에서도 피살자의 얼굴 사진이 제일 먼저 눈에 들어왔다. 얼굴은 그 원래의 형태를 알아볼 수 없을 정도로 피멍 들고 찢어지고 부어터졌으며 온통 피범벅이 된 데다 입은 청회색 면 티셔츠로 틀어 막혀 있었다. 이것이 눈에 익었다. 뭉근한 충격파가 가슴을 쳤다. '촛불 살인사건'이란 말을 듣는 순간 그가 보고 냄새 맡았던 피가 뒤엉킨 흐릿한 덩어리, 그것은 이놈의 피범벅 되고 뭉개진 얼굴을 흐려놓으면 바로 그것이었다. 환영 같았던 그것은 곧 보게 될 것에 대한 예감이나 전조 같은 것이었나? 급히 사진들을 넘겼다. 피살자의 두 손목이 테이프로 묶여있었다. 반쯤 타들어간 양초를 두 개 세워놓은, 언론에서 떠들어대는 그 유명한 촛불 제단도 보였다. 묘했다. 전부가 낯이 익었다. 이 사진들을 본 듯한, 아니면 이 사진이 보여주는 현장에 있었던 듯한….

사진을 더 넘기자 인형들이 나타났다. 피살자 딸의 침실로 짐작되는 방에 줄잡아 2~30개는 됨직한 인형들이 책상 위에도 침대 위에도 창턱에도 놓여있었다. 종류도 가지가지였다. 곰돌이 푸, 뿌까, 아기공룡 둘리, 뽕뽕이, 헬로키티, 짱구, 도라에몽, 뽀로로…. 아는 것만도 이 정도였다. 문제는 이 또한 낯이 익다는 거였다. 의식의 뒤편으로 사라진 먼 기억을 건드리는 힘이 인형들에 있었다. 그리고 그것에는 다른 것도 있었다. 이 인형들에는 가슴 한쪽 끝을 깊숙이 찌르며 파고드는 아련함이 있었고, 목젖을 밀고 올라오는 슬픔도 있었다. 그러나 그 아련함과 슬픔의 뒤로는 숨통을 옥죄어오는 가슴 답답함이 따랐다. 숨이 가빠져 왔다. 얼굴도 달아오르고 정신은 몽롱해져 갔다. 간신히 의자를 찾아 몸을 내렸다. 시야도 흐려졌다.

종종 이럴 때가 있었다. 별것 아닌 일에 자극받아 뚜렷한 이유도 없이 이런 상태에 빠져들곤 했다. 그럴 때마다 모든 것들이 그에게서 그 가치를 잃어갔다. 무의미의 깊은 바다 속을 헤매며 부유했다. 그 실체를 인정하고 손으로 움켜쥘 수 있는 것은 아무것도 없었다. 단 하나만을 제외하고는. 항상 그랬었다. 이런 무의미의 바다 한가운데에서 허우적댈 때 그가 움켜잡을 수 있는 것이란 오직 그림뿐이었다.

"그럴거지?"

푸두리는 선택을 내려다보고 있었다. 선택은 고개만을 끄덕여주었다.

그날 밤 선택은 꿈을 꾸었다.

철썩! 철썩!

선택의 손바닥이 아이의 뺨을 연거푸 쳤다. 찰흙을 이겨놓은 것처럼 뭉개진 얼굴이어서 누군지 알 수 없는 여자아이였다. 아이는 맞으면서도 고개를 빳빳이 쳐들었다. 가슴에서 용암이 끓고 불이 일었다. 아이는 그에게 대들고 있었다. 얼마든지 맞아줄 테니 마음껏 때려보라고. 다시 손이 올라갔고 다시 따귀를 때렸다. 미친 듯이 때렸다. 손이 아플 정도로 때렸다. 그러다 깨달았다. 그가 때리는 여자아이는 누구도 아닌 그의 딸 하주였다. 뭉개져 있어 얼굴을 알아볼 수는 없지만 틀림없었다. 마음의 소리가 그렇다고 말하고 있었다. 너는 지금 딸을 때리고 있다고.

소스라치며 잠에서 깨어났다. 딸을 때리다니. 꿈이지만 그는 딸을 때렸다. 화가 났다. 자신을 향한 분노가 슬금슬금 덮쳐왔다. 누가 그랬다. 아이는 꽃으로라도 때리지 말라고. 아이는 꿈에서라도 때려서는 안 되는 거였다. 차츰 격해지는 분노 때문인지 목이 말라왔다. 어제 마시다 놓아둔 생수병을 찾아 침대에서 막 몸을 일으키다 그만 멈추어 섰다. 하나의 사실이 그의 뒷덜미를 잡았다. 그는 딸을 보았다. 비록 꿈속이었고 얼굴이 뭉개져 있기는 했으나 딸 하주를 본 것이다. 기억에서 완전히 사라졌다고 확신했던 딸이 아닌가. 그런 딸이 되살아났다. 갑자기 왜? 그에게 하고 싶은 말이라도 있다는 건가. 혹, 그에게서 무슨 일이라도 일어나려는 건가. 알 수 없는 일이었다. 자신을 향한 분노조차도 감당하기 힘든 선택은 이를 허미타찰의 탓으로 돌려버렸다.

이날 오후에 푸두리가 제안거리를 들고 찾아왔다. 회화가 아니라 설치작업을 해보라는 거였다. 이유는 간단했다.

"자극이 필요해. 강하고 쇼킹한 것. 물감만 사용하는 평면 작업은 사람들의 관심과 시선을 끄는 데 한계에 다다랐어. 사람들은 평면에서 만들어낸 환상의 별세계에 뛰어들기를 원치 않아. 사람들은 실물의 세계를 보고 싶어 해. 노골적이고 직접적인 즉물성을 원하는 거지. 강한 자극을 줄 수 있는 것 말이지."

선택은 일언지하에 거절했다.

"설치 작업이요? 방금 말씀하신 그건 그저 자극일 뿐이지요. 영혼을 건드리진 못합니다. 난 캔버스 평면에다 물감으로 그림을 그릴 겁니다. 벌써 생각해 놓은 것도 있습니다."

주문한 캔버스가 배달되어 오기까지 이틀이 더 걸렸다. 높이 2미터 50센티에 4미터 폭의 대형 캔버스였다. 캔버스는 거의 천장 끝까지 닿았다. 현관으로는 들일 수 없어 창이 뜯겨 나간 거실 창문으로 들여왔다. 그 즉시 속건성의 밑바탕 칠을 바르고 작업에 돌입했다. 별들이 반짝이는 맑디맑은 밤하늘을 배경으로 하고, 그 밤하늘이 방바닥인 것처럼 그위에 쓰러져있는 거대하게 확대된 피칠갑의 피살자 한갑태를 그릴 것이다. 그런 뒤에 그 한갑태의 가슴 위에 촛불을 두 자루 그려 세워둘 작정이다. 밤하늘과 두 자루의 양초는 극사실로 사진처럼 묘사하겠지만 한 갑태는 윌럼 데 쿠닝의 짓이겨진 여인들처럼 형상을 뭉갤 작정이었다.

왜 별이 빛나는 밤하늘을 피투성이 피살자의 배경으로 삼으려 하는지, 왜 극사실과 반추상이라는 상반되는 양식을 한 작품에다 혼재시키려 하는지, 그 이유는 선택 스스로도 갖고 있지 않았다. 그저 그러고 싶었다. 그저 자신에게서 피어오르는 욕구와 충동에 따랐을 뿐이었다. 사실이지 그런 이유야 몰라도 상관없었다. 누가 묻더라도 마찬가지였다. 굳이 자신의 그림을 타인들에게 이해시켜 줄 필요는 없었다. 그건 작가가 나설 일이 아니었다. 많이 공부한 평론가들이나 똑똑한 문화관계자들이 그럴싸하게 잘 설명해 줄 것이다. 그러니 그것으로 밥 벌어먹고사는 그들에게 맡기면 된다. 그들이 이런 상반된 것들의 혼재를 어떻게 대단하게들 설명하는지 그걸 지켜보는 재미도 쏠쏠하지 않은가.

선택은 먼저 밤하늘부터 시작했다. 꿈으로 가득 차있던 어린 시절, 구름 한 점 없는 어느 날, 맑디맑은 대기를 품은 산골 마을에서 올려다 보았음직한 별들로 초롱초롱한 밤하늘이었다. 그 하늘에는 슬프면서도 아름다운 사랑 이야기도, 하늘나라 선녀님과 예쁜 공주님과 멋진 왕자님도, 영웅들의 용감하고 화려한 전설들도, 동화 속 무서운 괴물들도 모두 품고 있음직했다.

여기까지는 좋았다. 꼭 일주일 동안은 그랬다. 그동안 선택은 꿈결 같은 순수와 천진난만의 한가운데에서 세상의 쓰레기와 먼지를 잊을 수 있었다. 문제는 한갑태 이놈이었다. 붓을 드는 순간부터 격한 흥분이 밀려들었다. 세상의 온갖 오물도 함께 쏟아져 내렸다. 거칠고 지저분한 욕설이 입 끝에 맴돌고 상스럽고 도발적인 어휘들이 머릿속을 내달렸다. 이 모두가 딸을 두들겨 패댄 놈을 향한 분노에 그 뿌리를 두고 있었다.

막상 작업에 들어가자 이 현상은 더 심해졌다. 선택은 붓으로 한갑태를 그려내고 있지 않았다. 그는 붓질로 한갑태를 짓이기고 있었다. 두툼하게 살이 오른 놈의 허벅지에다 내리찍듯 붓질을 할 때 그는 자신의 발끝을 그놈의 허벅지에다 내다 꽂고 있었고, 놈의 가슴팍에다 선명한 물감을 먹일 때 그 가슴에다 자신의 발뒤꿈치를 찍어 누르고 있었다. 심지어는 이런 적도 몇 차례나 있었다. 하주의 뺨을 때리던 꿈속의 장면이 까닭 없이 오버랩 된다 싶더니, 피범벅이 된 자신의 손이 내려다보였고 그의 앞에는 피칠갑에다 찢어지고 부어터진 얼굴의 한갑태가 서 있었다. 아무래도 주먹을 휘둘러 놈의 너부데데한 면상을 갈겨댄 모양이었다. 하지만 설마 그럴 리가. 그것은 환영이었다. 머리를 흔들어 환영을 떨쳐내고 나면 그의 손에는 붓이 쥐어 있고 캔버스 위의 한갑태는 조금씩 그 모습을 갖추어 갔다. 마침내 한갑태가 마무리되었을 때 선택은 자신이 한갑태를 그린 것이 아니라 한갑태를 죽였음을 알 수 있었다. 그는 맞아 죽은 시신을 그렸던 것이 아니라 한 인간을 붓으로 살해하고 있었다.

이렇게 살해된 자를 위해서가 아니라, 이 도살된 제물을 제단에 바치기 위해서는 촛불이 필요했다. 가는 붓을 들고 촛농 하나 놓치지 않고 묘사해낸다. 피어오르는 불꽃은 조금 과장한다. 좀 더 크게, 좀 더 화려하면서도 환하게. 이 제물이 위로해 주어야 할 가엾은 영혼들을 위해서. 사랑 대신 매를 맞아온 아이들을 위해서.

작업을 끝내기는 했지만 영 개운치가 않았다. 한갑태를 그릴 때의 그 환영들이 선택을 괴롭혔다. 사실 그것들은 환영이 아니었다. 그것들은 기억이었다. 그렇다고 해서 그의 뇌에 자리 잡은 기억일 수는 없었다. 그렇다면 그가 살인을 저질렀다는 의미가 된다. 한갑태가 살해되던 날 그는 화랑 관계자들과 술을 마셨다. 밤을 새워가며 정신을 잃을 정도로. 혹시 과음으로 의식을 잃고서 자신도 모르는 사이에? 그럴 리는 없다. 그땐 한갑태가 누군지도 몰랐다. 더구나 거의 반은 혼절한 상태에서 사람을 죽일 수는 없다. 한갑태 이 자식 사진으로 보아도 제법 건장했다.

문제는 또 있었다. 묘한 두려움이 몸속 한쪽 구석에 자리 잡았다. 희미하긴 해도 충분히 감지되는 그것은, 그림에서 표출된 한갑태를 향한 분노가 한갑태만이 아니라 자신에게도 향하고 있다는, 한갑태가 자신인 듯 스스로에게 응징을 가하고 있는 듯한 두려움이었다. 그것은 하주의 뺨을 때리던 꿈속 장면이 작업 중에 오버랩 되면서부터 시작되었다. 혹시 하주를 때렸던 적이 있었던가? 딸에 대한 기억이 아예 없으니 알 수 없는 일이었다.

오랜만에 분돌이 찾아왔다. 야참으로 라면을 끓여놓고 막 한 젓가락 밀어 넣던 참이었다.

"신라면?"

분돌은 현관 입구에 멈춰 서서 눈을 지그시 감고 그윽하니 코를 치켜들었다.

"콧속 깊숙한 곳을 톡 쏘는 이건 신라면만의 향긴데?"

맞았다. 국물을 한 모금 들이킨 뒤 선택이 대꾸했다.

"어쩨 바로 알아맞히셨습니다?"

"흠, 이건⋯."

분돌이 못 들은 척 눈을 더 지그시 감았다. 콧구멍도 벌름거렸다. 선택이 젓가락을 내려놓았다. 이건 어딘지 속세를 초월한 듯 보이던 지금까지 알고 있던 분돌이 아니었다. 생활의 때가 묻어나는 반바지 차림의 동네 아저씨였다. 동네 아저씨 분돌이 눈을 감은 채로 말했다.

"성미 급하게 스프를 먼저 넣었지? 그럼 안 돼. 나중에 면이 거의 익어갈 무렵에 넣어야 해. 스프는 오래 끓이면 신선함이 떨어져. 향내도 달아나고. 더군다나 면발의 맛도 나빠져. 면발에 스프의 강한 맛이 너무 깊숙이 배면 면발만이 가진 감칠맛이 사라지지. 그건 사실은 둘 다 망치는 거야. 국물과 면발 말이야. 국물과 면발이라는 각기 다른 개성의 두 맛이 입안에서 만나 섞여야 하는데 끓이면서 섞여버리면 국물과 면발이라는 각각의 자기 정체성을 상실해버리는 거야. 그리되면 두 맛을 즐기지 못하고 하나의 맛밖에 누릴 수 없게 돼. 뭉뚱그려진 애매모호한 맛."

이미 벌어져 있던 선택의 입이 더 벌어졌다.

"어떻게…."

"잘 아느냐고?" 분돌이 눈을 떴다. "별거 없어. 많이 먹다 보면 다 알게 돼 있어. 가난뱅이 예술가 지망생이 돈이 없으니 라면만 먹었거든. 질렸냐고? 아니야. 없어서 못 먹었어. 무엇과도 바꿀 수 없는 소중한 한 그릇의 라면들이었지. 주린 배를 허덕일 때는 한 그릇의 라면을 위해 내 영혼도 바칠 수 있었어. 그러니 라면 하나 끓이는 데 내 온갖 정성을 다 바칠 수밖에. 내 영혼을 쏟아 붓는 거야. 그건 라면이 아니었어. 내 혼이며 예술 작품이었어. 당연히 라면 박사가 안 될 수가 없는 거야. 덕분에 내 비록 화가라는 이름을 걸고 있지만 난 시각보다 미각이 더 발달해있다고 해도 틀리지는 않을걸."

"네…."

분돌의 말로 판단하건대 그를 라면 예술가라 불러도 무방했다. 선택의 무언의 찬사를 받으며 분돌의 예술적 라면론은 이어졌다. 라면의 종류에 따른 물의 양, 적절한 불의 세기, 파를 넣거나 계란을 풀 최고의 타이밍, 다양한 첨가 재료와 그것을 완벽하게 배합하는 법, 더 나아가 돼지 뼈를 삶아 라면 육수를 따로 우려내는 여러 가지 방법까지 그 끝이 없었다. 선택이 그릇을 다 비우고도 한참이 지나서야 분돌은 겨우 자신의 라면론을 끝냈다. 그나마 아쉬움이 남은 기색이었다. 그 때문인지 원래의 방문 목적은 찬밥 신세를 면치 못했다. 완성된 그림을 잠깐 일별하더니 자신의 견해를 아주 짧게 밝히는 것으로 끝났다. 그림에 선택의 영혼이 잘 드러나 있다는 딱 한마디만 던지고 분돌은 바로 가버렸다.

이날은 다른 방문자도 있었다. 분돌이 떠나고 10분도 지나지 않아 현관문 대용의 합판이 흔들거렸다. 고개를 내민 것은 서로 손을 꼭 붙잡은 우울한 부녀였다. 둘은 선택에게는 아는 척도 하지 않고 걸어 들어와 완성된 그림 앞에 섰다. 둘은 잔뜩 찌푸린 얼굴을 하고서 그림을 뜯어보았다. 그렇게 30초나 지났을까, 우울한 딸이 집게손가락으로 한갑태를 가리켰다.

"아빠, 이 아저씨 죽은 거지?"

"응, 그런가 봐. 맞아 죽었나 봐."

짧게 한마디씩을 던진 둘은 앉은뱅이 탁자 위의 사건 자료들을 뒤적이기 시작했다. 물론 허락을 받는다든가 그런 건 없었다. 더 열성적으로 뒤지던 우울한 딸이 탁자 아래 칸에 거꾸로 엎어둔 현장 채증 사진 한 장을 집어 들었다. 한참 골똘히 살피던 딸이 그것을 아버지에게 내밀었다.

"아빠, 이것 봐. 인형이야."

인형이란 단어가 선택의 가슴 한가운데를 꾹 눌렀다. 그 즉시 숨이 답답해왔다. 도망가야 했다. 무의미의 바다에 또 빠지고 싶지 않았다. 작업실을 치우기 시작했다. 작업실은 사실 꽤나 지저분하고 어지러웠다. 내일 미술품 경매 회사인 서울옥션에서 작품을 가지러 올 텐데 어차피 최소한의 체면치레는 해두는 게 좋았다.

"많기도 많다. 2~30개는 되겠는걸?" 우울한 아버지가 말했다.

"죽은 사람 딸에게 살인자가 미안했었는가 봐." 우울한 딸이 말했다.

"미안하긴 무엇 때문에?"

"아빠를 죽였잖아."

"아빠한테 맨날 맞기만 했다던데?"

"그래도 아빠는 아빠잖아. 누구든 딸한테는 자기 아빠가 최고야. 아빠도 나한텐 최고야."

"난 최고가 아니야."

"아냐, 최고야."

"난 널 구해주지도 못했잖아."

"그래도 강물로 뛰어들었잖아. 날 구하러."

"어차피 못 구한 건 마찬가지잖아. 너도 죽고 나도 죽었으니."

"죽었─어요?"

선택이 청소를 멈추고 우울한 부녀에게로 돌아섰다. 오른손에는 피자 박스가 왼손에는 먹다 남긴 프라이드치킨이 든 흰 비닐봉지가 들려 있었다.

"누가요?" 우울한 딸이 되물었다.

"어─ 두 사람."

턱짓으로 우울한 부녀를 가리켰다. 우울한 딸이 눈을 똥그랗게 떴다.

"몰랐어요?"

몰랐다. 그러고 보니 지난번엔 무심히 지나쳤는데, 이 부녀는 죽은 자들인 홀쭉이와 뚱뚱이와도 서로를 알아보고 대화도 나눴다. 그 말은 이들이 죽은 자들이란 얘긴데, 그렇지만 그가 주섭의 약을 먹기 전에도 이들이 보이지 않았었나? 더군다나 그가 알기로 우울한 아버지는 술에 취해서도 물로 뛰어들어 우울한 딸을 구했다. 둘 다 죽은 것이 아니라.

"강원도 삼척의 덕풍계곡이죠. 거기 물놀이 갔다가 튜브, 돌고래가 그려진 분홍 튜브를 타다가 그게 터지는 바람에 저 아이가 물에 휩쓸렸고, 그러자 당신이 뛰어들어 아이를 물가로 끌어내 왔잖아요. 인공호흡까지 해서 살려냈었고."

"잘못 알고 계신 겁니다. 우리는 그날 죽었습니다."

아이 아빠가 화가 난 기색을 보였다. 말투도 단호했다. 더는 할 말이 없었다. 당사자들이 죽었다는데 어떻게 더 우기겠는가. 선택이 청소 일로 되돌아가려는데 우울한 딸이 다가와 선택의 손등을 톡톡 쳤다.

"근데, 어떻게 알았어요?"

"무얼?" 선택이 되물었다.

"돌고래 그림 있는 분홍 튜브랑 우리가 물놀이하러 삼척에 갔던 거랑."

"나한테 말해주지 않았나?"

"아니요. 말해준 적 없습니다."

우울한 아버지가 나섰다. 화가 난 기색을 지우지 않고 있었다.

"우리 부녀 신상 이야기를 꺼낸 건 누구에게든 오늘이 처음입니다."

듣고 보니 그랬다. 이 부녀에게서 자신이 앞서 말한 그것들을 들은 기억이 없었다. 그런데도 그는 알고 있었다. 아주 세세한 부분까지. 심지어는 그 분홍 튜브에 그려져 있던 돌고래 꼬리의 각도와 그 돌고래의 양옆으로 튀어 오르던 꼭 만화의 말풍선 같던 물방울 모양새까지도. 스스로도 이해가 난감했다. 선택이 더 머리를 썩이기 전에 현관문 대용의 합판을 누가 뺑 걷어찼다. 풀썩 먼지를 일으키며 합판이 바닥으로 쓰러졌다. 문간에는 거구의 여자, 그 미친년이 졸개들도 없이 혼자 입구를 다 채우고 서 있었다. 여자가 거친 숨을 쉭쉭 몰아쉬었다.

"네 그림을 보러왔어. 확인할 게 있어."

거구의 여자는 거대한 엉덩이를 좌우로 흔들고 두 팔을 앞뒤로 내저으며 그림 앞으로 다가갔다. 그 사이 우울한 부녀는 안됐다는 듯 동정심을 흘리며 슬슬 작업실을 빠져나갔다. 딸은 건투를 빈다는 의미로 손까지 팔랑팔랑 흔들었다.

"이런! 정말이었어!"

어김없이 여인의 입에서 사자후 같은 대갈일성이 터져 나왔다. 선택이 움찔하는 사이 여인은 넋두리처럼 말을 쏟아냈다.

"허, 그래도 혹시나 했었는데. 역시 지난번 그 그림으로 그놈을 불러냈어. 불살귀 말이다. 네가 죽인 거야. 네놈이 살인자라고. 계획대로, 그 우라질 놈의 살인 계획대로 되고 있어. 운명이야 운명. 한심하게도 자기가 만든 운명에 걸려 허덕대는 꼴이라니. 거미가 지가 쳐놓은 거미줄에 지가 걸린 꼴이지. 어리석은 불살귀, 아무리 자신이 계획을 세웠기로서니 그대로 인간을 죽여. 살인사건 소식을 듣고서도 설마 했었는데 이 그림을 보니 알겠어. 불살귀가 죽였어. 이건 우주의 질서를 깨뜨린 거야. 가짜가 진짜를 죽이고, 죽은 자가 산 자를 죽이고, 없는 것이 있는 것을 죽이고…."

"저, 죄—송합니다만." 선택이 쭈뼛쭈뼛 입을 뗐다. "불—살귀가 한갑태를 죽였다는 말인가요?"

여인이 바람 소리가 나게 휙 돌아섰다.

"아님? 누구겠나?"

또 움찔했으나 선택은 물러서지는 않았다. 비록 '미친년'이라 불리지만 여인의 말에 찜찜하니 걸리는 것이 있었다.

"어떻게 그렇게 확신하십니까? 그것도 내 그림을 보고서 그런 말씀을 하시니, 내 그림에 그럴 만한 뭐라도 있다는 겁니까?"

거구의 여인이 오른발을 '쿵' 굴렀다. 집 전체가 부르르 몸을 떨었다.

"잘 봐! 네놈의 그림에는 악마가 들어있어. 불살귀 그놈이 들어있단 말이다. 왜 줄 알아? 이건 네놈이 그린 게 아니라 불살귀가 그렸거든. 그런데 그놈의 불살귀가 이 그림 안에서 나는 '이놈을 죽였소.' 하고 떠들어대고 있어. 네놈의 그림인데도 넌 그게 안 보이냐? 화가라면서 너 혹시 눈뜬 당달봉사 아니냐?"

앞뒤 없는 막말에 울컥했지만 선택은 자신을 눌렀다.

"이 그림은 불살귀가 아니라 내가 그렸습니다. 그리고 나는 불살귀가 아닙니다. 그쪽은 혹시 눈뜬 청맹과니가 아닌지 모르겠습니다. 내가 어디로 봐서 불살귀로 보입니까?"

불같은 분노를 예상했지만 아니었다. 여인은 알 듯 모를 듯 뜻 모를 미소를 지었다.

"허미타찰을 모르는 어린 것 같으니. 여기는 네가 살았던 세계가 아니다. 이 허미타찰에서 네가 그린 그림은 무생물의 죽은 천에다 무생물의 죽은 물감들이 들러붙어 있는 게 아니야. 그것들은 허미타찰에서는 너의 생명이고 영혼들이다. 너는 저 그림을 그리면서 바로 그 생명과 영혼으로 불살귀를 불러들인 거야. 그렇게 불러들인 불살귀가 또 저 그림을 그린 것이고."

여인의 뜻 모를 미소가 더 깊어졌다. 그 깊어진 미소에는 선택이 함부로 나서지 못하게 만드는 힘이 있었다.

"하면, 어째서 네가 불살귀를 불러들일 수 있었을까? 아무나 저 불살귀에게 맞아 죽은 놈을 그리기만 하면 불살귀를 불러들일 수 있는 것일까? 아니지, 오직 너만이 불살귀를 불러들일 수가 있어. 왜? 어째서 그럴까? 흠, 나도 사실은 궁금해. 그 까닭을 알고 싶으면 푸두리 그놈에게 물어봐. 네가 누구이고 불살귀는 누구이며, 너와 불살귀는 또 어찌 얽여있기에 네가 불살귀를 끌어들이는지. 푸두리 그놈은 알고 있을지도 모르지. 최소한 눈치는 채고 있거나."

거구의 여인은 느릿느릿 작업실을 빠져나갔다. 대부분 선뜻 이해되지도 않고 받아들이기도 힘든 말들이었지만 복잡하면서도 묘한 여운은 남았다. 생각해볼 여지가 있었다. 불살귀가 한갑태를 살해한 게 사실이라면 저 여인의 말대로 자신과 불살귀와의 사이에 모종의 연결이 있을지도 몰랐다. 자신이 그림을 그리면서 불살귀를 끌어들였는지 어쨌는지는 모르겠지만, 죽은 한갑태를 그려나가는 내내 자신이 범인인 듯한, 자신이 마치 한갑태를 그 순간 살해하고 있는 듯한 환상에 빠져있었지 않았는가. 그것을 두고 작업에의 몰입이 주는 착각이나 환영이라고 간단히 치부해버릴 수만은 없었다. 어쨌든 푸두리를 붙잡고 물어보는 게 상책이었다.

"연결? 내가 그런 걸 어떻게 알아? 난 불살귀를 본 적도 없어."

푸두리는 딱 잘라 모른다고 했다. 그러면서도 선택의 눈치를 살폈다. 선택은 추측과 짐작을 섞어서 더 압박했다.

"나한테 살인사건을 그려보라 했을 때, 불살귀를 염두에 두고, 불살귀가 나와 어떻게든 관계가 있다는 계산에서 그랬던 건 아닌가요?"

"아니."

푸두리의 대답은 단호했다. 그러나 방망이는 아니었다. 거의 펄쩍펄쩍 뛰다시피 몸을 떨었다. 푸두리가 옆구리에 끼고 제압한다고 안간힘을 썼지만 허사였다. 선택은 기다렸다. 어디까지나 방망이는 그의 편이었다. 생각보다 푸두리는 빨리 항복했다.

"냄새!"

"뭐라고요?"

"자네에게 냄새가 난다고 하지 않았나. 그 냄새가 같았어. 자네와 불살귀가."

기억이 났다. 푸두리를 불러내던 날 푸두리는 코를 킁킁대며 그에게서 냄새가 난다고 했었다. 그런데 그 냄새가 같았다고?

"같은 냄새가 난다는 건 서로 연결되어 있다는 말이지. 허나 자네와 불살귀가 무엇으로 어떻게 연결되어 있는지는 나도 몰라."

푸두리가 옆구리에 낀 방망이에 더 힘을 주었다. 방망이는 펄쩍대지는 않았지만 떨림을 가라앉히지도 않았다. '어디 제대로 대답 안 하기만 해봐'라는 듯이. 기회를 놓치지 않고 선택이 질문을 이어갔다.

"미친년 말로는 내가 그림으로 불살귀를 불러들인다고 하던데 그래서 그런 겁니까?"

"당연하지. 서로 연결된 비슷한 것들끼리는 서로 끌어당기는 인력 같은 게 작용하지 않나. 그러니 자네가 그림을 그리는 동안 불살귀를 불러들일 수도 있지. 특히 살인사건을 다루는 그림이라면 더욱더. 왜냐면 불살귀는 살인에 관심이 많으니까."

"말씀을 들어보니, 내 그림이 불살귀를 불러들일 거라는 걸 처음부터 알고 있었다는 거네요. 혹시 그래서 일부러 살인사건을 그려보라고 했던 건가요?"

푸두리는 대꾸하지 않았다. 방망이가 대신 몸을 떨었다. 방망이의 그 몸짓이 '그렇다'로 이해되었고 선택으로선 대꾸하지 않는 이유가 더 의심스러웠다.

"왜요? 뭐하러? 불살귀를 불러내서 뭐라도 할 게 있었던 겁니까? 어디 써먹을 데라도 있었던 모양이죠?"

푸두리는 여전히 대꾸를 하지 않았다. 방망이는 계속 몸을 떨었다. 선택이 더 몰아붙였다.

"그런 모양이죠? 어디 써먹을 데가 있긴 있는 모양이죠?"

푸두리의 방망이가 더 거세게 몸을 떨어댔고, 푸두리가 마침내 짧은 한숨을 뽑아냈다.

"불살귀 같은 존재는 어디든 써먹을 데는 다 있는 법이야. 굳이 꼭 어디 특정한 데 써먹지 않더라도."

푸두리가 선택의 시선을 피해 게슴츠레 눈을 떴다. 선택의 판단으로는 이야기보따리를 다 풀어놓은 것이 아니었다. 선택은 침묵으로 푸두리를 압박했다. 방망이도 재촉하듯 몸을 흔들었다. 역시 푸두리가 또 한숨을 토해냈다.

"좋아, 어차피 알게 될 테니 다 얘기해주지. 한때 난 불살귀를 잡으려고 뒤를 쫓았어. 그런데 그가 지나간 곳마다 특이한 냄새가 났었고 난 그 냄새를 자네에게서도 맡았던 거지. 그래서 자네에게 살인사건을 그려보라고 했던 거야. 왜냐면 불살귀가 살인을, 그것도 허미타찰의 존재가 아닌 살아있는 인간을 죽이길 원한다는 걸 알고 있었고, 따라서 자네가 실세계에서 일어난 살인사건을 그린다면 자네와 무엇인가로 연결된 불살귀가 이끌려올 수도 있을 거라고 생각했거든. 왜, 그림을 그리는 순간은 집중의 순간이 아닌가? 그런 순간은 대개 더 강한 인력이 작용하는 법이잖나. 그리고 운이 좋아 자네의 그림이 불살귀를 끌어들이면 그때 난 그놈의 불살귀를 잡으려고 했지."

어딘지 이상했다. 푸두리는 불살귀를 끌어들여 잡겠다는 말을 하고 있었다. 그가 그림을 그리는 동안 일어났던 것과 같은 영적 교감에 의존해 무언가를 해내는 그런 차원의 불러들임이 아니었다. 불살귀라는 실체가 이끌려 옴을 말하고 있었다.

"잠깐, 불살귀가 여기로 이끌려온다는 말을 지금 하는 겁니까? 내가 그림을 그리고 있는 동안?"

"그렇다네."

선택이 눈만 끔벅였다. 푸두리가 귀찮아하면서도 바로 설명을 이었다.

"여긴 허미타찰이야. 여기서 영적인 이끌림은 곧 물질적 이끌림을 의미하는 거야. 말인즉 불살귀와 영적 교감을 가지는 자네의 그림은 불살귀를 여기로 끌어당길 수 있게 되지."

그렇구나 싶었다. 여기는 허미타찰이 아닌가. 내심 고개를 끄덕이는데 새로운 의문이 머리를 들었다.

"그래서요? 그렇게 끌어들인 불살귀를 잡아서 뭘 어쩌려고요?"

"뭘 어쩌려고?"

푸두리가 웬 멍청한 소릴 다한다는 얼굴을 했다.

"당연하지 않나. 그놈의 영혼을 취하는 거지. 왜냐면 난 영혼 사냥꾼이니까."

생각 못 했다. 선택의 영혼을 원하는 것처럼 불살귀의 영혼도 당연히 바랄 터였다. 어리석은 질문을 한 셈이었다. 괜한 심통에 그냥 물러설 수 없어 한마디 했다.

"하지만 불살귀는 이끌려오지 않고 살인만 저지르고 말았네요."

"말하자면 그런 셈이지."

푸두리는 성가시다는 기색을 노골적으로 드러냈다. 그것이 더 따지고 싶은 오기를 불러일으켰다.

"그렇다면 그 덩치 큰 여자가 말하길, 살인을 옹호한 내 그림들이 불살귀에게 살인 허가장을 내준 거라고 하던데 그것도 사실이었네요."

"그렇다고 봐야지. 그 두 점의 그림으로 자네는 불살귀가 세워놓았던 살인 계획을 실행에 옮기도록 출발 방아쇠를 당겨버린 셈이지."

살인 계획? 미친년도 그것을 말했었다. 그땐 무심히 흘려들었는데 이번엔 아니었다. 그 의미가 새롭게 와 닿았다.

"살인 계획이요? 불살귀가 살인 계획을 갖고 있다는 걸 알고 있었다는 겁니까?"

"당연히 알고 있었지. 불살귀는 수년 전부터 살인 계획을 세우고 있었으니까."

"그 말은 내 그림들이 불살귀에게 살인을 부추기리라는 것도 알고 있었다는 거네요? 그런데도 내게 그런 그림을 그리라고 한 겁니까? 허, 내가 살인을 하도록 만든 거네요. 내가 살인자네요."

"아니, 난 설마 그럴 줄 몰랐었네."

"저를 똑바로 보고 대답하십시오!"

일 초의 미룸도 없이 푸두리는 선택을 똑바로 보았다. 자신에게 소리치거나 명령하는 것 따위 건방짐은 용서하지 않겠다는 태도였다. 더구나 그 태도에는 말 안 듣는 방망이 때문에 청문회 하듯 모든 것을 실토해버린 자신을 향한 분노도 포함되어 있었다.

"이보라구! 어차피 일어날 일은 일어나게 마련이야. 그놈은 애당초 살인 계획을 세워놓았고 그 계획대로 일이 되어나간 것에 불과해. 우리가 살인을 막으려 애쓰거나 부추기려 자극했다고 해도 기껏 약간 늦추거나 조금 더 당기는 정도의 차이만 있을 뿐이야."

선택은 치미는 화를 눌렀다. 대신 빈정거림을 담은 자조적인 웃음을 흘렸다.

"네~, 그렇군요. 그럼, 이제 내가 할 수 있는 유일한 일은 살인사건을 더 이상 그리지 않는 거네요. 또 살인을 부추기는 꼴이 되지 않으려면, 그리고 조금이라도 살인을 늦추려면 말이죠."

"아니지, 계속 그려야 하지. 그것도 반드시."

"어째서죠?"

"이봐, 이번 작품도 그렇지만 앞으로 그리게 될 것들도 이미 불살귀가 저지른 것들만 다룰 수 있을 뿐이야. 따라서 그것들은 살인을 부추기는 것과는 하등 관계도 없게 돼. 허나 자네가 그릴 그림들로 불살귀를 끌어낼 가능성은 갖게 되지. 그리고 내 생각을 말하자면 난 불살귀가 언젠가는 자네 그림에 이끌려올 거라고 확신해. 그리되면 당연히 불살귀를 잡을 기회를 포착할 수 있게 되고, 우리는 놈의 살인을 멈출 수 있게 되겠지. 말인즉, 살인을 멈추기 위해서라도 불살귀가 살인을 저지를 때마다 그걸 그려야만 한다 이거지. 무슨 말인지 알겠나?"

"좀, 솔직하시죠. 살인을 멈추기 위해서가 아니라 불살귀를 잡아 당신이 써먹기 위해서가 아닌가요."

"뭐든 불살귀를 잡아야 한다는 사실에는 틀림이 없지 않나? 그리고 이를 위해 자네는 불살귀가 살인을 저지를 때마다 그것을 그림으로 그려내야 하는 것이고? 그런 데다가 자네는 불살귀의 살인을 그림으로 그려내고 싶은 욕망에 떠밀리고 있지 않나? 자네의 온몸이 그걸 원하는 것 같은데? 아닌가? 내 말이 틀렸나?"

푸두리가 비웃음을 삐물었다. 선택은 부정하든 긍정하든 할 말을 찾지 못했다. 푸두리는 어깨로 선택의 어깨를 툭 밀치고 설렁설렁 작업실을 빠져나갔다.

이번에도 악평이 주종을 이루었다. 서울옥션에서 경매품 도록을 발간하고 인터넷상으로도 작품들이 소개되자 그 즉시 미디어의 관심이 선택의 그림으로 모였다. 내용은 지난번과 대동소이했다. 약간의 논조만 바꾸거나 심지어는 지난번의 여러 기사들을 짜깁기해서 얼렁뚱땅 뭉쳐낸 것들도 있었다. 아무래도 상관없었다. 어차피 적당히 독자들의 관심이나 끌고 잡지나 신문의 할당된 지면을 채우려고 써내려간 것들이 아닌가. 다만 간혹 선택의 그림을 제대로 설명해내려 애쓴 기사들도 있긴 했다. 그런 것들은 대개 악의적인 증오와 적개심을 노골적으로 드러내며 신랄한 독설을 퍼부어댔다.

주로 선택이 살인자와 마찬가지라고 공박하는 내용으로, 어느 기사 글에서는 선택을 살인을 즐기는 사이코패스라고 몰아붙이기도 했다. 그 근거를 선택의 그림을 분석하며 설명했다. 무엇보다도 피살자의 묘사에서 보여준 경쾌하게 여겨지기까지 하는 격렬하면서도 활달한 붓의 움직임이나 삶의 기쁨을 표현한다고 해도 좋을 정도로 색채 사용에 있어서 높은 채도가 뿜어내는 선명함은 끔찍한 살인을 즐기는 자로서의 내면을 드러내 보여주었다는 것이다. 그러면서도 밤하늘과 두 자루 양초의 묘사에 있어서는 바늘 끝 같은 세부도 놓치지 않는 극사실의 방법을 사용함으로써 찔러도 피 한 방울 날 것 같지 않은 냉정함 또한 보여주었는데, 그것은 끔찍한 살인을 저지르면서도 일말의 양심의 가책이나 감정적 동요도 느끼지 못하는 사이코패스적 특성과도 닮았다는 것이다.

더 나아가 이러한 기법적 이중성에서 정신병질적인 징후를 찾아볼 수 있다고도 썼다. 정신분열증, 즉 현실 생활을 영위할 수 없을 정도로 심각한 망상이나 환각 등을 보이는 정신장애를 갖고 있다고는 할 수 없겠지만 자아가 분열된 심리상태가 그림에 잘 나타나 있으며, 이로써 판단하건대 혹시 다중인격장애라고 일컬어지는 해리성정체감장애를 앓고 있는 건 아닌지 모르겠다고, 만약 그렇다면 정신병원부터 먼저 찾아가 보는 게 옳지 않겠느냐고 점잖으면서도 야멸차게 권유하기도 했다. 그 기자는 또 선택이 고집부렸던 '아이는 꽃으로도 때리지 마라'라는 그림의 제목을 걸고넘어지기도 했는데, 그것은 살인 행위의 정당화를 정당화하기 위한 위선적인 제목이라며 선량한 척 아이를 앞세우는 이런 자들이 그 내면을 알고 보면 더 폭력적이며 가학적이라고 빈정댔다.

모두가 사실일 수도 있었다. 선택 그는 어쩌면 사이코패스일 수도 있고, 해리성정체감장애라는 정신질환을 앓고 있을 수도 있으며, 그의 내면은 폭력적이고 가학적일 수도 있었다. 하지만 정의감과 도덕률에 투철한 그 기자가 모르는 것도 있었다. 벌써 관성적이 되어가면서 독자들의 관심 밖으로 밀려나는 그렇고 그런 리뷰 기사가 아니라 제대로 된 날선 비판으로 똘똘 뭉친 그 기자의 잔인하기까지 한 독설이 그나마 세인의 관심을 잡아주었다는 것이다.

왜냐면 대부분의 미디어는 지난번과는 달리 선택의 작품에 관심을 덜 기울였기 때문이었다. 이유는 단 하나였다. 지난번과 그다지 다르지 않다는 거였다. 대중과 미디어는 새로운 자극을 원하는데 같은 자극을 내놓았던 것이다. 그는 연거푸 자장면만 먹으라고 권했던 셈이다. 그것의 결과로 시장에서 반응이 바로 왔다. 작품값이 지난번보다 약간 하락했다.

그렇다고 해서 자리를 굳힌 미술계 스타로서의 선택의 지위가 흔들린 건 아니었다. 그는 여전히 관심받는 스타였고 국내의 거의 대부분의 유명 컬렉터들이 그의 작품 구입을 위해 서왕모 갤러리 측에 접촉을 해왔다. 예외가 있다면 옥수수를 그려달라던, 옥수수 알갱이의 가지런한 황금빛 배열만큼 아름다운 것은 없다던 김가진이었다. 그는 유명세를 타고 있는 선택의 작금의 작품 경향을 영 탐탁지 않게 여겼다. 구입 의사도 밝히지 않았다. 그런 그가 무슨 마음에선지 선택의 폐가 작업실을 찾았다. 손에 들린 검정 비닐봉지에는 역시나 옥수수가 가득 들어있었다. 그는 그 봉투를 살인사건 자료들이 어질러져 있는 앉은뱅이 탁자에 '퉁' 소리 나게 내려놓았다.

"요즘 아주 잘나가시더구만?"

선택은 못 보고 못 들은 척했다. 전부터 그리 친한 사이도 아니었고 이제는 아쉬울 것도 없었다. 머쓱해하던 김가진이 앉은뱅이 탁자 위의 사진들 중 하나를 집어 들었다. 죽은 한갑태의 피투성이 전신 사진이었다. 그는 사진을 요모조모 뜯어 살피다가 선택과 눈을 맞추었다.

"꼭 이런 걸 그려야 돼? 세상에 보기 좋고 이쁜 것들도 많잖아. TV만 켜봐. 신문만 들춰봐. 맨날 보고 듣는 게 이런 것들이야. 뭐하러 그림까지도 이런 험하고 흉하고 볼썽사나운 걸 그려야 하는지 모르겠어. 내 말은 세상을 좀 아름답게 만들어 보자 이거야."

"여긴 뭐하러 왔수?"

더 듣고 싶지 않아 대뜸 질문을 던졌다.

"그냥 와 봤어. 왜, 난 오면 안 돼?"

"그런 건 아니지만, 뭐 꼭 나한테 볼 일도 없잖수."

"있어. 물어볼 게. 그래, 이젠 옥수수 그릴 마음은 영 없어진 거야? 요즘 자네 그림들을 보니 그런 것 같던데?"

또 그놈의 옥수수 타령이었다. 선택이 퉁명스레 받았다.

"옥수수 그릴 마음 같은 건 원래부터 없었수다."

"그래도 옥수수는 좋아했잖아. 저쪽 작업실엔 구석구석이 옥수수로 차고 넘쳤었잖아. 근-데, 여긴 하나도 안 보이는데, 이제 영 옥수수가 싫어진 거여? 그런 거여?"

그러고 보니 작업실에 옥수수가 하나도 없었다. 라면도 마찬가지였다. 폐가로 작업실을 옮긴 이래 수도 없이 술에 취해 돌아왔지만 라면과 옥수수를 사들고 온 적은 없었다. 라면과 옥수수를 잊고 있었다. 새까맣게. 그리고 그 사실을 자각한 순간 이유를 알 수 없는 분노가, 자신을 향한 분노가 치밀었다. 왜 이런 분노가 느닷없이 치미는지 스스로도 당황스러웠지만 분노는 쉽게 가라앉지 않았다. 선택의 속마음을 알 리 없는 김가진이 선택의 팔을 툭 쳤다. 따지고 들기를 그만둔 얼굴이었다.

"언제 우리 집에 한번 들러. 이 말 하려고도 왔어. 좋은 그림이 있어서 그래. 박수근 작품이야. 그것도 진짜 수작이야. 제대로 된 그림 한번 감상해봐. 어렵게 구했어. 내 생각에 박수근 작품 중에 몇 손에 꼽을 정도로 단연 최고야. 난 말이지, 박수근 중에 최고는 딱 보면 알아. 아우라가 다르거든. 포스가 느껴지는 거야. 그리고 말이야…."

김가진이 은밀하게 목소리를 낮추었다.

"박수근 작품 중에 진짜 수작을 알아보는 다른 방법도 있어. 이거 비밀인데, 자네한테만 가르쳐 주는 거야. 잘 들어봐. 진짜 좋은 건 말이야, 그림 왼쪽 윗부분에 보면 'ㅂㄷ'이라고 보일락말락 작고 희미하게 사인이 되어있어. 서울시립미술관에 전시 중인 그림에도 그게 있었어. 내가 눈으로 확인했어. 물론 그 그림도 최고의 수작이고. 이번에 내가 구입한 것도 그렇고. 어때? 한번 보러 올 거지?"

김가진이 괜히 친한 척 선택의 어깨를 툭툭 쳤다. 선택은 가타부타 대꾸를 하지 않았다. 선택은 옥수수와 라면을 생각하고 있었다. 그리고 아직도 끓어오르고 있는 이유를 알 수 없는 자신을 향한 분노도.

그날 저녁 선택은 잡지사와 인터뷰를 마치고 관계자들과 술을 마셨다. 심하게 취하도록 마셨다. 그러던 중 그의 가슴에서 끓어오르던 낮의 그 분노가 임계점에 이르러 마침내 폭발했다. 빈대떡으로 유명하던 대폿집 탁자를 뒤집어엎고 길 가던 행인들에게 시비를 걸었다. 옆집 칼국수 가게 입간판도 발로 차 부수었다. 끝내는 경찰 지구대에 끌려갔다가 잡지사 관계자들이 싹싹 빌어서 겨우 풀려났다. 그렇게 풀려난 뒤, 여전히 인사불성인 상태로 돌아오는 길에 그는 라면과 옥수수를 샀다. 몇 달 만에 처음이었다.

그날 밤 선택은 꿈을 꾸었다. 인형들의 꿈이었다. 그는 인형들에게 집단 린치를 당하고 있었다. 2미터는 됨직한 헬로키티가 뒤에서 그의 목을 두 손으로 움켜쥐고 졸랐다. 전혀 아기 같지 않은 거대한 아기공룡 둘리는 그의 오른발을 이빨로 물고 잡아끌었다. 한편 뽀로로와 뿡뿡이는 팔을 하나씩 뒤로 꺾어 쥐고 있었다. 곰돌이 푸와 뿌까는 자기 방어 능력을 상실한 그의 머리와 가슴과 배에 차례대로 펀치를 날렸다. 인형들의 주먹이랍시고 우습게 여겨서는 안 된다. 맞아보면 거의 핵주먹 수준이다. 네 벽과 천장과 바닥 말고는 문 하나 없이 텅 빈 어둑한 밀실이 던지는 공포는 그 핵주먹의 위력을 더욱 배가시켰다. 그렇다고 소리를 지르지도 못했다. 입은 찢어져라 벌어진 채로 짱구의 커다란 머리로 틀어막혀 있었다. 다만 발버둥만 쳤다. 무기력하게.

살인 - 거꾸로 매달린 자

이을태, 43세, 딸이 죽도록 방치한 놈이다. 10년 전, 딸이 죽어가는데도 게임에 미쳐서 모른 척했다. 혼자 놀던 세 살배기 딸은 다락방 가파른 계단을 기어오르다 미끄러져 뒤로 굴렀다. 다락방 문고리에 옷이 걸려 바닥에 내동댕이쳐지지는 않았으나 거꾸로 매달려버렸다. 그렇게 매달린 채 몇 시간을 울다가 죽었다. 그동안 이놈은 게임만 했다. 헤드폰을 끼고서. 그 죗값을 여섯 달 감옥살이로 때웠다. 과실치사란다. 그러니 이놈은 나에게 죽어야 한다.

거칠 것 없이 놈의 집으로 쳐들어간다. CCTV 따위 신경 끈 지 오래다. 대문 열쇠? 필요 없다. 훌쩍 담을 넘는다. 잠긴 현관문이야 쇠지레질 한 번으로 뜯어버린다. 거실의 등은 꺼져있다. 집 안은 조용하다. 놈은 잠들어있다. 놈을 처리하기 전에 먼저 조치해두어야 할 게 있다. 놈의 재혼한 아내가 소리치지 못하도록 해야 한다. 여자를 먼저 깨운다.

"쉬, 쉬, 쉬!"

여자를 조용히 시킨 뒤 손과 발을 묶고 입도 막는다. 여자는 바들바들 떨기만 할 뿐 숨도 제대로 쉬지 못한다. 여자를 다른 방으로 옮겨놓고 놈에게로 돌아온다. 놈의 차례다. 딸이 죽을 그때의 그 고통과 두려움을 똑같이 맛본 뒤 죽어야 한다. 주먹으로 놈의 옆구리를 가격한다. 눈을 뜨는 놈의 면상에 주먹을 날려 제압한다. 너무 세게 쳤나, 기절해버렸다. 침대에서 끌어 내려 침대에 기대 앉혀놓는다. 놈의 코와 입에서 흘러내린 피가 티셔츠 앞가슴을 축축이 적시고 있다. 옷장을 뒤져 속옷 가지를 꺼내 놈의 입을 틀어막는다. 가져간 노끈으로는 손을 뒤로 당겨 묶고 발도 묶는다.

이제 제단을 만들어야 한다. 아버지란 이름을 가진 놈들에게 방치되어 죽음을 당한 딸들을 위한 제단이다. 꼭 알맞은 화장대가 있다. 화장품을 쓸어다가 침대 위에다 던져놓고 양초에 불을 붙여 화장대에 세운다. 이로써 준비는 끝났다. 제물만 바치기만 하면 된다. 침실 문의 손잡이에 밧줄을 묶고 그것을 문 위로 던져 반대편으로 넘긴다. 놈을 끌어다가 그 넘어온 밧줄에 놈의 발목을 바짝 위로 당겨 묶는다. 놈은 이제 머리가 바닥에서 10센티가량 떠서 거꾸로 매달려있다. 놈이 방치했던 딸이 그랬던 것처럼.

정신이 들었는지 놈이 소리를 지른다. 입이 막혀 있으니 웅얼대는 콧소리 그 이상도 그 이하도 아니다. 그래도 들어준다. 놈의 말에 귀를 기울여보려는 게 아니다. 동정심 때문은 더더욱 아니다. 나는 놈의 절망과 두려움을 즐기고 있다. 그 즐거움으로 나는 기다린다. 놈이 죽은 딸의 고통과 두려움을 이해할 때까지.

놈이 목울대를 꿀럭댔다. 피가 기도를 막은 모양이다. 질식사해버릴지도 모르겠다. 그렇다고 입에다 쑤셔 넣은 속옷을 뽑아내고 싶은 마음도 없다. 놈의 악다구니가 온 동네를 깨울 것이다. 어쩔 수 없다. 질식사보다는 더한 고통을 주어야 한다. 품에서 칼을 꺼내 든다. 주저 없이 놈의 몸뚱이를 가른다. 놈의 코로 뭉개진 비명이 터져 나온다. 몸부림치는 놈이 뿜어내는 공포가, 고통의 절규가 방 안을 채운다. 난도질은 이어지고 이어진다.

언제부터인가 또 다른 곳에 가 있다. 그곳에서도 사람을 죽이고 있다.

또 그놈이다. 한갑태를 죽일 때 환영처럼 나타나 나에게 죽임을 당하던 놈이다. 나는 놈을 이을태처럼 난도질한다. 이놈, 누군지도 모르는 이놈은 한갑태를 죽인 뒤로 지난 몇 달 동안 지치도록 나를 불편하게 했다. 자석이 쇠붙이를 당기듯 시도 때도 없이 나를 끌어당겼다. 그럴 때마다 정신이 흐트러지는 경험을 해야 했다. 혼의 일부가 끌려가 버린 것만 같았다.

그놈이 사라지고 정신이 돌아온다. 눈앞엔 난도질된 이을태가 거꾸로 매달려있다. 죽어있다. 칼을 쥔 손을 내리고 허리를 똑바로 편다. 내가 또 커져 있다. 한 뼘은 더 커졌다. 저절로 고개가 아래로 숙여진다. 피 웅덩이가 방바닥을 도배해놓았다. 나의 발은 그 핏물에 잠겨있다.

오늘의 일은 이로써 끝났다. 이곳을 벗어나기만 하면 된다. 그런데도 발이 떨어지지 않는다. 떠나지 못하도록 나를 붙드는 것이 있다. 손에 쥔 칼을 떨어뜨리고 피 웅덩이에 주저앉았다. 등은 벽에 기대고 야단맞은 아이처럼 두 무릎은 세워 두 팔로 감쌌다. 이 살인 행위에 대한 도덕적 또는 인간적 회의 때문은 아니다. 아무래도 마무리 짓지 못한 일이 있는 것만 같다. 그것을 찾아야 할 것 같다.

벌써 몇 시간째 나는 꼼짝하지 않고 피 웅덩이에 앉아있다. 눈은 침대 머리맡의 탁상시계를 응시하고 있다. 두 개의 차임벨이 달린 동그란 은빛 탁상시계다. 그렇다고 시계란 것이, 혹은 시간이란 것이 특별한 의미가 있어서가 아니다. 시계는 말할 것도 없고, 시간 따위 내겐 아무 의미도 없다. 나에게 시간이란 무의미의 영역에 놓인 숫자에 불과하다. 그런데도 시간을 가리키는 숫자들에서 눈을 떼지 못한다. 이유는 모르겠다. 불길한 예감에 이끌려 무엇을 기다리고 있는 것 같기도 하다. 내게 의미를 가진 어떤 시간을 기다리고 있을 수도 있다. 시간의 무의미성 가운데에서 유일하게 의미를 가진 시간을.

9시 53분을 몇 초 앞두고서야 나는 무엇을 위해 그 동그란 은빛 탁상 시계를 줄곧 지켜보고 있었는지, 이 행위가 목표하는 바가 무엇인지를 알았다. 정확히 9시 53분, 아이 머리통만 한 나의 주먹을 휘둘러 시계를 한 방에 부수어 버린다. 이로써 이놈의 시계에 있어서만은 시간이 영원히 9시 53분에 머물러있게 된다. 그 이후의 시간은 결코 이 세상에 존재하지 않는다. 결코 다시는.

이것이 시계를 지켜본 이유였다. 시간을 멈추는 것, 그 이후의 시간을 지워버리는 것. 그러나 왜 9시 53분에 시간을 멈추어야 하는지 그 이유를 나는 갖고 있지 않다. 다만 그래야만 할 것 같다.

방을 나서려다 멈춘다. 9시 53분에 멈추어선 시계가 낮은 소리로 속삭여왔다. 한갑태를 죽일 때의 그 인형들처럼 너는 누구냐고. 이 속삭임에 귀를 기울인다. 속삭임은 칼날과도 같이 파고들어 몸속 한 곳을 찢고 틈을 벌려놓는다. 그 틈으로부터 새어 나오는 것이 있다. 또 그놈의 뒤엉켜 뚤뚤 뭉쳐진 검은 붕대 덩어리 같은 것이다. 그것의 정체는 이미 알고 있다. 내가 그 면면을 들여다볼 수 없는 나의 기억 덩어리이다. 무거운 덩어리다. 그 무거움이 나를 압박한다. 그 때문인가, 나는 내가 누군지 모른다는 사실을 새삼 자각한다. 내가 모르는 것은 그 밖에 또 있다. 살인의 이유이다. 물론 이놈은 죽어 마땅한 놈이다. 그러나 다른 누구도 아닌 하필 왜 내가 이놈을 죽여야 하는지는 모르겠다.

9시 53분

불안했다. 눈을 뜨면서부터 그랬다. 지난번 촛불 살인사건이 터진 다음 날 아침처럼 꼭 무슨 일이라도 저지른 것만 같았다. 어제도 폭음을 했었고 혹시나 해서 지난밤 일을 되짚어보아도 원인이 될 만한 걸 찾을 수 없었다. 그러자 선택은 확신했다. 누군가가 살해당했음이 분명하다고.

"일찍 일어났네."

거실로 나선 선택을 혜리가 맞았다. 출근 준비를 마친 혜리는 집을 나서려는 참이었다.

"어제는 뭔 술을 또 그렇게 마셨어? 그러고도 집 찾아오는 거 보면 용해."

혜리를 상대하기보다 더 급한 것이 있었다. 타들어 가는 목을 위해 우선 갈증부터 해결해야 했다. 냉장고를 열어 2리터들이 생수병을 꺼내 들고 병째 들이켰다. 겨우 급한 불을 끈 뒤에야 말을 건넸다.

"검사는 받았어?"

"아니. 다음에 하지 뭐."

혜리다웠다. 벌써 몇 달 전부터 이유 없이 피곤하다며 종합검사를 받아보겠다더니 바쁘다는 핑계로 차일피일 미루고 있었다. 어제도 또 다음으로 미룬 모양이었다.

"밥 챙겨 먹어."

혜리는 의식적이다 싶게 씩씩하게 피난 보따리 같은 캔버스 백을 어깨에 둘러멨다.

"반찬거리랑 속옷은 식탁 위에 놔뒀어. 갈게."

혜리가 현관문을 밀치고 바깥으로 나서는 모습을 지켜보다가 식탁 의자에 엉덩이를 내렸다. 식탁 위에는 김치, 콩나물 무침, 제육볶음, 두부 부침개 따위가 담긴 접시들이 가지런히 놓여있었다. 그 뒤로는 며칠간 폐가 작업실에서 먹을 반찬거리와 입을 속옷이 담긴 종이 쇼핑백도 보였다. 혜리는 3, 4일에 한 번씩 이런 쇼핑백을 폐가 작업실로 날라다 주었다. 그는 한두 달에 한 번꼴로, 어제처럼 술이 떡이 되어서만 집에 들렀다.

차려진 음식은 먹음직스러웠으나 넘어갈 것 같지 않았다. 작업실로 가야 한다는 생각뿐이었다. 종이 쇼핑백만 집어 들고 도망치듯 집을 나섰다. 그런데 그놈의 버스 정류장에서 또 그 807호 여자를 만났다. 집에 들른 다음 날은 어김없이 이 여자와 마주친다. 집을 나서는 기척을 아래층에서 살피고 있었던 게 분명했다.

"축하합니다~아."

여자가 리듬을 실어 말꼬리를 올렸다. 그 올림이 꽤나 어색했다. 축하하고픈 마음이 전혀 없으면서도 축하 인사를 건넬 때의 그런 어색함이랄까. 아니면 빈정대고 싶지만 그 속내를 숨겨야 할 때라든가.

"뭘요?"

"유명해지셨더라구요. 그림도 비싸게 팔리고."

이건 칭찬이 아니다. 못 들은 척했다. 물론 여자는 아랑곳하지 않았다.

"이제 곧 부자 되시겠어요. 근데 너무 많이 희생하신 거 아니에요? 혼자 잘되면 뭐해요. 가족이 다 잘돼야지."

"가족이 다 잘?"

"그래요. 가족이 다 잘."

여자가 비쩍 마른 얼굴에 해골 같은 웃음을 지었다. 그 웃음은 틀림없는 비웃음이었고 힐난이었다. 하지만 왜? 가족 중에 누가 그를 위해 희생했다는 건가? 혜리가? 사실 혜리가 고생을 좀 하기는 했다. 그렇지만 희생이라고까지 할 건 없다. 전업주부로 살지 못했다고 희생이라고 하지는 않는다. 비록 힘들게 살긴 했어도. 더군다나 그 수고에 대한 보상을 지금 해주고 있다. 그림 판매 대금은 전액 혜리에게 맡겼다. 그런데도 죄인이라도 된 것처럼 여자의 눈을 마주볼 수가 없다. 다 알고 있지 않냐는 투로 선택을 빤히 노려보는 여자의 눈을. 선택을 구한 것은 버스였다. 버스가 도착하자마자 달아나듯 버스에 뛰어올랐다.

짐작대로 푸두리가 작업실에서 기다리고 있었다. 두툼한 황갈색 봉투를 들고 승리를 예감하는 미소를 애써 감춘 채로. 선택이 들어서자 푸두리는 황갈색 봉투를 앉은뱅이 탁자 위에 소리 나게 툭 던졌다.

"뭔지 알겠지?"

봉투를 집어 그 내용물을 꺼내 들었다. 첫 사진부터 인상이 찌푸려졌다. 온몸이 난도질되어 거꾸로 매달린 시신이라니. 이어지는 사진들도 마찬가지였다. 난도질된 피살자를 신체 부분별로 나누어 근접 촬영한 것들이 전부였다. 예외라면 불살귀가 주저앉았을 거라고 짐작되는 피웅덩이에 찍힌 둥그런 엉덩이 자국 사진 두 장 정도. 그리고 이번에도 그 사진들이 보여주는 사건 현장을 이미 경험한 듯한 기시감은 어김없었다. 그는 거기 그 현장에 있었다. 그는 어쩌면 사진 속의 이놈을 죽였을지도 모른다. 난도질된 이놈을.

"이름은 이을태, 딸이 죽어가는 것도 모르고 게임만 해댄 놈이야. 겨우 세 살 된 딸이 다락 계단에서 미끄러져 문 손잡이에 거꾸로 매달려 버렸는데, 이놈은 게임에만 빠져있었다는군. 헤드폰을 끼고 있어서 애가 울어대는 것도 몰랐다는데 아닌지도 모르지. 부양하기 성가신 딸이 죽기를 바랐을 수도 있으니까. 이런 책임감 없는 놈이라면 그럴 가능성이 높지. 증거는 없지만."

푸두리의 목소리가 사라지고 하나의 영상이 환각과도 같이 눈앞에 펼쳐졌다. 오래되어 변색된 사진처럼 주변이 흐려진 그 영상은 눈을 감고 지하철 객차에 앉아있는 선택을 보여주었고, 이어서 선택과는 제법 떨어져 앉은 한 여자아이도 보여주었다. 중년의 여인과 나란히 앉은 그 여자아이는 뺨을 때렸던 그 꿈속의 하주처럼 얼굴이 뭉개져 있었지만 그의 딸 하주임을 한눈에 알아보았다. 혹시라도 뭉개진 얼굴이 아닌 본모습의 하주를 볼 수 있을까 하는 기대에 선택이 앞으로 목을 쭉 뺐다. 안타깝게도 하주는 자신의 얼굴을 보여주지 않았다. 곧 영상 속 중년의 여인이 일어나면서 하주의 옆자리가 비었다. 영상 속 선택이 눈을 떴다. 선택은 그 사실을 확인했으나 몸을 움찔했을 뿐 몸을 일으키지는 않았다. 영상 속의 그는 비어있는 하주의 옆자리로 가지 않았다. 그는 딸을 혼자 내버려두었다. 그것이 선택에게 분노를 불러일으켰다. 격심한 분노를.

"그럴 거지?"

푸두리의 재촉에 영상이 사라졌다. 선택은 대꾸하지 않았다. 그럴 여력이 없었다. 그는 분노를 가라앉히려 애쓰고 있었다. 또한 그 짧은 영상이 왜 이리도 격한 분노를 불러일으켰는지 이해하려 애쓰고 있었다. 하주의 옆 빈자리로 가지 않았다고 해서? 하주를 혼자 내버려두었다고 해서? 단지 그것 때문에? 알 수 없었다. 알 수 없는 것은 더 있었다. 그 영상이 왜 이 순간, 딸을 내팽개친 이을태를 언급하는 이 순간 떠올랐을까.

"어때, 이번엔 설치 작업 시도해보는 게?"

푸두리의 목소리에 정신을 차렸다. 선택은 간신히 고개만 저어 대답을 대신했다.

미리 주문해 둔 캔버스가 있어서 작업은 바로 시작되었다. 작업구상도 즉각적으로 머리를 채웠다. 사실이지 구상이랄 것도 없었다. 난자되어 방문에 거꾸로 매달린 피칠갑의 이을태와 그 옆으로 피 웅덩이에 주저앉은 불살귀를 상상력을 동원하여 그려 넣을 것이다. 그것이 다였다. 다만 이번에는 정밀 묘사의 수준은 아니더라도 붓의 터치를 최대한 죽이고 디테일을 살려 세밀하게 묘사할 작정이었다. 불살귀가 이을태에게 행한 것들을 한 부분도 놓치지 않고 그의 몸동작 하나하나를 조근조근 읽어나가면서.

작업은 계획대로 진행되었다. 먼저 거꾸로 매달리고 난자당한 이을태를 연필로 스케치했다. 이어 붓으로 물감을 먹여나갔다. 물감을 먹이는 과정은 한갑태의 경우가 그랬듯이 이을태를 난도질하는 과정이었다. 그의 붓끝은 칼끝이었고, 그가 붓질을 해나갈 때마다 그는 이을태를 향해 칼을 휘두르고 있었다. 마침내 이을태를 끝냈을 때 그는 이을태를 그린 것이 아니라 이을태를 죽였음을 알았다. 또한 선택은 그 거구의 미친년의 말을 충분히 이해했다. 이을태를 붓으로 죽이는 과정에는 불살귀가 함께 하고 있었다. 이것은 불살귀가 그린 그림이었다. 비록 불살귀의 실체는 아닐지라도 불살귀의 영혼이 이을태를 그렸다. 선택은 붓을 든 손끝에서 불살귀를 감지할 수 있었다.

이제 그 불살귀를 그려야했다. 문제가 있었다. 불살귀의 인상착의 관련 정보를 거의 갖고 있지 않았다. 불살귀를 대면했던 이을태의 아내도 덩치가 무지하게 크다는 것 말고는 아무것도 몰랐다. 어두웠던 데다 놀라 살필 경황이 없었다는 거다. 어쩔 수 없이 상상에만 맡겨야 했다. 현장 사진을 살피는 중에 또는 이을태를 그려나가는 중에 영감처럼 와 닿았던 불살귀의 이미지에 의존하기로 했다. 그것은 전적으로 자신의 본능과 감각에만 내맡긴다는 것을 의미했다.

이를 위해 밑그림은 생략하고 바로 붓을 들어 그려나갔다. 푸두리로부터 전해 받은 수사 기록에는 불살귀의 복장 상태도 나와 있지 않아 자신을 모델로 삼았다. 청바지와 헐렁한 면 티셔츠 바람에 머리에는 야구모를 씌웠다. 피 웅덩이에 주저앉은 자세는 그다지 고민하지 않았다. 자신이 가끔씩 취하는 두 무릎은 세우고 등은 벽에 기댄 약간은 방심한 태도를 보이는 자세를 취했다. 그럴 듯했다. 여기까지는 별다른 어려움이 없었다. 문제는 얼굴이었다. 선택은 자신에게 빌었다. 그의 붓끝이 그 윤곽과 표정과 그 내면을 잡아내기를. 누구도 보지 못한 불살귀의 얼굴을 자신만은 보아내고 자신의 붓으로 캔버스 위에다 불러낼 수 있기를.

선택은 불살귀의 얼굴을 그려나갔다. 눈과 코와 입 따위를 어떻게 그려야겠다는 계획이나 미리 상상해 품은 심상 따위는 없었다. 그저 자신만을 믿었다. 자신에게서 흘러나오는 그대로 캔버스 위로 흘려보낼 작정이었다. 선택은 그대로 했고 불살귀의 얼굴이 채 반도 완성되기도 전에 선택은 알 수 있었다. 그가 붓질을 할 때마다 그의 붓끝에서 물감이 묻어나오는 것이 아니라 불살귀가 흘러나와 캔버스 위에 자신의 얼굴을 차곡차곡 쌓아가고 있다는 사실을. 자신이 불살귀를 있는 그대로 그려내고 있음을. 마침내 불살귀의 얼굴이 마무리되었을 때, 비록 불살귀를 한 번도 본 적은 없지만 캔버스 위의 그것이 불살귀의 얼굴이 틀림없다고 선택은 확신했다.

두어 걸음 물러서서 이번에는 얼굴만이 아니라 불살귀 전체를 관조했다. 거기에는 분명 불살귀가 있었다. 불살귀의 광기가, 불살귀의 분노가, 불살귀의 숨결이, 불살귀의 목소리가, 불살귀의 슬픔이, 불살귀의 고통이, 불살귀의 두려움과 외로움이 거기에 있었다. 그것은 불살귀였다. 그리고 그것은 기억나진 않지만 눈에 익은 누군가의 모습이었다.

작품이 완성됐다고 생각한 선택은 붓을 놓았다. 그러나 막 돌아서려는 순간 가장 중요한 것을 빠뜨렸다는 허전함이 그를 사로잡았다. 자세를 바로 하고 서서 캔버스를 좌에서 우로 조목조목 훑었다. 빠뜨린 건 없었다. 그럼에도 허전했다. 의자를 최대한 뒤로 밀어놓고 앉아 그림을 응시했다. 찾아야만 했다. 용을 다 그려놓고 눈동자를 찍지 않은 기분이었다. 작품 전체의 생명이 그가 놓친 그 한 점에 놓여있었다. 그 점은 그림 전체를 지배하면서, 불살귀를 지배하고, 선택을 지배하는 힘을 가지고 있었다. 그 점을 찾아야 했다.

그 점은 그림 뒤의 빈 벽에 걸린 주워온 벽시계가 찾아주었다. 벽시계가 9시 53분을 가리키는 순간 선택은 정신 나간 사람처럼 몸을 떨며 일어나 캔버스 앞으로 다가갔다. 그는 시계를 그렸다. 캔버스의 오른쪽 아래에 마치 작가의 사인처럼 시계를 그려 넣었다. 시계의 종류는 그다지 오래 고민하지 않았다. 시계를 그려야겠다고 마음먹은 순간 술술 떠올랐다. 위쪽에는 차임벨이 두 개 달리고 아래에는 발이 역시 두 개 달린 고전적인 디자인의 동그란 은빛 탁상시계였다. 시계는 무언가에 한 방

얻어맞은 것처럼 쭈그러들었고, 바늘 침은 9시 53분을 가리킨 채로 멈추어 있었다.

뒤로 물러나 그림을 확인했다. 그림이 달라져 있었다. 겨우 캔버스 한쪽 귀퉁이를 차지하고 있음에도 9시 53분에 멈춘 시계는 화면 전체를 지배하는 힘을 갖고 있었다. 불살귀도 이을태도 피 웅덩이도 촛불 제단도 모두 이 시계 하나를 위해 존재하는 것들이었다. 그것은 구도나 화면 배치상의 문제는 아니었다. 그것은 의미상의 문제였다. 탁상시계를 빼버리면 나머지 것들은 그 의미의 연결을 상실하고 뿔뿔이 흩어져 버렸다. 시계는 용의 눈이면서 심장이고 뇌였다. 그럼에도 어떤 이유로 9시 53분에 멈춘 이 조그만 탁상시계 하나가 이런 힘을 갖는지 선택은 알 수 없었다.

물론 그 힘은 시계가 아니라 9시 53분이라는 그 시각이 갖고 있음이 분명했다. 문제는 그 시각이 의미하는 바 역시도 알 수 없다는 거였다. 다만 그것이 2월 18일만 가까워지면 언제나 악몽과 더불어 깨어났던 바로 그 9시 53분과 정확히 일치한다는 점에서 그 악몽과 나아가 선택 자신과 어떤 식으로든 연결이 있을 거라는 짐작 정도는 가능했다. 그러나 선택은 그 짐작을 넘어서는 노력은 하지 않기로 했다. 악몽과 더불어 깨어났던 그 시각의 의미를 알아보려는 노력들도 모두 무위로 끝나고 말았는데, 그것이 불살귀의 살인을 묘사한 이 그림과는 또 어떤 의미상의 연결이 있을지 알아보겠다는 건 언감생심이었다.

시계가 마무리되자 그림도 완성되었다. 그런데도 선택은 붓을 내려놓지 못했다. 해결되지 못한 것이 있었다. 그것이 무엇인지도 바로 알았다. 그것은 지하철 객차 안의 딸의 영상을 본 직후에 그를 덮쳤던 그 분노였다. 그것은 하주의 뺨을 때리는 꿈을 꾼 뒤에 그를 덮쳤던 것과 같은 종류의 분노였다. 자신을 향한 그 분노는 붓으로 이을태를 난도질한 뒤에도 전혀 가라앉지 않았다. 오히려 구르는 눈덩이처럼 더 커져 있었다. 그렇게 뭉쳐지고 커진 그것은 붓과 물감이 아니라 다른 것을 원하고 있었다. 더 실제적이고 더 강한 것을.

"설치 작업을 하겠다고?"

되묻는 푸두리의 얼굴이 활짝 펴졌다.

"그래, 생각을 잘 바꾼 거야. 아주 잘했어. 평면회화는 더 이상 쇼킹한 자극을 주지 못해. 더는 관심을 끌지 못한다구."

선택이 거의 푸두리를 밀어내듯이 손을 저었다.

"그것 때문이 아니오. 관심을 끄는 것 따위. 문제는 나요. 내가 평면만으로는 만족을 못 하겠소. 나도 불살귀처럼 무엇이든 실제적인 것을, 그것도 생명이 있는 것을 짓이기고 난도질하고 싶은 거요."

"아무튼!" 푸두리가 방망이로 바닥을 쿵 찍었다. "자넨 이제야 현시대의 예술이란 걸 제대로 파악했어. 예술은 오락이야. 예술이라는 아우라를 팔면서 일상과 평범함에 지친 대중에게 신선한 일탈과 도발의 충격을 주는 것, 그것으로 그들 삶의 용렬함과 지리멸렬함을 잠시나마 잊게 해주는 위~대한 오락. 그래 구상한 건 있나?"

"살아있는 돼지를 한 마리 죽일 거요." 선택은 주저 없이 대답했다.

작업은 선택의 작업실이 아닌 다른 폐가에서 진행됐다. 준비는 간단했다. 살아있는 돼지 한 마리와 방수포 한 장, 약간의 무명천, 고무대야 하나, 그리고 비디오카메라가 전부였다. 먼저 돼지의 뒷다리를 묶어 이을태처럼 천장에 매단 뒤, 바닥에 푸른색 비닐 방수포를 깔고, 그 주위에 흰색 무명천을 이용하여 한쪽이 터진 3면 가림막을 치고, 거꾸로 매단 돼지의 아래에는 피를 받을 빨간 고무대야를 놓았다. 마지막으로 이후의 과정을 기록할 비디오카메라를 설치했다.

비디오카메라를 ON 하고서 선택은 잘 버린 칼 한 자루를 쥐고 무명 가림막 안으로 들어갔다. 돼지는 벌써부터 새된 비명을 질러댔다. 선택의 눈에 돼지는 돼지가 아니었다. 어린 딸을 방치해 죽인 비정한 아비 이을태였다. 일말의 동정심도 있을 수 없었다. 분노만이 있었다. 분노를 실어 칼을 휘둘렀다. 돼지가 요동을 쳤다. 피가 튀고 비명이 고막을 흔들었다. 선택의 칼은 다시 돼지의 살을 갈랐다. 그의 붓이 그랬던 것처럼 그의 칼끝에는 불살귀의 광기와 분노가 춤추고 있었다. 선택은 불살귀의 그 광기와 분노를 흠뻑 빨아들였다. 그것들은 하나 남김없이 살과 뼈마디 깊숙이 스며들었다. 칼이 다시 돼지를 난자했다. 옆구리, 가슴, 배, 앞다리, 뒷다리….

어느 순간 인기척이 감지되었다. 등 뒤에 누가 있었다. 단언컨대 그 정체는 불살귀였다. 불살귀가 등 뒤에 있었다. 칼을 내렸다. 돼지의 비명 사이로 거친 숨소리도 들렸다. 숨소리라면 이건 붓끝이나 칼끝에서 일렁이던 그 불살귀가 아니었다. 이것은 불살귀 그 자신이었다. 그 불살귀가 다가왔다. 불살귀는 등 뒤로부터 선택을 안았다. 불살귀는 몸속으로 스며들기 시작했다. 선택은 거부하지 않았다. 오히려 스스로 몸속 깊숙이 불살귀를 끌어들였다. 합체는 곧 끝났다. 그는 양선택이 아니라 불살귀가 되었다. 그의 몸과 영혼은 불살귀의 몸과 영혼이었다. 그 불살귀가 칼을 들었다. 칼은 똑바로 돼지의 목을 겨냥했다. 목을 찌르고 또 찔렀다. 돼지는 고장 난 분수처럼 피를 뿌려댔다. 몇 번의 짧은 경련 뒤 돼지는 죽었다. 문에 매달려 난자돼 죽은 이을태처럼 돼지는 축 늘어졌다. 돼지는 이을태였다. 돼지가 죽자 선택은 다시 선택이 되었다.

돼지 피를 뒤집어쓴 귀신 형상의 선택이 칼을 내려놓고 비디오카메라를 껐을 때는 어둑한 저녁이었다. 불살귀가 그랬던 것처럼 그는 바닥에 주저앉았다. 바닥은 돼지피로 끈적였다. 새삼 돼지를 올려다보았다. 거꾸로 매달린 피범벅의 돼지는 빙글빙글 느릿느릿 돌아가고 있었다. 역시 피범벅인 그와 별다를 바가 없었다. 돼지가 그였고 그가 돼지였다. 돼지를 난도질 한 것이 아니라 자신을 난도질한 것만 같았고, 이을태를 벌준 것이 아니라 자신을 벌준 것만 같았다. 못 볼 것을 본 것처럼 돼지를 외면했다. 고개를 떨어뜨리고 불살귀를 생각했다. 홀연히 나타나 등 뒤로부터 스며들었던 불살귀, 그것은 정말 실체로서의 불살귀였을까. 아니면 불살귀의 영혼이었을까. 그도 아니면 너무도 리얼한 환각이었을까. 등 뒤 벽 너머에서 음산한 바람이 불었다. 바람 소리에 섞여 마른기침 소리가 들려왔다. 기침 소리는 폐가 주변을 돌았다. 현관 쪽에서 들리다가 침실을 지나 주방과 욕실을 거쳐 다시 현관 쪽에서 들려왔다. 느릿느릿 끄는 발소리도 함께하고 있었다. 선택은 두 팔로 무릎을 감싸 안고 허리를 웅크렸다. 너무 많은 것들이 그에게서 일어나고 있었다.

다음 날 분돌이 찾아왔다. 근래 그는 술만 마셔대는지 찌들대로 찌든 얼굴에 갈지자걸음으로 벽을 짚으며 작업실로 들어섰다. 서 있기도 힘든지 의자에다 바로 몸을 내던졌다. 그래도 눈만은 살아있었다. 그 눈이 선택의 완성된 그림을 찢듯이 훑어 내렸다. 그 눈이 다시 선택에게로 돌아왔을 때 그는 그림을 입에 올리지는 않았다.

"돼지를 봤네."

"그−럴 수밖에 없었습니다."

선택은 괜히 미안했다. 분돌은 설치 작업을 좋아하지 않았다. 분돌에게 그런 것은 예술의 정신을 갉아먹는 한갓 눈요깃거리 무대 쇼에 불과했다.

"그렇게도 죽이고 싶었나?"

"무-슨? 아, 돼지요. 아시잖습니까. 돼지를 죽이는 게 아니라 이을태라는…."

배분돌이 꿈틀꿈틀 몸을 일으켰다. 한 손으로 의자 등받이를 짚고서 삐딱하니 선택을 쳐다보았다.

"돼지 이야기도, 이을태라는 자의 이야기도 아니네. 자네를 두고 하는 말이네. 자넨 꼭 죽이고 싶은 자가 있지 않았나. 지금도 그놈을 죽이고 싶은가?"

"뭐라 하시는지? 제가 누굴…."

배분돌이 의자를 짚지 않은 손으로 자신의 옆머리를 톡톡 두드렸다. 선택은 바로 알아들었다. 그의 자살 시도를 두고 말하고 있었다. 분돌이 의자를 짚었던 손을 떼고 허리를 폈다.

"어쨌든, 다른 건 다 놔두고 그림만 봐서는 아주 좋아졌어. 조금만 더 나아가면 자네가 원하는 그 예술의 완성이란 것에 이를 수도 있겠어. 좀 더 분발하게나."

분돌은 비척비척 현관으로 걸어갔다. 문 대용의 합판이 치워져 뻥 뚫린 현관 바로 앞에서 그는 남은 할 말이 있는지 돌아섰다.

"어쨌든 자네는 용기가 있어. 난 그런 용기가 부럽네. 죽든 살든 말이지."

분돌은 몸을 돌려 현관을 빠져나갔다. 선택은 한동안 서 있다가 의자에 몸을 던졌다. 분돌이 떠나고 한 시간도 지나지 않아 푸두리가 들렀다. 그는 완성된 돼지 작품을 보고 왔다며 그것을 두고 요란한 찬사를 퍼부은 뒤, 어딘지 의심스럽다는 얼굴로 꺼림칙한 말을 남기고 떠나갔다.

"난도질당한 돼지를 보고 떠오른 건데. 살인을 소재로 작업을 해보라고 제안한 건 나지만 요즘 보면 자네가 더 적극적이야. 혹시 누구 진짜로 죽여버리고 싶은 사람 있는 거 아니야?"

입을 맞추기라도 했다는 건가. 분돌과 푸두리는 비슷한 말을 했다. 정말 나를 죽이고 싶어서 그 대신으로 돼지를 죽였다는 건가. 혹은 다른 누군가를 죽이고 싶어서. 하지만 무엇 때문에 나를 죽이고 싶어 하겠는가. 지금 나는 예술적으로 승승장구하고 있는데. 더구나 내가 진짜로 죽여버리고 싶은 사람이 있다니. 그럴 정도로 증오나 원한을 품은 자가 세상에 있다고? 그건 아닌 것 같았다. 그럼에도 가슴 한구석이 묵직해오는 건 어쩔 수 없었다.

KIAF, 즉 한국국제아트페어에 출품된 선택의 작품은 여간한 도발과 일탈에도 꿈쩍 않던 미술계를 충격에 빠뜨렸다. 극악무도, 엽기, 잔혹, 구역질, 살인마, 악마적인 따위의 극단적인 용어들이 작품평을 대신했다. 언론 매체들도 미술계가 나가도 너무 나간다고, 예술이란 이름 하에 무엇이든지 허용되는 것은 아니라고 한목소리로 비난을 퍼부었다. 아트페어를 찾은 관람객들의 반응도 비슷했다. 난자되어 피칠갑에다 거꾸로 매달려 빙글빙글 돌아가는 돼지를 마주하자 거의가 욕설을 내뱉으며 기겁하여 뒤로 물러섰다. 아이들은 울음을 터뜨리거나 심지어는 먹은 음식물을 토해내기도 했다. 덕분에 첫날부터 주최 측은 관객들의 항의로 몸살을 앓았다. 아트 페어에 참여한 다른 화랑들의 반응도 마찬가지였다. 그들은 돼지의 철거를 요구하기도 했다. 그 첫째 이유는 악취였다. 난자된 돼지를 폐가에서의 그 모습 그대로 아무런 뒤처리도 않고 전시장에 매달아 두었던 것이다.

사실 죽은 돼지를 출품하겠다고 했을 때, 서왕모 화랑에서는 난색을 표했었다. 설치 작품 제작 과정을 기록한 영상 작품과 회화 작품만 출품하자고 했다. 그러나 선택이 우겼고 푸두리가 옆에서 거들었다. 이에 화랑 측에서는 한발 물러서서 죽은 돼지의 내장을 걷어내고 나머지 부분에는 최소한의 방부처리라도 하자고 제안했으나 선택은 이마저도 거절했다. 결국 어떤 화학적 조치나 외형적 변형이 없이 원형 그대로 아트 페어에 출품되었다. 피가 튄 3면의 무명 가림막, 바닥에 깔았던 파란 비닐 방수포, 굳은 돼지 피가 반가량 차 있는 피를 받았던 빨간 고무 대야, 가장 중요하게는 난자되어 거꾸로 매달린 죽은 돼지. 그 결과가 아트 페어를 가득 채운 악취였다. 그 악취가 증명하듯 점점 부패가 진행되면서 가스가 차오르는 내장은 언제라도 터질 것처럼 부풀어 올랐고, 파리는 몰려들어 죽은 돼지를 새까맣게 뒤덮었다. 그 파리들 사이로 하얀 구더기들이 덩어리로 뭉쳐서 꾸물댔다. 이러니 작품 철거를 요구하는 것도 당연했다.

그러나 죽은 돼지가 몰고 온 파장은 이 정도로 그치지 않았다. 이튿날 동물보호단체에서 동물학대죄를 들어 선택을 피고소인으로 하는 고소장을 제출했고, 아트 페어가 개최되는 삼성동 코엑스 앞 인도에서는 항의 집회가 개최되었다. SNS로 연결되어 전국에서 몰려온 항의자들이 수백이나 되었다.

'그는 예술가가 아니다. 학살자다.'

'예술보다 생명, 생명의 소중함을!'

'돼지보다 못한 놈, 너부터 매달아라!' 따위의 구호가 적힌 피켓들이 인도를 가득 메웠다. 언론들도 덩달아 신이 났다. 해외 언론들까지 가세했다. 그런데 재미있는 사실은 오히려 관객이 더 늘었다는 것이었다. 첫날보다 2~3배의 관객이 몰려들었다. 그들은 코를 감싸 쥐고 욕을 해대면서도 피칠갑의 죽은 돼지 앞으로 몰려들었다.

이러한 언론과 대중의 관심이 최고조에 이른 것은 돼지가 전시되고 3일째였다. 이날 아침, 부패해 흐물흐물해진 돼지의 뒷다리살이 더는 자신의 무게를 견디지 못하고 자신의 몸뚱이를 중력의 법칙에 양보해버렸다. 뒷다리 두 개를 허공에 남기고서 돼지는 시멘트 바닥과 충돌했고, 부풀어 오를 대로 올라 팽창계수에 있어서 임계점에 다다른 돼지의 내장은 그 즉시 폭발했다. 그 여파로 썩은 살점과 구더기들이 파편이 되어 사방으로 튀어 올랐다. 물론 이 과정은 그 앞에 진 치고 있던 카메라들에 의해 낱낱이 기록되어 그날 거의 모든 주요 언론의 뉴스를 탔고, 유튜브, SNS 공간을 날아다녔다. 그리고 그 결과는 분명했다. 항의 집회자들이 초라해 보일 정도로 장사진을 이루며 오후부터 밀려든 관객들이었다. 주최 측은 이 열광적인 호응에 부응하여 전시장을 24시간 오픈하기로 유래 없는 결정을 내렸다.

"성공이야! 대성공!"

작업실로 뛰어든 푸두리가 요란을 떨었다.

"내가 뭐랬어. 밀려드는 관객들을 봐. 바로 그거야. 사람들이 원하는 건 그런 거라구. 더 직접적이고 더 노골적인 거. 자넨 제대로 그 점을 꿰뚫은 거야!"

푸두리의 호들갑 탓만은 아니지만 선택은 괜히 화가 났다.

"그래서요? 그 사람들 불구경 나온 사람들 아닌가요. 그 사람들이 이 을태가 왜 죽었고, 내가 왜 돼지에 난도질을 했는지 한 번이라도 생각한 답디까. 그들은 그저 내 작품을 욕하고 조롱하러 온 겁니다. 미술계도 그래요. 전에는 얼토당토않은 소리라도 지껄여대며 그래도 내 작품을 두고 뭐든 얘기들을 해보려고도 했었는데, 이젠 그런 것도 없습니다. 그 저 언론을 얼마나 탔느냐, 사람들이 얼마만큼 관심을 갖고 있느냐, 얼마 나 유명하나, 그런 말들밖에 없지요."

"바로 그거야, 그거. 유명! 조롱을 하든 욕을 퍼붓든 자네가 알려졌다 는 것. 바로 명성, 그 명성이 자네가 이룩한 걸 설명해주지 자네가 이룩 한 것이 명성을 설명해주지는 않아."

"허, 그래요? 그래서 내가 뭘 이루었죠, 지금의 명성으로."

"아~주 큰 걸 이루었지. 방금 자네 작품이 팔렸어. 그것도 매우 고가에."

선택이 뚱하니 관심 없다는 반응을 보였지만 주춤할 푸두리가 아니었다.

"물론 죽은 돼지는 가져가지 않고 회화 작품과 제작 과정을 녹화한 영 상 작품만 가져가겠다고 했지. 한데, 누가 사 갔는지 아나? 사치, 찰스 사 치가 사갔어. 사치의 컬렉션에 자네 작품이 포함된 거야."

선택으로선 잠깐 멍했다. 찰스 사치라니. 사치는 영국의 컬렉터로 세 계에서 가장 유명한 컬렉터들 중의 하나다. 그의 컬렉션에 포함된다는 것만으로도 그 작가의 작품가를 치솟게 만드는 그런 영향력을 가진 자 이다. 그런 사람이 선택의 작품을 구매한 것이다. 그것만으로도 그는 이 제 명실상부 세계적 작가의 반열에 올라선 셈이었다.

"조금은 아쉬워."

푸두리가 정말이지 아쉽고도 안됐다는 투로 중얼댔다.

"너무 성급하게 넘겨버린 게 아닌가 싶어. 지금 추세로 판단해서는 삼사일만 더 끌었다면 좀 더 불렀을 수도 있었을 텐데."

"얼―마에 팔렸습니까?"

푸두리가 방망이를 좌우로 깐닥깐닥 흔들었다.

"우리 돈으로 계산해보니 9억5천."

9억5천이면 10억 턱밑에까지 올라왔다. 푸두리가 아쉬워한 이유가 그것이었다. 10억이면 푸두리는 선택의 목숨을 가져갈 수 있다.

"내일이면 언론에 대서특필 될 거야. 말이 있지 않나. 그림은 팔리면 작품이지만 팔리지 않으면 쓰레기라고. 자네의 그 썩어가는 죽은 돼지도 내일부터는 작품이 되는 걸세. 대단히 유명짜한 작품 말일세."

푸두리의 말은 사실이었다. 썩어가는 죽은 돼지는 작품이 되었다. 아트 페어를 찾은 관객들은 죽은 돼지를 두고 뒤로 물러서지도, 욕설을 입에 담지도, 비명을 지르며 울거나 토하지도 않았다. 그들은 코를 감싸쥐고서 진지하게 작품을 감상했다. 언론의 태도 또한 달라졌다. 원색적인 비난 일색에서 거창한 예술 이론을 들먹이며 죽은 돼지를 해설해내려 애쓰기 시작했다.

'……유통성이 뛰어난 상품으로서의 평면 회화를 거부한 이 죽은 돼지는 자본주의적 미술 시장의 탐욕에 대한 거대한 도전이다. 나아가 그의 작품이 내뿜는 야만성과 괴팍성과 반대중성은 자본주의가 강요하는 보편성과 획일성의 폭력에 맞서는 저항으로도 읽힌다. 그리고 그 도전과 저항은 성공했다.'

이는 어느 유명 미술평론가가 어느 유명 일간지에 게재한 글의 일부이다. 그 평론가의 주장대로 저항은 성공했다. 9억5천에 작품이 팔렸으니. 그것도 찰스 사치에게.

선택은 일약 스타가 되었다. 스타로서의 위력은 대단했다. 국립현대미술관에서 다음 작품의 구입을 의뢰해왔다. 조건도 좋았다. 구입 후 지하 수장고행이 아니라 10년 동안의 상설 전시를 조건으로 내세웠다. 권위를 내세워 가격을 후려치지도 않았다. 선택을 대리하는 서왕모 갤러리의 서정희 대표도 동의했고 선택도 동의했으나 푸두리가 거부했다. 다음 작품은 경매에 내놓아 제대로 된 값을 받겠다는 거였다. 그 의도는 말할 필요도 없었다. 기어이 10억을 넘겨 선택의 목숨을 가져가려는 작정이었다.

선택은 자신의 죽음이 걱정되거나 두렵지는 않았다. 그럼에도 이 모든 성공이 조금도 그를 기쁘게 만들지 못했다. 그는 살아있는 돼지를 난자하도록 이끈 자신이 품은 그 분노를 지울 수가 없었다. 그런 만큼 또한 같은 분노를 품었을 불살귀를 떨쳐버릴 수도 없었다. 사실이지 요 며칠 전부터 불살귀는 선택의 의식을 장악해버렸다. 그 대부분이 불살귀의 정체 문제였다. 그렇다고 불살귀가 누구이며 자신과는 어떤 연결이 있는지 등을 논리적으로 추론하여 결론을 뽑아낸다거나 하는 그런 집중적인 추구나 노력 따위와는 관계가 없었다. 한마디로 혼란이었다. 머릿속을 뒤집어놓고 여기저기에 불살귀를 던져놓았지만 그 많은 불살귀 중 어느 하나도 제대로 움켜잡지 못하고 있었다.

이 분노와 혼란으로부터의 도피처로 술을 선택했다. 더불어 폭력이 있었다. 흔히 말하는 주폭이었다. 술집에서 길거리에서 지구대나 파출소에서 그는 싸우고 부수고 주먹을 휘둘렀다. 덩달아 언론들이 살판이 났다. 기꺼이 비난들을 퍼부어댔다. 그러면서도 은근슬쩍 고뇌에 찬 진정한 예술가로 선택을 만들어갔다. 넘치는 예술적 영감과 끼와 에너지를 주체하지 못해 파괴적이고 공격적인 행동에 자신을 내맡길 수밖에 없는 고통으로 몸부림치는 예술가가 되어있었다. 선택은 이 과정들을 비웃지도, 그렇다고 즐기지도 않았다.

언제나처럼 술에 취해 선택은 작업실로 이르는 폐가 지대를 걸었다. 10월 말의 밤공기는 제법 쌀쌀했다. 처음 이곳에 자리를 잡았을 그때는 막 봄이 시작되던 무렵이었으나 벌써 가을이었다. 선택은 그 시간의 경과, 그 계절의 변화를 깨닫고는 불현듯 몸을 떨었다. 시간이라는 거대한 힘이 예정되고 계획된 목표지점으로 그를 떠밀고 있으며 그럼에도 자신은 그것으로부터 벗어날 능력도 그것에 저항할 의지도 없음을 자각하는 데서 비롯되는 절망적인 무력감이 그를 사로잡았던 것이다. 예술가로서는 성공하고 있지만 인생의 종착역을 향해 브레이크 없는 폭주기관차처럼 달려가는 자신을 제3의 눈으로 쳐다보는 기분이라고나 할까.

"양선택 씨?"

등 뒤로부터의 목소리에 걸음을 멈추었다. 몸을 돌리니 방금 지나쳐 온 골목 어귀 어둠 속에 두 사람이 뒷짐을 지고 서 있었다. 둘 중에 키는 작지만 어깨가 딱 벌어진 남자가 한 걸음 앞으로 다가섰다.

"양선택 씨 맞죠?"

"내가 양선택이 맞소만."

"푸두리라고 알지요?"

어깨가 벌어진 남자가 다짜고짜 캐묻고 들었다. 남자의 몸가짐과 말투에서는 희미한 적의마저 풍기고 있었다.

"도깨비 말이오!"

뒤에 처져있던 남자가 성마르게 나섰다. 선택이 술기운에 발끈했다.

"알고 있소! 그래서 무슨 일이오!"

"푸두리는 지금 어디 있소?"

"난들 어찌 알겠소. 그리고 푸두리는 찾아서 뭐하려고 그러오."

"이보시오. 질문은 우리가 하는 거요. 대답만 하시오!"

"그만하게."

어깨가 벌어진 남자가 말리고 나섰다. 남자는 뒷짐을 쥔 그대로 한 걸음 더 선택에게로 다가섰다.

"미안하오. 초면에 실례가 많았소. 나는 신이징이라 하오. 여기 이 친구는 두두리라고 하오. 우리 둘도 푸두리처럼 도깨비요. 이렇게 당신을 찾아온 건 푸두리를 찾기 위해서가 아니오. 푸두리야 마음만 먹으면 얼마든지 찾아낼 수 있소. 실은 당신에게 경고와 더불어 기회를 제공해주기 위함이오. 잘 들으시오. 무엇보다 푸두리를 조심하시오. 그는 매우 위험한 인물이오. 당신이 원하는 바를 다 들어준 뒤에 당신의 생명을 노릴 거요. 그래서 말인데…."

선택이 실소를 터뜨렸다. 뒷북이나 치고 있다니.

"나는 이미 푸두리와 계약을 맺었소."

신이징이라고 자신을 밝힌 남자가 뒷짐을 풀었다. 오른손에는 방망이가 들려 있었다. 사실은 움켜쥐고 있었다. 당장 휘둘러대기라도 할 것처럼. 말하자면 선택은 그의 뒷말을 잘라먹은 것도 모자라 그를 비웃기까지 한 거였다. 신이징은 그러나 방망이를 휘두르지는 않았다. 말을 했다.

"그 정도는 우리도 알고 있소. 오주섭이란 작자가 만든 그 이상한 약도 마셨겠지. 문제는 푸두리가 당신을 놓고 매우 위험한 게임을 벌이고 있다는 거요. 푸두리는 당신의 영혼만이 아니라 당신을 이용해서 불살귀의 영혼도 집어삼키려 하고 있소. 당신도 알다시피 불살귀는 리벨룽의 피를 뒤집어쓰면서 허미타찰에서는 어느 누구도 죽일 수 없는 존재가 아니오. 그런 영혼을 푸두리가 빨아들인다면 푸두리는 불살귀보다 더 두려운 존재가 되는 거요."

"그래서요? 그게 나하고 무슨 상관이 있다는 거요?"

사실이지 불살귀에게 개인적 관심을 갖고 있다고 해서 불살귀를 집어삼키려는 푸두리를 반대하거나 막아설 생각도 없을뿐더러, 푸두리가 불살귀를 삼켜 모두가 두려워하는 존재가 된들 또 어떠랴 싶었다.

"왜냐면 푸두리는 불살귀의 영혼을 빨아들인 뒤에는 바로 당신의 영혼도 흡수해버릴 수도 있기 때문이오."

"말하지 않았소. 나는 푸두리와 계약을 맺었다고. 내 요구사항을 다 이루어주기 전에는 그런 일은 없을 것이오."

신이징이 안됐다는, 조소에 가까운 웃음을 빼물었다.

"순진하시군. 당신, 주섭의 약을 먹지 않았소? 그 약의 정체를 모르는 모양인데, 그 약은 당신을 죽음의 세계로 깊숙이 끌어들이는 약이오. 따라서 푸두리가 맺은 당신과의 계약도 산 자와의 계약이 아니라 죽은 자와의 계약이 되는 거요. 이게 무슨 의민지 아시오. 이것은 푸두리가 계약 따위는 상관하지 않고 당신의 영혼을 취할 수 있음을 의미하는 거요. 왜냐면 당신은 죽음의 세계인 푸두리의 세계에 깊숙이 발을 담그고 있으니까. 알겠소? 그런데도 당신이 아직 살아있는 건 불살귀 때문이오. 불살귀를 잡기 위해 당신이 필요하니까."

이건 생각도 못 했다. 주섭의 약이 이런 의미가 있을 줄이야. 그 약을 먹은 이상, 자신만 묶여있을 뿐 푸두리는 계약에 얽매인 존재가 아니게 된다니. 그래서 주섭도 푸두리가 협박하고 윽박질러서야 마지못해하며 약을 만들어준 모양이었다. 신이징의 말은 나름대로 설득력이 있었다. 동시에 의문도 그를 잡아끌었다.

"그렇다면 뭐하러 푸두리가 나와의 계약을 이행하려 애를 쓰는 거요. 10억 말이오. 내 그림이 10억에 팔리면 내 생명을 가져가기로 했는데 푸두리는 그 계약의 이행을 위해 꽤나 애쓴단 말이오."

"명예와 자부심."

"명-예와 자부-심?"

"그렇소. 우리 도깨비는 자부심이 강하오. 언제든지 댁의 영혼을 취할 수 있더라도 자신의 약속을 지키고 싶다는 자신에 대한 긍지를 잃지 않으려는 자부심이 그러지 못하도록 막고 있소. 허나 이런 자부심, 긍지, 명예 따위도 불살귀를 취하는 순간 무너질 수도 있소. 왜냐면 리벨룽의 피를 뒤집어쓴 불살귀를 취한다는 것은 힘을 갖는다는 것을 의미하며, 동서고금을 막론하고 힘을 가진 자는 명예나 약속 따위는 대개 중히 여기지 않기 때문이오."

그럴 듯도 했다. 이 또한 설득력이 있긴 했다.

"그러니 결론을 말하자면 기회가 있을 때 언제든 그 계약에서 바로 빠져나오라는 거요. 알겠소?"

계약에서 빠져나오라고? 그게 가능한가?

"하지만 푸두리가 원하지 않는 한 난 계약에서 벗어날 수 없지 않소."

"우리가 기회를 제공해 줄 수도 있소. 그건 푸두리와의 계약을 파기할 유일한 기회가 될 거요. 당신이 할 일은 그 기회가 왔을 때 그것을 잡기만 하면 되는 거요."

신이징은 기회라는 단어를 몇 번이나 반복해서 입에 올렸다. 그러고 보니 신이징은 처음부터 기회를 언급했었다. 경고와 더불어 기회를 제공해주기 위해 찾아왔다고. 신이징이 설명을 이었다.

"무슨 말이냐 하면, 당신이 푸두리와 '영혼 거래' 계약을 맺었다고 푸두리와 우리들 앞에서 증언을 하면 우리는 푸두리를 체포하게 된다는 거요. 그리고 푸두리가 우리에게 체포되는 순간 당신은 자유를 얻게 되는 거요. 그것이 당신에게 주어지는 기회요. 당부 삼아 하는 말이지만 의리나 양심 같은 건 이런 일에 개입시키지 마시오. 영혼 거래는 도깨비 사회에서는 용납되지 않는 짓이요. 엄격히 금하는 불법 행위요. 더구나 당신은 나름 얻을 만큼 얻지 않았소. 성공한 예술가로서 대접받고 부와 명예를 누리고 있지 않소. 물론 당신이 원하는 정도에는 아직 못 미칠지도 모르겠지만."

잘 생각해볼 필요도 없이 유혹적인 기회이자 제안인 것만은 분명했다. 약간의 도덕심만 저버리기만 하면 되는. 그렇다고 그의 마음을 사로잡을 정도는 아니었다. 그에게는 죽든 살든 혹은 푸두리가 그의 영혼을 가져가든 말든 그다지 큰 관심이 없었다. 한편으로 새로이 일어난 의문도 있었다.

"그렇게 쉬운 일이요? 계약에서 벗어나는 것이. 그냥 다른 도깨비에게 그 사실을 알리기만 하면 되는."

"문제는 그 다른 도깨비를 쉽게 만날 수 없다는 것이고, 또한 우리로서도 어떤 누가 도깨비와 불법 계약을 맺었는지 알 수 없다는 거요. 지나가는 사람들을 일일이 붙들고 물어볼 수는 없는 거 아니겠소."

"그렇다면 나는 어떻게 알았소?"

"푸두리는 요주의 인물이요. 과거에 저지른 중죄로. 그러니 우리의 감시가 늘 따라다닐 수밖에 없고 그러다 당신을 포착하게 된 거지."

"그런–데, 과거의 중죄라면?"

"푸두리의 과거까지 당신에게 알려줄 필요는 없는 거 아니겠소."

맞는 말이지만 궁금했다. 그래도 더 캐묻지는 않았다. 물어도 대답해 줄 것 같지가 않았다. 선택은 입을 다물었다. 더 알고 싶은 것도 없었다.

"곧 또 보게 될 거요."

신이징이 짧은 인사말과 함께 방망이를 흔들었다. 두 도깨비는 언제 그 자리에 있었느냐 싶게 바람처럼 사라졌다.

젠장맞을 오늘따라 날이라도 잡았는지, 또 다른 예상치 못한 손님들이 작업실에서 선택을 기다리고 있었다. 수성서 형사들이었다. 그들은 자기네들이 주인이라도 되는 양 발전기를 돌려서 불까지 훤히 밝혀두고 있었다. 짐작건대 이미 작업실을 한차례 뒤졌음이 분명했다. 앉은뱅이 탁자 위의 현장 채증 사진들을 하릴없이 넘기고 있다가 선택을 맞은 그들은 자신들을 오진환과 박환수로 소개했다. 찾아온 용무는 선택이 그림의 소재로 삼은 촛불 살인사건과 관계하여 참고인 진술을 듣기 위함이라고 밝혔다. 40대 후반으로 짐작되는 강력계 형사치고는 배 둘레가 만만찮은 점퍼 차림의 오진환이 먼저 말문을 열었다. 넉살 좋고 너글너글한 말투였고 손에는 현장 채증 사진 한 장이 들려있었다.

"아따, 양 선생님 재주도 좋으십니다. 이런 사진들을 어디서 다 구하셨나 모르겠소? 우리 서에서 빼돌리신 것 같은데, 우리 서에 뒷줄 하나 제대로 박아 논 모양이십니다? 안 그려요?"

"출처를 밝힐 수는 없습니다."

선택이 오 형사의 손에서 사진을 잡아챘다. 오 형사는 '어쭈 이것 봐라'는 투로 미간을 좁혔으나 곧 원래의 넉살로 되돌아갔다.

"아, 물론 그러시겠지요. 우리도 굳이 뭐 그걸 밝혀내야겠다는 얘긴 아니고. 근디, 다 좋은디 어쩌다 이런 지랄 같은 살인사건을 다 그려보겠다고 마음을 드셨는가 모르겠소. 하고 많은 것들 중에."

"내가 무엇을 그리든 그런 질문에 대답해야 할 법적인 의무라도 있나요?"

"물론 의무는 없지요. 예술가는 그 뭐냐…. 자유, 그래 자유로운 영혼이란 걸 가지신 분들이니까, 뭘 그리든 누가 말리겠습니까―만, 재미있는 게 말이죠, 촛불 살인사건의 첫 번째와 두 번째 피살자의 입을 쑤셔 막은 넝마를 분석해보니 그―게 말이지요…."

오 형사는 게슴츠레 눈을 뜨고서 작업실 안을 두리번댔다. 그러다 바닥에 던져놓은 유화 붓을 닦는 걸레 같은 수건에 시선이 멈추었다. 그는 의자에서 느릿하니 몸을 일으켜 물감으로 얼룩덜룩한 그 수건을 집게와 엄지 끝만을 이용하여 집어 들고 돌아왔다. 그는 휙 던지듯 그것을 선택의 눈앞에 들어 보였다.

"그놈의 넝마를 분석해보니 이놈, 바로 이놈이었다는 거요. 뭐시냐, 이놈의 정의를 내린다면, 사용한 유화 붓을 석유를 부어놓은 기름통에다 씻은 뒤에 붓에 묻은 기름을 쓱싹쓱싹 닦아내는 데 쓰이는 수건이나 걸레, 이 정도 될까? 무슨 말이냐 하면 촛불 살인사건의 살인자는 화가 선생님일 가능성이 매우 높다 이 말씀이죠. 아, 양 선생님도 화가시죠? 뭐 꼭 그렇다고 양 선생님께서 그 둘, 그러니까 그 의사 자식과 놈팡이 놈을 죽였다는 건 아니고. 다만 개연성은 있다 그거지요."

오 형사는 너부데데한 얼굴로 빙글거렸고, 선택은 성마르게 불끈했다.

"그래서 이렇게 밤늦게 찾아온 거요? 내가 연쇄살인범이라고, 네 명이나 죽인?"

"이런, 미리 말씀드렸지 않았습니까. 어디까지나 개연성이라고."

침이라도 뱉어주고 싶은 능글맞은 얼굴을 하고서 오 형사가 물감 묻은 수건을 선택의 코앞에서 살랑살랑 흔들었다. 이런 코미디 같은 행동에 어이가 없어 마땅한 반응을 보이지 못하는 사이 오 형사는 수건을 원래 자리로 휙 내던졌다. 그리고 말을 이었다.

"말 나온 김에 쪼끔 설명을 더 보탠다면, 그 죽은 네 명 말이지요, 한 범인이 넷 다를 죽였을 수도 있겠지만 제 생각엔 아닌 것 같더군요. 왜 그런가 하면, 처음 두 건에서는 저 썩을 놈의 걸렌지 수건인지로 입을 틀어막았다면 다른 두 건은 현장에서 적당한 걸 집어서 사용했다는 거지요. 쉽게 설명하자면 미리 준비해 간 것과 현장 조달의 차이랄까? 이건 요즘 유명세를 타는 프로파일링이라는 그 머시기에서 말하는 범인을 특징짓는 주요한 사항이 되는 것인데, 전자가 소심하면서도 치밀한 데가 있는 성격이라면 후자는 대범하면서도 즉흥적인 데가 있다고나 할까-요? 그런-데 미술심리 전문가들의 조언을 들어본 결과 특이하게도 양 선생님의 그림은 그 두 측면을 모두 보인다는 거지요. 약간 분열적이라고나 할까. 한데, 그림이 분열적이라면 그것을 그린 작가도 분열적이겠죠? 아닌가요? 방금도 선생님께서 무심코 '네 명이나 죽인'이라고 하셨는데. 이런, 제가 쓸데없이 말이 길었습니다그려."

오 형사가 손을 홰홰 저었다. 재주도 좋게 갈퀴 같은 눈을 하고서도 겸연쩍은 표정을 만들어 보였다. 선택이 생각하기에 이 징글맞은 오 형사는 그를 연쇄살인범이라고 단정 짓고 있었다. 그것도 각기 다른 인격체로 정신까지 분열되어 그 분열된 둘이 각기 둘씩 넷이나 죽였다고. 그렇다고 이의를 제기하거나 따지고 들고 싶지는 않았다. 밉살스럽긴 해도 오 형사의 분석이 관심을 끌었다. 불살귀에게 한발 접근하는 느낌이랄까? 오 형사가 계속했다.

"아무튼 네 건 다 제단을 만들고 양초를 켜놓았다는 점에서는 동일범의 소행으로 짐작되는 측면이 없잖아 있지만, 저의 미천한 생각으로는 뒤의 두 건은 앞의 사건을 모방한 것이 아닌가 사료되는군요. 하지만 이 네 건이 공통점이 없다는 건 아니지요. 분명히 있지요. 이것에 대해선 나보다 많이 배운 우리 박 형사가 설명해보지? 하는 김에 이 살인범들 윤곽도 곁들여 좀 그려주고. 우리 양 선생님의 예술을 위해 필요할지도 모르니. 난 물 한 모금 해야겠네. 그깟 거 좀 떠들었다고 입이 다 마르네. 나도 늙었나 보다."

오 형사는 접이식 침대 머리맡에 쌓아둔 생수 하나를 집어 들더니 허락도 받지 않고 그것의 뚜껑을 따고 벌컥벌컥 들이켰다. 30대 중반으로 보이는 형사답지 않게 반듯한 샌님 냄새가 풍기는 박 형사는 오 형사를 앉은 채로 지켜만 보다가 설명을 시작했다.

"제가 생각하기에 살인사건 네 건의 공통점은 범인들이 '속죄의식'을 갖고 있다는 겁니다. 임시로 만든 제단과 그 위에 밝혀둔 촛불들이 그것을 잘 말해주지요. 이는 어제 받은 프로파일링 자료에도 잘 나타나 있습니다. 그 자료에 의하면 범인들은 모두 과거에 큰 잘못을 저지른 적이 있고, 그것이 범인들을 압박하는 죄의식으로 작용하면서 자신들을 벌하고자 하는 내면의 욕구 즉 속죄의식에 시달리고 있다는 겁니다. 그 결과 이들은 자살충동으로 이끌리게 되는데, 하지만 용기가 없거나 혹은 다른 이유로 실행에 옮기지는 못하고 그 대체물로 피살자들을 선택해서 희생 제물 삼아 죽인다는 거죠. 대리자살이라고나 할까요. 따라서 피살자들은 범인들이 과거에 저지른 잘못과 같거나 혹은 유사한 잘못을 저지른 자들일 가능성이 높다는군요. 그럼에도 그 자료에서는 결론 짓기를 이 사건이 범인들의 자살로 끝날 가능성이 높다고 합니다. 저도 같은 생각인데, 왜냐면 범인들의 본래적 또는 궁극적 목표는 잘못을 저지른 자신을 벌하기 위해 자신을 죽이는 것이기 때문이죠. 정작 죽여야 할 놈 말이지요."

"그러니까 자네 말의 요점은 이 사건의 범인들은 과거의 잘못에 대해 속죄하기 위해 자살하려 하는데, 그게 잘 안되니까 자기들하고 비슷한 못된 놈들을 골라서 죽이고 있고, 종내에는 자살을 해야지 끝장을 보게 된다는 그 말이잖아? 안 그래?"

"간추려 말하자면 그렇습니다."

"그럼 간추려 말하면 될 걸 가지고 뭐하러 길게 해. 다음부턴 짧게 짧게 좀 해."

오 형사가 괜하다 싶은 짜증을 부렸다. 그러나 금세 표정을 싹 바꿔 만면에 웃음을 띠고 선택을 돌아보았다.

"근디, 양 선생님. 선생님도 속죄의식이니 어쩌구 하는 그런 걸 갖고 있지나 않은지 모르겠습니다. 속죄의식을 가진 살인자들만 그려대는 걸로 봐서요. 뭐 아니면 그만이고."

선택은 긴장했다. 이놈의 형사는 무언가를 알고 있음이 분명했다. 지금은 주위를 맴돌며 이것저것 보이는 대로 툭툭 건드리고 있지만 결정적인 순간에 병아리를 채가는 솔개처럼 날아 덮칠 것이다. 동시에 놀랐다. 긴장하는 이유가 자신이 연쇄살인범이기 때문인가? 설마.

"아참, 양 선생님."

오 형사가 짝 소리 나게 손뼉을 쳤다.

"이건 그냥 생각나서 물어보는 건데, 이번 선생님 작품에 망가진 시계가 그려져 있습디다. 그림 한쪽 구석에 얌전히 자리 잡고 있던데, 무슨 생각으로 그 시계를 그려 넣은 겁니까? 혹시나 해서 오늘 양 선생님께서 가지신 사건 자료들을 깡그리 훑어보아도 그런 시계 사진은 없습니다. 그 말은 그 시계가 살인사건과는 아무 관련이 없다는 얘긴데, 그러니까 그 뭐냐, 예술가적 상상력이라는 그 좀 이상한 게 발동된 겁니까?"

"말하자면 그렇지요."

선택은 긴장을 풀지 않고 대답했다.

"아하!"

오 형사가 이번엔 자신의 이마를 탁 쳤다. 이겼다, 그것이었다. 그러나 더 이상 캐고 들지는 않고 몸을 일으키더니 박 형사에게 손짓을 했다.

"가지. 할 얘긴 다 했으니까."

둘은 무례하다 싶게 성의 없는 묵례만 던지고 성큼성큼 현관으로 걸어갔다. 현관 바로 앞에서 오 형사가 돌아섰다. 그는 현관을 빠져나가기 전에 마지막으로 질문 하나를 던졌다. 선택이 그 스스로에게 던졌던 질문이기도 했다.

"한데, 9시 53분이라는 시각이 양 선생님한테 무슨 의미가 있죠?"

살인 – 불에 타 죽은 자

석병태, 43세, 택시기사이면서 보험사기꾼. 주업이 택시기사이고 부업이 보험사기이나 수입은 부업이 월등히 더 많다. 보험사기 큰 건 한 방으로 인생 역전을 이룬 놈이다. 아내와 딸을 실화로 위장해 죽여 타낸 보험금으로 5층짜리 신축 연립주택을 하나 구입했다. 번듯하니 산다. 번듯한 정도가 아니다. 놈은 제왕이나 된 것처럼 그 건물 5층에 떡하니 버티고 앉아 세입자들 위에 별것 아닌 일들로 군림하고 있다. 피아노도 안 돼, 오디오도 안 돼, 반려동물은 더더욱 안 돼, 벽에다 못 하나 쳤다가는 법정에까지 드나들어야 할 판이다. 허나 그것도 오늘로 끝이다. 아내와 딸을 불에 태워 죽였으니 이놈도 불에 타 죽어야 마땅하다. 그것이 정의다. 내가 그 정의를 실현한다.

놈은 깊이 잠들어있다. 현관문을 부수듯 뜯고 들어와도 꿈속에서 헤매고 있다. 나는 기름통이 든 등산 배낭을 내려놓고 놈의 집에서 시계란 시계는 모조리 거두어들인다. 디지털 세상이라 다 모아봐야 넷밖에 되지 않는다. 네모난 탁상시계 하나, 제법 고급스러워 보이는 손목시계 하나, 입주 선물로 짐작되는 벽시계 둘. 모두 9시 53분에 맞춘 뒤 주먹으로 내리쳐 망가뜨린다. 이 시계들에 있어서 그 이후의 시간은 이제부터 존재하지 않는다. 그 이후의 시간은 오늘의 제단에 저놈과 함께 제물로 바쳐질 것이다.

그러나 솔직히 말하자면 왜 9시 53분에 시계를 멈추고 그 이후의 시간을 제단에 바쳐야 하는지 그 이유는 모르겠다. 이을태를 죽인 뒤로 줄곧 생각해왔으나 찾지를 못했다. 내가 사람들을 죽이는 건 나름의 이유가 있다. 하필 왜 내가 그래야 하는지는 모르겠지만 그들은 마땅히 죽어 없어져야 할 놈들이다. 나는 오래전부터 그들을 죽일 계획을 세웠고 그 계획대로 실행하고 있다. 그러나 시계는 모르겠다. 이건 애초의 나의 계획에도 없었다. 살인 계획을 실행 중에 불쑥 뛰어들었다. 그렇게 예정에 없이 뛰어든 것이 이제는 없어서는 안 될 살인 의식의 중심이 되었다. 어딘가에서 그렇게 하라고 나에게 시키고 있다. 그 명령이 나에게서 비롯되는 건 분명한데 어디서인지는 모르겠다.

놈의 방으로 다시 들어섰다. 놈은 여전히 잠에 곯아떨어져 있다. 시간이 멈춘 시계들을 놈의 머리맡에 내려놓는다. 오늘은 제단이나 양초 따위는 필요치 않다. 이 집 전부가 제단이 되고 이 집이 촛불이 되어 환하게 불을 밝힐 것이다. 등산 배낭에서 페트병 두 개를 꺼낸다. 옅은 황갈색의 휘발유가 그 병들에 가득 차있다. 그중 하나의 뚜껑을 따고 놈의 몸에다 골고루 붓는다. 옷 속 깊숙이 스며들도록 붓는다. 한 병을 다 붓고 다른 한 병은 남겨둔다.

라이터를 켜자 불길이 놈의 몸을 뒤덮었다. 고래고래 비명을 질러대며 놈이 튀어 일어난다. 놈은 제 몸을 휘감은 불을 꺼보겠다고 두 손으로 두들겨대지만 어디 가당키나 한가. 더는 견디지 못하고 떼굴떼굴 방바닥을 구르다가 거실로 내쳐 굴러간다. 어쩐 일인지 거실에서는 후다닥 몸을 일으킨 놈은 거실과 주방을 미친 듯 뛰어다닌다. 덕분에 소파에도 커튼에도 장식용 책장에도 불이 옮겨붙는다. 나는 놈을 지켜보기만 한다. 그러다 또 그놈을 보았다. 그놈도 불에 타고 있다. 물론 내가 그놈에게 휘발유를 뿌리고 불을 질렀다. 놈도 석병태처럼 미친 듯 날뛰고 있다. 나는 그놈을 지켜보고만 있다. 휘발유는 거센 화력만큼 빠르게 소진되었다. 불길이 사그라질 즈음 놈이 베어 넘긴 나무처럼 쓰러진다. 쿵 하는 묵직한 충돌음에 정신이 든다. 석병태도 쓰러져있다. 놈의 몸에 붙은 불도 사그라졌다. 하지만 이미 집 안은 연기와 불길로 가득하다. 불과 연기의 향연, 내가 바라던 바이다. 나는 죽어 나자빠진 놈의 한쪽 다리를 잡고 침실로 끌고 간다. 방금까지도 놈이 늘어져 자고 있던 침대는 불길을 밀어 올리며 타고 있다. 놈을 그 위에다 던져놓는다. 제물은 제물끼리 모아두어야 한다.

　나는 오늘 의식의 마무리를 한다. 나는 침실에서 거실로 나와 주방으로, 주방에서 다시 거실과 침실로 불길과 연기를 헤집고 돌아다닌다. 손에는 휘발유가 든 페트병을 들고 뿌려대고 있다. 성질 사납게 불길이 일지만 뜨겁지도 숨이 막히지도 않는다. 잉어 리벨룽의 피가 나를 지켜준다. 괜히 내 이름이 불살귀인가. 집 전체가 제단이 되어 타오른다.

　이로써 애초에 세웠던 살인계획은 전부 완수했다. 나의 일은 끝이 났다. 그러나 그것에 따른 공허감인가, 휑하니 부족한 기분이다. 그 부족함이 커져가면서 나를 누른다. 한갑태의 침실로 간다. 내 일의 끝을 확인하고 싶어서다. 그것으로 이 부족함의 근원을 찾기 위해서다. 놈은 침대 위에서 불타고 있다. 불, 놈을 태우는 그 불을 보고서야 알았다. 마땅한 근거 같은 건 없었다. 그냥 알았다. 이 부족함은 일이 끝난 뒤에 찾아오는 공허감 탓이 아니었다. 그 반대였다. 일을 완수하지 못한 아쉬움이 그 뿌리에 있었다. 정작 죽여야 할 놈을 죽이지 못한 데 따른 부족함이었다. 그놈을 죽여야만이 채워지고 완성되는 부족함이었다. 정작 죽여야 할 그놈을 죽여야만 지금까지의 살인들이 완성된다고나 할까? 그래, 완성 그것이다. 이제야 제대로 알겠다. 지금까지의 살인은 그 과정에 불과했다. 그것들은 모두 정작 죽여야 할 그놈을 지향하고 있을 뿐이었다. 틀림없다. 이 순간 나의 심연의 목소리도 그렇다고 고개를 끄덕여주고 있다.

아니, 아니다. 나의 자각을 두고 사후에 인정한 게 아니다. 내가 몰랐다뿐이지 나의 심연 깊은 그곳에서 애초부터 나에게 명령을 내리고 있었다. 시계를 살인 의식에 끌어들이라고 시켰던 것처럼 살인의 완성을 위해 정작 죽여야 할 그놈을 반드시 죽이라고. 그렇지 않으면 나의 살인 의식들은 아무짝에도 쓸모가 없는 무의미의 세계에 던져진 허접한 살인 사건들에 불과하다고.

더욱이 이 정작 죽여야 할 그놈이 누군지도 나는 알았다. 살인의 완성이라는 목표를 자각한 순간 깨달음처럼 내게 다가왔다. 내가 살인을 행할 때마다 나의 환각 속에서 나에게 죽임을 당하던 그놈이다. 그놈을 죽여야 한다. 이 때문인가 불길 속을 서성이는 지금 그놈이 날 끌어당기고 있다. 새로운 목표를 향한 새로운 살의를 내 것으로 만들어가고 있는 이 순간 놈은 거칠고 사나운 힘으로 나를 당기고 있다. 이 끌어당김은 이제까지의 내 정신의 이끌림과는 다른 것이다. 육체적인 것이다. 2주 전인가, 그때도 놈이 날 이렇게 당겼었다. 내 신체의 일부가 끌려간 것만 같았다. 그때 놈은 돼지를 죽이고 있었다. 아니, 내가 돼지를 죽였나? 모르겠다. 이 끌어당김에 집중해본다. 그놈에게로 나는 다가간다. 그놈이 시야에 설핏설핏 들어온다. 술이라도 취했는지 놈은 창고 비슷한 데를 흔들리는 걸음으로 서성이고 있다. 그리고 보니 놈은 화가다. 놈이 서성대는 곳도 창고가 아니라 화가의 작업실이다. 이젤도 보이고 팔레트도 보이고 물감도 붓도 보인다. 그놈에게 가리라. 그놈을 죽이리라.

그러나 나는 좀 더 기다려야 함을 안다. 무엇보다 그놈을 찾아가기가 쉬운 일이 아니다. 어떻게 알고 놈을 찾아간단 말인가. 무작정 이 이끌림에 따르다가 이것이 끊어지기라도 하면? 모든 것은 때가 있는 법이다. 나는 확신한다. 언젠가, 아마도 곧 놈이 지금보다 몇 배의 거센 힘으로 나를 당길 것이다. 그러면 달려가는 거다. 그 힘을 타고 달려가서 놈을 죽이는 거다.

조우

눈을 뜨니 작업실이다. 또 불안하다. 큰일을 저지른 것만 같은 불안이다. 어제도 정신을 잃을 때까지 술을 마셨다. 그 뒤로 기억나는 게 없다. 그게 두려웠다. 안절부절 작업실을 서성이다 TV를 켰다. 뉴스가 진행 중이다. 국회 관련 정치뉴스가 끝나고 사건사고가 뒤를 이었다. 대구에서 일어난 사망자가 발생한 방화 관련 소식이다. 그것이 선택을 잡아끌었다. 그 방화 뉴스에 무엇이 있었다. 꼼짝 않고 눈과 귀를 집중했다. 화재 현장을 배경으로 여성 리포터의 또록또록한 목소리가 울려나왔다.

"불에 타버린 가구와 검게 그을린 내부가 화마의 흔적을 보여주는 이곳은 대구 남구의 한 연립주택입니다. 오늘 새벽 3시쯤 발생한 방화로 추정되는 화재로 이 연립주택의 주인이 살고 있던 건물 5층이 전소되고 주인은 사망한 것으로 경찰은 발표했습니다. 소방당국과 함께 화재 원인을 조사 중인 경찰은 발화 지점이 사망자가 잠을 자던 침대인 점과 사망자에게서 유독가스에 의한 질식사의 흔적이 없고 시신이 지나치게 타들어간 점, 등으로 미루어 잠들어 있던 피해자에게 범인이 기름을 붓고 불을 지른 것으로 추정하고 있습니다. 한편 경찰은 피해자가 과거 아내와 딸을 학대한 전력이 있고, 더욱이 실화에 의한 사망이라는 아내와 딸의 미심쩍은 죽음과 관련되어…"

순간 호흡이 막혀왔다. 숨통을 막은 것은 연기였다. 기름이 타면서 내뿜는 연기와 불길의 한가운데에 그가 서 있었다. 누군가가 그에게 기름을 뿌리고 불을 질렀기 때문이다. 머리카락이 타고 옷이 타들어갔다. 비명을 지르려는 찰나 환영은 사라졌다. 그간 시간이 멈추기라도 한 듯 뉴스는 끊어졌던 지점에서 이어졌다.

"…보험사기에 연루되어 경찰 조사를 받은 적이 있다는 점을 들어 죽은 부인의 친인척이나 가까운 지인에 의한 원한 관계에 기인한 보복성 방화 살인일 가능성도 있다고 보고 수사를 진행하고 있으며, 동시에 경찰은 같은 이유로 이번 방화사건이 촛불 연쇄살인사건과 관련성이 있을지도 모른다는 전제 하에 다각도로 수사를 진행하고 있습니다…."

촛불 살인사건과의 관련성. 또 불살귀였다. 선택은 불살귀가 방화 살인범임을 의심의 여지 없이 확신했다. 짧은 환영 속에서 그에게 기름을 뿌리고 불을 지른 것도 불살귀였다. 마땅한 이유나 그럴싸한 논리적 근거 같은 건 없었다. 그냥 확신했고 그 확신은 선택의 눈앞에서 현실이 되었다. 화재 현장을 비춰주는 TV 화면 속에 거대한 덩치의 인물이 모습을 드러냈다. 불살귀였다. 선택은 바로 알아보았다. 그 불살귀는 자기 가슴을 두드리며 성난 고함을 질렀다.

'내가 그놈을 죽였다!'

그 몸짓과 고함에 떠밀려 선택은 TV로부터 물러났다. 그러자 불살귀의 시선이 똑바로 선택을 찌르고 들었다. 손가락은 앞으로 쭉 뻗어 선택을 가리켰다.

'양선택, 다음은 너다! 내가 널 죽이러 간다! 정작 죽어야 할 놈은 너였다!

지금까지는 대리만족물에 불과했다! 이제야 나는 알았다! 네가 죽어야 한다. 나는 너를 태워 죽일 것이다.'

선택이 더 뒤로 물러섰다. 불살귀는 그를 죽이러 오겠다고 한다. 그러면 올 것이다. 그렇다고 두렵지는 않았다. 스스로 죽으려고 한 적도 있었고 이미 도깨비에게 내놓은 목숨이 아닌가. 누구에게 죽은들 뭔 상관이겠나. 그런데도 편치가 않았다. 사실 편치 않다는 표현은 적절치 않았다. 그를 안절부절못하게 하는 것으로 거기에는 분노가 있었다. 딸의 뺨을 때리던 꿈을 꾼 뒤에, 딸의 옆자리가 비었음에도 자리를 옮기지 않았던 환영을 본 뒤에, 그를 덮쳤던 그 분노와 동일한 분노였다. 자신을 향한 분노였다. 그 분노는 순간순간 초 단위로 커져가면서 앞서의 어느 것보다도 격렬해갔지만 앞서의 것들과는 달리 그 원인을 어디에서도 찾을 수 없었다. 방금 뉴스를 탔던 화재 사건이 이 분노의 실마리를 갖고 있음이 분명했으나 그것뿐 아무것도 더는 말해주지 않았다. 그것이 그를 더 분노하게 했다. 때문에 두려웠다. 그 분노가 자신을 재가 되도록 태워버릴 것만 같았다. 무너지듯 의자에 몸을 던졌다. 두 손으로는 머리를 감쌌다. 그동안에도 분노는 더 거세게 그를 휘감았다. 그것의 거친 숨결이 귓전에 들려왔다. 그것의 뜨거운 손길도 목 언저리에서 널름거렸다. 손과 발이 부들부들 떨렸다. 그것이 그를 완전히 삼켜버리기 전에, 스스로에게 엄청난 일이라도 저지르기 전에 무엇이든 해야 했다.

거의 비몽사몽이었다. 자신의 행위를 의식하지도 못하면서 붓을 들었다. 캔버스도 손에 잡히는 대로 하나를 들어내 이젤에 얹었다. 물감을 있는 대로 전부 팔레트에 짰다. 바탕칠도 않고 붓을 휘둘렀다. 그의 붓 끝에서 그의 분노는 폭발했다. 붓은 캔버스 위로 물감들을 던져나갔다.

캔버스 가득 한 남자가 그려졌다. 죽어 쓰러진 남자다. 초점 잃은 남자의 눈은 허공을 응시하고 있다. 그럼에도 그 얼굴에 읽을 수 있는 표정이 남아있다. 그것은 슬픔과 절망과 자신에 대한 풀 길 없는 분노였다. 이 죽은 남자의 오른손에는 리볼버 권총이 들려있다. 남자의 왼쪽 관자놀이에는 시커먼 구멍이 입을 벌렸다. 오른쪽 관자놀이를 뚫고 들어가 뇌를 관통한 총알이 빠져나간 사출구다. 그 검게 입을 벌린 구멍에서 아직도 피가 쿨럭쿨럭 흘러나온다. 권총자살자답게 남자의 시신 주변에 뇌수와 피가 흩뿌려져 있다.

선택의 붓은 이 모든 것들을 놓치지 않고 잡아나갔다. 선택의 붓이, 선택의 물감이 이 남자를 그렇게 죽였다. 선택은 붓을 든 살인자였으며 그 역할을 완벽하게 수행해냈다. 그림은 살인자로서의 그 완벽한 역할의 수행과 더불어 완성되었다. 얼마나의 시간이 걸렸는지 알 수 없는 그동안 그는 잠을 자지도 먹지도 쉬지도 않고 작업에만 매달렸다.

그러나 선택은 그 완성의 시점에서야 스스로는 알아차리지 못했던 사실을 의식했다. 이 그림은 앞서의 그림들처럼 그가 그린 것이 아니었다. 이 그림은 불살귀가 그렸고 불살귀가 그림 속의 남자를 죽였다. 그림을 그리는 내내 그의 붓은 불살귀를 끌어당겼다. 지속적이고도 그 어느 때보다도 더 세고 더 강하게. 돼지를 난도질하던 그때보다 더 거칠고 강력하게. 그 결과 마침내 그림이 완성되는 순간 불살귀는 그의 앞에 서 있었다.

언제 어떻게 불살귀가 작업실로 들어왔는지 알아차리지 못했다. 소리 없이 흐르는 바람과도 비슷했다. 이제껏 붓끝과 칼끝에서만 머물던 불살귀가 드디어 그 끝을 털고 나와 자신의 모습을 온전히 드러내 보인 것인가? 그건 아니었다. 이건 환영이나 착각 수준의 불살귀가 아니었다.

돼지를 난도질할 때, 그때 등 뒤의 그 불살귀와 더 닮아있었다. 눈앞의 불살귀는 실체를 갖고 있었다. 청바지와 헐렁한 면 티셔츠에 머리엔 야구모를 쓴 거대한 덩치의 불살귀, 그의 머리는 거의 천장에 닿을 듯했다. 검은 살빛의 얼굴은 그 어두운 빛깔에도 불구하고 기이한 빛으로 일렁였고, 공허한 두 눈에서는 불이 일었다. 그리고 그에게선 오래 묵은 슬픔과 외로움과 기다림의 냄새가 풍겨왔다. 살피듯 묵묵히 선택을 지켜보기만 하던 그 불살귀가 거칠고 쉰 목소리로 입을 열었다.

"나는 너를 죽이러 왔다."

"알고 있소."

대답을 하는 순간 선택은 알았다. 비록 첫 대면인 데다 그를 죽이고자 하는 만큼 적대감까지 품고 있음이 분명한데도 불살귀는 오랜 세월 알고 지낸 사이인 듯 익숙하고 친근했다.

"살인을 완성하려면 나는 널 죽여야 한다."

'살인의 완성?'

"나의 지금까지의 살인 행위의 종착점이 너라는 말이다. 이제까지는 모두 너를 죽이기 위한 과정들인 셈이었다. 네가 죽음으로써 비로소 살인이 완성되는 거다."

이해되지는 않았지만 묵직한 여운 같은 것이 남았다. 언젠가 불살귀의 이 말이 중대한 의미로 다가올 날이 있을 거라는 예감 비슷한 것이었다.

"그 완성을 이루기 전에 너에게 묻고 싶은 것이 있다. 너는 누구냐? 누구이기에 나를 이렇게 끌어당기나?"

내가 누군지 모른다고? 그런데도 살인의 완성이니 어쩌니 그러는가. 이 불살귀란 자의 정체가 오히려 더 궁금해졌다.

"그건 내가 묻고 싶은 거요. 당신이란 자는 누구요?"

"내가 불살귀인 걸 몰라서 묻나?"

"알고 있소. 난 당신의 이름을 물은 게 아니오. 더구나 그건 당신 본명도 아니지 않소. 난 당신의 정체를 묻고 있는 거요. 당신은 누구길래, 또 무슨 이유로 그들을 죽인 거요? 정의감이 투철해서? 그래서 그 정의의 실현을 위해서, 그런 거요? 개인적 이유 같은 건 없이?"

불살귀의 눈이 흔들렸다. 그것은 당혹이고 혼란이었다. 선택의 질문은 불살귀도 스스로에게 던져보는 물음이었을 것이다. 물론 답을 구하지 못한. 그래서인가 불살귀의 당혹과 혼란은 화가 난 표정으로 바뀌었다. 그 얼굴이 선택을 피해 돌아갔다. 시선이 막 완성한 선택의 그림에 멎었고 불살귀가 한 걸음 앞으로 다가갔다.

"저 그림 네가 그렸나?"

질문 같지 않은 질문이었다. 그럼 누가 그렸단 말인가. 사실 불살귀도 몰라서 묻는 게 아니었다. 불살귀가 다시 선택을 보았다. 화난 표정은 지우지 않은 그대로였다.

"난 네가 원하는 바를 이루어주고 있는 셈이었어. 그러니 나를 원망하지 마라. 넌 저 그림으로 나를 끌어당겼다. 왜냐면 내가 필요하니까. 너를 죽여줄."

덮치듯 불살귀가 다가들었다. 피할 사이도 없었다. 불살귀의 두 손이 목을 움켜쥐었다. 목을 졸라 죽일 작정이었다. 그러나 숨 막힘보다 뜨거움이 먼저였다. 불살귀의 손이 뜨거웠다. 불길과도 같았다. 그 열기가 몸속으로 밀려들었다. 일순간 몸이 후끈 달아올랐다. 그러나 달아오른 것은 그의 몸만이 아니었다. 다른 무엇도 달아올랐다. 그것은 불살귀의 열기를 받고서야 마침내 그 존재를 드러낸 묵직한 덩어리 같은 것이었다. 검은 붕대 같은 것을 뚤뚤 뭉쳐놓은 듯한 그것은 점점 뜨겁게 달아올랐다. 그에 따라 그것은 흐물흐물해졌고 몸부림치듯 꿈틀대기도 했다. 그리고 느슨해진 그것을 뚫고 울음 같기도 하고 비명 같기도 한 아우성이 터져 나왔다. 아우성은 선택의 깊숙한 비밀에 가 닿는, 나아가 그 비밀을 쥐고 흔드는 힘을 갖고 있었다. 무엇보다 그것은 뚤뚤 뭉쳐진 그 덩어리를 풀어헤치는 힘을 갖고 있었으며 끝내는 그 덩어리의 한 자락을 펼쳐 보이게 만들었다.

그것은 그의 기억들이었다. 그러나 죄다 흐트러지고 뭉개진 것들이었다. 그 기억들이 침몰선의 선실을 떠다니는 부유물처럼 선택의 주위를 맴돌았다. 나를 보아달라는 것처럼. 그러던 중 예외적인 하나가 선택의 눈앞에 멈추어 섰다. 그것은 하주였다. 살짝 이마를 찡그린 빨간 머리밴드를 두른 딸 하주의 얼굴이었다. 지난 꿈과 환영에서 그랬던 것처럼 찰흙을 이겨놓는 듯 뭉개진 얼굴이 아니었다. 끝이 살짝 처지며 유난히 동그랗던 두 눈과 앙증맞게 조그맣던 코와 언제나 야무지게 다물려 있던 입매를 확인할 수 있는 하주의 얼굴이었다. 그것은 완전히 잊었다고 생각했던 그래서 그에게서 영원히 사라졌다고 믿었던 하주의 얼굴이었으며 선택은 그 얼굴을 마주하고 있었다. 선택은 살짝 찡그린 딸의 얼굴로 떨리는 손을 뻗었다. 잡힐 듯 말듯 딸의 얼굴은 잡히지 않았다. 선택은 모든 의지를 다 동원하고 가진 기력을 다 쥐어짜 두 손을 뻗었다.

요란한 고함과 기합소리가 울려온 건 그때였다. 기침을 토해내는 선택의 흐릿한 의식 너머로 금속성의 기다란 것들을 움켜쥐고 작업실로 난입하는 한 떼의 무리가 눈에 들어왔다. 그들 중에서 푸두리도 얼핏 본 듯했다. 그 이후는 기억이 없었다.

선택의 어깨가 흔들렸다.

"이제 그만 일어나시지."

푸두리였다. 허리를 숙이고 눈알을 굴리며 선택을 내려다보고 있었다. 그 옆엔 한눈에도 술에 취했음을 알 수 있는 분돌도 보였다. 분돌이 다리를 휘청하면서도 손을 들어 이젤 위의 그림을 가리켰다.

"저건 또 언제 그렸어?"

선택이 접이식 침대에서 몸을 일으켜 앉았다. 언제 그림을 그렸는지 꿈속의 일처럼 몽롱했다. 그렇다고 그림을 그렸던 기억이 없다는 건 아니었다. 그 기억은 있었다. 그뿐만 아니라 불살귀도.

"불살귀!"

선택이 침대를 털고 일어나 주변을 살폈다. 어디에도 불살귀는 없었다. 꿈이었나? 꿈은 아니었다. 불살귀는 여기에 왔었다. 그를 죽이러. 혹시나 해서 바깥의 기척에 귀를 기울이려는데 푸두리가 어깨를 툭 쳤다.

"괜찮아. 불살귀는 달아났어."

"달—아나요?" 그럴 리가, 불살귀가 달아나?

"그럼! 내가 쓸 만한 작자들을 미리 준비시켜놓고 있었지. 아무리 불살귀라도 수적 열세는 어쩔 수 없더군. 아쉬운 건 불살귀를 끝내지 못한 건데. 암튼 봐, 내 말이 맞았지. 자네와 자네 그림은 불살귀를 끌어당겼어."

우쭐대는 푸두리에게 선택은 갑자기 심통이 일었다.

"그래서 당신은 기회를 엿보며 기다리고 있었다는 거고?"

"당연하지. 이 허미타찰의 정의를 바로 세우기 위하여."

푸두리가 가슴을 한껏 앞으로 내밀면서 방망이를 선택의 눈앞에서 흔들어댔다. 선택은 한 손으로 그 방망이를 밀쳐냈다. 그러다 자신의 그림에 눈이 멎었다. 한 발 더 그림 가까이 다가섰다. 불살귀는 거기에 있었다. 화면 구석구석 빈틈없이 불살귀로 가득 차 있었다. 이 그림에서 선택 그는 보이지 않았다. 물론 이전의 그림들에도 불살귀는 있었다. 하지만 어디까지나 보조적인 역할에 머물렀으나 이번은 아니었다. 전적으로 불살귀가 그렸다. 선택 그는 단지 불살귀의 그림에 소재거리를 제공해 준 것에 불과했다. 권총자살이라는 소재거리를.

'권총자살?'

어이없게도 그림에서 총으로 머리를 쏘고 죽은 자는 그의 얼굴을 하고 있었다. 그가 거기에 있었다. 불살귀가 옳았다. 불살귀는 선택이 원하는 바를 이루어주는 셈이라고 했었다. 그를 죽이려 덤벼들기 직전에. 헛웃음이 나왔다. 불살귀는 그를 죽이러 왔고 그를 죽이려 했지만 그를 죽이지는 못했다. 불살귀가 말하는 그 살인의 완성을 이루지 못했다. 대신 그림이라는 방식으로나마 살인을 완성한 셈이었다. 그림 속의 선택은 죽어있었다. 그는 그림으로 그를 죽였다.

"너를 죽이고 싶었던 거지."

푸두리가 게슴츠레 뜬 눈으로 그림을 지켜보고 있었다. 그 눈이 선택에게로 움직였다.

"쯧, 그렇게도 자신이 밉고 싫은가. 그림으로까지 죽이려 하다니."

푸두리의 말투에서 동정의 기미가 묻어났다. 전혀 기대하지 못했던 일이었다. 영혼을 낚아챌 기회를 엿보는 사냥꾼이 자신의 사냥감을 동정하다니.

"아주 좋아. 지금껏 보아온 자네 그림 중에 단연 최고야."

막 감상에 빠져드는 선택을 흔든 건 분돌의 목소리였다. 언제 다가왔는지 분돌은 선택과 나란히 서 있었다. 술 취한 분돌의 두 다리는 연신

비척거렸으나 눈은 올곧게 선택의 그림만을 훑어 내리고 있었다.

"흠! 내가 봐도 괜찮은 것 같은데?"

금세 동정의 기미를 지운 푸두리가 아는 척 거들고 나섰으나 분돌은 들은 척도 않았다. 목소리에 희미한 열기마저 담아 분돌이 말했다.

"아주 대단히 진솔해. 어떤 꾸밈이나 위선적 더함도 없어. 자네의 깊은 영혼이 그 모습 그대로 가감 없이 캔버스에다 던져져 있어. 이런 게 진짜 예술이야. 여태껏 내가 꿈꾸어왔던 예술의 완성이란 걸 보게 될 날이 조만간 올지도 모르겠어. 진심이야. 한데, 이거 다 마무리된 건가? 내 생각을 말하라면⋯, 미안하네만 조금 더 손을 댔으면 하네. 약간 부족해. 힘이 살짝 달려. 조금만 더 자네를 이 그림에다 내던지면 안 될까? 자네의 정신, 자네의 혼, 자네의 온몸을 조금만 더 힘을 줘서 던져보는 거야."

"진짜 사람의 피를 확 뿌려버리면 확실하겠지."

푸두리가 냉큼 끼어들었다. 원래의 자신을 되찾은 모습이었다. 그의 말에는 사냥감을 노리는 자로서의 암시 또한 품고 있었다. 피는 선택의 피를 말하는 것이었다. 선택이 발끈했다. 동정심을 본 직후라 그의 욕심이 더 미웠다.

"왜요, 이 그림 앞에 서서 내 머리에 총알이라도 박아 넣으라는 겁니까? 그렇게 이 그림에다 내 피를 확 뿌려버리라고?"

"뭐, 그렇다기보다는⋯."

"아니요, 그리하면 확실히 이 그림은 10억은 넘길 겁니다. 돼지를 죽였는데도 지난번엔 9억5천 아니었습니까. 작가가 자기를 죽여 그 피를 뿌린다면 10억이 아니라 20억은 받을 겁니다. 그러면 당신은 계약대로 내 목숨을 가져갈 수 있겠죠. 허나 어쩌죠? 난 아직 이 그림의 완성을 위해

내 피를 뿌릴 마음이 없는 걸요. 더군다나 내 피를 뿌려버린다면 불살 귀는 어떻게 잡나? 불살귀를 꼭 잡아야 하지 않나? 허미타찰의 정의 실 현을 위해서. 그러려면 내가 살아있어야 할 텐데?"

"그렇긴 하지."

푸두리는 불퉁하니 내뱉고는 먼산바라기를 했다. 그의 방망이가 불만 인 듯 퍼들퍼들 떨었다. 선택은 알고 있었다. 푸두리가 지금 당장 그의 목숨을 원하고 있지 않다는 사실 정도는. 원하기만 하면 푸두리는 언제 든지 그의 생명을 취할 수 있었다. 다만 불살귀에 대한 욕심이, 나아가 약속을 지켜야 한다는 도깨비로서의 긍지가 선택을 아직 살려두고 있 었다. 솔직히 말하자면 선택은 심통을 부린 셈이었다. 푸두리가 지금 당 장은 그의 영혼을 취하지 않을 것임을 알기에 가능한 일이었다. 선택은 자신의 그림을 다시 보았다. 심통이 나서 푸두리에게 대들기는 했지만 '진짜 피를 바른 것' 그것은 뇌리에 남았다.

그것은 그날 밤까지도 남았다. 죽음과 더불어 예술의 완성! 나름 유 혹적이었으며 밤이라는 시간은 그 유혹에 더 힘을 보탰다. 저 그림 위에 다 자신의 피를 뿌리는 것이다. 아마 일생일대의 최고의 작품이 되겠지. 그림 말고는 계속 살아가야 할 마땅한 이유 따위는 갖고 있지 않은 그 가 아닌가. 이렇게 생명이라는 것을 필요한 데다 적절히 써먹는 것도 의 미가 있을 터였다. 무의미하게 삶을 연장시키기 보다는.

선택은 예전에 침실이었던 빈방으로 가 붙박이장 문을 열었다. 안쪽 깊숙이 손을 밀어넣어 잡동사니 뒤 신문지로 뚤뚤 말린 묵직한 뭉치를 끄집어냈다. 작업 공간으로 돌아와 신문지를 풀었다. 6연발 리볼버 권총 이 모습을 드러냈다. 이전의 작업실을 정리하지는 않았지만 사람도 없는 곳에 놓아두기가 무엇해서 작업실을 옮기면서 가져왔었다.

꼭 죽어야겠다는 마음이 있어서 그런 건 아니었지만 총구를 관자놀이에 갖다 대 보았다. 이런 행위에서 선택은 불살귀를 느꼈다. 그림을 그릴 때처럼 권총을 들어 올리는 그의 오른팔에, 방아쇠에 걸린 그의 검지 끝에 불살귀가 있었다. 불살귀의 웃음소리도 들렸다. 불살귀의 속삭임도 귀를 간질였다. 예술의 완성만이 아니라 살인의 완성을 위해서도 어서 방아쇠를 당겨보라는….

"뭐하는 거야?"

나름 극단으로 치닫던 심적 고양 상태는 급전직하 추락 맨바닥으로 곤두박질쳤다. 그 바닥에는 혜리가 서 있었다. 그의 속옷가지와 반찬거리가 든 쇼핑백을 왼손에 든 혜리는 여전히 예의 그 피난 보따리만 한 캔버스 백을 어깨에 둘러메고 나이에 걸맞지 않은 싼티 나는 빨간 하이힐을 신은 채였다. 선택의 유명세가 가져다준 약간의 경제적 풍요는 이 여인을 조금도 변화시키지 못했다. 미래를 위해 얼마든지 현재를 희생시킬 준비가 되어있다는 것이 혜리의 일관된 모토였다. 혜리의 말똥말똥 빛나는 눈이 선택의 관자놀이를 겨눈 권총을 노려보았다. 어물쩍 총을 내려 뒤로 감추었지만 그냥 물러설 혜리가 절대 아니다.

"이리 줘봐. 장난감 총인 거야?"

일 초의 망설임도 없이 혜리는 선택의 손을 비틀어 권총을 빼앗았다. 물론 힘으로 버티면 뺏기지 않을 수도 있다. 문제는 그게 실익이 전혀 없다는 거다. 순순히 권총을 내주었다.

"이거 진짜 총이잖아! 뭐하러 이런 걸 갖고 있어? 이런 걸 머리엔 왜? 맙소사! 미쳤어 당신!"

히스테리가 무엇인지 제대로 보여주면서 혜리는 펄쩍 뛰었다. 쇼핑백과 피난 보따리만 한 캔버스 백은 벌써 바닥에 팽개친 지 오래다. 왼손으로는 선택에게 삿대질을 해대고 권총을 든 오른손은 총구를 위로 두고 무슨 IS 전사들처럼 허공을 찔러댄다. 방아쇠엔 손가락마저 걸려있다. 말려야 했다. 흥분해 그 손가락에 힘이 걸리기라도 하면 총알은 발사된다. 게다가 혜리는 힘이 센 여자다. 손가락 힘도 당연히 세다. 화가 나면 그 힘이 더 세진다.

"조심해! 그 총, 안전장치 같은 거 없어. 방아쇠만 당기면 그냥 발사돼!"

"잘됐네. 아~주 잘됐어! 그냥 당기면 된다 이거지. 그래 나 먼저 죽고 그다음에 당신 죽으면 되겠네! 아님, 당신 먼저 죽여줄까? 그다음 내가 죽으면 되고!"

할 말이 없었다. 이렇게 화가 난 혜리를 뜯어말려 화를 가라앉힐 방법은 어디에도 없었다. 무엇이든 감수하며 기다리는 것 말고는. 한데 해결책은 전혀 엉뚱한 곳에서 찾아왔다. 형사들이 들이닥쳤다. 일전에 참고인 진술 조사를 핑계로 선택을 찾았던 오 형사와 박 형사였다. 혜리는 언제 그랬냐는 듯 잽싸게 권총을 뒤로 감추었다. 폭도를 진압하듯 작업실로 난입한 두 형사는 다짜고짜 선택의 양옆에 붙어 서서 각기 선택의 한쪽 손목을 그러쥐고 뒤로 꺾었다.

"양선택 씨, 당신을 촛불 살인사건의 범인으로 체포합니다. 당신은 변호사를 선임할 수 있고…, 그리고, 필요시에 묵비권을 행사할 수 있소."

쩔그렁, 수갑이 채워졌다.

"경찰서로 가자구."

오 형사가 우악스레 선택을 잡아끌었다. 그러나 한 발도 떼기 전에 그 앞을 혜리가 막아섰다. 권총을 쥔 손은 뒤로 감춘 채로였다. 턱은 당돌하고 도전적으로 치켜들려 있었다.

"증거 있어요?"

혜리가 형사들에게 던진 첫 말이다. 선택이 하고 싶은 말이기도 했다. 선택은 갑작스러운 상황의 변화에 아직 적응하지 못하고 있었다. 그가 할 수 있는 일은 혜리처럼 오 형사를 노려보는 것이었다. 오 형사는 혜리를 알고 있는 눈치였다. 벌써 혜리에게도 찾아갔으리라.

"지문이 일치합니다. 현장에서 채취된 지문이 아줌씨 남편의 지문이랑 일치한다 이 말씀이오. 아시겠습니까?"

혜리는 오 형사의 대답에 눈 하나 꼼짝하지 않았다. 혜리의 눈이 선택에게로 옮겨왔다.

"당신이 죽였어?"

"아니."

선택은 고개를 저은 뒤 혜리의 대응을 기다렸다. 비록 자신이 범인으로 체포되는 상황이긴 해도 지금 이 자리에서 대립하는 주축 세력은 혜리와 오 형사였다. 둘이 이전에 서로 맞부딪쳤던 적이 있었음이 분명했다. 둘 사이에 쌓인 감정이 감지되었다. 박 형사도 분위기를 읽고 슬그머니 한 발 물러섰다.

안 죽였다고 하잖아요." 혜리가 또박또박 말했다.

"살인범이 언제 내가 사람 죽였다고 소리치고 다닙디까?"

오 형사가 아랫배를 앞으로 쑥 뺐다. 그러나 곧 손가락을 탁 튀겼다.

"아니, 광고를 해댔지. 이을태 그림, 거기 이을태를 죽인 살인자 얼굴. 거기에 아줌씨 신랑이 자기 얼굴을 그려놨더라구. 난 딱 보자마자 알았지."

그랬다. 이제야 알아차렸다. 피 웅덩이에 쪼그려 앉은 불살귀, 그 그림에 그려 넣은 그 불살귀의 얼굴이 눈에 익다고 생각했는데 그게 자신이었다. 그림을 완성한 뒤, 다시 그 그림을 본 적이 없었다. 그래서 잊고 있었다. 아예 그 그림을 본 적도 없는 혜리는 선택의 곤혹스러워하는 얼굴에서 사실을 알아차린 모양이었다. 혜리에게서 '이런 멍청한 인간이 다 있나'라는 표정이 떠올랐다가 사라졌다. 그렇다고 쉽게 물러설 혜리가 아니었다.

"그건 증거가 못 되지. 다른 증거는?"

혜리가 쏘아붙였다. 그것도 반말 투로. 왠지 등 뒤로 감춘 권총을 너무 믿고 있다는 인상이었다. 선택은 괜히 불안해졌다. 하지만 오 형사는 혜리의 턱없는 당돌함에 불쾌해하기보다는 오히려 재미있다는 태도였다. 느끼한 웃음을 빼물었다.

"다른 증거라…. 확실히 아줌씨 신랑이 범인이라고 지목하는 증거는 아니지만 심증을 굳히는 증거는 좀 있지. 방증이라고나 할까. 우선으로, 현장에서 수거된 피살자의 입을 틀어막은 넝마조각 말이지, 그게 서양화 화가들이 붓을 닦을 때 사용하는 수건이라는 것이고. 물론 당신 남편도 서양화가이고. 다음으로 이건 지문만큼이나 제법 결정적인 건데, 우리 서에서 몰래 빼돌려서 아줌씨 남편이 그림 그리는데 써먹은 현장 채증 사진들 말이야. 어디 있나? 그래, 저기 저 앉은뱅이 탁자 위의 사진들. 저 사진들에는 빠져있었지만 범죄 현장에는 있었던 게 하나 있어. 중요한 증거물이었지. 그게 그런데 아줌씨 신랑의 그림에 떡하니 그려져 있더라는 거지. 시계 말이야. 망가진 탁상시계였는데, 그것도 똑같은 모양의 시계에다 멈춘 시간도 똑같아. 9시 53분. 우연의 일치라고 하기엔 좀 그렇지 않나? 이건 말이야 아줌씨 남편이 이을태가 죽던 그 살해 현장에 있으면서 그 시계를 보았다는 얘기야. 그렇지 않았다면 절대 똑같은 시계를 그릴 수는 없는 거잖아? 안 그래? 자, 이것 보라구."

오 형사가 점퍼 안주머니를 뒤져 4절로 접힌 사진 한 장을 꺼냈다. 선택이 그린 시계와 똑같은 시계를 찍어놓은 A4 크기의 현장 채증 사진이었다.

"이 사진, 우리 자료 담당자들이 실수로 빠뜨렸다가 사건 발생 뒤 열흘 지나서 자료 목록에 올려놨었거든? 그러니 이을태 사건 자료를 어떤 놈이 도둑질해 갈 때는 이 사진이 없었다 이거지. 당연히 당신 신랑이 갖고 있는 자료에도 없게 되고. 그런데 아줌씨 신랑의 그림에는 이 시계와 똑같은 시계가 있다? 아줌씨 이건 뭘 의미할까요?"

혜리가 선택에게로 찌르는 눈길을 던졌다. 해명을 요구하고 있었다. 그렇지만 해명할 방법이 있을 리가 만무했다. 스스로도 놀랍고도 의아하면서도 이해 불가인데. 굳이 찾자면 불살귀와 자신과의 연결 정도. 하지만 그것을 지금 어떻게 설명하고 이해시킨단 말인가.

"아, 아, 이게 다가 아냐. 더 있어. 더 들어봐."

오 형사가 승리의 여신 니케처럼 어깨를 쫙 폈다. 자신의 승리에 마지막 쐐기를 박겠다는 듯이.

"아줌씨, 프로파일링이라고 알지? 요즘 미국 범죄드라마에 걸핏하면 나오잖아. 연쇄살인범이 어떤 인물인지 콕 집어내는 거. 나이, 성별, 학력, 직업, 성장 환경 등등, 드라마 보면 정확하잖아. 사실 정확하거든. 우리 경찰청의 범죄심리 전문가들도 그래. 암튼 그 사람들 말 들어보면, 촛불 연쇄살인사건의 범인은 자살충동을 품고 있다더군. 그런데 재밌는 건 당신 신랑도 그렇다는 거지. 조사 좀 해봤지. 한 10년 됐나? 자살을 시도했다가 미수에 그친 뒤에 정신병원에 여섯 달이나 입원했던 기록이 있더군."

그랬나? 선택으로선 그런 기억은 없었다. 오 형사는 예상을 빗나간 선택의 반응에 삐딱하니 고개를 기울여 선택을 살폈다가 계속했다.

"그것도 기억에 없는 모양이지? 아무튼, 뭐가 그리 세상이 살기 싫어서 그랬을까? 당신 신랑, 뭔 트라우마 같은 거 있어? 트라우마 몰라? 정신적 외상이라고도 하잖아. 쉬운 말로 정신적으로 충격받았다, 또는 쇼크를 먹었다. 내가 보기엔 당신 신랑 말이지 10년 전에… 어, 어… 뭐야 이거?"

넉살이 자기 배때기만큼이나 푸짐한 오 형사의 얼굴에 처음으로 당황이 드러났다. 그럴 수밖에 없는 것이 혜리가 정확히 그의 이마에 권총을 겨누고 있었다. 혜리의 표정은 엄숙하다 싶을 정도로 진지했고 누구의 눈에도 장난감으로는 보이지 않는 총이었다.

"씨발새끼, 아가리 닫아!"

혜리의 입에서 듣게 되리라고는 꿈에도 상상 못 했던 말이었다. 오 형사의 이마를 겨눈 권총보다 혜리의 말이 더 놀라웠다. 놀라움은 계속됐다.

"형사새끼들, 둘 다 뒤로 꺼져. 난 우리 신랑하고 할 말이 있어."

두 형사는 처음에는 넋을 놓고 있다가 얼른 뒤로 물러섰다. 그만큼 혜리는 위협적이었고 사실 위험해보였다. 한마디로 눈에 뵈는 게 없는 여자였다. 그 여자가 이번에는 선택에게 말을 걸었다.

"당신, 내 눈 똑바로 보고 대답해. 당신이 죽였어 안 죽였어?"

선택이 크게 크게 고개를 저었다.

"안 죽였어. 난 당신한테 거짓말 안 해. 누가 범인인지도 알아."

"알았어. 당신 말 믿어. 이봐, 오 형사, 수갑 풀어줘."

오 형사는 형사로서의 자신의 직분을 이제야 자각한 듯, 모멸감과 분노가 얼굴 위로 아로새겨졌다.

"아줌씨, 실수하는 거야."

"풀어줘!"

혜리는 단호했다. 그리고 그 단호함은 선택의 수갑을 푸는 것으로 끝나지 않았다. 두 형사의 한 손에다 각각 수갑을 채운 다음, 접이식 침대의 철제 파이프에다 수갑의 다른 한쪽을 고정시켜 놓은 뒤에야 권총을 거두었다. 선택도 그제야 겨우 정신을 가다듬고 질문이란 걸 할 수 있었다.

"어쩌려는 거야?"

"우리가 범인을 잡아주면 되잖아. 누군지 안다며?"

"알긴 알지만…."

"범인은 나도 알지."

푸두리가 현관 입구에 모습을 드러냈다. 안의 돌아가는 상황을 엿듣고 있었는지 눈앞에 펼쳐진 상황에 아랑곳하지 않고 스스럼없이 작업실로 들어섰다.

"그놈 잡는 데 나도 힘을 보탤 수도 있지. 더군다나 지금은 꼭 내가 필요한 타이밍인 것 같기도 한데, 안 그런가?"

혜리는 다시 권총을 들어 푸두리를 겨누었다.

"누구시죠?"

"괜찮아. 우릴 도울 수 있을 거야."

선택이 말리고 나섰다. 푸두리가 물론이라는 듯 성큼 다가섰다.

"일단 여기를 뜨자구. 오늘은 이놈의 방망이가 제법 협조적이야. 우릴 안전한 데로 보내줄 마음이 있는 것 같아."

"방망이?"

혜리의 눈이 푸두리의 방망이를 아래위로 훑었다. 마음이 급한 선택이 혜리의 등을 밀었다.

"나중에, 나중에 다 설명해줄게. 일단 이 자리를 뜨고 보자."

"알았어. 그 전에 잠깐."

혜리는 선택을 옆으로 밀치고 두 형사에게로 다가갔다. 꼴사납게 작업실 바닥에 엉덩이를 깔고 앉은 모양새의 두 형사는 도깨비의 출현과 그들의 대화에 어리둥절해 있었다. 그러나 오래 그럴 수는 없었다. 특히 오 형사는. 혜리가 오 형사의 사타구니에 빨간 하이힐의 길고 뾰쪽한 뒤꿈치를 박아 넣었다.

"다시는 나한테 아줌씨라고 부르지 마. 당신, 여자에 대한 예의를 지켜. 또 그러면 진짜 죽어버리겠어."

긴 비명 뒤에 이어지는 오 형사의 처절한 신음을 남겨두고 그들을 그 자리를 떴다. 푸두리가 방망이를 휘익 한 번 휘두르는 것으로 그것은 가능했다.

하주의 목소리

"나도 그 약 줘."

그간의 사정 이야기를 설명들은 헤리의 첫소리였다. 우선은 말려야
했다.

"허미타찰로 한번 뛰어들면 다시는 돌아갈 수 없어."

"뭐 어째서? 당신도 잘 살아가고 있잖아. 작가로서 성공도 했고."

선택과 푸두리의 눈이 마주쳤다. 자신의 영혼을 두고 푸두리와 맺은
계약은 얘기하지 않았었다. 물론 헤리가 그런 계약을 맺을 필요는 없었
다. 그래도 말려야 했다.

"죽은 자들이 보이고 상상이나 이야기 속 존재들을 마주 대한다는 건
그리 유쾌한 일이 아니야. 실체 없는 껍데기들뿐인 허상의 세계에 사는
거지. 그것도 하루 이틀도 아니고 평생을 그래야 하는 거야."

"아니, 유쾌할 것 같은데? 물론 당신이야 재미없겠지. 당신은 그 약을
먹기 전에도 그림 그린답시고 맨날 그런 비슷한 세계에서만 살아왔으니
까. 그렇지만 난 아냐. 내겐 아주 신선해. 솔직히 나도 그 세계 맛 좀 보
고 싶다는 거야. 그게 뭐가 잘못됐어?"

헤리는 선택을 원망하면서 나무라고 있었다. 예술이란 이름 아래 허
덕대며 그 밖의 일상사는 내팽개치다시피 살아왔던 그가 아니던가. 뭐
라 대꾸할 말이 없었다. 지켜보기만 하던 푸두리가 헤리를 거들고 나
섰다.

"그렇게 해. 당분간은 나하고도 같이 지내야 하고, 불살귀도 상대하려면 허미타찰을 볼 수 있는 눈을 가져야 할 것 아닌가."

어쩔 수 없었다. 푸두리가 나서지 않았더라도 혜리의 고집을 꺾을 수는 없었을 터였다. 선택은 패배를 인정하는 의미로 돌계단에 털썩 엉덩이를 걸치고 앉았다. 냉기가 엉덩이에 전해졌다. 11월 초 깊은 산중의 날씨는 쌀쌀했다. 푸두리의 방망이가 그들을 데려간 곳은 충북 단양에서 그리 멀지 않은 향월암이라는 폐암자였다. 암자 진입로로 꺾어지는 모퉁이의 바위 위에는 그들을 데려온 방망이가 수면이라도 취하는 것처럼 반듯이 놓여있었다. 도깨비 하나와 두 명의 인간을 장거리 이동시킨 뒤에는 제아무리 도깨비 방망이라 해도 탈진에 이르게 되고, 기운을 다시 흡입하여 원래의 상태로 되돌리기 위해서는 저렇게 휴식이 필요하다는 거였다. 적어도 열흘은.

선택은 자신도 휴식이 필요하다는 생각을 했다. 지금으로선 너무 혼란스러웠다. 불살귀와 자신과의 관계 문제가 그렇게 만들었다. 둘은 생각했던 것보다 더 복잡한 연결이 있었다. 불살귀가 그의 목을 움켜쥐고 있을 때 나타났던 딸의 얼굴 때문이었다. 그것은 또렷한 이목구비의 뭉개지지 않은 하주의 얼굴이었다. 말하자면 그는 하주의 얼굴을 마침내 기억에 되살려낸 셈이었다. 그것이 가능하도록 만든 건 불살귀 말고는 없었다. 불살귀가 그만이 아니라 하주와도 연결되어 있었다. 아마도 꽤나 깊은 연결이.

선택은 돌계단에서 몸을 일으켜 암자 앞마당을 서성였다. 혜리는 그의 살인 혐의를 벗기기 위해 불살귀를 뒤쫓아야 한다지만 지금의 그로선 살인 혐의를 벗기는 문제는 크게 관심이 없었다. 그는 무엇보다 딸의 기억을 되살려낸 불살귀가 궁금했다. 불살귀가 도대체 무엇이기에 딸의 기억을 되살려낸 건지 알고 싶었다. 불살귀의 정체를 파악하면 사라졌던 딸의 기억을 되살려낼 수 있을지도 몰랐다. 그래서인지 불살귀가 그를 죽이려 하는데도 불살귀를 향한 적의 같은 건 그다지 품고 있지 않았다. 다만 불살귀의 정체를 알아내고 나아가 자신과는 또 무엇으로 얽혀있는지를 밝혀낸다면 살인 혐의는 저절로 벗겨질지도 모른다는 생각은 있었다. 그래도 어쨌든 불살귀를 잡긴 잡아야 했다. 그리고 그것은 불살귀의 영혼을 욕망하는 푸두리도 원하는 바였다. 선택과 혜리와 푸두리는 불살귀에 대한 서로 다른 마음을 갖고서 불살귀를 잡겠다는 한 목적으로 뭉쳐있는 셈이었다.

혜리가 먹을 약은 3일 뒤 저녁 무렵 주섭이 직접 들고 왔다. 프로의식의 발로로서 자신이 만든 약을 다른 이의 손에 맡길 수는 없으며, 약이 혹 어두운 용도로 악용되는 건 아닌지 확인해야 한다는 것이 그 이유였다. 혜리는 일말의 주저도 없이 약을 들이켰다. 그 즉시 혜리 또한 허미 타찰의 눈을 갖게 됐으나 그들은 움직이지 않았다. 불살귀의 소재를 모르기 때문이었지만 한편으로는 그럴 필요가 없어서였다. 푸두리는 불살귀가 선택을 찾아올 거라고 했다. 서로 연결되어 있고 서로 조우한 적이 있으니 불살귀는 어떻게든 선택을 찾아낼 거라는 거였다. 그러니 기다리기만 하면 된다는 거였다. 그래서 그들은 기다렸다.

"김쌍돌이라 하오."

다음 날 선택을 도울 자들이 향월암을 찾아와 그들의 리더 되는 자가 자신을 소개했다. 다부진 체격에 각진 얼굴의 50대 초반의 남자였다. 그의 부하들은 오팔초와 김달진과 한상달이라고 각기 이름들을 밝혔다. 푸두리의 요청에 달려왔다는, 향월암 앞마당의 낡은 평상 옆에 도열한 그들은 규율이 잡힌 훈련된 모습을 보여주었다. 또한 병장기라 불리어도 될 제대로 된 무구 또한 갖추고 있었다. 어딘지 프로의 냄새가 났다. 푸두리가 그 설명을 했다.

"불살귀의 천적이라고 하면 되려나. 불살귀를 뒤쫓는 자들이지. 지난번에 불살귀가 자네를 죽이려 할 때, 그때 자네를 구해준 이들이기도 하고."

"우리는 허미타찰의 질서를 지키는 자들이오."

김쌍돌이가 꽤나 딱딱한 분위기를 풍기며 말했다.

"불살귀는 이곳의 질서를 흩트린 자요. 허가 실의 세계를 넘보고 심지어는 실의 세계를 파괴하기까지 하고 있소. 그는 우리들 손에 죽어야 할 자이오. 그럴 수 있을는지는 모르겠지만."

뻣뻣한 미소가 그의 입가에 나타났다가 사라졌다. 그 미소가 눈에 익었지만 기억나지는 않았다.

다음 날 저녁 푸두리의 예상대로 불살귀가 선택을 찾아왔다. 이번엔 혼자가 아니었다. 따르는 무리가 있었다. 그들은 거친 오합지졸의 냄새가 났지만 그 수는 많았다. 여덟아홉은 되었다. 미리 대비하고 있던 선택과 혜리와 푸두리와 김쌍돌이와 그의 부하들은 동요 없이 불살귀를 맞았다. 선택은 김쌍돌이가 빌려준 50센티가량의 짧은 검을 하나 쥐고 나섰다. 권총은 혜리가 선택에게 돌려주지 않았다. 불안해서 선택에게 맡길 수는 없고 그러니 자신이 사용하겠다고 우겼다.

"양선택!"

불살귀는 선택의 이름부터 소리쳐 불렀다. 선택이 검을 쥔 손에 힘을 주었다. 그렇다고 불살귀를 향한 적의가 새롭게 일어난 건 아니었다. 생명의 위험을 마주한 반사적인 행동 그것이었다. 이 순간도 적의보다 불살귀를 알고 싶은 욕구가 더 강했다. 그러나 그 기회는 주어지지 않았다. 불살귀는 말을 넣어놓는 따위 좋아하지 않았다. 선택을 확인하자마자 오래 쌓아놓았던 분노를 터뜨리듯 달려들었다. 한편 불살귀의 추종자들은 푸두리와 김쌍돌이 무리에게로 몸을 날려 그들을 선택에게서 갈라놓았다. 불살귀가 방해받지 않고 선택을 처치할 시간을 주려는 계산이었다. 그러나 그들도 헤리에게는 덤벼들지 못했다. 두 손으로 권총을 움켜쥐고 선 헤리에게 덤벼들기는 쉬운 일이 아니었다.

선택은 달려오는 불살귀의 가슴을 똑바로 겨냥했다. 선택의 검은 불살귀의 왼쪽 가슴을 찢어놓았다. 가슴을 웅크리고 멈추어 선 불살귀에게서 여느 인간과 똑같은 고통의 표정이 나타났다. 하지만 그뿐, 그 잠시 주춤하는 동안 불살귀의 왼쪽 가슴은 아물어갔다. 불살귀의 이름이 의미하는 바를 실감하는 순간이었다. 불살귀가 자세를 가다듬기 전에 다시 검을 내질렀지만 결과는 마찬가지였다. 벌어진 살은 다시 붙었고 불살귀의 옷만 찢어놓았다. 선택이 할 수 있는 건 쉬지 않고 검을 휘둘러 불살귀가 덤벼들지 못하게 막는 일뿐이었다. 그러나 또 검을 휘둘러 불살귀의 옆구리를 막 벌려놓는 순간 선택 또한 옆구리에 발길질을 받고 고꾸라졌다. 바닥에 엎어진 선택이 몸을 돌렸을 때 그의 목을 칼끝이 겨누고 있었다. 그 칼끝 너머로는 왼쪽 눈 아래의 검은 사마귀가 인상적인, 어딘지 대칭이 맞지 않게 삐뚤어진 입술의 남자 얼굴이 있었다. 남자가 삐뚤어진 입술을 더 비틀면서 불살귀에게 소리쳤다.

"죽여버리겠습니다. 말씀만 하십시오."

옆구리를 움켜쥔 불살귀가 허리를 폈다. 불살귀는 선택이 떨어뜨린 검을 집어 들어 멀리 던져버린 뒤 남자에게 물러서라는 손짓을 했다. 남자는 움직이지 않았다. 불만스레 그 삐뚤어진 입술만을 씰룩였다.

"이중도!"

불살귀의 고함에 남자는 마지못해 칼을 거두고 뒤로 물러났다. 남자는 선택과 불살귀에게 각각 증오와 불만의 눈초리를 던진 뒤 동료들과 합세했다. 선택도 일어섰다. 지금이 아니면 기회가 없었다. 떠오르는 대로 질문을 던졌다.

"왜 날 죽이려는 거요. 당신의 그 살인의 완성이란 게 뭘 말하는 거요?"

불살귀가 똑바로 선택을 노려보았다.

"말하지 않았나. 나의 살인들이 너를 향하고 있고 결국은 너를 죽이기 위함이라고. 나의 행위의 궁극적 목적은 너이고 너를 죽임으로써만 나의 살인들이 완성된다는 말이다."

"무슨 근거로? 무슨 근거로 내가 죽으면 당신의 그 살인들이 완성된다는 거요?"

"근거 따위 없다. 내가 그렇게 알고 있으면 그것으로 끝이다. 나는 내 목소리에 따를 뿐이다. 더는 묻지 마라."

거대한 덩치의 불살귀가 선택의 코앞까지 덮쳐들었다. 불살귀의 거친 숨결이 얼굴에 와 닿았다. 지금에야 알아차린 사실이지만 불살귀는 칼 따위 선택을 손쉽게 해칠만한 무기 같은 건 갖고 있지 않았다. 선택이 떨어뜨린 검도 멀리 던져버리지 않았다. 불살귀의 두 손이 또 선택의 목을 움켜쥐었다. 뜨거운 열기도 밀려들었다. 그 열기는 선택의 몸만이 아니라 예의 그 뚤뚤 뭉쳐진 덩어리도 달아오르게 했다. 지난번과 똑같았다. 곧 뜨거워져 느슨해진 그 덩어리의 표면을 뚫고 울음 같기도 하고 비명 같기도 한 아우성이 터져 나왔으며, 아우성은 그 뭉쳐진 덩어리를 흔들었고, 이윽고 그 덩어리가 자신의 한 자락을 펼쳐 보였다. 뭉개져 알아먹기 힘든 기억들이 그 모습을 보였고 뒤이어 하주도 나타났다. 하주의 얼굴이었다. 빨간 헤어밴드를 한. 지난번은 여기까지였다. 오늘은 더 나갔다. 목소리가 들렸다. 중간중간이 끊어져 있지만 하주의 목소리였다.

'아빠, -마. -으면 안 돼.'

다시 귀를 기울이려는데 총소리가 울렸다. 퍼뜩 정신이 돌아왔다. 총을 맞은 건 불살귀였다. 불살귀는 거대한 덩치답게 묵직한 충돌음과 더불어 쓰러졌다. 선택은 불살귀를 살피기보다는 혜리를 먼저 찾았다. 혜리는 권총을 두 손으로 움켜쥐고 굳어버린 채 꼼짝 않고 서 있었다. 사실이지 불살귀를 넘어뜨린 그 총알에 선택이 맞았을 수도 있었다. 그가 불살귀를 가로막고 있었으니 그럴 가능성이 더 높았다. 비록 그를 구하긴 했지만 무모함도 이런 무모함이 없었다. 안도의 한숨을 토해내며 불살귀에게로 고개를 돌렸을 때 그의 앞에는 푸두리가 서 있었다. 푸두리의 관심사는 그러나 선택이 아니라 불살귀였다.

"됐어, 이놈의 영혼을 빨아들일 수 있겠어."

"지금 말이오?"

선택이 주변 상황을 확인했다. 싸움은 한창 진행 중이었다. 부상자도 몇몇 눈에 띄었다.

"절호의 기회야. 총을 맞았으니 당분간 힘을 못 쓸 거야. 이때 해치워야 해."

푸두리가 방망이를 들어 올리려다가 싸움이 한창인 암자 쪽으로 고개를 돌렸다. 푸두리의 눈을 따라간 거기에는 이중도라는 입이 삐뚤어진 남자가 달려오고 있었다.

"저놈 막아!"

푸두리가 소리치지 않아도 그래야 했다. 불살귀의 영혼을 빨아들일 시간을 벌어주기 위함이 아니었다. 자신을 위해서였다. 이중도는 불살귀를 구하러 달려오는 게 아니었다. 선택을 죽이러 달려오고 있었다. 문제는 선택에겐 무기라고 할 만한 게 없다는 사실이었다. 당장 할 수 있는 것이라곤 이중도의 칼을 피해 어깨로 놈의 가슴을 찍는 것뿐이었다. 선택의 어깨는 정확히 이중도의 움츠린 턱과 가슴을 한꺼번에 찍었고 둘은 땅바닥에 뒤엉켜 넘어졌다. 거의 본능적으로 선택은 칼을 쥔 이중도의 오른손 손목을 왼손으로 움켜잡았다. 오른팔로는 놈에게 헤드록을 걸었다. 놈도 가만 당하고 있지만은 않았다. 무릎으로 선택의 옆구리와 복부를 연방 찍어댔다. 선택도 맞받아 같이 찍어댔다. 둘은 흙바닥을 함께 뒹굴었다. 선택이 용을 썼지만 힘에서 이중도를 당할 수는 없었다. 곧 선택이 아래에 깔렸다. 놈은 선택을 타고 앉아 오른손에 쥔 칼로 선택의 목을 노렸다. 놈의 손목을 움켜쥐고 버틴다고 버텼지만 칼끝은 목으로 가까이 다가들었다. 헤리의 권총 한 방이 절실했지만 처음의 그 무모한 용기는 어디로 다 사라진 모양이었다. 헤리는 권총을 두 손으로 움켜쥐고서 안절부절 발만 동동 굴렀다. 이 위기의 순간에 도움은 예상치 못한 곳에서 찾아왔다. 푸두리가 이중도의 등짝을 방망이로 후려쳤다.

"아깝다! 아까워! 몇 초만 더 있었어도 불살귀는…"

한탄을 쏟아내면서도 푸두리는 선택 위에 올라탄 이중도의 등짝을 다시 갈겼다. 두 번째 방망이질에 놈이 떨어져 나갔다. 놈은 땅바닥을 몇 바퀴 굴러간 뒤에야 몸을 일으켰다.

"죽여버릴 거야. 이놈의 도깨비!"

놈이 푸두리에게로 칼을 겨누며 소리쳤으나 푸두리는 본 척도 하지 않고 방망이로 선택의 어깨만을 툭툭 쳤다.

"무기도 없이 덤벼들어. 어리석기는, 쯧."

"왜 나를 구해준 겁니까?"

선택이 묻기부터 먼저 했다. 푸두리의 뒤로는 몸을 일으키고 있는 불살귀가 보였다. 아직도 총상에서 완전히 회복되지는 못했지만 그렇다고 자신의 영혼을 뺏길 정도로 무력해 보이지는 않았다. 불살귀 추종자들도 몇몇 주위로 모여들고 있었다. 푸두리는 그답지 않은 행동을 했다.

"계약."

"계-약?"

"자넨 아직 10억짜리 그림을 못 그렸잖아. 그러니 그때까진 살려둬야지. 안 그런가?"

한 눈을 찡긋해 보인 푸두리는 이중도에게로 몸을 돌려 놈을 겨냥해 방망이를 들어 올렸다. 그런 뒤 선택은 돌아보지도 않고 덧붙였다.

"오늘 밤이 아직 끝난 게 아니잖나. 불살귀야 또 기회가 오겠지."

기회는 그러나 다시 찾아오지 않았다. 예정에 없이 나타난 두 명의 도깨비, 신이징과 두두리가 가세하자 세의 역전을 감지한 불살귀와 그의 추종자들이 뒤로 물러서더니 달아나버렸다. 그리고 그들이 사라진 뒤 신이징과 두두리, 이 두 도깨비가 가장 먼저 한 일은 푸두리의 방망이를 빼앗는 것이었다.

푸두리의 이야기

"오랜만이야, 친구."

신이징이 푸두리의 어깨에 한 손을 척 걸쳤다. 친근감의 표현이라기보다는 조롱기가 있었다. 그럴 것이 신이징은 푸두리에게서 뺏은 방망이까지 합쳐 두 개의 방망이를 다른 한 손에 쥐고 *끄덕끄덕* 흔들어대고 있었다. 푸두리가 자신의 어깨에서 신이징의 그 손을 뜯어냈다.

"그다지 오랜만인 것 같지는 않은데. 2년 전에도 보지 않았나. 그때도 친구라 부를 만큼 좋은 기억을 남기진 않았던 것 같고. 당연히 아~주 오래전에도 그랬었고."

"좋은 기억이 꼭 친구를 만드는 건 아니지 않나. 싸우다 정든다고 악연도 오래 쌓이다 보면 친구가 되는 거지. 그래, 다 좋은데 소문에 의하면 제법 괜찮은 먹잇감 하나 물었다며?"

뒷말은 선택을 두고 한 말이었다. 자존심을 긁어 자극하려는 심보였다. 또한 말투에서는 오만한 자신감도 엿보였다. 선택으로선 기분이 상했지만 일단은 지켜보기로 했다. 김쌍돌이와 그의 부하들은 자신들과는 무관하다고 여겼는지 왼팔에 가벼운 상처를 입은 한상달을 데리고 암자 안으로 들어가 버렸다. 신이징이 그들을 지켜보다가 말했다.

"이번엔 뭘 주기로 했나? 아니, 직접 물어보면 되겠어. 화가 선생, 여기 있는 푸두리께서 영혼의 대가로 당신에게 뭘 주겠다고 하던가요? 명예, 부, 혹시 최고의 미녀? 아니-면…."

"댁네들은 누구시죠?"

혜리가 발딱 나섰다. 한눈에도 며칠 전 형사들에게 내보인 그 성깔이 되살아나고 있었다. 신이징이 못마땅해하면서도 자세를 바로 했다.

"이런, 내 정신 좀 보게. 이거 죄송하게 됐습니다. 나는 신이징이라 하고 여기 이 친구는 두두리라 하지요. 두두리는 댁께서 알고 계시는 푸두리의 사촌이 되지요. 우리는 세상 사람들이 이야기하는 도깨비라고 불리는…."

"알아요, 당신들이 도깨비라는 거. 근데 여긴 뭐하러 왔어요?"

신이징의 말을 잘라먹은 것도 모자라 혜리의 말투에는 찬바람이 쌩하니 불었다. 신이징의 얼굴이 단박에 굳어졌다.

"우린 푸두리를 체포하러 왔소."

"무슨 죄로?" 도발적이다 싶게 혜리가 신이징에게로 바짝 더 다가섰다. "더구나 무슨 권한으로?"

"인간 영혼을 거래한 혐의요. 이 화가 선생의 영혼 말이오. 내 짐작을 말해보라면, 이 화가 선생에게 예술적 성공을 안겨주는 대신 그 대가로 영혼을 요구했을 거요. 그건 도깨비세계에서는 용납되지 않는 죄에 해당하오. 그리고 권한으로 말하자면 나와 두두리는 우리 도깨비들로부터 푸두리를 잡아오라는 명령을 받고 나선 것이오. 그 정도면 푸두리를 체포할 권한이 없다고는 못할 것이오."

"좋아요. 그렇담, 증거 있나요? 영혼 거래니 어쩌니 하는 증거."

선택이 저도 모르게 웃고 말았다. 증거를 요구하다니. 며칠 전 형사들에게도 던졌던 말이다. 웃음에 기분이 상했는지 신이징이 인상을 써보였다.

"증거는 화가 선생, 이 화가 선생이 댁네 남편 같은데 댁네 남편이 쥐고 있소. 그러니 직접 물어보슈."

혜리는 일 초도 망설이지 않았다.

"정말이야?"

선택은 망설였다. 갈등이 일었다. 영혼 거래 사실을 인정하면 푸두리
는 도깨비들에게 끌려갈 것이고 그는 푸두리와의 계약에서 벗어날 수
있게 된다. 그런데도 마음이 내키지 않았다. 푸두리가 약속한 예술의
완성, 그것 때문이 아니었다. 그것은 지금도 그에게 중요한 의미를 갖고
있지만 이제 푸두리 없이도 가능하다. 그렇다고 의리나 양심 같은 고상
한 덕목 때문만도 아니었다. 목숨을 담보로 하는 거래 당사자들 사이에
서 무슨 의리나 양심을 기대할 수 있겠나. 다만 걸리는 것이, 푸두리라
는 한 존재를 두고 걸리는 것이 있었다. 마음을 정한 선택이 혜리에게
잠깐 기다려달라는 손짓을 한 뒤 푸두리를 마주했다.

"그 전에 묻고 싶은 게 있소. 인간의 영혼을 취해서 뭘 하려는 거요?"

세 도깨비들의 얼굴이 굳어졌다. 건드려선 안 될 곳을 건드린 것만 같
았다. 의외로 말이 없던 두두리가 선택의 질문을 받았다.

"몰라서 묻는 거요? 허미타찰에 발을 디딘 지가 언젠데 여태 그걸 모
른다는 거요?"

"몰랐소. 어떻게 알겠소. 아무도 안 가르쳐주는데."

선택의 퉁명스럽고 도전적인 말투에 두두리가 이마를 찡그렸다. 안 되
겠다 싶었는지 신이징이 나섰다.

"실체를 갖게 되는 거요. 허미타찰의 존재가 아닌 현실의 존재가 되는
거요. 표정을 보아하니 그게 뭐 그리 대단한 일인지 모르겠다는 것 같
은데 우리에겐 대단한 일이오. 선생도 알다시피 우리들은 실체가 없지
않소. 즉 허상이오. 허상은 곧 죽음을 의미하며 따라서 삶으로서의 실

체를 동경하기 마련이오. 더구나 그 허상이 예전에는 허상만이 아니었다면 더욱더. 사실이지 오래전엔 실체라고 부르긴 힘들지만 나름은 단단한 우리 세계가 있었고, 그것은 실체의 세계에서 한 자리를 꿰찼었소. 그랬던 것이 차츰 상상과 관념의 세계로 밀려나더니 이젠 완전한 허구의 세계에서만 우린 존재하게 되었고, 그 과정에서 실체를 향한 동경은 지울 수 없는 꿈처럼 우리들 속에 자리 잡아버렸소. 허나 실체를 얻는 것, 그것은 실현 불가능한 일로 희망 없는 헛된 열망만 불태울 뿐이오. 왜냐면 그것을 위해서는 인간의 영혼을 빨아들여야 하기 때문이오. 더구나 한둘이 아니라 제법 많이. 그리고 그건 허미타찰에서 엄격히 금하는 행위이오. 허상은 허상으로만 존재해야 하지 실체를 넘봐서는 안 되기 때문이오. 쓸데없이 말이 길어졌소. 간단히 말해 허미타찰을 벗어나자면 인간 영혼이 필요하다는 그 말이오."

말은 알아들었으나 솔직히 선택으로선 이들의 실체에 대한 욕구, 실세계를 향한 동경이 쉽게 와 닿지 않았다. 그는 그들이 욕망하고 동경하는 세계를 버리고 허미타찰로 온 셈이지 않는가. 그러나 그들에게 반론을 제기할 마음은 없었다. 묻고 싶은 게 더 있었다.

"실체를 얻어서, 그런 다음 뭘 어쩌겠다는 겁니까?"

"복수."

선택의 뒤로부터 대답이 들려왔다. 주섭이었다. 두 패거리의 싸움짓거리는 관심 없다며 암자 안에서 꼼짝도 않던 그가 선택의 뒤에 서 있었다. 선택과 눈이 마주치자 주섭은 턱짓으로 푸두리를 가리키기만 했다. 선택이 그 턱짓을 따라갔다.

"얘기하자면 길어."

푸두리의 대꾸는 시큰둥했다. 선택의 눈을 피해 푸두리는 바닥을 보았다가 밤하늘을 응시했다. 무언가 있었다. 캐내고 싶게 만들고 호기심을 자극하는 것이. 푸두리가 범했다는 그 중죄라는 것과 관련이 있을지도 몰랐다.

"밤이 끝나려면 아직 멀었습니다. 늦가을의 밤은 길고도 길지요."

선택은 평상에다 엉덩이를 걸치고 앉았다. 이어 푸두리에게 앉으라는 고갯짓을 해 보인 뒤 다른 이들도 일별했다. 모두 따라 앉으라는 의미였다. 지금 이 순간 권력은 그의 손에 있었다. 좀 과장해 말하자면 그의 결정에 따라 푸두리의 생사 여부가 달려있었다. 나아가 두 도깨비들의 임무의 완수도. 그리고 자신의 죽고 사는 미래도.

푸두리는 쉽게 입을 열지 않았다. 내키지 않는 기색이었다. 혜리는 눈을 반짝이며 푸두리의 입만 주시했다. 한편 주섭은 다 아는 얘기지만 한 번 더 들어보자는 투였다. 푸두리만큼 내키지 않기로는 신이징과 두두리가 그랬다. 이런 쓸데없는 과정이 어서 끝나기만을 바라는 그들의 심정이 뻔히 보였다. 참다못한 신이징이 나섰다.

"하기 싫음 내가 대신 하지."

"그럴 필요 없어. 내가 하겠어. 자네가 나보다 더 잘 알고 있는 건 아니잖나."

푸두리는 느릿느릿 평상에서 몸을 일으켰다. 그는 평상 앞을 몇 차례 왔다 갔다 하다 걸음을 멈추고 섰다. 먼 산을 향한 그의 눈이 과거를 더듬었다.

"200년도 훨씬 더 전의 일이야. 그때 우리는 지금처럼 완전한 허구의 존재가 아니었어. 인간들하고는 달랐지만 인간세계에서 쫓겨나지도 않았고, 적절한 거리를 두긴 했지만 인간들하고 같이 몸을 비비고 살았어. 그렇다고 서로 호혜평등의 원칙이 적용되고 있었다고 오해하지는 마. 어디까지나 우리는 인간이 아니었고 어디까지나 약자였어. 인간들은 우리를 필요로 할 때 적당히 이용하고는 필요 없으면 거리를 두고 밀어내곤 했지. 허나 아무리 그래도 그때 나는 유달리 인간과 인간세계를 좋아했지. 변장을 하고서 늘 그들 가운데 섞여서 돌아다녔어. 그러다 한 여인을 알게 되었고. 그러-니까 그 여인은⋯."

"입 안 아파?"

신이징이었다. 짜증스럽다는 말투에다 답답하다는 얼굴을 한 그는 평상에서 엉덩이를 뗐다. 그는 두 개나 들고 있던 방망이 중에 푸두리의 것으로 짐작되는 조금 짧은 방망이를 두두리에게 맡긴 뒤 자신의 방망이를 위로 치켜들었다.

"끝까지 입으로만 떠들어댈 거야? 방망이는 뒀다 뭘 해. 이런 데 써먹어야지. 어때, 그렇게 하자구."

신이징을 쳐다보는 푸두리의 표정이 묘했다. 그것에서 선택은 알 수 있었다. 푸두리는 자신의 과거를 들추어내기 힘들어하고 있으며, 신이징은 푸두리의 마음의 수고를 덜어주려 뭔가 하려 한다는 것을. 역시 보일 듯 말 듯 어깨를 으쓱해 보인 푸두리가 평상에 엉덩이를 걸치자 신이징은 들어 올린 방망이 끝을 내려 푸두리를 겨냥했다. 그런데 이때 재미있는 일이 벌어졌다. 두두리가 들고 있던 두 개의 방망이들 중 하나가, 약간 짧은 것으로 미루어 푸두리의 것으로 짐작되는 방망이가, 만약 이런 표현이 가능하다면 '발버둥을 치기' 시작했다. 그것은 두두리의 손에서 빠져나와 푸두리에게 돌아가려는 몸부림으로 보였다. 하지만 왜 무엇 때문에 푸두리의 손으로 돌아가려는 건가. 같이 붙어있을 때는 티격태격대기만 하더니? 궁금하기는 방망이 주인도 마찬가지인 모양이었다. 크게 뜬 눈으로 자신의 방망이를 지켜보고 있었다.

"이 일을 자기가 하고 싶은 모양이네."

신이징이 던진 말에 그 즉시 방망이가 잠잠해졌다. 사실인 모양이었다. 신이징이 자신의 방망이를 두두리에게 맡기고 푸두리의 방망이를 받아들었다. 푸두리와 짧게 눈을 맞춘 신이징은 푸두리의 어깨를 지그시 누르듯 방망이로 두 번씩 툭툭 친 다음 방망이 끝을 암자 앞마당을 향해 들어 올렸다. 방망이가 꿈틀꿈틀 몸을 비틀었고 그 끝이 부풀어 오른다 싶더니 축구공만 한 흰빛의 덩어리가 풀썩 튀어 올랐다. 그것은 잠깐 주춤하다 암자 앞마당의 가운데로 둥실 떠서 날아갔다. 신이징이 푸두리의 방망이를 내렸다.

"자, 시작하지."

푸두리가 한숨 같은 것을 짧게 뱉어낸 뒤 그 빛의 덩어리를 응시했다. 곧 그 빛의 덩어리가 사라지면서 빛으로 이루어진 형상을 그 자리에 풀어놓았다. 홀로그램이라고도 부를 수 있을 그 빛의 형상에는 배경과 함께 인물들이 등장했다. 헛간으로 짐작되는 흙바닥이 드러난 실내의 컴컴한 구석에 나란히 웅크려 앉은 그들은 지금보다 훨씬 젊은 모습의 푸두리와 처음 보는 여인이었다. 빛의 형상으로서의 그들은 스스로 움직이고 말을 하기 시작했다.

"멀리 달아나자."

먼저 입을 뗀 것은 젊은 시절의 푸두리였다. 여인은 무릎에다 겹쳐 얹은 두 팔에 턱을 괸 채로 고개를 저었다.

"안 돼요. 그럴 순 없어요. 두 분 다 연로하신 분들이시고 나만 의지하고 계시잖아요."

푸두리가 안타까움의 한숨을 토해냈다.

"아픈 데도 다 낫게 해드렸잖아. 두 분이서도 잘 살아가실 수 있을 거야. 여의치 않으면 내가 몰래 틈틈이 들러서 보살펴드리면 되는 거고. 안 그래, 응?"

"아시잖아요. 자식이라곤 저밖에 없는데…."

여인이 무릎 위의 두 팔에다 얼굴을 파묻었다. 푸두리는 고개를 들어 천장을 올려다보았다. 맞은편 토벽 상부의 창문처럼 얼기설기 세워놓은 판자들 틈을 비집고 새어든 달빛이 푸두리의 얼굴을 길쭉하게 가로질렀다. 긴 한숨이 푸두리의 입에서 새어 나왔다.

"위험해서 그래. 언젠가는 알게 될 거고, 그러면 마을 사람들이 가만 놔두지 않을 거야. 무슨 일이 생길지도 몰라. 인간들은 나 같은 도깨비를 필요로 하면서도 너무 가까이 다가오는 건 싫어해. 멀리 쫓아내려고 하거든. 더군다나 내가 인간인 너와…."

푸두리가 허리를 곧추세웠다. 얼굴에는 긴장의 티가 드러났다. 방망이를 움켜쥐고 몸을 일으킨 그는 바깥의 동정에 귀를 기울였다. 그러던 그가 움찔하며 막 방망이를 들어 올렸을 때였다. 우지끈 엉성한 나무 판자문이 부서지면서 시커먼 형체 둘이 어둠 속으로 난입했다. 그들 둘도 방망이를 들고 있었고 제일 먼저 한 일도 짧은 주문과 더불어 방망이를 휘둘러 푸두리의 방망이를 빼앗는 것이었다. 푸두리의 손에서 빠져나온 방망이는 어둠의 허공을 날아 난입한 자의 손에 떨어졌다. 그자는 다시 자신의 방망이를 휘둘러 작은 불꽃 두 개를 만들어내 그것들을 천장으로 날려 보냈다. 대낮처럼 환하다고는 할 수 없지만 두 개의 도깨비불은 헛간의 구석구석을 제대로 비췄다. 그런데 그곳은 헛간이 아니었다. 상엿집이었다. 상여와 장례에 필요한 도구와 집기들이 한쪽 구석에 쌓여있었다. 그리고 난입한 자들은 신이징과 두두리였다. 신이징이 방망이로 땅바닥을 쿵 소리 나게 찍었다.

"푸두리 이 친구야! 기어코 일을 저지르고 말았어!"

푸두리가 바짝 붙어 선 여인의 어깨를 감싸 안았다. 여인은 몸을 떨고 있었고 불빛에 드러난 여인의 배는 눈에 띄게 불렀다. 신이징의 눈길이 그 배를 스쳤다.

"산달이 얼마 남지 않은 모양인데 그때 가보면 더 확실히 알게 되겠지. 그땐 인간의 죄는 인간들이 물을 것이고 도깨비의 죄는 도깨비들이 묻게 될 거다."

신이징이 부서져 나간 판자문 바깥에다 대고 방망이를 휘둘러 신호를 보냈다. 우르르 사람들이 몰려 들어왔다. 모두들 손에는 괭이나 낫, 도끼 따위가 하나씩 들려 있었다. 신이징과 두두리가 옆으로 비켜서자 그들은 도깨비들에게는 말 한마디 건네지 않고 여인만을 끌고는 달아나듯 우르르 다시 몰려나갔다.

장면이 바뀌어 흙담장을 두른 초가집이 나타났다. 밤이었고 횃불이 마당에 밝혀져 있었다. 몇몇 남자들이 담장 밖을 서성댔고 나이 든 여자 하나는 부엌에서 방으로 분주히 드나들었다. 불이 켜진 방 안으로부터는 젊은 여인의 힘을 준 신음이 흘러나왔다. 앞선 장면의 여인이 산통을 시작한 듯했다.

신음이 그치고 고요가 그 자리를 대신했다. 고요는 오래갔다. 무거움과 불안스러움이 그 고요에 있었다. 이윽고 방문이 열리고 앞서의 나이든 여인이 마루에 나와 섰다. 담장 밖을 서성이던 남자들이 마당으로 몰려들었다. 나이 든 여인이 입을 굳게 다물고서 한동안 남자들을 내려다만 보다가 입을 뗐다.

"꼬리가 있어. 틀림없는 도깨비의 자식이야. 애는 죽고 산모는 혼절했어. 저주받은 거야."

마당에 모여든 남자들이 묵묵히 서 있기만 하다가 누구 하나 무어라 말 한마디 없이 뿔뿔이 흩어져갔다.

다시 장면이 바뀌었다. 이번엔 낮이었다. 푸두리의 여인이 천으로 싼 조그만 무엇을 안고 서 있었다. 강보에 싸인 죽은 아기였다. 여인의 발치에는 방금 파낸 작은 구덩이가 보였다. 여인이 아기에게 얼굴을 묻고 꼭 끌어안았다가 그 구덩이에다 아기를 내려놓았다. 그때 영상이 멈추었다. 시간의 흐름에 저항하는 듯한, 이 순간을 흘려보내기를 거부하는 듯한 그런 멈춤인 것만 같았다. 어쨌든 선택에겐 그렇게 여겨졌다.

영상은 3, 4초가량 멈추었다가 사라지고 다시 밤이 되었다. 검은 그을음을 말아 올리며 횃불들이 타오르는 아래로 군중들이 운집해 있었다. 마을 사람들이 죄다 모인 듯 수십 명의 남녀가 몰려 서 있는 그곳은 두 길가량 되는 강가의 낭떠러지 위였다. 그 아래로 느릿느릿 굽이치며 흐르는 강물은 적의를 품은 것처럼 횃불을 반사하여 검게 번들거렸다.

강물을 등지고 푸두리와 푸두리의 여인이 밧줄에 몸이 묶인 채로 거리를 두고 서 있었다. 푸두리의 옆으로는 신이징과 두두리가 방망이를 든 채 뒷짐을 지고 자리했고, 소복 같은 흰색 치마와 저고리 차림인 여인의 곁에는 앞선 장면의 산파 노파가 있었다. 그리고 이들과 군중들 사이에 길게 기른 흰 수염과 위로 치커든 넓적한 턱이 위엄과 권위를 풍기는 노인이 버티고 서 있었다. 촌장으로 짐작되는 그 노인이 힘을 준 위압적인 목소리로 군중들을 향해 입을 열었다.

"마을 장로회의의 결정대로 이 아이의 죄를 물어 오늘 이 아이를 엄벌에 처할 것이다. 허나 그 전에 이와 같은 불미스런 일이 다시는 일어나지 않도록 미연에 방지하고 또한 후일의 경계로 삼고자 이 아이의 죄를 만인들의 앞에서 명명백백 밝혀두고자 한다. 모두들 귀담아 잘 듣길 바란다. 무엇보다 이 아이는 사사로이 남정네와 정을 통함으로써 우리 마을이 지키고 이어온 오랜 법도의 근간을 흔들어 놓았으니 이것만으로도 목숨을 부지하기 힘든 인륜의 죄를 저질렀음에 분명하다 하겠다. 하물며 불상스럽게도 우리 인간이 아닌 이계의 존재와 정을 통했으니 이는 인류의 죄를 넘어서서 천륜의 죄를 범했다 할 만하다. 예로부터 인간은 인간, 이계의 존재는 이계의 존재로 서로 경계 짓고 구분하여 살아왔거늘 그 나눔을 무시하고 천지간의 질서를 무너뜨렸으니 이는 천인공노할 대죄라 아니할 수 없다."

흰 수염의 노인이 몸을 돌려 푸두리의 여인을 엄한 눈으로 내려다보았다. 여인은 그러나 노인은 안중에도 없다는 듯 미동도 하지 않고 눈앞의 허공만을 응시했다. 군중들에게로 다시 돌아서는 노인의 입술 끝이 움찔했다.

"어찌 그러니 살기를 바라겠는가. 천벌을 받아 마땅하지 않겠는가. 이미 하늘도 죄를 용서하지 않겠다는 뜻을 보여주었으니 태어나기도 전에 죽어버린 아이가 그것이다. 따라서 오늘 우리가 이 아이의 목숨을 빼앗는 벌을 가함은 하늘의 뜻을 받들어 행하는 것이니 추호의 망설임이 있어서도 안 될 것이다."

몇몇이 겨우 박수를 쳤을 뿐 대부분은 묵묵히 서 있기만 했다. 가타부타 반응을 보이지 않았다. 곧 그 묵묵함이 침묵으로 변해 군중을 지배했고 그 침묵 위로 횃불만이 타올랐다. 불쾌한 기색을 애써 감추며 노인이 묶인 여인에게로 다시 몸을 돌렸다.

"마지막으로 하고 싶은 말은 없느냐?"

여인이 눈을 들어 마을 사람들을 마주했다. 표정부터 몸짓 하나하나가 비정상적이다 싶게 가라앉아있고 침착했다.

"하나만 당부 말씀 드리고 싶습니다. 아버지와 어머니를 잘 좀 보살펴 주세요. 기댈 데 없는 외롭고 연로하신 분들이십니다."

마을 사람들에게 부탁하고 있지만 실은 푸두리를 두고 하는 말이었다. 여인의 시선이 잠깐이나마 푸두리에게로 향했었다. 여인은 마을 사람들에게 깊숙이 허리를 숙여 보였다. 여인이 막 허리를 드는데 아기 울음소리가 밤하늘에 울렸다. 군중들 중에 갓난아기를 업고 온 아낙이 있었다. 여인의 눈길이 그 아이에게로 날아갔다. 그 순간 또 영상이 멈추었다. 이번 멈춤에는 거부와 저항보다는 간절함이나 애절함이 있었다. 선택은 그렇게 이해했다. 곁에 선 푸두리도 그렇게 이해한 듯했으나 눈한번 깜박이지 않고 영상을 노려보는 그의 얼굴에는 다른 표정도 있었다. 의아함이라 할 것이 그것이었다.

"자네 아내는 아이에 대한 집착이 대단했지."

신이징이 별것 아니라는 투로 말을 건넸다.

"자신에게 닥쳐올 죽음보다 아이의 죽음을 더 애통해했으니까."

푸두리가 신이징을 돌아보았으나 말은 없었다. 대신 그의 눈이 신이징의 손에 들린 자신의 방망이에 한동안 머물렀다가 멈추어선 영상으로 되돌아갔다. 곧 영상은 움직임을 되찾았다.

"됐다. 형을 집행하라!"

흰 수염의 노인이 손짓을 했다. 박수를 쳤던 이들 중에 건장한 청년 둘이 걸어 나와 여인의 두 팔을 잡아끌었다. 여인은 저항하지 않았다. 청년들은 여인을 끌고 낭떠러지 끝으로 갔다. 그 끝에서 멈추어 선 청년들이 촌장을 돌아보았다. 촌장이 고갯짓으로 신호를 보내자 청년들은 여인의 두 팔을 한쪽씩 잡고서 낭떠러지 아래로 밀었다. 이것으로 형 집행은 끝났다. 여인은 허우적대지도 물 위로 떠오르지도 않았다. 번들거리는 검은 물 아래로 사라진 뒤 다시는 나타나지 않았다.

영상 속의 푸두리는 이를 지켜보고 있지 않았다. 그는 시종일관 강을 등지고 있었다. 그에게서는 어떤 표정도 찾아볼 수 없었다. 감정이라든가 영혼이라고 부를 만한 것이 죄다 빠져나가 버린 차가운 화강암 조각과도 같았다.

"우리 세계의 일은 끝냈소." 촌장이 말했다. "그대들 세계의 문제는 그대들이 판결하고 그대들이 벌주시오."

"알겠소. 그럴 작정이오."

신이징은 간단한 묵례를 던지고 두두리와 더불어 푸두리를 끌고 강가를 떠나갔다. 그들 뒤로 횃불들은 여전히 거세게 그을음을 밀어 올리고 있었고 마을 사람들은 여전히 묵묵히 서 있었다.

또 장면이 바뀌어 마을이 한참 저 멀리에 내려다보이는 언덕배기가 나타났다. 푸두리와 신이징과 두두리가 그 언덕을 걸어 올라왔다. 신이징이 걸음을 멈추자 푸두리와 두두리도 멈추어 섰다.

"이쯤이면 되겠어."

신이징이 방망이를 휘둘러 푸두리를 묶은 밧줄을 풀었다. 이어 두두리에게 눈짓을 하자 양손에 방망이를 하나씩 들고 있던 두두리는 왼손의 방망이를 푸두리에게 내밀었다. 강가에서부터 무감정으로 일관하던 푸두리의 눈이 방망이를 거쳐 두두리에게로 다시 신이징에게로 옮겨갔다.

"받아." 신이징이 말했다.

"왜, 이러는 거지?"

말은 그렇게 하면서도 푸두리는 자신의 방망이를 받아들었다. 신이징이 빙긋 웃음을 흘렸다.

"인간 여인과 정을 통했다고 해서 너를 벌할 생각은 애당초 없었어. 도깨비 어른들 생각은 너를 잠깐만 놀라게 해주라는 거였어. 어때 놀랐지?"

푸두리의 무표정한 얼굴 위로 아주 잠깐, 그러나 번갯불같이 날카로운 분노가 떠올랐다가 사라졌다.

"사람이 죽었어. 젊은 여인이 몸이 묶인 채로 강물에 던져져서."

"인간은 백 년도 못 살고 죽어. 좀 더 일찍 죽는다고 해서 그리 안타까워할 건 없잖아. 기껏해야 몇십 년 덜 사는 정도에 불과한 거야. 그리고 혹시나 해서 말해주는데 그 여자 부모를 돕겠다고 나설 생각은 마. 그 여자는 죽을 때까지도 몰랐지만 딸이 죽는 게 자기들 때문이라며 그 사람들 목 매달아 죽었거든. 자네가 그 여자 부모들 병을 낫게 해줬다며? 그러다 서로 눈이 맞았고. 그러기에 어른들께서 항상 말씀하시지 않으셨나. 인간사에 너무 깊이 관여하지 말라고. 꼭 재앙을 불러, 재앙을…."

푸두리는 듣고 있지 않았다. 영혼이 빠져나간 듯한 가면 같은 얼굴은 기묘한 빛으로 일렁였고 두 눈에서는 불이 일고 있었다. 푸두리가 방망이를 들어 올렸다. 알아들을 수 없는 주문이 입에서 흘러나왔다. 푸두리의 방망이는 밤하늘의 허공을 난도질하듯 몇 차례 가로질렀다. 수십 개의 도깨비불이 방망이 끝에서 분수처럼 뿜어져 나왔다. 그것들은 단 일 초의 지체도 없이 언덕 아래의 마을을 목표로 질주했다. 실로 아주 잠깐 사이였다. 마을은 불바다의 아비규환으로 변했다. 비명과 고함과 절규의 외침이 언덕 위로까지 울려 퍼졌다. 사색이 다 된 신이징과 두두리가 푸두리의 방망이를 빼앗았으나 이미 늦은 지 오래였다.

빛의 형상이 사라졌다. 괴괴한 침묵이 평상 주변 공기를 지배했다. 불편하면서도 서글픔이 감도는 침묵이었다. 그 침묵을 깬 것은 말이 없던 두두리였다.

"11명이 불에 타죽었어. 그에 대한 대가도 치렀고."

"월암골." 신이징이 덧붙였다.

"월암골?" 혜리가 물었다.

"월암골, 그곳에 허미타찰의 감옥이 있소." 푸두리가 대답했다. "난 거기서 218년을 갇혀있었지. 30여 년 전에야 겨우 풀려날 수 있었소."

"또 거기에 가야 할지도 모르지."

신이징이 말했다. 그는 선택과 눈을 맞추었다. 어떡할 거냐고 묻고 있었다. 선택은 신이징을 무시했다. 알고 싶은 게 더 있었다. 푸두리의 과거를 알고 난 지금, 처음보다 더 푸두리라는 한 인물이 관심을 끌었다. 호기심만은 아닌 깊은 관심이었다.

"아까 복수를 얘기했는데, 벌써 250년 전이면 누구에게 하겠다는 겁니까? 다 죽고 없을 텐데?"

푸두리의 표정이 묘했다. 뭔 쓸데없는 걸 자꾸 알고 싶어 하느냐는. 그래도 대답은 했다.

"그 마을에 그놈들의 후손들이 살아있어. 촌장과 그 아래 딸랑딸랑 떨거지들."

"후손들을 죽이겠다고요? 아무 죄도 없는데. 조상을 잘못 둔 죄로?"

"조상 잘못 만난 것도 죄라면 죄지. 그놈의 촌장이 내 아내에게 흑심을 품고 있었어. 제 뜻대로 안 되니까 죽인 거야. 그런 놈의 피를 받은 자손이라면 어련하겠어. 다 죽일 놈들이지. 내 아내를 죽게 만든 놈들의 피를 받은 연놈들은 씨를 말려야 하는 거야."

들고 보니 꽤 억지에 가까웠다. 끊지 못하는 집착의 냄새도 풍겼다.

많이 답답하다는 생각이 들면서도 그런 푸두리에게 끌림이 갔다. 입으로는 앙갚음을 말하지만 실상 그가 원하는 것은 다른 데 있을지도 몰랐다. 혹시 인간과 인간세계를 향한 관심과 애정을 버리지 못했기 때문은 아닐까, 복수를 핑계 대고 인간세계를 배회하고 있는 건 아닐까, 이런 의문 때문인지 푸두리를 돕고 싶다는 엉뚱한 마음까지 일었다. 그래서 물었다.

"몇 명 정도 인간 영혼을 흡수하면 실체를 얻고 그 복수라는 게 가능합니까?"

"나도 몰라. 많으면 많을수록 좋겠지?"

"그럼, 지금까지 몇 명의 인간 영혼을 흡수했나요?"

질문을 이어가다 보니 이상했다. 그가 궁금해할 것들이 아니었다. 푸두리도 같은 생각이 들었는지 선택을 아래위로 한번 훑고 대답을 퉁 뱉어냈다.

"없어."

"하나도?"

"그래, 하나도."

짧게 대답만을 던지고 선택을 외면하는 푸두리에게서 선택은 자신의 짐작이 틀리지 않았음을 확신했다. 푸두리는 복수가 목적이 아니라 인간세계를 배회하고 싶어서 인간 영혼이 어쩌니 하는 거였다. 아니면 그 둘 사이에서 갈피를 못 잡고 있거나.

"저 친군 언제나 저랬어. 내가 알기론 실패만 했지. 이번엔 어떨는지 모르겠네."

신이징이 이죽댔다. 그는 선택에게 다시 눈을 맞췄다. 이쯤에서 그만 끝내고 결정을 내리라는 거였다. 짧은 순간 선택은 결정했다. 사실은 이미 결정을 내려놓고 있었다.

"영혼 거래 계약 같은 거 맺은 적은 없습니다. 제가 딱해서 푸두리가 도와주고 있긴 합니다만."

선택의 말에 제일 크게 놀란 건 누구보다도 푸두리였다. 이건 또 무슨 수작이냐며 선택을 노려보았다. 선택은 어깨만 으쓱했다. 다음으로 크게 놀란 건 신이징이었다. 그는 선택을 다그쳤다.

"정말이오?"

"그렇소."

"나중에 후회할지도 모르오."

이건 거의 협박이었다. 괜한 오기가 치밀었다.

"걱정 마쇼. 후회할 짓은 않는 게 내 신조요."

"미쳤군, 미쳐도 단단히 미쳤어! 당신 같은 바보는 처음 봐. 황금 같은 기회를 놓치다니! 후회하게 될 날이 올 거요. 내가 장담하오."

신이징이 치민 울화를 삭이느라 애쓰며 씨근덕거렸다. 그는 화살을 푸두리에게 돌렸다.

"정말인가? 정말로 계약 같은 건 맺지 않았나?"

한동안 더 선택을 노려보다가 푸두리가 대답했다.

"자네는 참 재미있는 질문을 해대는군. 화를 가라앉히게 이 친구야. 내게서 어떤 대답을 바라나. 내 입으로 영혼 거래 계약을 맺었다고 대답하길 바라나. 그건 아니겠지. 내 대답은 이것일세. 단언하네만 난 이 친구 말대로 영혼 거래 계약 같은 거 맺은 적은 없었네. 알겠는가. 그러니 그만 돌아가 보게."

신이징이 더 따지고 들려다 입을 다물었다. 화를 삭이고 있었다. 신이 징은 선택을 쏘아보았다가 푸두리를 노려보았다.

"알겠어! 더 이상 할 일도 없으니 우린 그만 가겠어. 자 방망이 가져."

푸두리의 방망이를 두두리에게서 낚아챈 신이징은 팽개치듯 그것을 푸두리에게 되돌려주었다. 그는 바로 걸음을 떼어놓을 듯하다가 멈추어 섰다.

"그 방망이 말이야. 딴엔 여자라고 아이를 꽤나 좋아하는 것 같아. 죽은 자네 마누라만큼이나."

거의 시비조 비슷하니 내뱉은 신이징은 뒤도 돌아보지 않고 암자 앞마당을 가로질러 걸어가 버렸다. 그러나 푸두리의 사촌 두두리는 바로 그 뒤를 따르지는 않았다. 몸을 돌려 푸두리와 마주한 그가 주저를 담아 말했다.

"푸두리, 네가 바라고 동경하는 그 세계는 우리들의 세계가 아니야. 그건 저쪽 너머에 있는 세계야. 거기에서 네가 할 수 있는 건 아무것도 없어. 너만 힘들어. 괜히 마음 다치지 마라. 널 월암골로 데려가려는 것도 실은 너를 위한 거야. 너한텐 거기가 더 안전해. 지내기는 힘들겠지만. 신이징이 저러는 것도 다 널 위해 그러는 거야. 그만 가겠어. 다음에 봐."

두두리도 앞마당을 가로질러 신이징을 따라갔다. 모두들 그들이 시야에서 사라질 때까지 지켜보았다. 그들이 완전히 사라졌을 때 주섭이 선택의 등을 툭 쳤다.

"자네, 왜 그랬나? 저놈의 푸두리를 월암골에 처넣어 버리지 그랬어? 그러면 오죽 좋아?"

선택은 어깨를 으쓱하는 것으로 대답을 회피했다. 사실은 그 스스로도 왜 굴러들어온 절호의 기회를 발로 차버렸는지 뚜렷한 이유를 갖고 있지 않았다. 그러나 주섭은 나름의 짐작하는 바가 있는지 더는 캐고 들지 않았다. 그렇다고 다른 문제까지 회피할 수 있는 건 아니었다. 혜리가 남아있었다. 혜리는 벌써부터 기회만을 노리고 있었다. 혜리가 선택의 앞으로 바짝 다가왔다.

"당신, 정말 그 영혼 거래 계약이니 뭐니 하는 걸 하긴 한 거야?"

"그-게 뭐, 생각하는 것만큼 그리 엄청난 일은 아니고…"

대충 얼버무리는 것으로 문제를 피해 보려 했으나 여의치가 않았다. 혜리는 그의 팔을 잡아끌어 자신과 마주 보도록 돌려세웠다. 위기에 처한 선택을 구해준 것은 푸두리였다.

"그만들 하시게. 불살귀를 잡는 데 힘을 모아야 할 거요. 우리들끼리 싸우는 일은 없도록 합시다. 그럴 여유도 없을 것이고. 둘 다 지명수배가 떨어지지 않았나. 내 생각에 이제는 우리가 불살귀를 찾아가야 할 것 같소. 그 단서는 선택 자네가 갖고 있을 거 같네. 어쩌면 그 단서가 알아서 자넬 찾아올지도 모르는 일이고. 그때까지 경찰들 눈을 피하면서 조용히 기다려 보자구."

혜리는 입을 다물었다. 늦가을 밤은 꽤나 깊어져 있었다. 푸두리는 자신의 방망이를 두 손으로 조심스레 받쳐 들고 가만히 내려다보았다. 지금까지의 방망이를 대하는 태도와는 사뭇 그 태도가 달라져 있었다.

합체

이날 밤 선택은 늦도록 잠들지 못했다. 한바탕 소란을 피운 뒤라 그 흥분이 채 가라앉지 않은 탓도 있겠지만 무엇보다 불살귀가 목을 조를 때 들려온 하주의 목소리 때문이었다. 푸두리 일로 잊고 있던 그것이 밤의 정적이 내려앉자 슬며시 되살아나 그를 사로잡았다. 한참을 뒤척이다 앞마당 평상으로 나와 앉은 선택은 하주의 그 끊어진 목소리를 곱씹었다. 그것은 늦가을의 냉기처럼 선택의 몸을 타고 울려왔다.

'아빠, ─마. ─면 안 돼.'

이 불완전하고 짧은 목소리에 담긴 것은 절규에 가까운 하주의 호소였다. 딸의 그 호소, 무엇을 향한 건지도 모르는 그 호소에는 딸의 처절함이 배어있었다. 문제는 이 처절함이었다. 그것에는 어떤 힘이 있었다. 죽음과도 같은 어둡고 깊은 구덩이로부터 그를 끌어올리는 그런 힘이었다. 그를 살리는 힘이었다. 한편 그 처절함에는 그것과는 상반된 정반대의 다른 힘도 있었다. 그것에는 그의 삶 전체를 흔들어버릴 수도 있을 그런 힘 또한 깃들어있었다. 그것은 그가 모르는 비밀의 문을 열어젖히고 그를 죽음과도 같은 어둡고 음습한 구덩이 저 아래로 던져 넣을 것만 같은 그런 종류의 힘이었다. 선택은 바로 이 상반된 힘, 삶과 죽음이라고 해도 될 이 상반된 힘을 품은 하주의 목소리를 다시 듣고 그 힘의 비밀을 캐내고 싶은 충동에 휩싸였다.

여기에 더하여 밝혀내고 싶은 것이 또 있었다. 왜 하필 불살귀에게 죽임을 당하기 직전의 순간에 이 목소리가 들려왔는지, 이 목소리는 불살귀와는 또 어떤 연결이 있는지 알고 싶었다. 이것은 불살귀와의 첫 접촉에서 딸의 얼굴을 기억해낸 뒤로부터 선택을 지배해온 욕구인 불살귀의 정체를 알고 싶다는 욕구의 연장선상에 있는 것이었지만 그것보다 훨씬 크고 강렬했다. 물론 하주의 목소리에 담긴 상반된 힘의 비밀을 캐내고 이 목소리와 불살귀와의 관계를 알아낼 수 있는 방법은 오직 하나뿐임을 모르지는 않았다. 불살귀와 다시 부딪히는 것이다. 불살귀에게 다시 목이 졸리는 것이다.

사실 불살귀는 조우할 때마다 그의 목을 졸랐었다. 더 손쉽게 해칠 수 있는 수단이 얼마든지 있음에도 목을 조르려고만 했다. 오늘 낮만 해도 그랬다. 불살귀는 무기 따위 아예 갖고 오질 않았다. 심지어는 선택이 떨어뜨린 칼마저도 거들떠보지 않고 멀리 던져버렸다. 목을 조른다는 번거로운 방법을 굳이 고수하는 그 이유야 헤아릴 수 없었지만 불살귀는 그와 마주하면 또 그의 목을 조를 게 분명했다. 또 목을 조르면 또 하주를 만나는 것이다.

결심이 섰고 선택은 지체 없이 실행에 옮겼다. 위험천만이었던 총질을 핑계로 혜리에게서 빼앗아둔 권총부터 먼저 챙겼다. 최대한 얻을 건 얻고 나서 불살귀에게 죽임을 당하기 직전에 이 총을 사용할 것이다. 의도대로 될지 아닐지는 오래 생각지 않았다. 운에 맡기는 것이다.

선택은 주섭의 자동차 키를 훔쳐 그의 고물차 92년형 엑셀을 몰래 끌고 나왔다. 메모는 남겨두었다. 그 이유는 밝히지 않았지만 어디로 갈 건지는 알려두었다. 폐가 작업실이 목적지였다. 권총자살한 자신을 묘사한 그 그림을 앞에다 두고 불살귀를 불러낼 계획이었다. 확신은 없었지만 가능할 것도 같았다. 그 그림은 불살귀를 끌어당기는 힘이 있었다.

그 그림이 완성된 직후에 불살귀가 나타나지 않았었나. 무엇보다 이 방법 말고 할 수 있는 것이 없었다.

선택은 작업실을 100여 미터 앞두고 차를 세웠다. 잠복 중인 형사는 없는지 주변 정황을 살피기 위함이었다. 차에서 내리자마자 10년이 넘은 폴더형 피처폰은 아예 전원을 껐다. 그 전에 살펴보니 부재중 전화가 두 통 찍혀있었다. 둘 다 혜리로부터였다. 고물차의 소음 탓인지 듣지 못했었다. 전화한 이유가 뻔했기에 되걸어주지는 않았다.

작업실에 이르는 골목 어귀에도 작업실 앞에도 형사는 없었다. 작업실 안도 마찬가지였다. 발전기를 돌려 불을 켰다. 작업실은 형사들로부터 도망칠 때 모습 그대로였다. 누가 손을 댄 흔적이라곤 없었다. 선택은 의자를 끌어다 앉아 자신의 그림을 마주했다. 그 방법을 갖고 있는 건 아니지만 어떡하든 이 그림을 이용해 불살귀를 불러내야 했다. 우선은 그림에 집중해보기로 했다.

앉은 채로 의자를 그림 가까이로 막 당기는데 마른기침 소리가 들려왔다. 자박대는 발걸음 소리도 함께. 기침과 발소리는 작업실 주변을 순찰하듯 돌고 있었다. 오늘따라 까닭 없이 유난히 신경이 쓰였다. 머리를 흔들어 그 소리들을 떨쳐내고 눈앞의 그림에 집중했다.

집중에는 오랜 시간을 필요로 하지는 않았다. 곧 그가 아는 세계에서 다른 사물들이 사라지고 선택 자신과 그의 그림만이 오롯이 남겨졌다. 이렇게 남겨진 둘은 서로의 거리를 당겨 갔다. 선택은 그 끌어당김에 처음에는 미약하게나마 저항했으나 곧 그림 안으로 스스로 빨려 들어갔다. 죽어 쓰러진 남자는 그림이 아니라 살과 뼈를 가진 그가 되어갔다. 허공을 응시하는 초점 잃은 눈, 살아있는 듯 슬픔과 고통과 분노를 담고 있는 얼굴, 손에 들린 리볼버 권총, 아직도 피를 흘려내는 왼쪽 관자놀이의 검게 입을 벌린 사출구, 흩뿌려진 피와 뇌수, 이 모든 묘사는 묘사가 아니라 선택 자신이 되었다.

비몽사몽이랄까, 이 섞여듦의 한가운데에서 선택은 자신의 상의 주머니에 그림의 총과 똑같은 리볼버 권총이 들어있음을 생각해냈다. 그가 그림이 되고 그림이 그가 되어야 하지 않을까…. 선택의 오른손이 그 권총을 쥐었다. 방아쇠에 검지가 걸렸다. 이 행동들이 자신의 의지로 행해진 것인지 의지와는 무관하게 이루어지는 일인지는 알 수 없었다. 아무래도 상관없었다. 불살귀만 불러낼 수 있다면. 비록 의식하지도 못했었고 더욱이 캔버스 위에서 벌어진 일이었긴 하나 그가 자신을 죽이길 갈망했을 때, 그가 그림으로 자신을 죽이고 있을 때 불살귀는 그를 찾아오지 않았었나. 크게 원을 그리며 권총을 뽑아낸 선택은 오른쪽 관자놀이에 그것을 갖다 댔다. 방아쇠만 당긴다면 그는 그림이 될 것이다. 작품이 되는 것이다. 아마도 예술적 완성이라는 것을 마침내 이룩한 작품….

"그렇게도 죽고 싶나?"

등 뒤로부터 울려온 건 귀에 익은 목소리였다. 권총을 내리고 앉은 채로 몸을 돌렸다. 화탁 옆, 두어 걸음 떨어져 불살귀가 서 있었다. 거구의 불살귀와 눈을 맞추기 위해 앉은 자세의 선택은 고개를 위로 꺾었다.

"허, 왔어. 내가 당신을 불렀고 당신은 그 부름에 화답했어."

"왜? 널 죽여달라고. 스스로는 죽을 용기가 없어서?"

불살귀가 다가왔다. 얼굴이 굳어있긴 해도 지난번처럼 화가 나 있지는 않았다. 의자에서 몸을 일으켜 불살귀와 마주했다. 자신이 불살귀를 부른 이유야 설명할 필요는 없을 것이다. 그러나 불살귀의 빈정거림 탓인지 아니면 그가 알아차리지 못한 다른 이유 때문인지 선택의 입은 그의 의지를 배신했다.

"나는 내 딸의 목소리를 다시 듣고 싶을 뿐이오."

아차 했지만 이미 늦었다. 불살귀의 한쪽 눈 끝이 찌푸려졌다.

"딸의 목소리?"

"그렇소."

선택이 분명한 어조로 대답했다. 그리고 내친김에 더 나갔다.

"더불어 당신이 나를 죽이려 내 목을 조를 때, 왜 그때 내 딸의 목소리가 들렸는지도 알고 싶은 거요. 나아가 불살귀라는 당신도."

불살귀의 찌푸린 눈 끝이 꿈틀했다.

"네 딸이 뭐라고 하던가?"

이건 예상치 못한 전개였다.

"아빠 어쩌고 하지 않았나?"

"그렇소만, 어떻게 아시오."

불살귀는 대꾸하지 않았다.

"당신에게도 내 딸의 목소리가 들렸다는 거요?"

선택이 다그쳤으나 불살귀는 반응이 없었다. 바지 주머니에 두 손을 찔러 넣고 화탁만을 내려다보았다. 몇 초가 지나서야 고개를 들었다.

"그 전에 빨간 헤어밴드를 두른 여자아이를 보았는데 너도 보았나?"

빨간 헤어밴드라면 하주였다. 하주가 불살귀에게 보였다고? 선택이 불살귀에게로 한 발 다가갔다.

"그렇—소만."

"그 아이가 너의 딸이라는 건가?"

선택이 예스의 의미로 불살귀와 눈을 맞추었다. 불살귀는 질문을 이어가지 않았다. 생각에 잠겼다. 곧 혼란스러움이 얼굴 위로 드리워졌고 그것은 점점 짙어져 갔다. 그럴 만도 했다. 그가 보고 들었던 것이 자신이 죽이려 했던 자의 딸의 얼굴이고 목소리라면. 실은 선택도 혼란스럽기는 마찬가지였다. 다만 쉽게 이해하기로 했다. 이 괴이한 허미타찰이라는 세계에서 그의 기억이 둘이 신체적으로 부딪히는 과정에서 불살귀에게로 옮겨간 것이라고. 선택은 이를 굳이 불살귀에게 설명해줄 필요는 없다고 생각했다. 중요한 건 그게 아니니까.

"나는 내 딸의 얼굴을 다시 보고 싶고, 내 딸의 목소리를 다시 듣고 싶어 당신을 부른 거요."

무슨 뜻인지 충분히 알아들었음에도 불살귀는 행동으로 나서지 않았다. 선택의 의도를 의심하기 때문이라기보다는, 무엇보다 그는 자신의 혼란과 싸우고 있었다. 그 투쟁은 그러나 그리 많은 시간을 필요로 하지 않았다. 이윽고 그에게서 혼란스러움이 지워지고 무표정이 가면처럼 얼굴을 덮었다. 그의 두 손이 위로 올라갔다. 선택이 확신한 대로 그 두 손은 선택의 목을 움켜쥐었다. 선택은 꼼짝 않고 눈만 감았다. 불살귀의 두 손은 지금껏 그랬듯이 달구어진 금속처럼 뜨거웠다. 그 열기가 선택의 몸속으로 밀려들었다. 선택은 벌써 두 번이나 겪었던 그 과정을 상상하고 예상했다. 그의 몸과 더불어 뜨겁게 달아오르는 뚤뚤 뭉쳐진 기억의 덩어리, 그것이 느슨해지고 풀어지면서 딸의 얼굴이 보이고, 마침내 딸의 목소리가 들리고….

그런 일은 일어나지 않았다. 다른 일이 벌어졌다. 선택의 몸속으로 밀려든 것은 열기만이 아니었다. 불살귀가 몸 안으로 빨려들어 왔다. 불살귀도 이 사실에 당황해했다. 저항하기도 했으나 곧 이를 받아들였다. 이후로는 오히려 더 적극적으로 움직였다. 예상치 못한 상황의 전개에 선택이 정신을 놓고 있는 사이 불살귀는 그의 몸 안으로 완전히 스며들었다. 동시에 열기 정도가 아니라 불이 타는 뜨거움이 혈관과 신경을 타고 전신을 요동쳤다. 그제야 선택은 침입한 불살귀에 저항했다. 가슴을 움켜쥐고 허리를 비틀며 버둥댔다. 그러나 불살귀를 밀어낼 수는 없었다. 소리를 지르며 허우적댈 뿐이었다. 그동안 선택이 변해갔다. 어쩌면 상상인지는 몰라도 목소리가 거칠면서도 울림이 있는 저음으로 바뀌어갔다. 키도 커지고 옆으로도 불어났다. 입고 있는 옷들이 상대적으로 그 크기가 줄어들면서 팔목과 손목이 댕강댕강 드러났다. 앞섶의 단추는 몇 갠가 툭툭 터져나갔다. 그는 불살귀가 되어가고 있었다. 덩치나 목소리만이 아니라 검은 얼굴빛도 불길이 이는 눈도 불살귀가 되어갔다. 그가 사라지고 있었다. 그리고 그 사라진 자리를 채운 불살귀는 선택이 죽기를 바랐다. 선택이면서 불살귀인 그는 아직도 손에 쥐어 있는 권총을 들어 올렸다. 그것을 오른쪽 관자놀이에 갖다 댔다. 총구로부터 전해지는 금속성의 냉기는 관자놀이에 싸늘했다. 손가락에 힘이 걸렸다.

마른기침 소리가 들려온 것은 이때였다. 기침 소리는 점점 가까워졌다. 선택의 귓전에까지 다가왔다. 기침이 멎고 귀에 익은 노파의 목소리가 귓바퀴를 파고들었다.

"자네 딸 하주를 생각하게나."

하주? 번개에 맞으면 이와 비슷할 것이다. 노파의 목소리는 선택의 전신을 번개가 되어 관통했다. 그 번개가 지나간 자리에 딸 하주의 얼굴이 있었고 하주의 목소리도 들렸다. 끊어짐 없는 완전한 문장으로.

"아빠 죽지 마, 죽으면 안 돼."

이것은 딸의 명령이었다. 살아야 했다. 주저 없이 권총을 내렸다. 그 순간 질긴 천을 잡아 찢는 듯한 비명이 뇌리에서 울렸다. 이어 가슴을 쪼개 벌리는 것 같은 격통이 그 뒤를 따랐다. 선택은 뒤로 엉덩방아를 찧었다. 눈을 질끈 감았다가 부릅떴다. 이젤과 유통 사이에 불살귀가 두 무릎과 두 손으로 바닥을 짚고 엎드려 있었다. 불살귀는 숨을 헐떡이면서도 허리를 일으켜 세웠다. 고통으로 일그러진 얼굴은 충격으로 가득했다. 그러나 그 충격은 곧 사라졌다. 대신 간신히 지워냈던 좀 전의 그 혼란이 그 자리를 차지했다.

"넌 누구냐? 내가 왜 너에게 빨려 들어가는 거냐? 또 왜 이렇게 내팽개쳐지는 거냐?"

선택이 답할 수도 없고 오히려 묻고 싶은 것들이기도 하거니와 불살귀도 대답을 기다리지 않았다. 불살귀는 몸을 일으켰다. 고통의 표정은 사라졌지만 혼란은 그에게서 더 짙어져 갔다.

"그리고 또, 무엇 때문에 네 딸이 내게도 보이고 네 딸의 목소리도 들리는 거냐? 아니, 아니다. 오해하지 마라. 너의 기억이 내게 옮겨진 것이 아니다. 내가 안다. 그것은 나의 기억이다. 왜 내가 너와 같은 기억을 갖고 있나?"

이 또한 선택이 묻고 싶은 거였다. 선택도 화탁을 짚고 일어섰다. 그때 요란스런 발소리가 작업실 바깥으로부터 울려왔다. 푸두리의 외치는 소리도 들려왔다.

"양선택, 여기 있나!"

푸두리와 오주섭과 혜리가 작업실로 뛰어들었다. 혜리는 다짜고짜 따지고부터 들었다.

"당신 뭐하는 거야, 여기서."

"여기서?"

선택이 불살귀를 돌아보았다. 불살귀는 사라지고 없었다.

"그 총."

혜리가 찌르기라도 할 기세로 선택의 손에 들린 권총을 가리켰다. 엉겁결에 선택이 총을 들어 보였다.

"이거?"

"그래, 그걸로 도대체 뭘 하려는 거야?"

"이–거…." 핑곗거리가 생각났다. "이건 불살귀 잡으려고. 지난번에도 여기 나타났으니 또 올 거 같아서."

혜리는 총을 두고 더는 따지고 들지 않았다. 또한 선택의 말을 믿는 것도 아니었다. 주섭과 푸두리도 그건 마찬가지였다. 불살귀를 잡겠다고 혼자 몰래 빠져나올 이유는 없었다. 혜리는 대신 다른 문제를 걸고 넘어졌다.

"다 좋은데, 당신이 얼마나 위험한 짓을 한 줄 알아? 당신 수배자야, 지명수배자. 전국을 떠들썩하게 만든 연쇄살인범으로. 그런 수배자가 이렇게 함부로 돌아다니면 어쩌겠다는 거야."

"당신은 그 연쇄살인범의 도주를 도운 사람이고," 선택이 말했다. "더군다나 총으로 형사들을 협박까지 해가면서. 그런 사람이 어떻게 여기까지 왔어?"

"우린 방망이가 있잖아. 훔친 차이긴 해도 자동차로 오다가 여차하면 방망이로 튀려고 했지. 하지만 당신은 아니야. 검문에 걸리면 바로 끝이야."

사실이었다. 운이 좋아 다행이었지 그는 위험한 짓을 했다. 언론을 탄 지명수배자가 아닌가. 그의 얼굴은 '유명화가, 연쇄살인범의 얼굴을 그 아래에 감추다.' 또는 '붓으로 죽음을 희롱하는 화가 살인범' 등의 타이틀로 전국 TV 방송을 여러 차례 탔다. 감히 함부로 얼굴을 들고 다닐 수 없는 자가 그였다. 더군다나 위험한 짓은 그것만이 아니었다. 불살귀를 혼자서 상대하겠다는 생각부터가 사실은 무모하고 위험한 발상이었다. 혜리는 지명수배를 내세워 이 둘 다를 나무라고 있었다. 마땅한 대꾸거리가 없어 우물쭈물하는 사이 선택의 그림을 쳐다보고만 있던 푸두리가 나섰다.

"자네— 혹, 지난번처럼 불살귀를 끌어당길 수 있겠나?"

"그—게…."

선택으로선 불살귀를 다시 불러내고 싶었다. 오늘 불살귀에게서 알아낸 건 아무것도 없었다. 오히려 알아내야 할 게 더 늘고 말았다. 불살귀도 하주가 보이고 하주의 목소리가 들린다고 했었다. 그것도 자신의 기억이라는 거다. 선택의 기억이 옮겨진 것이 아니라. 그뿐인가, 불살귀가 그의 몸속으로 들어와버린 건 무엇이란 말인가? 불살귀가 그와 합체되었을 때 그는 양선택이 아닌 불살귀였다. 무엇이 그런 합체를 가능케 한다는 건가? 여기에 더해, 목소리가 귀에 익은 그 노파가 하주를 알고 있다는 건 또 뭔가. 더욱이 무엇보다도 이해할 수 없는 것은 하주의 목소리가 들리자마자 불살귀가 그의 몸에서 떨어져 나갔다는 거였다. 딸의 목소리가 뭐기에 불살귀를 밀어낸다는 건가. 도대체 무슨 일이 그와 그의 주변에서 일어나고 있다는 건가. 당연히 이 모든 것들은 불살귀에게로 귀결되어 있었다. 그러나 불살귀는 이제 그의 끌어당김에 응하지 않고 저항할 것이다. 그건 선택에게도 위험했지만 불살귀에게는 더 위험했다. 불살귀가 비록 선택과 다시 마주하기를 원하더라도 그것은 그가 준비한 장소에서 그가 준비된 조건에서일 것이다.

"힘들 것 같습니다."

선택의 대답에 예상했다는 듯 푸두리는 무덤덤했다.

"알겠네. 불러내기가 힘들면 우리가 찾아가야지. 일단은 향월암으로 돌아가세. 거기서 기회를 엿보는 수밖에."

선택은 자신의 그림을 돌아보았다. 그 그림에 묘사된 죽은 자신이 쥐고 있는 것과 똑같은 권총을 상의 안주머니에 넣은 뒤 작업실을 빠져나왔다. 향월암으로 돌아가는 주섭의 차 안에서 그는 불살귀와 합체하던 그때를 되새겼다. 불살귀는 몸속으로 연기처럼 빨려 들어와 짧은 동안 머물다 쫓겨났지만 그동안 그는 불살귀가 되어갔었고 불살귀가 된 그는 자신을 죽이려 했었다. 그와는 다른 존재가 그의 몸속으로 들어와 그를 밀어내고 그 자리를 차지한 뒤 그를 죽이려 하는 것, 그것은 분명 끔찍한 경험이었다. 선택으로선 그 합체의 경험을 다시 하고 싶지도 않았고, 불살귀가 되고 싶지도 않았고, 불살귀에게 죽임을 당하고 싶지도 않았다. 그 때문인가, 그 합체의 경험은 새로운 생각을 갖게 했다. 불살귀를 죽이고 싶어진 것이다. 헤리도 푸두리도 불살귀를 잡거나 죽이는 일에만 몰두했었다면 선택은 아니었다. 불살귀를 처치하고 싶은 마음이 없었던 건 아니지만 그것은 불살귀를 알고자 하는 욕구에 가려있었다. 그랬던 것이 합체를 경험한 이제 불살귀를 죽이고 싶다는 마음이 의식의 전면에 나섰다.

한편으로 이런 결심의 이유는 뭉개짐 없이 선명하게 들렸던 하주의 목소리 때문인지도 몰랐다. 하주는 그에게 죽지 말라고 했다. 그랬으니 죽지 않으려면 불살귀를 죽여야만 했다. 불살귀가 그를 죽이기 전에….

'아빠 죽지 마, 죽으면 안 돼.'

귓전에 하주의 목소리가 또렷이 울려왔다. '아빠 잘 생각했어.'라고 토닥여주는 듯이. 그리고 이 또렷함 덕분인가, 선택은 새로운 사실을 자각했다. 이 하주의 명령은 틀림없이 이전에 들어본 적이 있는, 여러 차례나 들어본 적이 있는 명령이었다.

월암골

'넌 도대체 누구냐'가 아니고 '난 도대체 누구냐?'였다. 그 여자아이, 그것은 나의 기억이었다. 내가 놈의 목을 조를 때 그 뒤엉켜 뚤뚤 뭉쳐진 나의 기억 덩어리로부터 그 아이가 튀어나왔다. 그런데 그놈도 그 여자아이의 기억을 갖고 있었다. 더구나 자기 딸이라고 했다. 하면, 나는 왜 놈의 딸을 내 기억으로 갖고 있는가. 내가 누구이기에. 나란 놈이 누구이기에. 전에는 이런 생각을 해본 적이 없다. 나는 내 이름도 없었다. 그래도 상관하지 않았다. 다른 이들이 나를 불살귀라 불러주었고 나는 그 이름으로 만족했다. 나는 나 자신을 두고 고민해 본 적조차 없었다. 그러던 것이 한갑태를 죽이면서부터 달라졌고 이놈을 상대하고부터는 나를 향한 질문이 나를 지배해갔다.

나는 그 화가 놈과 이어져 있다. 그 끌어당김이 그 증거다. 그놈은 내 마음을 흩어놓으며 나의 정신을 잡아당기더니 급기야는 아예 나의 몸을 끌어버렸다. 내가 그놈을 죽이러 달려가려 애쓸 필요도 없었다. 진공청소기로 흡입하듯 나를 빨아 당겼다. 그놈은 자신의 그림으로 자신을 죽이러 어서 빨리 달려오라고 나에게 고함을 질러대면서 나를 끌어당겼다. 무엇 때문에 왜 그놈이 나를 끌어당긴다는 건가?

살인의 완성을 위해서 나는 그 화가 놈을 죽여야 한다. 그런데 그놈은 권총으로 자살한 놈을 그리면서 그 자살자로 자신을 그려 넣었다. 나는 그놈을 죽이러 가려 했는데 그놈은 벌써 그림으로 자신을 죽이고 있었다. 내가 해야 할 일을 그림으로 하고 있었다. 이건 또 뭔가. 그놈과 내가 어떤 관계이기에.

나는 그놈의 부름에 응해 그놈에게 끌려갔을 뿐만 아니라 놈의 몸속에까지 들어갔다. 놈의 몸속 기억난다. 익숙하고 친근했다. 태어나기 전 엄마의 뱃속을 떠올릴 수 있다면 그것과도 비슷하리라. 그럼에도 딸이라는 그 여자아이의 말 한마디에 나는 쫓겨나 버렸다. 어떻게 해서 내가 그놈의 몸에 들어갈 수 있었고 그렇게도 쉽게 쫓겨나 버리는가? 더구나 그 여자아이의 그 한마디는 내게 익숙했다. 이전에 몇 번이나 들은 적이 있었다. 기억에는 없지만.

혼란과 혼돈뿐이다. 이 모든 것들이 나에게 무언가를 일깨워주려 하고 있다. 나 자신이면서 나를 넘어서 있는 것을 알려주려 하고 있다. 그것이 나를 미치게 한다. 나를 넘어서 있는 다른 나를 나는 알고 싶다. 그 다른 나, 그것이 내가 누군지 말해줄 것이다. 그러면서도 나는 나를 아는 것이 두렵다. 내가 어떤 놈인지 알게 될 때, 나는 나에게 실망하고 나를 저주하고 증오할 것만 같다.

이런 한편으로 나의 심연 깊숙한 그곳에서는 살인을 완성하라고 그 화가 놈을 죽이라고 요구하고 있다. 그것이 나의 존재 이유라고, 그놈을 죽이는 것만이 나의 유일한 가치라고 윽박지르고 있다. 잘 알고 있다. 그러나 지금은 아니다. 지금은 나를 알고 싶다. 그런 연후에 놈을 죽일 것이다. 실은 그런 연후에라야 놈을 죽일 수 있을 것 같다. 또 딸이라는 그 여자아이의 목소리에 쫓겨나지 않으려면.

내 몸이 점점 뜨거워진다. 석병태 놈을 지옥의 불구덩이에 밀어넣고부터다. 이제는 거의 주체할 수 없을 정도다. 이 열기를 뿜어내지 않는다면 나는 스스로를 태워버릴 것만 같다. 나는 불을 지른다. 닥치는 대로 불을 지른다. 아무도 나를 막지 못한다. 내가 불을 이끌고 불이 나를 이끈다. 그럴수록 나는 점점 더 뜨거워져 간다. 나는 도시를 떠나 시골로 간다. 마을들이 불에 탄다. 나는 위로 북쪽으로 나아간다. 목적지가 있다. 나의 존재 이유가 살인의 완성이라고 나의 심연 깊은 곳에서 외치는 만큼 내가 가야할 곳은 정해져 있다. 어두운 영혼을 가진 이런 내가 어떤 놈인지 보여줄 수 있는 곳이다.

며칠이나 달렸는지 모르겠다. 지금은 희붐한 새벽이다. 집채만 한 바위가 앞을 가로막는다. 그 앞면에는 큼지막하게 한자를 음각하고 그 음각된 면에다 붉은 페인트를 먹여놓았다. 여기는 월암골이다.

"월암골!"

잠에서 깨어난 선택이 외쳤다. 그리고 그 지명을 기억해내는 데는 2초면 충분했다. 푸두리가 218년 동안 갇혀 지냈다는 허미타찰의 감옥이 있다는 그 골짜기가 아닌가. 불살귀가 거기에 있었다. 꿈에서이긴 하나 자신의 눈으로, 더 정확히는 불살귀의 눈으로 집채만 한 바위에 새겨진 '월암골'이란 선명한 붉은 글씨를 읽었다.

"월암골?"

선택의 꿈 이야기를 듣자마자 푸두리가 보인 반응은 흠칫 어깨를 뒤로 빼는 것이었다. 이때 그의 얼굴은 어두웠다. 불쾌함과 거부감이 섞인 어두움이었다. 그러나 그는 금방 자신을 다잡았다.

"그렇다면 당장 거기로 가야지."

"정말 거기 있을까요?"

의심이라기보다는 확인차 물었다. 푸두리의 반응은 단호했다. 그는 선택의 꿈을 확신했다. 꿈이란 건 믿을 게 못 된다고, 며칠 전 월암골이란 지명을 듣게 되었고 그것이 뇌리에 남았다가 꿈에 나타난 것뿐이라고, '낮의 잔재'라는 꽤 전문적인 용어까지 들먹여가며 혜리가 반박했지만 푸두리는 자신의 확신에 대한 믿음을 버리지 않았다. 그것은 선택도 마찬가지였다. 불살귀는 거기 월암골에 있었다.

그들은 지체 없이 출발했다. 또 주섭의 고물차를 이용했다. 문제는 월암골 채 반도 이르지 못해서 발생했다. 차가 문제가 아니라 검문검색이었다. 일부러 큰길을 피해 지방도로만 더듬어 달렸는데도 경찰들이 길을 막고 차량 하나하나를 검문하고 있었다. 푸두리의 방망이에 의존하는 수밖에 없었지만 거기에도 문제는 있었다. 아직 기력을 충분히 회복하지 못한 방망이가 푸두리와 선택과 혜리 이 셋을 월암골까지 보내줄 수 있을지 의문이었다. 어쨌거나 다른 대안은 없었다. 알아먹을 수 없는 몸짓언어로 푸두리와 방망이가 한참 대화해 본 결과 무리하면 가능할 수도 있다는 결론을 힘들게 얻어냈다. 그래서 차 안에서 바로 시도를 했다. 방망이는 주섭만을 남겨두고 선택과 혜리와 푸두리를 월암골로 훌쩍 날라 갔다. 아쉬운 점은 월암골에 못 미쳐 가을걷이가 막 끝난 산골 밭둑가에 떨어졌다는 거였다. 더구나 문제는 그것만이 아니었다. 그들이 내려선 밭둑가에서 채 20미터도 떨어지지 않은 구불구불한 농로 위에는 한 무리의 남자들이 월암골로 걸음을 재촉하고 있었는데 그들은 다름 아닌 불살귀의 추종자들이었다.

그들도 선택과 혜리와 푸두리의 출현을 알아챘다. 그래도 겁날 건 없었다. 비록 푸두리의 방망이는 기력이 탈진해 무용지물이나 마찬가지지만 선택의 품 안에는 권총이 듬직하니 자리 잡고 있다. 총알도 아직 다섯 발이나 남았다.

"어이, 화가 선생!"

이중도였다. 제법 떨어져서도 그 비웃음을 품은 균형이 어긋난 얼굴을 확인할 수 있었다. 선택은 품에다 오른손을 집어넣어 권총을 쥐었다. 또 칼로 위협한다면 바로 쏘아버릴 작정이었다. 죽이지는 않더라도 허벅지에다 총알 하나 박아주면 될 것이다.

"당신네들 갈 길이나 가!"

당연히 그들은 가지 않았다. 반대로 했다. 그들은 달려왔다. 달려오면서 이중도는 칼을 빼 들었다. 선택은 다리를 약간 더 벌리고 서서 권총을 뽑아들었다. 이중도를 똑바로 겨누었다. 허벅지가 아니라 놈의 이마를 탄착점으로 잡았다. 예상 못 한 응전에 놈들이 우르르 멈추어 섰다. 몇몇은 뒷걸음질까지 쳤다. 화가 치민 이중도가 허공에다 대고 난폭하게 칼질을 해댔다.

"워, 워! 뭐야 이거, 또 총이야. 씨부랄 아메리카도 아니고."

"꺼져!"

선택이 권총을 휘둘러댔다. 놈들은 꺼지지 않았다. 뒷걸음질 치던 놈들마저 딱 버티고 섰다. 이중도의 왈패다움에 용기를 얻었을 수도 있고, 수를 믿고 한번 해보자는 심산일 수도 있었다. 막 팽팽한 신경전이 시작되려는데 머리를 빡빡 밀긴 했어도 인상은 꽤나 점잖아 보이는 자가 앞으로 나섰다. 향월암에서는 보지 못했던 낯선 인물이었다.

"당신은 여긴 뭐하러 왔소. 불살귀를 뒤쫓는 건가? 도깨비까지 하나 옆에 끼고?"

"어디 도깨비만 있어? 계집년도 하나 끼고 있지."

이중도가 쥐고 있던 칼을 자신의 아랫배에다 바짝 붙이고 아래위로 까딱까딱 흔들어댔다. 선택이 혜리를 막아섰다. 그 성질머리에 당장이라도 달려들어 이중도의 멱살이라도 쥐고 흔들지도 몰랐다.

"난 손후록이라 하오." 빡빡머리가 말했다. "당신도 짐작하겠지만 우리는 불살귀를 숭배하고 존경하오. 그는 이 허미타찰이라는 한계를 넘어서서 존재하는 자이시오. 그는 우리를 이끄는 빛과도 같소. 그러니 당신, 불살귀에게 해가 될 짓은 하지 않는 게 좋을 거요. 내가 경고하는 바이오. 도깨비는 말할 것도 없고, 거기 아줌씨도 잘 듣고 숙지하시오. 여자라고 해서 봐주거나 그러지는 않으니까."

더 이상 혜리는 통제되지 않았다. 적당히 여자를 깔보고 무시하는 그놈의 '아줌씨'가 문제였다. 말릴 새도 없이 선택의 손에서 총을 뺏어들고 놈들에게 총구를 흔들어댔다.

"이것들을 내가 다 죽여버릴 거야. 야! 빡빡머리, 너부터 죽여줘? 아님 이봐 칼잡이, 네놈부터 한 방 먹여버려?"

놈들이 슬금슬금 뒤로 내빼기 시작했다. 얼굴들엔 긴장의 빛이 감돌았다. 혜리의 위력이 이 정돈가 싶어 감탄이 다 나오려고 했으나 실은 아니었다. 놈들이 두려워하는 대상은 선택의 등 뒤에 따로 있었다.

"이 불살귀 똥이나 처먹을 놈들!"

김쌍돌이와 부하들이 소나무가 듬성듬성 서 있는 작은 언덕을 걸어 내려왔다. 그들은 모두 검을 뽑아들고 있었고 불살귀 추종자들은 그들이 선택에게 이르기도 전에 달아나버렸다. 선택을 마주한 김쌍돌이가 검을 소리 나게 칼집에 밀어 넣었다.

"어째 자주 봅니다."

"그러게요. 또 신세 졌습니다."

사실이지 그랬다. 불살귀와 선택이 직접 마주칠 때마다 김쌍돌이도 모습을 보였고 그를 도왔다.

"꼭 제가 위험에 처할 줄 미리 알고 있다가 훌쩍 나타나서 구해주시는 것 같습니다?"

"그럴 리가. 우리가 불살귀를 늘 뒤쫓다 보니 그리됐을 거요. 우린 밥만 먹고 하는 게 그 일 아니겠소."

김쌍돌이가 입술 한쪽 끝을 끌어올리며 웃음을 흘렸다. 지난번과 마찬가지로 역시 그 웃음이 낯이 익었지만 기억에는 없었다.

"네, 근데 이렇게 집요하게 불살귀를 추적하는 이유라도 있나요? 혹시 개인적 원한이라도."

"그런 건 없소. 우리의 일이기에 하는 거요."

김쌍돌이의 말투는 벽돌공이 벽돌 쌓는 건 당연하지 않느냐는 꼭 그것이었다.

"당신들의 일? 여기 죽음의 세계 허미타찰에서? 여기서도 직업으로서의 일, 뭐 그런 게 있다는 건가요?"

"그런 건 없소. 허미타찰의 누구도 이 일에 대한 대가를 지불하지는 않소."

"그렇다면 뭐하러 이렇게까지…."

"허미타찰은 허미타찰로만 존재하는 것이 아니오. 이 죽음의 세계는 삶과 절연되어 있으면서도 삶의 연장으로서의 세계이오. 현재가 과거와 단절되면서도 그 연장이듯이."

김쌍돌이의 대답은 거의 선문답 수준이었다. 그런데도 알 듯 모를 듯 애매한 미소만 흘릴 뿐 더는 설명을 하지 않았다.

"그만 갑시다. 놓칠지도 모릅니다."

오팔초가 김쌍돌이를 재촉했다. 그들은 묵례만 던지고는 급한 걸음으로 떠나갔다.

선택과 혜리와 푸두리는 막 어두워지기 시작할 무렵에서야 월암골 초입에 겨우 이르렀다. 거의 두 시간가량이나 소요됐다. 3, 4킬로미터 남짓이나 될까 말까 한 거리에 이렇게까지 시간을 잡아먹은 범인은 혜리의 굽 높은 빨간 하이힐이었다. 참다못한 푸두리가 방망이의 마지막 남은 한 방울의 기력까지 다 짜내 그것을 빨간 운동화로 바꾸지 않았더라면 그날 안으로도 힘들었을 터였다. 덕분에 푸두리의 방망이는 빈사 상태로까지 떨어졌다. 곧 밤이 내렸다. 한겨울의 날씨 탓이라고만 할 수 없는 으스스 몸을 떨게 하는 월암골 어귀의 솔숲 오솔길을 지나자 그들 앞에 거대한 바위가 버티고 섰다. 그 바위 면에는 월암골이라는 글자가 음각되어 있었고 그 음각된 면에는 붉은 페인트가 먹여져 있었다. 선택이 꿈에서 본 그대로였다.

"34년 만이야."

푸두리가 웅얼댔다. 그의 눈은 그 거대한 바위를 더듬다가 그 너머의 어둑한 골짜기를 슬금 훔쳤다. 그는 월암골을 불편해하고 있었다. 어깨를 웅크리고 엉덩이를 뒤로 뺀 모습은 야단맞은 아이와도 비슷했다. 선택이 괜히 조심스러워졌다.

"괜―찮겠습니까?"

"뭐가?"

"여―기 오래 갇혀계셨다고….'

푸두리가 허리를 바로 폈다. 얼굴도 정색을 했다.

"일없네. 난 괜찮아. 자네들 걱정이나 하게. 월암골은 들어가기는 쉬워도 나오기는 쉽지 않은 곳이야. 가세."

들어가기는 쉬워도 나오기는 쉽지 않은 곳? 의미가 있는 말이었다. 그 의미를 캐묻고 싶었지만 그만두었다. 푸두리는 벌써 여러 걸음 앞서서 낙엽이 진 신갈나무와 떡갈나무 숲 속의 좁은 비탈길을 오르고 있었다. 선택은 혜리와 그 뒤를 말없이 따랐다. 달이 뜨기 전이라 숲 속은 어두웠다. 밤 짐승들이 풀숲을 헤치고 달아나는 놀란 발소리와 멀리서 늑대로 짐작되는 육식 포식자의 긴 울음소리가 그 어둠을 갈랐다. 그리고 무엇보다 추웠다. 한겨울의 날씨 탓만은 분명 아니었다. 몸속 깊은 곳에서부터 추위가 스멀스멀 밀려 나왔다. 여간해서 추위를 타지 않던 혜리도 팔짱을 끼고 두 팔을 손으로 비비며 걸었다. 앞서가던 푸두리가 뒤도 돌아보지 않고 한마디 던졌다.

"마음이 추워서 그래."

또 이런 모호한 어법을 혜리가 그냥 넘기지 않았다.

"마음이 춥다뇨? 그게 뭐 어쨌다는 건데요?"

"말 그대로야. 왜, 누구든 마음을 춥게 만드는 것들을 품고 있지 않나? 마음을 괴롭히는 나쁜 감정이나 기억 같은 것들. 그것들이 이 월암골을 지나가는 동안 뽑혀 나오는 거야. 그래서 유달리 추운 거거든. 춥게 만드는 것이 뽑혀 나오니까. 암튼, 계속 가자구. 가다 보면 더 잘 알게 될 테니."

낙엽 진 신갈나무와 떡갈나무 숲을 지나자 황량한 개활지가 펼쳐졌다. 간간이 자리 잡은 이름 모를 몇 그루의 잡목들만이 그 황량함을 벌충하고 있었다. 그 개활지에 첫발을 디디는 순간 선택은 본능적으로 알아차렸다. 자신이 제대로 된 월암골로 들어섰다는 사실을. 그것을 증명이라도 하듯 개활지 안으로 겨우 다섯 걸음도 떼지 않아서 오싹하는 한기가 등줄기를 꿰뚫는다 싶었는데 그의 앞에 한 인물이 나타났다. 돌아가신 아버지였다.

"아―버지?"

아버지는 조용히 의자를 끌어다가 앉을 뿐 대답이 없었다. 그럴 수밖에, 선택의 앞에 모습을 드러낸 아버지는 실체가 아니었다. 향월암에서 보았던 푸두리의 기억처럼 홀로그램 비슷한 영상이었다. 그리고 보니 그 영상 속의 아버지가 앉아있는 곳도 오래전 선택의 작업실이었다. 아마도 대학 졸업 무렵이었을 것이다. 기억이 났다, 이 장면이. 아버지가 암으로 돌아가시기 바로 전이었다. 마지막으로 아들을 위해 모델을 서주셨던 그때였다. 죽음을 눈앞에 두고 아들을 위해 최후의 기력을 다 짜내 모델을 서주시고는 지쳐 자리에 누우시면서 당신이 암이라고 밝히셨다. 그 뒤 꼭 열흘 만에 아버지는 돌아가셨다. 울컥 뜨거운 것이 목젖을 타고 올라왔다. 아버지는 아들을 위해 돌아가시기 직전까지 당신의 고통을 숨기고 당신이 아들을 위해 할 수 있는 것을 다 하셨다. 그리움과 미안함과 감사함이 한데 뭉쳐져 가슴이 불덩이처럼 뜨겁게 달아올랐다. 그런데도 몸은 추웠다. 너무 추웠다.

"당신 괜찮아?"

혜리가 선택의 등을 쓸었다. 눈은 영상을 향해 있었다.

"당신 아버지야? 사진으론 본 적이 있긴 해도 이렇게 뵙기는 처음이네. 언제적 모습이셔?"

"돌아가시기 바로 전이야."

"흠! 흠! 그만 갈까?"

푸두리의 재촉을 받고 일 초도 지나지 않아 푸두리의 말이 이해됐다. 월암골은 들어가기는 쉬워도 나오기는 쉽지 않은 곳이라고 했었다. 사실이지 쉽게 발을 떼놓을 수가 없었다. 눈앞에 펼쳐진 영상은 그를 잡아끄는 힘이 있었다.

"질기게 붙들고 늘어지는 기억들, 그것들은 질긴 만큼 그것들의 주인을 질기게도 월암골에 묶어버리는 거지. 한데 자네, 자네 아버지에게 큰 죄라도 지은 것 있나? 어째 제일 먼저 나타나?"

잘해드린 건 없지만 죄를 지었다고 할 만한 건 없었다. 그것도 큰 죄라니.

"죄지을 일이 뭐가 있겠습니까?"

"그런─가? 아니야 있어. 저 영상엔 자네를 괴롭히거나 힘들게 하는 무엇이 있어. 아무튼 그만 가자구. 겨우 이 기억 하나에 발이 묶여서야 쓰겠나? 내가 보기엔 둘 다 추위를 타는 정도로 봐서는 뽑아낼 추운 과거가 만만찮게 있어 뵈는데?"

푸두리의 말이 맞았다. 겨우 5분도 걷지 않아 다시 오싹한 한기가 등줄기를 타고 내렸다. 이번에 나타난 것은 선택과 선택의 장모 즉 혜리의 엄마였다.

"엄마!"

혜리는 선택을 보았다가 홀로그램 같은 영상을 보았다가 다시 선택을 보았다.

"당신에게서 나온 거야?"

"응."

대답을 하면서도 눈은 영상을 주시한 그대로였다. 영상 속의 장모는 병원 침대에 누워있었고 그는 주머니에 두 손을 찌르고 그 옆에 서 있었다. 장모가 눈물을 흘리며 말했다.

"미안하네. 나 때문이네. 다 나 때문에 그렇게 되었네. 자네에게 떠맡기지 않았더라면 그런 일은 없었을 거네. 내가 그날 제시간에만 하주를 데려가기만 했더라도 그런 일은 없었을 거네."

장모의 말이 끝나자 같은 영상이 반복되었다. 세 번째 되풀이되었을 때 혜리가 말했다.

"당신은 우리 엄마를 용서했어."

"용—서?"

장모의 기억을 더듬어 보았지만 장모가 뭘 잘못했는지도 모르겠고, 그가 뭘 용서했는지도 알 수 없었다.

"그런 건 모르겠어."

"아니야. 용서했어. 그래서 엄마 모습이 당신에게서 나타난 거야. 당신이 우리 엄마를 생각하면 마음이 아프기 때문에 이러는 거라고. 안 그래? 당신은 우리 엄마를 마음에서 용서했어."

"뭘 용서했다는 거지?" 푸두리가 나섰다. "흠, 애~틋한 사정이 있는 모양인데, 어째 내가 끼어드는 것 같아 미안하네만 듣다보니 궁금하네. 나도 내 얘길 해줬으니 들을 권리는 있다고 생각되는데?"

들을 권리가 있고 없고의 문제가 아니었다. 사실이지 뭘 용서했다는 건지 선택도 그것이 궁금했다. 혜리는 알고 있지만 말해주지 않을 것이다. 지금까지 늘 그랬다. 둘 사이에 대화가 진행되다 보면 더는 앞으로 나아가지 못하고 막히는 지점에 선택은 이르게 되고 혜리는 무엇이 선택을 막고 있는지 알고는 있지만 말해주지는 않았다. 지금 재촉해도 결과는 마찬가지일 것이다.

"어째 비밀이 많은 사람들이야. 너무 꽁꽁 감추고 있어. 내가 보기엔 부부가 둘 다 그래." 푸두리가 혀를 끌끌 찼다. "자신들이 누군지, 마음의 어디가 아픈지 알고 싶은 자들은 월암골로 오면 돼. 그들이 품은 추운 것들이 다 그 모습을 드러내 보여주니까. 그렇지만 댁네들처럼 꽁꽁 감추고 있으면 아무 소용이 없어. 자신이 누군지, 어디가 아픈지도 모르고 영영 살아가는 수밖에 없지. 당연히 치료도 불가능하고. 안됐지만 평생 병을 안고 살아가야지."

"치─료요?"

의문을 그냥 넘기지 못하는 혜리가 바로 걸고 늘어졌다.

"여기는 감옥이라면서요? 감옥에서 뭔 치료를 다 해요? 인격 교정이라고 하는 뭐 그런 걸 말하는 건가. 그렇담 우리가 그 인격 교정이라는 것을 받아야 된다는 그런 말인가. 그런 거예요?"

푸두리가 콧잔등을 찡그리면서 자신의 꽁지머리를 매만졌다. 더 말해주어야 할지를 망설이고 있었다. 그러다 혜리가 아니라 선택에게 눈을 맞추었다.

"감옥? 감옥 맞지. 그러면서도 여긴 병원이야. 오늘 본 자네의 기억 두 개, 그런 것들이 자넬 묶어버려 여길 떠나지 못하게 되면 여긴 감옥이 되는 거지만 그 기억들이 던지는 아픔이나 슬픔 다 걷어내고 더는 그것들이 보이지 않게 되어 자네가 여기를 떠날 수 있게 되면 그게 바로 치료가 되는 것이고 그리되면 여긴 병원이 되는 거지. 여긴 허미타찰이야. 허미타찰의 감옥은 누구나 알고 있는 그런 감옥과는 달라."

"그러면 여기는 사람을 가두는 철창 같은 건 없는 모양이지요."

"그럴 필요가 뭐 있겠나? 그냥 놔둬도 도망 못 가는데."

"하지만 방금 저는 제 아버지의 기억에서 벗어나서 여기까지…"

푸두리가 손을 휘휘 저었다. 괜히 말을 꺼냈다는, 불편해하는 기색도 내비쳤다.

"이게 월암골의 전부가 아냐. 제대로 겁나는 데가 있어. 바위 동굴이야. 월암골에서 기운이 제일 센 곳이지. 거기서는 아무리 사소하고 희미해진 나쁜 기억이라도 몇십 배로 뼁뼁 튀기게 되지. 동굴에서 소리가 크게 울리는 것처럼. 그래서 무엇으로도 지울 수 없는 상처로 커져 버려.

그러면 커져 버린 그놈의 기억에 눌려 꼼짝달싹 못하게 되는 거야. 어느 정돈가 하면 거기 가까이만 다가가도 생각도 잘 안 나던 나쁜 기억들이 쏟아져 나오기도 해. 거기가 이 월암골의 진짜 감옥이야. 나는 그런 곳에서 218년을 보냈어."

"저…."

선택이 푸두리의 기색을 살폈다. 여전히 불편함을 지우지 못하고 있었다.

"어떻게 그런 곳에서 빠져나올 수 있었습니까?"

푸두리의 인상이 굳어졌다.

"지워버렸지. 날 건드릴만한 기억들은 전부 깡그리. 그러는 데 218년이 걸렸어. 그래 대답이 됐나? 가자구. 불살귀를 잡아야 할 거 아냐."

그런 기억들을 지워버리는 게 가능하냐는 의문이 들었지만 묻지는 않았다. 어쩌면 가능할 것 같기도 했다. 218년 동안이나 노력했다면. 선택은 푸두리의 뒤를 따라 월암골의 어둠을 헤치고 나아갔다. 곧 달이 고개를 내밀었다. 월암골이라는 이름에 어울리게 구름도 없는데도 달빛은 어둑했다. 선택과 혜리의 기억들도 그들이 나아가는 앞쪽으로 훌쩍 나타났다가 그들의 발목을 잠깐씩 붙잡은 뒤 사라졌다. 선택의 것으로는 개인전 뒤의 미술 관계자들의 잔인할 정도의 악평들, 2년을 병석에 누워 계시다 돌아가신 어머니, 돈 때문에 그를 배신했던 친구, 등기부 등본을 제대로 확인하지 않아 세 살던 집이 경매에 넘어가면서 전세금을 홀랑 날렸던 뼈아팠던 신혼 초의 사건, 임시직 미술교사로 잠시 재직할 당시 정교사인 후배로부터 받았던 모멸감, '선택 씨한테는 정말이지 조금도 마음이 없어요.'라며 그를 떠났던 첫사랑, 대학 입시에 떨어진 뒤 집에도 들어가지 못하고 밤거리를 헤매던 일, 등등 별의별 것들이 일단 한번 봇물이 터지자 꼬리에 꼬리를 물고 그 모습을 드러냈다. 반면 혜리의 것은 딱 두 개뿐이었다. 친정에 돈 빌리러 갔던 일과 친정엄마와 싸웠던 일. 역시 혜리는 강했다. 앞서가던 푸두리가 이런 혜리를 두고 뒤를 돌아보지도 않고 한마디를 던졌다.

"너무 그렇게 꽁꽁 감추지 마. 아플 땐 아프다고 소리 질러야 하는 거야. 너무 단단하면 부러진다는 말도 있잖아."

"말씀 잘하셨습니다."

선택이 거들고 나서자 이번엔 선택을 걸고넘어졌다.

"자네도 마찬가지야. 자넨 사소한 것들은 잘도 드러내면서도 절대 안 드러내고 있는 게 있어. 뭔지는 모르겠지만 아무리 그래 봐야 내가 갇혔던 그 동굴에 한번 들어가기만 하면 다 쏟아내게 돼 있어. 기억의 저 깊은 밑바닥에 가라앉아버린 것들, 너무 두렵거나 고통스럽거나 힘들어서 온전히 망각의 세계에 묻어버린 것들마저도 끌어올려 기억의 세계로 되돌려버리지. 속된 말로 창자 속 똥물까지 다 뽑아 올리는 거지. 자네가 누군지 발가벗겨놓고 보여주는 거야."

푸두리가 걸음을 멈추고 돌아서서 선택을 마주했다.

"어때? 생각 있어? 그 동굴에 한번 들어가 볼까? 자네, 내가 보기엔…"

푸두리의 안색이 창백해졌다. 그의 눈은 선택의 어깨너머 뒤쪽을 주시했다. 그 시선을 선택이 따라갔다. 그들 뒤 20여 미터 남짓 떨어져 키가 큰 나무가 한 그루 서 있는 옆으로 소복처럼 하얀 치마와 저고리 차림의 여인이 침침한 달빛을 받으며 서 있었다. 더 자세히 보니 두 팔은 뒤로하여 명치께 조금 아래에서 몸통과 함께 밧줄로 묶여 있었고 옷과 머리는 물에 젖은 것처럼 몸에 달라붙어 있었다. 누군지 물어볼 필요도 없었다. 강가 절벽에서 던져져 죽임을 당한 푸두리의 인간 아내였다. 푸두리가 몸을 돌려 서둘러 걷기 시작했다.

"제기랄, 제기랄. 그놈의 동굴이 가까워서 그래."

거의 뛰듯 걷는 푸두리의 뒤를 선택과 혜리가 쫓았다. 푸두리는 그를 건드릴만한 기억들을 깡그리 지워버린 게 아니었다. 아마도 보이지 않는 곳에다 숨겨두고는 뚜껑을 덮은 뒤에 그 위를 꾹 눌러놓은 것에 지나지 않았을 것이다. 그것도 월암골에서만. 그 이후에는 가끔씩 뚜껑을 열고 그 안을 기웃거렸을 것이다. 그랬기에 그의 방망이가 쉽게 그 기억들을 불러냈고 아직도 복수가 어쩌니 하고 입에 올리는 거였다.

그들이 나아가는 길에는 인적이라곤 없었다. 어쩐 일인지 선택의 기억도 숨을 죽인 것처럼 더는 모습을 보이지 않았다. 어두침침한 달빛과 조화를 이룬 괴괴한 고요만이 그들을 내내 내리눌렀다. 그 인적 없는 고요는 그들이 개활지를 지나 물기라곤 한 점 없는 마른 계곡으로 접어들어 낮은 절벽 모퉁이를 꺾어 들었을 때 깨졌다. 4~50미터 저쪽 앞으로 어른 서넛은 드나들 수 있을 만한 동굴이 입을 벌리고 있었고 그 입구에는 낯익은 자들 또한 진을 치고 있었다. 불살귀의 졸개들과 불살귀를 쫓는 자들이었다. 불살귀의 졸개들은 이번엔 믿는 바가 있는지 동굴 입구를 막아선 채로 버티고 있었다. 추적자들도 일단 지켜보자는 심산인지 아니면 불살귀가 아닌 졸개들에겐 관심이 없는지 그들을 내버려두고 있었다. 선택과 혜리와 푸두리에게 그들 두 패거리는 모두 눈길을 한번 던지는 것 이상의 관심을 보이지 않았다. 그들과는 적당한 거리를 두고 푸두리가 멈추어 섰다. 푸두리가 말했다.

"저 동굴이 내가 말한 월암골의 진짜 감옥이야. 불살귀가 저 동굴 안에 있을 거야. 불살귀가 월암골로 가고 있다고 자네가 말했을 때 난 불살귀가 저 동굴을 목적으로 하고 있다고 확신했어. 자신이 누군지 알고 싶었을 테니까. 허미타찰에 떠도는 말로는 그가 중증 기억상실증 환자라는 거지. 과거의 기억이 없거든. 이름도 없고. 그러니 당연히 불살귀 스스로도 그것을 의식하지 않을 수 없었을 테고, 따라서 망각의 세계에 묻혀버린 기억들을 끌어올리고 싶었던 거겠지. 그것도 선택 자네와 관계해서. 내 생각이네만 불살귀의 사라진 과거는 자네와 어떤 식으로든 깊게 얽혀있을 거라고 확신하네."

선택은 불살귀의 행동을 충분히 이해할 수 있었다. 불살귀는 그와의 접촉이 있었던 뒤에는 그만큼이나 혼란해했었다. 선택이 불살귀와 얽힌 자신을 알고 싶었던 만큼 불살귀도 선택과 관계된 자신을 알고 싶었을 것이다. 선택은 불살귀가 최대한 많이 알아내기를 바랐다. 동시에 두려움도 있었다. 월암골이 드러내 보여주는 기억은 대개 어둡고 감추고 싶은 것들이 아닌가. 동굴이 불살귀에게 무엇을 보여줄지가 두려웠다. 선택의 두려움을 알아차렸는지 푸두리가 의식적이다 싶게 쾌활한 얼굴을 만들었다.

"어찌 보면 참으로 불살귀다운 짓이야. 무모하고 용감하게도 저 감옥으로 뛰어들었어. 그래도 불살귀는 나처럼 200년이나 걸리지 않고도 저 동굴에서 빠져나올 수 있을 거네. 그게 바로 리벨룽의 피를 뒤집어쓴 불살귀거든. 내 짐작에 곧 나올 거 같네. 왜냐면 자네가 가까이 와 있으니까."

5분도 지나지 않아 그것은 증명되었다. 거구의 불살귀가 다리가 풀린 것처럼 흔들흔들 걸어 나와 동굴 입구에 멈추어 섰다. 동굴 밖의 누구도 안중에 없다는 듯 그는 밤하늘을 올려다보았고, 이런 그의 얼굴에는 비웃음이 어리어 있었다. 자조적이고 자학적인 비웃음이었다. 그러나 그 비웃음은 불살귀의 시선이 똑바로 선택을 향하는 순간 사라졌다. 불살귀가 소리쳤다.

"나는 오늘 너를 죽여야만 하는 내 운명을 이 동굴에서 확인했다. 너를 어디서 어떻게 죽여야 할지 알았다는 말이다. 조만간 다시 만날 거다. 내가 나에게 정해진 길에서 벗어날 수 없는 만큼 너도 너의 길에서 도망칠 수 없다. 그리고 그 두 길은 서로 만나야 할 데가 있다."

선택이 기대하지 못한 것이었다. 기껏 동굴에서 알아낸 것이 이미 알고 있는 사실뿐이라니. 선택도 소리쳤다.

"그것뿐이오? 다른 건 없소? 당신과 나 말이오. 당신은 내게 무엇이오?"

불살귀의 얼굴이 일순 굳어졌다가 자조적이면서 자학적인 그 비웃음이 다시 얼굴 위로 그려졌다.

"그딴 건 나도 모른다. 내 알 바도 아니다. 우리는 서로가 서로를 죽이기만 하면 돼. 네가 나를 죽이지 못하면 내가 너를 죽인다."

거짓말을 하고 있었다. 둘의 관계를 두고 알아낸 것이 있었다. 하지만 말해주지 않을 것이다. 알아낸 그것이 자조적이고 자학적인 비웃음을 짓게 만든 것인지도 몰랐다. 그래서 누구에게든 감추고 싶은지도. 선택은 품속의 권총으로 손을 가져갔다. 불살귀를 이 이상으로 더 알 수 없다면 남은 것은 불살귀를 죽이는 것뿐이다. 죽지 말라는 하주의 명령을 쫓아 불살귀가 그를 죽이기 전에. 또다시 그놈의 합체를 겪기 전에. 나아가 불살귀와 엮여들면서 그를 혼란스럽게 만들었던 것들로부터 벗어나기 위해서. 그러나 그보다 김쌍돌이가 빨랐다.

"죽여!"

짧은 외침을 신호로 불살귀의 추종자와 추격자 두 패거리는 충돌했다. 머릿수 말고는 갖춘 무구에 있어서나 훈련의 정도에 있어서나 단연 추격자들이 우위였다. 제대로 일전을 겨루어보기도 전에 세는 결정 났다. 세 명의 불살귀 추종자들이 바닥에 쓰러졌고 나머지는 동굴로 밀리기 시작했다. 그들은 동굴 입구의 불살귀가 나서주기를 기대하며 도움의 눈길을 던져댔지만 불살귀는 석상처럼 요지부동이었다.

선택은 권총이 든 품속에 오른손을 넣고서 불살귀에게로 접근했다. 머리에다 몇 방 먹여버릴 작정이었다. 머리라면 가능할 수도 있었다. 다른 방법이 없으니 할 수 있는 건 해봐야 했다. 그러나 일은 뜻대로 풀리지 않았다. 언제 나섰는지 혜리가 불살귀 졸개에게 사로잡혀 버렸다. 혜리를 사로잡은 자는 무슨 악연인지 또 이중도라는 놈이었다. 아마도 놈이 기회를 노리고 있었을 것이다. 이 위기에서 벗어나 도망칠 유일한 기회를 놓칠 놈이 아니었다. 선택에게 그랬던 것처럼 놈이 혜리의 목에다 칼끝을 들이밀었다.

"물러서! 안 그러면 이년은 죽어!"

이중도의 말이 끝나는 순간 누구도 예상치 못했던 일이 벌어졌다. 싸움의 와중에도 말 한마디 않고 손끝 하나 꼼짝하지 않던 불살귀가 이중도를 머리 위로 번쩍 들어 올려서는 땅에다 팽개쳐버렸다. 땅바닥에 길게 뻗은 이중도는 뭐랄까, 어린 시절 동네 악동들에게 패대기쳐진 개구리와 그 모습이 흡사했다. 퍼들퍼들 떨다가 쭉 뻗어버렸다. 뒤이어 일어난 일 또한 예상치 못한 것이었다. 불살귀는 자신의 추종자들의 뒷덜미를 움켜쥐고 동굴 속으로 모두 집어던져버렸다. 빡빡머리 손후록만 남겨두었다. 그는 정신줄을 놓고 떨고 있었다. 불살귀가 손을 들어 손후록의 이마를 가리켰다.

"가라, 가서 전해라. 다시는 나를 따라다니지 말라고."

손후록은 뒤도 돌아보지 않고 줄행랑을 쳐버렸다. 그 자리에 남은 이들이 상황을 파악하기까지는 몇 초의 시간이 더 필요했다. 정신을 차린 선택이 김쌍돌이가 움직임을 보이기 전에 권총을 꺼내 들고 불살귀를 겨냥했다.

"너를 죽여야겠다."

불살귀에게서 자조적이고 자학적인 그 비웃음이 되살아났다.

"더블 액션 리볼버. 그 총은 명중률이 떨어지기로 유명하지. 특히 첫 발은. 제 머리에 대고 쏴도 빗나가기 일쑤이고. 그러니 그 정도 거리에서는 날 맞힐 수는 없을걸. 자 더 가까이 와라."

선택이 다가갔다. 총구는 똑바로 머리를 겨누었다. 불살귀는 미동도 않았다. 대신 다른 것이 움직였다. 불살귀 뒤의 시커멓게 입을 벌린 동굴이 선택에게로 다가들었다. 상상이나 환시일 뿐이라고 믿으면서도 불살귀를 몇 발자국 앞두고서 동굴이 두려워졌다. 돌아가려 발을 뗐으나 이미 늦어있었다. 동굴이 왈칵 달려들었다. 열기도 덮쳤다. 머리를 쪼갤 것 같은 두통과 가슴을 찢어버릴 듯한 흉통도 쇄도했다. 더불어 뚤뚤 뭉쳐진 그 기억 덩어리도 꿈틀대기 시작했다. 그 덩어리는 점점 부풀어 올랐다. 그것은 출구를 찾고 있었고, 마침내 어느 순간 그의 머리와 가슴이 둘로 쩍 갈라졌다. 그 갈라진 틈으로 하주가 나왔다.

하주는 빙판 위에서 스케이트를 지치고 있었다. 그러나 그 하주는 켜졌다 꺼지기를 반복하는 점멸등처럼 나타났다가 사라지기만을 되풀이했다. 꼭 자신의 모습을 보여주기를 거부하는 것만 같았다. 그것은 잠시 후 완전히 사라졌다. 그 뒤를 이어 눈가에 눈물이 번진 격앙된 감정의 하주가 또한 나타났다가 사라지기를 반복했다. 그럼에도 손에 맞은 자국이 틀림없는 뺨의 뻘건 손자국은 확인할 수 있었다. 이것 역시 곧 사라졌다. 다음엔 긴 의자 끝에 앉은 하주가 나타났다 사라지기를 되풀이

했다. 하주의 옆자리는 비어있었다. 하주는 누군가를 기다리며 갈망하는 시선을 그 누군가에게로 던지고 있었다. 이 또한 금세 사라졌다. 뒤이어 나타난 것은 검게 피어오르는 연기와 일렁이는 불길이었다.

선택은 하주가 보일 때마다 가슴을 움켜쥐었다. 심장이 송곳에 찔린 것처럼 아파왔었다. 그래도 견딜 만했으나 이 마지막은 아니었다. 그것은 숨통을 막았고 몸이 타들어가게 했다. 그것은 그에게만은 실재하는 연기요 불이었다. 그 연기와 불길이 그를 둘러싸고 가득했다. 앞의 것들처럼 바로 사라지지도 않았다. 보이는 것은 그것밖에 없었다. 어디로든 도망갈 데도 없었다. 권총을 내던지고 무릎을 꿇었다. 의식이 혼미해왔다. 그 혼미한 의식의 너머로 불살귀의 쉰 목소리가 이명처럼 울려왔다.

"그것들 모두가 다 내가 널 죽이는 데 도움이 되는 것들이다. 넌 역시 불을 겁내고… 우리가… 만나야 할 그곳…."

더는 불살귀의 말이 들리지 않았다. 선택은 의식을 잃었다.

리벨룽의 수수께끼

"불이 그렇게 두렵소? 진짜 불이 아닌데도 정신을 다 잃어버리고."

눈을 뜨자마자 김쌍돌이가 내뱉은 말이다. 선택은 허리를 일으켜 앉았다. 월암골 어귀 붉은 글씨가 새겨진 집채만 한 바위 옆이었다. 그가 누웠던 바닥엔 낡어모은 낙엽도 깔려 있었다.

"당신 괜찮아?"

선택의 등 뒤에서 혜리가 물었다. 고개를 돌리자 염려와 근심으로 가득한 혜리의 두 눈과 마주쳤다. 그 두 눈이 말했다. 혜리는 그를 걱정하면서도 죽은 딸을 생각하고 있으며 딸을 두고 그와 얘기를 나누고 싶어한다고. 그에게서 뽑혀 나온 하주를 보았을 테니 당연했다. 사실 선택에게도 하주는 생각할 거리를 던져주었다. 불살귀와의 합체 이후에 또 하주를 본 것이다. 비록 나타났다 사라지기를 반복하긴 했으나 이번에도 뭉개짐 없는 모습이었다. 그런 데다가 단지 얼굴만 짧게 비친 게 아니었다. 하주는 움직이고 있었고 격한 감정도 내보였다. 하주에게로 성큼 다가간 듯했고 하주가 그에게서 살아나고 있는 것만 같았다. 아빠로서 이 사실을 기뻐해야 마땅했다. 그럼에도 그렇지가 못했다. 그는 불안하고 두려웠으며 그의 깊숙한 곳에서는 분노의 냄새도 피어올랐다. 마지막의 그 불길 때문인가. 혹시 하주와 불이 얽혀있다는 건가….

"괜찮아 당신?"

혜리가 재차 물었다. 혜리는 그 사이 하주를 생각에서 몰아낸 것 같왔다. 선택에게 드리워진 불안과 두려움과 분노의 그림자를 읽은 탓이리라. 선택은 두 손으로 땅바닥을 짚고 일어섰다. 김쌍돌이와 혜리와 푸두리만 보였다. 김쌍돌이와 혜리는 그의 곁에서 그를 지키듯 서 있었으나 푸두리는 맞은편의 바위에 엉덩이를 걸치고 혼자 앉아있었다. 그는 무릎에다 올려놓은 방망이를 두 손으로 힘주어 누르고 있었다. 방망이는 그의 손에서 벗어나려 버둥대고 있었다.

"이게 뭔 냄새를 맡았나 봐. 자네에게 가겠다고 이리도 기를 쓰네. 뭐 뽑아내고 싶은 거라도 있는 모양이야. 그놈의 동굴 앞에서 자네 기억을 본 뒤로 이러네. 그 여자아이, 자네 딸 맞지, 그 애가 마음에 들었나 봐."

찔러본 뒤 반응을 살피듯 푸두리가 곁눈질을 했다. 방망이도 갑자기 얌전해졌다. 푸두리도 방망이도 하주를 화제 삼고 싶어 하는 듯했으나 선택은 못 들은 척했다. 질문부터 던졌다.

"불살귀는?"

"달아났지."

푸두리는 얌전해진 방망이를 손바닥으로 토닥토닥 두드려댔다.

"불살귀잖아. 쉽게 못 죽여. 피는 좀 흘리긴 했지. 무지 아프기도 했을 거고. 그게 다야. 그놈은 성큼성큼 걸어서 우리 사이를 지나 도망갔지. 사실 도망도 아니지. 그냥 갔지. 우리는 지켜봐야만 했고."

푸두리의 말을 흘려들으면서 선택은 불살귀를 생각했다. 불살귀는 다시 만날 거라며 그땐 그를 죽일 거라고 했다. 그 방법도 그 장소도 안다고 했다. 그것은 단순한 협박이 아니었다. 사실이었다. 월암골 동굴 앞에서 딸을 본 뒤라 그런지 그 사실이 갖는 무게감이 어느 때보다 무겁게 가슴을 눌렀다. '아빠 죽지 마. 죽으면 안 돼.' 불살귀가 그를 죽이기 전에 불살귀를 죽여야 했다.

"그놈을 죽어야 합니다."

"알아, 그건 또 누구보다 내가 바라는 바이기도 하지."

푸두리가 몸을 일으켰다. 그는 선택에게로 다가와 방망이를 쥔 채로 뒷짐을 지고 선택의 앞을 왔다 갔다 했다. 그러다 선택의 정면에서 딱 멈추었다.

"하지만 어떻게?"

선택이 대답할 수 있는 물음이 아니었다. 그 물음에는 '자네가 그 전에 먼저 죽겠는걸?' 이라는 약간의 질책과 비아냥 또한 포함되어 있었다. 그렇다고 그 자리의 다른 누가 대답할 수 있는 물음도 아니었다. 어둑한 달빛 아래에서 모두들 말도 없었고 움직임도 없었다.

"리벨룽을 찾아가 보는 건 어때?"

갑작스레 말을 꺼낸 이는 김쌍돌이였다. 막상 뱉어놓고도 스스로 겸연쩍은지 머리를 갸우뚱했다. 리벨룽을 찾아가 보자는 그것, 리벨룽이 불살귀의 약점을 잡아놓았다는 그 소문을 염두에 두고 하는 말이겠지만 어디까지나 그건 근거가 불명확한 떠도는 소문에 불과했다. 더군다나 리벨룽이 내는 수수께끼를 풀어야만 불살귀의 약점을 가르쳐 준다는데, 만약 풀지 못하면 처음에는 손목 하나, 다음에는 발목 하나, 마지막 세 번째도 못 맞히면 목이 잘려 죽어야 한다는 어처구니없는 조건까지 붙어있었다. 커다란 작두로 손과 발이 잘리다가 최후에는 그 작두날 아래에다 목을 집어넣어야 한다는. 이 얘긴 혜리에게도 들려준 적이 있었기에 혜리도 알고 있었다. 혜리가 핑 하는 콧방귀를 날렸다.

"허! 다 좋아, 그 소문이 진짜라 치자고, 근데 수수께끼는 누가 풀 건데?"

김쌍돌이는 입이 아닌 눈으로 대답했다. 선택과 눈을 맞추었다. 당신 밖에 없지 않느냐고. 당연히 이런 상황을 그냥 넘길 혜리가 아니었다.

"말도 안 돼! 가지 마, 당신!"

말도 안 된다고 생각지는 않았다. 헛소문이 아니고 리벨룽이 불살귀의 약점을 정말 알고 있다면 그 정도의 모험이야 해볼 만도 했다. 혜리는 재깍 선택의 생각을 읽어냈다.

"당신, 진짜 그럴 생각이야?"

선택은 대답 대신 김쌍돌이를 마주 보았다. 김쌍돌이는 그 즉시 그러면서도 신중히 입을 열었다.

"내 생각을 말해보라면 말이오. 불살귀를 죽일 가능성이 있는 유일한 자는 화가 선생 당신이오. 불살귀와 선생이 서로 얽혀있다는 점에서 그렇소. 푸두리에게 듣기로 선생과 불살귀는 같은 냄새를 갖고 있고 서로를 끌어당긴다고 했소. 더군다나 불살귀는 동굴 앞에서 선생을 죽이는 것이 자신의 운명이라고 하지 않았소. 재밌게도 그 말이 내게는 꼭 그 역도 마찬가지라는, 즉 불살귀를 죽이는 것이 선생의 운명일 수 있다는 말로도 들렸소…."

김쌍돌이가 지긋한 응시로 그렇지 않느냐고 물었다. 선택으로선 운명까지는 아니겠지만 불살귀를 죽이는 일은 그가 하지 않으면 안 되는 것이긴 했다. 김쌍돌이가 계속했다.

"그러니 리벨룽이 불살귀의 약점을 진짜로 알고 있다면 선생에게만은 가르쳐 줄 거 같소. 왜냐면 선생은 불살귀를 죽일 수 있는 가능성을 가진 자이니까. 그리고 목숨을 담보로 한다는 그 수수께끼. 그건 핑계에 불과할 수도 있소. 아무에게나 불살귀의 약점을 가르쳐 주지 않으려는. 아니면 그것이 아무리 어렵더라도 선생에게만은 쉽게 풀릴 것 같소. 선생이 불살귀를 죽일 운명을 타고났다면 말이오."

김쌍돌이의 말이 끝나기도 전에 선택은 마음을 굳혔다.

"갑시다. 리벨룽에게로."

혜리가 못마땅한 얼굴로 한마디 걸고넘어지려 했으나 선택은 모른 척 외면해버렸다. 혜리는 입을 다물었다. 그리고 더는 따지고 들지 않았다. 혜리는 그런 여자였다.

문제는 리벨룽에게로 어떻게 가는가, 하는 거였다. 전남 영암의 월출산에 살고 있다는데, 수배자가 둘이나 되니 대중교통을 이용할 수도 없고, 푸두리의 방망이는 원래의 기력을 회복하려면 한참을 기다려야 했다. 어쩔 수 없이 검문에 걸리자 향월암으로 돌아가버린 주섭의 고물차를 또 신세지기로 했다. 메신저는 김쌍돌이가 맡았다. 리벨룽에게로 가볼 작정이라며 지나는 길에 들르겠다는 거였다. 주섭은 이틀이나 뒤 엔진 소리 요란한 92년식 엑셀을 끌고 투덜대면서 왔다. 차가 고장 나 손보느라 늦었다는 거였다. 불안하긴 했으나 그 즉시 고물차는 푸두리와 지명수배자 둘을 태우고 출발했다. 검문이 없을 만한 외진 지방도만 타느라 시간은 더 걸렸지만 월출산에 무사히 이르러 천 년 묵은 잉어 리벨룽이 살고 있다는 용추폭포를 찾아갔다. 폭포가 만들어낸 웅덩이 앞 널찍한 바위 위에서 김쌍돌이가 부하 셋과 그들을 기다리고 있었다. 김쌍돌이는 바위에서 풀쩍 뛰어내려 선택을 맞았다.

"리벨룽을 호위하는 자들을 만나봤소. 그들에 의하면 헛소문이 아니라 진짜로 불살귀의 약점을 알고 있다고 하오."

"다행입니다. 잘됐네요."

선택이 무덤덤하게 대꾸했다. 혜리를 의식해서였다. 혜리의 눈이 반짝하고 경계의 빛을 발했던 것이다. 김쌍돌이도 혜리를 의식한 듯 슬그머니 그녀를 외면하며 덧붙였다.

"문제는, 수수께끼에 도전할 당사자만 들여보내 줄 수 있다고 하더군."

"네…, 그렇지만 어디를 어떻게 들어간다는 겁니까?"

선택의 물음에 김쌍돌이는 턱짓으로 폭포 아래 웅덩이를 가리켰다. 그 턱짓이 가리킨 웅덩이는 겨울이라 폭포로부터 떨어지는 수량이 부족한데도 꽤 깊어 보였다. 살짝 공포를 자아낼 정도였다. 게다가 겨울 아닌가. 아무리 남도 지방이라지만 겨울은 겨울이고 겨울 웅덩이의 물은 차갑기는 매한가지였다.

"웅덩이 바닥으로 내려가면 사람 하나 통과할 만한 수중 바위굴이 있다는데 그리로 들어가면 된다고 내게 일러주었소. 그리고 옷을 벗을 필요는 없다고도 했소. 그냥 뛰어들면 된다는 거요."

첩첩산중이다. 이제 폐쇄된 공간인 동굴까지. 선택은 그의 근심 따위는 전혀 아랑곳하지 않고 몰아대기만 하는 김쌍돌이의 행태에 기분이 약간은 상해 웅덩이 가까이로 다가갔다. 느릿느릿 소용돌이치는 시퍼런 웅덩이를 잠깐 굽어보다 심호흡을 한 뒤 뒤를 돌아보았다. 혜리와 눈이 마주쳤다. 혜리가 선택의 어깨를 살짝 힘주어 쥐었다.

"손목 하나 발목 하나 없는 정도는 봐주겠는데 목 없는 건 못 봐주니까 목은 꼭 달고 나와."

혜리마저 등을 떠밀었다. 뛰듯이 웅덩이 안으로 걸어 들어가 수심이 허벅지 정도에 찰 무렵 철퍼덕 몸을 날렸다. 칼날 같은 냉기가 피부를 있는 대로 난도질해댔다. 두개골은 찡 하더니 정신마저 혼미해졌다. 정신줄을 놓기 전에 그놈의 수중 바위굴부터 찾아야 했다. 그러나 굳이 그럴 필요가 없었다. 강력한 완력이 거칠게 물속 깊이 선택을 잡아당겼다. 어느 순간 화들짝 다가온 수중동굴의 우둘투둘한 바위벽에 놀라 눈을 감았다가 다시 뜨니 그는 물 밖에 있었다. 정확히는 그의 반은 물에 잠긴 채였지만 그의 상체는 공기 중이었다. 그리고 그의 눈앞에는 다른 세계가 자리 잡고 있었다.

선택은 다시 눈을 감았다. 다른 세계, 그것은 폐쇄된 공간으로서의 동굴이었다. 심장이 요동쳐왔다. 가라앉혀야 했다. 어차피 예상했던 것 아닌가. 숨을 깊숙하면서도 길게 들이쉰 다음 셋을 세고 눈을 떴다. 폐쇄된 공간에 대한 두려움은 여전했으나 첫 대면과는 달랐다. 그는 그곳을 마주 볼 수 있었고 그곳을 관찰할 수도 있었다. 그곳은 지름이 30미터는 됨직한 돔 형식의 천장을 가진 동굴로, 물로 흥건한 바닥은 유리판처럼 매끄러웠으나 천장은 자연동굴처럼 바위 면이 비쭉비쭉 튀어나와 있었다. 조명이라곤 없었지만 은은한 빛으로 차있어 내부의 식별이 가능했다. 눈에 보이지 않는 틈 같은 데로부터 바깥의 빛이라도 새어 들어오든가, 아니면 눈에 띄지 않는 다른 발광체가 있는지도 몰랐다. 거의 일별에 가까운 주변 탐색이 끝나고서야 선택은 자신을 이리로 끌고 온 것에 눈이 갔다. 그것은 하나가 아니라 둘로 1미터 50센티는 되어 보이는 거대한 쏘가리와 그것과 비슷한 몸길이의 메기였다. 그들은 거슬리고 못마땅하다는 투로 선택을 아래위로 훑고 있었다. 선택과 눈이 마주치자 그들은 물로 절벅절벅한 바닥을 주르르 미끄러지며 따라오라는 지느러미짓을 했다. 구강 구조로는 영 불가능해 보여도 말도 했다.

"이리로!"

메기와 쏘가리는 선택을 입구 반대편인 동굴에서 가장 어둑한 구석으로 이끌었다. 동굴 바닥으로 물이 철렁철렁 넘쳐흐르는 웬만한 아파트 거실만 한 웅덩이가 그곳 어둠 속에 자리 잡고 있었다. 웅덩이의 깊은 안쪽 물속에서는 천 년 묵은 잉어 리벨룽이 2미터는 됨직한 거대한 몸을 느릿느릿 뒤척였다. 선택이 웅덩이 몇 발자국 앞까지 다가가자 리벨룽은 용트림하듯 몸을 풀쩍 비틀더니 어른 주먹만큼이나 큰 두 눈을 빛내며 선택을 응시했다. 그리고 말도 했다. 아주 정중하고 깍듯하게.

"불살귀의 약점을 알고자 날 찾아오셨다고?"

"예, 그렇습니다."

"목을 포함한 그대의 신체 일부가 잘려나갈 각오는 물론 하셨겠지요?"

"물론입니다."

생각에 잠겨 리벨룽은 말도 움직임도 없었다. 꽤나 지나서야 느리지만 분명한 동작으로 꼬리지느러미를 좌우로 흔들기 시작했다. 웅덩이의 검은 수면이 출렁인다 싶더니 바닥 깊은 곳으로부터 야광 플랑크톤 같은 연둣빛의 무수한 빛의 입자들이 일렁이는 물결의 움직임에 실려 떠올라왔다. 표면에 이른 그 빛의 입자들은 생명을 가진 수백만의 미생물들처럼 이리저리 서로 뭉치고 흩어지면서 차츰 작은 형상들을 이루어갔다. 그것들은 글자였다. 한 글자가 아니라 수백 개의 글자들이었으며, 그것들은 제자리를 찾듯이 웅덩이의 표면을 꼬물거리면서 다니다 거의 동시에 모두 멈추었다. 기다란 문장이 수면 위에 펼쳐졌다. 그것은 리벨룽의 수수께끼였다.

자세히 보고자 한 발 웅덩이 앞으로 다가서는데 차갑고 미끈한 회초리 같은 것이 선택의 오른쪽 종아리를 때렸다. 메기의 수염이었다. 돌아보니 언제 갖다놓았는지 작두가 발치에 놓여있었고, 메기는 푸르딩딩 날 선 작둣날을 90도 가까이로 세워놓고선 가슴지느러미로 그 작둣날을 슬슬 문지르며 묘한 미소를 선택에게 보내고 있었다. 쏘가리도 그 육식어류의 이빨들을 드러내고 웃음, 정확히는 비웃음이라고 불러야 할 것을 흘렸다. 좀 더 솔직히 말하자면 메기나 쏘가리나 둘 다 선택의 손목이든 발목이든 목이든 어서 잘라버리고 싶어 안달 난 얼굴들이었다.

"해볼 텐가?"

최후통첩. 선택은 리벨룽에게 응하겠다는 눈짓만을 보낸 뒤 웅덩이로 바짝 다가갔다. 연둣빛 빛으로 이루어진 글자들은 선명했다. 선택은 한 자, 한 자 놓치지 않고 읽어 내려갔다.

그대여, 여기 수수께끼가 있소.

이것은 난센스가 아니오.

까다롭고 복잡한 계산을 요구하지도 않소.

답을 구하려면 아주 간단한 트릭 하나만을 해결하시오.

그럼 문제를 내겠소.

수수께끼의 행과 행 사이에 해답이 있으니

한 행, 한 행, 또 한 행, 또 한 행,

행을 건너뛰며 주의 깊게 읽어보기 바라오.

온전한 신체를 위하여…

*   *   *   *   *   *

당신과 당신 딸을 뒤쫓는 것들은 죽음의 화신들.

자비를 모르는 피도 없고 눈물도 없고 영혼도 없는 존재들.

삶을 쫓아 달아나는 당신들을 가로막는 것은 지옥불의 불의 강.

유황불이 불춤 추는 지옥불의 불강은 널따란 불길의 흐름 그것.

강기슭엔 나룻배 한 척. 뱃사공 키론은 뱃전에 잠들어 있고.

불강을 건너려면 그를 깨워야 해. 그리고 그건 대가가 필요하지.

뱃사공 키론은 뱃삯이 비싸기로 악명이 자자한 뱃사공.

최고 값나가는 것을 내놓아야 한다는 것, 그것이 불문율.

당신 딸이 키론의 뱃삯. 지옥불의 불강에 바쳐질 제물.

당신은? 아냐. 당신 딸만큼 당신은 비싸지가 않아.

이는 진실. 이럼에도 딸의 희생 없이 강을 건너고 싶다?

이는 거짓. 그럼에도 딸을 희생키는 싫다? 죽어도 같이 죽겠다?

그러하면 딸을 불강에 던져주지 마라. 딸과 손잡고 그 강을 건너라.

지옥의 유황불이 불춤 추는 죽음의 한가운데를,

그 불길의 한가운데를 당신의 딸과 함께 건너라. 당신 부녀의 육신은

지옥불의 불강에 삼켜져 불타 죽을 테지. 그러나 당신의 영혼만은

유황불이 불춤 추는 지옥불의 불강에 삼켜지지 않을 것이다.

당신 딸의 영혼도 그것은 마찬가지.

당신이 잡은 당신 딸의 그 손을 당신이 놓지만 않는다면.

자, 어떻게 하면 유황불이 불춤 추는 지옥불의 불강에 영혼이 아
니라 육신이 삼켜지지 않고 당신은 당신 딸과 더불어 이 지옥불의
불강을 무사히 건널 수 있겠는가?

　전혀 뭐가 뭔지 감을 잡을 수도 없었다. 더구나 문제는 그것만이 아니
었다. 이 수수께끼에는 그 뚤뚤 뭉쳐진 기억 덩어리, 불살귀와 신체적으
로 부딪힐 때마다, 그리고 월암골 동굴 앞에서도 자신의 정체를 드러냈
던 그 기억 덩어리를 건드리는 무엇이 있었다. 애써 무시하고 다시 읽었
다. 두 번째는 약간 아리송했지만 알 것도 같았고 꼭 그 알 것 같은 만
큼 기억 덩어리를 건드리는 힘은 더 커져 있었다. 사실은 건드린다기보
다 이제 쥐고 흔들고 있었다. 마침내 세 번째였다. 그 덩어리가 풀어헤
쳐지면서 빨간 헤어밴드를 한 하주가 나타났다 사라지기를 반복했다.

그와 더불어 선택은 수수께끼의 행간에서 길을 잃어버렸다. 눈을 감고 입술을 깨물었다. 집중해야 했다.

"포긴가?"

기쁨을 감추려는 흔적이 없는 메기의 끈적한 목소리에 눈을 떴다. 메기는 육식 포식자의 두 눈을 빛내면서 가슴지느러미로는 작두날을 보란 듯이 또 쓱쓱 쓸었다. 못 본 척 수면 위의 수수께끼를 다시 읽어 내려갔다. 하주가 또 나타났다가 사라지기를 반복했지만 어떻게든 끝까지 읽어낸 선택은 다행히 답을 찾아냈다. 알고 보면 쉽고 간단했다. 그의 손은 잘릴 필요 없이 앞으로도 그의 팔에 붙어있을 것이다.

"답을 말씀드리겠습니다. 문제에 답이 다 나와 있습니다. 답은 딸의 손을 잡고 불강을 건너되 그 손을 끝까지 놓지 않는 것입니다."

리벨룽이 큰 몸뚱이를 꿈틀꿈틀 흔들며 선택에게로 다가왔다. 놀라움 혹은 기쁨이나 반가움이라고 해야 할 감정이 어른 주먹만 한 두 눈과 사람 머리통 하나는 통째로 삼킬 수 있을 큰 입의 언저리에서 어른거렸다.

"드디어 이 문제를 푼 자가 나타나셨군. 어찌 그리 쉽게 푸셨소? 이런 문제를 전에 풀어본 적이 있으셨소?"

"아니, 없습니다."

리벨룽이 선택과 가만히 눈을 맞추었다. 선택을 가늠하고 평가하고 있었다. 선택도 자세를 바로 하고 마주 보았다. 이제 보니 리벨룽이 눈에 많이 익었다. 문제를 푼 뒤라 여유를 갖고 리벨룽을 살폈다. 거리를 두고 어둠 속에 두고 볼 때와는 달리 리벨룽은 어딘지 시들었다는 느낌으로, 죽음을 앞두고 사그라지고 있다는 그런 인상을 전체적으로 풍겼다. 그것 말고도 외적인 특징들도 가까이서 보니 눈에 들어왔다. 먼저 아가미에서 몸통 쪽으로 10센티쯤 뒤로 길쭉한 흉터가 나 있었다. 상처를 입으면서 그리됐는지 비늘도 하나 떨어져 나가 비어있었다. 불살귀가 남긴 상흔이었다. 다음으로 등지느러미 양쪽으로는 좌우 대칭하여 푸른색으로 짐작되는 약간 흐릿한 동그란 점도 두 개 찍혀있었다. 이건 확실히 눈에 익었다. 그의 아파트 거실 대형어항 속 잉어도 똑같은 점 두 개를 갖고 있었다. 그러고 보니 아가미 뒤로 난 상처와 비늘이 하나 떨어져 나간 것도 서로 닮았다. 정확히 두 잉어를 다시 비교해보려는데 그 두 점이 흔들거렸다.

"아니오. 그대는 전에 이 같은 문제를 풀어본 적이 있으셨소. 다만 그 문제를 풀었다는 사실을 그때나 지금이나 알아차리지 못하고 있을 뿐이오. 어리석게도 말이오."

이건 또 웬 소린가 싶었다. 이런 문제를 전에 풀어본 적이 있지만 그것을 알아차리지 못하고 있다고?

"하여간 수수께끼를 풀었으니 불살귀의 약점을 가르쳐 드리겠소. 오른쪽 어깨가 되오. 불살귀의 오른쪽 어깨 뒤쪽이 그의 치명적 약점이오. 혹시 기회가 생기거든 불살귀의 거길 잘 살펴보시오. 주변의 피부색과는 다른 동그런 모양의 옅은 부분을 확인할 수 있을 거요. 거기를 칼로 찌르면 되는 거요. 한쪽 어깨 길이의 딱 중간쯤 되는 지점이니 눈으로 확인할 수 없더라도 어림짐작으로도 가능할 거요."

선택이 왼손을 뒤로 꺾어 자신의 오른쪽 어깨를 더듬어 그 위치를 확인해보았다. 정확히 자신의 오래된 흉터가 자리 잡은 그 지점이었다. 괜히 화 비슷한 게 치밀었다. 하필 그놈의 약점이란 데가 그곳이란 말인가.

"그 약점이란 게, 머리나 심장도 아니고…."

"내 비늘이 붙었던 자리가 되오. 불살귀가 날 찔렀을 때 떨어진 비늘 하나를 급히 붙이다 보니 거기에다 붙어버린 거요. 이유가 있어 거기에다 붙였던 건 아니었소. 어찌 됐건 비늘이 붙었던 자리에는 내 피가 묻지 않았고 따라서 불살귀의 약점이 되는 거요."

선택은 수긍했다. 그럼에도 한쪽 구석이 개운치 않았다. 리벨룽과 아파트 거실 어항 속의 잉어, 불살귀의 약점 위치와 그의 오른쪽 어깨 뒤의 흉터. 우연의 일치라고 부르기가 쉽지 않은, 꼭 우연의 일치가 아닌 것만 같은 일치들이었다.

"그대에게 주고 싶은 게 있소."

리벨룽이 수염 한 가닥을 선택 앞으로 뻗었다. 그 끝에는 비늘 한 장이 수염에 말려 있었다.

"불살귀의 어깨 뒤에 붙었던 그 비늘이오. 불살귀의 약점을 만든. 이것 위에다 몇 자 적어두었소. 불살귀와 관계하여 어떻게 해도 해답을 찾을 수 없을 때, 그때 이 비늘 위의 몇 자가 그대에게 줄 수 있는 해답 또는 그 해답을 찾기 위해 손에 쥘 수 있는 수단이 될지도 모르오. 그러니 잘 간수하고 있으시오."

선택이 손을 내밀자 리벨룽은 비늘을 손바닥에 떨어뜨려 주었다. 리벨룽이 말한 대로 글자가 한 줄 적혀있었다.

'불가살은 불가살이요, 불살귀는 불살귀이다.'

두 번 연속된 동어 반복뿐이었다. 이것에서 불살귀와 관계하여 무슨 해답을 구할 수 있다는 건가?

"언젠가 알게 될 거요."

리벨룽이 다 이해한다는 그러면서도 따지고 들지는 말라는 투의 정색을 했다. 그러나 리벨룽은 갑자기 표정을 누그러뜨리더니 온화하면서도 애잔한 미소를 지어 보였다. 사적으로 할 말이라도 있다는 듯, 잠깐 뜸을 들였다가 리벨룽이 말했다.

"난 사실 용이 되고 싶지 않았소. 난 인간이, 이 허미타찰을 벗어난 살아있는 인간이 되고 싶었소. 불가능한 일도 아니었소. 천 년 수행의 힘을 갖고 있었으니까. 허나 불살귀가 내 꿈을 방해해버렸소. 내 피를 뽑아버림으로써 천 년 공덕을 무위로 돌려버렸으니. 한데 재미있는 건, 요즘 생각해보면 꼭 방해만 한 게 아닌 것도 같단 말이오. 어쩌면 불살 귀가 나를 도왔던 건지도 모르겠소. 앞으로도 또 도울 수 있을지도 모르겠고. 나아가 그대 또한 그 일에 한 몫 거들 수 있을지도. 그리되면 그대를 다시 또 보게 될 것도 같소. 그대의 입장에선 평생을 두고 나를 보게 될지도 모르오."

리벨룽이 의미심장한 웃음을 흘렸지만 선택으로선 도무지 종잡을 수가 없었다. 처음에는 그의 말을 따라갔으나 중간에서 놓치고 말았다. 선택이 놓친 부분을 캐물으려는데 리벨룽이 또 정색을 했다.

"불살귀를 없애고 싶다면 지금부터 꼭 5일 후가 되는 새벽에 대구 지하철 중앙역으로 가보시오. 거기서 만날 수 있을 것이오."

'중앙역?'

감전이라도 된 듯 찌릿함이 온몸을 꿰뚫는다 싶은 순간, 밤하늘을 내리찍는 번개와도 같이 하주의 얼굴이 시야를 덮쳤다가 사라졌고, 또 그 순간 리벨룽의 수수께끼 마지막 구절이 후려치듯 뇌리를 쳤다.

당신이 잡은 당신 딸의 그 손을 당신이 놓지만 않는다면!

당—신이 잡은 당신 딸의 그 손을 당—신이 놓—지만 않는다면? 놀라움을 넘어 혼란스러웠다. 앞뒤 없이 수수께끼의 마지막 구절이라니. 그런

데 딸의 손이라면, 하주가 앞서 보였는데 혹시 하주의 손? 하주의 손이 왜? 위기의 순간에 하주의 손을 놓았던 적이 있었다는 건가? 설사 그랬다 치더라도 중앙역이라는 역 이름을 듣자마자 하주가 보인 건 무엇이고, 수수께끼의 마지막 구절은 왜 또. 중앙역이 뭐기에, 도대체 거기에 뭐가 있다고. 선택은 집중했다. 중앙역에는 무엇이 있을 수도 있었다. 그 역명을 듣자마자 하주가 괜히 보인 게 아니었다. 수수께끼의 마지막 구절도 이유가 있었다. 중앙역에는 틀림없이 다른 무엇이….

"단 혼자 가시오."

리벨룽의 목소리가 귀를 파고들었다. 어딘지 나무라는 듯한 말투였다.

"불살귀와의 대면은 혼자 해야 하는 거요. 그런 용기를 가질 때만 불살귀를 없앨 수 있소. 그대는 할 수 있을 거요. 그러리라 믿소. 그래도 사람의 일이란 알 수 없으니 혹시라도 여의치 않게 풀리면 그때는 내가 준 그 비늘의 글귀를 떠올리시오. 그것을 해석해낼 수 있으면 좋고. 아니면 해석을 부탁할 누군가를 찾아가야 할 거요. 허나 날 찾지는 마시오. 그때쯤 난 이 허미타찰의 존재가 아닐 테니."

선택은 리벨룽의 나무라는 듯한 말투 탓에 잠깐 귀를 기울였으나 곧 귓전으로 흘러들었다. 중앙역이란 지하철 역명만을 생각하고 있었다. 그것에는 역시 무엇이 있었다. 접근 불가의 금기어처럼 여겨지면서도 떼려야 뗄 수가 없는 신체 일부와도 같이 의식을 점령한 그것에는 불살귀와 접촉하고서야 처음으로 알아차렸던 그 기억 덩어리, 리벨룽의 수수께끼를 풀던 방금도 하주의 모습을 드러내 보여주었던 그 덩어리를 흔드는 힘이, 그것을 흔들어서 그것이 감추고 있던 것들을 풀어헤쳐 버리는 힘이 있었다. 더구나 덩어리 전부를 한순간에 한꺼번에 풀어헤쳐 버릴 것만 같은 그런 힘이.

"잘 가시오."

리벨룽이 가슴지느러미를 흔들었다. 선택은 나름 정중하게 묵례를 했다. 그러나 어떻게 해서 돔으로 된 바위굴을 떠나 좁은 수중동굴을 빠져나왔는지, 그를 기다리던 혜리와 푸두리와 주섭과 김쌍돌이와는 무슨 얘기를 주고받았는지, 또 어떻게 해서, 물론 주섭의 차를 탔겠지만 향월암으로 돌아오게 되었는지, 흐릿한 몇몇 잔영 비슷한 것들, 푸두리의 방망이가 달려들 것처럼 설쳐대면서 그에게 유달리 별스런 반응을 보였다는 따위의 것들만을 제외하고는 대부분 기억에 없었다.

그럴 것이 그의 정신이 중앙역이란 지하철 역명으로 메워져 있었던 탓이었다. 그 역명은 뜨겁게 달아오르는 불덩이로 변해 점점 그 덩치를 키워가며 그를 압박했고, 향월암에 이른 뒤로는 미지의 임계점으로 그를 밀어붙이고 있었다. 그 미지의 임계점 너머에는 무엇이 그를 기다리고 있을지 또한 알 수 없었다. 일이라도 터질 것만 같은, 심장을 쥐어짜는 불안과 두려움과 미열처럼 피어오르는 분노, 자신을 향한 분노만이 그가 감지할 수 있는 전부였다.

방망이가 불러낸 기억들

리벨룽이 말한 닷새 후가 다름 아닌 2월 18일임을 깨달은 것은 향월암으로 돌아온 나흘 뒤인 2월 17일 점심 식사를 막 마친 무렵이었다. 그 4일 동안 선택은 자신을 다른 이들로부터 고립시킨 채 중앙역이라는 지하철 역명에만 매달려 있었다. 그렇다고 뚜렷한 목적의식을 갖고서 무엇이든 찾아내고자 애썼다는 건 아니었다. 집착이었다. 떨치려야 떨칠 수 없는 혼란스럽고 몽롱한 집착. 덕분에 2월 18일 그날만 가까워 오면 이유도 모른 채로 연례행사처럼 겪어야만 했던 것들을 잊고 지낼 수 있었다. 그랬던 것이 그날을 자각한 순간부터 달라졌다. 그는 그 증상들을 그대로 또 겪어야 했다.

피부는 따끔거리며 부어오르고 목은 유독가스라도 들이마신 것처럼 잠겨버린 것은 말할 것도 없고, 자신을 파괴해버리고 싶다는 충동에 시달려야 했으며 그것은 일 초 일 초 2월 18일이 가까워지는 만큼 더 심해져 갔다. 지난 그 어느 해보다도 더 그랬다. 6연발 리볼버 권총은 여전히 그의 품속에 있었고 총알은 회전탄창에 장전되어 있었다. 절벽 아래든 연못 속이든 내던져버려야 한다고 되뇌면서도 마지막 남은 희망이라도 되는 양 그것을 품속에 움켜쥐고 있었다.

"당신 괜찮아?"

이런 그를 놓칠 리 없는 혜리였다. 불상도 불단도 없이 텅 빈 법당에서 나무 궤짝들로 대충 짜 맞춘 식탁에다 여기저기 주워온 의자에 앉아 막 저녁 식사를 마쳤을 무렵이었다. 주섭과 함께 그릇을 치우던 혜리는 들고 있던 그릇을 식탁 한쪽에 내려놓고 선택에게로 바짝 다가섰다. 전등 대신 법당을 밝히고 있는 세 개의 일렁이는 도깨비불 아래서 혜리의 두 눈이 반들거렸다. 그 눈에서 선택은 알아차렸다. 그가 겪는 그 증상들이 걱정되어 말을 꺼낸 것만이 아님을. 역시나 작심하고 캐묻듯 혜리가 다시 입을 열었다.

"내일이 그날이라 당신 상태 안 좋다는 건 아는데, 문제는 그게 아니고 당신 리벨룽인지 뭔지 그놈의 잉어를 만난 뒤로 줄곧 이상했다는 거 알아? 그놈의 물고기하고 무슨 일이 있었던 거야? 불살귀 어깨 뒤가 약점이라는 말만 툭 던져놓고는 아무 말도 없잖아. 무슨 얘길 들었기에 넋 나간 사람처럼 혼을 빼놓고 있는 거야. 뭐가 당신 정신을 뒤집어놓은 거야? 때가 되면 말해주겠지 하고 기다렸는데 더는 안 되겠어. 여기까지가 내 한계야. 다른 사람들도 마찬가질걸?"

푸두리도, 주섭도, 김쌍돌이도, 그의 부하들도 하나같이 나누던 잡담을 내려놓고 선택의 입만 주시했다. 혜리는 그들이 하고 싶었던 말을 대신 해준 셈이었다. 사실이지 선택은 불살귀를 죽이러 중앙역으로 가야 한다는 말을 누구에게도 하지 않았다. 그리고 그들 모두는 선택이 숨기는 것이 있음을 눈치 채고 있음이 분명했다. 그래도 말하지 않을 작정이었다. 오늘 밤 혼자 떠날 계획이었다. 벌써 저녁 식사 전에 주섭에게 차를 빌리자고 말을 놓아두었다. 주섭이 대답을 미적댔었는데 만일 거절한다면 지난번처럼 열쇠를 훔쳐서라도 혼자 몰래 떠날 것이다. 그것이 리벨룽의 요구였고 그 또한 원하는 바였다.

"당신에게든 누구에게든 더 해줄 말은 없어. 리벨룽이 내게 해준 말은 불살귀의 약점 그게 다야. 그것 말고 뭐가 더 필요해."

"아닐걸, 더 있지 않나?"

푸두리가 나섰다. 푸두리는 그릇들을 치우다 말고 상황을 살피고 있는 주섭과 눈빛을 주고받았다. 주섭이 푸두리에게 얘기한 모양이었다. 그렇다면 이 자리의 모두가 오늘 밤 그가 차를 빌리려 했다는 사실을 알고 있을 터였다.

"혼자 다 하려고 하지 마시오."

김쌍돌이도 나섰다. 그의 부하들도 그림자처럼 조용히 그의 뒤에 섰다.

"오해요. 내가 차를…."

느닷없이 푸두리의 방망이가 몸을 흔들었다. 방망이는 푸두리가 어찌할 틈도 없이 그의 손을 빠져나와 풀쩍 공중으로 몸을 날렸다. 그것은 허공을 서너 바퀴 공중제비를 돌아 선택의 가슴에 척 들러붙었다. 말 그대로 들러붙어 버렸다. 그것은 그렇게 붙은 채로 몸을 떨어댔다.

"왜 이래, 저게 갑자기?"

말은 그렇게 하면서도 푸두리는 방망이를 떼어내려 애쓰지는 않았다. 지켜보고만 있었다. 다른 이들도 마찬가지였다. 방망이는 계속 떨어댔다. 그 진동이 선택을 흔들어댔다. 그리고 흔든 것은 선택만이 아니었다. 그가 품은 그 뚤뚤 뭉쳐진 기억 덩어리도 방망이는 흔들어댔다. 방망이는 그것을 풀어헤쳐, 아니면 찢어서라도 자신의 것으로 끌어당기려 하고 있었다. 그런 한편 그 덩어리는 저항하고 있었다. 그러나 그 저항은 강하지가 못했다. 월암골 동굴 앞에서 거세게 한 번 흔들린 탓인지도 몰랐다.

"그만 놓아버려." 푸두리가 소리쳤다.

"그래요. 그만 놓아버려요." 헤리도 소리쳤다.

선택은 길게 찢어지는 혹은 난폭하게 뜯겨나가는 소리를 들었다. 이어 방망이는 철퍼덕 바닥으로 떨어졌다. 기력을 회복 중이던 방망이는 이 정도로도 힘에 부치는지 마룻바닥에서 꿈틀꿈틀 몸을 비틀었다. 지쳐 헐떡대는 작은 짐승과도 비슷했다. 헐떡대기는 선택도 마찬가지였다. 송판 마룻바닥에 쿵 소리 나게 무릎을 찧은 그는 가슴을 움켜쥐고 숨을 몰아쉬었다.

"당신 괜찮아?"

헤리가 다가와 선택을 부축했다. 숨은 곧 진정되었다. 선택은 방망이부터 찾았다. 꿈틀대기를 그만둔 방망이의 끝이 풍선처럼 부풀어 오르고 있었다. 눈에 익은 장면이었다. 짐작대로 그 부풀어 오른 끝에서 축구공만 한 흰빛의 덩어리가 솟아올랐다. 그것은 둥실 떠올라 법당 한쪽의 어두운 구석으로 흔들흔들 날아갔다.

"허허! 꽁꽁 감추고 말을 않으니까, 방망이도 화가 났나 보네. 자네가 뭘 꿍쳐놓고 있는지 알아보겠다는 심보 같은데?"

푸두리는 방망이를 집어 들어 빛의 덩어리를 겨냥했다. 그렇게 겨냥한 채로 선택과 눈을 맞추었다. 선택도 그 시선을 마주했다. 선택은 방망이가 끌어낸 자신의 기억이 무엇인지 짐작할 수 있었다. 뚤뚤 뭉쳐진 그 기억 덩어리는 모두가 하주의 기억들이 분명했다. 이제껏 그것이 풀어지면서 드러내 보여준 건 거의 다가 하주였다. 또한 되돌아보면 방금 그의 기억을 뜯어낸 푸두리의 방망이도 하주의 기억에 유독 관심이 많았다. 월암골에서도 그랬었고, 리벨룽의 수수께끼를 풀었던 그때도 그랬었다. 둘 다 하주의 기억이 되살아났던 때였고 방망이는 유난히 별스런 반응을 보였었다. 푸두리도 말하지 않았었나, 월암골 동굴 앞에 펼쳐졌던 그의 기억으로서의 하주를 본 뒤로 방망이가 유난을 떤다고.

하지만 하주라니. 물론 그도 하주의 기억을 되살려내고 싶지 않은 건 아니었다. 하주가 보고 싶었다. 문제는 두려움이었다. 무엇을 보게 될지, 또 그것이 그를 어디로 끌고 갈지 두려웠다. 하주의 뺨을 때리던 꿈을 꾼 뒤, 그리고 하주의 옆자리가 비었음에도 하주를 혼자 내버려 두었던 환영을 본 뒤 그는 자신을 향한 격심한 분노에 휩쓸렸었다. 그 럴 뿐더러 하주는 송곳으로 심장을 찌르는 것 같은 아픔을 의미하기 도 했었다. 월암골 동굴 앞에서 하주가 보일 때마다 그랬었다. 그래서 하주를 보고 싶으면서도 두려웠다. 완강히 거부한다면 푸두리는 여기 서 그만둘 것이다. 선택은 짧은 동안 생각했고 그러지 않기로 했다. 언 젠가는 직면해야했다. 그리고 무엇보다 딸이 보고 싶었다. 알아서 하라 며 시선을 떨어뜨렸다. 그것을 신호로 푸두리는 방망이를 깐닥깐닥 흔 들었다. 빛의 덩어리가 사라지면서 홀로그램 같은 빛의 형상이 그 자리 를 차지했다. 사람들로 붐비는 아이스링크였다. 링크 바깥 스탠드에는 선택과 혜리가 있었다. 한편 링크에는 하주가, 피겨스케이트 연습에 한 창인 그들의 딸이 있었다.

"아! 하주!"

탄식도 아닌 비명도 아닌 것이 혜리의 입에서 새어 나왔다. 선택으로 선 또 가슴이 뜨끔했다.

"하주? 딸내미 이름이야?"

주섭이 점잖게 의자를 끌어다가 엉덩이를 내려놓으며 물었다. 그러나 혜리도 그렇지만 선택에게도 주섭의 목소리는 들리지 않았다. 한 손으 로 가슴을 누른 채 넋 나간 시선은 빛의 형상에 붙박여있었다. 하주가 살아있을 때라면 10년 전 혹은 더 전의 기억이었다. 그때의 기억을 보여 주는 빛의 형상에서 그와 혜리는 대화를 나누고 있었다. 친근함이나 다 정함이 풍기는 분위기는 아니었다. 싸운다고는 할 순 없지만 껄끄러움이 서로 간에 감돌았다.

"화요일만 시간 좀 내달라는데 그게 그렇게 어려워? 내가 도저히 안 되니까 그러는 거잖아."

빛의 형상 속의 혜리가 힐난을 담아 말했다. 혜리는 어깨를 쫙 펴고 선택을 똑바로 마주하고 있었다. 선택은 난처해하면서도 화가 난 얼굴을 하고서 얼음을 지치는 링크 안의 사람들을 지켜보고만 있었다. 혜리가 한마디 더 하려는 그때야 마지못해 입을 뗐다.

"어렵다는 게 아냐. 전시회 일정 때문에 그런 거지. 당신도 잘 알잖아. 개인전에다 단체전에 초대전…. 늘 일정이 빡빡하게 잡혀 있잖아."

"알아, 안다구. 하지만 매 화요일마다 그래 달라는 것도 아니잖아. 방학 기간만이잖아. 그것도 우리 엄마가 일이 있을 때만 기껏해야 한두번 하주 좀 데리고 와달라는 거잖아. 오늘이 그랬잖아. 평소에도 기관지가 안 좋아 잔기침 많던 노인네가 갑자기 기침이 심해지셨는데 어떡해. 우리나라 아이스링크 무지 춥다는 거 잘 알잖아. 이런 날 정도는 당신이 좀 와주면 안 돼? 그 정도도 못 해줘? 아빠가 되어가지고? 매일 쩔어 사는 그놈의 술만 하루 이틀 안 마시면 되는 거 아냐. 내가 당신한테 너무 많은 걸 바라는 거야? 당신은 그림만 그리면 되고 나머진 내가 다 알아서 하겠다고 했잖아. 돈 버는 거든, 살림이든, 하주 챙기는 거든. 다만 화요일은 내가 도저히 시간을 못 내니까 형편 좀 봐달라는 거잖아. 그 정도는 해 줄 수 있는 거 아냐. 안 그래?"

전후 사정을 다 알지는 못하더라도 혜리의 추궁에 변명의 여지는 누가 듣더라도 없어 보였다. 빛의 형상 속의 선택도 대꾸거리를 찾지 못했는지 입을 꾹 다물고 혜리를 더욱 외면하기만 했다. 난처한 입장에서 선택을 구해내 준 건 하주였다. 점프 연습 중 쿵 하는 소리가 들려올 정도로 빙판에다 엉덩방아를 찧었다.

"아! 이를 어째!"

빛의 형상 속의 혜리가 안타까운 외침을 토해냈다. 선택도 움찔하긴 했으나 소리를 내지는 않았다. 혜리가 선택에게 흘낏 일별을 던졌다가 엉덩이를 툭툭 털며 일어서는 하주에게로 찡그린 얼굴을 돌렸다. 몸을 일으켜 세운 하주는 겸연쩍어하면서도 혜리와 선택에게 명랑하게 손을 흔들어 보인 뒤 점프 연습으로 돌아갔다. 혜리가 마주 흔들던 손을 내리고는 고개를 저었다.

"플립, 저 플립이 항상 문제야."

"뭐? 플-립? 그게 뭐야?"

빛의 형상 속의 선택이 제 딴엔 관심을 보인답시고 물었지만 돌아온 혜리의 눈빛은 그다지 친절하지 않았다.

"피겨에서 사용되는 점프들 중의 하나야."

"아, 그래 점프."

대답과는 달리 못 알아먹겠다는 선택의 표정에 혜리가 한숨을 내쉬었다.

"딸이 피겨 하는데 아빠로서 그 정도는 좀 알아둬. 피겨에는 말이야, 이름도 뛰는 방법도 다른 여섯 종류의 점프가 있어. 그중 하나가 플립이야. 그런데 그 플립에서 하주가 늘 애먹어. 오늘도 또 실패했잖아. 세계적인 선수들은 악셀이라는 점프를 빼고 나머지 다섯 개의 트리플 점프를, 그러니까 3회전 점프를 대개 열두 살 전에 성공시킨다는데, 하주는 올해로 딱 열둘인데 플립에서 꼭 저래. 제 나름 한다고 하는데 잘 안되는 거야. 방금도 많이 아팠을 텐데 금방 웃으며 털고 일어나잖아. 어떻게든 꼭 성공하고 싶은 거야. 어린 마음에 간절한 거지. 그래도 잘 안되니까 저게 말은 안 해도 속이 많이 상할 거야. 세계적인 피겨선수가 되는 게 꿈인데."

선택에게 저 때의 미안함이 되살아났다. 혜리에게 저 말을 듣기 전까지는 딸이 가졌던 소망이나 꿈, 좌절이나 아픔 따위 전혀 몰랐었다. 그러나 그때도 내색을 하지 않았지만 지금도 내색을 하지 않았다. 그때는 질문을 이어감으로써, 지금은 빛의 형상에 집중함으로써 자신의 미안함을 감추었다.

"플립 점프라는 거, 그거 어려운 거야?" 빛의 형상 속의 선택이 물었다.

"반 바퀴 더 돌아야 하는 악셀을 제외한 그 나머지 트리플 점프는 비슷비슷해. 그런데도 유독 플립만 잘 안되네."

"플립 그거 어떻게 하는 거야?"

연이어지는 선택의 물음에 혜리가 물끄러미 선택을 바라보았다. 이 아저씨가 오늘따라 왜 이러시나? 그러면서도 설명은 주었다.

"플립이 뭐냐면, 어- 하주가 오른손잡이니까, 오른손잡이는 왼발로 서서 뒤로 미끄러지며 후진하다가 오른발 토우로, 토우는 우리말로 발가락이잖아, 그러니까 오른쪽 스케이트 날의 앞쪽 끝을 사용해 뒤를 찍으면서 점프하는 거야. 그런 뒤 트리플이면 공중에서 반시계방향으로 3회전하고는 다시 후진으로 착지하는데, 이때 착지하는 발은 오른발로 해야 되는 거야. 이게 플립 점프야. 이 플립을 다른 말로는 토우 썰코라고도 해. 왜냐면 썰코라는 점프에다가 토우만 찍으면 그대로 플립이 되거든."

"복잡하네."

"복잡하다고? 당신 이해하기 어려울까 봐 설명 전부 다 안 했어. 엣지가 빠졌어."

"엣―지? 그건 또 뭐야?"

"인사이드 아웃사이드 엣지? 처음 들어봐?"

"어―, 그래."

빛의 형상 속의 혜리가 소리는 나지 않지만 또 한숨을 뱉어냈다.

"당신, 하주 스케이트 한 번이라도 제대로 살펴본 적 있어? 아마 없지? 지지난 주에는 부츠가 발에 맞지 않는다고 집에서 하주가 몇 번이나 신었다 벗었다 끙끙대도 본 척도 않았잖아. 애한테 가서 어디가 문제냐고 물어보기나 했어? 그러면서 스케이트를 한 번이라도 살펴보기나 했냐구? 그러니 엣지가 뭔지도 모르지."

혜리가 무안해하는 선택을 잠깐 노려보다 말을 이었다.

"엣지는 우리말로 칼 같은 것의 뾰쪽한 날을 말하잖아. 피겨스케이트는 자세히 보면 하나의 날에 엣지가 두 개야. 인사이드 엣지와 아웃사이드 엣지. 그리고 각각의 점프마다 사용하는 엣지가 전부 달라. 플립에서는 우리 딸의 경우 왼발 인사이드 엣지로 점프해서 오른발 아웃사이드 엣지로 착지해야 되는 거야. 이게 잘못되면 롱엣지 판정을 받아 감점이 되는 거지."

빛의 형상 속의 선택이 고개를 끄덕였다. 그것도 큰 동작으로 여러 번. 그러나 그것은 이해의 표현이라기보다는 무안함에서 벗어나기 위해, 아니면 현재의 불편함에서 한시라도 어서 달아나기 위한 예비 동작처럼 여겨졌다. 사실이지 눈은 스탠드 위의 그의 가방에 가 있었다. 하지만 그는 그러지 못했다. 하주가 또 제법 큰 충격음을 일으키며 넘어졌다. 이번에 하주는 금방 일어나지 않았다. 한참을 네 활개를 펴고 빙판에 드러누워 있다가 장난기를 발동시키며 허우적허우적 몸을 일으켰다. 하주는 점프 연습으로 돌아가지 않고 혜리와 선택에게로 미끄러져 다가왔다. 콧잔등을 있는 대로 찡그리고서.

"아파 죽겠어. 나 엉덩이 다 깨졌어."

혜리가 눈으로는 하주를 아래위로 훑으면서 손으로는 펜스 너머로 아이의 머리와 어깨와 팔을 어루만졌다.

"어디 다치진 않았어?"

"응. 괜찮아. 오늘 왜 이러는지 모르겠어. 영 안 돼. 미치겠어. 플립만 되면 정말 악마에게 내 영혼이라도 바치겠어. 진짜야."

"그런 소리 하지 마. 악마에게 왜 네 영혼을 바쳐. 다음엔 잘될 거야."

혜리가 하주를 다독였다. 그러나 하주는 혜리가 아니라 벌써 선택에게로 눈이 가 있었다.

"아빠 안 가? 엄마만 오면 바로 가지 않았나?"

선택이 대꾸하기도 전에 하주는 이제 그만 가보라는 듯이 혜리에게로 바로 얼굴을 돌려버렸다.

"울 친구 엄마들하고 같이 있으면 부끄러운가 봐. 아빠는 부끄럼쟁이야."

하주가 키득거렸다. 선택이 하주를 보았다가 아내를 보았다가 엉거주춤 가방을 집어 들었다. 그가 있을 자리는 없었다. 그 찰나 아이스링크의 형상이 사라졌다.

한동안 어둠이 지속되다가 새로운 빛의 형상이 모습을 보였다. 술자리였다. 가게 앞 길가에 자리한 둥그런 양철 탁자를 사이에 두고 선택이 친구와 마주 앉아있었다. 술자리도 끝나갈 무렵인지 탁자 가운데를 뚫어 마련한 연탄 화덕의 석쇠 위에서는 가장자리로 밀어놓은 곱창이 타면서 말라가고 있었다. 두말할 필요도 없이 선택은 술에 꽤나 취해 있었다. 횡설수설하면서.

"야, 너 우리나라에서 애 하나 피겨 제대로 시키려면 얼마 드는지 알아? 10억이야, 10억. 거짓말 같지. 아니야. 전지훈련 미국이나 캐나다 한번 보내는데 최소 2천이야. 그걸 1년에 두 번 해봐 얼마야. 그것만 필요해? 아이스링크 대여료에 코치비에 의상비. 시합 나가면 애 엄마까지 따라가서 숙식해야지. 외국 시합이면 항공비까지. 그놈의 스케이트 날하고 부츠는 또 얼마나 자주 갈아줘야 하는데? 그거 가격도 장난이 아냐. 이런 걸 10년 이상 해야 돼. 그럼 10억은 있어야 돼. 10억은 있어야 된다고. 이 가난뱅이 화가가 10억을 벌어야 한다 이 말씀이야…"

선택이 한쪽으로 휘청하다 양철 탁자 위로 이마를 찧었다. 더불어 빛의 형상은 사라졌다.

"10억이라…"

푸두리가 중얼댔다. 그는 선택의 옆얼굴을 지그시 찔러보고 있었다.

"애 하나 피겨 시키려면 10억이 필요하단 말이지. 10억에 한이 맺혔겠구먼."

푸두리의 독백이 끝나기도 전에 빛의 형상이 다시 나타났다. 선택과 헤리가 아직도 살고 있는 그 아파트였다. 선택이 부스스 부은 얼굴로 혼자 침대에서 일어나 앉아있었다. 침실의 인테리어나 선택의 젊은 얼굴로 보아 앞의 것처럼 10년 전 즈음의 기억이었다.

법당 안의 선택에게 저 때의 그 자신이 기억이 났다. 당시 그가 잠이 깨어 일어난 시간이라면 아마도 오전 11시나 12시 무렵일 것이다. 헤리와 하주는 아침 연습을 위해 새벽 일찍 아이스링크에 갔다가 벌써 연습도 끝내고 헤리는 직장인 보험회사에 하주는 학교에 가 있을 시간이었다. 오직 그만이 어제 마신 술이 덜 깬 채로 팅팅 부은 눈을 하고서 세수를 하거나 용변을 보는 따위로 집 안을 어슬렁거릴 뿐이었다. 그러다 빵 한 조각이나 주스 한 잔으로 아침을 때우고는 위대한 예술의 탄생지가 될 작업실로 어슬렁어슬렁 행보하는 것이다.

빛의 형상 속의 선택이 침대에서 일어나 방을 나가려다 멈추어 섰다. 그는 침대 머리맡을 내려다보다가 팔을 뻗어 무언가를 집어 들었다. 분홍색 꽃무늬 메모지였다. 눈 가까이로 가져가 그것을 읽었다. 법당 안의 모두에게도 그 내용이 보였다.

'아빠, 생일 선물은 필요 없고요, 피겨 계속할 수 있게만 해주세요.'

그랬다. 저 날은 딸의 생일이었다. 그런데도 그는 그 전날 새벽이 되도록 술을 마셨고 언제나처럼 늦잠을 잤다. 대한민국의 피겨 지망생이라면 누구나 마찬가지겠지만 하주도 학교 수업을 마치고 밤 시간 아이스링크가 조용한 동안 연습을 하느라 저 날도 12시가 넘어서야 녹초가 되어 집으로 돌아올 것이고, 그러면 딸의 생일에 딸의 얼굴 한번 못 보는 셈이었다. 그가 학교나 아이스링크로 하주를 찾아가지 않는 한 그랬다. 물론 그는 저 날 하주를 찾아가지 않았다.

신기하게도 이것들이 또 다 기억이 났다. 그에게서 뽑혀 나온 하주의 저 메모가 저때의 하주와 연결된 기억을 같이 엮어서 끌어낸 것만 같았다. 부끄러웠던 그를 똑똑히 다시 보라고. 사실 염치없게도 몇 해째 딸의 생일을 저렇게 넘겨왔었다. 하주도 혜리도 그런가 보다 하고 받아들이고 있었다. 하주는 아예 생일 선물도 필요 없다고 하지 않나.

문제는 그러나 이것만이 아니었다. 딱 저 때쯤 하주는 피겨를 계속할 수 있을지 없을지의 기로에 서 있었다. 돈 때문이었다. 피겨는 어떤 스포츠보다 돈이 많이 들었다. 그에게는 어쩌다가 한 점씩 그림이 팔릴 때마다 생기는 불안정하고 거의 가계에 도움이 되지 않는 미미한 수입밖에 없었고, 혜리가 나름은 보험 영업을 열심히 뛰고는 있으나 피겨맘으로서 딸의 뒷바라지까지 겸하면서 해야 하는 한계가 있었다. 그런데도 하주의 코치는 가능성이 있다면서 미국이나 캐나다로의 전지훈련을 권유했었다. 당시의 금액으로 한 번에 2천만 원이 넘게 들었다. 하주는 기대를 품고 있었지만 혜리에게도 그에게도 언감생심이었다. 전지훈련은 고사하고 현상 유지조차도 힘들었다. 그가 해줄 수 있는 것은 아무것도 없었고, 저 때만큼 아버지로서 그리고 남편으로서 무력감과 자괴감을 가져본 적은 없었다. 그러나 그럴수록 그는 더 모른 척 현실을 외면하고 더욱 술로 자신을 몰아갔었다. 비겁한 도피였다. 그때 누구에게도 말은 않았지만 솔직한 마음으로 딸이 피겨를 그만두기를 바랐었다. 아버지가 돼가지고 자신은 꿈을 꾸는 화가이면서 딸은 꿈을 접기를 바랐던 것이다. 그때 그는 그런 아버지였었다.

빛의 형상이 사라졌다. 소리 없는 안도의 한숨을 내쉬었다. 저 정도만으로는 당시의 무기력했던 자신의 모습이야 어찌할 수 없다 쳐도 최소한 그의 비겁하고 이기적이었던 내면만은 법당 안의 다른 이들에게 들키지 않았을 거라는 안도였다. 그의 기대대로 푸두리와 주섭과 김쌍돌이와 그의 부하들이 안됐다는 듯 선택을 훔쳐보기는 했으나 경멸의 눈길을 던지지는 않았다. 하지만 혜리는 아니었다. 혜리는 누구보다 저 때와 저 때의 그를 잘 알고 있었다.

그렇다고 혜리가 그에게 경멸의 태도를 내비쳤다는 건 아니었다. 그럴 혜리도 아니거니와 혜리는 이런 선택의 염려나 안도 따위는 안중에도 없었다. 혜리는 빛의 형상이 사라진 뒤 허공에 홀로 떠 있는 축구공만

한 빛의 덩어리만을 응시하고 있었다. 혜리에게도 이런 면이 있었나 싶게 지금의 그녀를 지배하고 있는 것은 죽음과도 같은 부동과 무표정이었다. 어찌 보면 마음속 깊이 무언가를 애타게 기다리고 있는 것 같기도 했고, 무서운 의지로 자신을 자제하고 억누르고 있는 것 같기도 했다. 그것이 왠지 안타깝게 여겨지면서도 내심 불안했다. 선택은 이 짧은 막간이 어서 끝나기만을 바랐다. 더 나아가 이런 식으로 자신을 발가벗겨 보여주는 일 전부가 한시라도 빨리 끝났으면 싶었다. 그러면서도 한편으로는 그도 무언가를 기다리고 있는 것 같기도 했다. 한발 한발 가까이 다가오고 있는 것, 어찌해도 피할 수 없는 것을.

빛의 덩어리가 사라지면서 빛의 형상이 나타났다. 이번에도 그의 아파트였다. 혜리가 그를 흔들어 깨우고 있었다.

"일어나 봐, 당신이 가줘야겠어."

"뭘, 어딜 간다고 그래."

선택이 이불을 뒤집어쓰고 엎어졌지만 혜리는 집요했다. 뒤집어쓴 이불을 벗겨버렸다.

"엄마 친구분들이 갑자기 찾아오셨대. 그러니 당신이 대신 가줘야겠어."

선택이 꿈지럭 꿈지럭 일어나 앉았다. 먼저 시계를 확인했다. 9시를 막 지나고 있었다.

법당 안의 선택에게 어김없이 또 저 때의 기억이 되살아났다. 하주가 막 봄방학을 시작했을 무렵이었으며, 저 날은 혜리가 바쁜 화요일로 하주의 외할머니가 대신 하주를 빙상장으로 데려가기로 되어있었고, 저 9시라는 시각은 하주가 외할머니와 함께 집을 나섰어야 할 시간이었다. 그런 한편으로 그때 저 9시라는 시각은 그에게 있어서는 잘해야 4시간

밖에 눈을 붙이지를 못했고 술이 덜 깼다는 의미이기도 했다.

빛의 형상 속의 선택이 항변하듯 말했다.

"어제, 아니 오늘 새벽 4시까지 술 마시고 있었다고."

"그래도 어쩔 수 없어. 성당 친구분이 세 분이나 찾아오셨다는데 어떻게 돌려보내시겠어? 아님, 애를 혼자 보낼 거야?"

혜리는 단호했다. 선택이 비틀비틀 일어나 갈지자 걸음으로 거실로 나섰다. 거실에서 욕실로 들어가려던 그는 걸음을 멈추었다. 거실의 반은 잡아먹은 대형 어항에 매직으로 시 같은 게 낙서라고 하기엔 너무 또박또박 씌어있었다. 선택의 눈이 그 글귀를 쫓았다.

울 꼰대는 화가. 가난뱅이 예술가.
그림 한 점 못 팔고, 땡전 한 푼도 못 벌지.
당근이지 않겠어. 그림은 안 그리고 술만 마시는데?
예술은 안 하고 愛술만 하거든.
그러니 언제 예술 하겠어. 이젠 몸도 못 버티는데?
어쩌다 그린다는 그림도 그래, 그게 그림이야.
울 꼰대지만 참 걱정된다. 걱정돼.
내가 그려도 그렇게는 그리겠다.

어항의 밑바닥에까지 이른 낙서는 그 옆면으로 건너뛰어 이어졌다.

아빠 그림이 굉장하다고, 훌륭하다고
말하는 사람은 아무도 없다는 거 알아.
난 누구에게든 말할 수 있어.

순 엉터리에 또 엉터리라고.
왜냐고? 나는 그림은 모르지만
오직 술 마시는 일만
아빠가 언제나 최고라는 걸 알거든.
그것뿐이야. 술. 술. 술. 또 술.

선택은 한동안 꼼짝도 않고 어항 유리면 위의 그 글귀를 내려다보고
만 있었다. 혜리가 침실에서 나오는 기척을 듣고서야 선택은 고개를 들
었다. 혜리는 턱짓으로 낙서를 가리켰다.

"그거, 하주가 그런 거야. 어제 지 생일이었잖아. 생일날 아빠 얼굴도
못 봤다고 투덜대더니 지대로 심통이 났나 봐. 케이크 같이 먹겠다고 기
다렸는데 당신은 새벽이 되도록 안 오고. 지우려 했는데 매직이라 못 지
웠어. 나중에 봐서 내가 지울게."

"엄마, 지우지 마!"

하주가 제 방에서 발딱 튀어나왔다. 선택은 화를 감추지 않고 딸을
노려보았고 혜리는 꾸짖는 눈으로 딸을 맞았지만 하주는 당당하고도
뻔뻔스럽게 고개를 빳빳이 들고 둘과 맞섰다.

"내가 뭐 틀린 말 했나? 아빤 술만 마시지 그림을 그리기는 해?"

"왜 안 해. 아빠 얼마나 열심히 하시는데."

혜리가 급히 나섰지만 어린 딸의 한번 터진 입을 막을 수는 없었다.

"그러면 뭐해? 아무도 안 알아주고 팔리지도 않잖아. 그딴 거 그려서
뭐하냐고! 돈도 십 원도 못 버는데!"

선택의 몸과 얼굴이 빳빳이 굳어졌다.

"그러는 너는? 너는 우리나라에서 피겨 해서 뭘 어쩌겠다고. 올림픽

본선 출전권도 하나 못 따는 나라에서 피겨는 무슨 피겨냐. 그래, 이런 나라에서 피겨 해서 세계적인 선수가 되겠다는 거냐? 그게 너의 꿈이야?"

하주의 눈이 반짝했다. 눈물 같기도 했고 분노 같기도 했다.

"그래서 나 전지훈련 안 보낸 거야?"

"안 보낸 게 아니고 못 보낸 거지."

"흥, 모를 줄 알아. 외할머니가 나 전지훈련 보내라고 천만 원 보태 주셨잖아. 천만 원만 더 있으면 됐잖아. 그런데 아빠 친구들이 아빠 돕는다고 그림 사줘서 천만 원 생겼잖아. 그 돈 뭐했어? 서울 유명 화랑에서 개인전 연답시고 다 써버리지 않았어? 아빤 내가 그 돈이 필요한지 몰랐다고 했지. 말을 안 했으니까. 그게 변명이 된다고 생각해? 방학만 되면 전지훈련 가고 싶다고 내가 노래를 불렀잖아. 그래, 몰랐다 쳐. 나중에 알고 나서는 아빠 뭐했어? 그 계약 깰 수도 있었잖아. 그런데 아빤 안 했어. 아빤 나보다 그림이 더 중요한 거야. 그림을 위해서는 자기 딸도 언제든지 내버릴 수 있는 사람이 아빠라구."

"그건 네가 사정을 다 몰라서…"

"모르긴 내가 왜 몰라! 난 다 안다구. 그런 아빠니까, 자기 그림을 위해서는 딸도 버릴 수 있는 그런 아빠니까 나보고 피겨 그만두라고 그랬던 거잖아!"

일순 당황과 당혹이 선택의 얼굴을 덮었다.

"무ー슨? 내가 언제…"

"당신이 어젯밤에 그랬어."

혜리가 재빨리 나섰다. 혜리가 하주의 팔을 잡아끌었다.

"어젠 하주야, 아빠가 술김에 말이 잘못 나온 거야. 그러니까…"

하주는 혜리의 손을 앙칼지게 뿌리쳤다. 입은 앙다물고 번들거림을 품은 눈은 엉거주춤 서 있는 선택을 노려보았다.

"아빠, 나 피겨 4년밖에 안 했어. 근데, 아빤 그림 몇 년 했어? 20년도 넘게 하지 않았어? 그렇지만 그래 봤자 뭐해? 아무도 안 알아주잖아. 아빠 이름 대면 누가 알기라도 해? 아무도 몰라. 아빠가 화가라는 걸 아는 사람 아무도 없어. 이 정도면 좋난 거 아냐? 그런데도 무슨 굉장한 예술가가 되겠다고 그러는지 모르겠어!"

선택의 손이 하주의 뺨을 쳤다. 때린 선택도 맞은 하주도 말리던 혜리도 그 자리에서 얼음이 되어 굳어버렸다. 빛의 형상을 지켜보던 선택도 굳어버렸다. 하주의 뺨을 때리던 꿈, 그것은 꿈이 아니었다. 그는 딸의 뺨을 때렸다. 그는 생일에 아빠와 케이크를 같이 먹어보겠다고 기다리던 딸에게 피겨를 그만두라고 했었고, 그것도 모자라 그 다음 날은 딸의 뺨까지 때렸다.

빛의 형상이 사라지고 축구공만 한 흰빛의 덩어리가 나타났다. 법당 안의 누구도 입을 떼지 않았다. 기침 소리 하나 없었다. 불편하고 빽빽한 무안함과 어색함이 어둑하고 텅 빈 법당을 채웠다. 모두들 다음 빛의 형상만을 기다리고 있었다.

다음은 지하철역이었다. 선택이 앞서서 개찰구를 통과해 승강장으로 이르는 계단을 내려가고 있었다. 뚝 떨어져서 그 뒤를 하주가 거의 제 몸뚱이만 한 스포츠 배낭을 메고 따랐다. 그들이 승강장에 도착하자마자 열차가 진입했다. 곧 슬라이딩 도어가 미끄러지며 열리고 선택과 하주는 객차 안으로 들어서서 앉을 자리를 찾아 두리번거렸다. 제법 거리를 두고 두 자리가 비어있었다. 그중 하나에 선택은 털썩 몸을 던진 뒤 팔짱을 끼고 바로 눈을 감았다. 하주는 다른 빈자리에 앉아 배낭을 벗어서 무릎에다 올려놓았다.

잠시 후 열차는 출발했다. 그때부터 빛의 형상이 이상해졌다. 주파수가 잘 맞지 않는 TV 화면처럼 마구 일그러지는가 싶더니 뚝뚝 끊어지기도 했다. 그러던 것이 전원이 나간 것처럼 빛이 완전히 사라진 암흑의 형상만 보여주다가 다시 객차 안을 보여주기를 몇 차례 반복하더니 마침내는 암흑이든 객차 안이든 형상 자체가 아예 사라져버렸다. 더구나 축구공만 한 흰빛의 덩어리도 사라지고 없었다. 푸두리의 방망이가 불러낸 선택의 기억이 끝난 것이다. 방망이는 선택의 기억에서 자신이 끌어내 보여줄 수 있는 건 다 보여주었다.

아주 잠깐의 침묵과 부동이 이어진 뒤 혜리가 천천히 몸을 돌렸다. 빛의 형상이 처음 딸의 모습을 보여주었을 때 '아! 하주!'라는 탄식도 비명도 아닌 것을 뱉어낸 이후 미동도 않고 입 한번 떼지도 않고 영상에만 집중하던 혜리였다. 혜리는 선택을 똑바로 마주했다.

"난 알아. 오늘 밤 당신이 차를 빌려 어딜 가려는지. 중앙역으로 가려는 거지?"

선택은 가타부타 대답을 하지 않았다. 인정을 의미했다.

"혼자 가려고 하지 마. 나도 갈 거니까. 우리 딸이 그 중앙역에서 죽었잖아. 불살귀도 내일 거기로 올지 모른다고 들었어. 내일, 2월 18일, 우리 딸이 죽은 날 말이야."

"하ー주가 2ー월 18일 중앙역에서 죽ー었어?"

"그래. 하주는 2월 18일 중앙역에서 죽었어. 그리고 나는 우리 딸이 죽은 그 중앙역으로 당신과 함께 갈 거고."

혜리는 영원히 잊지 못하도록 각인이라도 시켜주겠다는 듯이 또박또박 말을 뱉어냈다. 선택은 의자를 당겨 몸을 내렸다. 혜리는 2월 18일과 중앙역과 하주의 죽음이 하나로 연결되어 있다고, 즉 2월 18일 하주가 중앙역에서 죽었다고 했다. 다른 날도 아닌 2월 18일에. 그날만 가까워지면 까닭 없이 피부가 붓고 목이 잠기는 증상으로 그를 괴롭히다가 결국에는 자신을 이 세상에서 영원히 없애버리고 싶다는 충동에 시달리게 만들었던 그 2월 18일에 하주가 중앙역에서 죽었다는 것이다. 혜리가 그렇다고 하면 그건 사실이다. 단지 그의 기억에 없다뿐이지. 그렇다고 해서 하주의 죽음이라는 그 기억을 되살려보려 애쓰고 싶지는 않았다. 그 결과를 알기 때문이다. 완고하고 견고한 막에 막혀 그는 좌절할 것이고 결국에는 스스로에게 분노하고 말 것이다.

"당신 고마워."

혜리는 선택의 오른쪽 어깨에 왼손을 올려놓고 선택을 내려다보고 있었다.

"어떻게 중앙역으로 가겠다는 용기를 다 냈어? 정말 거기 갈 수 있기는 있는 거야? 이제 아무렇지도 않은 거야?"

아무렇지도 않은 거냐고? 그럴 리가. 중앙역만이 문제가 아니라 아예 지하철역이라는 공간, 나아가 지하라는 이름을 단 공간 자체에 대한 거부는 여전했다. 그런 데다가 그 중앙역에는 다른 무엇이 더 있지 않은가. 그 뚤뚤 뭉쳐진 기억 덩어리를 흔들어대는, 그리하여 가슴을 쥐어짜는 불안과 두려움의 한가운데로 그를 몰아넣고, 나아가 자신을 향한 까닭 모를 분노도 불러일으키는. 선택은 혜리가 이 두 번째를 염두에 두고 묻고 있음을 알고 있었다.

"흠! 흠!"

푸두리였다.

"다 좋은데, 그 뭐냐, 불살귀하고 죽은 자네 딸하고는 무슨 상관이 있다는 겐가? 자네는 불살귀의 약점까지 알아내고는 그를 죽이려 하는데, 내 방망이가 보여준 건, 정확히 말하자면 자네가 보여준 건 죄다 자네 딸 뿐이지 않나? 괜히 그러지는 않았을 텐데. 뭐냐면…, 최근에 알아낸 바에 의하면 불살귀는 작년처럼 올해도 2월 18 내일 중앙역으로 올 가능성이 높다는 것이고, 그리고 자네는 불살귀를 죽이러 내일 거기로 가려고 하고 있고, 그리고 어… 자꾸 말을 꺼내서 미안하네만 자네 딸은 거기서 죽었다고 하고, 그것도 2월 18일 죽었다는 것이고. 그런데 내 방망이는, 아니 자네는 그런 자네 딸만 보여주었고?"

푸두리가 지그시 선택을 응시하며 방망이를 까딱까딱 흔들었다. 무언가를 알고 있다는 표정임과 동시에 무엇이든 설명을 해보라는 몸짓이었다. 하지만 선택으로선 푸두리가 무엇을 알고 있는지도 짐작할 수 없었고 무엇이든 설명할 수 있는 것도 없었다. 설명이라면 오히려 듣고 싶었다. 기다리다 못한 푸두리가 넌지시 혜리와 눈을 맞추었다.

"아무래도 중앙역에 가야만 해결을 볼 것 같군. 물론 나도 가야겠지. 여기 모인 다른 이들도 다 같이 갈 것이고. 실은 며칠 전부터 중앙역에 가려고 작정하고 있었어. 자네가 정신줄을 놓고 있어서 말을 안 했다뿐이지."

푸두리는 어깨를 으쓱해 보이고는 방망이를 건들거리며 법당 밖으로 나갔다. 곧 혜리도 주섭도 빈 그릇들을 들고 뒤를 따랐다. 선택은 빛의 형상이 있던, 이제는 어둠만이 가득 고인 법당 구석을 응시했다. 바람 소리가 그의 귓전을 울렸다. 헐벗은 나뭇가지 사이를 헤치며 사납게 울부짖는 겨울바람 소리였다.

그날 밤 그 기침 노파가 나타났다. 그 노파가 실제로 향월암까지 선택을 찾아온 것인지 아니면 꿈을 꾼 것인지는 분명치 않았다. 무엇이든 기침 노파는 선택에게 귀에 익은 목소리로 귓속말을 남겼다.

"미안하네. 난 거기에 갈 수가 없네. 무사히 잘 갔다 오게."

선택은 비로소 이 기침 많은 노인네가 누군지 알았다.

중앙역

습기를 머금은 차가운 대기가 불안스레 일렁였다. 간간이 빗방울도 차창을 때렸다. 선택과 혜리와 푸두리를 태운 주섭의 고물차가 중앙역에 도착하자 먼저 와서 기다리고 있던 김쌍돌이와 그의 부하들이 그들을 맞았다. 가까이 다가드는 그들의 머리 너머로 도롯가에 주차된 거대한 탱크로리가 눈에 들어왔다. 그 옆으로는 발목 높이의 지하철 환기구 위로 '공사중'이라는 큼지막한 글씨가 유난히 시선을 끄는 가설 가림막이 세워져있었다. 거대한 탱크로리와 가림막까지 친 야밤중의 공사가 그다지 어울리지 않는다는 생각도 들었지만 선택만이 아니라 누구의 관심도 오래 붙들 수는 없었다. 주섭만 남고 모두는 서둘러 지하철역으로 내려갔다. 출입구 계단에서 한 번 주춤하긴 했으나 큰 어려움은 없었다. 리벨룽의 지하 동굴도 다녀오지 않았는가.

선택의 걸음은 그러나 지하상가와 역 대합실을 갈라놓은 스테인리스 셔터 앞에서 제동이 걸렸다. 내려진 셔터를 푸두리가 방망이를 이용해 다시 올리느라 잠깐 멈추어 섰을 때 발이 그 자리에 들러붙고 말았다. 셔터는 곧 올라갔지만 선택은 움직일 줄을 몰랐다. 푸두리가 들어 올린 저 스테인리스 셔터 아래를 지나가기만 하면 중앙역으로 들어서는 것이다. 그가 기억하기로 지난 10년 동안 이 중앙역으로 내려간 적이 단 한 번도 없었다. 더 정확히는 지하철역이라는 공간 그 자체를 10년 동안 가 본 적이 없었다. 지금까지 지하철역이라는 공간은 그가 들어설 수 없는 출입이 허용되지 않는 금지된 구역이었다. 그 금기를 지금 깨려 하고 있으며 도약이라고 불러도 될 이 순간 선택은 두려움에 사로잡혀 있었다. 이 스테인리스 셔터 너머 지하철역 공간에 무엇이 그를 기다리고 있을지 두려웠다.

"괜찮아 당신?"

혜리가 돌아서서 물었다. 앞서 가던 푸두리와 김쌍돌이와 그의 부하들도 걸음을 멈추고 돌아섰다. 그들은 그를 기다렸다. 금지의 그 선을 넘어야 했다. 선택은 눈을 감았다. 눈을 뜨고 그 선을 넘을 자신은 없었다. 몇 발자국 앞으로 움직였다. 눈을 떴을 때 그는 대구 지하철 중앙역 지하 1층 대합실이라는 공간에 서 있었다.

그 사실을 확인하는 순간 생각지 못한 일이 일어났다. 환각과 환청과도 비슷했다. 고함과 절규와 울부짖음이 난무하는 가운데 치솟는 불길과 연기가 나이트클럽의 사이키 조명이라도 받은 것처럼 여러 조각으로 잘게 찢어져 나타났다 사라지기를 반복했다. 그리고 그것에 동반하여 격렬한 두통이, 머리를 바이스에 집어넣고 으깨는 것 같은 두통이 있었다. 외마디 비명이 터져 나왔다.

"왜 그래?"

머리를 싸쥐고 주저앉는 선택을 푸두리가 부축했다. 혜리도 얼른 그의 한쪽 팔을 움켜잡았다.

"괜찮아 당신?"

염려와는 달리 괜찮았다. 언제 그랬냐는 듯 멀쩡했다. 환각도 환청도 두통도 사라지고 없었다. 혜리와 푸두리 뒤로 김쌍돌이가 그를 지켜보고 있었다. 괜히 무안했다. 푸두리와 혜리의 손을 밀어내고 몸을 일으켰다. 막 걸음을 떼려는데 지하 2층으로 내려가는 계단 머리에 사람의 모습이 나타났다. 홀러덩 타버린 머리카락과 고통으로 일그러진 검게 타 들어가고 녹아내린 얼굴, 윗도리로 걸친 시커멓게 눌어붙은 방한 재킷, 영락없는 불에 타 죽은 자였다.

그 모습이 눈뜨고 보기 힘들 정도로 끔찍해서는 분명 아니었다. 그런데도 어떤 이유에선지 선택의 가슴에 거대한 충격파가 일었다. 그의 내부에서 폭발이 일어난 것만 같았다. 심장이 펑 터지는.

"죽은 자야."

푸두리가 별것 아니라는 듯 무심히 내뱉었다. 그러면서도 선택의 안색의 변화는 놓치지 않고 살폈다.

"내려갈수록 저런 죽은 자들을 더 많이 보게 될 걸세. 여길 떠나고 싶어도 떠날 수 없는 이 지하철역에 묶여있는 불쌍한 영혼들이지. 지하 3층 승강장에는 아마도 수십은 있을걸. 그들 중엔 저치보다 더한 이들도 있어. 저 정도에 그렇게 놀라서야. 지하 3층 그리로 가세. 불살귀도 그리로 올 걸세. 벌써 와 있는지도 모르고."

그들은 계단을 내려갔다. 지하 2층 대합실엔 죽은 자는 아무도 없었다. 방금 모습을 보였던 그도 사라지고 없었다. 비상등만으로 흐릿하니 밝혀진 텅 빈 대합실은 열을 지어 가운데를 가로지른 원형의 기둥들로 좌우로 나뉘어있었다. 그 나누어진 한쪽은 타일 벽면에 부착된 광고판들과 벽을 따라 줄지어 세워져 있는 여러 대의 공중전화만 보일 뿐 비어있어 오로지 통로로만 이용되는 듯했다. 한편 다른 한쪽에는 무인 매표기 옆으로 의자와 테이블과 정수기 따위가 놓여있는 간이 쉼터가 있었다. 선택의 시선을 잡아끈 것은 그 쉼터 뒤의 벽이었다. 그것은 원래의 타일 벽이 아니었다. 무언가를 가려놓은 듯 조립식 칸막이로 막아놓은 그 벽은 무인 매표기에서 지하 3층으로 내려가는 계단까지의 2~30미터는 됨직한 공간을 전부 채우고 있었다. 어떤 장식이나 광고도 하나 없이 간단한 알림 메모 두어 장만 달랑 붙어있는 게 전부인 텅 빈 흰색의 그 칸막이 벽은 그 자체만으로도 자신의 존재감을 과시하고 있었지만 그것 말고도 또 있었다. 거기엔 텅 빈 긴 벽이 갖는 존재감 이상으로 무엇이 있었다.

선택이 그 벽으로 다가갔다. 그가 세 걸음이나 뗐을까. 머리를 쪼갤 것 같은 두통과 동시에 환각과 환청이 또 그를 덮쳤다. 연기가 차오르는 객차의 술렁대는 승객들 사이로 하주가 그를 애타게 찾으며 손을 흔들고 있었다. 그것이 지하 1층에서 그랬던 것처럼 나타났다 사라지기를 반복했다. 선택은 무릎을 꿇고 주저앉았다. 푸두리도 혜리도 이번에는 놀라지 않았다. 그들은 침착하게 선택을 부축했다. 혜리는 침착함을 넘어 냉정하기까지 했다. 지그시 깨문 입술에서는 결연함조차도 엿보였다. 푸두리도 비슷했다. 일어서는 선택을 말없이 지켜만 보다가 마음의 결정을 내린 듯 방망이를 선택의 등에다 갖다 댔다가 뗐다. 푸두리가 기억을 더듬듯 눈을 감았다가 떴을 때 이해의 빛이 얼굴 위로 떠올랐다.

"자네가 보았던 걸 나도 보았네. 역시 그랬었어. 자네 아내에게서 어제 들었네. 10년 전 여기 중앙역에서 발생한 일명 대구 지하철 화재 참사 때 자네도 그 사고 현장에 있었다고. 더구나 딸과 함께. 한데 자네는 운 좋게 살아났지만 자네 딸은 그 사고로 죽었다지?"

선택은 대답을 못 했다. 그런 기억이 없었다. 푸두리가 확인사살처럼 덧붙였다.

"자네가 그렸던 그 망가진 시계, 그 시계의 바늘이 가리키는 9시 53분이 바로 그 사건이 발생한 시각이고. 안 그런가?"

'9시 53분? 설마?'

"사실이야."

혜리가 꽉 깨문 입술 사이로 토해냈다. 언제나 흔들림 없던 혜리에게서 지난 고통의 흔적들이 어른거렸다. 그것으로 알 수 있었다. 푸두리와 혜리는 틀림없는 사실을 말하고 있었다. 10년 전 2월 18일 9시 53분에 여기 중앙역에서 일어난 화재로 하주가 죽었다고. 그렇다면 9시 53분에 멈춘 시계를 그림에 그려 넣은 것도, 2월 18일만 다가오면 9시 53분에 늘 깨어나는 것도 모두 그 때문이라는 건가.

"그날 오전 9시 53분에 전동차에 불이 났어. 그때 그 불로 우리 딸이 여기서 죽었고. 당신도 같이 지하철을 탔었어. 하지만 당신은 그때 일을 기억 못 해. 사실은 기억하지 않으려는 거야. 그 기억을 지워버린 거야. 그 편이 훨씬 덜 힘드니까."

정말이지 선택의 기억에는 없었다. 아무리 머리를 쥐어짜내 봐도 마찬가지일 것이다. 문제는 그러나 그 기억나지 않는 것이 그의 몸에는 살아있다는 거였다. 그 사고를 두고 푸두리에 이은 혜리의 언급은 그의 몸에 살아있는 그것을 잡고 흔들었다. 그것은 다름 아닌 뚤뚤 뭉쳐진 그 기억 덩어리였으며 이제 그것은 꿈틀꿈틀 뒤척이면서 스스로를 드러내 보이려 몸부림치고 있었다. 그 몸부림이 선택을 어지럽게 했다. 열기가 달아오르듯 머리도 지끈거렸다.

"스스로 지워버렸다." 푸두리가 말했다. "그건 나와 비슷하군. 나도 월암골에서 그랬으니까. 허나 아무리 그래도 완전히 지우지는 못해. 눈에 띄지 않는 곳에다 멀찌감치 밀처두는 정도지. 그러다가 시간이 약이 되어 사그라지면 다행이고. 재수 없으면 도리어 더 키우기도 해. 아무튼 각설하고, 내 생각인데 불살귀도 사고 당시 여기에 있었음이 틀림없어. 어쩌면 그날 죽은 자들 중의 하나일지도 모르지."

혹시 기억에 있냐고 푸두리가 넌지시 선택을 넘겨다 보았지만 선택이 대답할 수 있는 것이 아니었다. 몰라서이기도 했으나 그럴 경황도 없었다. 그가 품은 그 기억 덩어리는 꿈틀거림의 힘과 속도를 높여갔고 그런 만큼 어지러움과 머리의 열기는 더해갔다. 이럴 때는 몸을 움직여야만 했다.

"그만 내려가지요."

때마침 김쌍돌이가 나서주었다. 그들은 한 층 더 아래로 내려갔다. 지하 3층의 어둑한 승강장에는 푸두리의 말대로 죽은 자들이 있었다. 첫눈에도 모두 불에 타죽었음을 알 수 있는 칠팔십은 되는 군상들이 그들이 내려선 안심행 승강장과 반대편 대곡행 승강장에 무리 지어 서서 그들에게는 보이지 않는 어디 한곳으로 시선을 모으고 있었다. 그런데 이들 말고 또 다른 것도 있었다. 경유로 짐작되는 매캐한 기름 냄새가 코를 찔렀다. 환기구 옆 도로가의 탱크로리를 떠올렸지만 이를 입 밖에 낼 기회는 갖지 못했다. 죽은 자들이 계단 발치에 멈추어선 그들에게로 에워싸듯 몰려들었다.

"뭐하는 자들이요!"

불길에 성대가 손상된 것으로 짐작되는 거칠고 잠긴 목소리였다. 목소리의 소유자는 옷이 타버린 탓에 검게 타들어간 왼팔과 왼 다리를 다 드러내 보이는 50대 중반의 남자로 고통으로 일그러진 얼굴 위에 적의 또한 숨기지 않고 드러내 보였다. 선택의 무리를 반기지 않기는 다른 이들도 마찬가지였다. 까닭 모를 적개심이 죽은 자들 모두에게서 뿜어져 나왔다. 그 기세에 눌린 탓인지 누구도 감히 대답을 못 했다. 그러나 단언하건대 대답을 못 한 건 그들의 적의 때문만은 아니었다. 차마 눈뜨고 마주 볼 수 없을 정도로 참혹한 그들의 겉모습에 더해 애써 감추고 있지만 체취처럼 풍겨 나와 보는 이들의 숨통을 틀어막을 것만 같은 그들이 품은 말 못 할 고통에 입이 얼어붙어 버렸다고 하는 게 차라리 옳았다. 왼팔과 왼 다리가 타들어간 남자가 다시 입을 열었다.

"우리는 10년 전 그 사고로 여기서 죽은 자들 말고는 누구도 이곳에 발을 들이지 못하게 하고 있소. 그 이유는 자명하오. 우리들의 이런 흉한 모습을 누구에게도 보여주고 싶지 않은 거요. 그리고 무엇보다 우리는 그때의 악몽과도 같은 기억에 눌려 고통에 시달리고 있소. 그때의 살을 태우는 뜨거움과 숨통을 틀어막는 연기, 그때의 공포, 그것들은 아직도 우리 몸에 온전히 남아 있소. 그래서 그것이 되살아나면 우리는 그때로 되돌아가는 거요. 죽음의 고통과 두려움으로 몸부림치던 그때로. 그러므로 그것 또한 보여주고 싶지 않은 거요. 우리들 세계에서 우리끼리만 있고 싶다는 거요. 다른 이들이 우리들을 엿보는 건 싫소. 그러니 그만 올라가시오. 우리는 당신들의 구경거리가 아니오. 당신들 같은 자들을 볼 만큼 보아왔소."

"우리는 그대들을 구경하러 온 것이 아니오."

김쌍돌이가 말했다. 감정을 배제한 사무적인 목소리였다. 왼팔과 왼 다리가 타들어간 남자가 김쌍돌이의 시선을 똑바로 마주했다.

"그러면 뭐하러 여긴 왔소?"

"우리는 불살귀를 죽이러 왔소. 그런 뒤 우린 바로 떠날 것이오."

김쌍돌이가 죽은 자들이 위협을 느끼지 않도록 천천히 검을 뽑아들었다. 죽은 자들로부터는 반응이 없었다. 가늘게 뜬 눈으로 다들 말없이 쳐다보기만 했다. 대답은 그들의 머리 너머에서 들려왔다.

"나를 죽이려면 이리로 와야지."

불살귀였다. 선택의 무리를 에워쌌던 죽은 자들이 서로 눈길을 주고

받았다. 왼쪽 팔다리가 타들어간 남자가 고갯짓을 하자 길을 터주듯 죽은 자들이 양옆으로 물러났다. 그 터진 사이로 대곡행 열차 선로에 선 불살귀가 모습을 드러냈다. 왼손에는 아이 손목 굵기만 한 검은 고무호스를 쥐고 오른손으로는 그 끝의 밸브 손잡이를 잡고 있었다. 밸브는 잠겨있었지만 그 고무호스의 정체는 분명했다. 그 호스의 다른 끝은 공사 중이라며 가설 가림막으로 막아놓은 지하철 환기구를 통과해 도롯가에 주차된 탱크로리에 연결되어 있을 것이다. 짐작대로 불살귀가 손잡이를 움직여 밸브를 열자 그 끝에서 기름이 콸콸 흘러나왔다. 불살귀는 보란 듯이 그 기름을 대곡행 승강장에다 뿌려댔다.

"전부 다, 보이는 건 다 태워버린다."

"왜 이러나? 무슨 악감정이 있어서 우리를 다시 불구덩이에 집어넣으려 하나?"

저쪽 앞에서 누군가가 소리쳤다. 불살귀는 들은 척도 않고 기름만 뿌려댔다. 언제 적에서 동지로 바뀌었는지 죽은 자들 중의 하나가 선택에게로 슬그머니 다가와 잠기고 쉰 목소리로 떠듬떠듬 속삭였다.

"불-살귀는 작년 오늘 갑자기 나타나 마-구 소리 지르고 뭐든지 때려 부수고 그랬지요. 우-리는 그 마음 아니까 모른 척 했었고요. 10년 전 그때 죽-었지만 우리처럼 미련이 남아 이승을 떠나지 못한 자라고 생각했으니까요. 성정이 거칠어서 물어보지는 못했지만…. 한데 올-해는 작년보다 더 심하네요. 화-재 경보기도 다 부숴놨어요. 소-방서에서 출동하기 전에 다 태워버릴 모-양이네요. 한 번 죽은 우-리들이야 쉽게 또 죽지는 않겠지만 그래도 불은 뜨겁고 불에 타죽은 우리들이라 워낙 불을 싫어해서…."

불을 싫어하기는 선택도 마찬가지였다. 싫어하는 정도가 아니라 공포에 가까운 두려움을 갖고 있었다. 더구나 그는 죽은 자가 아니었다. 혜리도 걱정이었다. 선택의 마음을 읽었는지 김쌍돌이가 그들 둘에게 뒤로 빠지라는 눈짓을 했다. 선택이 마땅히 불살귀를 상대해야 했지만 우선은 불을 피하는 게 급선무였다. 혜리의 팔을 막 잡아끄는데 불살귀가 선택을 알아보았다. 불살귀의 대응은 빨랐다. 일 초의 주저도 없이 라이터를 꺼내 들고 불을 붙여버렸다. 경유인 까닭에 불은 빨리 번지지는 않았다. 더욱이 추운 겨울이라 유증기도 거의 없어 폭발이 일어나지도 않았다. 그래도 불은 검은 연기를 말아 올리며 선로와 승강장을 따라 번져갔다. 선택은 혜리의 손을 잡아끌고 지하 2층 대합실로 이어지는 계단을 뛰어올랐다. 둘의 움직임을 불살귀는 놓치지 않았다. 호스를 내던지고 풀쩍 몸을 날려 승강장으로 올라선 그는 죽은 자들을 밀쳐내고 계단을 뛰어올랐다.

선택과 혜리가 연기가 번지기 시작하는 지하 2층 대합실에 올라섰을 땐 불살귀는 벌써 먼저 와 그들을 기다리고 있었다. 지난번보다 더 커진 불살귀는 날듯이 달려와 간이 쉼터 앞에서 선택과 혜리를 막아섰다.

"월암골에서 그랬지. 우리의 길은 서로 만나게 되어있다고. 그래 날 죽이러 왔나?"

선택은 대답 대신 품에서 작은 칼을 하나 뽑아들었다. 날의 길이가 한 뼘 정도에 불과하지만 불살귀의 어깨를 찌르는 데는 충분했다. 오로지 불살귀의 오른쪽 어깨만 노릴 작정이었다.

"그걸로 날 죽이겠다고? 재미있군. 허나 어쩌나? 오늘은 내가 널 죽여야겠는데?"

선택이 불살귀를 겨냥해 칼을 쥔 손을 앞으로 내밀었다.

"당신은 기껏 내 목이나 조르겠다고? 아니면 내 몸 안으로 들어와 날 죽이겠다고? 허나 어쩌나. 그때마다 실패하지 않았나."

뜻밖에 불살귀가 주춤했다. 그러나 곧 어깨를 으쓱하더니 한 발 더 다가섰다.

"실패했지만 그 실패에 성공의 비밀이 숨어 있었지. 내가 너와 합체되었을 때 넌 죽기를 바라지 않았나?"

그랬다. 그때 쥐고 있던 권총을 들어 올려 오른쪽 관자놀이에 갖다 댔었다.

"그것에 더해 이곳 중앙역과 내가 지른 불은 그 성공으로 이끄는 지름길을 열어주지."

이건 또 뭔 소린가 싶었다. 혜리 또한 뭐라 하느냐고 선택에게 물었다. 대답은 불살귀가 했다.

"월암골 동굴에서 난 나를 알 수 있는 기억들을 불러내진 못했지만 너를 죽일 수 있는 것들은 보았다. 그것은 여기 중앙역에서 일어난 일들이었다. 그것을 만약 내가 너의 기억으로 온전히 되살려낼 수만 있다면 네 스스로 죽음의 길로 뛰어들게 만들 것들이었지. 자, 이제 나의 그 기억을 너에게 가장 잘 되살려낼 수 있는 최적의 장소인 이 중앙역에 와 있고, 더구나 이렇게 불까지 피워놓았으니 지금 내가 해야 할 일은 지체 없이 그 기억을 너에게 전해주는 것이 되겠지. 물론 입 아프게 말로 들려줄 필요는 없겠지. 손쉬운 방법이 있으니까."

손쉬운 방법이란 신체적 접촉이나 합체를 의미했다. 불살귀가 선택에게로 몸을 날렸다. 선택으로선 불살귀의 기억들, 그것도 이곳 중앙역에서의 기억을 어떻게 합체나 신체적 접촉만으로 선택 그의 기억으로 살려낼 수 있고, 또 그것이 어떻게 그를 죽일 수 있는지 의문스러웠지만 그 의문들을 붙들고 있을 여유는 없었다. 그는 혜리를 옆으로 밀쳐내고 달려드는 불살귀의 어깨를 겨냥해 칼을 질렀다. 칼은 빗나가 어깨를 스치고 말았지만 불살귀의 약점을 건드리긴 건드렸다. 쉼터의 의자를 퉁겨내며 뒤로 쓰러지는 불살귀의 입에서 거친 비명이 터져 나왔다. 선택의 입에서도 비명까지는 아니지만 신음이 흘러나왔다. 그의 오른쪽 어깨도 뜨끔했다. 그놈의 둘 사이의 연결 탓이었다. 내색 않고 자세를 다잡으며 불살귀의 오른쪽 어깨를 다시 겨냥했다.

"너만 날 죽일 수 있는 방법을 찾아낸 게 아니야. 나도 널 죽일 방법을 찾아냈어!"

불살귀에게로 몸을 날렸으나 불살귀도 이번엔 가만히 당하지만은 않았다. 쉽게 오른쪽 어깨를 내주지 않았다. 선택의 칼은 불살귀의 어깨 위 허공을 몇 차례 갈랐다. 그 사이 불살귀는 선택을 밀쳐내고 몸을 일으켰다.

"리벨룽에게 찾아갔었군. 그래, 리벨룽이 내 오른쪽 어깨만 찌르면 날 죽일 수 있다고 하던가? 허! 얼마든지 찔러봐. 어찌 되거나 난 네 몸속으로 뛰어들기만 하면 돼. 너의 기억을 온전히 살려내기 위해. 이번엔 지난번처럼 쫓겨나지 않을 자신도 있어. 이 중앙역과 내가 질러 놓은 불길이 그 힘을 줄 테니까. 내가 아닌 너에게. 네 머리통에다 네 스스로 총알을 박아 넣을 때까지."

불살귀가 포옹이라도 하려는 것처럼 선택에게로 쇄도했다. 선택은 선택대로 칼을 바투 쥐고 불살귀를 맞았다. 한 번이라도 그 어깨를 제대로 찌르기만 하면 되는 것이다. 둘은 서로 끌어안은 것처럼 한 덩어리가 되어 쉼터 앞바닥을 굴렀다. 우위는 금세 드러났다. 덩치에 있어서 두 배는 되는 불살귀가 선택의 배를 타고 앉았다. 그는 선택의 목을 움켜쥐고 누르며 폐가 작업실에서처럼 선택의 몸속으로 들어가려 했다. 그

때 누구도 예상치 못한 일이 일어났다.

"아빠! 왜 그래? 뭐하는 거야!"

몹시 잠겨있긴 하지만 틀림없는 하주, 딸 하주의 목소리였다. 선택도 불살귀도 곁에서 발만 동동 구르던 혜리도 그 자리에 얼어붙어 버렸다. 아래층 승강장과 연결된 계단으로부터 하주가 절뚝절뚝 다리를 절며 걸어오고 있었다. 그 모습은 오늘 보았던 어떤 죽은 자들보다 잔인하다 싶을 정도로 끔찍했다. 너무 심하게 손상을 입어 절기까지 하는 다리는 말할 것도 없고, 걸치고 있던 옷은 거의 타버렸거나 살갗에 눌러 들러붙어 있었다. 머리카락도 거의 다 타버리고 재만 흘러내렸다. 다만 두 손으로 가렸는지 얼굴의 안면부만이 유일하게 겨우 원래의 형태를 갖추고 있었다. 제일 먼저 정신을 차린 혜리가 한걸음에 달려가 하주를 끌어안았다.

"하주야!"

"엄마."

"안 뜨거웠어? 안 아팠어? 지금은 괜찮아? 그때처럼 숨도 막히고 뜨겁다고 하다던데, 괜찮은 거야? 응 괜찮아? 아무렇지도 않아?"

하주를 어루만지며 연신 질문을 던져대는 혜리의 목소리는 하주보다 더 쉬어있고 더 잠겨 있었다.

"지금은 안 뜨겁고 안 아파. 그렇지만…."

하주의 눈이 선택과 불살귀를 찾았다. 언제 서로 엉켜있던 몸을 풀고 일어섰는지, 꽤나 기이하게도 선택은 딸을 똑바로 쳐다보지 못하고 외면한 채로 마치 어떤 강한 힘에 끌어당겨진 것처럼 비척비척 걸어오고 있었고, 반면 불살귀는 하주를 골똘히 주시하며 그 자리에 서 있었다.

"그렇지만? 그렇지만 뭐?" 혜리가 다그쳤다.

"그렇–지만 여길 떠나고 싶어. 내가 죽었던 여기에 있다는 거, 너무 힘들어. 여기 있으면 그때가 자꾸 생각나. 그러면 불, 연기가 다시 떠올라. 난 또 불에 타는 것만 같아. 또 뜨거워지고 숨이 막히는 거야."

하주의 몸이 경련을 일으키며 부들부들 떨렸다. 두 눈은 흰자위를 드러내며 반은 뒤집어졌다. 하주는 사고 당시 그때로 돌아가 있었다. 혜리가 하주를 더 힘주어 끌어안았다. 손은 연신 하주의 등과 허리를 쓰다듬었다. 엄마의 손길에 하주는 차츰 진정되었지만 혜리가 감정에 북받쳐 울먹였다.

"그럼 가. 여길 떠나버리면 되잖아!"

가늘게 몸을 떨면서 하주는 고개를 저었다.

"그러고 싶어도 엄마 난 그럴 수가 없어. 난 여길 못 떠나가. 난 여기 꽁꽁 묶여있어."

"묶–여있다고? 뭐가 그런 거야? 뭐가 널 여기다 묶어 놓은 거야?"

하주는 대답 대신 가까이 다가온 선택을 올려다보았다. 여전히 딸을 외면한 채로의 선택은 격심한 혼란에 휩싸인 얼굴을 있는 대로 일그러뜨리고 있었다. 그것은 무언가를 애써 기억해내려 안간힘을 쓰는 모습 같기도 했다.

"뭐야? 뭐가 그런 거야? 뭐가 이놈의 역에다가 널 묶어놓은 거야. 응?"

혜리가 다시 다그쳤지만 하주는 선택만을 올려다보았다.

"그 답은 아빠가 알고 있어. 아빠는 어떻게 하면 날 여기서 떠나보낼 수 있는지 알아. 아빠만이 날 여기서 내보낼 수 있어."

"아–빠가 어떻게…."

혜리가 더 캐물으려 했으나 기회는 주어지지 않았다. 불살귀가 몸을 날려 선택을 덮쳤다. 그 바람에 혜리와 하주는 끌어 앉은 채로 밀려 쓰러지고 말았다. 그들과 몇 걸음 떨어져 두 아름은 되는 원형 기둥 아래에서 불살귀는 선택을 올라타고 목을 졸랐고 선택은 쥐고 있던 칼로 불살귀를 마구 찔러댔다.

"아빠 그만 해! 이제 제발 그만 해!"

하주가 혜리를 떨쳐내고 절뚝절뚝 선택과 불살귀에게로 달려갔다. 하주가 그 뒤엉킨 둘의 머리맡에 멈추어 섰다. 둘은 여전히 싸움을 멈추지 않았다.

"이러지 마, 아빠! 부탁이야, 제발 나 때문에 이러지 마!"

하주가 악을 썼으나 마찬가지였다. 꼿꼿이 선 채로 선택과 불살귀를 내려다보는 하주의 얼굴에서 혜리는 분노를 보았다고 생각했다. 뒤이은 것은 고막과 심장을 찢어발기는 비명이었다. 말 그대로 지축을 흔드는 비명이었다. 그렇게 생각하거나 느껴서가 아니었다. 대합실의 바닥과 천장과 두 아름은 되는 거대한 기둥들이 실제로 몸을 떨었다. 쉼터의 플라스틱 테이블과 의자들도 정수기도 제자리에서 요동치며 미끄러졌다. 비명은 계속되었다. 불살귀와 선택이 싸움을 멈춘 것은 물론이고 지하 3층 승강장에서 불을 끄던 푸두리와 김쌍돌이와 그의 부하들도 그리고 죽은 자들도 계단을 뛰어 올라왔다. 비명은 계속되었다. 모두가 귀를 틀어막고 몸을 웅크렸다. 간이 쉼터의 의자와 테이블들이 넘어지거나 뒤집어졌다. 그런 뒤 일이 벌어졌다. 예의 그 조립식 칸막이 벽이 뜯겨 나왔다. 무인매표기에서 승강장으로 내려가는 계단까지 2~30여 미터에 이르는 공간을 막아놓은 전부가 껍질이 벗겨지듯 훌러덩 한꺼번에. 그리고 그 뜯겨나간 칸막이 벽체들 너머로 그 칸막이 벽에 가려 숨어있던 세계가 그 모습을 드러냈다. 온통 검정투성이 세상이 거기에 있었다. 그 검정의 세상에는 공중전화 부스도, 코인 보관함도, 가판대 박스도, 현금

지급기도, 묶어놓은 주간지 다발들도 있었다. 하나같이 원래의 색을 알아볼 수 없게 그을음을 뒤집어썼고, 플라스틱이란 플라스틱은 모두가 녹아 늘어졌고, 종이란 종이는 전부 모서리가 타들어갔다. 이 온전히 죽음만이 지배하는 작은 세상의 검댕이 내려앉은 타일 벽 위로는 손가락으로 써내려간 글씨들도 있었다.

'보고 싶다.'

'사랑한다.'

'명복을 빌어요.'

'편히 쉬소서.'

'부디 잘 가시오.'

이 숨겨진 검정의 공간은 10년 전 화재 사고의 현장 일부를 그대로 보존해 둔 일명 '통곡의 벽'이라 불리는 곳이었다. 죽은 하주가 그 내밀한 어둠 속에 갇혀있던 시커먼 죽음의 세상을 드러내 보여주고는 비명을 멈추었다. 그러나 다른 비명이 그것을 대신했다. 선택과 불살귀가 둘 다 머리를 움켜쥐고 바닥을 뒹굴며 비명을 토해냈다. 그것은 사실 비명이라기보다는 차라리 절규나 울부짖음 혹은 통곡에 더 가깝다고 해야 했다. 그것도 아니라면 뱃속 저 아래 깊은 곳의 오물까지도 전부 다 쥐어짜 뽑아내 보겠다는 악 받친 악다구니라 해도 좋았다. 그러면서도 그것은 마른 침 한 방울도 뽑아내지 못하는 부질없는 헛된 몸부림만 같았다. 듣는 이들이 더 안타깝고 더 애가 타는.

"뱉어내! 있는 대로 다 쏟아내 버려!"

푸두리가 둘 앞으로 달려와 발을 쾅쾅 굴렀다. 푸두리의 이런 모습은 처음이었다. 다른 이들의 일에 이처럼 관심이나 애착을 보여준 적이 없었다. 푸두리가 방망이를 들어 올렸다. 그러나 푸두리가 행동을 취하기도 전에 방망이가 먼저 움직였다. 방망이는 푸두리의 손을 빠져나가 선택을 건드렸다가 불살귀를 건드렸다. 둘의 기억을 뽑아내려는 의도였으나 축구공만 한 그 빛의 덩어리는 만들어지지 않았다. 방망이가 다시 시도했지만 그 결과는 마찬가지였다. 세 번째까지 시도한 방망이는 스스로 푸두리의 손으로 되돌아갔다.

"안 돼, 방망이도 안 돼. 스스로 뱉어내지 않으면 안 돼!"

푸두리의 말을 알아들었는지 선택과 불살귀가 비명을 멈추었다. 둘은 경련하듯 단속적으로 몸을 떨어댔다. 가슴도 움찔움찔했다. 그러던 어느 순간 둘의 가슴 위로 축구공만 한 빛의 덩어리가 하나씩 솟아올랐다. 동시에 선택도 불살귀도 떨기와 움찔대기를 멈추고 축 늘어졌다. 놀라운 것은 불살귀의 몸집이 보통 사람의 크기로 줄어들었다는 거였다. 그 줄어든 모습은 얼굴도 어딘지 선택을 닮아있었다. 그뿐만 아니라 그가 가졌던 힘조차도 모두 잃어버린 듯 무기력해 보였다. 가슴에서 솟아오른 그 빛의 덩어리가 이제껏 불살귀를 궁극적으로 지탱해왔던 무언가를 뽑아내 버리기라도 한 것만 같았다. 불살귀의 놀랄 만한 변화는 그럼에도 그다지 주목을 끌지 못했다. 위로 흔들흔들 떠오르던 빛의 덩어리들이 하나로 합쳐졌고, 그러자 곧 그것은 빛의 형상으로 변하면서 선택과 하주가 탄 지하철 객차 안의 모습을 만들어냈다. 향월암에서 빛의 형상이 보여주었던 마지막 장면으로서의 그 객차였다. 그때 그대로 선택과 하주는 서로 멀찍이 떨어져 앉아있었다.

전동차가 멈추고 승객들이 내리면서 하주의 옆자리가 비었다. 선택이 감고 있던 눈을 떴다. 하주 옆의 그 빈자리로 선택의 눈길이 갔다. 하주와 눈이 마주쳤고, 그 빈자리로 옮기려 엉덩이를 들었으나 그는 그대로 주저앉았다. 그는 팔짱을 끼고 다시 눈을 감았다. 하주의 얼굴이 굳어졌다. 곧 전동차는 출발했다. 잠시 후 다음 역에 이르렀다.

"다음은 중앙역, 중앙역입니다. 내리실 문은…."

빛의 형상 속 객차의 스피커에서 안내 방송이 흘러나왔다. 곧 열차가 멈추어 섰다. 승강장에 면한 열차의 오른쪽 슬라이딩 도어들이 미끄러지며 열렸다. 그 순간 암회색 연기가 객차 안으로 뭉클 밀려들었다. 내리던 승객들이 멈칫멈칫하는 사이 '열차 문 닫겠습니다. 열차 곧 출발하겠습니다.' 라는 급한 안내 방송과 더불어 문은 다시 닫혔다. 그러나 열차는 곧 출발하지 않았다. 그대로 멈추어 있었다. 승강장의 연기는 열차의 문틈으로 꾸역꾸역 밀려들었다. 당황한 목소리들이 여기저기서 터져 나왔다.

"웬 연기야?"

"뭐야 이거? 불난 거야?"

"엄마야! 불났어!"

"저기! 저기 봐. 불이야!"

맞은편 선로에 정차한 열차에서 불길이 일고 있었다. 그 불길은 무서운 기세로 옆 칸의 객차로 번져나갔다. 때마침 승강장의 등이란 등은 모두 꺼져버렸다. 열차 바깥은 연기로 가득한 암흑천지의 세상이었다. 당황을 넘어서 불안과 공포의 웅성거림과 외침이 객차 안을 채웠다. 열차가 곧 출발할 것이니 기다려달라는 기관사의 안내 방송이 수차례 스피커를 타고 흘러나왔지만 승객들을 진정시키기에는 역부족이었다. 설상가상으로 객차 내의 등마저 나가버렸다. 암흑 세상이 객차 안을 덮쳤다. 옆 차량을 태우는 불꽃이 있었지만 그것은 짙은 연기에 가려 있으나 마나였다. 소란은 쥐죽은 듯한 침묵으로 바뀌었다. 그 암흑의 세상이 가져다준 충격이 모두의 입을 닫게 했다. 그것은 하지만 3초를 넘기지 못했다. 더 거칠고 광기의 냄새마저 풍기는 소란이 객차 안을 집어삼켰다. 다시 전원이 들어와 사람들을 죽음과도 같은 암흑의 세상으로부터 벗어나게 해주었지만 소란도 불안도 공포도 광기도 가라앉지 못했다. 오히려 더 증폭시켰다. 그들은 그 암흑의 세상에서 이미 죽음을 보았다. 승객들은 서로 밀고 밀치며 출입문으로 밀려들었다. 아비규환의 아우성과 외침과 고함의 세상이 빛의 형상 속의 객차 안에서 벌어지고 있었다.

선택은 밀려드는 사람들을 밀치며 하주를 찾아 미친 듯이 두리번거렸다. 하주는 처음의 그 자리에 꼼짝도 않고 앉아서 커다란 스포츠 배낭을 꼭 끌어안고 아빠를 애타게 찾고 있었다. 선택이 사람들을 어깨로 밀치고 헤치면서 하주에게로 나아갔다. 그때 또 객차의 등이 나갔다. 또 암흑의 세상이었다. 몇 초 후 다시 전기가 들어왔을 때 선택은 객차 바닥에 쓰러져 있었다. 사람들에 떠밀리고 발길에 밟혔는지 머리와 옷가지가 헝클어질 대로 헝클어져 있었다.

"아빠! 아빠 어디야!"

하주의 외치는 소리가 아비규환의 와중에서도 들려왔다. 선택이 자신을 에워싼 발들을 밀어내고 일어섰다. 딸의 목소리가 들려온 방향을 어림잡아 막 다시 나아가려는 찰나 또 전등이 나갔다. 곧 다시 들어왔으나 다시 나갔고, 그러기를 반복했다. 그것이 시야를 더 혼란스럽게 했고 승객들의 불안과 공포를 더 가중시켰다. 열리지 않는 출입문 앞으로 몰려든 그들은 더 안절부절 우왕좌왕했고 더 거칠게 서로가 서로를 밀고 밀쳤다. 선택은 이 가운데를 뚫고 헤집어 하주에게로 나아갔다. 마침내 하주에게 이르렀다 싶은 순간 전기가 나가버렸다. 이번에는 완전히 나가버렸다. 다시는 밝아지지 않았다.

암흑의 세상에는 소리만 있었다. 절규나 비명, 고함, 울부짖음, 흐느낌

같은 것들. 급하게 전화 통화를 해대는 울음 섞인 목소리도 있었다. 그 소리만의 세상에 선택도 있었다. 깜깜한 암흑이었지만 빛의 형상 속에는 선택의 형체가 있었고, 그 형체는 사람들에 섞여 객차 밖으로 몰려나갔다. 누군가가 수동으로 문을 열어젖힌 것이다. 승강장에서부터 선택은 몸을 납작 엎드려 벽을 따라 그 벽을 더듬으며 기어갔다. 계단이 있으리라고 짐작되는 방향으로 가는 듯했다. 그의 오른손에는 하주의 손목 대신 하주의 스포츠 배낭 손잡이가 움켜쥐어져 있었다. 그런데도 선택은 그 사실을 알아차리지 못한 듯했다. 뒤를 돌아보며 하주에게 하듯 무언가를 연신 외쳐대고 있었다.

용케도 그는 계단에 이르렀고 엉금엉금 기어 계단을 올랐다. 그렇게 지하 2층 대합실에 오르자 그나마 사정이 조금은 나아졌다. 아래층의 승강장과 별반 다를 바 없는 암흑과 연기만의 세상이긴 하나 지하 1층으로부터 실낱같은 빛이 지하 1층으로 이어지는 계단을 타고 아래로 흘러내려왔다. 선택이 그 빛을 따라서 하주의 배낭을 끌고 엎드려 기었다. 그는 정체불명의 물건에 부딪히기도 하고 기둥에 가로막히기도 하면서 한동안의 사투 끝에 이윽고 계단에 이르렀고 또 계단을 올랐다. 계단의 중간쯤에서 그가 멈추었다. 입을 계단의 모서리 구석에다 박고 있었다. 바닥을 따라 흐르는 소화전이나 소방호스에서 흘러나왔을 수도 있는 더러운 물을 마시고 있었다. 그것이 힘이 되었는지 선택은 더 빠르게 계단을 올랐다. 드디어는 지하 1층 대합실에 이르렀다. 저기 그다지 멀지 않은 곳에 빨갛게 깜박깜박 돌아가는 경광등 불빛과 서치라이트처럼 암흑 세계를 찔러대는 작은 플래시 불빛이 있었다. 그 빛에 생명이 있고 희망이 있었다. 그 생명과 희망을 향해 달려가고자 몸을 일으키는 순간 커다란 배낭에 발이 걸렸다. 그는 뒤로 넘어지며 등짝으로 그 배낭 위로 쓰러졌다. 선택의 짧은 비명이 암흑을 갈랐다. 선택이 왼손으로 오른쪽 어깨를 움켜쥐었다. 잠깐의 침묵 뒤에 선택의 울음이 터져 나왔다. 통곡에 가까운 울음이었다. 하주의 손목이 아니라 하주의 배낭을 끌고 왔음을 이제야 알아차린 듯했다. 선택의 울음소리는 암흑의 세상 속을 길게 메아리쳤다.

빛의 형상은 여기서 끝이 났다. 지하 2층 대합실의 누구도 말이 없었고 움직임도 없었다. 병풍처럼 둘러선 죽은 자들은 모두 고개를 떨어뜨리고 있었다. 원형 기둥에 등을 기대고 앉은 불살귀와 선택은 넋이라도 빠진 것만 같았다. 벌써 제법 차올라 있는 연기만이 이런 모두들 사이를 괴괴히 흘러다녔다. 어찌 보면 한 장의 잘 찍은 스틸사진처럼 너무 자연스럽게 여겨질 것만 같은 이 부동과 침묵을 깬 것은 푸두리였다.

"딸이 아니라 딸의 배낭이라. 그렇게 된 거였어. 자네 잘못으로 자네 딸이 죽은 거였어."

스틸사진은 동영상으로 바뀌었다. 죽은 자들에게서 웅성거림도 일었다. 선택과 불살귀만이 움직임도 말도 없었다. 여전히 넋이 빠진 듯한 선택은 자신의 기억이 던진 충격에 사로잡혀 있었고 그 충격은 너무 커 보였다. 자신이 딸을 죽인 것이다. 한편으로 넋이 빠져있기는 마찬가지지만 불살귀는 선택과는 또 달랐다. 마침내 그간의 사정을 알겠다는 이해의 표정이 떠오르고 있었다. 이윽고 불살귀가 입을 열었다.

"그래도 조금은 미심쩍었었는데…. 월암골 동굴에서 본 것만으로는 부족했었는데…. 방금 본 것들의 극히 일부분, 조각 조각난 일부분들뿐이었으니. 그랬는데, 이제야 왜 여기 중앙역과 불길 속에서 너를 죽일 수 있는지 그 이유를 제대로 알았어. 충분히 다 보여주었고 보았으니."

불살귀가 기둥에서 등을 떼고 몸을 돌려 맞은편 기둥의 선택을 마주했다. 선택은 가까스로 정신을 가다듬었다. 불살귀의 말에는 그의 정신을 들게 하는 것이 있었다. 불살귀는 그 자신을 두고 중요한 말을 했다.

"그 말은, 월암골 동굴에서 당신이 보았다는 것이…"

"그래, 방금 네 눈으로 본 것이야. 물론 그것 말고도 더 있지. 월암골 동굴 앞에서 네가 보여주었던 것들, 그것들을 포함해서 하주의 기억은 다 보았지."

정리할 필요가 있었다. 기력을 다 짜내 집중했다. 불살귀는 빨간 헤어밴드를 두른 하주와 하주의 목소리를 자신의 기억이라 했었다…. 월암골 동굴에서는 방금 그가 뽑아낸 기억과 같은 것을 보았다는 것이고. 더군다나 방금 본 건 그와 불살귀가 함께 뽑아낸 기억이 아닌가. 무엇보다 하주의 기억은 다 보았다고 했다.

"그 말은…."

"너와 나의 기억이 같다는 것이고, 그것은 너와 내가…."

"원래 하나였겠지."

푸두리가 불살귀의 뒷말을 자르고 들었다. 그러나 푸두리는 불살귀가 아니라 선택과 눈을 맞추었다.

"자네 영혼의 일부가 떨어져 나와 불살귀가 되었을 수가 있어. 그걸 내 방망이는 진작부터 알아차렸던 것 같아. 그래서 둘 다에게서 기억을 뽑아내려 했던 거겠지. 자네 딸도 알고 있었던 것 같던데. 안 그래? 이름이 하―주?"

하주가 고개를 끄덕끄덕했다.

"둘 다 우리 아빠예요. 불살귀 아빠는 별로 아빠를 안 닮았어도 난 보자마자 알았어요. 우리 아빠라는 걸."

하주가 불살귀를 빤히 쳐다보았다가 선택을 보았다. 선택이 달아나듯 하주의 시선을 피해 푸두리와 마주했다.

"하지만 내가, 내가 어떻게…."

"어떻게 자네가 불살귀를 만들었냐고? 그런 건 내게 묻지 마. 나도 모르니까. 아무리 내가 도깨비지만 사람 속을 어찌 알겠어? 그건 자네와 불살귀만이 알 수 있는 것이지. 아마도 불살귀는 알고 있을 것도 같은데. 내 짐작엔 방금 보았던 그 기억이 둘의 분리에 지대한 역할을 한 것도 같고, 아닌가?"

푸두리가 불살귀를 넌지시 내려다보았지만 불살귀는 푸두리를 돌아보지도 않고 무시했다. 불살귀의 반응이야 상관하지 않고 푸두리는 턱을 쭉 빼고 불살귀를 아래위로 한 차례 쭈욱 훑었다. 예전의 모습을 도무지 찾아볼 수 없는 무기력한 불살귀를 이제야 새삼 알아차렸다는 듯이.

"또한 그 기억은 네가 불살귀이도록 만들고 나아가 너를 지탱시켜주었던 힘이었지 않나. 비록 기억되지는 않았더라도? 그래서 그 기억이 빠져나오자 넌 힘을 잃어버린 것이고. 리벨룽의 피가 가져다준 불사의 힘이야 사라지지 않았겠지만. 아닌가?"

불살귀가 마침내 푸두리를 올려다보았다. 불살귀의 입 끝으로 냉랭한 비웃음이 떠올랐다가 사라졌다. 그 비웃음이 '그렇다'의 대답으로 이해되었다. 그러나 불살귀는 곧바로 선택에게로 얼굴을 돌려버렸다. 불살귀가 말했다.

"네가 어떻게 나를 만들었는지 궁금하겠지? 허나 나도 그건 모른다. 월암골 동굴에서 그건 보지 못했다. 네가 월암골 동굴 앞에서 그랬던 것처럼 동굴 안에서 뽑혀 나온 나의 기억들 또한 불완전한 것들이었다. 조각 조각난 것들. 그렇게 강력하다는 동굴도 내 기억을 쉽게 뽑아내지는 못하더군. 허나 아무리 그래도 전부가 하주라는 여자아이와 연결된 기억이라는 건 알 수 있었고, 그것들이 나의 기억이면서도 너의 기억이기도 하다는 사실 또한 충분히 짐작 가능했다. 너와 나의 기억이 일치했던 앞서의 경우에 비추어 보아서도 그렇지만 무엇보다 하주는 너의 딸이 아닌가. 그리고 이 짐작에 더해 속절없이 너에게 끌어당겨졌던 여러 번의 경험들로 결론이 났다. 난 너의 피조물이라는 사실이. 단지 너의 피조물이라는 그것만."

불살귀의 말은 거짓이 아니었다. 그는 어떤 과정을 거쳐서 자신이 선택에게서 분리되었는지 알아내지 못했다. 하지만 동시에 선택에게 거짓말을 했다고 실토한 셈이기도 했다. 월암골 동굴 앞에서 불살귀는 그때 둘의 관계를 두고 알아낸 것이 없다고 했었다. 그러나 자신이 선택의 분신이라는, 그의 표현대로 선택의 피조물에 불과하다는 사실만은 알아냈던 것이다. 불살귀가 계속했다.

"한데 그게 다가 아니었지. 난 실패하지 않고 널 죽일 가능성 또한 그 동굴에서 찾아냈지. 그 동굴은 자기 머리에 총알을 박아 넣는 그림 따위를 그릴 정도로 네가 왜 그토록 죽기를 원하는지 그 이유를 알게 해주었고, 그 덕분에 실패하지 않고 널 죽일 가능성을 찾아내게 했지. 넌 네 딸을 불에 타 죽게 한 놈이고 그 현장이 여기인 만큼 이곳과 내가 지른 불은 딸을 죽인 네 죄를 일깨워주게 될 터이고, 너는 그 죄를 자각하는 순간 죽음의 품으로 스스로 달려가게 된다는 것이다. 지금까지 결과로 보면 기대 이상으로 이 중앙역과 나의 불이 효과를 거둔 것 같아. 합체도 아니고 접촉만으로 나의 기억인 그것을 아주 제대로 너에게 되살려 냈으니. 그리고 그 기억은 너를 죽일 것이고."

이 또한 거짓이 아니었다. 당시의 기억이 되살아난 지금 선택에게는 살아야 할 이유를 찾기 힘들었다. 여기 이곳 중앙역과 불살귀가 지른 불이 그를 죽음으로 몰아가고 있었다. 불살귀가 승리하고 있었다. 그런데도 이상했다. 승리를 앞둔 불살귀에게서 월암골 동굴 앞에서 보았던 그 자조적이고 자학적인 비웃음이 되살아나고 있었다. 불살귀가 계속했다.

"하나 더 말해줄까? 난 나의 월암골 동굴탐험 덕분에 지금껏 내가 죽여 온 그 셋이 무엇을 의미하는지도 알게 되었어. 그놈들은 딸의 뺨을 때렸고 딸의 옆자리가 비었지만 거기에 가서 앉지 않음으로써 딸을 방치했고 종내에는 딸을 불에 타 죽게 만든 너, 바로 너를 대신해서 죽은 놈들이었지. 따라서 그들은 너를 죽이는 과정에 거쳐야 할 징검다리에 불과한 놈들이었어. 그들은 너를 가리키고 있었지. 너를 죽여 살인을 완성하라고. 그래, 이제 네가 죽을 때가 된 것도 같은데. 나의 살인의 완성을 위하여?"

"글쎄, 화가 선생이 죽기 전에 그쪽이 먼저 죽어줘야 할 것 같은데?"

김쌍돌이였다. 그는 검을 뽑아들고 있었다. 더 이상 기다릴 수 없다는 듯이. 그러나 무기력한 불살귀에게 당장 달려들 것 같지는 않았다. 그는 칼끝을 내렸고 말 없는 물음으로 어떻게 할 거냐고 다른 이들에게 물었다. 대답은 푸두리가 했다.

"결정은 선택이 해야겠지. 그래 자넨 어떻게 할 건가? 자네의 분신 불살귀 말이야."

"죽어야지요."

선택의 대답은 빠르고 짧았다. 김쌍돌이가 큰 보폭으로 선택에게 다가왔다. 그는 들고 있던 검을 거꾸로 쥐고서 선택에게 내밀었다.

"받으시오. 당신이 말한 대로 당신의 할 일을 하시오."

빠른 대답과는 달리 선택은 한참을 그 검을 쳐다만 보다가 손잡이로 손을 뻗었다. 검은 무거웠다. 그는 검을 지팡이처럼 짚고 일어섰다. 불살귀의 뒤로 걸어가 오른쪽 어깨 뒤를 겨누었다. 불살귀는 저항하지도 도망가지도 않았다. 오히려 책상다리로 앉음새를 바꾼 뒤 고개를 뒤로 꺾어 선택과 눈을 맞추었다.

"당신은 거길 찌를 자격이 없어. 거길 찌를 자격이 있는 사람은 우리 딸 하주밖에 없어."

선택이 움찔했다. 불살귀의 말에는 비수로 가슴을 가르는 것 같은 뜨끔함이 있었다. 불살귀에게서 그 자조적이고 자학적인 비웃음이 또 입가를 맴돌았다.

"아직도 모르겠나? 나의 오른쪽 어깨, 내가 가진 약점이라는 그것이 무얼 말하는지. 거기는 네가 하주의 스케이트에 찔린 자리야. 하주의 손목이 아니라 하주의 배낭을 쥐고 혼자 살겠다고 달아나던 10년 전 오늘, 하주의 배낭 위로 넘어지면서 가방에 들어있던 스케이트 날에 천벌이라도 받은 것처럼 찔린 바로 그 자리야. 잘 생각해봐. 그래, 아직도 이게 무슨 의민지 모르겠어?"

선택은 대꾸를 못 했다. 대꾸는커녕 온몸의 맥이 빠지면서 다리가 후들거려 더 서 있을 수도 없었다. 김쌍돌이의 검도 제대로 들고 있기가 힘들었다. 의식도 못 하는 사이 검의 끝이 아래로 조금씩 내려갔다. 마침내는 검의 끝이 바닥에 닿았고, 끝내는 선택의 손에서 빠져나갔다. 쇳소리가 대합실을 울렸다. 불살귀가 자신의 승리를 예감한, 그러면서도 그 자조적이고 자학적인 웃음을 지우지 못한 얼굴을 돌려 똑바로 앞을 보았다.

"그곳은 나의 약점이 아니고 너의 약점이야. 거기를 찌르면 나를 죽이는 것이 아니라 너를 죽이게 될 거야. 왜냐면 너의 죄의식을 가장 실감 나게 일깨워주는 곳이 그곳이거든. 그 실감 나게 일깨워진 죄의식이 너를 죽이겠지."

선택은 휘청휘청 뒷걸음쳐 이 난리 중에도 넘어지지 않은 파란 플라스틱 의자에 주저앉았다. 그는 불살귀의 약점이라는 그곳, 그날 하주의 스케이트 날에 찔린 바로 그 자리와 똑같은 위치의 그곳을 찌를 수가 없었다. 그곳은 비록 자신의 어깨가 아니더라도 그에게는 너무 아픈 곳이었다. 그곳은 영원히 아물지 않을 상처가 뻘건 속살을 아직도 그대로 드러내고 있는 곳이었다. 그런 그곳을 그는 찌를 수가 없었다.

대신 다른 놈이 했다. 이중도가 했다. 불살귀의 추종자였지만 불살 귀에게 호되게 혼이 났었던 그 이중도였다. 아무도 그의 존재를 눈치채지 못했다. 죽은 자들의 무리 가운데에 숨어있었는지 기회를 잡자마자 절뚝절뚝 다리를 절며 달려와 선택이 떨어뜨린 검을 집어 들고 불살귀의 오른쪽 어깨 뒤를 찔렀다.

"나를 다리 병신으로 만든 대가다!"

비명은 불살귀와 선택의 입에서 같이 터져 나왔다. 바닥에 쓰러지기도 둘 다 쓰러졌다. 불살귀의 말이 옳았다. 그곳은 그의 약점이었다. 하주에게 저지른 모든 죄를 상기시켜 주는 급소 중의 급소였다. 그는 딸의 따귀를 때린 못난 아빠였고, 딸의 옆자리가 비었음에도 그리로 가서 앉지 않음으로써 딸을 방치한 무정한 놈이었고, 끝내는 딸의 손이 아니라 배낭을 쥐고 혼자서만 달아남으로써 딸을 불에 타 죽게 만든 이기적인 살인자였다. 일어설 힘이 없다기보다 의지를 상실한 선택은 앞으로 엎어진 채로 가슴만을 움켜쥐었다.

한편 느닷없이 등장하여 상황을 급변시켜놓은 인물은 이중도만이 아니었다. 빡빡머리 손후록이 불살귀가 던져버린 기름호스를 끌고 와 대합실에 기름을 뿌려대기 시작했다.

"이건 우리들의 믿음을 배신한 대가다. 네놈의 시체라도 구워버리겠다."

이중도와 손후록, 이 둘이 복수의 화신이 되어 돌아와 있었다. 이중도는 한 발로 불살귀의 등을 밟고 불살귀를 찌른 검을 비틀어 뽑아냈다. 반쯤 입을 벌린 얼굴 위로 만족의 미소가 그려졌다. 그는 검에다 눈길을 한 번 주었다가 내던져버렸다. 검이 바닥에 떨어지기도 전에 그는 몸을 돌려 개선장군이라도 되는 양어깨를 건들대며 손후록에게로 다가갔다.

제일 먼저 상황을 파악하고 행동을 취한 것은 김쌍돌이와 그의 부하들이었다. 그들의 신념에 비추어 이중도와 손후록, 이 둘은 비록 불살귀의 적이 되어 돌아오긴 했으나 불살귀보다 더 혐오스럽고 더 가증스러운 자들이었다. 이중도가 손후록에게로 가 닿기도 전에 그들은 몸을 날려 둘을 베어버렸다. 그러나 벌써 늦어있었다. 손후록이 기름에다 불을 붙인 뒤였다. 불은 느리지만 맹렬한 기세로 타올랐다. 호스에서는 기름도 계속 흘러나왔다. 이미 연기로 차 있던 대합실은 금방 몇 미터 앞도 안 보일 정도로 암흑의 천지로 변했다. 죽은 자들이 뿔뿔이 달아났다.

"얼른 여기를 빠져나가자!"

푸두리가 선택의 옷자락을 잡아끌었다. 선택은 푸두리에 이끌려 몸을 일으켰으나 푸두리의 손을 뿌리쳤다. 그는 흔들리는 걸음으로 불살귀에게 다가갔다. 뚜렷한 이유나 목적이 있어서가 아니었다. 그저 불살귀에게로 다가가고 싶었다. 손을 뻗어 검에 찔렸던 불살귀의 오른쪽 어깨를 쓰다듬었다. 불살귀가 몸을 돌려 바닥에 등을 대고 누워 선택을 올려다

보았다. 자조적이고 자학적인 비웃음이 아닌 동정을 품은 엷은 미소가 불살귀의 입가에 그려졌다.

"날 다시 받아들일 준비가 된 것 같군. 그래, 이제는 내가 필요하다는 거지."

불살귀는 이 말과 함께 연기로 변했다. 기름이 타면서 내뿜는 연기와 거의 구분이 가지 않았지만 그것은 사람의 형태를 갖고 있었다. 그 사람 모양 연기 덩어리는 환풍기로 빨려들듯 선택에게로 빨려 들어갔다.

저항감도 거부 반응도 없었다. 뜨겁게 몸이 달아오르지도 않았다. '아빠 죽지 마!'라고 외치는 하주의 목소리도 들리지 않았다. 자연스럽게 둘은 한몸이 되었다. 그리고 그 흡입, 그 합체가 완성되는 순간 기억들이 되살아났다. 살인의 기억들이었다. 주먹으로 치고 발로 차서 죽인 한갑태, 거꾸로 매단 뒤 난도질해 죽인 이을태, 불로 태워서 죽여버린 석병태, 그들을 죽이던 그때의 기억이 그때의 그 감각 하나하나가 되살아났다. 그것들은 원래부터 전부 그에게 있었다. 불살귀의 기억이 아니었다. 살인은 불살귀가 한 것이 아니었다. 선택 그가 한 것이었다. 그가 살인자였다.

그리고 이 자각은 선택을 또 다른 자각의 길로 이끌었다. 그는 한갑태와 이을태와 석병태를 죽인 게 아니었다. 자신을 죽였던 거였다. 자신 속의 한갑태, 이을태, 석병태를 죽였다. 따라서 이 깨달음의 순간은 불살귀가 말하는 '살인의 완성'의 의미가 충분히 이해되는, 그 완성이 자신을 향하고 있음이 이해되는 순간이기도 했다. 나아가 이곳 중앙역과 불길 속에서 그를 죽일 가능성을 발견했다는 불살귀의 말이 진실로 이해되는 순간이기도 했다.

풀썩 무릎을 꿇었다. 그는 살아있을 이유가 없는 인간이었다. 머리를 바닥에다 찧었다. 쿵, 쿵, 쿵….

"뭐하는 거야?" 푸두리가 다급히 달려왔다.

"어서 나가자!" 헤리가 외쳤다.

"아빠, 빨랑 나가!" 하주도 소리쳤다. "아빠, 나가서 불살귀 아빠를 죽여. 그러면 난 여기서 나갈 수 있어. 고통 없는 세계로 갈 수가 있어."

선택이 시야를 가리기 시작하는 연기 너머로 처음으로 하주를 똑바로 보았다. 하주의 반은 타버린 얼굴은 간절했다.

"하지만 아빨 같이 죽여선 안 돼. 아빤 죽지 마. 아빤 꼭 살아야 돼! 아빠가 죽으면 난 절대 여기서 벗어나지 못할 거야."

하주가 어서 가보라는 손짓을 했다. 하주도 곧 연기에 가려 사라졌다. 멀리서 소방차의 사이렌이 악을 썼다. 헤리와 푸두리가 선택의 팔을 잡아끌었다. 그러나 바로 뿌리쳤다. 나가고 싶지 않았다. 여기 불속에 있고 싶었다. 하주를 떠나고 싶지 않았다. 하주와 같이 있고 싶었다. 푸두리가 짧은 한숨을 토해냈다.

"안 되겠어. 방망이의 힘을 빌릴 수밖에. 멀리도 아니고 역 바깥 정도야 옮겨줄 수 있겠지."

잠깐의 멍함과 어지러움이 뒤따랐다. 정신을 차려보니 선택은 헤리와 푸두리와 함께 셔터가 내려진 옷가게 앞 한적한 인도에 주저앉아 있었다. 그들의 머리 위로는 하늘이라도 터졌는지 얼음 같은 겨울비가 통곡인 듯 퍼붓고 있었다. 그 빗발의 장벽 너머에 주섭의 차가 보였다. 주섭이 차 문을 열어놓고 열심히 손짓을 해댔다. 주섭의 뒤 지하철 환기구로부터는 10년 전 그때 그랬던 것처럼 시커먼 연기가 뭉글뭉글 솟구쳐 올랐다. 그리고 그때 그랬던 것처럼 선택의 옆에 딸 하주는 없었다.

시빌라

자신의 그림을 마주하고서야 선택은 왜 혼자서 택시를 타고 달아나 듯 작업실로 와버렸는지 그 이유를 알았다. 또한 무엇이 자신을 이 작업실로 이끌었는지도 알았다. 불살귀였다. 몸 안의 불살귀가 그를 조종하고 있었다. 정확히는 그를 죽이려 하고 있었다. 눈앞에 마주한 그림 속의 그는 머리에다 총알을 박아 넣고 이미 죽어있었고 그의 품에서는 총알이 장전된 권총이 만져졌다. 그것을 꺼내 방아쇠를 당기기만 하면 된다. 일 년 전 오늘 그랬던 것처럼. 이번에는 입에 총구를 물고 당겨야겠지. 총알이 빗나가 또 실패하는 일이 없으려면.

선택은 그림 앞으로 의자를 끌어다가 앉았다. 품에서 권총을 꺼내 움켜쥐었다. 죽어야 하는 이유는 자명했다. 딸을 죽인 자가 아닌가. 손에는 권총을 쥐고 자신이 죽어있는 그림을 마주한 지금 하주가 눈앞에서 어른거렸다. 중앙역에서는 그렇게도 피하고 외면했던 딸이었다. 그 하주가 눈앞에 있었다. 하주는 다리를 절었다. 죽은 자의 모습은 죽기 직전의 그때를 보여준다고 했으니, 그것이 의미하는 바는 다리를 못 쓰게 될 정도로 살이 타들어가는 동안 하주는 자신의 살을 태우는 그 뜨거움을 견디며 몸부림쳐야 했다는 거였다. 그뿐인가, 녹아 살갗에 들러붙은 패딩 조끼, 시커멓게 타들어간 팔, 재만 남은 머리카락, 무엇 하나 하주의 고통을 말해주지 않는 것이 없었다. 그런 끔찍함을 겪도록 만든 건 누구도 아닌 아버지인 그였다. 하주에게 조금만 더 애정을 가졌더라면,

그래서 하주의 옆자리가 비었을 때 거기 가서 앉았더라면, 조금만 더 정신을 차렸더라면, 그래서 하주의 배낭이 아니라 하주의 손목을 낚아챘더라면 하주는 살아있을 것이다. 그가 딸을 죽였다. 그는 딸의 살인자였다. 더 살아야 할 이유 따윈 어디에도 없었다. 대신 죽어야 할 이유는 차고 넘친다고 몸속의 불살귀가 속삭였다. 이 속삭임에 저항할 힘이 그에게는 남아있지 않았다.

권총을 들어 올려 입에다 쑤셔 넣었다. 눈앞의 그림처럼 될 것이다. 미리 예견이라도 한 듯 자신의 운명을 보여주는 그것이 시야를 꽉 채웠다. 화가로서의 선택의 눈은 비록 죽음을 앞두고 있을지라도 완벽에 가까운 작품의 완성도는 놓치지 않았다. 그렇게도 원하던 예술의 완성이라고 불러도 좋았다. 약간의 아쉬움만 제외한다면… 그 부족분을 입안으로 파고든 이 총이 채워줄 것이다. 푸두리의 말대로 진짜 피를 뿌려버린다면. 그러면 그렇게도 바라던 예술의 완성을 이룰 수도 있을 것이며, 또한 딸을 죽인 살인자라는 죄의식으로부터도 마침내 자유로워질 수도 있을 것이다. 아쉬울 것도 미련도 없어야 했다. 그런데 아니었다. 방아쇠를 당기지 못하게 손을 붙드는 무엇이 있었다. 삶에 대한 애착 따위는 아니었다. 다른 것이었다. 아직 할 일이 남은 것 같은 부족함이었다.

잠깐 멈칫하는 그때 급정거의 브레이크 마찰음이 들렸다. 차 문이 요란스레 닫히는 소리가 있었고 어지러운 발소리가 가까워졌고, 헤리가 가장 먼저 바로 뒤를, 푸두리가 좀 떨어져서, 주섭이 작업실로 뛰어들었다. 선택이 권총을 숨긴다고 숨겼지만 무슨 일이 벌어지고 있었는지 그것을 놓칠 헤리가 아니었다.

"뭐하려는 거야?"

선택은 앉은 채로 그림만을 쳐다보았다. 무엇을 빠뜨린 것 같은 부족함이 있긴 하지만 그가 가야 할 길이, 그의 운명이 저기에 있다는 생각뿐이었다. 혜리가 성난 걸음으로 다가와 몸으로 그림을 가리며 그를 마주 보고 섰다.

"오면서 들었어. 당신 그림이 예술적인지 뭔지 그놈의 완성 직전에 있다고. 그래 그 잘난 예술 완성하러 여기로 혼자서 내빼 온 거야? 당신 피를 이 대단한 그림에다 처바르려고? 아니, 아니야, 그게 아니라고. 당신은 예술을 완성하러 여기에 온 게 아니야. 당신은 달아나고 싶은 거야. 당신은 우리 딸 하주에게서 달아나고 싶은 거라고. 그래서 죽으려고 여기 온 거야. 당신이 예술, 예술, 오로지 예술만 입에 올리기 시작한 게 언제부턴지 알아? 하주가 죽고부터야. 그때부터 그랬다고. 그때부터 당신은 예술이란 그놈의 것으로 도망을 쳤어. 예술에만 파묻혀 하주를 잊으려고 했어. 그러더니 그것도 모자라서 죽음이란 것으로 도망치려고 했어. 몇 년 전부터 그랬어. 난 다 알고 있었어. 그때부터 당신은 죽고 싶어서 안달 난 사람 같았다고! 예술을 완성하면 당신의 영혼을 주겠다고? 그거 사실은 당신이 죽고 싶어서 핑계를 만들어댄 거에 불과한 거야. 예술의 완성, 그런 거창한 게 목적이 아니었다고! 아니야? 왜 말 못 해?"

할 말이 없었다. 혜리의 말은 하나도 틀리지 않았다. 이때까지는 알아차리지 못했었지만 혜리의 악 받친 힐난을 듣는 순간 눈이 뜨이는 것처럼 알 수 있었다. 지난 10년 동안의 그의 사고와 행동의 배후에는, 그것이 평범한 인간관계에 관한 것이든, 작품 활동과 연결된 것이든, 자살충동과 그 시도에 있어서든 모두가 하주의 죽음과 그것에 기인한 죄의식에 닿아있었다. 그중에서도 네 번에 걸친 자살 시도가 특히 더 그랬다. 그의 의식은 아닐지 몰라도 그의 무의식은 그가 딸에게 저지른 잘못을 모두 기억하고 있었다. 깊은 어둠 속에 가라앉은 죄의식이 딸이 죽은 2월 18일만 되면 그에게 죽음을 요구했던 것이다. 표면적으로는 자신의 예술적 무능을 내세웠지만 원인은 죄의식에 있었다. 사실 자신의 예술적 무능에 대한 질타도 그 뿌리는 딸의 죽음에 뻗어있었다. 자신의 예술을 위해 딸의 미래까지 희생했음에도 작가적 성공을 거두지 못한 그를 용서할 수 없었을 것이다. 뼈아픈 깨달음처럼 이 모든 것들이 그의 의식으로 다가왔다. 선택은 고개를 떨구었다. 성난 혜리의 날 선 목소리가 이어졌다.

"오죽하면 내가 당신 작업실 주인 영감님한테 당신 감시 좀 해달라고 부탁까지 다 했겠어? 그렇게라도 죽고 싶었던 거야. 정말 그렇게도 죽고 싶어? 이러는 당신 이해 못 하는 거 아냐. 당신 마음 이해해. 그날 일들을 오늘 내 눈으로 직접 보고부터는 더 그래. 우리 딸이 죽은 걸 당신 탓으로 당신 책임으로 여기고 있었잖아. 하지만 안 돼. 아직은 죽으면 안 돼. 당신이 할 일이 남아있어. 우리 딸 하주, 우리 하주를 당신이 구해줘야 해. 그놈의 총으로 죽든, 예술을 완성하든, 영혼을 팔든, 그건 그때 가서 알아서 해. 그 전에 우리 딸부터 구해."

혜리가 쏟아낸 말에 선택을 건드리는 것이 있었다.

"하-주? 하주-가 왜?"

"하주 말 못 들었어? 하주를 거기서 구해줄 사람은 당신밖에 없다잖아."

기억이 났다. 하주는 그때의 기억이 떠오르면 너무 고통스럽다고 했다. 그때의 일을 다시 겪는 것처럼 뜨겁다고 했다. 그런데도 하주는 그때의 일을 자꾸 떠올리게 만드는 그 중앙역을 떠날 수가 없다는 거였다. 꽁꽁 묶여있다는 거였다. 왜 못 떠나는 건지 무엇이 불쌍한 그 아이를 거기에 묶어두고 있는지 그 이유는 선택이 알고 있다고 했다. 더구나 어떻게 하면 자기를 그 역에서 내보낼 수 있는지도 선택은 알고 있고 선택만이 자기를 거기서 내보낼 수 있다는 거였다. 그리고 하주를 거기서 꺼내주기 위-해서는….

"불살귀를 죽이는 거야."

헤리의 깔깔한 목소리가 귀를 파고들었다. 헤리는 등 없는 의자를 끌어다가 선택의 맞은편에 앉았다. 선택을 똑바로 마주 보는 그녀의 두 눈이 불타고 있었다.

"하주가 말했잖아. 불살귀를 죽이라고. 당신은 죽어선 안 되고 불살귀만. 그러면 하주는 그 역에서 벗어날 수 있다고."

가까스로 기억이 났다. 구제불능의 자의식에 빠져 허덕대느라 잊고 있었다. 그렇지만 불살귀를 죽이는 것과 하주가 지하철역을 떠날 수 있는 것과는 무슨 상관이 있다는 말인가. 불살귀와 하주, 그 둘이 도대체 어떤 관계가 있기에.

"뭐든, 일단은 하주가 해달라는 대로 해야 할 것 아냐?"

헤리가 옳았다. 하주가 원하는 것을 하는 것, 그것 말고는 할 수 있는 것이 없었다. 그래도 여전히 '어떻게?'의 문제는 남았다. 불살귀는 그의 몸 안에 들어와 있지 않은가. 같이 죽지 않고서는 불살귀를 죽일 방법이 없었다. 그렇다고 하주가 다짐받듯이 말했듯 그가 자살하라는 건 분명 아니었다. 그건 푸두리나 좋아할 일이었다.

'푸두리?' 처음으로 선택은 푸두리를 의식했다. 푸두리의 눈이 선택을 떠나지 않고 있었다. 지금이 푸두리에겐 선택과 불살귀의 영혼을 한꺼번에 취할 최고의 기회였다. 계약 따위는 상관없었다. 주섭의 약을 먹지 않았나. 아니, 주섭의 약이 없어도 상관없었다. 선택 자신 때문이었다.

하주를 구할 방법을 찾고 있는 이 순간에도 작품을 완성하고 싶은 욕망이, 솔직히는 자신을 죽이고 싶은 욕망이 꿈틀대고 있었다. 그럼에다 자신의 피를 뿌려 작품을 완성하고 그것이 10억을 넘기면 푸두리는 약속을 지키면서도 선택과 불살귀의 영혼을 취할 수 있었다. 하지만 이런 선택의 속내를 눈치 못 챌 혜리가 아니었다. 혜리의 고개가 발딱 푸두리에게로 돌아갔다.

"약속했잖아요. 우리 딸이 그 역에서 벗어나는 게 먼저라고. 그러니 지금은 영감님의 욕심은 버리고 우리부터 도와줘야 해요. 불살귀를 죽이는 방법을 찾아줘요. 아니, 그 전에 이이가 저 그림 완성 못 하게 말려야 해요. 아님 내가 저 그림 확 불 질러버릴 거예요."

푸두리는 대꾸도 하지 않았고, 선택에게서 눈을 떼지도 않았다. 한눈에도 약속 같은 건 하지 않은 게 분명했다. 혜리가 일방적으로 강요하고 요구만 했을 공산이 컸다. 푸두리는 한동안 선택에게서 눈길을 거두지 않고 있다가 천장으로 시선을 들어 올렸다. 생각하고 있었다. 사실은 고민하고 있다고 해야 옳았다. 마침내 그가 결정을 내린 듯 고개를 내리고 선택에게로 걸어왔다.

"자네, 리벨룽에게서 불살귀를 두고 다른 얘기 들은 것 없나?"

전혀 예상치 못한 질문에 요지를 파악하지 못하다가 간신히 말귀를 알아들었다. 있었다. 하지만 누구에게도 말하지는 않았다. 지금이 그것을 꺼내야 할 때처럼 여겨졌다. 의자에서 몸을 일으킨 선택이 상의 안주머니를 뒤져 리벨룽의 비늘을 꺼냈다. 그리고 글자가 보이도록 해서 그것을 푸두리에게 내밀었다.

"불가살은 불가살이요, 불살귀는 불살귀이다? 이건 뭐야? 난센스가?"

푸두리가 비늘을 앞뒤로 뒤집어가며 살폈다. 다른 게 있을 리가 없었다. 이미 확인해 본 바였다.

"불살귀와 관계하여 도무지 해답을 찾을 수 없을 때, 이 글귀가 해답이 되거나 해답을 찾을 수 있는 수단이 될 수도 있다고 했습니다."

설명을 덧붙였지만 푸두리의 뚱한 표정을 풀기에는 역부족이었다. 앉아 있던 혜리도 멀거니 지켜보던 주섭도 다가와 비늘 위의 문구를 읽고 리벨룽의 비늘을 요모조모 살피며 궁리를 하고 머리를 짜냈다. 아무리 그래도 두 번의 동어 반복으로 이루어진 수수께끼 같은 글귀의 의미를 찾아낸 건 아니었다. 한참이 지나서 모두가 포기할 즈음 다른 해결책이 주섭에게서 나왔다.

"시빌라에게 가보는 건 어때?"

"시─빌─ 누구요?"

"시·빌·라. 점쟁이야. 좋은 말로 예언녀, 운명을 읽는 여인. 그 여자라면 이 글을 풀어낼지도 몰라."

혜리가 미심쩍은 얼굴을 하고서 주섭을 보았다.

"점─쟁이가 이 글을 해석해낸다고요?"

"점쟁이도 보통 점쟁이가 아니지."

푸두리가 주섭을 거들고 나섰다. 그의 눈이 선택을 향했다. 선택으로선 거부할 이유가 없었다. 점쟁이면 뭐 어째서.

"가보죠. 시빌라에게."

또 주섭의 고물차 신세를 졌다. 시빌라는 민주지산의 여러 계곡들 중 하나인 대야계곡에 살고 있다는데 버려진 금광에 혼자 틀어박혀 지낸다고 했다. 선택과 주섭 둘만 나선 길이었다. 수배 중인 혜리는 작업실을 떠나 주섭의 집으로 숨어들었고 푸두리도 같이 남았다. 방망이의 기력이 고갈된 탓이었다. 기력이 회복되기를 기다릴 수도 있었으나 일 초도 머뭇거릴 수 없다며 당장 떠나라고 헤리가 우겼다. 검문이 없을 법한 지방도와 외진 길만 골라서 다니느라 시간을 꽤 잡아먹었지만 오후가 되기 전에 폐금광으로 이어진다는 오솔길 들머리에 닿을 수 있었다. 여기서부터는 혼자서 걸어가야 했다. 주섭은 다른 이들의 운명을 알고 있는 여자는 만나고 싶지 않다며 차에 남겠다고 했다.

"한 시간 남짓이면 충분할 걸세."

격려차 주섭이 선택의 어깨를 툭툭 쳤다. 턱으로는 오솔길을 가리켰다. 시든 잡초로 무성한 오솔길은 찾기도 쉽지가 않았다. 폐광된 지 50년도 넘었다니 길 모양이라도 갖추고 남아있는 게 그나마 다행이라면 다행이었다.

"가끔 시빌라를 보러 오는 이들이 있다 하니 길은 끊어지지는 않았을 테고, 갈림길 없이 외길이라니 쭉 따라가기만 하면 될 거네."

선택은 두말 않고 차에서 내려 마른 잡초들을 헤치고 오솔길로 걸어 들어갔다. 희미하게나마 남은 흔적이 그를 앞으로 이끌었다. 길은 가파르지 않고 완만했다. 지난가을의 낙엽들이 쌓여있어 내딛는 발걸음이 푹신하기까지 했다. 외투 틈 사이를 파고드는 겨울 막바지의 산촌 계곡 바람이 꽤나 매서웠지만 못 견딜 만큼은 아니었다. 그런 바람 정도는 오솔길을 둘러싼 풍광의 아름다움만으로 충분히 상쇄되고도 남았다. 부시도록 흰빛을 던지는 눈 쌓인 산 정상부, 가지만 남은 나무들 사이로 모습을 드러낸 융단처럼 완만하고도 부드러이 굽이치는 낙엽으로 포장된 산비탈면과 능선, 그 산비탈과 능선 위로 내려앉은 쨍하고 금이 갈 것만 같은 정오 무렵의 파란 하늘, 그 하늘을 가르며 줄지어 날아가는 이름 모를 새들, 왠지 이 모든 것들이 눈물이 날 만큼이나 서글프게도 아름다웠다. 자신이 어디로 왜 가고 있는지조차 잊어버릴 만큼. 폐금광과 그 입구를 막아놓은 벌겋게 녹이 슨 철문이 눈에 들어와서야 여기까지 오게 된 이유를 생각해냈다. 모처럼의 일광 아래서의 신체 활동으로 그나마 가벼워졌던 마음이 금세 어두운 구석 자리를 찾아갔다. 그는 자신의 몸 안 깊숙이에 숨어서 그를 죽이려 드는 불살귀를 죽이러 온 것이다.

녹슨 철문의 손잡이는 쇠사슬로 감겨있고 그 끝에는 자물쇠가 걸려있었다. 주먹으로 철문을 두드렸다. 대답이 없었다. 다시 두드려 봐도 묵묵부답, 또 두드려도 마찬가지였다. 선택이 감정을 실어 주먹으로 치다가 끝내는 발길질을 했다. 드디어 대꾸가 왔다. 갈갈대는 노파의 목소리가 들릴 듯 말 듯 철문 틈새로 흘러나왔다. 선택이 귀를 바짝 철문 틈에다 갖다 댔다.

"뭐라고요?"

"자물쇠를 열고 들어와."

자물쇠? 그제야 정신이 들었다. 철문은 바깥에서 잠겨있었다. 안이 아니라. 따라서 안에서는 열어줄 수 없었다.

"열쇠가 없단 말입니다!"

거의 고함지르듯 소리친 뒤 다시 문틈에다 귀를 바짝 갖다 댔다.

"열쇠도 없이 여길 왔어? 열쇠 없으면 못 들어와. 그만 돌아가."

은근히 치미는 부아를 눌렀다. 혹시 폐광 관리 시설 같은 거라도 있나 싶어 주변을 둘러보았지만 그런 건 눈에 띄지도 않았고, 그런 게 있을 만한 어딘가로 이어지는 길의 흔적 역시도 보이지 않았다. 자신이 방금 밟고 온 길이 유일한 길이었다. 더구나 여기로 오는 동안 그 어떤 사람도 그 어떤 건물도 보지를 못했었다. 그래도 혹시나 싶어 물어보았다.

"열쇠를 가진 분이 어디 계신지 알려주시면 가서 받아오겠습니다."

"그딴 거 안 키워. 여길 찾아오는 저네들이 열쇠를 안 갖고 있으면 못 들어오는 거야."

"무슨 말씀이신지. 제가 어떻게 열쇠를 갖고 있을 수 있겠습니까."

"자네 운명이 이 안으로 들어오기로 정해져 있으면 열쇠를 갖고 있게 되어있어. 열쇠가 없다는 건 자네가 이 안으로 들어올 운명이 아니라는 거야. 그러니 열쇠가 없으면 그만 가 봐."

뜬금없이 웬 운명 타령? 선택이 발끈했다.

"난 불살귀를 죽여야 한다는 말입니다! 그러기 위해서는 당신이 해석해줘야 할 게 있단 말이오!"

"불─살귀? 불살귀라…, 그러고 보니 올 때가 되긴 됐어. 내가 해석해줘야 된다는 그거, 리벨룽 비늘 위에 써놓은 거 아닌가?"

"그렇습니다."

"그거라면 자넨 열쇠를 갖고 있을 거야. 잘 찾아봐."

하지만 열쇠가 있을 리가 만무했다. 누구에게도 받은 적이 없는데? 그가 가진 열쇠라고는 수년 전부터 목에 걸고 다니는 하주의 방 열쇠가 유일했다. 자동차가 없으니 차 키가 있을 리 만무했고 아파트는 비밀번호를 눌러 출입했다. 폐가 작업실은 아예 잠금장치 자체가 없었으며 그전의 작업실은 있긴 했지만 폐가 작업실 화탁 아래에 던져두고는 잊고 지냈다. 노파의 목소리가 다시 흘러나왔다.

"괜찮아, 아무 거라도 좋아. 자네가 갖고 있는 열쇠를 꽂아 봐."

잠깐 주저하다 목에서 열쇠를 벗어 시키는 대로 했다. 신기하게도 하주의 방 열쇠는 걸림 없이 자물쇠 안으로 밀려 들어갔다. 살짝 힘주어 돌리니 조금 빡빡하긴 해도 돌아가기도 돌아갔다. 자물쇠를 비틀어 연

뒤 열쇠를 뽑아들고 의아하니 내려다보다가 이 예상치 못한 우연의 일치는 나중에 생각해보기로 하고 열쇠를 다시 목에다 걸었다. 쇠사슬을 벗겨내고 철문의 손잡이를 잡아당겼다. 빛 하나 없는 깜깜한 바위굴이 철문 뒤에서 그 모습을 드러냈다.

"암것도 안 보이지? 잠깐 기다려봐."

한동안 달그락거리다 몇 차례 딸각대는 소리가 들린다 싶더니 작은 불꽃 하나가 어둠 저쪽에서 폴싹 일었다. 그것은 조금씩 커져서 조그만 모닥불 크기가 됐다. 동굴 전체를 밝힐 만큼은 아니지만 어깨나 머리를 동굴 벽에 부딪히거나 바닥을 굴러다니는 돌들에 발이 걸려 넘어지지 않을 정도로는 밝았다. 그래도 좌우와 아래를 신중히 살펴가며 그 모닥불을 방향타 삼아 30여 미터 남짓 나아갔을까, 학교 교실 서너 개는 됨 직한 널찍한 돔형 공간이 나타났다. 그 중앙에 돌을 깎아 만든 기다란 탁자가 하나 놓여있고 그 앞에 모닥불이 타고 있었다. 그러나 목소리의 주인은 없었다.

"누구 없소?"

"여기!"

선택이 들어선 입구 반대편에서 노파의 목소리가 들려왔다. 거기에는 또 다른 굴의 입구가 있었고 그 입구 가운데에는 천장에서 늘어뜨린 밧줄에 매달린 오지단지 하나가 모닥불 빛에 반들거렸다. 목소리는 거의 장독만 한 그 오지단지 안에서 흘러나왔다.

"불살귀를 죽이겠다고? 그래, 불살귀는 어디에 있나?"

"불살귀는 내 안으로 숨어들었습니다."

"역시! 그래서 날 찾아온 거군. 알 만해. 이리 가까이."

선택이 단지로 다가갔다. 그러던 중 알아차리지 못했던 사실을 알게 되었다. 모닥불이 타고 있는 그 넓은 돔의 바위벽과 천장 전부에 마치 포스트잇을 무수히 붙여놓은 것처럼 다양한 종류의 나뭇잎들이 빈틈 하나 없이 빽빽이 겹쳐져 붙어있었다.

"그거 사람들의 미래가 기록된 거야. 말하자면 운명이지."

목소리의 주인인 노파가 단지 바깥으로 머리를 내밀었다. 처음엔 해골인 줄 알았다. 거의 다 빠져버리고 몇 가닥만 남아 명맥만을 유지하고 있는 머리카락에, 살이라고는 뼈 위의 표면만을 얇게 바른 것 같은 가죽뿐이었다. 용케도 이빨만은 거의 온전히 보존되어 있어 발음이 새지는 않았다.

"허나 시시콜콜 아무거나 다 기록하지는 않아. 중요한 것들, 대개 그 사람의 인생의 전환점이 될 만한 것들만 기록하지. 대부분은 나뭇잎 한 장도 다 채우지 못해. 그들이 어찌 보면 행복한 이들이지. 무난히 살다가 무난히 가는 굴곡 없고 평화로운 삶. 모험도 없지만 고난도 없는. 좀 지겹기는 하겠지만 물론."

선택이 나뭇잎들을 손가락으로 짚어가며 그 내용들을 살펴보았다. 자체 발광하는 것도 아닌데도 마음으로 읽힌다고나 할까, 사물의 구분만 가능한 어둠 속에서도 깨알 같은 작은 글씨들이 다 읽혔다.

'…성공을 거두고 부와 명예를 한 손에 쥐게 되나, 2018년 10월 24일 자정 무렵에 음주 뺑소니차에 치여…'

'…암이란 것이 재앙으로 다가와 딸을 낳은 직후인 스물아홉의 젊은 나이에 말기 암 판정을 받게 되니 직장도 그만두고…'

슬그머니 나뭇잎에서 손을 뗐다. 얼핏 다른 나뭇잎들을 둘러보아도 긍정적인 내용은 그다지 눈에 띄지 않았다. 운명이란 것이 인간에게는 모질게도 채찍만 휘둘러대는 모양이었다. 왠지 부정하고 싶은 마음에 물어보았다.

"정말 여기에 적힌 그대로 되는 겁니까?"

"거의 나뭇잎에 기록된 그대로 살아가. 물론 자신의 운명을 바꾸는 이들도 있긴 해. 내가 이 일을 하면서 가장 기쁠 때가 사실은 그런 때야. 내가 기록한 험한 운명이 빗나가고 자신의 삶을 스스로 만들어나간 자들의 미래를 만났을 때. 그땐 나는 즐거운 마음으로 기꺼이 나의 빗나간 기록들을 태우지. 저 모닥불에다가."

"그런 경우가 자주 있는 모양입니다. 모닥불까지 준비해 둔 걸 보면?"

"아니 거의 없어. 저 모닥불은 이미 과거가 되어버린 나의 나뭇잎들을 태우는 데 필요한 거야. 운명을 바꾸었다면 그 운명을 기록했던 나뭇잎도 이미 과거가 아닌가. 그래서 태우는 거지. 여기에 붙어있는 건 전부 미래야. 과거는 내게 아무 의미도 없어. 내 꼴이 비록 이래도 나는 지나간 과거에다 발을 담그고 죽은 것들을 주물럭대지는 않아. 살아있는 미래를 밝히지. 인간들에게 유일한 의미를 가진 건 미래뿐이야. 어때, 네 미래도 한번 보여줄까? 어디 있더라…. 저기야."

노파가 동굴 천장을 가리키며 까딱까딱 손짓을 했다. 몇 장의 나뭇잎들이 팔랑팔랑 선택의 발치에 떨어졌다. 같은 모양새로 모두가 넓적하니 큼직했다. 선택이 한 장 한 장 주워들었다. 모두 네 장이었다.

"그 네 장의 떡갈나무 잎에다 써놓은 것들이 네 미래를 결정지을 중요한 일들이야. 어디 읽어봐."

노파의 말이 아니어도 선택은 벌써 읽고 있었다. 첫 나뭇잎에는 제목처럼 제일 위에 한갑태란 이름이 큼지막하게 적혀있었고 그 아래로 한갑태의 나이와 직업과 사는 곳과 가족사항, 습관, 취미, 좋아하는 음식, 사회 활동이나 사교 관계, 심지어는 자고 일어나는 시간 따위가 잔글씨로 빽빽이 기록되어 있었다. 마지막 맨 아래에는 한갑태를 어떻게 죽여야 할지를, 그것을 위해서는 무엇을 준비해야 하는지를 세세히 묘사해 놓았다. 한마디로 살인계획서라 부르면 딱 알맞았다. 다음과 그다음의 나뭇잎도 마찬가지였다. 그것들은 이을태와 석병태의 살인계획서였다. 네 번째 나뭇잎만 달랐다. 거기에는 앞의 세 나뭇잎이 그랬듯이 맨 위에 이름이, 그것도 선택의 이름이 씌어있었지만 그 아래는 텅 비어있었다. 다만 그림이 하나 그려져 있었다. 그것은 선택이 지금 품에다 품고 있는 리볼버 권총이었다.

'권총이 나의 미래라고?'

그럴 수도 있었다. 그놈의 총으로 총알을 머리에 박아 넣기만 한다면. 그렇지만 앞의 세 장은 아니었다. 선택이 그 세 장의 나뭇잎을 따로 쥐고 노파에게 흔들어 보였다.

"불살귀가 내 안에 들었으니 불살귀가 한 짓이 내가 한 짓임을 인정하겠습니다. 하지만 이건 미래가 아니라 이미 벌어진 일로 과거가 아닙니까?"

"그럴까?"

노파가 흐물흐물 어깨를 흔들며 단지 위로 몸을 끌어올려 단지 밖으로 기다시피 해서 나왔다. 선택은 자신의 눈을 의심했다. 노파는 살아 있는 인간의 모습이 아니었다. 무덤 안에서 500년은 썩지 않고 말라비틀어졌던 미라가 무덤을 열고 걸어 나왔다고 해도 믿을 정도였다. 걸치고 있는 옷이란 옷은 원래의 형태를 알아보기 힘들 정도로 해어지고 찢어져 너덜너덜했다. 그냥 넝마 조각이라 불러도 무방했다. 그 넝마가 감싸고 있는 몸은 살과 피를 지닌 몸뚱이라기보다는 막대기 서너 개를 아무렇게나 엮어놓은 허수아비의 몸 바로 그것이었다. 어깨라도 한번 툭

치면 우수수 무너져 내릴 것만 같은 삭을 대로 삭은 느낌도 풍겼다.

그 삭을 대로 삭은 노파가 선택의 손에서 세 장의 나뭇잎을 낚아채서는 모닥불로 건들건들 걸어갔다. 노파는 모닥불 앞에 쪼그려 앉아 입으로 두어 번 바람을 불어넣어 불꽃을 일으켜 올린 뒤 그 세 장의 나뭇잎을 모닥불에다 던져 넣었다. 선택으로선 과거의 일이니 이제야 태워버리려나 보다고 생각했지만 아니었다. 나뭇잎은 타지 않았다. 혹시 습기라도 먹어서 그런가 싶어 더 기다려 보았으나 마찬가지였다. 노파는 모닥불에서 그 세 장의 나뭇잎을 건져 올려 멀뚱히 서 있는 선택의 손에 다시 쥐여주었다.

"봐, 타지 않잖아. 이건 네 과거가 아니고 네 미래야."

"그렇지만 살인은 일어났고, 사람들이 죽었습니다."

"여긴 허미타찰이야. 여기서는 시간이 되돌려지기도 하고 미래를 달리기도 하거든. 그러다 가끔은 과거와 미래가 서로가 서로를 주고받기도 해. 아, 아! 이해하려고 하지는 마. 따지지도 말고. 논리는 무의미해. 그냥 받아들여. 시간이 지나면 다 알게 되어있어. 시간이 필요한 거야. 그만 됐으니, 그 리벨룽의 비늘 이리 줘봐. 그거 해석하러 온 거잖아."

"아, 비늘."

그제야 자신의 일을 생각해낸 선택이 주머니를 뒤져 비늘을 노파에게 건네주었다.

"불가살은 불가살이요, 불살귀는 불살귀이다. 흠! 이 잉어 놈이 장난을 좀 쳤구만. 별거 아냐. 해석은 간단해. 실행이 문제지만."

노파가 이마를 찌푸리며 잠깐 생각에 잠겼다가 선택을 아래위로 훑었다.

"자네 오주섭이 만든 그 약 먹었지?"

뜬금없는 질문이었다. 바로 대답을 못 하는 사이 노파가 질문을 이어갔다.

"그 약 무슨 재료를 사용했는지 얘기해 주던가?"

"듣긴 들었는데, 그게 오래돼서."

"혹시 황금가진가 하는, 먼 옛날에 어떤 영웅이 죽은 지 아비 찾아 저승 갈 때 가져갔다는 그걸 넣었다고 하던가?"

그건 기억났다. 눈으로 직접 보기도 했고, 주섭에게서 그것의 유래에 대한 설명도 들었었다.

"네, 그걸 넣더군요."

"그럼 됐어."

노파는 리벨룽의 비늘을 선택에게 돌려주었다. 노파는 허리를 숙여 모닥불에서 불붙은 막대기를 하나 꺼내 그 끝을 땅에다 비벼 불을 껐다.

"잘 봐."

노파는 기다란 탁자 위에다가 검게 탄 막대기 끝으로 글씨를 써내려갔다. 한자와 한글이 섞인 두 줄이었다.

不可殺은 不可殺이요. 不殺鬼는 不殺鬼이다.
不可殺은 불火可殺이요. 不殺鬼는 불火殺鬼이다.

"한자 '아닐 불'을 한글인 불타는 불로 바꿔버리면 되는 거야. 해석하면, 죽일 수 없음은 불로 죽일 수 있음이요, 죽지 않는 귀신은 불로 그 귀신을 죽일 수 있음이다, 이런 뜻이지. 이해하겠나? 쉽게 말해 불살귀를 뜨거운 불로, 즉 영혼을 정화시키는 불로 삿된 영혼인 불살귀를 깨끗이 태워버리라는 그런 말이야."

억지스러운 감이 없잖아 있었지만 그럴 듯도 했다. 그래도 문제는 있었다.

"해석은 그럭저럭 이해하겠습니다만 어떻게 불로 태운다는 겁니까? 불살귀는 내 안에 있는데?"

"같이 태워야지, 둘 다 태워 죽이는 거지."

"둘-다 태워 죽여요?"

"왜? 죽는 게 두렵나. 아니면 불이 두려운 건가."

죽는 건 두렵지 않았지만 불은 두려웠다. 그래도 불로 죽을 수는 있을 것 같았다. 하주를 그 고통에서 구할 수만 있다면.

"불이 두렵기도 합니다만, 문제는 제 딸이…"

"알아, 넌 죽어서는 안 된다고 했겠지?"

점쟁이는 점쟁이였다. 그래도 어떻게 알았는지 궁금했지만 노파는 선택의 관심사야 무시하고 자기 할 말만 했다.

"잘 들어. 이제부터 죽음에 대하여, 정확히는 죽음의 종류에 대하여 내가 이상한 썰을 좀 풀 테니까. 죽음에는 상반되는 두 종류가 있어. 죽으면서 진짜 그대로 죽어버리는 죽음과 죽으면서도 죽지 않고 오히려 사는 죽음이 그것이지. 그러면 이 둘을 가르는 기준은 무엇일까?

그것은 태도야. 죽음을 받아들이는 태도. 어떤 마음가짐으로 자기의 죽음에 임하느냐에 따라 살 수도 있고 죽을 수도 있다는 거지. 다른 저쪽 세상에서는 아닌지 몰라도 여기서는 그래. 네가 예술을 완성한답시고 또는 네 딸을 향한 죄스러움에 네 머리에 총알을 박아 넣는다면 그건 진짜 죽어버리는 죽음이야. 허나 네 딸을 고통에서 구하겠다는 일념으로 너를 버리는 죽음이라면 그건 죽으면서도 죽지 않는 오히려 사는 죽음이야. 그러니 네 딸을 고통에서 구하고 싶다면 두 말 말고 너를 불살귀와 함께 태워버려. 그건 지금의 널 살리기 위해서도 필요한 거야.

왜냐면 지금의 넌 살아도 산 게 아냐. 죽음과 삶의 경계에 서서 양쪽에다 한 발씩을 걸치고 있는 형국이야. 반은 죽은 거지. 인간이 반은 죽었는데 그게 어디 살아있는 거야? 네가 살고 싶거든 널 죽여. 넌 널 죽여야만 살 수 있어. 죽음의 죽음은 사는 게 되지 않나. 부정의 부정이 긍정이듯이. 그리고 말이지 이것도 중요한 건데, 죽음으로 어차피 이 허미타찰을 떠나는 거 여기에 아무것도 남겨두지 마. 네 그림, 예술의 완성을 목전에 두고 있다는 그 그림도 너와 함께 태워버려. 왜냐면 그런 심혈을 기울인 작품에는 네 영혼도 묻어있으니까. 그것도 제법 많이. 허미타찰에서는 그처럼 영혼이 묻어 있는 건 바로 그 사람이나 똑같아. 그러니 그런 것도 태워 없애야지. 그래야 제대로 된 죽음이지. 그 제대로 된 죽음이 제대로 된 삶을 이끄는 거야.

허! 뭔 말인지 하나도 못 알아듣겠지? 내가 말하면서도 사실은 나도 헷갈려. 허미타찰이란 게 원래 그런 거야. 헷갈리는 동네지. 질서라든가 규칙이나 이치에 닿는 논리 따위와는 거리가 조금 있는 데거든. 암튼 너의 그 최고에 다다른 그림과 함께 너를 불길 속에다 던져 넣어버려. 그러면 네 딸을 고통에서 구할 수 있을 거야. 그게 널 살리고 구하는 것이기도 하고. 이해하겠나?"

이해 못 했다. 되는대로 꿰맞춘 궤변에 가까운 억지 논리 같았다. 따라서 문제는 이 노파의 말을 믿고 그대로 따라야 하는가, 말아야 하는가, 그것이었다. 더군다나 그림까지 태우라는데. 말하자면 양선택이라는 한 인간 전부를 깡그리 부정하라는 거였다. 그것도 지하철 화재 사고 이후 그가 가장 두려워하는 불이라는 것으로 그 자신과 자신의 분신인 그림을 태워서.

선택의 생각을 다 읽고 있는지 노파가 들고 있던 막대기를 휘휘 저었다.

"다른 방법은 없어. 리벨룽이 괜히 쓸데없이 너에게 그 비늘을 준 게 아니야. 리벨룽은 네가 중앙역에서 불살귀를 죽이지 못하리라는 걸 알고 있었어. 네가 그 비늘을 들고 이리로 찾아오리란 것도 알고 있었고. 네 미래가 무엇인지, 그래서 어떤 선택을 네가 해야 할지를 내 입을 통해서 알려주고 싶었던 거야. 네 이름의 나뭇잎에는 권총이 그려져 있지. 그게 너의 정해진 미래야. 그것을 선택하면 넌 예술을 완성하고 유명한 예술가로 이름을 남길 거야. 그 대신 그걸로 끝이지. 너를 구하지도 네 딸은 구하지도 못해. 허나 네가 다른 선택을 한다면? 내가 방금 일러준 불로 태우는 것 말이야. 넌 다른 세상을 보게 될 거야. 네 딸도 그 끔찍한 고통에서 구해주게 되는 거고. 그리고 난 네 손에 쥐고 있는 그 나뭇잎을 태워야겠지. 즐거운 마음으로 기꺼이. 네 미래가 바뀌었으니."

노파가 이빨을 드러내며 웃었다. 선택은 웃지 않았다. 노파의 말대로라면 선택의 앞에는 두 가지의 가능한 경우의 수가 놓여 있었다. 권총이냐? 불이냐? 하주를 구하는 문제만 아니라면 당연히 권총이었다. 무엇보다 불이 두려웠다. 중앙역에서의 불의 경험도 두려움을 없애지는 못했다. 그때는 되살아난 기억이 던진 충격으로 불에 대한 두려움을 잠시 잊고 있었던 것에 불과했다. 그 증거로 지금 불을 상상하는 것만으로도 두려움이 되살아나고 있었다. 그럼에도 물론 그는 하주를 위해 불을 선택할 것이다. 하주를 구할 수 있다는 백 퍼센트의 보장이 아니어도 좋았다. 일말의 가능성만으로도 충분했다. 왜냐면 불에 뛰어들지 않는다면 어차피 권총을 쥐게 될 테니까. 노파가 한참을 공들여 떠들어댄 죽으면서도 죽지 않고 오히려 사는 죽음이라는 따위의 말들이야 진지하게 받아들이지도 않았다. 다만 권총 대신 눈곱만큼의 가능성이라도 좋아서 불을 선택하는 것뿐이었다.

"어째? 내 말대로 할 거야?"

노파가 막대기로 돌 탁자를 톡톡 두드렸다.

"아주 간단해. 네 그림을 태우고 그 불로 뛰어들기만 하면 돼. 왜, 미련이 남아? 예술을 완성하고 싶은 거야? 위대한 예술가가 되고 싶어? 이런! 얻기 위해서는 버려야 하는 거야. 세상엔 공짜는 없어. 잘 생각해 봐."

노파는 막대기를 모닥불에다 휙 던져 넣고는 흔들흔들 단지로 걸어가 단지 안으로 기어들어가 버렸다. 그동안 선택은 결정했다. 결정이라기보다는 결심에 가까웠다. 어찌 됐건 결정을 내리고 나자 조금은 마음이 가벼워졌다. 그 덕분인지 자신이 누군지 밝히지 않았다는 데 생각이 미쳤다.

"저는 선택, 양선택이라고 합니다. 이제야 인사드립니다. 그만 실례를 범했습니다."

"알아. 네가 누군지 정도는. 나뭇잎에 쓰여 있잖아. 그래, 내 이름은 알지? 시빌라야."

노파는 단지 밖으로 고개만을 내밀고 선택을 빤히 쳐다보았다. 막상 단지 안으로 돌아가긴 했지만 선택에게 더 해줄 말이 있다는 듯 미련이 남은 기색이었다. 선택도 그냥 돌아가기는 어쩐지 아쉬웠다. 선택이 먼저 말문을 열었다.

"연세가 꽤 되어 보이시는데."

"이천백오십아홉 살이야. 너한테 처음으로 말해주는 거야. 아무도 내 나이는 몰라. 그저 아주 많다는 정도로만 알고 있지."

"이천백오십아홉 살? 어떻게 그리…."

"오랫동안 살아있을 수 있느냐고?"

시빌라가 단지 밖으로 몸을 더 내밀었다. 하고 싶은 말이 있다는 신호였다. 짐작대로 시빌라가 이야기를 풀어내기 시작했다.

"흠, 귀담아 잘 들어. 이것도 처음으로 말해주는 건데, 내 장수의 비밀을 들려주지. 아주 오랜 옛날 신들이 세상을 활보하고 다닐 때 이야기야. 그때 여신들과 남신들 사이에 말싸움이 붙었어. 신들이란 것들이 우습게도 여자로 사는 게 행복하냐 남자로 사는 게 행복하냐 하는 걸로. 남신들은 여자로 사는 게 행복하다고 했고 여신들은 그 반대라고 했지. 허나 아무리 서로가 옳다고 우겨봤자 결론이 날 리가 없잖아? 그래서 날 부른 거야. 왜냐면 난 남자로도 살아봤고 여자로도 살아봤었으니까.

아, 끝까지 들어봐. 이상하게 들리겠지만 사실이야. 난 태어나기는 여자로 태어났어. 그렇게 20년을 여자로 살았어. 그러던 어느 날 길을 가다 교미하는 두 마리의 뱀을 보고는 괜한 심술에 막대기로 한 대 후려쳤지. 그랬더니 내가 남자가 되어버린 거야. 어쩔 수 없이 남자로 딱 20년 살았어. 그러다 또 교미하는 뱀을 본 거야. 난 또 막대기로 쳤지. 그러자 다시 여자로 됐어. 일이 그렇게 된 거야. 신들이 날 심판관으로 부른 것도 이 때문이었지. 어때, 이해가 된 거야? 아무튼 난 신들이 모인 자리에서 대답했지. 여자로 사는 게 더 행복하다고. 내가 살아 보니 그랬으니까 그냥 사실대로 말한 거야. 헌데 그게 문제가 됐지. 아니, 처음엔 괜찮았어. 남신들이 여신들을 이겼다고 좋아했으니까. 남신들이 나에게 원하는 건 무엇이든지 들어주겠다고 했어. 난 모래를 한 주먹 움켜쥐고는 그 모래알갱이의 개수만큼 생일을 달라고 했어. 남신들은 그러 겠다고 했고 세어보니 3천 개였어. 3천 살의 생명을 받은 거지.

문제는 여신들이었어. 나 때문에 져서 화가 난 거지. 평생을 남자와 여자로 바꿔가며 살아가라고 나에게 저주를 퍼부어버린 거야. 어느 쪽 이 더 행복한지 오래오래 곰곰이 생각해보라며. 덕분에 난 일 년은 남자 로 또 일 년은 여자로 살아가고 있지. 지금까지 일천칠십아홉 해 동안 을 남자로 살았고 일천팔십 해 동안은 여자로 살았어. 여자에서 남자로 다시 남자에서 여자로 매년 바꾼다는 거, 그리 좋은 경험은 아니야. 성 정체성의 혼란, 그거 끔찍한 거야. 그런데 흠, 문제는 끔찍한 게 그것으 로 다가 아니었다는 거지. 내가 중요한 걸 빠뜨렸어. 삼천 번의 생일은 얻었지만 삼천 년 동안의 젊음을 요구하는 걸 빼먹어버린 거지. 그 실수 의 결과는 네 눈앞의 지금의 내 모습이 잘 말해주고 있는 것이고."

실수도 큰 실수였다. 아무리 오래 살 수 있어도 반은 시체 같은 꼴로 더구나 남녀로 성이 매년 바뀌면서 살아가는 것이 무슨 의미가 있을까 싶었다.

"뭘 생각하는지 알아. 성정체성의 혼란을 겪는 데다가 젊음도 없는 생 명 따위 아무 의미가 없다고, 솔직히 이래 사느니 죽는 게 낫다는 거 아 냐. 나도 그랬어. 백 살이 넘어서고부터였지. 죽으려고 별 짓 다 해봤어. 그러다 깨달았어. 중요한 건 살아있다는 사실 그것이라는 걸. 숨 쉬며 살아있다는 그것만으로도 행복하다는 걸. 나는 악착같이 내가 얻어낸 목숨 다 채우고 죽을 거야. 세상 사람들이 내 늙음이 갖는 추함을 아무 리 비웃고 경멸하더라도 말이지."

시빌라는 고개를 왼쪽으로 약간 기울이고서 의미를 담은 눈길로 선 택을 내려다보다가 그렇게 시선을 고정한 채로 천천히 단지 안으로 몸을 감추었다. 어딘가 무언의 시위 비슷했다. 이렇게까지 자신이 길게 말을 늘어놓은 건 나름의 이유가 있으니 잘 생각해보라는. 아마도 살아있음의 의미를 되새겨보라고 그랬을 것이다. 하지만 불에다 몸을 던져 죽으라고 한 뒤에 살아있음의 소중함을 늘어놓는다는 게 그다지 어울리지 않았다. 혹시 다른 말이 더 있을까 기다려 보았지만 되돌아오는 건 침묵밖에 없자 선택은 몸을 돌려 동굴을 빠져나왔다.

두 개의 죽음

"할 수 있겠나?"

동굴에서의 일을 들려주자 주섭이 처음 내뱉은 말이었다.

"내가 듣기로 예술에 자네의 전부를 걸었었고 지하철 사고 이후로는 불을 끔찍이도 무서워하지 않았나. 그런 자네가 그림에다 불을 지르고 그 불 속으로 뛰어든다? 글-쎄⋯."

선택으로서도 다시 생각해보아도 쉬운 일은 아니었다. 그래도 해야 했다. 하주를 구하기 위해서는. 선택은 고개를 돌려 차창 밖을 내다보았다. 겨울 들녘 위로 떨어지는 햇살은 병자의 손길처럼 무기력했다. 제 기분 내키는 대로 이리저리 몰아치는 들녘의 바람은 메마른 흙먼지만을 몰아 일으켰다. 멀리 저쪽 앞으로 논두렁 태우는 연기가 바람에 흩어지며 하늘로 피어올랐다. 주섭이 말했다.

"다른 문제도 있어. 그거 혹시 푸두리와의 계약 위반 아닌가? 푸두리가 자네 영혼을 취하기 전에는 자넨 죽을 권리도 없을 것 같은데? 계약상으로는 어떤지 모르겠지만 최소한 도의상으로는 그렇지 않느냐는 거지."

이건 생각 못 했다. 도의적으로가 아니라 계약상 자의적으로 죽어서는 안 되는 거였다.

"사실입니다. 계약상 푸두리가 허락하지 않으면 사고가 아닌 한 죽어서도 안 됩니다. 죽기 전에 푸두리에게 알리고 푸두리가 저의 영혼을 거

둘 준비를 하게 해야만 합니다."

"그렇담 그건 엄밀한 의미에서는 죽음이 아니지 않나. 푸두리가 자네의 영혼, 즉 자네 생명을 갖고 있는 것이 되니까. 따라서 시빌라가 말하는 불에 자네를 태워 죽이는 것이 아니게 되는 것이고. 껍데기만 타는 거니까."

"듣고 보니 그렇습니다."

대답은 쉽게 했지만 생각은 복잡했다. 물론 죽는 마당에 간단히 계약 따위 무시해버리면 된다. 그러나 그러고 싶지가 않았다. 저주처럼 따라다닐 거라는, 계약을 벗어나 마음대로 죽어버릴 경우에 도깨비의 독이 가할 거라는 그 극악의 고통이 두려워서가 아니었다. 죽음을 앞두고 자신에게 명예로워지고 싶었다.

주섭이 손가락으로 운전대를 톡톡 두드렸다.

"내가 모른 척할 테니⋯."

"아니요. 하주를 구하는 일을 도둑질하듯이 몰래 하고 싶지는 않습니다. 푸두리에게 알리고 양해를 구할 생각입니다."

주섭이 끙 하는 신음을 토해냈다. 선택에게 그것은 미안함의 표현으로 이해되었다. 그가 제조해서 선택에게 먹인 약 때문이었다. 그 약 덕분에 푸두리는 선택의 계획을 듣자마자 선택의 영혼을 취해버릴 수도 있었다. 선택의 사정이야 아랑곳하지 않고, 계약 따위와는 상관없이.

"푸두리가 쉽게 놓아주지 않으려 할 텐데. 잘 얘기해 봐. 어, 또 있어 문제가. 자네 아낸데, 그냥 보고 있으려 하지 않을걸. 제 남편이 죽으려 하는데 누가 손 놓고 있을까."

"당연히 모르게 해야죠."

또 말은 쉽게 했다. 그렇다고 마음마저 쉬운 건 아니었다. 선택은 차창 밖 겨울 들녘에 시선을 고정하고는 입을 꾹 다물었다. 주섭도 운전에만 집중할 뿐 더는 말이 없었다. 논두렁을 태우는 연기는 불이라도 난 것처럼 멀리서 점점 더 짙게 피어올랐다.

주섭은 폐가 작업실 근처에서 선택을 내려주고 차를 돌려 자신의 집으로 떠났다. 푸두리를 데려오기 위함이기도 했지만 허미타찰을 벗어나서 잠깐 만나볼 사람이 있다는 거였다. 허미타찰을 벗어나면서까지 누구를 만나려는지 선택은 묻지 않았다. 그도 따로 할 일이 있었다.

선택의 손에는 휘발유가 든 흰색의 플라스틱 통이 들려있었다. 안전을 생각해 주변을 살핀 뒤 눈에 띄지 않을 만한 구석진 곳에다 기름통을 내려놓고 작업실이 아닌 다른 곳으로 발걸음을 돌렸다. 그가 향한 곳은 작업실 맞은편 폐가였다. 타일로 외벽을 마감한 2층 건물로 그 2층에서 노인네의 마른기침 소리가 들려왔다. 1층을 통하지 않고 바깥으로 나 있는 계단을 걸어 2층으로 오른 선택이 현관을 지나 거실로 들어서자 노인네가 그를 맞았다. 노인네는 그를 기다리고 있었다. 텅 빈 거실에 유일한 가구인 등받이가 긴 의자에 앉아있던 노인네가 일어섰다.

"어서 오게."

"진작 찾아왔어야 했는데 많이 늦었습니다." 선택이 허리 숙여 인사했다.

"아니네, 내가 자넬 찾아갔어야 했는데, 그럴 염치가 없어서."

"염치가 없는 놈은 바로 접니다. 다 제가 못난 탓입니다. 하주가 죽은 것부터 모두."

"그런 말 말게. 다 내 탓일세. 나 때문에 30분이나 늦게 나서지 않았나. 그러지만 않았어도 그 열차를 타지 않았을 것이고, 우리 하주는…"

노인네는 말을 잇지 못했다. 노인네는 고개를 숙이고 눈물을 훔쳤다.

"날 많이 원망하고 있었다는 거 아네. 부디 날 용서해주게."

"아닙니다."

선택이 다가가 노인네의 두 손을 그러쥐었다. 아내의 말이 맞았다. 그는 오래전에 장모를 용서했다. 더 정확한 사실을 말하자면 용서한 것이 아니라 자신이 죄인임을 잘 알고 있었다. 그래서 월암골에 장모가 나타났던 거였다.

"아닙니다. 용서받아야 할 사람은 접니다. 하주가 죽은 건 장모님 탓이 아닙니다. 전 장모님을 원망하고 싶었던 겁니다. 나 혼자 편해지려고요. 아주 이기적인 놈이었습니다. 장모님께서 그 일로 얼마나 마음 아파하시는지 뻔히 알면서도 모른 척했고 심지어는 마음속으로 미워하기까지 했습니다. 장모님께서 돌아가신 것도 실은 이런 저 때문이었습니다. 그 일로 마음의 병을 얻으셨는데도 전 모른 척하고 미워하기까지 했으니까요. 못난 사위를 용서해주십시오. 이 말씀을 드리려고 찾아왔습니다. 저는 이제 떠나갈 겁니다."

선택의 장모, 하주의 외할머니는 눈물이 그렁그렁한 채로 선택과 맞잡은 두 손에 힘만 줄 뿐 말이 없었다. 선택이 손을 놓고 돌아섰을 때에야 하주의 외할머니는 선택의 등에다 대고 작별 인사를 건넸다.

"잘 가게. 다시는 이런 곳에 오지를 말게."

기름통을 찾아 든 선택은 주변을 한 번 더 살핀 다음 폐가 작업실로 숨어들었다. 뜻밖에도 작업실에서는 배분돌과 마주쳤다. 언제나처럼 술에 취해 있었다.

"기다리고 있었네. 자네가 떠나기 전에 할 얘기가 있어서."

"제가 떠나-다뇨?"

"죽으려는 거 아닌가?"

"어떻…."

손을 한번 까딱하는 것으로 분돌이 선택의 입을 막았다.

"여긴 허미타찰이야, 말 안 해도 다 알아. 푸두리가 계약에서 놓아주기만 하면 떠날 작정이지 않나."

선택은 멀뚱히 고개만을 끄덕였다. 어찌된 까닭인지 분돌은 그의 일을 알고 있었다. 배분돌의 퀭한 눈이 선택의 손에 들린 기름통에 머물렀다가 작업실을 한 바퀴 둘러본 뒤 선택의 그림에서 멈추었다.

"저 그림을 태울 건가?"

"그럴 생각입니다."

"그럼 자네는?"

"그 불로 뛰어들 겁니다."

"역시, 그럴 작정이었어."

분돌이 선택의 그림으로 다가가 그 앞에 섰다. 아쉬움이랄 것이 얼굴에서 묻어나왔다. 술 탓만이라고는 볼 수 없는 어딘지 횡설수설하는 분위기를 풍기며 분돌이 말했다.

"아까워, 내가 본 최고의 그림이었는데. 기름 대신 피를 뿌린다면 그야말로 최고 중의 최고가 되겠지. 허나 어쩌겠나. 자네가 결정할 일이니. 그래도 아까운 건 어쩔 수 없어. 이런 그림을 태우다니. 난 자네가 이렇게까지 해낼 거라고는 기대도 안 했어. 자넨 내가 본 예술가들 중에 누구보다 뛰어났어. 자넨 진짜 예술가야. 난 이런 그림을 한 번도 그려보지를 못했어. 난 자네가 부러워."

분돌이 선택을 똑바로 마주했다. 따로 꼭 해야 할 말이 있다는 듯. 약간의 주저가 떠올랐으나 그는 그것을 곧 지워버렸다.

"이제 마지막이니 자네에게 솔직히 말하겠네. 난 나만의 그림을 한 번도 그려본 적이 없었네. 난 남의 그림만 그렸어. 위작 말이네. 가짜 그림을 그려서 팔아 생계를 유지하는 그런 사람이었네. 왜, 속았다는 기분이 드나?"

약간 그랬다. 그렇지만 내색은 않았다. 사실 그다지 기분이 상하지도 않았다. 비록 짝퉁 그림을 그렸을는지는 몰라도 분돌의 그림을 보는 안목이나 예술적 감각의 예리함은 그가 아는 누구보다도 뛰어났었다. 그리고 무엇보다 지금 그게 무슨 소용이란 말인가. 짝퉁 그림을 그리는 사기꾼이었든, 자기만의 예술세계를 구축한 예술가였든.

"그럴 수밖에 없었네. 먹고는 살아야 했고, 할 줄 아는 건 그림밖에 없었고, 어쩔 수 없이 위작의 길로 뛰어들었네. 허나 말이네, 내 비록 남의 그림을 베끼긴 했으나 그것에다 내 혼신의 힘을 다 쏟아부었네. 내 혼을 뽑아서 붓듯이. 비웃을지도 모르지만 난 내 그림들이 진품 못지않다고 자부하네. 미술 감정 전문가들도, 심지어는 작가 본인도 내 그림을 진품으로 인정했었으니까. 이름을 밝히지는 않겠지만 어떤 작가의 스타일을 흉내 내서 그린 그림들 중에는 그 작가의 대표작으로 인정받아 내로라하는 유명 미술관에 지금도 전시되고 있는 것들도 있어. 관람객들은 내 그림에 존경 어린 눈길을 보내고 미술관 큐레이터는 내 그림에다 아주 전문적이고 학술적인 설명을 갖다 붙여서 그 관람객들에게 얘기해 주는 거야. 그런 몇몇 작품들에 나는 나만의 사인을 남겨놓았어. 이 그림은 내가 그린 내 그림이라는 증거로. 그림 왼쪽 상단에 'ㅂㄷ'이라고 내 이름의 이니셜을 아주 작고 희미하게 그려놓았지. 돋보기 들고 두 눈 부릅뜨고 봐야 보일 거야. 허나, 허나 말이네, 아무리 그래 봤자 그건 내 그림이 아니었네. 나는 기껏해야 남의 스타일을 훔친 도둑에 불과했어. 그걸 죽기 직전에야 깨달았네. 그래서 난 자네가 부러운 거네."

"부러워하실 필요 없습니다." 선택이 말했다. "모작이든 위작이든 그게 중요합니까. 혼신의 힘, 자신의 혼을 뽑아낸 그림이면 된 거죠. 예술이 뭐 별거겠습니까. 더군다나 제 그림을 지금까지 이끌어주시지 않으셨습니까. 예술혼을 뽑아서 홍하주를 만들어 주셨고, 예술의 기운이란 걸 틈틈이 불어넣어 주시지 않으셨습니까. 그런 도움이 없었더라면 저 그림은 지금처럼 되지 못했을 겁니다."

배분돌이 '허' 하고 웃음을 토해냈다. 그것은 비웃음이었다. 자신을 향한.

"아니네. 예술혼, 예술의 기운, 그거 다 엉터리네. 내 짝퉁 그림만큼이나 순전히 가짜지. 내 예술혼으로 만들었다는 홍하주? 그거 소주에다 오렌지 분말을 탄 거고, 자네에게 불어넣었다는 예술의 기운은 그냥 그럴듯하게 시늉만 낸 거네. 기껏해야 위약 효과나 있었을까. 자네 그림은 순전히 자네의 힘으로 이룬 거네. 자네의 절실함, 자네의 진실성이, 거창하게는 자네의 불같은 영혼이 그림으로 옮겨진 거지. 그래서 저 그림이 훌륭하다는 거야. 아무나가 손끝의 재주로만 그릴 수 있는 그림이 아닌 것이지. 가슴속의 피를 토해내야만 하는 것이지. 그런데도 저 그림을 태우겠다니. 아니, 난 자네의 선택이 잘못되었다고 말하고자 함이 아니네. 자네는 예술 대신 삶을 선택한 것뿐이네. 누가 그걸 잘못이라고 비난할 수 있겠나. 살아있다는 것보다 더 소중하고 가치 있는 것은 이 세상 어디에도 없지 않겠나. 죽은 고흐보다는 살아있는 양선택이 더 나은 거 아니겠나."

배분돌의 술에 찌든 초췌한 얼굴 위로 보일 듯 말 듯 미소가 그려졌다. 선택으로선 그의 마지막 말이 마음에 걸렸다. 예술 대신 삶을 선택한 것뿐이라는. 시빌라가 그에게 주절댔던 죽으면서도 죽지 않는 오히려 사는 죽음이라는 말과도 어딘지 맥이 닿아 있었다. 그렇다고 그 의미를 따지고 들 마음은 없었다. 죽음을 눈앞에 둔 지금 왠지 이해될 것도 같았다. 분돌이 희미한 그 미소를 품은 채로 선택에게로 다가왔다.

"돌아서 보게. 마지막으로 자네에게 내 예술의 혼과 기운을 불어넣어줄까 하네."

선택이 웃었다. 농담을 하고 있다고 생각했다. 그러나 아니었다. 분돌은 진지했다. 오히려 지나치다 싶을 정도로. 그 진지함의 힘에 밀려 선택이 돌아섰다.

"다른 건 몰라도 자네 그림에 있어서만은 자넬 속이지 않았네. 잘 가게."

분돌의 손이 등에 느껴졌다. 따뜻했다. 몸을 덥히는 온수의 느낌이었고 더불어 미각을 자극하는 향기도 났다. 출출한 뱃속을 흔들면서 입 끝에 감도는 감미로운 라면 향기였다. 그러나 그것은 아주 잠깐 동안만 그랬다. 갑자기 등이 뜨거워졌다. 다음 순간 뜨거운 물결 같은 것이 와락 몸 안으로 쇄도했다. 선택이 펄쩍 뛰었다. 그리고 곧바로 분돌에게로 돌아섰다. 분돌은 바닥에 등을 대고 쓰러져 경련하듯 몸을 떨고 있었다. 입술도 바르르 떨렸다.

"여긴 내가 죽기에 딱 알맞은 곳이야. 자네 그림과 같이 태워줘."

말이 끝남과 동시에 몸의 떨림도 멈추었다. 눈이 감겼고 사지가 축 늘어졌다. 분돌이 죽은 것이다.

"선생님!"

처음으로 분돌에게 불러보는 호칭이었다. 무릎을 꿇고 분돌의 어깨를 쥐고 흔들었지만 반응은 없었다.

"왜 그래. 무슨 일이야?"

푸두리가 현관으로 들어섰다. 그 뒤를 주섭이 따랐다. 주섭이 푸두리 어깨너머로 작업실 바닥의 분돌을 살폈다.

"죽은 건가?"

"그런갑네. 근데, 갑자기 왜 죽은 거야?"

영문을 캐묻는 푸두리의 눈이 선택을 내려다보았다.

"저한테 예술혼과 예술의 기운을 불어넣어 주신 뒤에…."

"그래서 죽은 거야."

푸두리가 빠른 걸음으로 다가왔다. 그는 방망이 끝을 의사의 청진기처럼 분돌의 가슴에다 갖다 댔다.

"다 빠져나갔어. 배분돌은 여기에 없어. 껍데기만 남았어. 자신의 혼을 다 뽑아줘 버린 모양이야. 그러니 죽었겠지. 허, 자네가 어지간히도 마음에 들었나 봐. 그래도 죽을 자리는 제대로 골랐네. 바로 화장하면 되겠구만."

푸두리가 분돌에게서 방망이를 떼고 허리를 폈다. 선택도 일어섰다. 푸두리와 마무리 지어야 할 일이 남아있었다. 선택이 말을 꺼내기 전에 푸두리가 먼저 입을 뗐다.

"계약에서 자네를 풀어주길 원한다고 들었네만."

"네."

선택이 짧게 대답하고 푸두리의 대답을 기다렸다. 푸두리는 선 채 꼼짝도 않았다. 표정 하나 바꾸지 않았다. 그러다 입술만 달싹였다.

"한데 어쩌나? 계약에서 풀어줄 수가 없을 것 같은데?"

설마 했던 대답이었다.

"저 제가…."

푸두리가 방망이를 쥐지 않은 손을 내저었다. 여전히 표정 하나 바꾸지 않은 그대로였다.

"왜냐면 난 자네하고 계약을 맺은 적이 없으니까."

"무슨? 우린 계약을 맺지 않았습니까."

"아니 그런 적 없어. 내가 내 입으로 말했으니 잘 알고 있지. 자넨 기억나지 않는 모양이지. 지난번 우리 도깨비들이 날 잡으러 왔을 때, 내가 내 입으로 그들에게 말하지 않았나. 자네와 영혼 거래 계약 따위 맺은 적이 없다고. 그 직전엔 자네도 같은 말을 했었고."

"그땐 상황이 그렇다 보니 어쩔 수 없이…."

"말이야, 말. 말이 중요한 거야. 내가 얘기하지 않았나. 나는 무엇보다 말의 힘을 믿는다고. 한번 말을 내뱉고 서로가 그것을 인정했으면 그것이 무엇이든 그것은 그것으로서의 의미가 있는 거야. 아무튼 난 자네와 계약 따위 맺은 적 없네. 난 거짓말쟁이는 되고 싶지 않아. 왜? 날 거짓말쟁이로 만들고 싶어? 혹시 자네 그 계약에 다시 묶이고 싶은 거야?"

꾸짖는 눈길을 짧게 던진 뒤 푸두리는 선택의 그림 앞으로 다가갔다. 그림에다 눈을 고정하고서 방망이로는 리듬을 실어가며 왼손 손바닥을 톡톡 내리쳤다.

"이 그림은 태워버린다…. 예술을 위해 자신의 영혼까지 팔려고 해놓고는 그 예술이 완성되는 문턱에서 그 문턱에 도달하게 해준 그림을 태운다. 흠, 예술이 아니라 인생을, 죽음이 아니라 삶을 선택하시겠다. 괜찮은 선택이야, 괜찮은 선택."

푸두리도 시빌라나 배분돌과 비슷한 말을 하고 있었다. 푸두리가 선택에게로 돌아섰다.

"묻고 싶은 게 있네. 그때 자넨 왜 나와의 계약을 부정했었나. 자네 발목을 물고 있는 그놈의 계약을 깔끔하게 해결할 다시없을 기회였는데. 더군다나 그땐 내 도움이 그다지 필요 없었지 않았나."

선택이 잠깐 생각했다. 그리고 대답했다.

"누군가를 사랑하는 건 죄가 아니잖습니까. 비록 250년 전에 죽은 여인이긴 하더라도 말이죠."

푸두리의 이마가 꽤나 과장되게 찌푸려졌다.

"말인-즉슨, 내가 죽은 아내를 잊지 못해서 저지르는 일들, 그러니까 자네 영혼을 놓고 계약을 맺은 것 따위는 얼마든지 용서되고 이해될 수 있다는 그런 얘긴가?"

"뭐, 굳이 풀어서 설명을 하자면 그렇게 되겠죠."

푸두리의 잔주름으로 자글자글한 눈가로 있는 듯 없는 듯 미소가 걸렸다.

"자네는 아주 못된 악당이야. 내가 다시는 영혼 계약 따위는 맺지 못하도록 만들어버리는군. 나의 도움과 베풂에 대한 보답이 기껏 이런 거였어. 쯧! 배은망덕이야, 배은망덕. 좋아, 다 좋은데, 자네에게 묻고 싶은 게 하나 있네. 방금 자네가 말한 누군가를 사랑한다는 거 말이야. 자네 경우엔 죽은 자네 딸이 되겠지. 그게 자네한테는 무슨 의미인지 알고 있나?"

선택은 대답을 못 했다. 그것이 그에게 의미하는 바가 있음에 틀림 없겠지만 잡아낼 수가 없었다.

"곧 알게 될 걸세. 허허! 자네는 반드시 알게 될 거네."

푸두리는 선택에게로 다가와 방망이를 바꿔 쥐더니 오른손을 내밀었다.

"잘 가게."

선택이 그 손을 쥐었다. 푸두리가 찡긋 윙크를 날리면서 방망이로 선택의 허리를 톡톡 두드렸다. 맞은 자리가 전기라도 관통한 것처럼 찌릿하더니 허리 아래가 뜨끈해진 기분이었다. 다음으로 주섭과 인사를 나누었다. 주섭은 자그만 약병 하나를 마시라며 건넸다. 별생각 없이 받아들고 들이켰다. 달짝지근했다. 가슴도 화끈했다. 계피향도 풍기면서 그 향이 입 끝에 남았다. 약병을 화탁에 내려놓자 주섭도 찡긋 윙크를 날렸다. 특이하게도 푸두리도 주섭도 그에게 곧 일어날 일을 그의 죽음으로 받아들이는 분위기가 아니었다. 먼 길 떠나는 친구를 배웅하는 작별 의식 같다고나 할까. 그 탓인지 선택으로서도 지금 불길에 자신을 던져 죽으려 하는지 아닌지 혼란스러울 정도였다. 그렇다고 푸두리와 주섭에게 따져 묻고 싶은 생각도 없었다. 죽음을 도리어 삶으로 이해하는 듯한 시빌라와 분돌의 이상한 말들에도 토를 달지 않았던 것처럼.

선택은 자신의 해야 할 일을 했다. 휘발유를 담은 기름통의 뚜껑을 열고 기름을 뿌렸다. 먼저 그림에다 다음으로 작업실 곳곳에다 골고루. 그런 뒤 마지막으로 자신의 그림과 마주했다. 그렇게도 원하던 예술의 완성을 목전에 두고 그는 자신의 작품을 파기하려 하고 있었다. 더구나 그가 가장 두려워하는 불로 태워서. 작품을 향한 미련 때문인지 불에 대한 두려움 때문인지 희미한 동요가 일었다. 불에서 딸을 구하지 못한 주제에 불로써 딸을 구할 수 있을까? 좀 더 솔직하자면 자신의 작품을 완성하고도 싶었고 불도 두려웠다.

이 알몸을 드러내 보인 욕망과 두려움 때문인가, 갑작스러운 자각이 찾아왔다. 시빌라가 장황하게 늘어놓았던 말들의 진짜 의미가 별안간 와 닿았다. 시빌라는 죽음의 상반된 두 종류가 어쩌니 하며 궤변을 늘어놓았지만 진짜 하고자 했던 말은 따로 있었다. 그것은 선택이 딸을 구하기 위해 무엇을 할 수 있는가? 하는 것이었다. 하주를 위해 그의 삶의 전부이기도 했던 예술도 버릴 수 있고 그가 가장 두려워하는 불길 속으로 뛰어들어 생명도 버릴 수 있는지를 묻고 있었다. 두말할 필요 없이 그 대답은 그때도 지금도 '그렇다'였다.

선택이 주저 없이 라이터를 꺼내 드는데, 갑자기 바깥이 소란스러워졌다. 곧 한 떼의 무리가 작업실로 우르르 몰려들어왔다. 도깨비 신이징과 두두리, 불살귀를 뒤쫓던 김쌍돌이와 그의 부하들인 오팔초와 김달진과 한상달, 불살귀 숭배자인 손후록과 이중도, 거구의 여인인 미친년과 그녀의 졸개들, 작업실을 자주 찾았던 말라깽이와 뚱보와 우울한 부녀, 광태가 모아놓은 폐지와 고물을 훔쳐가려던 노숙자 도둑이 그들이었다. 그들은 선택이 알고 지내는 허미타찰의 존재 거의 모두를 포함하고 있었다. 그들은 들어올 때와는 달리 들어와서는 침묵으로 일관했다. 선택에게 말 한마디 건네지도 않았다. 말없이 지켜만 볼 뿐이었다. 그렇게 한동안 침묵을 지키다 경의라도 표하듯 선택에게 묵례만을 던지고는 하나하나 작업실을 빠져나갔다.

"마지막으로 자네를 보러 온 거야."

푸두리가 설명을 주었다. 선택은 어떻게 다들 알고 왔는지, 그에게 악감정을 품고 있을 이중도는 왜 또 왔는지 따위를 따져 묻지는 않았다. 이 또한 어쩐지 이해될 것 같기도 했다. 아니면 곧 이해되거나. 그는 라이터를 들어 올렸다. 푸두리와 주섭에게 그만 나가달라는 눈짓을 보내려는데 주섭이 선택을 제지했다.

"잠깐만 기다려 보게."

주섭은 자신의 심장 부위를 빙글빙글 돌려가며 손으로 쓰다듬었다.

곧 그의 손이 멈추었고 무엇을 뽑아내듯 움켜쥐었다. 그 움켜쥔 손을 폈을 때 손바닥 위에는 작은 나뭇가지 하나가 얹혀있었다. 길쭉한 타원형 잎이 떡잎처럼 쌍으로 달린 황금빛의 나뭇가지였다.

"이건 자네의 약에도 넣었다는 그 황금가지야. 저승의 아버지를 찾아갈 때 들고 갔다는."

"뭐, 이 친구 약에도 그걸 넣었어?" 옆에서 푸두리가 불끈했다.

"다 알고 있었으면서 그래."

"아니, 당연히 몰랐지." 푸두리가 과장되게 풀쩍 뛰는 시늉을 했다.

"모르긴 뭘 몰라. 그래 몰라서 희희낙락하며 이 친구 옆구리에 힘이나 넣어주고 윙크나 날리고 그래? 내가 모를 줄 알았어?"

푸두리가 겸연쩍어하면서도 불만스레 꽁지머리를 만졌다.

"그래도 나한텐 말해야 할 거 아니야. 나한텐 말도 않고 그런 걸 이 친구한테 먹였을 줄이야."

"말할 필요가 뭐 있어. 자네하고는 아무 상관 없는데. 더구나 공평하잖아. 내 약이 자네에겐 계약 따위 무시할 힘을 주었다면, 이 친구에겐 다시 삶을 움켜쥘 기회는 주어야지. 안 그래?"

주섭이 푸두리를 아래위로 쓰윽 한 번 훑고는 영문을 몰라 어리둥절해하는 선택에게로 고개를 돌려버렸다.

"아직은 알려고 말게. 우리들의 얘기를 이해하기 힘들어도 그냥 넘어가게. 차차 알게 될 걸세. 그리고 이것, 이 황금가지가 필요한 사람이 있을 거네. 그 사람에게 주려 하네. 난 이제 필요 없어. 영영 내 아내와 함께할 작정이야. 여기 놓아두겠네."

주섭은 황금가지를 화탁에다 내려놓았다. 그는 고개를 까딱여 보이고는 불퉁해있는 푸두리를 끌고 나갔다.

그들이 현관을 통해 사라지자 선택은 머뭇거림 없이 라이터를 켰다. 이제 예술을 향한 미련도 불에 대한 두려움도 없었다. 오직 하주만이 그에게 있었다. 숨을 한번 길게 들이마신 뒤 라이터를 그림에다 갖다 댔다. 휘발유는 경유와 달랐다. 폭발하듯 불은 작업실을 집어삼켰다. 선택의 주변은 불바다가 되었다. 불의 열기가 모든 것들을 집어삼키고 있었다. 그의 몸에도 불이 옮겨붙었다. 그는 불기둥이 되었다. 두렵지도 뜨겁지도 않았다. 다만 의식이 몽롱하니 혼미해지면서 자신이 죽어간다는, 여기를 벗어나 다른 곳으로 떠나가려 한다는 어딘지 아쉬움의 감정만이 있었다. 그리고 외로웠다. 이 여행길에 혜리가 곁에 있어준다면 좋겠다는 생각을 했다. 그러나 곧 그 생각을 떨쳐냈다. 그래서는 안 되는 거였다. 이 여행은 혼자 떠나야하는 거였다. 선택은 작업실 바닥에다 몸을 뉘었다. 서 있기보다는 한결 마음이 편안했다. 주변에 보이는 사물들도 그의 의식도 차츰차츰 희미해져 갔다. 마침내 의식의 끈을 막 놓으려고 할 때, 누가 불길 속으로 뛰어들었다.

"당신, 정말 이러기야!"

혜리가 선택 곁에 털썩 무릎을 꿇었다. 혜리의 옷에도 금세 불이 옮겨붙었다. 선택이 혜리를 밀치며 소리쳤다.

"가!"

"안 가."

혜리의 한마디는 그녀를 쫓아내려는 선택의 의지를 무력화시켰다. 혜리는 가지 않을 것이다. 선택은 마음속으로 기뻤지만 속내를 감추고 마지막 의지를 담아 중얼거렸다.

"난 혼자 가야만 돼."

"알아, 당신 문제이고 그런 만큼 당신 혼자 해결해야 된다는 거. 하지만 나는 당신의 유일한 가족이고 가족은 남이 아니잖아. 그리고 당신이 우리 딸을 위해 이렇게 하는데 난 당신을 위해서 이렇게 못 할 게 뭐가 있겠어. 안 그래?"

더 이상 어찌해볼 도리가 없었다. 선택은 자신이 웃고 있다는 사실을 알아차렸다. 웃는 와중에 푸두리에게는 하지 않았던 질문을 혜리에게는 해야겠다는 생각을 했다.

"어떻게 알고 왔어? 오주섭이 얘기해준 거야?"

"아니, 그런 건 말해주지 않아도 알게 되는 거야. 왜냐면 당신은 허미타찰에 있으니까. 허미타찰은 당신 마음속의 세계야. 허미타찰을 살아가는 이들은 전부가 당신 마음이 만들어낸 것들이야. 그러니 당신이 뭘 하려는지 당연히 다 알게 되는 거야. 하지만 난…."

혜리가 선택의 오른손을 자신의 두 손으로 꼭 그러쥐었다. 언제 집어 들었는지 그 손에 주섭의 그 황금가지가 들려있었다.

"난, 당신이 뭘 하려는지 알았기 때문에 여기에 온 건 아니야. 난 당신이 불러서 왔어. 당신이 날 부른 거야. 난 당신이 날 불러줘서 기뻐. 줄곧 난 당신이 날 불러주길 기다리고 있었어. 지난 1년 동안."

혜리가 두 손에 힘을 주며 활짝 웃었다. 그 웃음을 마지막으로 선택은 의식을 잃었다. 정확히는 의식을 잃었다기보다는 다른 세계로 옮겨갔다. 지하철 중앙역 지하 3층, 화재 사고 직후의 폐허가 된 승강장이었다. 검게 타 흉물스레 주저앉은 전동차는 가느다란 연기를 밀어 올리고 있었다. 그 전동차 앞에 하주가 서 있었다. 작업실에서처럼 바닥에 등을 대고 누운 선택이 하주를 올려다보았다. 하주도 혜리처럼 활짝 웃고 있었다.

"날 내보내 주러 온 거야, 아빠?"

선택은 바로 대답을 하지 못했다. 불살귀가 죽었는지 그렇지 않은지 알 수 없었을뿐더러, 설혹 불살귀가 죽었대도 아직도 중앙역을 떠나지 못하는 하주를 어떻게 내보내 주어야 하는지 그 방법을 몰랐다.

"난, 난 널 어떻게 여기서 내보내야 하는지 모르겠어."

"쉬워 아빠. 그냥 아빠가 날 놓아주기만 하면 돼. 아빤 날 너무 꽉 붙잡고 있었어. 나에 대한 미안함 때문에 그러는 거야. 그 미안함을 놓아버려, 그 미안함을 지워버리라고. 이제 그럴 수 있을 거야. 아빠가 그러기만 하면 난 금방 여기서 나갈 수 있어."

"하지만 하주야, 내가 어떻게 널 놓아줄 수 있다는 거니? 난 널 죽인 거나 마찬가진데, 그런 내가 어떻게 너를…"

선택의 말은 거의 흐느낌으로 마무리되었다. 하주가 또 활짝 웃었다. 웃으면서도 갸웃갸웃 선택을 뜯어보았다.

"어, 아빤 아직 불살귀를 죽이지 못했구나. 그래서 그렇구나. 내가 힌트 하나 가르쳐줘? 불살귀를 죽일 수 있는? 내 방에 가봐. 내 방 열쇠 갖고 있지? 내 방에만 가보면 불살귀를 죽일 수 있게 될 거야. 아주 쉬울 거야. 그래도 잘 안 된다 싶으면 내가 아빨 이끌어 줄게. 그냥 날 따라와. 그러다가 말이야, 아빠의 마음속에서 불살귀가 진짜 죽었다 싶을 때, 그때 그냥 날 놓아줘. 그러면 돼. 아빤 할 수 있어."

하주는 환한 웃음을 머금은 그대로 12살의 어린아이가 아니라 숙녀라도 다 된 것처럼 다소곳이 선택의 머리맡에 무릎을 꿇었다. 하주는 선택에게 눈을 맞추면서 선택의 오른쪽 관자놀이를 손가락 끝으로 가만가만 쓰다듬었다. 리볼버의 총구를 들이댄 자리였다. 마른 피딱지가 떨어져 내렸다. 하주가 속삭였다.

"아빠, 이제 나 때문에 아파하지 마. 난 괜찮아."

하주의 말이 번개가 되어 선택의 몸을 머리에서 발끝까지 관통하여 꿰뚫었다. 머리가 깨질 것 같은 두통도 폭풍처럼 밀려왔다. 그 두통의 한가운데에 '아빠 죽지 마…'라는 하주의 목소리가 들린다 싶은 순간 총소리로 짐작되는 폭발음이 귀를 울렸다. 부술 것처럼 문을 열어젖히는 소리와 비명에 가까운 외침이 있었고, 다급히 어딘가로 전화를 거는 당황하여 더듬대는 노인네의 목소리가 있었다. 구급차의 사이렌이 울려왔고, 곧 어지러운 발소리에 이어 그의 몸이 들려지고 한동안 흔들린다 싶더니 다시 어지러운 발소리와 더불어 약품냄새가 코를 찔렀다. 그 뒤로는 모든 것이 고요했다. 그 죽음과도 같은 고요는 오랫동안 지속되었다. 끝이 없을지도 모를 것만 같은 그 고요로부터 그를 끌어내 준 것은 오른손을 꼭 움켜쥐는 따스한 감촉이었다. 선택이 눈을 떴다. 혜리가 두 손으로 그의 오른손을 그러쥐고 있었다. 그리고 그는 병실 침대에 누워 있었다. 혜리가 활짝 웃었다.

돌아오다

헤리가 활짝 웃었다.

"돌아왔어?"

'돌아오다니?'

선택은 자신의 주변 상황부터 확인했다. 링거 바늘이 팔에 꽂혀있고, 보기에도 위압감을 던지는 복잡한 의료 기계들이 머리맡을 지키고 있었다. 병실임을 알 수 있었다. 2인실이었다. 하지만 병실이라니? 왜 병실 침대에? 누군가가 불길에서 꺼내 이리로 옮겨왔다는 건가? 한눈에도 그건 아니었다. 화상의 흔적이 없었다. 더욱이 헤리는 누워있지도 않고 말짱하지 않은가. 간병이라도 하고 있는 것처럼. 그럼, 그게 아니라면 깨어나기 직전 꿈이라도 꾼 것처럼 총소리에 이어 구급차에 실려 병원으로 옮겨지던 기억이 떠올랐었는데, 혹시 권총자살이 실패로 끝난 뒤에 이 병원으로 실려 왔다는 건가. 그렇다면 그간의 1년은? 권총자살 실패 뒤 혼자 작업실에서 깨어나서 그 이후의 1년은? 더구나 허미타찰은? 허미타찰에서 겪었던 사건들과 거기서 만나서 관계를 맺었던 이들은 또 무엇이지? 의식을 잃은 채로 꿈이라도 꾸었다는 건가. 삶과 죽음의 경계를 헤매면서 환상이라도 보았다는 건가.

"어–떻게 된 거야?"

"뭐가?"

선택의 물음에 헤리는 또 웃으며 되물었다. 아무리 그래도 웃고 있는 혜리의 두 눈 끝에 눈물이 번져있음을 선택은 놓치지 않았다.

"내가 얼마나 여기에 누워있었어?"

"꼭 1년, 꼭 1년 동안 누워있었어. 오늘이 2월 18일이야. 오늘은…."

혜리가 말꼬리를 흐렸다. 그러면서도 여전히 웃는 얼굴을 하고서 선택을 가만가만 살폈다. 선택은 혜리가 무슨 말을 하고 싶어 하는지 알고 있었다. 너무 오래 그의 앞에서 감추고 있던 말이었다.

"알아, 오늘은 우리 딸이 죽은 날이잖아. 내가 1년 동안 누워있었다면 10년 전에."

혜리의 놀라움 반 반가움 반의 얼굴을 모른 척하고 선택은 허리를 일으켜 앉았다. 그가 알고 있는 지난 1년의 일들은 그가 현실과의 연결이 끊어진 채 의식을 잃고 병원에 누워있는 동안 그의 정신의 영역에서 일어났던 일들임에 분명했다. 한마디로 환상이나 꿈과도 같은 허상의 것들이었다. 그러나 그 허상의 것들이 헛되지만은 않았다. 그는 이제 실상의 세계를 마주하고 있으며 이 세계에서 그가 할 일이 있었다. 불살귀를 죽이고 딸을 그놈의 중앙역에서 놓아주는 일이었다. 허상의 세계에서의 1년은 그에게 그것들을 가능하게 하는 길을 일러주었다. 지금 그길을 따라가야 했다. 선택이 링거바늘을 뽑아내고 두 다리를 침대 밖으로 내밀었다.

"해야 할 일이 있어."

"같이 해." 혜리가 선택의 손을 잡았다. "아침부터 병실에 나와 기다리고 있었어. 지난밤에 당신이 날 부르는 것 같았거든. 같이 있어 달라고. 그러니 같이 해."

지난밤에 부르는 것 같아서 기다렸다고? 선택은 허미타찰에서의 일을 되짚어보았다. 작업실에 불을 지른 뒤 그 불길 속에 누워 혜리를 생각했었다. 혜리가 곁에 같이 있어준다면 좋겠다고. 그러자 혜리는 불길 속으로 그를 찾아왔었다. 하지만 그것은 어디까지나 허미타찰에서의 일이 아닌가. 혹시 현실의 혜리도 그것을 들었다는 건가? 허미타찰이 현실의 혜리와 알 수 없는 영역에서 하나로 이어지고 있다는 말인가? 그러나 선택은 캐고 들기보다는 그냥 받아들였다.

"오늘 당신이 깨어날 줄도 알았어. 그래서 혹시나 해서 당신 옷도 준비해 왔어."

혜리가 병실 바닥에 놓아두었던 종이봉투를 들어 보였다. 선택의 옷이 들어있었다. 일 년이나 누워있었는데 오늘 깨어날지를 어떻게 알고 있었는지 의아하고 궁금했다. 또 그냥 받아들이고 넘기기는 힘들었다. 그러나 혜리가 더 빨랐다.

"불살귀를 죽이러 가야지? 불살귀를 죽여야만 우리 하주를 놓아줄 수 있다고 하던데."

선택으로선 이건 또 어떻게 알았나 싶었다. 이번에도 선택이 묻기 전에 혜리가 먼저 나섰다. 이번에는 선택의 지금까지의 의문에 답을 주었다.

"이 병실을 같이 쓰시던 할아버지가 한 분 계셨어. 당신처럼 혼수상태로 계셨는데, 그것도 2년 동안이나. 그분이 어젯밤에 갑자기 깨어나셔서는 나한테 많은 이야기를 들려주셨어. 당신을 허미타찰이라는 다른 세계에서 만났다며, 당신이 오늘 깨어날 거라든가, 불살귀니 푸두리니 그리고 우리 하주를…. 그러면서 옷가지 따위를 준비해두래. 당신이 깨어나자마자 할 일이 있을 거라며. 불살귀를 죽이는 일인데, 그건 허미타찰에서 할 수 있는 일이 아니라고. 처음엔 믿기지 않았어. 그런데 그분이 당신을 너무 잘 알고 계시잖아. 나만큼이나. 아니다, 그 이상으로. 그러니 믿지 않을 수가 없었어. 오늘 당신이 깨어난 걸로 그 말들이 모두 증명이 됐고."

선택으로선 꽤나 놀라웠다. 그 할아버지란 자가 누구이기에 그 허미타찰이란 곳에서 만났다는 건가.

"그분 약전골목에서 한약방 하시던 분이셨어. 당신도 들어봤을 거야. 순애보로 유명하신 분인데, 할머니 되시는 분 제삿날 직접 만든 약을 드시고 자살을 시도하셨거든. 죽은 할머니를 못 잊어서 함께 있고 싶다는 유서를 남겨놓으시고."

바로 짚이는 것이 있었다. 주섭이었다. 그러고 보니 허미타찰에서 처음 그 이름을 들었을 때도 귀에 익었었다. 오래 생각해볼 필요도 없이 이해될 것도 같았다. 실세계의 인물이 그의 환상세계에 그 이름을 갖고서 등장한 거였다. 생각이 여기에 미치자 조금은 어이없기도 했다. 주섭이 허미타찰을 보는 눈이 뜨일 거라며 준 약이 실은 죽은 아내를 만나러 가기 위해 자신이 자살하는데 사용한 약이었으니. 말하자면 주섭은 그를 죽인 거였다. 그러면서도 한편으로는 영 엉터리는 아닌 셈이었다. 죽어야만 죽은 자들이 보일 테니까. 그래서 그도 죽은 하주를 볼 수 있었으니까. 더군다나 선택이 돌아갈 길까지 예비해주었다. 그 황금가지, 그것의 의미가 바로 이것이었다. 그가 죽음의 세계로부터 돌아와 깨어나는 것.

"알아 그분. 성함이 오주섭이라고 봉성당이라는 한약방을 약전골목에서 하셨잖아. 그런데…"

선택의 눈이 병실을 둘러보았다. 2인실 병실에는 그 혼자밖에 없었다. 혜리가 그 의문에 답을 했다.

"돌아가셨어."

"돌아가셨어? 언제?"

"어젯밤에. 나한테 당신 이야기를 해주신 뒤 얼마 안 있어서. 어, 근데 그 할아버지 돌아가시기 바로 전에 재미있는 경험을 했어. 어쩌면 꿈이 었는지도 몰라. 그때 너무 피곤해서 당신 침대에 엎드려 잠이 들었는데 할아버지께서 날 부르시는 거야. 그래서 고개를 드니까 황금빛이 나는 조그만 나뭇가지를 하나 들고서 그걸 나더러 가지라고 그러시는 거 있 지. 내게 꼭 필요할 거라면서. 뭔지는 잘 모르지만 주시는 거 일단 받고 는 피곤해서 그대로 엎드려 잠이 들었었어. 그랬는데 나중에 깨어보니 빈손이었어. 아무래도 꿈이었나 봐."

그건 꿈이 아니었다. 주섭은 허미타찰에서 그 황금가지를 자신에게서 뽑아냈었다. 필요한 사람이 있을 거라면서. 그리고 그 황금가지는 불길 속에서 헤리의 손에 들려있었다. 조금은 혼란스러웠다. 현실과 허미타찰 이 또 섞이고 있었다. 허미타찰에서만이 아니라 현실의 주섭이 헤리에게 황금가지를 주었다는 것도 그렇지만, 허미타찰의 일을 주섭이 헤리에게 애기해 준 것도 그랬다.

"이런 정말 깨어나셨네!"

헤리의 등 뒤로부터 젊고 활기찬 목소리가 들려왔다. 30대 중반의 호 남형 의사가 차트를 들고 병실 입구에 서 있었다. 의사는 바로 안으로 들어오지 않고 호출기를 꺼내 번호를 찍어댄 뒤에야 병실로 들어섰다. 선택의 침대로 다가선 그는 오른손에 들고 있던 차트로 자신의 왼손 손 바닥을 탁탁 소리 나게 쳤다.

"아주머닌 정말이지 족집게 도삽니다. 오늘 깨어날 거라고 하시더니 진짜네요. 잠깐만 봅시다."

젊은 의사는 선택의 입을 벌려보게 하고 양쪽 눈동자를 찬찬히 살펴

다음 일어서보라고 했다. 어찔하니 현기증이 일면서 다리가 휘청했다. 혜리가 얼른 부축해서 침대에다 앉혀주었다. 한숨이 나왔다. 당장 해야 할 일이 있는데.

"당분간은 침대에 누워계셔야겠습니다. 그래도 1년 만에 깨어나셨는데 그만하면 대단하신 겁니다. 몇 가지 검사를 해보고 괜찮다 싶으면 며칠 몸조리 하시다 퇴원하면 되겠습니다."

젊은 의사는 들고 있던 차트에다 무언가를 열심히 긁적였다. 한참을 그러다가 고개를 들고 선택에게 신중한 시선을 보냈다.

"저기요, 만나봤으면 하는 분이 계시는데 아시는 분입니다. 방금 연락했으니 이리로 곧 오실 겁니다. 우리 병원의 정신과 과장님이신데, 예전엔 월암병원에 오래 계셨었지요. 아마 그때 뵀을 겁니다. 신두리 과장님이시라고. 월암병원이 싫으셨는지 거기를 탈출해서 우리 병원으로 오셨다고 농담 삼아 말씀하기도 하시는데…."

그런 사람은 기억에 없었다. 대신 허미타찰의 도깨비 푸두리를 떠올렸다. 푸두리가 200년 넘게 갇혀 있었다는 월암골도.

"만나보면 어쩌면 알 거야." 혜리가 말했다. "당신 보러 몇 번이나 우리 병실에 들르셨어. 깨어나면 연락해 달라고 당부도 하셨고. 당신 꼭 만나고 싶다면서. 아, 저기 오시네."

처음엔 푸두리인 줄 알았다. 작은 키에 당나귀꼬리머리, 얼굴 생김새도 거의 푸두리와 판박이 수준. 걸어오면서도 꽁지머리를 매만지는 그 버릇까지도 그랬다. 더욱 재밌는 것은 주먹댕이만한 하얀 푸들 한 마리를 가슴에 안고 있다는 거였다.

"오랜만입니다. 양선택 씨. 저 기억하시겠죠?"

그랬다. 가까이서 얼굴을 보고 목소리를 듣는 순간 기억이 났다. 하주의 기억과 더불어 묻어버렸던 기억들이 꼬리에 꼬리를 물고 되살아났다. 신두리라는 의사의 이름도, 그의 트레이드마크인 당나귀꼬리머리도, 항상 안고 다니던 푸들도, 나아가 월암이라는 어쩐지 병적인 냄새를 풍기는 병원 이름도, 그 병원에서 만났던 직원들이나 환자들도, 무엇보다 그 병원에서 그에게 일어났던 일들도. 그는 여섯 달을 그 병원의 폐쇄병동에 입원해 있었다. 미쳐 날뛰며 소동을 벌이다가 꽤 오랫동안 구속복을 입고 지내기도 했었고 매일 한 움큼씩이나 먹어야 하는 약에 취해 늘 넋을 놓고 있기도 했었다. 가장 중요하게는 그곳에서 하주의 기억을 지웠었다. 지웠다기보다는 의식이 알아차릴 수 없는 어둡고 깊숙한 곳에다 처박아버리고는 다시는 돌아보지 않았었다. 허미타찰에서 그 기억을 되살려내기까지는.

"기억납니다. 당신도, 그 병원도."

"잘됐군요. 그럼 혹시 또 다른 건 기억나는 게 없는지?"

정신과 의사다운 신두리의 눈이 선택을 차근차근 더듬었다. 선택을 환자로서 관찰하고 있었다.

"사람들이 기억납니다. 주로 병원 관계자들과 환자들. 간호사 김이석 씨와 그를 충실히 따르던 보조간호사 오팔초, 김달진, 한상달. 유독 간호사의 지시를 따르지 않고 이유 없이 대들기만 하던 이중도와 중간에서 말리면서도 이중도를 편들던 손후록. 유순한 순둥이 뚱보와 말 많은 말라깽이…"

모두들 허미타찰에서 만났던 이들이었다. 선택의 얼굴에 엷게 웃음이 번져갔다. 정신과 의사 신두리는 이런 선택을 놓치지 않고 관찰했다.

"그럼, 왜 그 병원에 입원하셨는지는 기억나십니까?"

당연히 하주의 죽음 때문이었다.

"그럼요. 우리 딸 하주가 나 때문에 죽었으니까요."

"그런–데도?"

신두리가 긴장의 빛을 띠었다. 선택으로선 그것이 도리어 의아했다. 헤리가 선택의 의문에 답을 했다.

"당신에게서 하주의 기억이 되살아나면 위험해질 수도 있기 때문이야. 잘 알잖아. 하주의 기억을 지우기 전의 당신. 그렇지만 당신이 완치되기 위해서는 반드시 하주의 기억이 되살아나야 된다고도 하셨어."

헤리가 신중한 동작으로 신두리에게로 몸을 돌렸다. 헤리에게서도 희미하지만 긴장이 감지되었다.

"하주의 기억이 되살아났지만 괜찮아요. 앞으로 더 괜찮아질 거예요. 그럴 거라 믿어요. 잘해낼 거예요."

신두리가 눈은 선택에게 고정한 채로 긴장을 풀며 웃었다. 푸들을 안고 있지 않은 왼손으로는 자신의 당나귀꼬리머리를 톡톡 두드렸다. 푸두리가 허미타찰에서 자주 그랬듯이.

"하나만 더 묻겠습니다. 혹시 또 다른 건 기억나는 건 없나요? 거기서 어떤 일이 있었다든가."

"어떤 일이라면?"

"가령 상당히 폭력적인 일이라든가."

상당히 폭력적인 일? 기억에 없었다.

"거기서 내가 좋지 않은 일이라도 저질렀다는 건가요?"

"아니, 아닙니다. 별건 아니고, 곧 알게 될지도 모르겠습니다."

신두리가 입가에 웃음을 피워 물었다. 그는 경쾌한 동작으로 몸을 돌려 헤리를 마주했다.

"방금 의식이 돌아왔는데도 상당히 좋아 보입니다. 그래도 오래 곡기를 들지 않았으니 물 같은 묽은 죽부터 먼저 섭취해야 할 겁니다. 물론 아주머니께서 잘 알고 계시겠지만."

신두리가 혜리에게 눈을 한번 찡긋해 보이고는 그만 가보자는 식으로 젊은 의사의 어깨를 툭 쳤다. 혜리와 신두리 사이에 사전에 교감이 되었거나 애기된 바가 있는 듯했다. 그러나 젊은 의사는 그런 건 없는지 바로 응하지 않았다. 젊은 의사가 말했다.

"오늘, 검사 결과 보러 오셔야 되는데요?"

"무슨 검사?" 신두리가 선택을 보았다가 젊은 의사를 보았다.

"아니요, 양선택 씨가 아니라, 아주머니요." 젊은 의사가 대답했다.

"어디 아파?" 선택이 혜리에게 물었다.

"특별히 아픈 덴 없어. 왜, 작년 이맘때부터 그냥 몸이 피곤하고 쉬 지치고 그랬잖아. 미루고 미루다 몇 가지 검사 좀 받아봤어. 별일 아니겠지. 저 선생님, 오늘은 안 될 것 같구요. 내일이나 모레면 안 될까요?"

"뭐, 그렇게 하세요. 다른 일이 있으시다면."

"그만 가자구. 부부간에 1년 만에 만난 거나 마찬가지 아냐. 우리가 자꾸 시간 뺏으면 안 되지."

신두리가 젊은 의사를 잡아끌었다. 두 의사가 떠나자 혜리가 선택의 옷가지가 든 종이봉투를 들어 보이며 물었다.

"지금 당장 할 거야? 아니면 며칠 몸조리했다가 할 거야?"

물을 필요도 없는 질문이었다.

"지금 당장. 일단은 우리 집으로 가보자. 하주가 가보라고 했어."

혜리가 챙겨온 옷을 갈아입은 선택은 혜리의 부축을 받아 병원을 빠져나왔다. 혜리와 신두리가 사전에 교감하거나 애기된 것은 이것이었다. 몸이 중요한 게 아니라 마음이었다. 그의 목에는 하주의 방 열쇠가 걸려

있었다. 혜리가 오늘 아침 걸어주었다고 했다. 혜리가 준비해둔 것은 그것만이 아니었다. 충분히 충전된 그의 오래된 피처폰도 병원을 나서면서 손에 쥐어주었다.

집으로 향하는 혜리의 차 안에서 선택은 오늘이 2월 19일이 아니라 2월 18일임을 생각해냈다. 허미타찰에서의 날짜의 연장으로 치자면 허미타찰을 떠나올 때가 2월 18일 거의 자정 무렵이었으니 오늘은 2월 19일이어야 했다. 그런데도 얼추 하루를 되돌아가 다시 18일이 되었다. 여기에는 어떤 의미가 숨어있었다. 만약에 이런 모든 일들을 주재하는 신이 있다면 그 신이 그에게 2월 18일이라는 하루의 시간을 만들어준 것만 같았다. 문제가 생긴 이날에 그 문제를 해결하라고.

일 년 만인 아파트는 변한 게 없었다. 들어서자마자 하주의 방으로 직행해 목에 걸린 열쇠로 문을 따고 방 안으로 들어갔다. 가장 먼저 눈을 사로잡은 것은 사방 벽을 돌아가며 빼곡히 붙여놓은 다양한 색깔과 크기의 포스트잇이었다. 그것들은 시빌라의 동굴 벽을 뒤덮은 무수한 나뭇잎들을 연상시켰다. 몇몇을 집어 거기에 기록된 것들을 살펴보았다. 하나같이 불살귀가 허미타찰에서 죽인 자들과 관계된 내용들로, 한갑태와 이을태와 석병태의 이름이 맨 위에 적혀있고 그 아래로는 그들의 인적사항 및 그들을 죽이기 위한 계획들이 시시콜콜 메모되어 있었다. 한마디로 살인계획서였다. 그들 셋의 살인계획서는 그것들 말고도 또 더 있었다. 하주의 책상과 침대 위에 어지러이 널려있는 A4 용지에 출력되거나 복사된 종이뭉치들이 그것들이었다.

"다시 봐도 대단해."

"들어와 봤어?"

"응, 당신이 병원에 실려 간 다음 날. 아내로서 해야 할 일이잖아."

당연했다. 권총자살을 시도한 남편이 몰래 감추고 있던 방을 확인해보는 건 아내로서의 권리이자 의무였다.

"이거 다 당신이 한 거야?"

혜리가 물었지만 대답할 수 없었다. 열쇠는 그만이 갖고 있기에 그가 한 짓이 틀림없겠지만 기억에는 없었다. 그렇다면 이건 모두가 또 다른 양선택인 그의 몸 안에 도사린 불살귀가 한 짓임에 분명했다. 문제는 허미타찰도 아닌데 어떻게 불살귀가 그의 몸에서 빠져나와 그도 모르게 이런 일을 벌일 수 있었느냐는 거였다. 그것이 궁금해졌다. 무척이나. 어쩌면 하주가 이 방으로 가보라고 한 것도 이 때문일지도 몰랐다. 스스로 알아내라고. 그렇게만 되면, 즉 또 다른 양선택으로서의 불살귀가 만들어진 그 과정을 파헤쳐내기만 하면 그 과정을 거슬러 올라가 불살귀를 죽일 수 있을지도 몰랐다. 생각이 여기에 이르렀을 때 몸이 휘청했다. 갑작스러운 어지러움이 밀려왔다. 혜리가 의자를 끌어다가 선택을 앉혔다.

"괜찮겠어? 안 되겠다. 일단 뭘 좀 먹고 하자. 잠깐 기다려. 죽 끓여올게."

혜리가 나가고 선택 혼자 남았다. 말은 않았지만 어지러웠던 건 무리해서 병원을 빠져나왔기 때문이 아니었다. 이 혼란스럽게 널린 살인계획서들이 원인이었다. 그것들이 무언가를 알려주겠다는 듯 살아있는 생명체처럼 화들짝 들고일어나 그의 기억을 까뒤집고 휘저어댔던 것이다. 선택은 기다렸다. 뒤집고 휘젓기는 계속됐다. 심하진 않지만 두통도 일었다. 허미타찰에서 하주의 기억이 되살아날 때마다 그를 찾아왔던 그 두통이었다. 머리를 감싸 쥐고 집중했다. 뒤집고 휘젓기는 곧 멈추었다. 대신 잡힐 듯 말 듯 아지랑이 같은 아련함이 선택을 괴롭혔다. 그 아지랑이 너머에 그가 찾는 것이 있었다. 손만 뻗으면 움켜쥘 수 있을 것 같았지만 쉬이 손이 닿지도 손아귀에 잡히지도 않았다. 안타까웠다. 두통도 거세어져 갔다. 죔쇠에 머리를 물려놓고 죄어대는 것만 같았고, 그러던 어느 순간 마침내 더는 견디지 못하고 터졌다. 눈부신 섬광을 쐰 듯 머릿속이 하얘졌다가 하나하나 윤곽과 색채와 형태가 드러났다. 그는 볼 수 있었고 알 수 있었다. 어떻게 해서 자신도 모르는 사이에 이 살인계획들이 하주의 방에서 만들어지게 되었는지를. 어떻게 해서 그가 또 다른 양선택으로서의 불살귀를 창조해냈는지를.

또 다른 양선택으로서의 불살귀는 원래 그의 일부였다. 그것은 딸을 죽인 자신을 용서하지 못하고 자신을 벌하고자 하는 속죄의식으로서의 그의 정신이자 영혼이었으며 자신을 무로 돌리고자 하는 욕망 즉 자살충동을 그 본성으로 하고 있었다. 하지만 용기가 없어서였는지 아니면 그가 모르는 다른 이유가 있어서였는지 자살충동이라는 그 욕망을 스스로에게 실현할 수 없게 되자 자신을 벌하고자 하는 그 정신이자 영혼을 자신에게서 분리해버렸고 분리된 그것은 불살귀가 되었다.

그 시작은 4년 전 처음 자살을 시도하려 했을 때였다. 그때 그는 자신을 벌하고자 하는 그 정신이자 영혼을 자신에게서 떼어내어 불살귀를 만들어냈다. 자신을 죽이는 것으로 속죄하는 대신 자신과 닮은 다른 놈을 대속죄인으로 삼아 그놈을 죽이려는 계획을 세우는 행위를 통해 어떻게든 딸에 대한 미안함과 죄의식으로부터 벗어나기 위해서였다. 말하자면 일종의 정신적 자위행위로 그런 정도의 대리만족으로나마 자신을 죽음에서 구하기 위함이었다. 그렇지만 그것이 비열한 위선이며 거짓임을 알기에 그 사실을 스스로에게는 감추기 위해서 그로서는 그 존재조차 인지할 수 없는 불살귀라는 다른 인격체를 만들어냈던 거였다. 정신과 의사들의 언어로 설명하자면 여러 인격체로 분열되는 '해리성정체감장애'라는 정신질환을 그는 갖고 있었다. 그리고 일단 이렇게 인격의 분리가 일어나게 되자 그 이후 그가 자살을 시도하려 할 때마다 양선택이 아닌 해리된 다른 인격체가 튀어나오게 되었고, 따라서 그의 자살기도는 마지막 네 번째를 제외하고는 방아쇠 한 번 당겨보지 못하고 끝이 났다. 관자놀이에 총구를 들이댄 순간 그는 그가 아니었다. 이 모든 것들의 과정 전부가 하나하나 기억에 되살아났다.

딸이 죽은 날인 2월 18일이었다. 쿠션이 주저앉은 작업실의 1인용 소파에 몸을 묻고 앉아 그는 리볼버의 총구를 오른쪽 관자놀이에 갖다 댔다. 방아쇠를 쥔 검지에 힘을 주자 금속성 마찰음을 일으키며 공이가 뒤로 당겨졌다. 거기까지였다. 거기까지는 양선택으로 있었고 거기서부터는 아니었다. 또한 불살귀도 아니었다. 불살귀가 되기 전의 점이지대적인 존재라고나 할까, 몽유병 환자처럼 아무런 의식도 없는 좀비 같은 존재였다. 그는 권총을 쥔 손을 힘없이 떨어뜨리고 일어섰다. 권총을 쌌던 신문지를 찾아 그것으로 권총을 다시 말았다. 그는 싱크대로 다가가 맨 아래 서랍 안쪽 깊숙이 그것을 찔러 넣었다. 작업실을 나온 그는 버스를 타고 자신의 아파트로 갔다. 그는 딸의 방문을 열고 방 안으로 들어갔다.

딸의 방으로 들어서는 순간부터 그는 불살귀가 되었다. 그는 누군가를 죽여야 했다. 비록 의식은 못 하고 있지만 반드시 양선택과 비슷하게 닮은 놈으로. 그것이 불살귀라는 선택의 해리된 또 다른 인격체가 세상에 존재하는 이유였다. 불살귀는 거실에서 인터넷 선을 끌어오고 컴퓨터를 옮긴 뒤 검색을 시작했다. 몇 시간의 긴 노고 끝에 마침내 적절한 놈을 찾아냈다. 이름은 한갑태, 딸을 습관적으로 때려오던 놈이다. 짐승 같은 놈이다. 살 가치가 없는 놈이다. 이놈을 죽이기 위해서 필요하고 요구되는 것들을 인터넷에서 뒤져본다. 노력을 기울이지만 쓸 만한 것은 그다지 눈에 띄지 않는다. 어쩔 수 없다. 발로 뛰는 수밖에. 틈틈이 그놈의 뒤를 밟고 주변을 배회하면서 알아내는 것이다.

이렇게 선택은 불살귀로 자신의 정체성을 바꾸어가며 일 년을 한갑태를 조사하면서 살해계획을 다듬었다. 다만 계획만 세웠다. 한갑태를 죽이지는 않았다. 한갑태는 양선택이 아니었다. 한갑태 살해계획을 세우는 동안에도 불살귀의 영혼은 그 스스로는 자각하고 있지는 못해도 양선택을 향하고 있었다. 그것이 불살귀의 본질이자 정체성이었다. 그것이 원래의 불살귀였다. 그리고 그에게는 기억의 공백이 생겨나기 시작했다. 작업실에서 그림에 몰두하고 있었으나 정신을 차려보면 자신의 아파트 거실 소파에 넋 놓고 앉아있었다. 그 기억의 공백 동안 그는 다른 인격체인 불살귀가 되어 살해계획을 보충하고 손질하고 있었다.

이렇게 다음 해에는 이을태, 그 다음 해에는 석병태의 살해계획이 세워졌다. 말하자면 또 다른 양선택인 불살귀가 3년 동안 또 다른 양선택인 한갑태, 이을태, 석병태를 죽이려는 계획을 세우면서 자신의 죽음으로부터 도망쳐 다닌 셈이었다. 그러나 동시에 그는 자신의 죽음을 향해 한 발 한 발 다가서고 있었다. 한갑태, 이을태, 석병태는 양선택이 아니면서 양선택이었다. 그놈들을 죽일 계획을 세우는 것은 양선택을 살해할 계획을 다듬는 것과 다르지 않았다. 불살귀를 만들어낸, 자신을 벌주고자 하는 그의 정신이자 영혼은 이를 감지하고 있었다. 마침내 이런 식으로 더는 도망 다닐 수 없는 상황, 불에 태워 죽이려는 석병태 이후로 더는 대속죄인을 내세울 수도 없는 상황에 이르자, 자신을 벌주고자 하는 그 정신이자 영혼은 스스로의 본성에 충실해졌다. 그것은 불살귀를 만들지 않고 똑바로 선택을 응시했고 끝내 방아쇠를 당겼다. 어떤 이유에선지 비록 실패하긴 했으나.

그리고 이렇게 만들어진 불살귀는 허미타찰에까지 이어졌다. 허미타찰이 실세계가 아닌 만큼 상상이 가미된 꽤나 다른 양상으로. 불살귀는 허미타찰에서 선택의 해리된 정체가 아닌 엄연한 독립된 주체로서 존재했다. 또한 불살귀의 살해계획에 있어서도 그것은 계획으로만 머무르지 않았다. 관념을 실체로 바꾸어버리는 허미타찰에서 불살귀는 계획 위에서만 존재하던 그 셋을 죽였다. 더 나아가 그것으로 만족하지 못하고 선택을 죽이려고도 했다. 어찌 보면 당연한 귀결이었다. 불살귀의 살해계획이 자살충동이라는 선택이 품은 어두운 욕망의 대체물이었던 만큼 본질적으로 죽음의 세계였던 허미타찰에서는 선택의 분신인 불살귀를 통해 본래의 그 어두운 자기파괴의 욕망을 더 직접적으로 드러내 보일 수밖에 없었고 따라서 허미타찰에서 행해진 불살귀의 살인행위들의 그 끝은 선택을 겨냥할 수밖에 없었다. 그것은 불살귀가 말하는 살인의 완성이었으며, 다르게는 선택의 자기징벌의 완성이었다.

여기에까지 이르자 기억나는 것이 더 있었다. 그의 해리된 정체로서의 불살귀는 더 오랜 역사를 갖고 있었다. 그 뿌리는 10여 년 전 월암병원으로까지 거슬러 올라갔다. 거기서 그는 자신을 벌주려는 그의 정신이자 영혼을 여러 차례 그에게서 분리했었다. 즉 불살귀로 변신을 했었다. 그러나 그 불살귀는 권총자살 시도 직전에 만들어냈던 불살귀와는 조금은 다른 불살귀였다. 대속죄인을 내세워 그를 죽음에서 구하기 위해서가 아니라 그를 죽이기 위한 불살귀였다. 아마도 하주의 죽음 직후라 그의 죄의식이 지나치게 격렬했던 탓이었을 것이다. 그래서 대속죄인을 만들거나 또 다른 방법을 구해서 죽음으로부터 달아나는 길을 찾으려는 생각은 하지도 못했을 것이다. 그래도 죽음에 대한 두려움만은 완전히 떨쳐버릴 수 없어서 스스로는 할 수 없는 일을 불살귀에게 맡겨버린 셈이라고나 할까.

무엇이든, 불살귀는 선택 자신을 직접 겨냥했다. 불살귀로서 그는 양선택을 죽이기 위해 커터칼날을 집어삼키려 했었고, 숟가락을 거꾸로 쥐고 자신의 배를 찔렀으며, 정원의 바위에다 머리를 찧어댔었다. 곧 알게 될지도 모르겠다고 신두리가 말한 상당히 폭력적인 일들이란 게 다름 아닌 이것들이었다. 하지만 불살귀도 선택도 죽지 않고 살아남았고 그 자해 소동들은 허미타찰에서 허황한 불살귀의 전설로 각색되어 남았다.

그러나 이 불살귀는 그가 병원에서 하주의 기억과 그 병원의 기억 모두를 지움으로써 사라졌었다. 그랬던 것이 하필 2월 18일이었던 장모가 돌아가시던 날 이 불살귀는 되살아났다. 장모의 죽음은 눌러놓았던 죄의식과 딸의 기억을 흔들었고 그날 그는 발작을 일으키며 자해 소동을 벌였다. 그 때문에 장모의 장례식 날 그는 병원 침대에 약에 취한 채로 묶여있어야 했다. 그 이후 석 달을 입원해 있으면서 그는 하주의 기억도 다시 가라앉히고 불살귀도 숨을 죽이게 만들었으나 그다음 해 2월 18일 그는 다시 불살귀를 불러냈다. 많이 달라진 불살귀를. 죽여야 할 자로서 양선택이 아닌 대속죄인을 찾아 나서는 불살귀를.

선택이 의자에서 몸을 일으켰다. 방 안을 서성대기 시작했다. 일단은 불살귀가 만들어진 과정과 그렇게 만들어진 불살귀가 허미타찰에까지 어떻게 이어졌는지를 알아냈다. 그런 만큼 불살귀를 죽이는 방법도 짐작되었다. 그가 만들어낸 불살귀는 그의 마음에 자리 잡은 또 다른 그 자신일 뿐이었다. 그의 마음이 문제였고 또 다른 그를 마음에서 죽이기만 하면 되는 거였다. 다만 문제는 그것이 말만큼 쉽지 않다는 데 있었다. 손으로 만질 수 없는 마음의 문제가 아닌가. 한참을 방 안을 맴돌며 생각에 잠겨있는데 혜리가 들어왔다.

"죽 다 됐어. 우선 요기부터 해."

"응."

건성으로 대꾸했다. 그는 온통 불살귀를 죽이는 문제에 정신이 쏠려있었다.

"좀 알아낸 거 있어?"

"뭐 별로."

또 건성으로 대답했다가 정색을 했다. 혜리는 모든 것을 알 권리가 있었다. 하주는 그의 딸만이 아니라 혜리의 딸이기도 했다. 하주는 그만의 문제가 아니었다. 그만이 마음 아프고 힘들고 고통스러운 것이 아니었다. 잘 감추고는 있지만 혜리의 가슴도 깨지고 멍들어있을 터였다. 무엇이든 혜리와 함께해야 하는 거였다. 선택이 혜리의 손을 잡았다.

"배고파. 죽 먹으러 가자. 다 이야기해줄게."

주방에 차려진 죽을 먹으면서 선택은 혜리가 주섭에게 들어 이미 알고 있는 것들까지 포함해서 그간의 이야기를 사소한 것 하나 빠뜨리지 않고 다 들려주었다. 허미타찰에서 겪었던 일들부터 시작해서 오늘 알게 된 또 다른 인격체인 불살귀가 만들어지고 그것이 하주의 방에서 수년에 걸쳐 살인계획을 세운 것들까지 모두를. 혜리는 말없이 듣고만 있었고 선택의 말이 끝나고도 제법 지나서야 입을 열었다.

"저것들, 살인계획인지 뭔지 저것들을 다 태워버리자. 당신 마음에도 불살귀란 놈이 있지만 저것들이 진짜 불살귀야. 저것들을 태워버리면 그놈도 죽을 거야."

그럴듯했다. 더 얘기해보라고 선택은 머리만 끄덕여보였다. 혜리가 숨을 한 번 들이마신 뒤 계속했다.

"저 방 안에 널려있는 살인계획들 속에 불살귀란 그 괴물이 있어. 저 살인계획들은 당신의 미래면서 불살귀 바로 그놈이야. 저 살인계획서들을 모두 태워 버리는 거야. 불살귀를 태워 죽여버리는 거지. 무엇보다 난 저것들이 당신의 미래가 되게 할 수는 없어. 시빌라라는 그 여자는 태우지 못했지만 당신은 태울 수 있어. 왜냐면 저것들은 당신의 미래니까. 그러니 당신이 결정할 수가 있는 거야. 당신의 미래에 불살귀란 놈은 더 이상은 있어서는 안 되는 거야."

불살귀를 죽이는 정답이란 확신이 들지는 않았지만 혜리의 뜻대로 하기로 했다. 더욱이 하주의 산소에 가져가 향을 사르듯 태우기로 했다. 의미가 있을 것 같았다. 혜리는 살인계획서들을 담을 박스를 가지러 베란다로 갔고 선택은 하주의 방으로 향했다. 거실을 지나던 선택의 걸음이 대형 어항 앞에서 멈추었다. 점박이 잉어가 보이지 않았다. 지금에야 확신한 사실이지만 허미타찰의 리벨룽은 이 어항에서 기르던 잉어와 크기만 다를 뿐 똑같은 잉어였다. 선택이 혜리에게 소리쳤다.

"잉어는!"

"죽었어."

짧은 대답, 그것으로 설명은 끝났다. 허미타찰의 리벨룽이 곧 죽을 거라고 했듯이 어항 속의 잉어도 죽은 거였다. 걸음을 떼어놓으려던 선택이 또 멈추어 섰다. 어항 유리벽 위의 딸의 낙서가 그를 잡아끌었다.

울 꼰대는 화가. 가난뱅이 예술가.

그림 한 점 못 팔고, 땡전 한 푼도 못 벌지.
당근이지 않겠어. 그림은 안 그리고 술만 마시는데?
예술은 안 하고 愛술만 하거든.
그러니 언제 예술 하겠어. 이젠 몸도 못 버티는데?
어쩌다 그린다는 그림도 그래, 그게 그림이야.
울 꼰대지만 참 걱정된다. 걱정돼.
내가 그려도 그렇게는 그리겠다.

낙서가 수족관 바닥에까지 이르자, 플라스틱 물레방아가 배경으로 비치는 옆면으로 건너뛰어 이어졌다. 선택의 눈도 따라갔다.

아빠 그림이 굉장하다고, 훌륭하다고
말하는 사람은 아무도 없다는 거 알아?
난 누구에게든 말할 수 있어.
순 엉터리에 또 엉터리라고.
왜냐고? 나는 그림은 모르지만
오직 술 마시는 일만
아빠가 언제나 최고라는 걸 알거든.
그것뿐이야. 술. 술. 술. 또 술.

선택의 입가에 미소가 슬그머니 걸렸다. 선택이 또 혜리에게 소리쳤다.
"물파스 있어?"
"물파스는 뭐하게?"
"아무튼 있으면 좀 가져다줘."

혜리는 라면 박스 두 개와 물파스를 들고 나타났다. 선택은 혜리에게서 물파스를 받아들고 어항의 낙서를 두 번째 줄부터 한 줄 건너 한 줄씩 지우기 시작했다. 새로운 시가 어항의 유리면에 모습을 드러냈다.

울 꼰대는 화가. 가난뱅이 예술가.

당근이지 않겠어. 그림은 안 그리고 술만 마시는데?

그러니 언제 예술 하겠어. 이젠 몸도 못 버티는데?

울 꼰대지만 참 걱정된다. 걱정돼.

아빠 그림이 굉장하다고, 훌륭하다고

난 누구에게든 말할 수 있어.

왜냐고? 나는 그림은 모르지만

아빠가 언제나 최고라는 걸 알거든.

유리면 위의 낙서는 아빠를 향한 딸의 숨겨놓은 마음인 걱정과 애정 바로 그것이었다. 지켜보던 혜리가 가벼운 웃음을 터뜨렸다.

"난 알고 있었어. 처음부터."

"그래서 지우지 않고 놔둔 거였어?"

"응, 당신도 알고 있지 않았어? 그래서 리벨룽인지 뭔지 그 잉어가 낸 문제 풀어낸 거 아니었나."

"그랬던 거 같아."

선택은 인정했다. 어항벽 낙서에 담긴 딸의 마음을 알고 있었다. 하주의 수수께끼를 풀었었다. 다만 애써 모른 척 했었다. 이기적이게도 그게 더 편리했으니까. 마음으로 고개를 떨구고 하주의 방으로 들어갔다. 선택과 혜리는 라면 박스에다 사방 벽을 빼곡히 채운 포스트잇을 뜯어내 담고 A4 용지에 출력되거나 복사된 종이 뭉치들을 그 위에다 눌러 쌓아 나갔다. 그러던 중 침대 모퉁이에서 살인계획서들에 가려져있던 하주의 인형들이 드러났다. 곰돌이 푸, 뽀로로, 뿡뿡이, 헬로키티, 아기 공룡 둘리, 짱구, 뿌까…. 종류도 다양하니 제각각이었다. 선택은 허미타찰에서의 인형들의 꿈을 생각했다. 그 꿈에서 이 인형들이 집단 린치 수준으로 그를 두들겨 팼었다. 아마도 그것은 선택의 죄의식에 가하는 인형들의 린치면서도 이놈의 흉물스런 살인계획서들을 치워달라는 아우성이었으리라. 지금 생각하니 슬그머니 웃음도 나왔다.

살인계획서들에 가려졌다 드러난 건 또 있었다. 두툼한 대학노트 두 권이었다. 거기에는 깨알 같은 글씨로 백 가지는 넘는 하주가 개발한 라면 요리법이 적혀있었다. 하주는 유치원생이던 때부터 라면이라면 사족을 못 쓰더니 드디어 요리법을 개발하는 단계에까지 이르렀었다. 가끔은 이해 불가의 난감한 라면으로 그와 혜리의 미각을 혼란에 빠뜨리기도 했었지만 대개는 썩 괜찮았다. 선택의 입가에 애잔한 웃음이 피어올랐다. 선택은 그 노트를 하주의 책상 위에 고이 올려놓았다. 거기에 딸 하주가 있었다.

살인계획서를 모두 담고 보니 두 박스 가득이나 되었다. 혜리와 선택이 그것들을 하나씩 나누어 들고 방을 나서려는 순간이었다. 문득 두려움을 품은 의문이 선택을 사로잡았다. 불살귀의 살인계획은 셋뿐이었다. 허미타찰에서도 셋을 죽였다. 그런데 촛불 연쇄살인은 다섯 건이 아닌가. 그럼 앞의 두 건은? 더군다나 그 두 건은 허미타찰만이 아니라 현실에서 일어났었다. 두려우면서 의심스러웠다. 그에게서 해리된 인격체가 그가 아는 불살귀 말고 다른 불살귀가 더 있는 건 아닐까? 딸이 죽은 직후와 장모가 돌아가신 뒤의 불살귀가 그가 권총자살을 처음 시도했을 때의 불살귀와는 같은 불살귀이면서도 조금은 다르지 않았었나. 혹시 그가 모르는 또 다른 해리된 인격체로서의 불살귀가 있어 그것이 그도 모르는 사이에 앞서의 두 건의 살인사건을 저질렀다면? 그가 아는 불살귀와는 달리 계획에만 머무르지 않고 실제로 저질러 버렸다면? 그럴 가능성이 있었다. 그러나 이 문제는 일단은 접어두기로 했다. 우선은 그가 아는 불살귀였다. 그것만으로도 버거웠다.

하주의 음성

불살귀의 살인계획서는 성냥불을 갖다 대자 화르륵 타올랐다. 하주의 무덤 앞에서였다. 선산에 자리 잡은 하주의 무덤은 어린 나이에 죽었으니 화장하고 재를 뿌리라는 친지들의 권유를 뿌리치고 선택이 고집을 피운 덕분이었다. 뜨거운 불에 죽은 아이를 시신이라 하더라도 또 뜨거운 불로 태울 수는 없었다. 타들어가는 살인계획서로부터 밀려나온 연기가 하주의 무덤 위로 흘러갔다. 그것들은 살아있는 영혼이라도 되는 양 춤을 추듯 무덤 위를 휘감아 돌다가 늦겨울의 잿빛 하늘로 흩어졌다. 그 하늘로 까치 두 마리가 앞서거니 뒤서거니 울어 젖히며 날아갔다. 잔설이 깔린 산등성이로는 스산한 곡소리를 흘리며 바람이 쓸고 지나갔다.

돌아오는 길에 혜리의 차 안에서 선택은 잠이 들었고 꿈을 꾸었다. 지하철 중앙역에 그가 있었다. 그는 검게 그을고 매캐한 연기가 흘러 다니는 지하 1층과 지하 2층의 대합실을 지나 지하 3층의 승강장으로 내려갔다. 잿더미가 되어버린 승강장에는 시커멓게 타 흉물스레 주저앉은 객차 앞에 하주가 서있었다. 다행히도 하주는 불에 탄 끔찍한 모습은 아니었다. 빨간 헤어밴드를 두른, 그날 집을 나서던 그 모습 그대로였다. 다만 그 커다란 스포츠 배낭은 메고 있지 않았다. 선택의 입이 벌어졌다. 선택이 하주에게로 달려갔다.

"이제 여길 떠날 수 있는 거야?"

하주는 방긋 웃으며 고개를 저었다. 선택에게서 순식간에 웃음이 사라졌다.

"왜?"

"왜냐면, 아직 할 일이 남았거든."

"남았다구? 그게 뭔데?"

"중앙역으로 와 아빠, 거기서 해야 할 일이야."

"지금 중앙역에 있잖아."

"아니, 지금처럼 꿈속에서 말고 깨어나서 중앙역으로 와야 돼. 응? 어, 그리고 올 때 말이야, 내 배낭 있지, 내 스케이트 넣어 다니던 거, 그것도 좀 갖고 와. 알았지 아빠."

어리광 부리듯 하주가 선택을 손을 잡고 흔들어댔다. 그 순간 잠이 깼다. 혜리의 차는 시멘트 포장이 깨져나가 울퉁불퉁 엉망인 골목길을 흔들흔들 오르고 있었다. 차가 부동산 전단지가 덕지덕지 나붙은 전봇대를 지나 막 우회전했을 때였다. 거구의 여인이 차를 가로막았다. 이 동네에서 꽤나 유명세를 타는 항아리를 든 길거리 예언녀였다.

"돌아왔군. 돌아왔어!"

여인이 항아리를 흔들며 소리쳤다. 항아리에서 피어오르던 연기도 흔들리면서 기묘한 모양새가 되었다. 지나친 상상인지는 몰라도 피골이 상접한 노파, 좀 더 정확히는 시빌라를 닮아있었다. 더구나 닮은 것은 연기만이 아니었다. 길거리의 예언녀는 허미타찰에서 미친년으로 불렸던 그 교주를 또한 닮아있었다.

"다신 가지 마라."

예언녀가 불항아리를 한 번 휘익 휘두른 뒤 골목으로 사라졌다. 선택으로선 또 약간의 혼란이 일었다. 허미타찰은 멀리 있지 않았다. 그의 세계에 허미타찰이 있었다. 덕분에 골목길을 다 빠져나와서야 그들이 집이 아니라 작업실로 가고 있다는 데 생각이 미쳤다.

"작업실엔 뭐하러?"

"당신 만나러 형사들이 와 있어."

형사들? 선택은 불살귀의 계획에 없던 두 건의 살인사건을 생각해냈다. 설마?

"형사들이 날 왜 만나?"

"당신 친구, 이광태라는 대학 동기가 어젯밤에 자살했대."

"자살? 광태가? 하지만 그게 나하고 무슨 상관이 있다고?"

"촛불 살인사건 말이야. 오늘 뉴스에도 나왔다는데, 그 사건 범인이 광태 씨라는 거야. 자기가 범인이라고 밝히고 자살했다나 봐."

"그-래?"

"응, 그 형사들 말로는 그래. 사실이라면 끔찍한 일이지. 당신 친구가 살인범이라니. 그것도 다섯이나 죽었잖아. 당신이 병원에 있는 동안에도 세 번이나 더 있었어. 그 전에 둘을 죽였고. 아무튼 그래서 뭐라나? 참- 고인 진-술 조사라는 거, 그거 좀 했으면 한다고. 광태 씨하고 당신하고 잘 아니까. 당신 깨어났다는 말 듣고 바로 전화했대. 좀 전에 당신 잠들었을 때 전화 왔었어."

그렇다면 일단은 안심이었다. 광태가 살인범이라는 건 놀라운 뉴스였지만 그에게서 해리된 또 다른 불살귀가 있어서 그가 걱정하던 그 두 건의 살인을 저지른 건 아니었다. 그래도 미심쩍은 데가 남았다. 허미타찰에서 그렸던 그림들이 떠올랐고 폐가 작업실로 그를 체포하러 왔었던 두 형사도 생각이 났다. 특히 넙적대대한 면상의 오 형사는.

"그런데 왜 하필이면 내 작업실에서 보자는 거야?"

"전화 왔을 때, 그때 광태 씨 작업실에 있다기에 당신 작업실로 오라고 했어. 거기서 가깝잖아. 나도 당신 작업실 안 가본 지 오래됐으니 한 번 들르기도 해야 할 것 같고, 그 형사들도 당신의 그 총 때문에 거기 뒤진 적 있어서 어딘지 알거든."

혜리가 뭐가 재밌는지 큭큭 웃음을 흘렸다.

"그 형사들 병원에도 몇 번 찾아왔었어. 당신 깨어났는지 알아본다며. 어떤 때는 당신 쿡쿡 찔러보기도 하고 그랬어. 그러다가 나한테 들켜 혼쭐이 난 적도 있어. 다시는 근처에도 오지 말라고 고래고래 소릴 질렀지. 총이라도 있으면 콱 쏴 버리겠다고."

선택은 그 두 형사가 누군지 짐작이 갔다. 짐작대로 작업실에는 익히 잘 아는 두 형사가 기다리고 있었다. 배 둘레가 만만찮은 얼굴 넓적한 오 형사와 어딘지 모범생 티가 풍기는 젊은 박 형사였다. 어색하게도 초면이라는 인사를 나눈 뒤, 자리를 잡고 앉자마자 오 형사가 질문을 시작했다.

"이광태와는 친하게 지낸 대학동기라면서요?"

"네."

선택이 일부러 짧게 대답했다. 오 형사의 넓적한 얼굴에 점처럼 찍힌 작은 두 눈이 선택을 재빠르게 훑었다.

"그럼 혹시 이광태의 가정사를 두고 이광태에게서 직접 들은 게 있는지 모르겠습니다?"

선택이 고개를 저었다. 그 즉시 정말이냐는 듯 오 형사가 두 눈썹을 치켜세웠지만 정말이지 정말이었다. 졸업 이후로는 광태와 자주 만나지도 못했을뿐더러 만나더라도 광태는 자신의 개인사는 여간해서 입에 올리지 않았다. 그런데도 왠지 자신이 거짓말을 하고 있다는 느낌이었다.

광태는 그 자신처럼 그에게 친숙했다. 그런 한편으로는 뭐하러 죽은 자의 가정사는 관심을 갖는지 의아하기도 했다. 선택의 생각을 알아차린 듯 오 형사가 박 형사에게 눈짓을 하자 박 형사가 모범생 이미지답게 차근차근 설명을 시작했다.

"이유가 있습니다. 제가 조사한 바로는 한창 잘나가는 화가였다가 갑자기 그림을 그만둔 뒤로 이광태의 가정사에 문제가 많았습니다. 술과 도박과 여자에 그때까지 번 돈을 모두 탕진하고 빚쟁이에 쫓겨 다니기도 했으니 당연하겠지만, 무엇보다도 아내와 딸에게 폭력을 자주 휘둘렀답니다. 그 정도가 꽤 심각할 정도로요. 종내는 견디지 못한 아내가 딸과 함께 아파트에서 뛰어내려 버렸지요. 그 일로 아내는 현장에서 사망하고 딸은 겨우 살아남았는데 하반신 불구로 외할머니와 함께 살아가고 있다고 합니다. 오 형사님께서 이광태의 비극적인 가정사를 궁금해하는 이유도 바로 이 아내와 딸에게 닥친 불행 때문이죠. 이 불행이 이광태를 완전히 바꾸어놓은 것 같더군요. 그것이 이광태가 다섯 건의 살인을 저지르고 자살까지 하게 만든 원인이라고 우리는 보고 있습니다. 살해당한 자들이 하나같이 아내와 딸에게 못된 짓을 저지른 자들로 하는 짓이 이광태와 꽤 닮은 자들이었습니다. 뭐랄까? 일종의 속죄의식 같다고나 할까요. 자신과 닮은 자들을 죽임으로써 자신을 벌하려는 속죄의식. 살해 현장에 촛불을 켜놓은 것도 그 때문이겠지요. 하지만 그런 희생양을 통한 속죄의식도 한계에 다다랐는지 마침내는 자신을 죽이는 것으로 그 속죄의식의 대미를 장식하며 종지부를 찍은 겁니다."

박 형사가 오 형사의 눈치를 잠깐 살폈다가 계속했다.

"이런 과정에서 특이하게도 이광태는 자신의 속죄 행위를 자신의 그림과 함께했다는 겁니다. 자신이 죽인 자들을 그림에 등장시킨 겁니다. 피

흘리고 죽어가는 자들 말이죠. 제가 문의해본 미술 평론가에 의하면 이광태는 피살자들을 죽이는 그 행위를 그림으로 형상화함으로써 자신의 속죄의식에 영원성을 부여하려 했던 거라고 하더군요. 문외한인 저로서야 쉽게 이해가 가지 않는 설명이지만, 이광태는 마지막 그림에서는 죽어가는 자신을 그려놓고 자기 몸을 칼로 찔러 그 상처에서 쏟아져 나오는 피를 그림에다 바르고 뿌려댔습니다. 피로 완성한 그림이라고나 할까요. 뭐라든, 그 그림으로 이광태는 자신의 속죄의식을 완성하고 그것에 영원성까지 부여했다고 해도 될 것 같더군요. 참 대단하지 않습니까? 속죄의식의 완성과 또 그것에 영원성의 부여라니."

　박 형사가 슬쩍 선택을 비껴 보았다. 내색이야 않았지만 선택은 마음속으로 움찔했다. 두말할 필요 없이 광태의 개인사는 바로 자신의 이야기였다. 그의 또 다른 인격체로 그 자신이나 마찬가지인 불살귀는 실세계에서는 살인계획을 세웠었고 비록 허미타찰에서였기는 하나 그것을 실행에 옮겼으며, 그 또한 허미타찰에서 불살귀에 의해 살해된 자들을 그림으로 그렸었고, 예술의 완성이라는 미명을 갖다 붙이긴 했으나 종내는 자신의 죽음으로 속죄의식을 마무리 지으려 하지 않았던가. 차이가 있다면 광태는 죽었고 그는 살아있다는 점이었다.

　"절친해서 그런지, 이광태와 양 선생님 서로 닮은 데가 제법 많습디다."

　오 형사가 나섰다. 그제야 선택은 오 형사가 줄곧 그를 예의 주시하며 관찰하고 있다는 사실을 알아차렸다. 선택이 살짝 긴장했다.

　"닮─은 데라면?"

　"제가 조사해본 바로는 이광태나 양 선생님이나 가족의 불행에, 그러니까 이광태는 아내의 죽음과 딸의 반신불수가 되겠고 양 선생님은 딸

의 죽음이 되겠지만 하여튼 가족의 불행에 자신의 책임이 있다는 죄의
식에 늘 시달려왔던 것 같습니다. 아! 물론 대학 동기이면서 화가라는
건 말할 것도 없고, 둘 다 폭력적 성향을 드러내기도 한다는 점에서도
또한 그렇고. 이건 선택 씨의 정신병원 기록에 나와 있습니다. 몇 번이
나 자해 소동을 벌였다고. 그리고 걸어갈 수 있는 가까운 거리에 둘이
작업실을 갖고 있는 것도 말하자면 그렇고. 무엇보다 둘 다 자살을 했
다는 거, 한쪽은 성공하고 한쪽은 실패하긴 했지만. 이 자살이란 것이
혹시 사전에 둘이서 서로 얘기된 게 아닌가 싶기도 하고."

"뭐라는 거예요?"

혜리가 발끈했다.

"우리 남편이 공범이라도 된다는 말이에요?"

오 형사가 혜리를 멀뚱히 쳐다보다가 뒤통수를 벅벅 긁었다. 그는 얼
른 뒤로 한걸음 물러났다.

"아니요, 뭐 말이 그렇다는 겁니다. 오해 마십시오."

"말이 그렇다는 게 아니라 말이 그렇잖아요."

혜리가 말꼬리를 물고 늘어졌고, 오 형사는 기름지고 넉살좋은 얼굴
위로 겸연쩍은 웃음을 흘렸다. 한편 박 형사는 먼산바라기로 딴청을 부
렸다. 한눈에도 이런 치고받기가 처음이 아님을 알 수 있었다. 그리고
두 형사의 태도로 미루어 형사들이 물증이든 심증이든 선택을 의심해
서 찾아왔다기보다는 뭐든지 되는 대로 건드려 본다는 심보로 그저 한
번 찔러보러 들렀음이 분명했다. 선택은 겨우 안심을 했다. 오 형사가
어깨를 움츠리고 두 손을 마주 비비며 화해를 청하듯 선택에게 말을 걸
어왔다.

"어쨌건 이광태의 마지막 그림, 문외한인 내가 봐도 정말 대단합디다.

사건 현장에서 그 그림을 처음 딱 대하는 순간 전율이 온몸을 쫘악 훑고 내려가는데, 그 자리에서 꼼짝 못하겠습디다. 더구나 그건 나만 그런 게 아니었다는 거요. 본 사람들마다 소름 끼치는 전율에 빠졌다고 합디다. 진짜 예술이 무엇인지 이제야 알 것 같다고."

광태의 그림을 보지 않고도 충분히 상상이 갔다. 그도 허미타찰에서 그림에다 자신의 피를 뿌렸다면 그 같은 최고의 작품을 완성할 수 있었을 것이다. 그렇다고 허미타찰에서의 결정을 후회하는 건 아니었다. 선택이 말했다.

"예술은 얻었겠지만 삶은 잃었죠."

"그렇더라도 그런 걸 하나 세상에 남겨놓고 죽는 것도 괜찮지 않나요?"

박 형사였다. 그는 꽤나 진지한 얼굴을 하고 있었다. 선택은 무어라 반박할 수 없었다. 막상 말은 뱉어놓았으나 확신이 서지 않아서였다. 그도 그 같은 생각을 한 적이 있었고 아직도 약간은 미련이 남고 혼란스럽기는 마찬가지였다.

"더군다나 그림 하나에 10억을 넘겼다면 말이지."

두툼한 목을 슬슬 문지르며 오 형사가 박 형사를 거들고 나섰다.

"얼마라고? 우리도 방금 들었는데, 하나는 10억-7천9백만, 다른 건 10억-8천만. 난 평생을 가도 못 만져볼 돈을 그림 하나로 벌었잖아."

"벌써 팔렸다는 겁니까? 오늘 아침에 자살했다는데?" 선택이 물었다.

"인터넷 경매. 자살하기 전에 서울옥선인가 하는 미술품 경매회사에 전화를 했다고 합디다. 원래 그 경매회사에 보내기로 예정된 그림이었는데 완성되었으니 당장 가져가라고. 촛불 살인사건의 범인이 자기라고 밝히면서 말이오. 워낙 유명한 화가니 새벽같이 달려왔는데 와보니 이광태는 죽어있었고, 사람이 죽은 사건 현장이라 그림은 가져가지 못하고 사진만 찍어서 그 사진으로 바로 경매에 올린 거요. 우린 그 경매회사에서 알려주어서야 이광태가 범인이란 것도 그가 죽었다는 것도 겨우 알 수 있었고."

"아무리 그래도 그렇게 급하게…."

"이광태의 요구사항이었다오. 오늘 당장 경매에 올리라고. 요 일 년 사이에 우리나라에서 제일 잘나가고 유명한 화가가 이광태일거요. '폐가에서 작업하며 살인을 옹호하는 기인작가 이광태'라고. 그러니 들어줘야지. 경매회사로서도 손해 볼 건 없고. 작가의 요구라고 내세워 따끈따끈할 때, 온통 TV야 신문이야 떠들어댈 때 팔아치우는 거지. 댁들은 바빠서 뉴스도 듣지 못했는지 모르겠지만 오늘은 온 나라가 이광태 이야기요. 한데 재미있는 건 또 있소. 이광태가 10억을 넘기지 않으면 유찰시키겠다고 했다는 거요. 죽을 사람이 뭐하러 10억 이상을 꼭 받아야 된다고 고집을 부렸는지 모르겠소. 하여튼 예술가란 인간들은 별종들이야. 도통 이해를 못하겠다니까."

오 형사가 꼭 선택에게 불만이 있는 것처럼 불퉁한 얼굴로 의자에서 몸을 일으켰다. 박 형사도 따라 일어섰다.

"언제 서에 한번 출두해야 할 겁니다. 그 권총 문제로."

짧게 한마디 던지고 두 형사는 작업실을 빠져나갔다. 그들의 뒷모습을 지켜보며 선택은 생각했다. 경매회사에 전화를 건 사람은 광태가 아니라 광태와 계약을 맺은 도깨비가 틀림없다고. 그림값 10억이 광태가 도깨비와의 계약조건이었다. 광태와 계약을 맺은 도깨비도 약속을 지켰고 광태도 약속을 지킨 셈이었다. 광태의 경우 자신의 죽음으로.

이 죽음이 선택에게 생각할 거리를 던졌다. 광태는 속죄로 죽음을 선택한 셈이었다. 사실이지 그런 죄의식은 그림으로 치유되거나 속죄될,

또는 대속죄인을 죽일 계획을 세우거나 혹은 죽임으로써 해결될 성질의 것이 아니었다. 오직 자신의 죽음으로서만 치유되고 속죄되는 것이었다. 사실 도깨비와 목숨을 담보로 계약을 맺었었던 광태가 그림을 다시 시작했다는 것부터가 자신의 죽음으로 속죄하려는 의도였다. 10억을 넘긴 그림값으로는 반신불수인 딸의 양육비 마련도 동시에 꾀하면서. 아니 실은 딸의 양육비 마련을 위해 자신의 목숨을 걸고 그림을 다시 시작했는지도 몰랐다. 그것이 가장 확실한 속죄가 되면서도 가장 현실적이고 실속 있는 속죄가 될 테니까. 그래서 한 점이 아니라 두 점을 동시에 작업했는지도. 하반신 마비의 딸에게 더 많은 돈을 남겨주기 위해서.

따지고 보면 그 또한 광태와 별반 다르지 않았다. 비록 허미타찰에서의 행위였긴 해도 자신의 예술과 목숨을 하주를 위해 내놓음으로써 하주에 대한 스스로의 짐을 덜었다. 게다가 그 10억, 푸두리와의 계약 조건으로서의 그림값인 10억 그것은 하주가 피겨를 하는 데 필요한 금액이 아니었던가. 말하자면 그는 마음으로나마 그 나름의 속죄를 한 셈이었다. 비록 하주를 홀홀 털어버릴 수 있을 정도는 아니었을지라도.

그에겐 할 일이 남아있었다. 하주를 만나러 중앙역으로 가야 했다. 허미타찰도 아니고 현실의 중앙역에서 하주를 만날 수 있을지 스스로도 의심스러웠지만 하주가 하라는 대로 하기로 했다.

"집에 들렀다가 중앙역에 내려줘."

혜리가 고개를 돌려 선택을 빤히 쳐다보았다. 혜리는 운전 중이었지만 마침 신호 대기에 걸려있었다. 몇 초를 그렇게 쳐다만 보다가 입을 뗐다.

"뭐하러?"

"왜냐면….'

선택은 작업실에 이르기 직전에 꾸었던 꿈을 들려주었다. 혜리는 말없이 듣고만 있다가 이야기가 끝나자 물었다.

"중앙역에 갈 수 있겠어?"

"갈 수 있을 거야. 이미 가본 적이 있거든."

혜리는 허미타찰에서의 일을 들어서 알기에 미소를 지었다. 그러나 불안이 가시지 않은 미소였다. 마침 신호가 떨어졌고 혜리는 차를 출발시켰다. 신천대로로 올라서기 위해 반월당에서 우회전하여 차를 꺾었을 때 선택이 말했다.

"나 혼자 가야 해."

한참 동안 혜리는 말이 없었다. 그러다 천천히 고개를 저었다.

"아니 나하고 같이 가."

"하지만…"

"알아, 당신 문제이고 그러니 당신 혼자 해결해야 된다는 거. 그렇지만 나는 당신의 유일한 가족이고 가족은 남이 아니잖아. 내가 말하지 않았어? 오늘 아침 당신이 깨어나기 전에 당신이 날 불렀다고. 당신이 그런 건 이유가 있어서야. 그리고 나도 내 딸이 보고 싶어."

억양은 강하지 않았지만 그 내면은 단호했다. 허미타찰에서 불길로 뛰어든 혜리를 막지 못했듯 지금도 혜리를 막을 수 없을 것 같았다. 진심을 말하자면 막고 싶지 않았다. 함께 가고 싶었다. 하지만 리벨룽은 중앙역으로 혼자 가라고 했었다.

"리벨룽이 혼자 가라고 한 건 몸을 두고 하는 말이 아닐 거야. 마음을 두고 하는 말일 거야."

혜리의 말은 가벼운 충격을 주었다. 작은 깨달음이 던지는 충격이었다. 혜리는 여태껏 그가 알아차리지 못했던 것을 꿰뚫어 이해하고 있었다. 중앙역으로 혼자 가서 불살귀를 대면하라는 것은 피하지 말고 자신과 대면하는 용기를 가지라는 것이지 혼자 싸우라는 건 아니었다. 그의 싸움을 돕고자 하는 이들이 있다면 누구라도 함께할 수 있었다. 실은 함께해야 했다. 리벨룽이 혼자 가라고 한 건 반어법적 의미가 담겨있는지도 몰랐다. 못난 놈, 넌 지금까지 혼자서 해결하겠다고 끙끙대고만 있었어! 라고. 그때 리벨룽의 말투도 나무라는 듯한 말투이지 않았었나.

선택은 더는 고집을 부리지 않았다. 혜리는 묵묵히 집으로 차를 몰았다. 두 사람은 하주의 방에 들러 옷장 속에 고이 모셔둔 하주의 스케이트가 든 배낭을 꺼내 들고 중앙역으로 향했다. 승용차가 아닌 지하철로 갔다. 지하철역 입구에서 잠깐 주저가 있었지만 별다른 어려움은 없었다. 한편으로는 어서 하주를 보고 싶다는 마음이 앞서기도 했다.

열차가 중앙역에 도착하고 슬라이딩 도어가 열렸다. 선택이 혜리와 나란히 내렸다. 그들 바로 앞 승강장 벤치에 하주가 앉아있었다. 감사하게도 불에 탄 모습이 아니었다. 꿈에서도 보았듯 그날 집에서 나서던 그 모습 그대로였다.

"하주야!"

우뚝 멈추어선 혜리가 잠긴 목소리로 딸을 불렀다. 선택이 혜리를 보았다가 하주를 보았다.

"당신도 보여?"

"당연하지 내 딸인데."

혜리는 달려가 하주를 끌어안고 한참을 어루만지고 쓰다듬다가 벤치에 앉았다. 선택도 하주를 가운데 두고 앉았다. 막 열차에서 내렸거나

타려는 승객들이 그들을 이상하다는 눈으로 흘낏대며 지나쳤다.

"난 엄마아빠한테만 보여. 그래서 그러는 거야. 딱 오늘만이야. 내가 할 말이 있고 해야 할 일이 있어서 그래."

"말해, 뭐든지. 다 들어줄게."

헤리가 하주를 또 힘주어 안았다. 하주는 한동안 포옹에 몸을 맡기고 있다가 헤리의 팔을 풀어내고는 허리를 곧게 펴고 선택과 눈을 맞추었다. 이런 모습에서 하주는 12살의 어린아이가 아니었다. 몸은 12살이지만 죽은 후에도 정신은 나이를 먹어 어엿한 성인이 되어있었다. 선택은 왠지 부끄러웠다. 그만이 제자리에 멈추어있는 것 같았다. 하주가 괜찮다는 듯 방긋 웃었다.

"아빠한테 할 말 있어."

선택이 하주를 따라 웃음을 지어보였다. 어서 해보라는.

"잘 들어 아빠. 아빠 이제 나한테 미안해하지 마. 내가 아빠한테 불살귀를 죽이라고 한 건 나에 대한 미안함과 죄의식 같은 것들을 버려달라는 거였어. 왜냐면 불살귀는 아빠의 그런 마음에 붙어 살아가고 있거든. 그리고 불살귀를 죽이면 내가 여기서 벗어날 수 있다는 건 아빠가 나에 대한 미안함과 죄의식을 버리지 못하고 나에 대한 집착에 매여있으니 내가 못 떠나고 있다는 말이었어. 내가 못 떠나는 것이 아니라 아빠가 날 못 떠나게 붙잡고 있다는 거야."

전율이 몸을 훑고 지나갔다. 하주가 중앙역을 못 떠나는 것이 아니라 그가 하주를 떠나지 못하도록 붙잡고 있다? 깨닫고 보니 너무도 당연했다. 불살귀가 그의 죄의식에 뿌리를 두고 있는 만큼 불살귀를 죽인다는 것은 죄의식을 버려야만 가능하고, 죄의식을 버린다는 것은 하주를 향한 집착을 버리고 하주를 놓아준다는 것을 의미하며, 그것은 그가 마음으로 중앙역에다 묶어놓았던 하주가 그곳을 떠날 수 있음을 의미하는 거였다. 달리 표현하자면 하주를 중앙역에서 놓아주는 것이 아니라 그가 마음으로부터 중앙역에서 놓이는 것이었다. 죄의식을 버림으로써. 하지만 어떻게? 하주는 그 때문에 죽었는데 어떻게 죄의식을 버린단 말인가? 어떻게 하주를 놓아준단 말인가?

하주가 선택의 손등을 톡톡 두드렸다.

"아빠 벌써 반은 날 놓아줬어. 여기 중앙역으로 날 찾아온 게 그거야. 10년 만이지? 아빠가 여기 오는데 딱 10년 걸렸어. 그게 그렇게 어렵고 힘들었어? 그래도 암튼 왔어. 이제 조금만, 하나만 더 하면 돼."

"뭘? 뭘 하면 되는 거야?" 선택이 물었다.

"나 좀 데려다줘."

"데려다 달라고? 어디로?" 선택보다 혜리가 먼저 물었다.

"가까운 빙상장 아무 데나 데려다주면 돼, 엄마."

"빙상장?"

"응, 빙상장."

"거긴 왜?"

"나 신나게 스케이트 한번 타보고 싶어. 내 스케이트 가져왔지?"

선택이 하주의 스포츠 배낭을 열고 스케이트를 보여주었다. 하주가 손을 뻗어 손가락 끝으로 스케이트를 어루만졌다. 눈이 반짝하고 빛났다. 그 반짝임을 그대로 하주가 고개를 들었다.

"아빠, 아빠 전화기 가져왔어?"

"전화기? 응, 있어."

선택이 윗도리 주머니를 뒤져 전화기를 꺼냈다. 10년이 넘은 낡고 오래된 피처폰 전화기. 하주가 그 전화기도 손가락 끝으로 어루만졌다. 하주가 방긋 웃었다. 하주가 발딱 일어섰다.

"빨리 가자. 얼른 스케이트 타고 싶어. 10년 동안 못 타봤잖아."

선택도 혜리도 따라서 일어섰다. 그러나 그들이 막상 걸음을 떼어 놓았는데도 하주는 움직이지 않았다. 오도카니 그 자리에 서 있기만 했다.

"왜? 왜 그래, 안 갈 거야?"

혜리가 물었지만 하주는 고개만 저을 뿐 그대로 서 있었다. 표정으로 짐작건대 무엇을 기다리고 있는 눈치였다. 그것도 선택에게. 선택은 그것이 자신의 손임을 바로 알아차렸다. 10년 전 딸의 손을 붙잡지 못했던 그 손을 하주는 기다리고 있었다. 선택은 망설였다. 그 손은 하주 대신 하주의 배낭을 잡았던 죄 많은 손이었다. 쉽게 하주에게 내밀 수 있는 손이 아니었다.

"아빠."

하주가 재촉했다. 혜리도 그의 어깨에 가만히 손을 얹었다. 가족의 격려였고 혜리가 함께 온 이유였다. 더 이상 자책하고 주저할 필요는 없었다. 선택이 죄 많은 그 손을 내밀었다.

"가자, 하주야."

냉큼 하주가 그 손을 잡았다. 혜리의 손도 잡았다. 셋은 나란히 걸어 갔다. 선택은 걸음을 떼놓으며 하주의 손을 쥔 손에 힘을 주었다. 다시 는 어떤 일이 있어도 절대로 그 손만은 놓지 않겠다고.

그들은 중앙역을 빠져나와 택시를 잡아타고 수성아이스링크로 향했 다. 하주를 가운데 두고 뒷좌석에 나란히 앉은 선택과 혜리는 빙상장에 이르기까지 하주의 손을 놓지 않았다. 손은 빙상장에 들어서고 나서야 놓았다. 그곳에는 주로 초등학생들이 한창 피겨스케이트를 연습 중이었다. 하주는 스케이트를 신자마자 그 모습이 어느새 상하 검은색의 타이츠와 쫄티의 연습복장으로 바뀌었고 바로 그들 속으로 섞여들었다. 하주는 몸을 풀며 링크를 몇 바퀴 돌고 나서 피겨 기술들을 선보이기 시작했다. 먼저 스핀으로 시작했다. 스탠딩 스핀에 이어 싯 스핀과 카멜 스핀까지 완벽하게 구사해냈다. 하주는 5월의 만개한 꽃처럼 활짝 웃으며 선택과 혜리에게 손을 한 번 흔들어 준 뒤, 스파이럴 시퀀스에 들어갔다. 바람의 흐름을 타고 나는 새처럼 혹은 깊은 바다를 유영하는 물고기처럼 하주는 유연하고도 부드럽게 엣지를 바꿔가며 얼음판 위를 길게 미끄러졌다. 아름다웠다. 하주의 스케이팅이 저렇게도 아름다울 수 있다는 데 새삼 놀라울 뿐이었다.

다음은 점프였다. 먼저 엣지 점프로 살코와 룹을 3회전인 트리플로 가볍게 성공시키더니 뒤이어 2회전인 더블 악셀을 구사했다. 착지가 약간 불안하게 흔들렸지만 엣지는 정확했고 비거리나 점프 높이도 괜찮았고 회전 수도 제대로 나왔다. 링크를 몇 바퀴 천천히 도는 것으로 호흡 조절을 한 하주는 토우 점프를 시도했다. 토룹과 러츠는 완벽하다고는 할 수 없지만 감점 요소는 찾아볼 수 없을 정도로 무난했다. 남은 것은 플립이었다. 하주가 가장 어려워한다는 그 플립. 그러나 하주는 주저하지도 망설이지도 않았다. 전속력으로 얼음판을 미끄러지다 과감한 턴으로 진행을 후진으로 바꾸었다. 잠깐 그렇게 후진으로 엣지를 조절하며 나아가던 하주는 그 속도를 그대로 유지한 채로 토우를 찍고 빙판 위를 훌쩍 날아올랐다. 그 비상은 봄날 날갯짓하는 나비와도 같이 부드러우면서도 수면을 차고 튕겨오르는 제비처럼 날카로웠다. 그 나비이면서 제비인 하주는 무대 위의 발레리나처럼 우아하게 공중 3회전을 돈 뒤 스펀지 위로 떨어지듯 사뿐 얼음판 위로 내려앉았다. 도약과 착지에서의 엣지, 점프 높이, 비거리, 회전 수, 연기에 있어서의 폭발적 에너지와 예술적인 우아함과 부드러움, 전부가 완벽했다. 완전 그 자체였다.

"맙소사!"

혜리가 거의 비명을 질렀다.

"우리 딸 최고야! 김연아보다 더 나아. 김연아가 울고 가겠어, 울고 가! 저건 플립 점프의 교과서야, 교과서라고! 신이 찍어낸 교과서!"

혜리가 열광을 담아 손뼉을 쳤고 선택도 미친 듯이 쳤다. 하주는 두 팔을 번쩍 쳐들고 손을 흔들면서 선택과 혜리에게로 미끄러져 다가왔다.

"엄마 아빠 나 어때?"

"최고야 최고! 우리 딸 최고!"

"퍼펙트야! 너무 멋져! 어떻게 그렇게 할 수 있는 거니?"

선택과 혜리가 호들갑을 떤다 싶게 손들을 펜스 위로 요란스레 흔들어대며 하주를 맞았다. 하주는 빙판에 선 채로 두 팔을 펜스 위로 뻗어 선택과 혜리의 손을 마주 잡아주며 활짝 웃었다. 그러나 그 웃음은 곧 처연한 미소로 바뀌었다. 애달픔과 안타까움이 그 미소에 배어있었다. 선택과 혜리의 얼굴이 굳어졌다.

"엄마 아빠 나 이제 가야 해."

"어디로?"

하주는 대답하지 않았다. 선택과 혜리도 더는 묻지 않았다. 선택은 다른 걸 물었다.

"중앙-역을 떠날 수 있는 거야?"

이번엔 기쁨인지 슬픔인지 모를 미소가 하주의 입가에 걸렸다.

"아빠, 나 벌써 거기서 떠나왔어. 아까 엄마하고 아빠가 내 손을 잡고 거기서 날 끌어내 줬잖아. 그걸로 거길 떠난 거야."

약한 충격 같은 것이 선택을 쳤다. 그랬었다. 그와 혜리가 하주를 지하철 중앙역에서 끌어낸 거였다. 둘이서 하주의 손을 잡고서. 그들이 잡은 하주의 손은 10년 전 그날 선택이 놓쳤던 바로 그 손이었으며, 선택은 혜리와 더불어 하주의 손을 10년 만에 잡아주었고, 그 잡은 손을 이끌고 하주를 중앙역에서 끌어내 주었다. 10년 전 그때 하지 못했던 것을 10년이 지난 이제야 해낸 거였다. 가슴이 먹먹했다. 코가 찡해왔고 눈가도 흐려졌다. 그 눈가를 손으로 찍어 누르려는데 하주가 선택의 손등을 톡톡 두드렸다. 하주의 손을 잡고 중앙역 바깥으로 이끌었던 그 손의 손등이었다.

"이제 아빠 차례야. 아빠 전화기 꺼내봐."

"전화기?"

되묻는 선택의 목소리가 심하게 떨렸다. 하주가 왜 전화기를 꺼내보라는지 선택은 그 말을 듣는 순간 바로 알았다. 또한 왜 10년이 넘은 그 오래된 전화기를 바꾸지도 않고 어디를 가든 몸에 지니고 다녔는지도 지금 이 순간 바로 알았다. 거기엔 하주의 음성이 있었다. 그날 숨이 끊어지기 직전 그에게 남긴 마지막 음성이었다. 선택은 목소리만큼이나 떨리는 손으로 전화기를 꺼낸 뒤 하주를 보았다. 하주가 고개를 끄덕였다. 다음으로 혜리를 보았다. 혜리도 고개를 끄덕였다. 선택은 또 알 수 있었다. 혜리가 하주의 그 음성을 들었었다는 사실을. 그가 의식을 잃고 병원에 누워있는 동안 아마도. 선택은 전화기의 폴더를 열고 몇 번을 잘못 버튼을 누르는 실수를 거듭한 뒤에야 딸의 음성을 찾아내 음성 듣기 버튼을 누를 수 있었다. 아우성과 외침과 발로 차거나 죽으라고 두드려대는 소음에 섞여 하주의 헐떡이는 음성이 전화기로부터 흘러나왔다.

"아빠! 아빠 어디 있어? 어디 있는 거야? 아무것도 안 보여. 뜨거워. 아빠, 너무 뜨거워. 숨을 못 쉬겠어. 아빠, 나 죽을 거 같아…. 어딨는 거야, 아빠. 나 여기 있어. 이리로 와줘. 왜 날 놔두고 간 거야. 왜 내 배낭만 끌고 간 거야. 어서. 아빠, 어서…."

하주의 헐떡임은 더 거칠어지고 급해지다가 급기야는 목소리가 끊어져버렸다. 그렇게 몇 초나 지나 거의 숨이 넘어가는 하주의 목소리가 끊어질 듯 이어지며 다시 들려왔다.

"아-빠 미안해…. 아깐 너무 화가 나서 그랬-어…. 난 아빠 그림이 좋아. 누가 뭐래도… 아빤 내겐 최고의 화가야…. 아빠 보고 싶-어…. 아빠 엄-마도 보고 싶어…. 아빠, 나 구하러 오지 마. 오면 안 돼. 그러면 아-빠도 죽어. 아빤 살아야 돼. 아빤 죽지 마, 죽으면 안 돼. 꼭 살아서 좋-은 그림 그려…."

하주의 음성은 여기서 끝이 났다. 선택이 전화기를 쥔 채로 두 손으로 얼굴을 감싸 쥐었다. 목 아래가 뜨거워지고 눈에서는 눈물이 입에서는 흐느낌이 새어 나왔다. 혜리가 그의 어깨를 감싸 안았다. 혜리도 흐느끼기는 마찬가지였다. 주변의 시선은 아랑곳하지 않고 둘은 그렇게 한참을 소리 내어 울었다. 마침내 눈물도 멎고 흐느낌도 가라앉고 터질 것 같은 가슴도 진정되었을 때 선택은 얼굴을 들었다.

하나의 깨달음이 그의 의식을 깨웠다. 그가 네 번의 자살 시도에서도 살아남게 만든 근원적 힘, 불살귀를 만들어내 그가 죽음으로부터 한 발 물러서게 하고, 네 번째 마지막에는 총구마저 돌리게 만들었던 그 근원적 힘에 대한 깨달음이었다. 그것은 하주의 목소리였다. '**아빠 죽지 마, 죽으면 안 돼.**' 딸의 이 명령은 그가 총구를 관자놀이에 갖다 대는 순간 매번 들려왔었다. 그 기억이 전화기에 저장된 하주의 음성을 듣고서야 온전히 되돌아왔다. 용기가 없어 자살을 못 하고 불살귀를 만들어낸 것이 아니었다. 바로 이 목소리가 그를 죽지 못하게 했고, 불살귀를 만들어내도록 했다. 그 목소리가 들린 순간부터 선택은 선택이 아니었고 권총을 쥔 그의 손은 그의 통제에서 벗어났었다. 하주가 그를 살린 것이다.

왠지 마음에 남았던 불살귀의 자조적이고 자학적인 비웃음도 이 때문이었다. 그 비웃음은 월암골 동굴 앞에서부터 시작되어 중앙역에서 선택에게 빨려들 때까지 사라지지 않았었다. 심지어는 그를 죽일 가능성을 찾았다고 협박하면서도 그것을 떨치지 못했다. 그 이유는 자명했다. 불살귀는 알고 있었던 것이다. 하주의 이 목소리가 사라지지 않는 한 선택을 죽이지 못하리라는 사실을. 또한 같은 이유로 불살귀는 선택을 죽이는 데 그다지 적극적이지 않았었다. 다른 방법으로 쉽게 선택을 처치할 수 있었음에도 목만 졸라댔었다. 향월암에서 그랬다. 내심으로는 선택을 죽일 수 없음을 알고 있었던 것이다. 비록 그땐 하주의 명령을 기억해내지 못했을지라도. 그리고 그 목소리는 이제 영원히 사라지지 않을 터였다. 다시는 기억에서 지워버리지 않을 테니까. 선택이 하주를 마주보았다.

"네 음성 그날 실려 간 병원에서 들었어. 그렇지만 그 뒤 기억에서 지워버렸다. 부끄럽고 미안해서. 그리고 이제야 알았다. 내가 왜 날 죽이는 일에 실패했었는지. 왜냐면 네가 죽지 말고 꼭 살아야 한다고 했으니까. 권총을 내 머리에 갖다 댔을 적마다 '아빠 죽지 마, 죽으면 안 돼.'라고 네가 소리쳤으니까. 그래서 불살귀도 만들어냈던 거였어. 나 대신 다른 놈을 죽이라고. 허미타찰에서도 그랬어. 불살귀에게 죽임을 당하기 직전에는 꼭 너의 그 목소리가 들렸고 그때마다 어떻게든 위험에서 빠져나왔어."

선택이 고개를 떨어뜨렸다가 들어올렸다. 눈자위가 다시 붉어졌다.

"차라리 네가 나를 원망했더라면, 널 버리고 혼자 달아난 나를 미워했더라면 난 쉽게 고통을 끝낼 수 있었을 거야."

"바보 같은 소리 마, 아빠!" 하주가 쥐어박듯 소리쳤다. "아빠 나하고 약속해. 다신 그런 짓 안 할 거라고!"

선택이 애써 미소를 지었다. 당연히 그런 짓 다시는 하지 않을 것이다. 아니다, 할 수가 없었다. 죽지 말고 살라는 딸의 명령이 이제부터는 그의 뇌리에서 지워지지 않을 테니까.

"그래 약속해. 다신 그런 짓 안 할게. 다시는."

하주가 방긋 웃고는 손을 내밀었다.

"아빠, 전화기 줘."

선택은 하주가 무엇을 하려는지 알았다. 10년의 역사를 끝내려 하고 있었다. 그리고 그 끝남이 무엇을 의미하는지도 알았다. 선택은 망설였다. 하주가 손바닥을 위아래로 흔들며 재촉했다. 선택이 혜리를 보았다. 혜리는 눈 끝과 입술 끝으로 미소만 지어보였다. 전화기를 주어야 했다. 선택이 전화기를 쥔 손을 내밀었다. 하주가 전화기를 받아들었고 하주는 날렵하게 손가락들을 움직여 자신의 음성을 지운 뒤 전화기를 선택에게 넘겨주었다. 그리고 하주에게서 그 처연한 미소가 되살아났다. 하주는 떠나려 하고 있었다. 음성마저 지워진 하주는 더는 이곳에 머물 수가 없었다. 마음이 급해졌다. 하주에게 해줘야 할 말이 있었다. 지금 아니면 기회가 없었다.

"하주야."

"응. 왜?"

"하고 싶은 말이 있어."

"말해봐 아빠. 뭐든지."

"그때 그 전지훈련비 말이지. 천만 원, 내가 서울서 개인전 연다고 써버린 거. 그래서 네가 전지훈련 못 갔잖아."

"응, 기억나. 그게 왜?"

"변명 같지만, 실은 개인전 열어서 그림 팔리면 네 훈련비에 넉넉히 보태주려고 했던 거였어. 주위에서 내 그림 좋게 봐주고, 친구들 중 몇몇은 사주기도 하니까 될 거라고 생각했어. 결과는 아니었지만. 그렇게 된 거였어. 미안해. 괜히 나 때문에…"

그만하라는 듯 하주가 선택의 손등을 토닥토닥 두드렸다.

"알아 아빠. 다 알고 있었어. 그런 것도 모르고 있을 줄 알았어? 말은 안 해도 아빠가 날 위해 많이 애쓴다는 거 다 알고 있었어. 그땐 내가 괜히 심통 나서 그런 말 했던 거야. 그리고 아빠가 왜 날 미워하는 것처럼 대하는지도 다 알고 있었어. 왜냐면 사랑하는 것보다 미워하는 게 아빠한텐 덜 힘들었거든."

선택은 거의 눈물을 흘릴 뻔했다. 이렇게 속이 꽉 찬 아이였다니.

"아빤 참 못난 사람이었다. 살아남을 자격도 없는."

"아니야." 하주가 또 선택의 손등을 두드렸다. "아빤 그 방법을 몰랐을 뿐이야. 어, 아빠한테 묻고 싶은 게 있어. 방금 생각났어. 뭐냐면, 누군가를 사랑한다는 거 말이야. 그 사람이 죽은 사람이라 하더라도 누군가를 사랑한다는 거, 그게 무슨 의민 줄 알아?"

이것은 허미타찰을 떠나오기 직전 푸두리가 던진 질문이었다. 푸두리는 그가 죽은 하주를 사랑하는 것이 그에게 무슨 의미를 갖는지를 물었었다. 그때도 그랬지만 지금도 그 답을 알 수 없었다. 하주가 기다리지 않고 답을 말했다.

"아빠, 그건 삶을 사랑한다는 걸 의미하는 거야. 삶을 사랑하기 때문에 누군가를 사랑할 수가 있는 거거든. 삶을 사랑하지 않는 사람은 누구도 사랑 못 해. 아빠, 내 말 무슨 뜻인지 알겠지?"

바로 알아들었다. 하주는 그에게 살아가라고 말하고 있었다. 자기를 사랑한다면 죽지 말고 살아가라고. 그의 전화기에 음성으로 남겼던 부탁이요 명령을, 이제 그것은 지워졌지만 다시금 확인시켜주고 다짐받고 있었다.

"아빠, 나 가야돼."

하주가 선택의 손을 쥐었다가 놓았다. 하주를 더 붙잡을 거리가 뭐라도 없나 안타까운 마음으로 찾아보았지만 딱히 떠오르는 것이 없었다. 하주가 다 안다는 듯 또 방긋 웃어 보였다. 그리고는 선택과 혜리에게 한 번씩 눈을 맞추었다.

"잘 있어, 엄마 아빠. 안녕."

하주는 두 손을 팔랑팔랑 흔들어보이고 몸을 돌려 빙판 위로 미끄러져갔다. 링크의 한가운데에 이르러서야 뒤를 돌아보며 또 손을 흔들어주었다. 그러나 그 다음 순간 하주는 사라져버렸다. 어디에도 보이지 않았다. 숨거나 몸을 가릴 만한 데도 없는 빙판 위였다. 선택과 혜리가 발돋움을 하며 분주히 하주를 찾았다. 찾고 보니 하주는 링크 한쪽 구석에서 턴 연습에 열중하고 있었다. 그런데 얼굴만 하주이지 몸은 하주가 아니었다. 겨우 일곱 살이나 되었을까 말까한 어린아이였다. 놀라운 사실은 더 있었다. 그 아이에게서 뒤로 조금 떨어져 스핀 연습에 몰두 중인 그 아이 또래의 여자아이가 또한 하주의 얼굴이었다. 그리고 그 옆에도, 또 그 뒤에도…. 하주의 얼굴은 진한 향기가 퍼져가듯 링크 위를 번져가고 있었다. 마침내는 피겨스케이트를 신은 여자아이는 전부 하주의 얼굴을 갖게 되었다. 그들은 모두 스핀, 스파이럴 시퀀스, 점프 등 피겨 기술 연마에 열심이었다. 하나같이 유독 플립 점프만은 모두들 완벽했다. 혜리가 웃었고 선택이 웃었다. 하주가 저기에 있었다. 한참을 더 바라보다 둘은 손을 잡고 빙상장을 빠져나왔다.

"중앙역으로 다시 가보자."

혜리가 말했다. 선택과 혜리는 수성아이스링크 앞 도롯가에서 택시를 기다리고 있었다.

"찾아가 볼 데가 있어서 그래."

하주를 처음 보았던 그 승강장에 다시 가보고 싶어 한다고 선택은 생각했다. 아무리 그래도 지금은 11시 반이 넘어가고 있었다.

"너무 늦지 않았나. 우리가 도착할 때쯤이면 막차도 떠났고 서터도 내려져있을 텐데."

"아니야. 지금 가면 딱 맞아."

선택은 더 따지지도 캐묻지도 않았다. 그들은 택시를 잡아 타고 중앙역으로 갔다. 아슬아슬 막차 시간에 맞출 수 있었고 서터도 내려져있지 않았다. 그러나 혜리의 목적지는 지하 3층 승강장에 있지 않았다. 그녀가 향한 곳은 지하 2층 대합실이었다. 텅 빈 대합실에는 열쇠 꾸러미를 든 역무원만이 쉼터 앞을 서성이고 있었다. 그들이 다가가자 역무원은 헤리에게 알은체를 했다.

"하주 어머님 오셨어요."

"수고 많으시네요. 또 폐를 좀 끼칠까 합니다."

"폐는요. 문은 열려있습니다. 현태 어머님도 방금 오셨거든요."

선택은 헤리의 목적지를 알아차렸다. 헤리는 통곡의 벽으로 가려하고 있었다. 10년 전 그때의 화재 현장 일부를 그대로 보존해 둔 곳으로 개찰구 가까이에 출입문 하나만을 남겨두고 가림막으로 가려있었다. 허미타찰에서 하주가 비명을 질러 뜯어내버린 그 가림막이었다.

"같이 들어갈까?"

통곡의 벽 출입문 앞에서 헤리가 물었다. 헤리는 그가 같이 들어가길 바라고 있었다. 선택은 망설이지 않았다. 가림막 안이 어떤 곳인지 또 무엇을 보게 될지 알고 있었지만 이제 두려움 같은 건 없었다. 화재 참사의 흔적도 좁고 폐쇄된 공간도 그를 움츠리게 하지는 못했다. 선택은 헤리와 함께 안으로 들어갔다. 허미타찰에서 보았던 그 검정의 세상이 낮은 조명 아래 웅크려있었다. 그리고 그곳에서 현태 엄마라는 여자를 만났다. 그녀는 비쩍 마른 몸매에 머리를 뒤로 똘똘 뭉쳐 땡땡하게 묶은 아래층 807호 여자였다. 선택과 마주치기만 하면 언제나 트집 잡으려 달려들었었고 시비조였던. 선택이 미처 놀라움을 보이기도 전에 현태 엄마는 다소곳이 선택에게 고개를 숙여보였다.

"의식이 돌아오셨다는 얘기는 하주 엄마한테서 전화로 들었습니다. 참으로 다행입니다."

"어, 네 염려해주신 덕분에…"

선택이 엉겁결에 인사를 받았다가 헤리를 보았다. 설명을 기대하며.

"당신한테 기회가 없어서 말 못 했어. 실은 현태 엄마도 그 사고로 여기서 아들을 잃었어."

"우리 아들 현태요. 입시를 마치고 대학 생활의 기대에 한창 부풀어 있을 때였는데, 그렇게 막 피어오르려던 꽃이 그때 불타버렸지요."

현태 엄마의 눈시울이 불그죽죽해졌다. 혜리가 얼른 나섰다.

"현태 엄마하고는 여기서 만났어. 자식 잃은 같은 처지에 서로 마음 의지하다 보니 금방 친해졌어. 우리 집 가까이로 이사까지 오게 됐고."

"죄송합니다."

현태 엄마가 선택에게 갑자기 머리를 조아렸다.

"무슨 말씀이신지…."

선택의 눈이 현태 엄마에게서 혜리로 다시 현태 엄마에게로 움직였다.

"화도 나고 왠지 얄미웠습니다."

현태 엄마가 말했다. 목소리가 갈라져 있었다.

"같은 사고를 당하고도 우리 아들은 죽었는데 하주 아빠는 살아있다는 것이 꼭 우리 아이를 죽이고 대신 살아난 것만 같았습니다. 괜히 트집 잡고 아픈 데를 후벼 파고 싶었습니다. 그렇게라도 해야 속이 풀릴 것만 같았습니다. 죄송합니다. 몰랐습니다. 그런 건 홀홀 다 털어버리고 우리 같은 사람들과는 다른 세계에 살고 계시는 줄 알았습니다. 예술가는 다 그런 줄 알았습니다. 내색을 않으시기에, 작품에만 몰두하시기에 그런 줄로만 알았습니다. 살아남았다는 것이, 아직 살아있다는 것이 그렇게 힘든 일인 줄은 몰랐습니다."

현태 엄마가 다시 한 번 머리를 조아렸다. 끝내 눈물을 흘리고 말았는지 손으로는 두 눈을 눌렀다. 그 눈물은 선택을 향한 사과의 눈물이면서 또한 죽은 아들을 향한 눈물이기도 했다.

"괜찮아 현태 엄마."

혜리가 현태 엄마의 등을 토닥였다.

"정말이지 괜찮습니다." 선택도 거들었다. "저도 몰랐습니다. 그 사고로 자식을 먼저 보내신 분이신지."

"역무원 아저씨 기다리시겠다."

혜리가 현태 엄마의 손을 잡아끌었다. 현태 엄마는 선택에게 보일 듯 말 듯 묵례를 던지고 혜리와 더불어 더 안쪽으로 들어갔다. 두 여인은 검게 그을음을 뒤집어쓰고 플라스틱 재질로 된 건 무엇이든 녹아내려버린 가판대 옆, 역시 검게 그을음으로 도배된 타일벽 앞에서 걸음을 멈추고 그 벽을 마주하고 섰다. 현태 엄마는 숄더백에서 염주를 꺼내들었고 혜리는 두 손을 합장했다. 염불 낭송이 이어졌다. 낮고 고른 음조의 염불은 패널벽 안의 좁은 공간을 느리게 채워갔다.

혜리가 불경을 외고 있었다. 제법 익숙한 솜씨로. 선택은 몰랐었다. 무신론자였던 혜리가 불교에 귀의했을 줄은. 혜리는 어디든 의지할 데가 필요했을 것이다. 그가 혼자 상처를 끌어안고 끙끙대고 있을 때 혜리는 이렇게 저만의 아픈 데를 다독이고 있었다. 하주의 죽음에 책임이 없기에 혜리는 아무 상처도 고통도 없을 줄 알았다. 잘 살아가는 줄 알았다. 아니었다. 혜리도 그 만큼이나 힘들어하고 있었다. 내색을 못 했기에 더 힘들었을지도 몰랐다. 그런 것도 몰랐던 그는 무심하고도 한심한 남편이었다. 미안함이 조수가 되어 밀려들었다. 그 미안함이 차츰 커져가 가슴이 먹먹해져 올 즈음 낮은 흐느낌이 염불에 섞여들었다. 혜리가 울고 있었다. 세상의 누구보다 용감하고 씩씩했던 혜리였었는데. 선택의 가슴이 무너져 내렸다. 다가가 마주 보며 혜리의 양어깨를 두 손으로 잡았다. 그러자 혜리는 어깨마저 들썩이며 울기 시작했다. 끝내는 통곡으로 변했다. 하주를 소리쳐 부르며 목 놓아 울음을 터뜨렸다. 가슴에 피멍이 들도록 맺혀있던 것들을, 혼자서 감내해야 했던 것들 전부를 토해내고 있었다. 선택 그에게 토해내고 있었다.

"이런 적은 없었는데, 참 강한 사람이었는데." 현태 엄마가 혜리의 등을 쓰다듬었다.

"그럴 만한 일이 있었습니다."

선택은 혜리를 두 팔 가득 안았다. 혜리의 울음은 차츰 잦아들었다. 드디어는 긴 한숨 같은 것이 떨리며 새어 나왔다. 선택은 알 수 있었다. 혜리에게 이것은 하주를 보내주는 그녀 나름의 통과의례 같은 것이었음을. 이로써 혜리도 편안해졌으리라. 이제 혜리는 하주를 놓아줄 수 있을 것이다.

선택은 또 꿈을 꾸었다. 집으로 가는 택시 안이었다. 속칭 미친년, 자칭 인류의 어머니인 거구의 여인 꿈이었다. 주변이 어둠과 적막만으로 차있는 텅 빈 공간에 그와 거구의 여인 둘만이 있었다. 여인은 선택을 무릎 꿇게 하여 앉혀놓고 주문 같을 것을 외워대며 보기와는 다르게 날렵한 한판 춤사위를 벌였다. 춤은 한참이나 이어졌다. 마침내 춤이 끝나고 여인은 두 손을 선택의 머리 위에 얹었다.

"외롭고 두려웠구나. 이젠 다 끝났어. 그만 떠나가거라. 다시는 돌아오지 말거라. 자, 어서!"

가슴이 뜨끔하다 싶었는데 선택의 옆에 불살귀가 서 있었다. 그에게서 빠져나온 불살귀였다. 그러나 그 불살귀는 그가 알던 불살귀가 아니었다. 자신이 누군지도 알아차리지 못할 것 같은 반은 넋이 나간 몰골의 불살귀였다.

"불쌍한 것, 나를 따라 오너라."

여인이 손짓하자 불살귀는 순한 양처럼 따랐다. 여인은 선택에게는 말 한마디 않고 불살귀를 데리고 어둠 속으로 사라져갔다. 선택은 일어서서 그들의 뒷모습을 지켜보았다. 여인도 불살귀도 거의 어둠에 묻혀 사라져갈 즈음 여인이 돌아섰다. 밀어내는 손짓을 선택에게 던지며 여인은 소리쳤다.

"너도 그만 가봐! 가서 잘 살아! 다시는 이런 데 올 생각 마!"

이 말을 마지막으로 여인과 불살귀는 사라졌다. 대신 그 자리를 우울한 부녀가 채웠다. 마술처럼 그의 앞에 그 둘이 서있었다.

"작별 인사 하러 왔습니다." 우울한 아버지가 말했다.

"당신들은 누구시죠?"

선택의 첫말이었고 진작부터 묻고 싶었던 것이었다. 선택이 알기로 그들은 살아있는 자도 죽은 자도 아니었으며 그들에게 듣기도 전에 그는 그들에 대해 알고 있었다.

"우리가 누군지 모르시겠어요?"

우울한 딸이 되물었고 그 대답은 우울한 아버지가 했다.

"우리는 당신이 만들었습니다. 당신의 마음속에서 만들어진 당신의 백일몽이지요. 따라서 우리는 죽은 자도 산 자도 아니며, 우리 부녀에게 일어났던 일을 당신도 다 알고 있었던 겁니다."

그럴 듯도 했다. 그래도 의문은 남았다.

"그런데 내가 왜 당신들을 만들었죠?"

"그렇게 되고 싶었으니까요. 자기 목숨은 아랑곳하지 않고 딸을 구하러 물로 뛰어든 나 같은 아버지가 되고 싶었으니까요. 삶의 실세계에서는 딸을 구한, 죽음의 허미타찰에서는 딸과 같이 죽은. 하지만 이젠 우리가 필요 없어 보이네요. 당신도 딸을 구하러 당신의 전부를 던지고 불로 뛰어들었으니까요. 그러니 우리는 이만 떠나겠습니다. 다시는 우리 따위 만들지 말기 바랍니다."

그들은 눈인사만 던지고 사라졌다. 선택은 꿈에서 깨어났다. 선택은 알 수 있었고 확신할 수 있었다. 불살귀가 죽었음을. 그가 하주를 마침내 떠나보냈음을. 그리고 그는 살아있음을. 산 자는 산 자로서의 할 일이 있었다. 선택이 혜리를 돌아보았다.

"우리 이사 가자."

"이사? 웬일이야. 그런 소릴 다 하고."

"그 집을 떠나고 싶어."

"그런 거야? 어, 그렇잖아도 이사 가야돼. 그 집 팔렸거든. 당신 1년 동안의 병원비 그 집 팔아서 마련한 거야."

"그–래?"

"응, 당신 간호하려고 학습지 그만두는 바람에 수입이 없었어. 그거라도 팔아야 했어. 미안해, 당신이 그런 상태라 나 혼자 결정했어."

"아니 괜찮아."

정말 괜찮았다. 도리어 고마웠고 미안했다. 혜리는 하주가 죽고 나서 잘 다니던 보험회사를 그만두고 학습지 교사를 시작했다. 단지 죽은 딸 또래의 아이들을 만나는 게 좋다는 이유에서였다. 그랬었는데 그 학습지마저 그의 간호를 위해 그만두었다. 아파트 따위 혼자 결정해서 팔아버린 건 아무래도 좋았다. 다만 살아있는 사람이 살아갈 집은 필요했고 살아있는 사람이 먹고사는 문제도 있었다. 그 문제를 두고 선택보다 혜리가 먼저 말을 꺼냈다.

"이제 뭘 할까 고민 중이야."

"그러게 말이야, 나도 돈 버는 일을 좀 해야겠어."

"당신이?"

"응."

"당신이 할 줄 아는 건 그림밖에 없잖아."

사실이었다. 그가 할 줄 아는 게 없었다. 그림 말고는. 자신의 무능이 드러나는 순간이었다. 소리 없이 한숨을 내쉬고 시트 깊숙이 몸을 묻었다. 그때 번쩍 생각나는 게 있었다.

"라면집 어때? 먹성 좋은 초등학생이나 중고등학생들을 상대로 다양한 메뉴의 라면전문점을 여는 거야."

"라면? 글—쎄, 라면은 우리 하주가 좋아했었잖아. 별의별 요리법을 다 만들어내기도 했으니까. 요즘 한창 유행하는 짜파구리 그것도 하주가 개발해서 친구들한테 만들어주곤 하던 거잖아. 말하자면 우리 하주가 원조였지."

"그러니까!"

"그러—니까?"

"하주의 레시피말이야. 그 노트를 오늘 하주 방에서 봤어. 그 레시피를 이용해서 온갖 라면 요리를 개발하는 거야. 어때, 좋은 아이디어 같지 않아?"

헤리가 잠깐 생각에 잠겼다가 느릿느릿 고개를 끄덕였다.

"괜찮은 생각 같긴 한데…."

"알아, 문제는 가게 낼 돈이 없다는 거. 어떻게 생각해? 하주 보상금 말이야. 아직 그대로 남아있잖아."

"그—거, 나야 괜찮은데, 당신 괜찮겠어? 그 돈, 손도 못 대게 했었잖아. 하주 목숨 팔아 받은 돈이라고."

"이젠 괜찮아. 더군다나 하주가 좋아하는 라면가게 차리는 데 쓸 거 잖아. 하주도 좋아할 거야."

"그렇–긴 한데…."

혜리가 마지못한 듯 머리를 끄덕이다가 곧 확신에 차서 힘주어 끄덕였다.

"그럴 거야. 하주도 좋아할 거야. 라면만 하지 말고 하주가 좋아하던 옥수수도 삶아서든 구워서든 내놔 보자!"

에필로그

라면전문점은 대박은 아니더라도 중박은 터뜨렸다. 두 권의 대학노트를 빼곡히 채운 하주의 라면 요리법은 사람들의 입맛을 사로잡는 데 꽤 성공적이었다. 가끔은 앉을 자리가 없어 바깥에서 손님들이 기다려야 할 정도로 그 일대에서 인정을 받았다. 오후 3시를 넘겨 늦은 점심때임에도 방금도 한 무리의 여중생들이 우르르 몰려들 왔었다. 식성 좋은 그 또래의 아이들답게 나가면서 삶은 옥수수도 하나씩 입에 달고 갔다.

장사를 떠나서 아이들이 잘 먹는 모습을 지켜보는 것만으로도 즐거웠다. 입에다 미소를 걸고서 테이블을 치우던 선택의 눈이 벽에 걸린 그림들로 향했다. 틈틈이 취미 삼아 그린 것들로 죄다 하주가 라면 다음으로 좋아하던 옥수수를 소재로 하고 있었다. 바람에 넘실대는 언덕 위 옥수수밭 풍경, 수북이 쌓아놓은 옥수수 낱알갱이들, 녹슨 양철 지붕 처마 아래에 매달린 옥수수 다발, 노란 알갱이들이 은은한 광채를 뿜는 100배 정도는 확대된 옥수수, 옥수수 밭에서 뒤뚱뒤뚱 뛰노는 어린 시절 하주의 모습. 하주의 뒤로는 하얀 푸들 한 마리가 깡총깡총 뒤따르고 있었다. 선택은 시간이 멈춘 것처럼 꼼짝 않고 서서 다음 그림을 구상했다. 저 때보다 몇 살은 더 먹은 하주를 그려보리라. 모델로 사용할 적당한 하주의 사진도 떠올랐다. 삶거나 구운 옥수수를 오도독오도독 맛나게 먹고 있는 하주를 묘사한 작품이 되리라…

"계시우!"

정장을 빼입은 남녀가 가게로 들어섰다. 남자는 김가진이었고 그 뒤를 따르는 차도녀 풍의 여자는 초면으로, 짐작건대 화랑 관계자 같았다. 아니면 어떻게든 미술품 거래와 상관이 있거나. 집착거머리 같은 놈, 김가진 이 작자가 기어이 그림을 사겠다고 여기까지 쳐들어온 모양이었다. 뻔질나게 작업실로 찾아와서는 귀찮고 성가시게도 그림 팔라고 뻗대더니 이제는 먹고살려고 장사하는 가게에까지? 아무리 그래도 김가진에게는 그림을 팔지 않을 것이다. 애초에 팔려고 그린 것이 아니거니와 김가진에게는 싫었다. 그냥 싫었다.

"안 팔아요. 안 판다고 했잖소."

김가진은 들은 척도 않고 제일 가운데 탁자로 다가가 의자를 뒤로 잡아 뺐다. 자리에 앉자마자 탁자도 탁탁 두 번 두드렸다.

"여기, 라면 두 그릇."

"라―면?"

선택의 인상이 찌푸려졌다. 반면 김가진은 유들유들했다.

"나 라면 먹으러 왔어. 그림 땜에 온 거 아냐. 제일 싼 걸로 빨리 두 그릇 끓여줘. 나 배고파."

제일 싼 걸로? 메뉴판을 보고 고른 것도 아니고 그냥 제일 싼 걸로? 별 것 아닌데도 발끈했다.

"당신한테는 라면도 안 팔아요. 그러니 여기서 나가쇼!"

"안 팔겠다고? 그거 승차거부 같은 거 아닌가? 소비자의 먹을 권리를 무시해도 되는 거야? 이거 소비자보호원 같은 데 찔러 넣을 고발감인데? 지금 바로 전화라도 돌려 볼까나?"

만만하게 물러날 작정이 아니었다. 얼른 내보내기 위해서도 라면을 끓여주어야 했다. 무서워서 피하는 게 아니라 더러워서 피한다. 3초 정도 김가진을 노려보다가 주방으로 갔다.

"앉지. 이 집 라면 먹을 만하다고 일대에 소문났어. 한 그릇 시원하게 던져 넣고 가자고."

정장 차림의 차도녀에게 김가진이 말을 건넸다. 여자는 그러나 라면에는 눈곱만큼의 관심도 없는지 벽에 걸린 그림에만 시선을 고정하고 있었다. 표정으로 보아 차도녀답지 않은 감탄사가 곧 터져 나올 것도 같았다.

"좋아요! 이거 정말 사람 냄새가 물씬물씬 풍겨나네요. 이 그림들에 사람이 있어요. 요즘 보기 드물게도. 다들 생각만 많고 말들만 많았지 말라비틀어진 껍데기들만 같았는데."

"내가 말했잖아 저 친구 그림 괜찮다고."

"그래요. 그런데 이런 작품을 어떻게 코흘리개 애들이나 드나드는 라면 가게에다 걸어놓을 수 있지요?"

"나도 몰라. 그건 저 친구한테 물어봐."

김가진이 주방으로 턱짓을 했다. 여자는 차도녀답게 일말의 주저도 없이 배식구로 또각또각 다가왔다. 화가 나 있던 선택은 여자가 입을 열기도 전에 그 새빨간 립스틱 주둥이를 한 대 쥐어박는 심정으로 톡 쏘아붙였다.

"여기가 어때서요? 아니, 여기 아니면 어디 걸어놓겠단 건지 모르겠소. 아무도 찾지 않는 전시장이라는 데에다? 아님, 돈 많은 컬렉터들의 컴컴한 창고에다 처박아 놓자고? 잘 보슈. 저 그림들 우리 가게에 딱 어울리는 그림이외다. 먹는 거 파는 가게에 먹을거리 옥수수, 싼 티 나는 라면에 싼 티 나는 옥수수 그림. 내가 보기엔 여기가 딱인데?"

"선생님 그림은 싼 티 나지 않습니다."

여자가 정색하여 정중하게 말했다. 선택도 정색하여, 그러면서도 물이 끓는 냄비에 막 집어넣은 라면이 골고루 잘 익도록 긴 대나무 젓가락으로 저으면서 정중하지는 않게 대꾸했다.

"아니요, 싼 티 나지 왜 싼 티가 안 나나? 예술가라는 작자들도 대부분 그럽디다, 싼 티 난다고. 내가 보기에도 그렇고. 그렇지만 나는 그 싼 티가 아주아주 좋다는 거 아니겠소?"

차도녀가 선택을 빤히 쳐다만 보았다. 말씀 더 듣고 싶으니 계속해보라는. 선택이 내심 주춤했다. 이 여자 그렇고 그런 미술 관계자들과는 달랐다. 제 잘난 맛에 사는 화가들이나 어려운 말만 나불대며 똑같이 잘난 체하는 평론가나 화랑 관계자들. 선택의 불퉁스러움이 약간은 수그러들었다. 선택은 라면 스프를 뜯어 냄비에 털어 넣고 썰어놓은 파도 한 움큼 집어서 던져 넣은 뒤에야 그래도 여전히 불퉁함을 담아서 말했다.

"나는 지난 30년 동안 그림을 그려왔소. 그래도 무엇이 진정한 그림이고 예술인지 모르겠소. 예전엔 안다고 생각했었는데 말이오. 다만 내가 아는 것은 무엇을 그리고 싶은지는 이제는 안다는 거요. 그것도 아주 똑똑히. 나는 죽은 내 딸을 그리고 싶고 내 딸이 좋아했던 것들을 그리고 싶을 뿐이오. 아니, '뿐이오'가 아니라 너무나도 그리고 싶소. 그걸 그리는 것만으로도 기분 좋고 재미있고 즐겁고 행복하고 세상이 다 내 것 같고 그렇소. 그 결과물이 제대로 된 예술로 인정을 받든 아니든 상관없소. 싼 티 나는 그림이라 욕해도 상관없고. 그게 사실이니까. 어떤 이들은 싼 티를 팔아서 고상한 척 심오한 척도 잘도 하던데, 난 그럴 마음도 없소. 난 이대로 만족하오."

여자의 뒤에서 김가진이 박수를 짝짝 쳤다.

"바로 저거야! 저래서 내가 저 친구를 좋아하고 저 친구 그림도 좋아한다니까. 저 정신, 저 정신이 너무 맘에 들어. 저 정신이 이런 그림들을 만들어내는 거야. 암튼 내가 한 실장을 잘 데려왔어. 역시 배운 사람들은 어디가 달라도 달라. 저리도 말을 잘 끌어내네."

차도녀가 뒤도 돌아보지 않고 꼿꼿이 서서 표정 하나 안 바꾸고 김가진의 말이 끝나기를 기다렸다가 입을 뗐다.

"김 사장님 말씀이 맞습니다. 바로 그래서 선생님 그림이 싼 그림이 아닌 겁니다. 선생님 그림에는 위선도 거짓도 없습니다. 과장이나 억지스러움도 없고요. 선생님은 선생님이 가지신 걸 더하고 뺌 없이 있는 그대로 다 그림에다 쏟아부으시니까요. 그래서 싸지만 싼 것이 아니게 되는 거지요. 정직함 또는 진솔함의 힘이라고나 할까요?"

라면이 다 익었나 확인하던 선택이 괜히 무안해졌다. 덜 익었는데도 그냥 불을 꺼버렸다.

"말 어렵게 하지 마쇼. 라면 장사꾼한테 그런 말하면 못 알아먹는단 말이오. 다 됐으니 가서 기다리쇼."

냄비 라면이라 냄비째로 들고 간 선택은 던지다시피 그것을 탁자에다 내려놓았다. 국물 몇 방울이 꽤나 비싸 보이는 김가진의 정장 앞자락에 튀었지만 모른 척했다. 김가진 이 작자, 나름은 괜찮은 구석도 있는 인간이란 생각도 들었지만 그래도 미움의 관성은 남았다. 김가진은 라면을 맛있게도 먹어댔다. 말 많은 그답게 라면을 두고도 한마디 거들었다.

"우와, 소문대론데. 자네 혹시 병원에 누워있는 동안 라면 연구만 한 거 아닌가? 어째 이리 기가 막혀?"

선택은 못들은 척했다. 스스로도 의심하던 바였다. 하주의 레시피가 아무리 훌륭하다 해도 레시피만으로 요리가 되는 건 아니었다. 분돌이 마지막에 불어넣어준 예술혼이라는 그것이 아무래도 걸렸다. 사실 혜리도 미심쩍어했었다. 허미타찰에서 그림만 그렸다고 하더니 진실은 라면만 끓여먹은 거 아니냐고.

선택의 반응이 없자 김가진은 입을 다물었으나 말 많은 인간이 어디 가나. 채 3분을 못 넘겨 떠들어대기 시작했다.

"한 실장, 그리고 어이 양 작가 들어봐. 이제야 말하는데 내가 왜 옥수수 그림이라면 가리지 않고 다 좋아하는지 아나?"

한 실장이라는 차도녀는 보기와는 달리 먹성은 좋은지 라면 먹느라 바빴고 주방으로 들어와버린 선택은 또 못들은 척 했다. 그러거나 말거나 김가진은 라면을 입에 물고 제 할 말은 했다.

"내가 어릴 때 말이야. 강원도도 한창 골짜기에 살았더랬어. 하늘하고 산밖에는 안 보이는 동네야. 그런 데는 먹을 것도 감자하고 옥수수 밖에 없어. 신물이 났냐고? 아니야, 없어서 못 먹었어. 요즘 사람들이야 안 믿겠지만 우린 굶는 게 일이었지. 그러니 감자 캐는 날하고 옥수수 꺾는 날은 뙤약볕 아래서 땀을 뻘뻘 흘리며 일하면서도 그렇게 신이 날 수가 없는 거야. 특히 옥수수는…. 껍질을 벗기면 고개를 내미는 그 노랗게 빛나는 영롱한 알갱이들. 먹지 않아도 배가 불렀어. 내가 대처로 떠돌면서 궂은 일 더러운 일 마다않고 돈을 벌어 남부럽지 않게 된 뒤에도 난 그 노랗게 빛나는 옥수수 알갱이들을 잊을 수가 없었어. 그 노란 알갱이들은 어릴 적 굶주린 나에게는 배고픔을 잊게 해줬었고 대처를 떠돌며 힘들고 외로울 적에는 버틸 힘을 나한테 주었거든. 남들은 옥수수 하나 돈 몇 푼 주고 사먹는 거지만 내게는 그 알갱이 하나하나가 남다른 의미가 있는 거였어…."

분돌도 이와 비슷한 말을 했었다. 라면 예술론을 펼치면서. 어쨌든 솔직히 살짝 감동받았다. 한 실장도 젓가락을 내려놓고 듣고 있었다. 김가진은 그답지 않게 생각에 잠긴 얼굴로 선택의 그림들을 하나하나 확인하듯 눈으로 짚어가며 돌아보았다. 그가 한 실장에게 갑자기 말을 걸었다.

"한 실장, 내가 옥수수 그림이라면 뭐든지 다 좋아하긴 하는데, 그런데도 여기 있는 양 작가의 그림들만을 유독 더 좋아하는 이유가 뭔지 아나? 물론 저 그림들이 좋은 이유를 한 실장이 방금 잘 애기해 주었어. 다 맞아. 나도 같은 생각이고. 허나 빠뜨린 게 있어. 진짜 좋은 이유 말이야. 다른 작가들도 옥수수를 그리지만 유독 저 옥수수 그림들만을 내가 굳이 탐내는 이유."

한 실장은 차도녀답게 똑 부러졌다.

"모르겠습니다, 김 사장님. 그게 뭐죠?"

김가진이 주방의 선택에게 잠깐 눈길을 보냈다가 답을 했다.

"그건 이 그림들에는 살아있다는 사실을 그 자체로 즐기려는 사람들만이 갖는 에너지 같은 게 들어있기 때문이야. 그 에너지를 다르게 빛이라고도 할 수 있는데 대개 큰 고비나 고난을 넘고 일어선 이들에게서 볼 수 있는 거야. 바로 그 빛이 이 그림들에서는 넘치고 있어. 어째 그런 게 다 보이느냐고? 왜냐면 나도 그랬으니까. 한때 난 전부 포기하려 한 적이 있었어. 힘들어서. 그때 난 사는 건 무한지옥의 고통 그 자체라고 생각했어. 그러자 나의 옥수수는 빛을 잃어버렸어. 그 노랗고 영롱한 빛이 사라져버린 거야. 그러나 난 용기를 내 밑바닥에서 다시 일어섰고, 그러자 나의 옥수수도 그 빛이 되살아났어. 중요한 건 이 되살아난 빛이야. 전보다 더 영롱하고 밝게 빛나는 빛이었지. 이 그림들에는 바로 그 되살아난 더 영롱하고 더 밝게 빛나는 그 빛이 빛나고 있어. 반짝반짝 눈이 부시도록."

김가진이 진짜 눈이라도 부신 듯 눈을 가늘게 뜨고서 벽에 걸린 그림들을 다시 하나하나 짚어나갔다. 선택은 주방 배식구를 통해 김가진을 가만히 지켜보았다. 김가진 이 인간, 돈만 많이 번 그런 인간은 아닌 모양이었다. 그림을 보는 눈도 그렇고 삶을 대하는 태도도 그렇고…. 생각나는 것이 있었다. 주방을 빠져나와 그에게로 다가갔다.

"집에 박수근 그림 있죠?"

"어, 있어. 딱 한 점. 어떻게 알았어. 말해준 적 없을 텐데. 그거 재작년 자네가 병원에 누워있을 때 구입한 건데."

"어찌어찌 알게 됐습니다. 그거 어때요?"

"물어보나마나 최고야. 내가 아는 박수근 그림 중에 몇 손가락 안에 꼽을 그림이라구. 무지 어렵게 구했어. 정말 대단한 그림이야."

"네, 근데 혹시 그 그림 왼쪽 상단에 암호처럼 'ㅂㄷ'이라고 작고 희미한 표식 같은 거 없던가요?"

"있어! 그건 또 어떻게 알았어?"

"최고라고 말씀하니까요. 최고의 박수근 그림 중에는 그런 표식이 있는 게 있더라구요. 제가 보기에도 그런 표식이 있는 그림은 정말이지 뛰어납디다. 뭐랄까? 작가의 혼을 다 쏟아 부었다고나 할까요? 작가의 혼신의 에너지 같은 게 느껴지더라고요."

"그래, 나도 그렇게 생각해. 그 그림을 보고 있으면 말이야…."

선택은 김가진의 말을 귓가로 흘려들으며 옥수수 그림들이 걸린 벽으로 다가가 그중에 한 점을 떼어냈다. 바람에 넘실대는 언덕 위의 옥수수밭을 붓의 터치를 조금은 살려가며 그려낸 거였다. 그것을 들고 와 김가진에게 내밀었다.

"가져요."

"가져?"

"제가 선물로 드리는 겁니다. 여기를 찾아오신 기념으로."

"선물? 그러니까 거저 주겠다고 이 그림을? 왜? 팔지도 않겠다더니?"

"왜냐구요? 왜냐면 이 그림을 가질 자격이 있으신 것 같으니까."

"자격이 있다? 내가? 갑자기 뭔 말인지 모르겠어."

"뭐냐면, 제 그림을 아끼고 사랑해 주실 것 같다는 거죠. 박수근 그림 중에서 최고의 작품을 알아볼 수 있는 사람이라면."

의혹이 깃든 김가진의 시선이 선택에게서 그림으로 다시 그림에서 선택에게로 몇 차례 오고 갔다. 그가 한 실장과 눈을 한번 맞추었다가 어깨를 으쓱했다.

"허! 뭔 말인지는 알겠는데. 그래도 값도 안 치른다는 건 어째…. 그림 욕심이 나서 거절할 수도 없고. 그렇다고 이 그림값만큼 라면 사먹으러 올 수도 없고."

"아니요. 라면 드시러 오지는 마세요. 여기 수질 떨어지니까요. 정 미안하시면 바쁜 피크타임에 오셔서 설거지나 거들어주세요. 일당 두둑이 쳐드릴 테니까. 매일 그렇게 일당으로 계산해서 그림값에서 빼면 되지 않겠습니까. 뙤약볕 아래서 감자 캐거나 옥수수 꺾는 일보다는 훨씬 수월할 겁니다."

"그러세! 내 그렇게 하지!"

김가진은 진짜 설거지하러 올 것처럼 힘주어 말했다. 그는 그림을 거의 뺏다시피 받아들고는 몇 번의 고맙다는 말을 뱉어냈다. 그러던 그가 어울리지 않게 정색을 했다.

"자네, 정말 이제 그림은 취미로만 하고 예술 활동은 안 할 건가?"

선택도 정색을 했다.

"내가 왜 예술 활동을 안 한다는 겁니까? 오늘 드신 입에 착 감기는 그 라면, 그거 예술이라고 생각 않으십니까? 최고의 라면을 끓여내는 것, 그게 제겐 예술 활동입니다. 예술이 뭐 별겁니까. 예술은 우리 생활 속에 있는 거 아닌가요? 방금 드신 라면 속에 말이지요."

"허, 라면이 예술이라고! 이러니 예술이 죽었다는 소리가 들리지. 온 천지가 예술이야. 예술이 희소가치를 잃게 되면 예술은 죽는 거야. 자넨 예술을 죽이고 있어."

"아니지요. 저는 도리어 예술을 살리고 있는 겁니다. 예술이 진정으로 원했던 것도 온 천지에 예술이 실현되는 것 아니던가요. 예술품이라는 한계를 뛰어넘어 생활 곳곳에 스며드는 것 말이지요. 벌써 그렇게 되고 있잖아요. 건축물이나 우리가 입고 다니는 옷은 말할 것도 없고, 자동차나 TV, 휴대폰, 심지어는 길에 깔린 보도블록에서도 우리는 예술을 찾아가고 있지 않습니까."

김가진이 외면하듯 고개를 돌리고 손을 저었다.

"이야기가 그리로 빠지면 머리만 복잡해져. 내가 하고 싶은 말은, 자넨 그림에 자네 전부를 걸지 않았느냐는 거지. 그 일이 있기 전까지는. 그런 자네였는데 안타까워서 그래."

김가진은 권총자살 시도와 그 뒤 일 년 동안의 혼수상태 이후 선택이 그림을 그만둔 일을 말하고 있었다. 선택으로선 망설여졌으나 말은 해주어야 할 것 같았다.

"그림, 그거요? 우리 딸이 그 사고로 죽지만 않았어도 그렇게 집착하지는 않았을 겁니다. 왜냐면 내 딸이 죽어가면서 내게 좋은 화가가 되라고 했고, 무엇보다 내게 그림이란 것이 필요했거든요. 나는 그 사고 이후로 내 그림에서 치유의 가능성을 찾거나 아니면 지저분한 현실의 삶을 초월할 가능성을 엿보려 했었지요. 결론을 말씀드리자면 그림에는 치유도 삶을 초월할 가능성도 없었습니다. 내게 치유는 제대로 된 라면을 끓여보려 애쓰는 이런 생활의 가운데에 있는 것 같습니다. 그리고 나는 이제 삶을 초월하고 싶지가 않습니다. 왜냐면 삶을 즐기면서 누리고 싶으니까요. 아무리 그것이 비참하고 구질구질하더라도 말이죠."

김가진이 고개를 설레설레 저었다. 한편 한 실장은 생각 깊은 눈으로 선택을 뚫어져라 쳐다만 보았다. 선택이 쐐기를 박듯 말했다.

"딸이 죽은 이후 그 10년 동안 나는 예술에 미쳐있었던 게 아니었습니다. 죽어있었던 거지요. 지금은 물론 살아있고요."

김가진이 항복을 의미하는 한숨을 쉬었다.

"어쩔 수 없군. 그만 가보겠네."

김가진은 선택이 선물한 그림을 신주 모시듯 들고 한 실장과 더불어 가게를 빠져나갔다. 그들이 떠나고 5분도 지나지 않아 혜리가 쌍둥이 두 딸을 태운 유모차를 밀면서 가게로 들어섰다. 이제 세 달 된 눈에 넣어도 안 아픈 딸들로 바로 안아들고 꼭 껴안아 주고 싶었지만 더 급한 일이 있었다.

"그래, 검사 결과는 어떻게 나왔어?"

선택의 물음에 혜리가 활짝 웃었다.

"이제 검사 받으러 안 와도 된대. 깨끗하대. 완치래."

선택은 무릎을 꿇고 기도라도 하고 싶은 심정이었다. 완치라니. 혜리는 선택이 허미타찰에서 돌아온 다음 날 암 판정을 받았다. 하늘이 무너지는 줄 알았는데, 그 이후로 의사로서도 설명할 수 없고 현대 과학으로도 풀 수 없는 기적이 일어나기 시작했다. 암세포가 스스로 죽어갔다. 그러던 것이 일 년 반 만인 오늘 완치 판정을 받았다. 와락 혜리를 끌어안고 이마에다 키스를 퍼부었다. 일생일대 최대의 기쁜 날이었다. 쌍둥이 딸들이 태어나던 날만큼이나. 선택은 혜리를 놓고 귀에 걸리게 웃음을 흘리며 아이를 안아들었다. 꼼지락대는 아이를 막 어르려는데 삿갓을 쓴 웬 노인네가 가게로 들어섰다. 오른손에 쥐고 있던 지팡이로는 '이리 오너라.' 식으로 쿵쿵 바닥을 찍어대면서. 당나귀꽁지머리에다 더덕더덕 기운 회색 도포를 걸친 모양새가 어디 산중에서 도사 흉내나 내며 사는 부류로 보아도 무방했다. 선택이 아이를 내려놓고 노인을 마주했다. 그런데 가까이서 보니 노인네가 어딘지 친근했다.

"무슨 일이지요. 라면 드시러 오신 겁니까?"

"허허! 아니요, 라면이 아니라 저 아이들의 기운이 나를 이끌어서 그저 따라 들어와 본 것뿐이오."

선택으로선 뭔 소린가 싶었다. 기운이 이끌다니. 갓난아이가 무슨 기운을 내뿜는다고.

"농담이 아니오. 나를 이끈 저 아이들의 기운이 보통 기운이 아니오. 더군다나 내가 관상을 좀 볼 줄 아는데 저 아이들 얼굴이 용안이오. 용의 기운을 타고난 듯하오. 혹, 아이들 등에 동그랗고 파란 점이 두 개씩 찍혀있지 않소?"

"그걸 어떻게 아세요?"

혜리가 의심과 경계심 반 호기심 반으로 나섰다. 누더기 도포의 노인네가 지팡이를 들지 않은 손으로 자신의 당나귀꽁지머리를 슬슬 쓰다듬었다.

"그 점 좀 보여줄 수 있겠소?"

혜리는 주저했지만 선택은 망설임 없이 유모차에서 아이를 들어 올려

등을 보여주었다. 목 뒤 반 뼘 정도 아래로 파랗고 동그란 점 두 개가 선명히 찍혀있었다. 노인네가 검지 끝으로 그 점들을 가만가만 쓰다듬 었다.

"진짜네 그려. 정말이지 용의 피를 타고났어. 크게 될 아이들이야. 잘 키우시오. 이 집안에 서광이 비치는군. 그리고 여기—는….'

노인네가 검지 끝을 아래로 미끄러뜨려 아이의 허리께에서 멈추었다. 거기에는 멍 난 것처럼 보이는 희미한 푸른 자국이 있었다. 노인네가 의 기양양 승리의 미소를 닮은 웃음을 흘리다가 유모차의 다른 아이에게 로 코를 들이밀었다. 노인네는 두어 번 킁킁대다 콧잔등을 찌푸렸다. 불 쾌한 기색이었다. 그러나 재빠르게 감추고는 억지스럽다 싶게 이빨을 훤 히 드러내며 웃었다.

"잘 있으시오. 인연이 닿으면 또 보겠지요."

노인네가 지팡이로 선택의 허리를 툭 쳤다. 지팡이가 닿은 자리가 전 기라도 관통한 것처럼 찌릿하더니 허리 아래가 뜨끈했다. 기억에 있는 느낌이었다. 막 얘기를 꺼내려는데 당나귀꽁지머리의 노인네는 벌써 몸 을 돌려 바람인 듯 가게를 빠져나가 버렸다.

"그래, 확인했어?"

약전골목 봉성당 주방, 그 주방의 식탁 의자에 앉아 주섭이 물었다. 주섭의 등 뒤에서는 쪽진 머리에 하늘색 카디건을 두른 그의 아내가 미 소를 띠고서 마주 앉은 주섭과 푸두리를 지켜보았다. 푸두리가 어딘가 못마땅한 듯 콧등을 찌푸렸다.

"확인했어. 리벨룽이야. 등에 점 두 개가 찍혀있었어."

"역시, 불살귀가 뒤집어쓴 리벨룽의 피였어. 한데 그것 말고는?"

"당연히 그것도 확인했지. 내 방망이도 효과가 있었고 자네의 엉터리 같은 그놈의 사랑의 미약이라는 것도 효과가 있었어. 한 아이는 허리에 푸르스름한 멍 자국이 있었어. 내 방망이가 닿은 자린 거지. 다른 아이는 계피 냄새 비슷한 자네의 그 고약한 미약 냄새가 났어."

"그럼, 무승부네."

"무승부? 뭐, 그런 셈이긴 하지. 어쩜 아닐 수도 있고."

"아닐 수도 있다고?"

"내가 오늘 방망이로 그 친구 허리에 힘을 좀 넣어주고 왔거든."

"그건 반칙이야. 나도 내 미약을 먹어야겠어."

"안 되지. 그렇게 되면 아이가 넷이나 돼. 요즘 세상에 아이가 넷이라니. 어떻게 다 키워."

"자네가 먼저 안 될 짓을 했잖아."

"그건 네 심부름값이야. 방망이까지 변장을 해가면서 그렇게 찾아가기가 어디 쉬운 줄 알아? 더군다나 말이지. 그거 사실은 내가 한 것도 아니었다구. 이 방망이가 내 의지와는 전~혀 무관하게 움직인 거라구. 자네도 알다시피 이 방망이 워낙 아이를 좋아하잖아."

"자네 아내가 그랬다고?"

"그래."

주섭이 한참 푸두리를 노려보다가 방망이를 일별한 뒤 졌다는 식의 한숨을 토해냈다. 그러나 곧 정색을 했다.

"내 황금가지는 어떻게 됐어?"

"어, 그거. 엿들었는데, 완치래. 제대로 약효를 봤어."

"다행이야. 그래도 혹시나 했는데."

"오주섭이 쓸 만한 일을 했어."

"그거야 푸두리가 더하지. 요즘 라면가게 입소문 내고 다닌다고 바쁘더군."

"그건 그놈의 라면 예술의 완성을 위해서 그러는 거야. 예술은 뭐든지 돈이 필요하잖아. 돈 벌려면 장사가 잘 돼야 하고."

"그러니까 그게 칭찬받을 일이지."

"아니지, 아니지. 비록 계약은 해지됐지만 도깨비로서의 의무와 명예는 사라지지 않았지. 의무와 명예! 우리 도깨비야 의무와 명예 빼버리면 시체 아닌가."

"잘났어."

"내가 원래 잘났지. 저승으로 빨려 들어가는 자네 와이프도 내가 허미타찰에 붙잡아주지 않았나."

"또 그 이야기!"

"내가 원래 그런 위인이란 말씀."

"웃기시네."

칭찬과 빈정댐이 오고가는 둘의 옥신각신은 얼마나 더 이어질지 모를 일이었다. 주섭의 아내는 조용한 웃음으로 둘의 입씨름을 지켜보았다. 그 옆으로 하주가 다가와 섰다. 한약방 유리문 너머로 밤이 내리고 있었다. 8월 늦여름의 알 수 없는 에너지로 가득한 밤이었다.